魅丽文化 花火工作室

灵契III
度众生

与沫 著

百花洲文艺出版社

图书在版编目（CIP）数据

灵契 . III，度众生 / 与沫著 . — 南昌：百花洲文艺
出版社，2020.1
ISBN 978-7-5500-3583-6

Ⅰ . ①灵… Ⅱ . ①与… Ⅲ . ①长篇小说－中国－当代
Ⅳ . ① I247.5

中国版本图书馆 CIP 数据核字（2019）第 284768 号

灵契 . III，度众生
与　沫 著

责任编辑	蔡央扬
选题策划	丐小亥
特约编辑	艾璐璐
装帧设计	@设计装帧粉粉猫
出版发行	百花洲文艺出版社
社　　址	南昌市红谷滩新区世贸路 898 号博能中心 A 座 20 楼
邮　　编	330038
经　　销	全国新华书店
印　　刷	湖南凌宇纸品有限公司
开　　本	710mm×1000mm　　1/16　　印张 21
版　　次	2020 年 1 月第 1 版第 1 次印刷
字　　数	421 千字
书　　号	ISBN 978-7-5500-3583-6
定　　价	42.00 元

赣版权登字　　05-2019-422

网址 http://www.bhzwy.com
图书若有印装错误，影响阅读，可向承印厂联系调换。

目 录
CONTENTS

前情提要

《灵契：崛起》《灵契Ⅱ涅槃》

　　高中生容远在清晨醒来，他发现自己身上发生了奇怪的改变。首先，他丢失了三天的时间，完全不记得发生过什么；其次，他被绑定了奇怪的《功德簿》，并背负一亿七千八百五十万的负数功德值。系统连续警告，二十四小时之内，如果他不能想办法得到十功德值支付给《功德簿》，他就会被抹杀。

　　从最初的给小动物喂食到逐步发现扬善除恶能得到更多的功德值，容远一步步解锁了《功德簿》的功能，召唤出守护机器人豌豆，兑换高科技工具，并发展了"天网"和"乌鸦"两股势力为自己赚取功德。

　　与此同时，容远终于发现自己失去记忆的原因，原来当时他踏上了一辆被劫持的公交车，在和少女宝儿一起逃亡的过程中，宝儿为了保护他重伤。在《功德簿》上一任拥有者萧萧的诱惑下，他签订了《功德簿》，成功救活宝儿，并因此欠下亿万负数功德值。

　　其实，宝儿之所以被追杀，是因为各方势力都在找寻《功德簿》，容远为了更好地保护自己，参加了超级竞赛，建立自己的科学实验室，发明了高端产品"棉花糖"，成为了全球知名的少年天才科学家，变身国之利器，让其他势力不敢妄为。

　　容远的影响力越来越大，功德已经变成了难以计数的正数值，他利用《功德簿》制造了自己的分身留在国家科学院，自己则脱身而出，去任何他想去的地方。

　　就在此时，他遇见了因为事故掉落地球的章鱼外星人，第一次知道了星际法，星际联盟，佩宁朗帝国……以及让人震惊的地球真相！

　　星际联盟像爱护实验室里的小白鼠一样"爱护"着地球人类，不让他们死亡，不让他们被侵略，不让他们面对外面真实而自由的世界。联盟要把人类关在地球这个巨大的、安全的囚笼中，以保证当联盟需要时地球能源源不断地为他们提供"病毒疫苗"。

　　要让容远去选择，他宁愿直面那些类似佩宁朗帝国的外星侵略者，要么在战火中被毁灭，要么在抗争中浴火重生。在温室像猪一样被豢养？宁死也不愿意！

　　"我该怎么做呢？"容远一边喃喃自语一边启动了飞船……

第 一 章
进入星际联盟

一进飞船，帕寇就迫不及待地解除了光学拟态。容远眼看着他从一个满脸胡须又衣衫褴褛的流浪汉变成一只外貌狰狞的怪物，也终于明白为什么这个智商明显并不高的家伙隐藏在地球人中这么长时间都没露馅。

这只章鱼充分发挥了其软体动物的特性，把自己的身体扭曲成不可思议的角度。几条腕足有的纠缠在一起，有的绑在他的头上，有的打着结，最可怜的一条被他扭得像根麻花，最终成功地把他的体型扭曲得跟他变化的人类相差无几。这么庞大的体型压缩成不足原来的十分之一，还维持了这么长时间，想也知道会有多么痛苦。

章鱼一边把自己的腕足一条一条地解放出来，一边忍不住发出痛苦的呻吟声，很多地方还能听到难听的摩擦声和仿佛什么被折断的"咔咔咔"的声音。这个外星人虽然外表像章鱼，但跟地球海洋中的章鱼并不完全一样，至少他的身体里是有几根骨头的。

飞船中早已设定了路线和导航系统，比起看过很多次的离开地球的过程，容远对章鱼的变化更好奇，他盯着看了一会儿，才上前帮忙。帕寇好不容易才把自己恢复了原状，趴在地上有气无力地喘了一阵子，才勉强道："谢谢。飞船上有水箱吗？我想我必须歇一会儿。"

容远说："有，跟我来。"

大概飞船最初设计的时候就考虑了各种情况，飞船中的很多房间都有不同的功用，不需要的时候能充当仓库或者休息室，需要的时候则能满足很多不同种族的需求。在靠近食堂的地方就有一个生态鱼缸，其大小哪怕是以帕寇的体积也能轻易塞进去。

帕寇一见那生态鱼缸就扑了过去，几乎是手忙脚乱地把自己塞进去，舒展着腕足，惬意地长叹一声，说："你这飞船真好，这样的飞船我以前只听说过，你可真有钱。"

"还好。"容远道。雨梭不能穿越黑洞，速度在宇宙航行中也不够看，这艘飞船是他目前兑换过的最贵的一件商品。他一个多月积攒了五百多万功德，这艘飞船就花了将近一半。

一分钱一分货，功德商城中最是公正不过。

帕寇有气无力地说："对不起，我想我要休眠一会儿，我觉得……"后面的话还没说完，他眼睛就闭上了，腕足在生态鱼缸周围点了点，忽然，四周冒出薄薄的银色金属板，将整个鱼缸包裹起来。在鱼缸彻底封闭之前，容远还看到鱼缸中喷出的一些乳白色的液体融入水中，而章鱼彻底看不见了。

容远挑了挑眉，这个功能他自己都不清楚。

飞船的航行并不需要操作，休息室里也有给人类这种哺乳类碳基生物提供的休眠舱。不过容远对其没有兴趣，他走到观景台的窗户边，看着离得越来越远的地球，然后，彻底的黑暗和闪烁的群星一起映入他的眼底。

地球一半是蔚蓝的，其中点缀着白色的云雾和深绿色的山林，另一半是漆黑的，城市里星星点点的灯火汇成金色的河流。它以飞快的速度远离着飞船，不久之后，银灰色的月球也从飞船身边掠过。距离最近的时候，月球表面那些奇形怪状的岩石好像就从眼前飞过，实际上，两者之间相距甚远，只是飞船观景台的窗户有把远处景物放大的功能。

以遥远的距离仰视星空，只觉得那些恒星的光芒多得让人恐怖，然而身处宇宙之中，黑暗和空旷才是它的主色调，间隔很长时间，飞船才能经过一颗星球，而且大多数是光秃秃的，景色不如月球表面丰富。看多了以后，容远也失去了兴趣，除了正常的起居作息，抽空把飞船的功能全熟记在心，还学会了比丘星语言的听说读写。在容远看来，没有哪种语言比糖语更加深奥复杂了，比丘星语虽然比坚果语多了些字母符号，但句式的结构跟糖语非常相似，掌握了基本的发音方式，再记忆一定的词汇量，这种语言的理解对他几乎没有障碍。

所以，当帕寇从休眠中醒过来的时候，看到的就是容远的真实面目。在此之前，他们见面时，容远都戴了翻译面具，而且用拟态衣改变了模样。

章鱼湿嗒嗒地从鱼缸里爬出来，在地上留了好几个腕足印。他把身体烘干，又仔细地把身上的饰品都擦了一遍，这才去找容远。一看到那个坐在观景台前面的陌生人，他大吃一惊，用两条长长的腕足指着容远，大喊道："你是谁？"

容远瞥了他一眼，嫌弃地说："笨蛋，这飞船上除了你和我，还有谁？"

"哦。"帕寇本来还将信将疑，被容远冷冷的眼神一瞥，不知触动了他哪根神经，立刻就相信了。他放下腕足大大咧咧地走到容远身边，将几条腕足搁在观景台边的台子上，不解地问，"这里只有我们两个，你怎么还用拟态衣？"

容远道："这就是我本来的样子。"他的语气轻描淡写，实际上全部的注意力都集中在帕寇身上，观察着他的反应。

宇宙中，有没有和人类外表一样的种族？昔日离开地球去寻找生机的那些人，有没有在茫茫宇宙中繁衍生息？

帕寇愣住了，他眨巴眨巴眼睛，盯着容远看了好一会儿，才大叫道："啊！你不是比丘星人，你是兰蒂亚人！"

兰蒂亚？容远心里一惊。

迟钝的外星人反应了几秒钟，忽然控诉道："你骗我！"

"我骗你什么了？"容远正想从他嘴里掏出更多关于兰蒂亚的消息，闻言漫不经心地反问道。

帕寇生气地说："你骗我说你也是比丘星人！"

"我这么说过吗？"容远道，"我只是恰好会比丘星语，然后你擅自这么认为而已。"

帕寇张嘴结舌，仔细回想一下，当初好像正是这样，但总觉得哪里不对。他回想了一遍又一遍，最终觉得还是自己判断有误，于是诚恳道歉："对不起，是我的错，我误解你了。"

容远大方地挥挥手，说："没关系。"

闻言，帕寇便放心了，他咧嘴笑道："你真好，不光从水蓝星救了我，还不计较我的过错，跟传说中的兰蒂亚人一点也不一样。"

"传说中的是什么样的？"容远装作好奇地问道。

帕寇有些尴尬，如果他的章鱼脸上那种纠结的神情是表示尴尬的话。他吭吭哧哧，不太想说，但在容远充满求知欲的眼神下，或者说在他好为人师的灵魂的驱动下，他最终还是断断续续地开始讲了。这一讲，就讲了好几天。帕寇休眠以后可以很长时间不睡觉，容远也不需要定时定量的睡眠才能保持状态，所以除了吃饭和上厕所，容远都拉着帕寇聊天，把他脑子里装着的那些关于星际总联盟的事倒腾了个干净。

说是星际总联盟，实际上，这个联盟的控制范围止步于银河系，而且仅仅这一个星系，联盟探索和了解的区域也不足十分之一。目前已经发现的宜居星球超过十亿颗，其中接近三分之一的星球上都有智慧生命生存或者有智慧生命将要产生的趋势，地球也是其中一颗。然而，真正算是星际联盟成员的星球，只有一千三百八十八颗，其中无论哪一颗星球或星球上生存的主要种族，各方面的发展都已经达到了顶峰。

其余的宜居星球，只有不到百分之五的星球了解星际联盟的存在，也以加入联盟为向往。他们中的大多数是附属星球的地位，为联盟核心星球源源不断地输送人才，保障供给，比如种植联盟星球的人喜欢的蔬菜，驯养危险的野兽，制作美丽的衣服，提供宇宙飞船的制造基地和劳动力，等等。

剩下百分之九十五的宜居星球都像地球一样对联盟的存在一无所知，茫茫然地发展着，猜想自己是不是宇宙中唯一的有智慧生物的星球，并试图发现外星人存在的蛛丝马迹。这些宜居星球有些其实是殖民星的地位，联盟派遣人员驻扎在那些星球上，用利益驱使当地的土著提供他们想要的东西；有些星球富含珍贵的矿藏，联盟派人将矿产开采完以后将其舍弃；大多数星球其实并不存在多少利用价值，联盟就任其自生自灭，还道貌岸然地说不能干扰其他星球的主权和自由发展权。

据说在过去，有些高级文明的星球上的人会擅自跑到低级文明的星球上肆意屠杀，操纵政权，教导土著各种超前太多的黑科技，从而扰乱历史发展规律，甚至在发生战争的时候顺便不小心毁灭一两颗宜居星球。土著害怕世界末日的到来，从而乞求各路神明，却不知道这末日原本就是人为造成的。还有些人，仅仅为了满足自己的私欲或者猎奇心理，就随意掳掠售卖低级文明的智慧生物，被他们虐杀的也不知凡几。

自从星际联盟成立、星际法制定以后，对这种情况的管理就渐渐严格规范起来，不管有没有加入联盟，智慧生物的生存权和人身自由权都是被法律所承认和保护的，擅自挑衅的人将受到可怕的刑罚。

然而，这只是表面上的光明，私底下，有些行为是屡禁不止的，比如地球所遭遇的这些，甚至联盟本身也是推手之一。

星际联盟既松散又团结，其一千多颗核心星球各自建立了不同的政权体系，有的只顾着发展自身，有的致力于扩张版图，统御了不少的星球，偶然彼此之间发生什么矛盾，也会在联盟的调解协商下解决，不说战争，连摩擦都很少看见。因为宇宙实在是太大了，只要敢于探索，至少几万年内，任何一颗核心星球都不会有资源匮乏的问题，在没有利益冲突的前提下，维持表面上的其乐融融并不困难，万一发生战争，只能是两败俱伤的结局，这个道理谁都明白。

佩宁朗帝国和兰蒂亚帝国都是喜欢占据更多星球的国家，只不过两者在银河系对立的两边，双方的直线距离至少有六万光年。从地球到佩宁朗帝国有一千七百光年，到比丘星有五百光年，而比丘星就是佩宁朗帝国的一颗附属星。这些章鱼虽然智力不怎么样，但吃苦耐劳又听话老实，善于海产养殖，强壮又柔软的腕足无论是体力活还是技巧活都能胜任，在佩宁朗帝国也是备受优待的。

帕寇是个喜欢收集小道消息的章鱼外星人，他知道很多事情，换了一般的佩宁朗帝国平民，可能连兰蒂亚的名字都记不清楚。帕寇曾经看到过一些关于兰蒂亚的资料，不过因为两者的距离太远了，上层之间或许有交流，但平民谁闲得没事会跟六万光年远的外星人聊天？所以帕寇只知道兰蒂亚是一个强大不逊于佩宁朗的帝国，还有他们的主要智慧人种跟容远或者说地球人的长相非常相似，除此之外就不清楚了。

"不过……"帕寇仔细看了眼容远，有些不确定地说，"我看图片中的兰蒂亚人，跟你好像不太一样。"

"哪儿不一样？"容远问。

帕寇想破了脑袋，也没想出到底是哪里让他觉得有差别，毕竟是很久以前看过的图片了，他的记忆也没有好到过目不忘的地步。所以想了半天后，他泄气地摇摇头，说："我不知道。"

容远一副嘲笑的语气："人跟人长相有所不同本来就没什么好奇怪的。难道你们比丘星的人全长得一样？"

想到自己星球上的章鱼有蓝的、红的、白的、黑的、黄的，有的带斑点，有的是长条纹的，还有圆头的、三角头的，帕寇释然，说："原来是这样，我真是太笨了！"

应付了他，容远也没有多少成就感，他现在更想立刻拿到一张兰蒂亚人的照片，看看他们到底有什么差别。如果能冒充一个强大帝国的人的身份，想必能让他此行顺利得多。不过帕寇糊涂，其他外星人可不会全是这个样子，尤其是帕寇曾经提到过的"智慧种"，其智力在宇宙智慧生物中被格外推崇，有多么聪明可以想见。

思忖片刻，容远抬头正要说话，看见帕寇的样子吃了一惊，问："你脸上怎么了？"

"怎么？"帕寇莫名其妙，听容远一说，他忽然觉得脸上有些痒，用腕足摸了一下脸，上面便是一片蓝色的血液。

容远愣了一下，然后说："我想快要到空间跳跃点了。我们要进营养舱，不然虫洞的引力能把我们的身体轻易撕碎。"

在银河系中，星际联盟已经发现并且记录在案的虫洞非常多，有时候一颗星球周围可能有大大小小十几个。不过大多数虫洞非常危险，进入其中的，无论是生命体还是非生命体都会被瞬间撕碎，还有一部分虫洞充满未知：有些出口位置随机，把人抛进恒星或者更加危险的未知区域也完全不奇怪；有些人能够安然进去，却从来没有从中走出来的；有些还时不时吐出一些银河系中完全不存在的生物。研究虫洞的专家认为，它们中有的可以大幅度地跨越时间，有的可能通往平行宇宙或者遥远的其他星系，但这些都只是猜测。探索虫洞是最危险的任务之一，有史以来，联盟中为此牺牲的智慧生命超过了现在地球人口的总和。

所有虫洞中，进出口位置固定、时间跨越幅度不明显、让人出入安全有一定保障的非常少，只占所有虫洞的百分之零点三。这种虫洞被称之为空间跳跃点，但其危险性始终存在，只是稍微降低了一点，因此通过虫洞航行始终不被大部分民众接受，导致即使在星际时代，很多人一辈子也不会离开自己出生的星球。

说要去营养舱，但帕寇没有立刻这样做，他走进驾驶舱开始对路线进行设定和修正——这就是他在休眠半途中强行醒来的原因。靠近虫洞的时候，因为引力的关系，飞船很容易被拉扯着离开固定的轨道，而且虫洞附近的引力变化莫测，飞船轨道的改变也无法预计，强大电磁场的影响，也使得飞船本身的自动导航系统容易受到干扰，因此每次在这个时候，都必须人为地进行调整。

在了解到容远以前很少接触这方面的工作后，帕寇就将这个任务包揽下来。这只蠢蠢的章鱼此时意外地可靠，几条腕足在操作台上飞快地点击，甚至留下了残影。他对照着各种复杂的数据，只是略微沉思片刻就开始调整，小眼睛里的目光非常严肃。容远在旁边看着他，甚至有种难以置信的感觉。

容远一边观摩他的操作，一边抚着下巴跟自己脑海中的知识对照。他这些天也学了一些相关的内容，此时帕寇的每一个动作，在他眼中都像是书上的一行行文字流过。他微微点头，有些之前还不明白的地方也豁然开朗。看着看着，容远忽然觉得有些不对，航向角度比他计算安全范围的要少了三分，别小看这区区三分的微小角度，在虫洞中，方向瞬间就可能偏离九十度不止。

"帕寇，这个角度小了三分。"容远既不管自己是第一次接触宇宙飞船的新手中的新手，对自己发现的问题也不怀疑，直接就指了出来。

帕寇也没有半点身为"专家"的骄傲或者权威感，他停下动作，眯着眼睛仔细看了看容远指出来的地方，片刻后，他满身冷汗地确认了容远是正确的，按照他本来的这个方向行驶下去，在虫洞中船毁人亡只是瞬间的事。他心悦诚服地赞叹道："容远，你们兰蒂亚人一定是智慧种。"

帕寇迅速修改了错误，之后也时不时问问容远的意见，两人协力，很快把飞船航向的方向调整好。帕寇长出了口气，说："完成了！接下来飞船就无法控制了，大概还有半个小时，我们就能进入空间跳跃点，引力会把飞船甩到下一段航路上，而且速度只会越来越快。我们该立刻进营养舱！"

他说话的同时，蓝色的血液不光从他五官中流下，甚至连毛孔中都有细细的血丝渗出来，几乎变成了一只血章鱼。因为颜色差异的原因，看上去恐怖程度减弱了很多。

容远自己也觉得很不舒服，他感到头晕目眩，胃里有种沉甸甸的压迫感，身体不由自主地向一侧倾斜着，站直是一件非常困难的事，眼睛、鼻子和耳膜等脆弱的器官首先发出了警报。不过他的情况到底比帕寇要好得多，至少他到现在还没喷血，而帕寇渗出来的血液笔直地向前方延伸，"啪"的一声贴在窗户上，糊了蓝汪汪的一大片。

"你看上去不太好，我能帮你什么？"容远问。

"这是正常现象，我想我的皮肤太柔软了。"帕寇自嘲地说，看上去对自己的惨状完全不在意。他敲下操作台上一个红色的按钮，顿时，飞船外侧所有的窗户都被金属外壳包裹住了，这些金属严丝合缝地紧密衔接在一起，完全看不出一点空隙。飞船内壁则弹出许多伸缩带，把所有可能移动的物品都固定起来，眨眼间，能活动的只剩下容远和帕寇。

大概是考虑到这种紧急情况，营养舱和驾驶舱离得并不远，他们很快到达营养舱。这里除了一条窄窄的走廊，就是密密麻麻的像中药柜子一样堆成一面墙的营养舱。万一飞船发生意外，这些营养舱会像子弹一样被弹入太空，同时持续发出全方位的求救信号，舱中的营养液也能维持其中的生命数年甚至数十年的休眠状态，直到被人解救或者营养液耗尽。

帕寇迅速拉开一个柜子钻进去，下一秒，柜子无声地合上。空气中无形的压迫力越来越强，容远站都站不稳，甚至有种眼珠子要从眼眶跳出来的感觉。他拉开一个大小跟自己体型差不多的柜子躺进去，不等他动作，柜子就"啪"的一声合上了。

压迫力瞬间消失，身体轻得似乎要飞起来，完全的黑暗让人觉得昏昏欲睡。接着，营养舱中涌入大量半固体物质，将他整个人都淹没了。容远刚挣扎了一下，就发觉在这种物质中一样能够呼吸。这感觉有点像是在棉花糖球里，但更加舒适。

容远试探着慢慢睁开眼睛，好像是发现了他的动作，舱壁散发出淡淡的微光，亮度足以照亮周围，又十分柔和，完全感觉不到刺眼。他浸在一种牛奶一般的物质中，知道这是营养液，但他本以为这东西不会这么黏稠。

他又闭上眼睛，打在眼睑上的光慢慢消失了，这种黑暗和周围的营养液会带给人一种犹如身处母体中的安全感，舒服得恨不得再也不出去。为了减轻乘客的不适感，营养舱本身就有强制休眠功能，几秒钟后，容远就睡着了。

他的胸口动了动，豌豆从里面爬出来，营养液中的催眠物质对它来说好像完全不存在一样。在这营养舱中，摆出任何姿势都会觉得像躺在床上一样舒适。豌豆盘腿坐在容远头边，在容远睡着的这段时间，它会负责护卫。

诺亚不在，光脑又重新开始发挥作用。不过这艘飞船的系统并不是给它一个入侵命令就能轻易入侵的，容远对飞船系统进行设置以后，两者才能建立联系。豌豆对外太空也是完全陌生的，就算有光脑，它也没有多少用武之地，此时的护卫工作就是它主动担负的责任，它还把能记录的内容都记录下来，相信之后容远一定会有兴趣看一看的。

而像个鸡蛋一样全面封闭的飞船正以越来越快的速度扑向虫洞，在接近到一定距离的时候，它的速度猛然加快到肉眼甚至看不见的程度。虫洞像是咕咚一下就把飞船吞下去了，这颗银灰色的鸡蛋在其中高速旋转着，几乎是瞬间就穿过了整个虫洞，被抛向黑漆漆的宇宙。离开虫洞的影响范围后，飞船自动开启了反向喷射系统，将速度慢慢降下来，然后确认了航向，驶向下一个空间跳跃点。

穿过第二个虫洞，离比丘星只有十天半个月的航程了。比起地球周围的荒芜，这一片星域要热闹得多，一天之内总能遇到几回来往的飞船。为了避免因为双方都看不见而发生碰撞这样的乌龙事故，在这种区域中，人们都会默契地关闭飞船的光学隐形状态和雷达屏蔽系统，相遇的时候还会发出信号问好，跟在地球公路上的陌生汽车交汇时按下喇叭一样。

即使在这个科技程度比地球发达无数倍的星际联盟中，容远价值两百多万功德的飞船也没有逊色于它的任何一个同类。它的屏蔽系统足以让自己不被任何人发现，而它的扫描系统中，发现了一些在规定航道附近鬼鬼祟祟地行驶的走私飞船。

宇宙很大，理论上来说，可供飞船航行的航道有无数条，然而实际上大多数飞船会在官方规定的航道上行驶，因为在这样的航道中，飞船可以关闭能源，利用星球之间的引力弹射而毫不费力地前进。如果在航道以外，引力差会让飞船渐渐偏离方向。宇宙中没有上下左右前后的方向感，迷路的后果比在星球上要可怕得多，为了不迷失方向，这些航道外的走私飞船就要一直开启推进系统，能源的需求非常大。

一路无话，快要接近比丘星的时候，容远的飞船却忽然接收到一个求救信号。帕寇二话不说，让飞船立刻转头朝信号传来的方向驶去。

容远微微皱眉，说："帕寇，我们不知道发出信号的是什么人。"这条航路上不止他们一艘飞船，最多一两天内，一定会有其他飞船经过。容远在什么都不确定的情况下，宁愿放弃救援，即使被扣一定的功德值，也不想招惹麻烦。

"无论任何时候，任何地方，在宇宙中只要遇到求救信号就必须救援，这是惯例，也是法律，容远。"帕寇严肃地说，第一次在看着容远的时候露出了不悦的神色，"宇宙黑暗又冰冷，充满危险，也许错过这次被救的机会，他们——不管是谁——都没有下一次了。"

容远无言以对，甚至有种无法直面帕寇眼神的感觉。帕寇出于人道主义选择救援，容远则是出于谨慎选择不救援，他实际上并不觉得有多么危险，只不过相比起一条或者更多的人命，他更在乎自己此次旅程是否顺利。

"好吧，既然你这么说。"容远选择同意，但他也提出了条件，"但是如果呼救的人可疑……或者我觉得他可疑，我们要把他关起来，你别问我为什么。"

他有天眼，如果是个坏家伙，他一眼就可以看出来。至少在完全由他控制的飞船上，危险程度还是可控的。最理想的是，对方只是个单纯遇到危险的普通人，救下来，然后交给警察或者类似的机构，送其回家。也许对方出于感激，还会给他们带来额外的帮助。

"当然，你是船长。你有绝对的权力。"帕寇立刻高兴起来，态度重新变得亲密了，他坚持救援，但对容远怎么处置这个被救援者完全没有意见，这本来就是宇宙航行中的公约。

飞船大概飞行了两个小时，他们终于找到了发出求救信号的人。远远看去，那只是一块不起眼的石头，靠近以后才发现是一个穿着宇航服的比丘星人，换句话说，这也是只章鱼。它看到飞船，几条腕足全激动地晃来晃去，拼命吸引他们的注意力。

飞船速度减缓，慢慢靠近这只章鱼，然后飞船底部弹出一只机械爪，迅速而精准地伸过去抓住他，接着绕过一颗卫星，继续驶向比丘星。

帕寇和容远去迎接这位意外的客人，然后决定要怎么处置他。这只章鱼完全不了解他们的打算，一看到自己的同胞就激动地抱过来，几条腕足几乎全缠在帕寇身上，连声说"谢谢、谢谢，真是太感谢了，你们救了我的命"。

帕寇几乎是九死一生才回到故乡，他也十分激动地抱住对方，小眼睛里充满泪水，深情地说："你安全了，放心吧，你可以回家，我们都可以回家！"

"哦，兄弟，你为什么比我还激动？"陌生章鱼有些纳闷。他恢复得很快，看样子对自己遇到的危机已经司空见惯了，他费了些力气，才把帕寇缠在他身上的腕足扯下来，看见帕寇的泪水，十分感动地说："虽然是第一次见面，但你比任何人都关心我，真是个好人，我喜欢你！从今天起，你就是我的朋友了。"

"你也是我的朋友。"帕寇感性地说。忽然想起这不是自己的船，他转头问："你觉得怎么样，容远？"

容远在后面看了半天，此时目光盯着陌生章鱼，说："飞船内的环境是安全的，为什么你还不脱下宇航服？"

容远的态度并不十分友好，不过陌生章鱼没有介意，大大咧咧地说："哦，我忘记了！"说着，他就在帕寇的帮助下脱下笨重的宇航服，还把自己几条柔软的腕足抖了抖："你看，我没有带任何武器，我是安全的。"看来他很清楚自己被冷漠对待的原因。

"你叫什么名字？"容远问。

"德布，我的名字叫德布。"章鱼反问道，"你们呢？"

"为什么你会遇难？"容远没回答他，继续问。

"我是星网基站的维修员，你知道，一旦星网出了问题，我就是那种只系着一根安全绳给基站换个零件、更改线路之类的维修工。两天前，一颗陨石撞在基站上，全比丘星的星网都断了，没办法，我就开着我的小飞行器上来修理，没想到情况比我所想的还严重，我刚试图把基站被撞扁的壳子挪开，它就爆炸了。我很幸运，没被炸死，但是安全绳断了，我被吹到真空中，飞行器也不知道去哪儿了，可能损坏了。"

德布还拿出一个徽章给他们看，帕寇认出来正是星网工作人员的徽章。德布的宇航服上还有自动摄像装置，虽然在爆炸中有些损坏，不过断断续续还能看到一点图像，完全佐证了他的身份。

容远也看到了他的功德——八十九，不算太多，只能说明他不是个坏家伙，就是一只很少帮助别人，也没有能力和意愿去伤害别人的普通章鱼。

"你可以留下来。"容远说，"还有，别乱走。我们很快到比丘星。"

容远看得出来帕寇很想跟德布聊聊，说完以后就转身离开了。他听到背后德布很小声地跟帕寇说："这家伙是什么人？我从来没见过长相这么怪异的人！"

帕寇说："他叫容远，是一个好人，他跟我们不是一个种族。"

"好吧，这一点我看出来了。"德布忍不住低声道，"他丑得已经超出想象了。"

"别这么说！"帕寇很不高兴地板起脸，生气地说，"他救了我的命，也救了你的！如果你有什么意见，可以现在就离开飞船！"

他虽然生气，不过怕激怒容远，声音还是压得非常低。可惜容远的耳力超出了他们的想象，虽然他现在已经走到楼梯最上一层，离他们很远了，但还是把两只章鱼的对话听得清清楚楚。

容远回头看了一眼德布——他身材胖乎乎的，圆圆的大脑袋像是顶着一个巨大的肉瘤，肥肉挤得眼睛几乎看不见，将他的腕足衬托得又短又小。他的皮肤是灰黄色的，上面有很多形状不一的暗红色斑点，像是长了很多青春痘。他所有露在外面的皮肤上，如果容远没看错的话，都涂了一层像化妆品一样的东西，让他显得闪闪发亮。

跟他一比，在地球人眼中像只怪物的帕寇都显得高大威武、俊美健壮。他就这尊荣，还好意思说容远丑？

容远只看了一眼，就回到观景台，心情出乎意料地十分平静。他一点也不生气，审美观不同，根本没什么好争辩的。

不过他突然想到，作为同一种生物，帕寇的审美观大概跟德布也相差不远，那岂不是在他眼中，地球上的人类全丑得不忍直视？

飞船渐渐靠近比丘星，在距离已经能看见星球表面建筑物的时候，容远他们都来到驾驶舱。宇航管理处发来验证信息，帕寇回复以后，很快获得通行许可，飞船落向地面的公共停机坪。

"我们要回家了，德布。"帕寇近乎贪婪地看着熟悉的星球，如果不是安全带还扣在他身上，可能他已经扑到窗户上去了。

"真是太好了，帕寇。"德布的心情也很激动。

看了一会儿后，帕寇又转头对容远说："我亲爱的朋友，我真不知道该怎么感谢你才好。如果不是你，我可能这辈子都无法回到故乡！我跟你说，你一定要先住到我家来，我会尽我所能招待你。"

"伙计，"德布一脸抽搐地说，"我觉得你情绪太激动了，真的。"

他不知道帕寇之前经历了什么，但容远知道，帕寇的提议也正中他的下怀，因此他点头道："那再好不过，谢谢。"

"是我该谢谢你。"帕寇发自肺腑地说。

飞船落在地面停稳，他们解开安全带准备下去。德布走在帕寇前面，边倒着走路边看着帕寇，有些不确定地说："说实话，伙计，我觉得你好像有些眼熟……我们以前见过吗？"

"我想没有。如果我以前见过像你这样特别的人，我一定不会忘掉的。"帕寇真挚地说。容远一时间弄不清楚他这句话到底是不是讽刺。

德布显然不这么想，他得意扬扬地用一条腕足摸了摸光溜溜的圆脑袋，道："说得也是，像我这么英俊的人走到哪儿都会给别人留下深刻的印象，我已经很努力地不那么惹人注目了，但长得帅没办法。"他假模假式地叹了口气，十分烦恼似的。

容远发誓他看到帕寇轻轻笑了一下，一起相处了五十多天，虽然中间将近三分之一的时间，帕寇都在休眠，但他现在基本能从那张章鱼脸上分辨出表情了。

德布几条胖乎乎的短腕足灵活地在走廊墙壁和地板上交替游走，这样，即使他没有看路，也不会撞到任何东西。自恋情绪过去以后，他看着帕寇似乎还是有些不解，疑惑地说："但我肯定在哪儿见过你，我挺确信这一点的。你真的……说起来，伙计，我好像还不知道你的名字呢！我知道他叫容远，你叫什么？"

帕寇脚步微不可察地顿了一下，大大咧咧的德布没发现，但容远注意到他似乎并不太想说出自己的名字。

一瞬之后，帕寇笑着说："我叫帕寇。"

"帕寇？"德布大吃一惊，问，"那个帕寇的帕寇？"

"那个……我不知道比丘星上有很多人叫帕寇。"帕寇迟疑地说。

"没错，我以前也不知道，但如果真的是你的话，真是太……太不可思议了！"德布兴奋得脸都涨红了，大声说，"我知道我在哪儿见过你了！帕寇！在新闻上！他们说你误入未知星域，可能已经死了！哦哦哦，我的天哪，比丘大神在上，你还活着！"

他的几条腕足激动地胡乱甩动着，帕寇不得不把上半身使劲往后仰，以免被他打到，嘴里劝慰道："是的是的，我还活着，冷静！冷静！我的朋友。"

"我很冷静。"德布忽然恢复正常，咧开嘴露出一抹十分开心的笑容，说，"欢迎回家，帕寇。"

"谢谢。"帕寇眼泪又涌出来了，他急忙擦擦，神情非常激动。

这里的飞船很多，有的正准备起飞，有的正忙着降落，很多飞船上上下下的乘客和搬运物资的生物似乎脚下生风，跑得飞快。当然，他们大多数是章鱼，也有一些别的奇形怪状的生物。容远注意到，没有一个生物长得跟他相似，他现在好像才是这里的异类。有些经过他们附近的生物就算再忙乱，还是忍不住十分稀奇地盯着他看，因此不小心碰在一起的生物很多。而容远很不高兴地发现，大多数外星人看到他的第一反应是吓了一跳，然后表情就变得有些怪异，满脸都写着"长成这样实在是太可怜了"。

生平第一次，容远因为他的长相而被嫌弃了。这种感觉，不得不说，十分酸爽。

至于他身边的两只章鱼，由于他这个强力聚光灯的效应，被所有人一致无视了。

比丘星是一颗百分之九十九的表面都被海洋覆盖的星球，剩下的百分之一是零星分布的小岛。从宇宙中看去，这颗星球就像一颗通体澄澈的蓝色宝石。踏上这颗星球，碧蓝的海水几乎跟天空融为一体，潮湿的空气沁人心脾，几乎闻不到任何机械或者废气的味道。在这颗星球上生活的种族，肯定会觉得地球污浊得好像沼气池。

这颗星球最特别的是，作为一颗宜居星，一颗行星，它居然让恒星在绕着它旋转！地球上自古以来流传的神话在这里就是现实。而且围绕在它周围的不止一颗恒星，而是三颗！实际上，三颗恒星构成了近似等边三角形的三星系统，围绕着中心旋转。神奇的宇宙让比丘星位于中间非常巧妙的位置，它的质量和体积都不大，在这个星系以外甚至看不到它的存在，恒星的光经过距离的消散已经变得并不剧烈。在比丘星上看来，三颗恒星都在绕着它旋转，为它提供持续的亮光和稳定的热量，所以这颗星球没有白天黑夜之分，没有冬夏之差，没有冰川雪原，是一个任何时间都像春夏之交一样温暖湿润的星球，酷寒从未降临过，是银河系中著名的旅游星球。

停机坪是一个从小岛上延伸出来的人造平台，周围像地球一样有很多旅舍、餐馆之类的，还有很多卖纪念品的小店。此外，就是一个巨大的像蜂巢一样的建筑，里面正有各种颜色的"蜜蜂"飞进飞出，看起来十分匆忙。

帕寇抬起腕足，德布急忙阻止他，说："我来我来！"说完，不等帕寇拒绝，他在自己的腕足上点了点，一只红色的"蜜蜂"就从那个蜂巢中飞出来，准确地停在他们面前——这是一台可以悬浮的飞行器，结构看上去很简单，大小也跟地球上的卡车差不多，只不过外表的线条更加流畅简单。

"可是德布，我们已经到比丘星了，还麻烦你送我们回去就太……"帕寇有些为难地说。

"不是吧，你们在想什么？你们救了我的命！"德布表情夸张地说，"你们以为我是那种对自己的救命恩人只说一句谢谢就算了的人吗？你们一定要跟我回家，让我好好招待一下！不许拒绝！帕寇，我以为我们已经是朋友了！我不管，这事就这么说定了，如果你们当我是朋友，就谁也不许反对！"

容远和帕寇对视一眼，这只有点"奇葩"的章鱼一副"不让我报恩就是在侮辱我！我跟你们没完"的样子显然让善良的帕寇不好拒绝。容远是无所谓的，德布已经洗刷了他的嫌疑，容远也很有兴趣多了解一点东西。于是帕寇点头说："好吧，既然这样……"

"那还等什么？上车上车！"德布不等帕寇说完，就兴高采烈地跳上车，等容远和帕寇也坐好后，悬浮车"唰"的一下飘了出去。

悬浮车内是完全封闭的，所以车上的他们并没有感觉到那股强烈的气压，只是被加速度弄得身体紧紧贴在靠背上。悬浮车驶出一段距离后，猛地转了个弯，一头扎进海里。

到海中以后，悬浮车的速度就减慢了很多，不仅是因为水的阻力更大，也是为了避免不小心撞死一堆海洋生物。悬浮车上本身会持续发出驱逐低级智慧生物的声波，所以只要速度慢一点，路上就是完全畅通的。

透过窗户，容远看到大大小小的鱼飞快地游向远方，有时还能看到类似水母一样的东西贴在窗户上，搭一段便车以后再离开。这些海洋生物的长相跟地球上的差别倒不是很大，一样有的线条简单，有的模样怪异，容远对此适应良好。

速度慢下来以后，帕寇还抽空举起腕足跟他解释："你看，我们的腕足上都有这样的身份卡片，这是一出生就种下来的，是会跟随我们一生的东西。"他的腕足上，确实有一块指甲大小的芯片，几乎跟他的皮肤融为一体，他不说，容远都没有发现过。

"德布就是用它叫了车？"容远问。

"没错。"帕寇说，"这块芯片有非常非常多的作用，基本上我们去任何地方都需要这个，叫车只是最基本的一项，身份验证和财产储蓄也都在这里面。你看，只要这样一点……"帕寇给容远示范着用法，虚点了一下，没有彻底按下去："最近的一个公共停车场就会派出一辆悬浮车来供你使用，用完以后只要发出信号，悬浮车就会自动返回停车场，费用也会直接从储蓄中扣除。所以我们基本上没有私人的悬浮车，公共的也是最好的。"

"嗨，容远！"在前面开车的德布问，"你是第一次来比丘星吗？"

"嗯。"容远道。

"哦，我没看出来。不对，这我可以看出来，因为你长得……你知道，与众不同。"德布艰难地把真正想说的评价咽下去，"不过你的比丘语说得好极了！真的，如果是外星人，我一下就可以听出不同，但你一点口音也没有。"

"因为我有一个好老师。"容远说。旁边的帕寇眼睛笑得弯弯的，点点头表示赞同。

德布的家在海中间的一道峡谷中，初看像个小洞口，进去以后才发现别有洞天，跟外面相比，带点海腥味的空气充斥在这个空间里。德布特别热情地招待他们，把家里最好的食物全拿出来，不一会儿就弄了一大桌子菜，丰盛极了，味道也非常不错，跟他的外表完全不符合。

吃饭前，容远不着痕迹地用检测器检测了一下，发现对他无害才吃了几口。德布还拿出一大瓶淡绿色的饮料，看帕寇的态度，这似乎是一种十分珍贵的酒。德布毫不吝啬地拿出来请他们喝，倒了满满三大杯，容远尝了一口，有种自己似乎把月光吞进去的感觉，难以言喻的奇妙滋味瞬间征服了他的味蕾。

不管什么时候，吃饭都能拉近人和人之间的关系，不大一会儿，饭桌上的气氛就变得更加融洽，不光德布和帕寇很开心，连容远脸上都不由自主地露出几分笑容。饭席过半，德布到厨房又端了一盆汤出来，容远不经意地看了他一眼，意外地发现他头上的功德值忽然变了——

从八十九，变成了负两百三十。

容远按住帕寇卷住勺子准备舀汤的腕足，脸色沉下来，问："德布，你刚才干了什么？"

"我干了什么？"德布莫名其妙，看到容远的动作和帕寇缓缓放下的腕足，神情愤怒，好像受了莫大的委屈，大声道，"这是什么意思？你以为我在汤里下毒了吗？"

他气得狠狠拍了下桌子，端起汤盆一口气咕嘟咕嘟喝完，然后猛地摔在桌子上，两眼赤红地瞪着他们。

帕寇显得有些尴尬，但容远不会这么轻易就相信德布。即便汤里没有问题，他也知道德布刚才一定做了什么不该做的事，拉起帕寇冷声道："饭也吃了，酒也喝了，你已经答谢完，我们该走了。多谢招待。"

"等等。"德布忽然敏捷地挡在门前，怒气冲冲地说，"不许走，把话说清楚！"

容远眯着眼睛盯着德布，除了愤怒，他脸上明显有些不安，似乎还藏着什么别的东西。他确定了心中的想法，神情变得更加危险，压低声音说："让开！"

德布抖了一下，但腕足依然死死扒住门，不许他们离开。帕寇左右看看，有些手足无措的样子，他都不知道是怎么突然变成这个样子的。他觉得容远突然翻脸不对，又觉得德布好像也有点异常。

"叩叩叩！"

对峙中，德布家的门被敲响了。

德布猛地松了口气，怒容一扫而光，笑容满面地对帕寇说："他们来得可真快，你比我所想的还要受欢迎！"说着，他转身去开门。

"等等。"帕寇脸色突然变了，拉住德布说，"什么意思？来的是谁？"

"还能是谁？当然是关心你的人！"德布惊奇地说，"你以为我是怎么知道你的名字和长相的呢？我天天都能看到关于你的新闻，他们都说你可能已经死了，却从来没有放弃找你！而且不管是谁，只要找到你或者救了你都能获得巨额的奖赏！我还以为他们疯了，没想到真的出现了！不管你是怎么活下来的，你都是我的福星！谢谢，帕寇，你真的是我的好朋友。还有你……"他看向容远，神情立刻变了，带着几分厌烦说："虽然我不喜欢你，但我会看在你救了我的分上，分一笔奖金给你的。别奢求太多，没有一个看新闻的好习惯，这是你的错！所以你才会错过一大笔财富。"

他挣开帕寇的腕足去开门，帕寇脸色阴晴不定，忽然挥出一条腕足，带着破空声猛地袭向容远！

容远的注意力都在德布身上，帕寇的袭击又猝不及防，当他反应过来时，腕足转瞬间已经近身，他刚要反击，忽然察觉看起来凶猛的腕足力度十分轻柔，一愣之下就身不由己地被卷起来甩出去了！

身体向后飞出的时候，容远看向帕寇，短暂的一瞥中，他看到帕寇的嘴动了动，无声地说了一句话。

容远愣怔住。

就在德布把门打开的短短一两秒内，帕寇已经把容远扔进了里面的一个房间并顺便带上了门，另一条腕足快速在桌子上一扫，打翻了盆碗杯碟，地上一堆碎片，看不出大家曾经围桌而坐的样子。

"噼里啪啦"的声音让德布顾不上门外的人，惊愕地回头看着忽然发狂的帕寇，连生气都忘了，呆滞地问："你干什么？"

门外的人却没有兴趣理会德布小小的财产损失，德布被一把推开，一群手里端着激光枪的外星人——即使对比丘星人来说也是外星人的家伙闯进来，他们全戴着面具，看不清表情，但那种绝不友好的态度再明显不过。

被推倒的德布本来要抗议，看到这幅情景，默默地把头缩进去了，连喘气都不敢。

"比丘星，帕寇？"为首的闯入者闷声闷气地说，一边手腕上浮现一个电子图像，跟帕寇对比。

帕寇已经被控制起来，腕足全被特制的锁锁住，别说反抗，连走路都困难。他目光冰冷地盯着这群面具人，没有说话。

闯入者的领队也不需要帕寇亲口回答，他拿出一个电子温度计一样的东西，将细长的一端直接扎进帕寇的脖子，机器一阵嗡鸣，片刻后，尾部显示屏上一条红色的进度条迅速走到尽头，发出"嘀"的一声。

那个外星人领队低头看了一眼，说："基因吻合，带走。"

帕寇被两个面具人迅速拖出去，领队转而看向德布，问："比丘星，德布？"

德布所有的腕足都在抖，对方没有任何感情的目光定在他身上，就像一把剑从他眉心扎了进去，他害怕得说不出一个字来。

领队这次就没有耐心给德布做基因比对了，只是调出德布的照片和私人信息看了看，证实是他后问道："你报告说是你找到了帕寇？"

"我……其实……我……"德布拼命摇头，牙齿打着战，努力想要说出事实。他只是想多拿些奖金才冒领了功劳，这是怎么了？为什么会变成这样？

领队从胸前拿出个跟钢笔差不多大的东西，按了一下，德布兴奋又压抑的声音从里面传来："我发现了帕寇……对，就是他，跟新闻里一模一样，我确定是他……没有别人，就我一个人发现的……你们说有奖金，不会食言吧……那好，地址是……，你们要快点来，不然他就要离开了！"

通话结束，在领队目光的逼视下，德布面如死灰，结结巴巴地说："我……你听我解释……"

"不必。"

领队把激光枪对准德布，看着他布满绝望的眼睛这么说。

"啪！"

一具中间缺了一个大洞的章鱼尸体倒在地上，没有响亮的声音，没有迸溅的鲜血，只有伤口处有焦黑的烧痕。

几个手下对这场景已经司空见惯了。他们在几个房间和周围都搜索了一遍，对领队摇头说："没有其他人。"

"走。"

领队转身率先离开，身后其他人列队跟上，留在最后的一个人从腰包里掏出个鸡蛋大小的圆球，"啪"的一声扔在地上，也转身迅速离开。

闪烁着银黑色光泽的几架专属飞行器破开海水飞向海面，德布的尸体旁，粉红色的小球滴溜溜地旋转着，几秒后轰然爆炸。德布的房子建在海峡岩壁当中，并不会被这小小的爆炸摧毁，但墙上出现了几道裂缝，房子的空气防护罩被摧毁了，大量的海水瞬间涌进来，而那粉红的爆炸粉尘在海中散开，附近的海洋猎食者们无论大小，忽然都像是打了激素一样摆着尾巴用消耗生命的速度游过来，挣扎撕咬，疯了一样要吞下更多的粉末。

最开始到来的是一些手指大小的鱼虾，这些生物遍布在海洋中的每个角落，哪怕是驱逐装置也无法驱赶干净。随着被吸引过来的小鱼虾越来越多，后来的一些较大的鱼已经找不到多少粉尘，便悍然向前面的小鱼虾发起进攻，它们自己又被后来的猎食者攻击，很快，争夺粉末的战火就升级为争夺血肉和鳞片。即便如此，它们也完全不知道逃走，哪怕身体被撕扯得只剩一半，仍然在努力吞咽，最温驯胆小的海鱼都敢钻进海洋霸王的嘴里去争抢食物。直到一头至少有二十吨，像一座山一样的巨鲸游过来，一口将这里所有的生物连同海水都吞进肚子里，才为这场战争画下句号。

巨鲸悠然地离开了，巨大的阴影渐渐远去，而之前德布还算温馨干净的家，此时只剩一片废墟，连完整点的布块都看不见，更不用说德布的尸身了。红色、蓝色的血融入海水中，慢慢消失，地上只有一些碎石、鳞片、尖牙和很小的鱼鳍什么的。一些很小的鱼壮着胆子渐渐聚集过来，头伸进石头的缝隙中寻找食物，啃噬着最后的残骸。过不了多久，这里曾经生活过的、战斗过的痕迹都会消失，任谁看来，都只会觉得这是再普通不过的一个岩洞。

洞边，一片海水忽然波动了一下，像褪去颜色的画布一样变得模糊。"哗"的一声，容远嘴里咬着小型氧气筒，像剑鱼一样直直地游向海面。

白色的棉花糖小船靠近小岛的岸边，岛上的人看了一眼，见上岸的只是一个比丘星人，便转过视线，不再关注。

比丘星人虽然笨拙，却十分"手巧"，经常做一些稀奇古怪的东西出来。这艘小船模样虽然古老简朴，但跟比丘星人其他匪夷所思的"发明"比起来，只能说太普通了。

用拟态衣变成章鱼外形的容远终于不再被这些外星人用异样的眼神看待了，但他一点也高兴不起来。海底峡谷中发生的那些事，他窥一斑却不知全貌，只有一些靠谱或者不靠谱的猜测，但他清楚，如果被那些人发现其实他才是和帕寇一起登陆比丘星的人，那么他就会陷入危险之中。

哪怕没有这些事，这个陌生的星球对他而言也是处处充满危险。他对这个星球其实一无所知，不知道会不会有类似"晚上十点以后冲马桶则违法"的奇葩法律，不知道该去哪里住宿和上厕所，不知道他的飞船如果想要起飞有什么手续……他甚至没有一个合法的身份证明，而这一点，是最为致命的。

在容远的观察中，不管这比丘星上的章鱼们想要做什么，都会出示一下腕足上的身份卡。哪怕是跟摆地摊的小贩买东西，他们也是直接用身份卡转账，他没有看到任何人用现金。

想也知道，如果伸伸手就能完成交易、身份验证、信息录入等等，谁会选择更加复杂的方式呢？哪怕是到这里旅游的外星人，下飞船的第一时间也是办理一张临时身份卡，存入一定量的现金。等他们离开的时候，如果没有花完，完全可以把剩下的钱兑换出来。

不过容远没有太紧张，他几天不吃不喝也没有问题，更何况还有《功德簿》。这近两个月的旅程中，不管相距多远，地球上的功德值都完全无视空间和距离，源源不断地增加，到现在已经有两千万出头的功德值。如果容远孤注一掷，想要离开，他随时都能兑换出一艘宇宙战舰出来。

如果可能的话，容远并不希望用那么粗暴直接的方式解决问题。他这次来到比丘星最重要的目的，是为了开阔眼界、知己知彼，不是为了跟一颗星球甚至联盟开战的。

所以，虽然很对不起帕寇……但他给容远推开了一扇窗，容远带他来到比丘星，在容远的算式中，他们已经两清了，尽管最后一刻帕寇的维护让他有所触动，但他并没有打算不自量力地去救人。

更何况，他连帕寇会惹上麻烦的原因都不清楚。也许是因为他到过地球，也许是因为他过去做了什么惹上了不能招惹的对象，也许是因为他的背景或者工作……在什么都不清楚的时候，容远不会贸然涉足。

将棉花糖船溶解掉，容远走向小岛上的集市——他不打算一直藏在暗处，总要有迈出第一步的时候。而集市上的那个家伙，他已经观察了几个小时，对那人的了解已经如同在其身边生活了十几年的人。

收摊回来，蒂尼习惯性地拖着沉重的脚步向家的方向走去，走到一半的时候，想起家里的那一位客人，又转到蔬果店买了些水果蔬菜，还提了两只螃蟹回家。

远远地，看到自己家窗户里透出来的光，蒂尼忍不住笑了一下，心中感到有些温暖，疲劳似乎都被心中的期待扫尽了，他加快脚步走过去。

社会越发展，人和人之间的距离似乎就越远。蒂尼的父母早已经去世，兄弟姐妹虽然多，但只比陌生人多了一层血缘关系。他也没有什么亲密的朋友或者同事，跟周围所有人都只是点头之交。他内心渴望友情和关注，但又从没有觉得周围有什么人值得自己付出信任，因此蒂尼非常孤独，他的生活像一潭死水，一天一天重复着相同的过程，让人既麻木又绝望。

然而现在不同了，他有一个朋友……不，或者不该说是朋友，他有了一个必须保护和关心的对象，这给他的生活带来了巨大的动力，他全部的心神都放在那个人身上，根本没有工夫去感到绝望或者思考哲学问题。

蒂尼回到家，果不其然，他的客人依然拿着阅读器在看书。见他回来，客人抬起头，关切地问："今天顺利吗？"

"不能更好了。"蒂尼顿时感觉浑身的疲惫都消失了，举起手给对方展示了下手中提着的食材，"今天我们吃螃蟹！"

坐在窗边的年轻人露出一抹很淡的笑容，看不出有多少期待，不过蒂尼已经非常满足了，他哼着歌把食材都提进厨房，不一会儿就传来锅碗瓢盆的声音。

客厅里的人重新把视线投到阅读上，神情十分专注。这是一只非常年轻的章鱼，他看上去还没有成年，圆头圆脑，有些可爱，琥珀色的眼睛非常清澈。原本这个年纪的孩子还应该在父母身边被保护和教导，但这只章鱼不知为什么，孤身一人出现在这座小岛上，用在海中也非常珍贵的金丝珊瑚跟蒂尼换取一个住宿的地方。

蒂尼知道这是为什么，他发现这孩子的任何一条腕足上都没有比丘星的身份卡，就知道他是一个"黑户"。

一只章鱼一次生育产上百个卵也不奇怪，在过去条件恶劣的时候，这些卵大多数会因为被猎食或者无法生存而死去，只有极少的孩子可以被孵出，并活到产卵。然而现在，在科技的帮助下，初出来的孩子都能得到很好的照顾，夭折概率被大大降低了。为了避免人口爆炸，政府严格控制了比丘星章鱼一次产卵的数量和质量，一生只能产卵一次，每次最多允许生产三个孩子。因此，就有一些想要拥有更多孩子的章鱼铤而走险，在没有保障的海中生产，那些脆弱的婴儿在父母极为有限的照顾下艰难存活，然后一批一批地死去，最后极其幸运活下来的孩子，就成了比丘星的黑户。没有身份证明卡，就不能上学，不能工作，不能买卖，不能享受任何福利，不能独自乘坐任何交通工具，基本最后要么成为海中智力低下的野章鱼，要么混进城市偷盗抢砸，名声非常坏，比丘星大多数的章鱼发现这样的黑户会直接把他们赶进海里。

但蒂尼看着这只冒险跟他交易的章鱼，无法做出招呼其他人把他重新逼回海中的决定。这还是个孩子，没有道理为父母的鲁莽付出代价。他看上去这么幼小、可爱、单纯，理应被妥善照顾，百般呵护。

于是，蒂尼把他带回了家，也带回了一份责任。

这只年轻章鱼，自然就是用拟态衣变形的容远。外星章鱼和人类的审美观虽然不同，但有一点是所有智慧生物共通的，那就是对下一代的保护欲。所以，他特意拟态成了一只未成年小章鱼的模样，而且外表在他自己看来都有一种丑萌感。不出所料，所有他遇到的成年章鱼，尤其是被选为目标的这只灰色大章鱼，在他面前都不由自主地温柔以待。

只要能达到目的，容远也不觉得有什么羞耻的。虽然他在地球上已经算是成年人了，不过在比丘星，二十多岁的小章鱼的确还是未成年儿童——比丘星人的平均寿命在三百岁以上。

这些天，容远住在蒂尼家里，借助他的阅读器，了解这个星球的历史、文化、军事、技术、种族，以及他们跟联盟的关系、对加入联盟的渴望等等。最重要的是，蒂尼家里有接入星网的端口，容远将诺亚复制体 U 盘插进去后，无声无息地，它就渗透了星网大部分的区域，只有少数被高度加密的防护墙把它挡在了外面。

夜晚，蒂尼去卧室——直接联通了海水的一个大水池睡觉，他这几天睡眠质量很好，总能一觉睡到天亮。

容远放下阅读器，捏捏鼻梁，眼睛有些酸涩。他闭目养神一会儿，轻声道："都已经储存好了吗？"

"是。"豌豆站在他手边应道。光脑里面存储的数据库和其他不必要的内容几乎全被删掉了，所有的空间都用来下载书籍。文明高度发达的星际联盟，知识的壁垒小到几乎没有。绝大多数的书籍都能在星网下载到，哪怕是一些在容远看来非常高端的技术和极其危险的武器的资料也是如此，还有一些傻瓜教程，甚至只要你识字，就能教会你怎么从零开始制造核武器或者一艘星舰。

然而拥有的东西越多，珍惜的就越少。能联通星网的任何一个外星人都能轻而易举地获得地球上最优秀的科学家穷极一生追求的知识，但他们宁愿让这座金山腐烂发霉，也不愿伸一伸手从中获取唾手可得的财富。比如蒂尼，他满足于自己飞船地面应急指挥员的身份，其实大多数时间是在办公室玩虚拟游戏，只有在电脑有故障或者发生意外情况的时候才有他发挥作用的空间，而意外发生的概率非常低。他有时会自己做一些精美的手工礼品拿去卖，这也是他最大的骄傲。而已经死掉的德布，宁愿被一根不保险的绳子牵着在太空中维修基站，也没有利用空闲时间学习，以获得更好工作的想法。

容远知道，这世上有各种各样的人，虽然他不太理解为什么有些人能那样心安理得地浪费光阴，将自己短暂的生命耗费在一些并不值得的事情上，但他明白，对有些人来说，或许这种慵懒的生活就是他们的幸福所在。他不会给别人的人生提出建议或者轻易做出评价，只是看到那些满足于自己的无知的人，再看看星网上那些他以前必须用至少百十万功德才能换取的科学资料，总有种明珠蒙尘之感。

星网上的信息，其实有百分之九十九点九都是无病呻吟的文章、广告、心灵鸡汤、重复信息、错误消息、八卦等等，对容远来说跟垃圾无异，只有百分之零点一是真正有价值的信息。或许这就是为什么蒂尼他们难以从中学习并成长的原因。仅仅地球一颗星球，人们都很难准确地从网络浩如烟海的信息中提取有用而可信的知识，更何况星网至少联通了几千颗星球，网上的信息量之大难以计数，如果不是容远有智脑，他也无法从中提炼出精华。

蒂尼家里没有电脑之类笨重的电子产品，也没有纸质书籍。容远手中的阅读器就代替了所有书籍的作用，而登入星网的媒介，是一副像挡风眼镜一样的全息眼镜，戴上以后，密闭的设计会挡住外界的所有光源，容远犹如置身在虚空中，浏览网络时，各种选项就浮在他周围，他只要目光稍微集中在某个选项上，就能将其打开，也能和星网上的其他人交流互动，或者玩拟真度很高的全息游戏，不过拟真度只在视觉上，听、触、嗅等就感觉不到了。能够提供全方位感受，宛如身处真实世界的设备当然也有，不过那种头盔或者更大的游戏仓都很贵，蒂尼的那点工资根本买不起。

因为全息网络和游戏实在很有趣，容远也曾沉迷其中一连四五个小时，没有休息，直到身体向他释放出口渴的信号，他才猛地惊觉。之后，他登入星网一天的时长再也没有超过半个小时，下载的任务也全部交给了智脑和豌豆。

"主人，你这样不累吗？对人类来说，享受生命，适当娱乐，不是非常重要吗？"智脑复制体——诺亚二号懒洋洋地说。

容远说："这不是能让我安心享受的环境。"

"这是个相对的问题，世界上不存在完全安逸的环境，安全与否，主要在您个人的危机判定上。"诺亚二号道。等了一会儿，没有得到容远的回应，它也就失去了交谈的欲望。

二号跟诺亚完全不同，是智脑版的《十万个为什么》，它从网上获得的知识比任何生命体都多，但问题也比谁都多。在完成容远交给它的任务之外，它整天在沉思的问题就是"我是谁"。

智脑复制体，诺亚二号，主人的工具，一段程序，数字和符号的组合，代替品……它为自己的存在找了各种各样的理由，思考着很多哲学家才会思考的问题，整天都在纠结，比起名字，它更在乎自己为什么而存在，它的存在有什么意义。容远为了省事，一直叫它"二号"，它也不反对，更没有给自己弄一个代言形象之类的噱头。

"主人，有意外情况。"二号说着，用全息眼镜的外放功能放出一个短视频，是某座小岛上的露天广告视频，值得注意的是视频中出现的一个图像。

太极阴阳鱼图，在飞船上的时候，容远曾经信手给帕寇画过一次。意外的是，这只智力有点欠佳的章鱼一眼就看出了其中的含义，并且越看越觉得深奥，几次都拉着容远要讨论，对其赞不绝口。二号在星网进行图片分析和对比，偌大星网，其实有无数类似的图像，但都不是真正的阴阳鱼图，这样毫无偏差的图像，只有曾经看过它并且思考过很长时间的帕寇才能画出来。

"主人，我分析了这张图，里面隐藏了一条包含时间和地点的信息。"二号说。

"这是陷阱，容远。"豌豆急忙道。

"我同意这个说法。"二号道，"这则广告在比丘星的所有岛屿和海洋城都播放了，另外，比丘星最近对飞船进行了严格的管理，执行宽进严出政策，任何想要离开星球的飞船都会被仔细检查，据说是因为宇宙海盗奥克巴潜入了比丘星。"

容远盯着这张图看了一会儿，毫无疑问，这是传递给他的信息，但发布信息的人是帕寇，还是抓走帕寇的人？

"二号，飞船现在怎么样？"容远问。

"仍然在停机坪，未被扣留、损坏或监控。停机坪附近，未曾特别加强管理，未发现可疑人员。"

"如果帕寇把我的信息泄露给敌人，"容远自言自语地说，"他们为什么没有把我们的飞船控制起来？"

第 二 章
牺牲与醒悟

比丘星作为一颗著名的旅游星球,除了别具特色的海底城市,海面上那些大大小小的海岛也被充分开发。比如恋恋岛,就是一座著名的以恋爱为主题的特色岛屿,通过长达上百年的不断完善和改造,恋恋岛在联盟中已经有了非常响亮的知名度。

天空中时不时落下各色花瓣或者闪亮的星星彩带,花卉如海,万紫千红,一对对恋人徜徉其中,呢喃絮语,十分甜蜜。

在一个缀满粉紫色小花的花架下,一个比丘星人霸占了大半张长椅,精致的白色椅子被他压得吱呀作响,十分可怜。这个比丘星人戴着一顶水桶般的帽子,低着头,腕足不断轻轻拍着地面,显得有些焦躁。经过这里的情侣们看到他这个样子,都以为他在等自己的恋人,默契地绕到别的地方去了。

空中,一辆蝴蝶模样的飞车缓缓飘过,飞车尾部洒下无数五色斑斓的泡泡,折射出变幻无穷的光线,当气泡撞在其他东西上时,还会"啪"的一声炸裂,撒下细细的金粉。它们飘飘扬扬地落下来,一时间漫天都是透明的气泡,还夹杂着细碎的金光,坐在椅子上的比丘星人也忍不住抬头看了一眼,等这阵泡泡雨全部落地后,他才发现面前不知什么时候站了一个人。

灰色皮肤,褐色圆环形条纹,十条腕足没有特别粗壮或者细长的,没有装饰,没有工作徽章,灰色的眼睛耷拉着,显得不是很有精神,不过一直死死盯着他看,乍一看到有些瘆人。

坐在长椅上的比丘星人面不改色地跟他对视。

灰色章鱼看了他一阵,然后用有些沙哑的声音说:"帕寇?"他脸上松弛的皮肉堆积着耷拉下来,说话的时候完全看不到嘴唇在动,声音也因此显得闷闷的。

帕寇解除拟态衣变形,一副伤痕累累的模样,不过那张脸确实是他。他证明了自己的身份,就又启动拟态衣把脸遮上了,然后问:"你也用了拟态衣?"

"太引人注目。"灰色章鱼简单地解释道。

"说得也是。"帕寇理解地点点头。

"我看到他们把你抓走了。"灰色章鱼慢慢地说,似乎对帕寇一身的伤毫不关心,语气敷衍地问道,"你是怎么逃出来的?"

"内部有人帮忙。"看样子，帕寇对他冷漠的态度毫不放在心上，立刻回答道。

"哦。"灰色章鱼应了一声，不再说话。

几个年轻人又追又跑地从他们身边路过，"咯咯咯"的笑声洒了一路，比起那样的明媚，帕寇和灰色章鱼简直就像是在周围天然制造了一片阴影。

沉默许久，帕寇忍不住问："你就不想问点其他的吗？"

"你想说就说。"灰色章鱼懒懒道，"我听着呢。"

他的态度如此顺从又如此敷衍，简直让人不想继续待下去。饶是帕寇好脾气，也忍不住在心中怒吼：还能不能好好说话了？

帕寇胸膛一起一伏，两条搭在椅子后面的腕足忍不住蜷起来，他忍了又忍，才终于按捺下怒火，温和地说："不管怎么说，我要谢谢你在水蓝星救了我。你放心，这件事我不会告诉别人，你也别跟其他人说你进了禁区，不然后患无穷，喀尤尔公司不会放过我们的。"

"既然如此，你跟我见面，不是会连累我？"灰色章鱼毫不客气地说。

帕寇脸上又情不自禁地闪过一抹怒色，灰色章鱼目光涣散地看着旁边的落花，没有注意到他神情的变化。帕寇眼神狠厉地瞪了他一眼，然后垂下眼睛，苦笑一声，很为难地说："我也不想给你带来麻烦，只是我之前交给你的东西非常重要，你能不能先把它还给我？"

"什么东西？"灰色章鱼终于提起几分兴趣，音调提高了几分，不过脸上还是那副表情，只把眼神重新转回了帕寇身上。

帕寇忽然想起，这么长时间，对方似乎一直没有眨过眼睛，心中感到几分怪异。不过现在帕寇最关心的不是这个，他有些急切地说："一个吸盘大小的黑色金属球，你不记得了吗？"

灰色章鱼沉吟片刻，然后说："我没有见过那种东西，是你记错了。"

帕寇顿了一下，转而道："我离开时放在飞船上了，你能和我一块去找看吗？帮帮忙，我们是朋友不是吗？没有那个，我就死定了。"

灰色章鱼毫不迟疑地拒绝道："不行。"

帕寇还以为自己听错了，难以置信地问："你说什么？"

"我不能带你去我的飞船。"

"为什么？"帕寇腾地站起来，睁大眼睛问了一句，然后似乎理解了，怒极反笑，"好好好，你想要什么？钱、飞船？还是别的？开个价，只要我能给你，我一定尽力而为，请你把那东西还给我！"

灰色章鱼仍然缓缓摇头说："不行。"

"给我一个理由。"帕寇冷冷道。

"因为你不是他。"灰色章鱼平淡地道。

"帕寇"一愣，愤怒和怨恨全从他脸上消失了，他没有辩解，缓缓坐下来，盯着灰色章鱼看了一阵子，低声道："我不明白你的意思。"

"比如说……"灰色章鱼问了一个最简单的问题，"你知道我叫什么吗？"

他早就注意到，这么长时间，帕寇一次都没有叫过他的名字，更没有提过枉死的德布。

"帕寇"轻笑一声，放松身体，问："你是怎么看出来的？"

"破绽太多了，我都懒得说。你不该以为用拟态衣变形成其他人的样子，就能骗过一个你完全不了解的人。"灰色章鱼依然是什么都不放在心上的态度，语气懒散得让人觉得牙痒。

"能够两次变形的拟态衣是科学院的新发明，嗅觉再灵敏的媒体也没听说过它的消息。所以我以为展示过一层变形以后，身份就不会被你怀疑，果然还是大意了。"伪帕寇摊了摊腕足，无奈地说，"你说得对，从帕寇身上得到的情报太少了，我们几乎对你一无所知。不过我还是想知道，这么短的时间，我到底哪里有破绽？如果我没有记错的话，你甚至没怎么看我。"他的语气真挚而充满求知欲。

灰色章鱼答道："眼神。"

"眼神？"伪帕寇伸出腕足摸了摸眼睛。

灰色章鱼说："他的眼神，让我想起我最好的朋友；而你的眼神，让我想起毒蛇。"

伪帕寇捕捉到一个词，笑道："你一定是出生在以陆地为主的宜居星球上，并且是陆生智慧生物，不然不会拿毒蛇做比喻。有趣，帕寇到过的宜居星球并不多，就算你不说，我也能找出你的出生地。不过没有这个必要，想必很快我们会达成愉快的合作。"

"我不这么认为。"

"别这么肯定，年轻人，想清楚了再回答。"伪帕寇语气中有种可恨的笃定和自信，"如果你同意，钱财，地位，美人，我都能给你。最重要的是，你能继续活着。但假如你像那位朋友一样愚蠢地拒绝，恐怕我们之间就要发生一些很不愉快的事了。"

灰色章鱼，也就是容远沉吟片刻，问："我不明白，为什么我会被卷入这种麻烦当中？你们大张旗鼓地找我，还费劲设下陷阱，难道就因为我是兰蒂亚人？"

容远注意到，从他们正式展开交谈以后，周围再没有人路过这地方，甚至连游人的嬉闹声都听不到，只有藏在树枝中的小鸟偶尔发出几声短暂的鸣叫。

"当然不是，为什么你会这么认为？兰蒂亚也是我们的合作国！"伪帕寇失声笑了，不可思议地问，"难道你竟然不知道？难道帕寇什么都没告诉你吗？"

容远沉默，他不知道自己应该知道的是什么。

"天哪，天哪，孩子！我知道你相信帕寇，所以才会冒险来见我。但你要知道，不是所有人都是他们表面看起来的那样。"伪帕寇像宽厚的长者指点后辈一样说，"让我来告诉你真相。"

然后容远就听了一个故事，一个卑鄙的、无耻的、阴险狡诈的比丘星人是怎样利用自己种族的好名声和憨厚的长相欺骗周围所有人，踩着同伴的尸骨爬向喀尤尔公司的高层，他的两个最亲密的朋友都被他害死了。在偶然的机会下，帕寇抓住了公司的一个把柄，然后不顾公司长久以来对他的栽培和信任，意图利用这把柄威胁公司，攫取更大的利益，结果被星际猎人（相当于银河系联盟的警察）追捕，误入星域禁区。前面伪帕寇提到的那个金属球，就是帕寇掌握的把柄，喀尤尔公司会不惜一切代价把它拿回来。

"什么把柄？"容远的语气像是在问"你们干过什么伤天害理的事"。

伪帕寇苦笑着道："是我们公司花费多年时间研制的新药配方和研究记录。这个药将拯救无数人，但在实验过程中不可避免……你知道……会出现一些伤亡。我们也尽力对死者家属做出了弥补，但如果公布出去，会给竞争对手攻击我们的理由。而且那些配方……一旦被别人得到，我们多年的努力就白费了。"

容远点点头，伪帕寇刚露出笑容，就听他说："故事很精彩，可惜我一个字都不信。"

伪帕寇脸色一僵，语气变得狠厉，问："你想敬酒不吃吃罚酒？"

坐在他对面的灰色章鱼发出低沉的轻笑声："你以为……只有你想到双层伪装这个主意了吗？"

伪帕寇猛地反应过来，一条腕足用力打向灰色章鱼，灰色章鱼不闪不避，像断线的风筝一样被拍出去，一头撞在花丛中，身体表面空气波动了一下，然后拟态效果消失，露出一只胖乎乎的神情猥琐的灰色章鱼，他张着嘴巴，看上去傻乎乎的，神志也不清醒。

伪帕寇怒吼一声，腕足像剑一样刺向灰色章鱼，然后将软趴趴的尸体甩开，大喊道："把他给我找出来！"

花丛中、灌木里、树上、矮桌下……在他周围，无数黑影窜向四面八方。

容远把玩着手中"控制心灵的麦克风"，叹了口气说："要在比丘星上找个负功德能当诱饵的家伙可不容易，可惜就这么被干掉了。"

豌豆嘀咕道："我就说是陷阱，要是被他们反追踪怎么办？"

诺亚二号有气无力地反驳道："虽然我不是本体，但我的能力还不至于差到这种地步。"

容远抬起手，制止了它们继续争论，转头看向身后。

他站在恋恋岛游乐设施控制塔的顶楼上，来之前就确认了这里不会有人过来，一路上也布下了警报装置，万一有危险，撤退路线也早有设计。

而现在，警报一个没响，他身后的楼梯处，却有轻轻的脚步声传来。

容远毫不迟疑，立刻隐蔽到不容易被发现的位置，同时拿出他从商城兑换的激光枪，以标准的持枪姿势瞄准入口。

脚步声却在靠近入口的时候停下来，一个怯生生的声音传来："容……容远？"

声音轻柔细微，怕惊动了什么似的，还带着几分颤抖，听得出说话人内心的畏惧。那种纤细感，让容远确定对方一定是个女性，普通的，脆弱的，没有任何杀伤力的女性。

容远没有出声，他的眼神也没有因为对方知道他的名字而出现波动。虽然对方找到他的手段让人吃惊，但他绝不会给对方第二次可乘之机。

也许他的设计并没有他自己所想的那么天衣无缝，毕竟这些外星人到底有怎样的手段他并不清楚；也许伪帕寇的出现就是为了分散他的注意力，让这个家伙趁机找到他的藏身之处。他本以为伪帕寇知道用太极图吸引他出现只是帕寇无意中泄露了信息，毕竟那家伙连他的名字都不知道。现在看来，帕寇也并没有他以为的那么守口如瓶。

容远并没有责怪或者怨恨任何人，也不觉得帕寇将自己的名字甚至可能更多的信息泄露出去是一种背叛。毕竟在他看来，即便帕寇声称两人是朋友，但实际上他们之间只是利用和被利用的关系，他从来没有完全信任过章鱼外星人或者真的视之为友，那么背叛，只是未来无数发展脉络中可能性较大的一个，不值得愤怒或伤心，更不值得为此让自己的行动被情绪所主导。

看不见的拐角处，对方继续用发抖的声音轻声说："我……帕寇让我来找你……他有东西请我转交给你……请告诉我你在，对吗？我……我有点害怕……"

那种怯懦和恐惧如此真实，容远几能从脑子里勾勒出对方的模样，大眼睛里雾气蒙蒙，眼泪似落未落，章鱼腕足绞在一起，似乎想用自己拥抱自己的方式带来勇气，实际上那种虚弱因此变得更加显而易见。

久久没有得到回应，对方似乎也变得不确定容远是不是真的在这里。但她又对自己的结论有某种不可知的信心，似乎咬了咬牙，下定决心，说："我……我现在出来，请你不要伤害我……我保证没有带武器或者其他人，让我们谈谈好吗？"

过了两秒钟以后，那种轻轻的脚步声又从楼梯口传来。

容远忽然发现他之前忽略的一件事，对方的脚步声并不像章鱼腕足交替吸附地面和墙壁，然后拔起发出的"啵"的声音，而是交替的、轻快的，但又比章鱼们的脚步显得更加沉重，带着某种他熟悉的节奏……

对方从墙壁阴影处走出来，脚步拖沓，显得十分犹豫，缩着肩膀，低着头，双手以祈祷的姿势在胸前握拳，眼睛飞快地眨着，打量着周围，身体都以不易察觉的幅度颤抖着，紧抿着嘴唇，看上去害怕得马上就要哭出来。

这是一个女孩子。不是一只章鱼，这是一个有着人类外形的女孩子。

容远从来没有想过在外星球会看到这个，他太惊愕了，甚至忘了第一时间制服她，确认她的威胁程度，而是，情不自禁地往前走了两步，彻底露出了自己的身形，他甚至不自觉地连武器都放下了。这让他后来每次回想起来，都觉得十分愚蠢。

女孩看到他，紧张的神情立刻舒缓了，长长地出了一口气，含着眼泪露出笑容，说："太好了，真的是你。"然后她的下一句就是："天哪，你比我想象的还要矮，你还是个孩子！"

容远的脸彻底黑了，被嫌弃长相以后，还要被嫌弃身高？

然而他不得不承认的是，对面的女孩容貌看上去还稚气未脱，但身高已经跟他一样了，而且因为她四肢纤细修长，乍一看，感觉比他还要高半个头。

仔细一看，她虽然看上去跟地球人一样，但其实还有很多差别。在章鱼这种相貌迥异的外星人看来，他们大概长得差不多，不过在彼此眼中，区别是显而易见的。

女孩的眼睛是竖瞳，有容远的两倍大，翠绿色的眼睛中间有一条黑色的笔直的线；鼻梁挺拔，唇色是淡粉，皮肤异常苍白细腻，耳朵又尖又长，身材纤细得有种一折就断的脆弱感，她纯然无害的神情又加重了这种感觉。

容远灵光一闪，肯定地说："你是兰蒂亚人。"

"是的。"女孩点点头，说，"正因为如此，帕寇才会请我来送信，他知道我们兰蒂亚人总是会互相帮助，而且他说你也是兰蒂亚人。"女孩用有些疑惑的眼神打量着容远，显然，她发现了容远外貌上的异常。

容远一贯地不予解释，百样米养百样人，在不知道兰蒂亚人都长成女孩这样还是也有例外的情况下，贸然开口解释只会说得越多，可能错得也越多。但在七百三十三的功德面前，他决定暂时相信这女孩，于是他问道："我是容远，你叫什么名字？"

他有一箩筐比这更重要的问题要问她，但交换姓名能够有效消除彼此之间的陌生感，在交谈之前，适当地相互了解和信任是必要的。

"艾米瑞达。"女孩没有迟疑地回答他，"艾米瑞达·梵特姆。"坦荡而自然的态度，证明了两件事：第一，这是她的真名；第二，因为某种原因（很可能因为帕寇），她相信容远。

"那好，艾米瑞达，你是怎么发现我的？"容远态度平和地问，他发现当自己这样做的时候，有效地减轻了女孩脸上的紧张感，于是又问，"还有其他人知道我在这里吗？"

"不，别人不可能知道。"艾米瑞达道，"帕寇跟我说了很多你的事，我……我是根据你的信息应用算法建立了一套模型，计算出你有可能到达的位置。然后我来找你……没跟其他人说，因为帕寇是我的朋友，而且他们知道了会伤害你。"

容远很震惊。在跟帕寇相处的过程中，因为不了解，也为了保护自己，他一直很有限度地控制对方能从自己身上获得的信息量，很多地方都说得似是而非。不过从帕寇口中难免会展露出他自身真实的一部分，但他从不认为自己已经展露到足够让对方计算出自己行为模式的地步。更何况，艾米瑞达仅仅是听帕寇的转述，以前从没有亲眼见过他。

这种事情，容远做不到，智脑诺亚也做不到。

如果她所说的都是真的，如果她的那套算法真的那么有效……那么对方的敏锐和智慧难以想象，现在容远举手投足之间泄露的信息，也许已经足以令他被对方杀死几十次。这个女孩，对他来说是个可怕的威胁。

艾米瑞达不知道从容远面无表情的脸上看出了什么，抱着胳膊惊恐地倒退两步，词不成句地说："不要！不要伤害我！帕寇……帕寇说……你是……好……好人，让我……让我相信你……"

容远看着她的脸色，确认其中没有伪装的成分，内心简直难以相信——拥有这种能力的人，居然是这样仓鼠一样的性格，像是习惯了承受伤害，别说反抗，连保护自己的勇气都缺乏。

理智上，他知道自己应该忌惮并敬畏艾米瑞达的能力，消除这个隐患。但实际上，当对方几乎是哭着把主导权送到他手中的时候，伴随着他略微缓和的眼神，他内心的恶意渐渐消散，除了威胁，他看到了更多的机会。

两人之间拉开了很远的距离，不过容远没有继续上前去刺激惊恐的艾米瑞达，他问："帕寇还跟你说了什么？"

提起帕寇，似乎让艾米瑞达涌起了更多的勇气，也许是背靠着墙给她带来虚无的安全感，所以她放松了一些，偷偷打量着容远，确认他现在不会伤害自己后，鼓起勇气说："他还说，你是他所见过的最勇敢的人，让我把这个东西交给你，说它一定能帮助你。"

艾米瑞达从脖子里拉出一条细细的银色链子，然后取下链子上的吊坠，把它托在手心里递给容远。

那是一个圆形的黑色金属球，如帕寇腕足上的吸盘一般大，也是伪帕寇千方百计要从他手中骗取的东西，而他当时根本就不知道它的存在。

容远上前拿过金属球，他的靠近让艾米瑞达十分紧张，如果有尾巴，大概早就竖起来了。不过她没有逃走，也出现任何过激的反应，而是努力贴在墙上，似乎这样就可以保护自己。容远甚至看到她的瞳孔都缩成一条极细的线，翠绿中有种野兽般的金黄色蔓延开，她的神情依然是那么胆怯。

容远把金属球握在手中，开始没什么变化，在他观察球体表面细密的金属花纹时，金属球忽然一阵发热，然后毫无预兆地像花瓣一样展开，露出藏在里面的一块只有指甲盖三分之一大小的金色箔片。

"啊！"艾米瑞达情不自禁地发出一声低呼。

容远立刻看向她，问："你知道这是什么？"

帕寇交给他的这个黑色金属球，是一个在银河星系联盟中都非常珍贵的东西，很多星球统治者的手中，都不见得能有一个。

　　这是一个秘藏盒。顾名思义，就是一个收藏秘密的东西，数量非常稀少，其制作方法和原料都已经无法考据，只知道它使用了一种完全没有记录在案，且在银河系任何一个已经探索完成的星球上都没有发现过的金属。比较普遍的说法是，秘藏盒实际上是外星系产物，因为某种缘故才会出现在银河系当中，比如随着一艘迷失方向的飞船自由飘荡到银河系……

　　联盟中有一个普遍的认识——没有什么比秘藏盒更能收藏一个秘密。它的安全性在漫长的时光中被铁一样的事实证明，除非满足设置者的条件，否则任何手段（人们尝试了他们所能尝试的所有方法）都无法打开盒子一窥其中的秘密，哪怕是简单地将其摧毁也不可能。

　　秘藏盒还有一个特点，就是其大小是可以自由伸缩的，小到一个基本粒子，大到一艘星舰，只要你想，都能用秘藏盒把它收藏起来，并且盒子一旦合拢，其内部就会自动形成一个独立的空间，大小也会缩小得像颗弹珠，让人完全猜不出里面是什么，除非盒子命定的主人将其打开。

　　另外，秘藏盒开启的条件也完全由其设置者来决定，可能是口令、密码、指纹、掌纹、敲击频率等，可能是一种特殊的溶液或者金属，可能是固定的地点、温度或者光照，甚至有人把自己孙女的眼泪当作其钥匙。如果有人想要留给后代什么东西，那么秘藏盒就再合适不过了，以基因作为钥匙，哪怕相隔几千几万年，秘藏盒也能准确无误地从稀薄的血液中分辨出跟设置者相同的基因信息，从而完成传递的使命。因此，除了设置者和了解设置条件的人，哪怕是最聪明最强大的人，也不知该从哪里入手打开某个秘藏盒，因为其可能性的数目是无穷值。而秘藏盒一旦开启过一次，上一次的秘匙就失去了作用，新主人必须为它重新设置开启条件。

　　只不过秘藏盒因为数量稀少，而其效用又太过玄幻而难以被认同，因此对大多数人来说，可能一生都没有机会见识这个东西，只把它当作是宇宙中流传的幻想之物。

　　艾米瑞达会认识的原因很简单——她服务于喀尤尔公司，在藏有公司高度机密的研究物当中，就有两个秘藏盒。而这个，艾米瑞达很肯定地说，就是其中之一，她根据秘藏盒表面的花纹认出了这一点，据说没有两个秘藏盒表面的花纹是完全一样的。

　　盒中的金箔，实际是一块微型信息存储卡，其容量和保密程度都是相当高的，与民众所见的存储卡有相当大的差别，不过艾米瑞达提起它时的语气，证明她对这种东西司空见惯，且不以为然。

　　一问一答中，极其聪明也极其单纯的艾米瑞达在不知不觉间，就被容远诱导着把她的底子套了个干净。

　　艾米瑞达是一个兰蒂亚人，但她对于银河系另一端那个强大的兰蒂亚帝国几乎没有任何记忆，幼年时的记忆中，她一直随着一些并不和善的成年人待在一艘飞船里，孤独地在宇宙中漂泊，有时他们会打劫遇到的飞船或者星球，大多数时间是在被放逐般地流浪……也许是逃亡。艾米瑞达作为飞船上唯一的孩子，并没有得到妥善的照顾和温柔的关心，实际上，她是飞船生物链的最底层，不但承担了远超出其年龄应该承担的各种繁重杂务，而且经常要面对年长者不顺心的打骂责罚，在大家一次长时间的饥饿中，她甚至差点被当作备用食物吃掉。

后来，他们的飞船无意中招惹了一个看似普通实则非常恐怖的商队，飞船在炮火中化为灰烬，艾米瑞达幸运地躲在逃生舱里，被抛进宇宙，过了很长时间才得救。但那是一艘对兰蒂亚完全没有了解的普通飞船，艾米瑞达的外貌让他们既厌恶又恐惧，所以在最近的宜居星球上，把艾米瑞达扔下后就匆匆离开了。

年幼的艾米瑞达流浪了好几年，可想而知，因为异类的相貌和不懂得掩饰的聪明，她无论走到哪里都受到排斥和驱赶，有些无知的人甚至把她当作山林里跑出来的野兽一样对待。直到有好事者把艾米瑞达的照片发布到星网上，又无意中被喀尤尔公司的一位博士发现，才结束了她这种漂泊无依的生活。但那位博士并不全然是善意的，他找到并收留艾米瑞达，是为了利用她的智慧，同时又恐惧她的智慧，因此艾米瑞达得到的待遇甚至不如她在飞船上的时候。博士不允许除了自己以外的任何人跟她交流，稍不顺心就会严厉地责罚她不说，还在她的要害处植了一颗微型炸弹，告诉艾米瑞达，一旦她试图脱离或者反抗他，她就会必死无疑。

所以这么聪明的艾米瑞达，才会在长久的压迫、威胁、暴力和冷暴力下养成这样让容远难以理解的性格。

艾米瑞达如今能脱离喀尤尔公司，出现在他面前，完全是帕寇努力的结果。

具体的经过，艾米瑞达并不清楚，她只知道帕寇原本只是博士手下一个非常普通的、不起眼的机械制造师——比丘星人因为比其他种族都要多的手或者说脚，很擅长这个。而帕寇因为性格朴实诚恳，工作兢兢业业，在所有同事的印象中，都是个值得信赖的老好人。哪怕是在星际时代，同事之间相互带一杯饮料或者早点也是常有的事，帕寇通常就是那个被差遣的人，而他总是兴高采烈又丝毫无误地完成每个人的要求，这样的结果就是，许多其他部门的人在有需要的时候，也喜欢顺便让帕寇捎带点什么。

因为这种说不上是好还是不好的人际关系，帕寇无意中获得了在许多他其实不被允许进入的部门自由进出的权限，连那位博士过去偶然看到这种情况，也没有当作一回事。

谁会怀疑帕寇呢？毕竟他那样诚实、善良，甚至愚蠢，灵巧的技艺和有点笨拙的性格同时集中在这只章鱼身上，让他显得那样无害甚至有点可爱，哪怕是不喜欢他的人，也不能违心地说讨厌他。

但突然之间，就听说他似乎掌握了什么对喀尤尔公司、对博士个人都具有可怕的威胁的东西，喀尤尔不惜一切代价也要把那东西追回来。所有人都对这个消息表示质疑，因为他们难以相信朝夕相处的帕寇是喀尤尔公司的叛徒或者威胁，但随后现实就给了他们一个狠狠的耳光，在公司派遣的追捕人员到达之前，帕寇就已经逃走了。他不但消失得无影无踪，还利用人们对他的信任，盗走了博士珍贵的秘藏盒！面对这个结果，之前有多么喜爱帕寇的人，现在就有多么痛恨厌恶他，同时深深感到他的可怕，竟然天衣无缝地在他们面前隐藏真实的自己那么长时间，这是一个多么狡诈的比丘星人！

当然，这些都是喀尤尔公司的内务，作为一个团结的、在全宇宙都赫赫有名的医药公司，喀尤尔内部的消息绝不允许任何形式的外泄。因此，当比丘星的告示铺天盖地，寻找帕寇时，知道内情的人都没有对外泄露一个字，或许他们内心，也都希望这个骗子露出行迹，然后得到应有的惩罚。

果不其然，经过漫长的追捕和搜寻，逃亡许久的帕寇终于被抓捕归案。不过因为他盗走的信息和秘藏盒都是高度机密，所以全部的审讯都由博士亲自主导和参与。而不可避免的是，像博士影子一样的艾米瑞达也不得不参与审讯，跟帕寇产生了交流。

长久被人孤立的艾米瑞达珍惜每一个能跟其他人交流的机会，她几乎是贪婪地渴盼着能跟帕寇交谈的时光，哪怕他只是一个叛徒和囚犯，这段随意聊天的时光也是她一天中最快乐的时候。然后在很短的时间内，他们获得了彼此的信任和友谊，艾米瑞达坚信帕寇所得到的待遇是错误的、不公正的，她相信自己的第一个朋友并不像别人口中所说的那样不堪，但她无法，也不敢向博士提出抗议。

艾米瑞达开始认真地思考帮助帕寇逃亡的方法。

而与她相反的是，帕寇由衷地同情女孩所遭遇的一切。他虽然被关在笼子里，但心是自由的，他知道自己在做什么，并且为之骄傲。而艾米瑞达呢？无论身体还是灵魂，都被牢牢地囚禁住，外界一缕稀薄的空气，都让她像快要溺毙的人一样贪婪地呼吸。

兰蒂亚人普遍的寿命都在三百岁以上，如今不过才十七岁的艾米瑞达在她真正的族人当中只是一个幼童，相当于地球人眼中五六岁的孩子，应当被无微不至地照顾，并且有时候……可以无原则地被父母宠溺。但实际上，艾米瑞达已经承受了太多的苦难，被迫快速甚至畸形地成长，她大大的眼睛里总是盛满深深的恐慌和无助的诉求，乞求不被抛弃，不被伤害，面对所有的一切都只会顺从地忍耐。

自身难保的囚犯用尽办法寻求可以帮助女孩脱离这地狱的方法。

他利用有限的交流时间，跟女孩描述了外面的世界，激起她对自由和未来的向往；他跟女孩仔细讲述了自己唯一的朋友容远和跟他每一次相处的所有细节，告诉她兰蒂亚人总是会互相帮助的，而容远是她的同族和能为她提供保护与帮助的人；他请求女孩帮助自己，把一个重要的东西带给容远，然后将博士百般拷问都不能得到半点消息的秘藏盒的藏匿地点告诉了博士最重要的助手。

艾米瑞达没有辜负帕寇的信任，他们交谈中所涉及的重要内容她没有跟博士透漏一个字。在帕寇的怂恿下，她鼓起全部的勇气，在实验室的装置里搞了一点小破坏，让它看起来像是发生了一场意外事故。趁此机会，帕寇利用自己妙至毫巅的技艺在不到三十秒的时间里取出了藏在艾米瑞达身体里的炸弹，然后在爆炸之前将其种植在自己体内，重新检测到生命体征的炸弹继续安静地蛰伏着，为实验室事故大发雷霆的博士根本没有注意到中间最多只有一两下的警报闪光，即使他后来发现了，也多半会以为是仪器信号出现了某种故障。

脱离樊篱的艾米瑞达按照帕寇的嘱咐，充满恐惧也充满期待地利用自己的智慧和有限的信息找到了容远，尽管恐惧，尽管发现容远其实跟她想象中的那个人完全不同，她还是把所知道的一切和盘托出，甚至把自己的生命和未来也完全交托给容远。

对艾米瑞达所说的一切，容远不置可否，但他确实在了解这些以后，对艾米瑞达增加了几分信任。他清楚帕寇告诉艾米瑞达的东西中其实包含了一些谎言，但他也无意揭穿，所有的一切，他要等到了解帕寇通过秘藏盒给他传递了什么消息以后再说。

艾米瑞达再一次展现了她的智慧——她表示其实不需要特定的仪器，可以将街头的便民查询器改造成读取这种微型存储器的仪器。然后容远在女孩惊恐的眼神中拆了一台——准确地说是偷了一台查询器，并且诺亚二号成功拖延了警报响起的时间，好让他们顺利逃跑。然后不到半个小时，女孩就完成了改造，当容远表示在查看之前需要她回避时，她也毫无异议地顺从了。

金箔存储着远远超出其大小的内容，而容远首先注意到的，是帕寇注明留给他的一封信。他点开以后，第一句话就让他心脏紧缩——

我亲爱的、来自水蓝星的朋友，很抱歉，我欺骗了你……

银色的小刀和叉子落在餐盘上，发出清脆的敲击声，刀尖一划，伴随着蓝汪汪的液体，一块莹白色的肉被割下来，接着被叉起来送进一张没有嘴唇的嘴巴中，两排细密的牙齿咀嚼着，蓝色的液体从齿缝中被挤出来。

坐在餐桌上吃饭的，是一个长相非常典型的外星人。他的头很大，光秃秃的，没有一根毛发，黑黝黝的眼睛也很大，并且一片漆黑，没有瞳孔和眼白的区别。比起他的大头来，四肢纤细得好像只剩一把骨头，身材瘦削，因为身体实在不符合正常的比例，以至于在重力稍微大一点的星球上，他的脖子就撑不住那个大得出奇的脑袋，不得不借助特殊的呼吸头罩和轮椅才能自由活动。

他一只手上有四根手指，其中三根又细又长，一根很短，因此他握住刀叉的姿势显得很怪异，实际上，这对他的身体而言也不是最符合发力的姿势，因此他的动作显得十分笨拙。不过看他的神情，并没有受到这种笨拙的困扰，反而十分享受这样经过努力以后才能把食物吃到嘴里的过程。

默默站在一边的护卫鲁耶其实很难理解这种吃饭的方式。他的种族都是陆生种，外貌狰狞如野兽：背后长着坚硬的背刺，身后拖着一条强壮有力的尾巴；上肢虽然较短，但末端在漫长的进化中长成刀剑的模样，被称为爪刀，其锋锐程度足以划破普通飞船的外壁；下肢的肌肉高高隆起，没有一丝赘肉，能为他提供可以轻松闪避激光枪射击的爆发式速度。如果是他，他会将那块肉直接吞下去，有博士在场的时候，他会用自己的爪刀把肉分割一下。

大头外星人轻松看出自己护卫的心思，有些不满地皱眉评价道："鲁耶，你跟在我身边半年了，如果你到现在都不能理解什么叫作'餐桌礼仪'，那我想你也不用奇怪为什么你的种族一直被联盟中的大多数人视为野兽了。"

"请原谅我不善言辞，博士，"鲁耶闷声闷气地说，"但据我所知，您现在的进餐方式也并不符合联盟中任何一种知名的餐桌礼仪，您更像是在茹毛饮血，只是比其多了一块餐巾。"

"你当然不会了解。"博士笑了一下，声音温和，但神情有一种诡秘的感觉，"这是一个不为人知的文明的餐桌礼仪，他们从落座到离席，从每种餐具的摆放到使用的方法，都有严格的规范，非常复杂，我也是花了很长时间才弄明白一点。"

"我看不出其中有任何价值。"鲁耶生性厌恶这种形式主义上的礼仪细节，他歪着头想了想，问，"既然是个不为人知的文明，想必十分落后，博士有什么必要去学习他们的礼仪呢？"

博士黑色的眼睛诡异得带给人一种闪烁的感觉，他拖长声音，用一种戏谑的语气说："自然是因为……他们带给我很多帮助……非常多的帮助，所以有时候让我也忍不住想要了解一下这些愚蠢的猴子。不得不说，其中还是有一些有趣的东西。"

容远看着信——

我亲爱的、来自水蓝星的朋友，很抱歉，我欺骗了你。我其实并不是最初告诉你的星际探险员，只是如果不用这个身份，我不知道该怎么解释自己出现在禁区星球的原因。

实际上，我有两个做星际探险员的朋友，虽然很少联系，但我们是一起长大的挚友。十年前，我的朋友杜克，消失在他负责探索的星域中。因为他一直小心谨慎、准备完全，而且是那么优秀，所以我的另一个朋友雷雷，不愿意相信官方"他因为粗心大意误入小行星带才不幸去世"的说法，坚持要找出杜克死亡的真相……至少，要把他的尸体带回故乡。

我想你一定猜到了，不久后雷雷也在同一片星域消失，唯一带回来的遗物，是一截腕足和几块碎布。并且，官方用几乎完全相同的理由来解释他的"殉职"，留给雷雷的父母失去独子的伤痛和微薄的抚恤金。我挚爱的朋友甚至没有一个体面的葬礼，据说是因为他的愚蠢给探险公司造成了巨大的损失。

我知道这里面一定有什么问题。只是杜克和雷雷留给我的线索太少了，当然，在他们眼中，我只是一个脑袋瓜一点也不聪明的没有血缘的弟弟，有稳定的工作和平静的生活，所以他们并不想把我卷进危险中，从小到大，一直是这样。所以我不知道导致他们去世的原因是什么，我甚至不知道他们探索的是哪一片星域。

后来，我在怀念我的朋友们的时候，无意中从雷雷的日记中发现了一个隐藏的信息，他用我们小时候设计的独特的密码记载了一个地方——地球。

这是一个我从来没有听说过的地方，但幸运的是，我供职的喀尤尔公司是一个非常有能量的企业，据说跟联盟中百分之七十以上的核心星球都有密切的联系，剩下的百分之三十也不会拒绝喀尤尔公司的友谊，允许其在自己的中心城市建立分公司。在公司内部的资料信息库里，几乎有大部分星球的情报，唯一的问题就是，作为一个没有权限的小小职员，我不知该怎么进入资料库……

"我不明白，博士。"

鲁耶思考了一阵，泄气地说。他在自己的种群中也算得上聪明伶俐、神思敏捷，然而在真正的智慧种面前，他觉得自己就像是一个智障，傻乎乎的，什么也不明白。这是从他们一出生就决定的差距，看看博士苍白的皮肤下，那个能清楚看到血管的硕大的脑袋，再看看自己尖尖的，并且大部分空间都被又厚又结实的骨头占据的脑袋，他一点也不奇怪为什么他们之间的智力存在这么大的差异，他唯一期盼的，就是博士不要因此又把他送回故乡那个落后野蛮的星球。

其实面前的博士身躯还没有鲁耶的大腿粗，孱弱得甚至丧失了奔跑的能力，鲁耶用一根手指头都能轻易杀了他。他追随在博士身边，不是为了金钱，而是为了机会和荣耀，为了博士所拥有的智慧。他甘愿跪在脑袋像个鸡蛋的外星人面前，没有任何人对此表示好奇，因为在星际中，渐渐有一个约定俗成的规则——非智慧种服从于智慧种，才是他们唯一的出路。

"没关系，慢慢想，慢慢看，总有一天你会明白的。"博士温柔地说，用慈爱的眼神看着鲁耶，几乎有种宠溺的味道。作为一个聪明人，他厌恶跟同样聪明甚至比他更聪明的人相处，在那样的人面前，他总觉得自己被由里到外地审视，并且总是被质疑。鲁耶这种头脑简单、四肢发达的种族，才是他最喜欢培养的对象。

"好的。"鲁耶信服地点点头，没有再多问。

博士心情变好了，他又叉了一块盘中肥美的肉，问鲁耶："来一点？"

"不，"鲁耶摇头，"我不喜欢海生生物，它们会让我过敏，而且还有很多刺。"

博士没有再勉强，不过还是解释了一句："这个没有刺。"

鲁耶立场坚定，不动摇，在自认为博士看不到的角度，他轻蔑地看了一眼地上那摊蓝汪汪的肉。鲁耶享受撕咬和猎杀的快感，对别人捧到面前的食物没有任何兴趣。而且，不管是有很多刺的鱼，还是这种没有刺但又软乎乎的肉，他都不喜欢，陆生生物在日夜奔跑着猎食中锻炼出来的结实致密的肌肉才拥有他最爱的口感。

带着肉刺的舌头在口腔里转了一圈，舔舔尖利的牙齿，鲁耶觉得有点饿了。

帕寇的信很长——

等待了整整八年，我终于找到了机会，感谢爱护家人的佩里主管和他那个能用厨具制造爆炸的妻子……总之，在所有人都没有注意的时候，我拿到了权限卡，并利用它查询了喀尤尔公司的资料库，然后得到了无论详尽程度还是数量都远远超出我预期的资料，同时我也知道了杜克和雷雷真正的死因。

我知道了他们对你的故乡所做的一切，也知道了很多类似的可怕事情，这一切的罪魁祸首就是喀尤尔公司——我一直供职并且深信其正义和仁慈的家。

那时候，我觉得自己不小心就站在深渊旁边，看到了地狱。

我要向你道歉，我的朋友。那一瞬间，我是想要放弃的，我没有顾虑到那无数的牺牲者——你的同胞们，而只想到了自己的安全。但或许是命运推动我前进，在我准备装作什么都没有发生就离开的时候，一个同事发现了我，她并没有意识到我在做什么，只是怒气冲冲地指责我进了不该进的地方，但我太惊慌了，下意识就把她打晕……也可能是死了，我不知道，她流了很多血。看着她，我意识到自己已经没有退路。既然我已经无法选择继续和平地生活，就只能抗争到底。如果杜克和雷雷还在，还有你，都一定会批评我做事没脑子吧？但我做出选择的时候，内心感觉到的是前所未有的放松和幸福。

我下载了自己能在资料库中找到的所有资料，遗憾的是主管的级别并不高，真正核心的秘密并不知道。但仅这些也足够了，当我把这些公布于众的时候，就是杀害杜克和雷雷的凶手伏法的时候。

然而，事情并不会如我设想的那样顺利……

鲁耶拥有与外表不符的安静和沉稳。一直等到博士放下刀叉，擦擦实际上根本没有弄脏的嘴巴，他才问道："您觉得味道怎么样，博士？"

说这话的时候，鲁耶有点紧张，毕竟这是一顿由他主刀的晚餐，在这之前，他抓到猎物从来都是直接生吃了。当然这次其实也是一样，鲁耶唯一的贡献就是用他的爪刀把肉块分成小份，装在精美的盘子里，以供博士品鉴。

博士没有说出鲁耶预期中的"满意"或者"不满意"，他控制轮椅离开餐桌，若有所指地说："叛徒的味道。"

"我并没有背叛您，博士，我可以用我的性命发誓。"鲁耶急忙为自己辩解道。他单膝跪地，仰头迫切地看着博士，希望他能从眼神中看到自己的真诚。对鲁耶而言，宁愿被主人所杀，也好过自己的忠诚被怀疑。

一瞬间的冷冽过去后，博士的手抚上他的头，柔声道："我相信你。"

他的眼神，却是那么诡谲阴森，如同地狱里的恶鬼。

随着帕寇的信件，很多事情浮出水面——

我如愿拿到秘藏盒，并且在被发现之前就逃出了喀尤尔公司，一切看上去都那样顺利。但当我想要把资料转交给有能力之人的时候，才发现在这个星球上，喀尤尔公司的能量已经渗透到如此之深的地步……不，一个星际公司未必有兴趣千方百计地掌控比丘星，只是当他们发现我的所作所为之后，轻易就把所有我能求助的高层变成了他们的人。

比丘大神保佑，我意外地发现了他们的埋伏，在被完全封锁之前误打误撞地逃出了比丘星。喀尤尔的部队一直在背后追杀，我一路逃亡，在穿越一个陌生虫洞的时候摆脱了追兵，误闯入地球附近的星域。最后，我根据从公司内部得到的星图在水蓝星降落，遇到了你。

我看到了你的故乡，容远，它是如此美丽宁静又生机勃勃，虽然环境恶劣、寿命短暂、体质孱弱，但地球人依然非常努力地生存，寻求着更大的突破。他们不应该像试验品一样被豢养和对待，理应得到更好的。如今任何一个纵横宇宙的星球，在最初也都是这样弱小和努力。

我想帮助这个星球上的人们，但也清楚自己做到这件事的可能性有多么微小。我是如此愚蠢笨拙，有限的能力承载不起这么宏大的心愿，即使掌握了喀尤尔的罪证，我也不清楚该怎么去利用，我不知道在联盟是否有可信任的、没有跟喀尤尔勾结的人，也不知道当世人知道喀尤尔的所作所为后，是会愤怒攻讦它、摧毁它，还是会因为事不关己，依然把喀尤尔当成英雄。

那时我迷茫又痛苦，看不清未来的方向，甚至不知道自己的努力是不是还有意义，直到我遇到了你……

博士进食很少，在长久依靠各种营养剂来提供身体所需能量的过程中，他的消化系统早已经大幅度退化了，过多的肉食会给他的肠胃带来很大的负担，尤其是像这种未经仔细烹饪和煮到糜烂的肉食。

所以他装模作样地吃了有他两根手指宽的一小条肉片以后，剩下的都让鲁耶扔给他的生化兽——他最强力的打手。

鲁耶照做了，看着那群似人非人、狰狞恐怖的怪兽争相撕咬着肉块，蓝色的液体四处飞溅，将它们染得蓝莹莹的。鲁耶的种族血液是红色的，因此面前的场景并没有让他觉得"血肉横飞"，但他依然觉得有些不舒服，看了两眼，就皱眉转身离开了。

在他转身以后，一只埋头吞咽的生化兽忽然抬起头，盯着他背影的双眼中冒出嗜血的红光。它喉咙里发出低沉的嘶吼声，犹豫片刻后，最终还是因为没有得到命令而放弃，低头继续进攻面前的食物。另一只生化兽不小心越过了界线凑到它面前，被它一爪子拍飞出去，半个脑袋都烂了。那只生化兽趴在地上呜咽片刻，脑袋上的肌肉和血管以肉眼可见的速度生长，不过片刻就恢复原状。它冲着前者低吼两声，不过最终还是觉得食物比报仇重要，换了个地方继续开吃。

鲁耶不知道身后发生的一切战斗，不过跟在博士身边的这些日子里，每一次看到这些改造的生化兽，他都觉得毛骨悚然。虽然有博士的命令约束，这些家伙从来没有制造过无故伤人的事件，但鲁耶依然对它们充满警惕，在它们面前从来没有真正放松过。

或许是物极必反，肉体孱弱的博士格外偏爱这种肉体强大又残暴的种族，对这些生化兽如此，对鲁耶也是如此，还有他私人豢养的几只宠物，都是某个星球上立于食物链顶端的猎食者，哪怕都被关在笼子里，那种眼神依然让无数人恐惧颤抖。

容远专注地看着信，生怕错过一个字——

不要怀疑，我的朋友。你的伪装无懈可击，我最初的时候，并没有看出你的身份。在离开地球以后，我才渐渐察觉到这一点，不过并不是你犯了什么错，而是因为你对星际航行，对联盟，都知道得太少了。有些问题，对任何一个在有能力进行星际航行的星球上长大的孩子来说都是常识，当你表示不解的时候，对我来说，就像一个人不知道该怎么喝水一样不可思议。

然后，很抱歉，我试探了一下。果然，对于我没有跟你说过的部分，哪怕再寻常，你也一无所知。之后我就确定了自己的想法，虽然这个答案更加匪夷所思，但我觉得这才是唯一正确的答案——那就是，你是一个真正的水蓝星人。

虽然不知道你用什么方法得到了一艘飞船，也学会了比丘星语，但除此以外，你对星际的了解不比一个婴儿更多，这也是你第一次踏出母星航行。

所有的疑点都迎刃而解，你一定难以想象我当时有多么震惊，但震惊之外，更多的是由衷地佩服。依靠屈指可数的一点情报、一艘并不熟悉的飞船，你就敢闯进漆黑的宇宙，踏入陌生的星域，我不知道这个宇宙中，还有没有第二个人敢这么做。在我平庸而安逸的前半生中，尽管有无数保障安全和旅途舒适的方式，可以轻松地进行星际远航，但我甚至连自己星球的另一半都没有试图了解过。我以前一直以为自己缺少时间，缺少金钱、缺少机会，但看到你，我才明白自己真正缺少的只有勇气。

我知道是什么让你这样决绝，将个人的生存置之不顾，冒着生命的危险这样远航。我不知道当初告诉你病毒养殖场的事是不是正确的，我本来只是想通过你把这个消息透露出去，这样，哪怕我失败了，至少还有其他人知道这件事。这种徒劳的努力足以证明当时我有多么绝望，但我没有想到，我并不是埋下了一个火种，而是发掘出一名真正的战士！

你为你的星球和你的同胞，勇敢地抛下安逸的生活，开启一场可能无法回归的航行。我想你一定知道对方的势力有多么庞大，而你个人的力量又多么微小，但你还是毫不犹豫地这么做了，并且从不后悔。

我对地球的印象并不全是美好的，是你让我改变了自己的看法。有多少次，看着你沉思的表情，我发誓不惜一切代价也要帮你做到你想做的事。我不是英雄，我的力量也太过微薄，但两个人一起战斗，总比一个人孤军奋战要好得多。

不过我依然在喀尤尔公司的通缉名单上，万一我出了什么事，你要去以下这个地方取一件东西……当初逃出比丘星的时候，为了预防我被抓住后那些掌握的证据也落入他们手中，我把这些用秘藏盒藏在了这个地方。不用担心没有钥匙的问题，如果是你的话，一定能打开……

容远想起艾米瑞达转告的话——他说你是他所见过最勇敢的人。

不，他不是，他只想利用帕寇为自己打开通往星际的大门，虽然也曾有过帮助地球摆脱那种悲惨命运的想法，却从没有把这当成拼上性命也要完成的目标。他不是帕寇想象中的孤胆英雄。

容远闭上眼睛，说不清内心翻腾的一阵阵情绪是什么，明明身体再健康不过，心脏却有种绞痛感。

平息片刻，他继续看下去。

信件之前的内容，看得出来都是在飞船上的时候，帕寇抽时间写下来的。他被抓走得太仓促，并没有时间把它留给容远，而信件的最后，是十分匆忙的一句话——艾米瑞达是个好女孩，她能帮助你，相信她！

存储器里剩下的内容，是大量有关星际联盟的资料，飞船上，当帕寇声称去休眠的时候，有一半的时间，其实是在整理自己所知道的一切，以期带给容远更多的帮助。资料中，大到星际联盟中主要的势力和星球分布图，小到浴室的使用方法、最受欢迎的游戏竞技项目，几乎包罗了生活中的方方面面。

关于帕寇所整理的，有一些容远已经在诺亚二号的帮助下获得了更加详细准确的资料，但也有一些——比如社会中某些心照不宣的规则，日常用语中的各种忌讳以及和网络用语的不同，人们喜欢这个品牌的沐浴液而不能接受另一个品牌的原因，等等，如果不是熟知内情的当地人手把手地教导，从星网任何一个公开的交流平台都不可能轻易地全方位地了解。有了这些，容远终于不是两眼一抹黑，他对比丘星，对星际联盟，都有了更加切实具象的认识。

他没有细看，把金箔重新收回秘藏盒中，紧紧握着它，像是要拉住一只没有机会握住的手。

过了许久，容远走出去，看到依然乖乖守在外面的女孩，说："艾米瑞达，我们去救帕寇。"

原本低头耷脑的女孩立刻抬起头，听到容远居然真的这么说了，眼睛一下亮起来。

容远又兑换了一个普通版的拟态衣交给艾米瑞达，两人伪装成比丘星人走上街头——艾米瑞达宛如一张白纸，容远没有一个安全屋，也不放心把她一个人留下来，干脆带在身边。他们现在全无营救的策略，但第一步，收集信息，看看喀尤尔公司有什么反应，这是必要的。

才走出去不久，就看到街头交通几乎完全停止运转，许多悬浮车停在路上，人们围在一个大屏幕前，带着或恐慌或厌恶或得意的表情，看着大屏幕议论纷纷。

容远两人抬头一看，目光瞬间凝固。

屏幕上，帕寇的脑袋——只有脑袋——染着蓝色的血，被搁在一个托盘上。旁边一个老迈臃肿的比丘星人，也就是比丘星的最高执政官，正用干巴巴的声音念着一连串恐怖的罪行——反比丘星罪、反联盟罪、散播致命病毒罪、危害公共安全罪……

"我很抱歉，博士，敌人没有中陷阱。但只要您把那个该死的比丘星人交给我，我保证，最多三天！我就能从他嘴里撬出他同伙的名单和藏身地。"

一个四米多高、獠牙外翻、浑身长着许多硬毛的外星人恶狠狠地说道。如果容远在这里，就能听出那是未经掩饰的伪帕寇的声音。

"不用了，罗多，他已经死了。"博士冷漠地说。

"死了？"罗多震惊地说，"为什么？那我们要怎么找到他的同伙，还有他拿走的东西？"

博士冷哼一声，说："既然你之前拷打他都没有从他口中掏出半个字，只是凭借意识成像仪刺激大脑绘制了一个莫名其妙的图形，那他现在更不可能泄露半点情报。更何况，胆敢放走我最心爱的宠物，我自然要让他付出应有的代价。怎么？还是说你对我的决定有异议？"

"不敢。"罗多猛地发现自己因为被帕寇那个神秘同伙戏耍而愤怒，不小心忘记了对面的人是谁，态度越界了，他急忙低头，恭敬地说，"您的决定永远英明神武。只是……我们现在失去了线索，下一步该怎么行动，请您指示。"

轮椅带着博士转到一张桌子前，桌子上方缓缓旋转的正是比丘星的全息图，他阴沉沉地说："他们还在比丘星上。你给我截断星网，封锁进出飞船，在没有找到他们之前，不允许任何一艘飞船离开比丘星，让星政府配合搜查，给我在全星球仔细筛选一遍，有任何疑点的都抓起来！我给你十天时间！十天之内如果还找不到，这个星球也就没有存在的必要了。"

罗多惊骇莫名地说："但是，博士……"

摧毁一个宜居星球，在联盟中是最不可饶恕的罪行，更不用说上面还有无数智慧生命。毁灭比丘星的事一旦透露出去，整个喀尤尔公司都会被愤怒的星际联盟拍碎。

博士转头看着他，说："你以为那只比丘星章鱼掌握的东西是什么？泄露出去一星半点的风声，一样能摧毁喀尤尔！不用担心，公司会理解我的决定，而宇宙中有太多神秘存在能让一颗星球湮灭。反正……这也不是第一次了！"

话中隐含的意思让罗多不寒而栗，他深深低头，不敢再多说，只应一声："是，博士。"

容远靠墙坐着，手抵着额头，闭着眼睛，微微蹙眉。

他试图回忆起帕寇的模样，却发现细节上总有些模糊，越是努力地回想，记忆好像也越是努力地跟他捉迷藏，他甚至有些分不清楚哪些是真实的，哪些只是自己幻想的形象。

这没有道理，因为他的记忆力一向很好，想不起来的唯一原因，是他从来没有用心去看过对方的模样。他曾把那个家伙当成踏板、桥梁、一张通行证，真正应该做却从没有这么想过的，就是把他当成朋友。

唯一也是最后一次认真去看并牢牢记住的，是他满脸血污的头颅。

比失去一个朋友更痛苦的，就是当你失去他的时候，你才发现这个人对你有多么重要，而回忆过往，却发现关于对方的记忆是那么苍白。

容远几乎要痛恨自己了。

然而理智上，他十分清楚，如果再来一遍，时间重新回到他们相遇的时候，一心向往着广阔的世界和无垠的宇宙，多疑且非常警惕的他也不可能敞开心扉，坦诚以待。但至少……但至少，他们可以在指向明确的功利性交谈中，掺杂一些更私人的对话，他或许可以把目光从遥远的星际收回来，看一看就在身边的人是怎样的。

因为挖掘记忆，容远发现他对帕寇几乎一无所知。他不知道帕寇是怎样长大的，经历了怎样的危险，喜欢什么又讨厌什么，住在哪里，有没有家人朋友，是否有人在等着他归来……他从来没有试图了解过，即使偶然话题转移到这方面，也会被他很快扯开，因为他根本不关心这些。

他对帕寇的了解，全部来自艾米瑞达——这个实际上跟帕寇相处时间十分短暂的兰蒂亚女孩，还有比丘星的媒体，他们从各种角度诠释帕寇是怎样一个从小就坏到骨子里、擅长伪装、阴险恶毒的比丘星败类。

容远从来没有这么悔恨过。

"对不起。"豌豆用很轻很轻的声音说，小小的道歉声像一缕淡淡的烟，没有被任何人察觉就消失了。它把小小的手掌搭在容远的手指上，知道对方需要安静，于是默不作声地陪在他身边。

同一幕场景，似乎在记忆里出现过很多很多次。无数契约者，在最初得到《功德簿》的时候都欣喜若狂，但当他们的爱人、父母、子女、挚友等面临死亡时，明明功德商城中有无数可以挽救所爱之人，甚至能使亡者起死回生的神物，却因为限制条件而无法拯救，或者强行尝试拯救反而会加速其死亡，那种痛苦，它仿佛已经见过太多次。契约者无法怨恨命运，只能怨恨禁止他们去拯救的《功德簿》。

记忆中闪过的画面那么模糊，但那一道道恨意如刀的眼神清晰得仿佛就在眼前。豌豆情不自禁地打了个寒战，下意识地往容远的手掌缩了缩。

"塔克，你这两天……没事吧？"默不作声地吃完饭，蒂尼没有急着收拾餐桌，带着几分担忧问道。

他自己不善言辞，对别人的情绪也不敏感，是个在人际交往上十分笨拙的人。容远的异样他看在眼里，关心的话在心里反复转了一天多，最终能说出口的还是这样干巴巴的一句话。

"没事。为什么这么问？"容远漫不经心地问。

"因为，我觉得……你看起来有些痛苦。"蒂尼小心翼翼地说，看到容远目光一颤，几乎有些凶狠地看过来，他飞快地道歉，"对不起。"

原本以"保护者"自居的蒂尼，不知为什么在短短几天之内就失去了主导权，明明捡回来的这个孩子似乎什么也没做，蒂尼心中的底气却越来越少了，尤其当对方脸一板的时候，他甚至有种立刻想要跪下的冲动。

个子有普通章鱼两倍高，相比容远真正的体型，简直像大卡车的章鱼有些慌地缩着脖子，几条腕足在背后绞成麻花，眼睛垂下去，飞快地抬起来看了眼容远的脸色，又飞快地垂下去左右滴溜溜地转动，如此往复，就像个做错事等着挨骂的小孩子。

这种傻乎乎的表现让容远刚刚升起的一股莫名其妙的怒气瞬间消散了，他忽然意识到，如果不想让帕寇的悲剧发生在这只善良的章鱼身上，如果不想再体验那种后悔莫及的痛苦，他应该尽快离开，留在这里，迟早会连累蒂尼因为他们而送命。

帕寇，蒂尼，这些比丘星人，并不是单纯可以用来利用的工具，他们或许有着比他更充沛的感情，更强烈的生存欲，更美好的未来构想。他们两个，还有许许多多的人——无论是地球人还是外星人——他们并不是容远应该放在天平上称量功德多少的道具，而是鲜活的、宝贵的生命。

手指轻轻动了动，他犹豫了一下，抬起手掌覆在蒂尼放在桌面的一条腕足上。异样的触感让蒂尼疑惑地眨了眨眼睛，随后他就被容远的话吸引了注意力。

"我要走了。"容远说。

"为什么？"蒂尼立刻惶恐起来，"住在这里让你不舒服吗？还是我有什么做得不对的，你尽管……"

"不是这样的。"容远看着他的眼睛，用柔和的语气安抚道，"不是这样的。是……是我的家人找来了，他们希望我能跟他们一起生活。"

"哦。"蒂尼失望地垂下眼睛，整只章鱼好像都萎缩了，他口不对心地说，"既然这样……那……那你能跟家人一起生活，那是最好的……我很高兴……他们对你好吗？"

"很好。我很抱歉，蒂尼。"容远站起来，垂着头看他，又补上一句，"感谢你为我做的这一切。"

"没什么。"蒂尼咧开嘴，像哭一样难看地笑着说，"我希望你开心。"

"我也希望你开心。蒂尼，就算我离开了，你也不是孤身一人。"容远看着蒂尼蒙上水汽的眼睛说，"街对面悬浮车维修店的帕帕拉小姐喜欢你，你不知道吗？"

虽然在这里生活的时间十分短暂，但容远还是对周围的居民都做了详细的调查和了解，不难发现这个为自己提供了一个庇护所的房主还有一个不差的爱慕者。原本他并没有八卦的打算，这种由荷尔蒙激发的冲动性感情，容远连人类之间的都不太了解，更何况是外星人章鱼。不过此时，他觉得让这只迟钝的章鱼知道会比较好。

"什……什么！"蒂尼一脸受到惊吓的表情，舌头打结地说，"帕帕……帕……帕……帕帕拉小姐？"

他目瞪口呆、张嘴结舌，呆滞的表情好像迎面被悬浮车拍了一下。然后他的脸发生了奇妙的变化：眼睛拉长、变弯，嘴巴越咧越大，脸上的肉向两边堆叠拉伸，从头顶到所有的腕足，颜色渐渐变深。他维持着这样一个怪异的、傻得冒泡的表情呵呵笑了一阵，忽然惊醒，水汪汪的眼睛闪烁着，不敢看容远，两条腕足相对轻轻点着，扭捏羞涩地问："你……你怎么知道？帕帕拉小姐又漂亮又善良……或许……或许……她根本没有这个意思呢？"

他嘴上这么问着，内心却万分渴望完全不同的回答。谁知容远丢下一句："想知道答案，为什么不自己去发现呢？"

蒂尼猛地抬头，眼睛充满哀怨地瞪着容远，意外地看到容远几乎轻轻笑了笑，那种触手可及的温柔和悲伤让他一怔，接着心就跟着揪了起来。

容远却再没有多说，转身离开。他走出餐厅，拉开门，走了出去。听到大门关上的响声，蒂尼愣了一会儿，突然反应过来，以难以复制的敏捷跳起来冲出门，就看到容远已经走远了。街角处，一只比他略高一点的蓝灰色章鱼安静地等待着，两人会合后，一起并肩走向远方。

蒂尼愣在那里，怅然若失。

"蒂尼，你在干什么？"一个清脆的声音问道。

蒂尼霍然转头，看着面前淡粉色的、有着像鸡蛋一样光滑可爱的圆脑袋的帕帕拉小姐，脸"唰"的一下涨红了，瞬间好像丧失了言语的功能。

帕帕拉眨眨眼睛，像是明白了什么，眼中露出了更加明显的笑意。

"我们去哪儿？"也用拟态衣变成比丘星章鱼的艾米瑞达问。

"去拿帕寇留给我们的东西。"

"交通全被管制了，所有的路口要道都有人在把守，他们也能检测出是否开启拟态衣拟行。三个小时后，这片街区也会被全面搜查，天上地下，都没有可以躲藏的地方，我们在五个小时以内被抓住的概率高达 76%，明天天亮前被抓住的概率是 99.3%。"艾米瑞达咬着嘴唇，浑身发颤地说。她害怕极了，她还能行走，全是因为容远在身边，此时她带着几分哭腔说，"容远，我想不出来能怎么逃脱。"

"会有办法的。"容远听上去十分沉稳，信心十足。

"该怎么做？"艾米瑞达带着期望问道。

"正在想。"容远道。

街道上，粗暴凶狠的搜查者逐一排查着所有人，无论男女老少都不例外；闯进每一户人家仔细搜索，紧锁的房门——无论其主人是富商、高官还是外星游客——全被暴力破门而入，里里外外地仔细检查，连花瓶里和地板下的储藏柜都不放过。

搜查者的左手手臂上，都绑着一个圆筒形状的仪器，往周围一扫，无论是天生具有拟态功能的生物，还是穿了拟态衣的人，都会被检查出来。一旦发现疑点，无论是谁都会被立刻逮捕、秘密审讯。一个胆大包天并试图在搜查者眼皮底下耍花招的青年被抓走后，过了两天，因为没有嫌疑而被释放，重见天日时，他的第一反应不是欢呼庆祝，而是直接从八十层的高楼上跳了下去。

官方的说法是他"畏罪自杀"，心怀不满而愤怒的民众曾经质问在审讯时发生了什么，官方不予回答，闹事的人却都被抓了起来。

"战时一级戒备！再有喧哗，处死！"

被质问的治安总长脸色冷酷而暴虐，隐藏着嗜血的愤怒，人们被这个一向严肃温和的人的这副样子吓得不敢再抗议，也意识到了事态的严重。

随后，比丘星执政官在面向全国的新闻直播中，给出了搜查队不得不这么做的理由——比丘星有史以来最邪恶的罪犯帕寇，还有至少两名以上的同伙，他们就在比丘星。帕寇被逮捕之前，曾将一份从喀尤尔公司机密研究所偷出的病毒试剂转交给同伙，这份病毒在空气中就能感染，并且是致命的，喀尤尔公司目前还没有针对其治疗的疫苗。因此病毒一旦扩散，整个比丘星的毁灭就在旦夕之间。

新闻最后，是执政官苍老憔悴的脸，一看就知道他已经很长时间没有休息了，但他依然颤巍巍地坚持着，好像随时都会被巨大的压力压垮，又好像永远也不会倒下，将会一直站立着，直到比丘星渡过这个难关。

他用沙哑的声音恳切地对整个星球的子民说："我已经活了五百三十七岁了，从来没有离开过这个星球。比丘星就是我的家，你们都是我的家人。孩子们，我知道仓促严苛的搜查带给你们很大的困扰和伤害，我知道你们现在恐慌、害怕、无助、愤怒、担忧……但是，请相信我，相信这个由所有人共同选举的政府，我们会尽最大的努力保护我们的家！所有的比丘星子民，你们是我的支撑，我也是你们的后盾，我们要始终团结在一起，直到这次危机被我们完美解决！"

致命的病毒就在比丘星上，这个消息原本会引起巨大的恐慌，也许会有人不择手段也要逃出这个星球，流血冲突将在所难免，这也是比丘星执政厅最初决定不把消息公布的原因。然而，老人的话就像是一缕清风，带走了所有人内心的躁动和慌乱，他们依然恐惧，但每当看到那个脸上沟壑纵横但眼神坚定、岿然屹立的身影时，敬仰和信赖之情油然升起，不知不觉就安定下来。搜查的工作前所未有地顺利起来，还有人积极主动地配合，面对搜查者的冷脸，他们甚至主动送上问候和关心。除了一些小规模的私人冲突，本以为要面对全星球大范围暴乱的执政厅出乎意料地发现，民众比他们想象的要平静、温和、善解人意得多。

当记者问到他们的想法时，很多人这么说——

"当然害怕啦！但执政官大人还在呢，我相信他！"

"执政官大人在看着我们，不能让他失望。"

"他们（指执政厅和搜查者）已经很忙了，不能在这个时候还添乱！"

"我前面那样闹事是因为不知道什么原因，感觉自己的权利被侵犯了，现在了解前因后果，自然要理解，该怎么配合就怎么配合。"

"为什么还玩游戏？想玩喽！这也要问……哦，病毒的事我当然知道，大家都在说！不过我才不害怕呢，（事情）肯定会解决的，到时候日子还不照样过？"

"不知道执政厅能不能因为这事取消今年的大考，哈哈……开玩笑的。"

将所有民意调查的统计结果都整理出来，年轻的卡尔仓用四条腕足小心翼翼地托着，病毒的事依然沉甸甸地压在他心上，不过他现在觉得非常轻松。在执政厅当助手已经五六年了，这是第一次他们完全不用伪造数据，不用粉饰太平，不用文过饰非，但结果比预想的还要好。第一次，他这么真实地感受到民众对执政厅和执政官大人的爱戴和拥护，而且没有任何勉强，完全发自内心。他感到自己的工作虽然不为人所知，却充满了重大的意义，这么一想，连脚步都轻快了许多。

走到一扇装饰简朴却庄重的大门前，卡尔仑不由自主地放轻了呼吸，站了一两秒，才不好意思地冲站在门边的两人笑了笑，说："我是秘书处的卡尔仑，来给执政官大人送民意调查统计文件。大人说过，结果一出来就立刻给他送来。"

两人中的一个保持戒备，另一个走过来仔细检查一番，然后侧身打开门，跟执政官通报一声后，才转头对卡尔仑说："你可以进去了。"

卡尔仑刚走进去，门就立刻被从身后关上。执政官正坐在桌前批阅文件，见他进来，写完手中的最后一行字，然后将手中的文件合起来，说："拿过来，给我看看。"

此时，他比起新闻中慈爱包容的模样多了几分冷漠和严肃，显得更加威严；言简意赅，像是不肯多浪费一分精力在说话上；也比之前更加疲惫，因为疲惫，也更显老迈，但那种不容动摇的坚忍没什么不同。

卡尔仑满怀尊崇地把文件放在桌子上，执政官拿起最上面的统计数据开始看，因为这几天处理了太多文件，还要协调各方，他的视力变得有些模糊，不得不眯着眼睛看。

事先已经全盘了解过的卡尔仑深知这些数据有多么喜人，因此他毫不意外地看到执政官这几天总是紧皱的眉头终于微微舒展。卡尔仑在旁边静立等候着，等执政官看完一张稍作休息的时候，他鼓起勇气说："执政官大人，民众对我们的工作非常支持，相信那些恶徒很快就会落网，请您放心……也请您保重身体。"

执政官看了他一眼，眼神中不带冷意，但卡尔仑立刻意识到自己逾越了本分，他急忙低头道歉："对不起，我说了多余的话。"

透过年轻人有些紧张的表情，仿佛能看到他赤诚的心，执政官温和地说："不用道歉，卡尔仑，我很感谢你的关心。只是现在还不是我享受的时候，比丘星依然面临着重大的威胁。我知道这段时间，你们也要完成很多工作，累是必然的。不用勉强自己，出门以后立刻去休息。星球仍在运转，我不能累垮了我们的年轻人。"

"我很好，大人！"卡尔仑急急忙忙地表示，"我还能继续工作三天三夜！"

他努力挺胸的样子显得那么稚嫩又朝气蓬勃，执政官忍不住笑了一下，点头说："我们一起努力。"

"是！"

卡尔仑抬头挺胸地走出去了，内心激昂，精神振奋，恨不得立刻出现山一样多的工作把他压倒。门关上以后，执政官难得轻松的表情立刻消失了，神情沉重，甚至有几分痛苦。

办公室的后面连通着一个不大却舒适的私人休息室，此时，门轻轻地被打开了，两个人从里面走出来。

"这就是我们的下一代，年轻，冲动，很容易被感动或者被蒙蔽，但他们是比丘星的未来。"执政官十分冷漠地说，"不管用多么卑鄙的手段，背负多么深重的罪孽，我都必须要保护他们。所以，说说看，我有什么理由不把你们交给喀尤尔公司，反而要协助你们逃脱？"

"如果真像您所说的，那现在我们就不会坐在您面前跟你和平地交谈了。"容远十分从容，他甚至没有用拟态衣伪装，也不需要执政官的允许，直接坐在会客的座椅上，面对面，以平等的态度说道。

艾米瑞达站在他身后，个子虽然比两人都高，但女孩在两人身边好像凭空矮了一大截。旁边还有一把椅子，但她没有勇气跟老人直面相对，而是藏在容远身后，紧张地咬着自己的嘴唇。

执政官完全忽略了艾米瑞达这个高等智慧种、强大的兰蒂亚帝国的子民，他缓缓抬起头，目光完全凝注在容远身上，四目相对，老人眼中冰冷的审视、青年眼中剑芒般的锋锐蓦然撞击，无形的权衡和较量在空气中展开。

事情，要从二十六个小时前说起，当然，这里指的是比丘星的二十六个小时。

第 三 章
已决定的命运

　　时间倒退回二十六小时前，彼时，越来越严密的搜查网逐步压缩着容远和艾米瑞达的活动空间。原本之前，因为搜查者粗暴的执法态度和不分身份的无差别对待，所以尽管有强大的武力威慑，搜查还是不断激起民众的反抗。面对手无寸铁的男女老少或愤怒或哀苦的质问和悲泣，搜查者们即使了解事态有多么严重，也还是无法阻挡地让搜查陷入了泥淖般的困境。混乱就容易出错，出错就给容远提供了可以游走利用的空间。

　　而在执政官直播演说以后，除了少数人疯狂地想要逃离星球，结果被暴力镇压，其他绝大多数人表现出值得赞叹的理解以及配合。大多数政府部门全部停止工作，企业无论停工会损失多少财产，还是让所有员工都放了假，车辆停运，学校停课，整个星球的人几乎在这一天没有外出，街上空荡荡的，除了搜查者，不见一个人影。搜查者们挨家挨户地搜索，人们不但不再抗拒，反而主动敞开家门配合搜查，家中如果有没有记录在案的阁楼、地窖等，也不等搜查者们用仪器检验就主动告知，甚至连一些背负罪案的人也没有抗拒躲藏。当然，搜查者们也没有浪费警力把他们捉拿归案，在彼此的默契下就像对待普通人一样完成搜查。

　　与此同时，"邪恶罪人帕寇的同伙"艾米瑞达的照片满世界都是。除了帕寇和德布，没有人见过容远，但艾米瑞达的资料在博士手上多的是，她很快陷入被整个星球全力通缉的地步，没有人不知道这个年纪轻轻就犯下反星际罪的女孩长什么模样。

　　可想而知，在这种情况下，容远和艾米瑞达想要隐秘地躲藏在某户人家是不可能的。如果劫持其家人以换取保护，容远毫不怀疑搜查者哪怕连带平民一起射杀，也不会放过他们。这不算无情，为了整个星球继续存活，牺牲少数人根本算不上什么，再爱护子民的上位者，也会毫不犹豫地做出这种决定。

　　他们也不可能在街上继续游荡，空荡荡的大街上，还在行走的两个人就太显眼了，哪怕尽力躲藏，谁知道哪一扇窗户后面就有一双盯着他们准备上报的眼睛呢？拟态衣也可以提供近似隐形的功能，但问了艾米瑞达才知道，像比丘星这样的星球，自然布满了比地球更加密集全面的监控系统，这种监控也不是地球上那种简陋的摄像头能够比的。在星际宇宙，能够扭转光线、提供隐形效果的物品不止拟态衣一种，自然也有各种相应的反隐形手段。哪怕是在平时，监控系统如果检测到有人用了某种隐形的手段，也会立刻向上报告。而现在，如果容远和艾米瑞达用拟态衣隐形，那么简直就像是在身上打了高倍聚光灯一样显眼，几乎就会立刻向搜查者昭示他们的位置。

功德商城中自然提供能完全隐匿的商品，但因为跟这个星际宇宙处于两种不同的力量体系，容远只能用在自己身上，却不能用来保护艾米瑞达。哪怕不考虑艾米瑞达的身份和智慧，只是为了帕寇最后的嘱托，容远也不可能把她抛下，因此这个选项一开始就被他否决了。

但带着艾米瑞达，不仅仅意味着他兑换的商品种类被限制，实际上是他根本不能在艾米瑞达面前兑换。对《功德簿》的存在永远保密，这是容远给自己定下的最基本的规则之一。艾米瑞达不管看起来有多么柔弱无助，容远也不会忘了她有多么聪明，哪怕只露出一点端倪，背后的秘密被彻底看穿就只是时间的问题。

他还没有信任她到把自己最大的秘密也让她知道的地步。

他当初上岸的时候，没有幸运地回到飞船降落的那座小岛上，但相距也不远，中间只隔着三座海岛。平时乘坐悬浮车来回最多不过十来分钟，然而此时，这三座岛屿犹如天堑。他也可以远距离把飞船召唤到这座岛上来接应他们，但怕只怕飞船只要一起飞，立刻会被比丘星的武装力量击得粉碎。

面对如此阵仗，艾米瑞达恐惧之余，又害怕又勇敢地哭着说她可以去跟博士自首，这样，警报解除，至少容远可以安然离开。不过她刚一说完，就被容远否决了。容远很清楚，对方这种程度的搜查，不可能仅仅是为了一个逃跑的奴隶，艾米瑞达最多只是顺带，他们真正的目的，还是为了帕寇打算交给他的那藏在另一个秘藏盒里的东西。他们尽管知道藏匿地点，但在这样的搜索下，也没有办法去拿。

在已经禁止飞行的比丘星上空，一艘银白的飞船无声无息地靠近。所有的监控检测系统都像是瞎了一样，仍由这艘飞船降落在星球表面上。地面上一些人看到一个搜查者正准备上前喝问并检查，却立刻被身边的同事拉住了，同事冲他摇摇头。

原因是，飞船船身上，印着喀尤尔公司的标志，这艘飞船降落在喀尤尔公司的内部停机坪上。这个纵横宇宙无数星球的大公司权势赫赫，驻扎在比丘星分公司的最高负责人博士也一样地位超然，哪怕是比丘星的执政官在他面前也要倍加恭敬。因此，哪怕病毒实际上是从喀尤尔公司流出来的，也没有人敢让他们付出代价，事实上，这个公司内部也是唯一一处搜查者不能踏入的地方，哪怕是执政厅和执政官的家，一开始也被无比细致地搜查过了。

同时，面临着病毒的威胁，喀尤尔又是唯一有能力力挽狂澜的，这让所有人看着他们的眼神无比复杂。

散发着冷气的箱子被打开，里面装着两排试管，上面一排只有三支试管，装着淡绿色的液体，下面一排是二十支装着透明液体的试管。博士伸手从上排拿出一支试管，里面的液体轻轻晃了晃，然后静止不动。

博士把它递给罗多，带着愉快的笑意说："看看。"

罗多将其举到眼前端详着，好奇地问："这就是您让总公司加急送来的东西吗？这是什么？"

"病毒。"博士淡淡道，"这么小小的一支，能在一夜之间杀死整个星球上的人。"

罗多差点把手中的试管扔出去，他的手哆嗦着，小心翼翼地把试管重新放回箱子里，看着它被安置好了，才长出了一口气。

就这么一个小小的动作，他已经紧张得满头大汗了。

博士冷哼一声，鄙夷地骂道："没出息。"

罗多根本不在意博士骂他。实际上，对博士来说，骂人是亲近的表现，他真正生气的时候，会直接让惹他生气的人彻底消失。因此，罗多擦了一把头上的汗，就问出了自己最关心的问题："病毒……不是我们让他们抓捕帕寇同伙的借口吗？为什么……"

"蠢货！"博士道，"既然我说了有病毒，这个星球上就必须出现病毒！还有五天，五天之内如果他们找不到人，我就送所有人去见他们的比丘神。故事的版本是这样——比丘星被一种突然出现的病毒毁灭，只有喀尤尔公司进行了严密的防护手段，少数人得以幸存。我们逃脱以后向联盟政府报告这场惨剧，联盟政府派人调查，这些天比丘星大规模的搜查和执政官的演说都有视频记录，会完全证实我们的话。然后，联盟政府的特派人员会证明这种病毒具有可怕的传染性和杀伤力，而且喀尤尔公司会发表声明，因为病毒每时每刻都在变异，所以要研究出相应的疫苗需要大量的时间。为了防止造成更大的损害，联盟政府会做出彻底销毁比丘星的决定，同时将这三阳星域列为星域禁区，不允许任何飞船进入。这样，即使那只章鱼掌握的证据还在这个星域的某个角落，谁又能把它变成我们的威胁？"

罗多设想了一下博士所说的情景，发现竟然是完全可以实现的。喀尤尔公司在星际联盟上下都不乏影响力，高层中还有完全忠于他们的人，只要稍加推动，事情的走向就会完全按照博士的设想去进行。这么看来，比丘星人齐心协力求存的努力，反而会成为推动他们灭亡的助力。

邪恶、卑鄙、狠毒……罗多在心里给博士身上打了好几个标签，在他看来，这不是对博士的侮辱，而是给他的另一种形式的勋章。

罗多遵从博士的命令杀过很多人，有罪的或者无罪的，他都记不清有多少。但这么大规模、无差别的屠杀还是第一次。实际上，虽然出了帕寇这档子事，但他对比丘星人这种勤劳单纯的种族印象并不坏。公司里有好些比丘星人负责一些精密仪器的工作，完成的质量都很高，而且从不偷懒、迟到、早退，每一个都是模范员工。想到这些之前还在一起说笑的人，想到他们的家人，想到比丘星上无数还在牙牙学语的孩子，罗多无法抑制自己内心的不忍和怜悯。

他神情的变化自然逃不过博士的眼睛，博士斥道："把你那难看的样子收起来！说起来，如果不是你当初去执行任务的时候出了纰漏，现在也不会有这些事。让这个星球毁灭的原因，也有你的一份！"

罗多脸色一变，低下头去，他明白博士所说的。

当初罗多被派去抓捕帕寇的时候，一听德布自称是那个救了帕寇的人，未经求证就把他击毙了。结果后来一调查才发现，德布只是一个小小的星网基站维修员，从出生到现在，就没有离开过比丘星，在回来的前几天，还因为喝醉酒躺在大街上而被治安局训斥。而当初帕寇逃跑的时候，只驾驶着一艘快要报废的飞船，一路上还被炮火击中，造成了很多损伤，他根本不可能靠自己的力量，从遥远的星域独自返回比丘星，一定是有人帮了他，这才是他们真正要灭口的人。

再一查悬浮车的出行记录和停机坪的录像，发现当初与帕寇、德布一起从飞船上下来的还有一个人。但当他们进行更详细的调查时，发现所有的图像资料都消失了（这是诺亚二号的功劳），在唯一一张用技术复原的模糊的图像中，只能看出那是一个体型较小、不太像比丘星章鱼的人。

看到罗多神色低落，博士缓和了语气，说："你放心，病毒虽然扩散了，但我们会没事的。这下面的二十支就是病毒疫苗。除了你，我还可以给你留两个名额，你可以带上你喜欢的人跟我们一起离开。"

罗多的父亲曾经是博士最忠诚的助手，为了保护博士而死，然后罗多的大哥、二哥到博士身边工作，也都由于类似的原因去世了。因此，罗多自小就在博士身边长大，对博士来说宛如子侄，虽然平时看似严厉冷漠，但博士一直比较关心他。不然换了其他人犯了大错，立场还这么不坚定，博士早就送他去死了。

罗多嘴里发苦，喀尤尔公司单单在比丘星的员工又何止上万人？不过博士这么说，罗多心里到底还是得到了一丝安慰，他不由自主地就开始盘算要带哪两个人。博士把他赶出去让他慢慢想。出门的时候，罗多突然想到一个问题，转头问："博士，要是比丘星的政府抓到了艾米瑞达两人，也找回了帕寇偷走的秘藏盒，我们怎么能知道那盒子之前有没有打开过呢？"

实际上，看到比丘星搜索的执行力度，罗多也觉得那两人被抓住只是时间问题。问题在于，秘藏盒是否被打开过只有它的主人才知道，如果打开过了，那么帕寇偷走的罪证就有极大的可能泄露给比丘星执政厅，喀尤尔公司一样会面临危机。

博士没有回答，挥挥手，门"啪"的一声合上，把罗多关在门外，几乎拍扁了他的鼻子。

罗多愣怔地看着空白的门扉——怎么没有发现呢？刚才博士所说的情况中，根本没有说那两人被抓住的假设。

原来比丘星，根本没有第二种选择。

艾米瑞达贴在墙角，这是一处监控的死角——本来是没有死角的，但是诺亚二号渗透到监控系统中做了一个小小的手脚，相当于在天空戳了一个针尖大的窟窿。因为实在太小了，根本不会被任何人察觉，结果就是让艾米瑞达所在的位置有个两平方米左右的监视死角。

当然，艾米瑞达并不知道帮助他们的是智脑复制体诺亚二号，只以为容远还有一个十分精通信息技术的同伴隐藏在暗处提供援助。

她的这个点是静止的，此外，还有一个活动的点跟着容远移动。容远避开所有可能被人看见的位置，离开已经有好几个小时了。艾米瑞达以为他因为活动的速度和范围都受到很大的限制，计划必然会进行得很慢，但她站在这里，无法不担心和恐惧。更何况，她已经能清晰地听见搜查者越来越近的脚步声了。虽然搜查两侧的店铺和居民住宅拖延了他们的速度，但最多十几分钟，那些人就会搜查到这里。

当容远回来的时候，最近的一个搜查者离她只有一个拐角的距离。艾米瑞达已经浑身发抖、泪流满面，只能蹲在地上，等待将要降临到自己身上的命运。然后，她看到以为已经抛弃自己的容远真的回来了，一头扎进他怀里，如果不是环境不允许，她肯定会当场号啕大哭。

容远轻轻拍了她两下以表安慰，然后一把将女孩扯开，拿出两套搜查队的制服说："换衣服，马上！"

艾米瑞达清楚，她和容远跟搜查队成员的体型很不一样，而且他们尽管都戴着半遮脸的面具，但他们都能并不费力地辨认出彼此，并不会被一套衣服迷惑。更何况，搜查队之间时不时要传递信号和命令，每隔一定的时间还要向上报告，哪怕是用拟态衣伪装成其中的某个人，也无法骗过他们。

但她也知道，这些容远都清楚，所以尽管不解，她还是毫不犹豫地执行了命令。服从，几乎是过去打在她灵魂里的烙印。

站在他们这个位置，能清晰地听到搜查队的脚步声和偶尔低沉的报告声。只不过这条巷子的拐角内凹，到巷口还要再往里面走一点才能看到他们。饶是如此，藏在正在搜查他们的军队的眼皮子底下，还是让艾米瑞达快要紧张死了，如果她有尾巴，早就翘起来了。

接过衣服，艾米瑞达也没有顾忌容远就站在眼前，迅速扯下自己身上的衣服就开始换。容远吓了一跳，连忙转身，尽管他反应极快，仍然看到了艾米瑞达身上布满深深浅浅的伤痕，一层叠着一层，几乎看不到完好的皮肤。

容远眼神暗了暗，一抹冷意一闪而过。

艾米瑞达倒没有想那么多。在她的种族中，如她这样的年龄，以及比她还要矮的容远，都还是小孩子，根本没有男女大防的意识。她从小到大也从没有人教导她什么是礼仪和荣耻，她穿衣戴帽，只是因为所有人都这么做。要是让艾米瑞达什么也不穿就上街，她也不会觉得这是一种侮辱。说起来，博士算是艾米瑞达的导师，为了充分利用女孩的智慧，他首先教会了她很多科学知识，只是人生更重要的许多其他知识，博士不仅从没有告诉她，甚至严厉禁止其他人在这方面对她产生影响。这使得艾米瑞达在很多方面单纯无知得可怕，这些天，容远已经充分领教过这一点。

艾米瑞达也不觉得她身上的伤痕有什么特别的。她从小就这么生活，已经习惯了疼痛和伤害，甚至在她狭窄的阅历中，她觉得大概所有人都是像她这样长大的。因为一直是那么痛苦地长大，所以她对痛苦的感知非常迟钝，在别人看来难以忍受的事情，对她也只是寻常。也正因此，帕寇的善意对她而言就像是在黑暗中第一次见到阳光，长久饥渴后终于品尝到清水，不需要多么华美的言辞就能让她沉沦。为了帕寇的托付，她不顾自己的怯懦和恐惧，抛下所习惯并逐渐麻木的一切，冒着生命危险逃出研究所，去找一个她从来不认识的人。

幸好容远没有让她失望，这段日子，尽管躲躲藏藏，每天睡下的时候都怀疑还能不能看到明天的太阳，但她内心的快乐一天天地膨胀，有时看着蓝色的天空、石头缝里钻出来的小草、古老的墙壁上斑驳的旧痕，她都会不经意地露出笑容。只是每当这时候，帕寇的脸都会出现在眼前，好像她现在的每一分快乐，是踩着帕寇的尸体才拥有的，这种负罪感又让她的快乐无法持续发酵，总是稍纵即逝。

背转过身，避开女孩的视线，容远以更快的速度换好衣服。当他再次转过身来的时候，艾米瑞达看到他有些阴沉的脸色，只以为他是担心能不能顺利逃脱，没有多想。

搜查队的脚步声越来越近，其中一个人已经站在了巷子口，被光照着，在巷子里投下长长的影子。他两条腕足端着武器，还有一条腕足拿着扫描拟态衣的仪器往里面扫了一下。

艾米瑞达不由得紧紧贴在容远身边，握住他的手。微凉的手心有细细的汗，容远转过头，嘴唇微动，无声地说了句："别担心，有我在。"

艾米瑞达用力点头，强烈的绝望和希翼同时在她眼中闪烁着明亮的光彩，容远怔了怔，更加用力地握住了女孩的手。

女孩的脸铭刻在心里，他想他一辈子都不会忘记这双眼睛。

容远手指一动，远处发出"嘭"的一声巨响，一股乌黑的浓烟迅速升起，在搜查队中引起一阵短暂的骚乱。

这些天，容远并不是单单带着艾米瑞达东躲西藏，实际上，他一直游走在搜查队附近，注意隐蔽的同时，也在用心观察着有没有可以利用的漏洞。

天底下，就没有完美无缺的系统，尤其是当这件事交给"人"这种智慧生物来做的时候，因为个体的差异和私心，想要没有漏洞是不可能的，哪怕真的没有，也可以人为制造。

在观察中，容远就发现一个问题：搜查队并没有多点设防，他们是连成一条防线推进，被他们搜查过并确认没有疑点的地方，是不会返回去搜第二遍的，也不会留下人员防守关卡。

一方面，是他们非常相信自己在搜查中没有遗漏，不需要复查；另一方面，是那些街区看起来空荡荡的，实际上两侧都有无数居民，每时每刻都有不知道多少双眼睛盯着外面，还有那无处不在的监控系统，万一疑犯真的在防线后出现了，也会立刻被发现。

但最重要的，是他们的人手不够。

要知道，搜查队不仅仅是搜查一座城市或者一座小岛，他们要搜查的，是整个比丘星！而且搜查每个地方时都不能草率马虎，面对世界的存亡危机，他们只能像过篦子一样把所有地方都过一遍，而比丘星百分之九十以上是茫茫海域。要知道，比丘星人哪怕是在深海中都能自由活动和生存，他们当然也会以为敌人拥有同样的能力，而大海之宽广简直令人绝望，更不用说其中还有无数根本不会听从也不可能听懂命令的海生生物，这些生物在海洋中自由移动给搜查带来了很大麻烦，因为他们要找的人很可能就藏身其中，并躲过搜查网，或者更过分一点，躲在某个大型海洋生物的肚子里瞒天过海……这种可能性光想想，都让人想要放弃了。

可想而知，比丘星大部分的搜查队兵力都在海中，海洋表面零星的小岛上只派遣极少数的人手。如果他们在搜索的时候还要派遣极为有限的人在后方设卡，那用不了多长时间就不用搜查了，全把守关卡去吧。

所以，只要容远两人能安然突破面前的一条搜索线，之后就是一路坦途。实际上，这座小岛因为临近他们飞船登陆的停靠点，警力还有所加强，不然人手可能更少。

但这并不是说这条搜索线就很容易越过去。人手不够，科技来凑，天上地下的通道都已经被比丘星政府封死了，类似下水道或者地下隧道这样的地方也设立了严密的监控系统，只要有人贸然进入，立刻就会发出警报，并启动警卫机器人逮捕。看起来越是空寂无人的地方，警备就越强，看似无边无际的大海更是如此，容远两人只要敢下海，下一秒就会面临无穷无尽的追捕。只能在搜查队活动区域附近，为了防止监控系统被干扰而频频发出假警报，这片区域的警报被临时关闭了。

所以，搜查队，就是他们唯一的出口。

容远决定冒险从搜查队中间穿过去，这种异想天开的想法差点让艾米瑞达以为他疯了。搜查队不是瞎子，怎么可能放任他们大摇大摆地从中离开呢？用拟态衣变形成搜查队成员的外形，也不太现实。第一，同一支队伍中不会出现两只完全一样的章鱼；第二，他们手中的仪器可以检测拟态衣的存在；第三，即使搜查队的成员都真的瞎了，把他们当成自己人，没有防备，但是比丘星的反隐形系统不会罢工，一旦检测到他们的存在，一样会立刻发出警报。

反隐形系统是怎样工作的呢？容远了解了一下——科技下的所谓"隐形"，并不是真的身处到异次元空间了，而是"不被看到"，更高级一点的，比如容远兑换的拟态衣，不光能欺骗视觉，还能欺骗大多数摄录仪器，扭曲包括光线在内的多种电磁波，但其空间存在感还是实实在在的。比丘星的反隐形系统，就是利用这一点，用一个非常简单的手段破除这种隐形。

在比丘星的表面和海洋中，都均匀地充斥着一种非常微小的颗粒，这种微粒有一种非常独特的性质，在遇到生物电波的时候会非常迅速地避开，但碰到机械发出的电波就不会。因为生物体对外发出的电波都非常微弱，并且在体外很小的范围内就消散了，因此一个行走的人在这种微粒中，就会持续不断地形成一小团空洞，这个空洞甚至能细致地勾勒出人的五官和肢体，而比丘星有一种仪器能监控这些微粒的流动，和其中各种生物体引起的异常波动。

想想看，如果微粒检测系统检测到某个地方有一个外星人在活动，但光学监控系统对照之后却发现这里空无一人，那不就说明在这个地方有人在隐形活动吗？这样一来，系统会立刻向附近的警卫队和上级安全部门报告，这么做的人无论什么原因，都不会好过了。

只要考虑到星球上有多少生命体，就知道这项对比检测的工作无比庞大繁杂，哪怕是智慧种外星人也无法靠人力完成，因此全部由机器来检测。而机器，只能对比两个系统中的生命体有没有存在差异明显的地方，至于活动其中的是地球人还是比丘星人，对机器来说是没有差别的，在设计它的时候，也没有考虑过这种专门检测某一类型生命体的情况。

所以，在搜查越来越紧密的时候，容远和艾米瑞达宁愿冒着巨大的风险用自己的本来面目出现，也不使用拟态衣变成更加普通的外形，就是为了避免没被人发现、反倒被机器锁定的情况。

而现在，容远和艾米瑞达换上的不是简单的搜查队制服，穿戴好以后，容远按下皮带扣上的开关，"唰"的一下，只见衣服膨胀了许多，甚至还伸出几条长长的腕足来，仔细一看，随着他们的活动，腕足还会轻轻扭动，就像真正的比丘星人一样。

不过跟他们现在的形象比起来，哪怕是德布也可以说"萌"了——容远看着艾米瑞达现在的样子忍不住在心里吐槽，同时庆幸面前没有镜子，他现在不用看到自己是什么丑怪模样。

这两件衣服表面还会略微加强他们自身发出的生物电波，迫使那微粒避让，让机器检测出他们错误的体型，如此，拟态衣才能真正发挥作用。

容远启动拟态衣，变形成搜查队成员的模样，同时向诺亚二号一挥手，诺亚二号就停止在空中制造监视死角。过了十几秒钟，近在咫尺的搜查队始终没有异动，耳边传来诺亚二号简洁的声音："安全。"

容远松了口气，他这才发现自己刚才一直紧绷着神经，手上的力道不自觉地越来越重。艾米瑞达露出吃痛的表情，但一声不吭，眼神关切地看着他。容远急忙松手，无声地道了歉。艾米瑞达摇摇头，猜出容远计划的第一步也是最重要的一步已经成功，不禁露出几分喜色，但随后想到下一步，立刻又露出更加紧张的神色。

第一股浓烟升起，就好像打开了一个开关，每隔几秒钟就有一处地方冒出浓烟、火光，或者发出巨大的声响，给搜查队带来微微的骚动。不过他们毕竟都训练有素，聪明一点的人已经想到这不是发现了敌人，不然他们的通信频道中不会没有警报，这是某些人——也许是帕寇的同伙，也许是某些对比丘星政府不满的叛乱分子——分散他们注意力的手段。这种时候，不能自乱阵脚，以静制动、保持阵型和秩序才是正确的选择。

他们想得没错，只是人毕竟不是机器，哪怕身体依然坚守岗位，但视线不由自主地转过去关注着。尤其是那些声响越来越近，好像一个巨人渐渐迫近眼前，没有人能心如止水地继续之前的工作。

因为视线都放在远处，没有人注意到无声无息之间，还有两个人在他们中间像影子一样穿行！

比丘星的检测系统方位严密，诺亚二号即使能入侵，也无法不被发现。不过在它的帮助下，容远对这一队搜查人员已经进行了详细了解，做了很多准备工作。他知道他们哪些人好奇心重，会在发现异常的第一时间到最前面去观察情况；哪些人性子急躁，会随着每一次异响不自觉地用视线去追逐；哪些人沉稳细心，在这种时候反而会更加仔细地观察某些容易被突袭的地方；哪些人循规蹈矩，不管发生什么都会等待上级的命令。

这些异动发生的时间、次序、方向、距离，都是被他精心设计过的；而诺亚二号曾经无数次推演所有人的反应，做出了细微的调整和修改；而在这方面，连诺亚二号也不是艾米瑞达的对手，这个女孩对人类行为模式的推演几乎是一种本能，她做了最后的完善。而三者共同工作的结果就是，他们现在明晃晃地从搜索队中间穿过，但因为所有人的视线都转移了方向，竟没有一个看见他们！或许有人的眼角余光看到了，但他们也只会以为这是自己的同事，绝不会当成敌人。

毕竟，如果被浓烟或水雾笼罩，那任何人靠近都要怀疑一下，但现在周身明亮的时候怀疑身边有敌人？别开玩笑了！

这个地点也是被仔细挑选的。穿过搜索队以后再走几步，两人以正常的步速又进入到一条巷子中。他们的衣摆刚刚进入巷子中，就有一个比丘星人下意识地转头看了一眼，他什么也没发现，便又看着其他地方。

窄窄的巷子里，容远和艾米瑞达靠在墙上，同时深深地喘了口气，然后不由得相视一笑。艾米瑞达几乎虚脱，容远也不好受，他后背的衣服几乎全湿透了。

穿行过程短短数十秒，对他们来说，不光是无数计算和调查的结果，还承受着随时可能被发现的无与伦比的压力。好在他们成功了！

容远把一直藏在手中的遥控器收起来——为了防止意外出现，他们还制定了不下十套预备方案，从炸裂附近的水管、在搜查队中间制造大量烟雾，到释放迷药、强闯搜索线等等。好在最终一个也没有用上，他们无比顺利地按照计划穿越了这道防线。

在这道防线之后，再没有搜索队的成员，居民也基本待在自己家里，偶然会自由来往的——据容远观察——也只有搜查队的成员。

但想要逃离这座小岛，去往飞船停机坪仍然是不可能的，空中和海洋，才是管制最严的地方。哪怕披着一层搜查队的皮，任何没有执政厅允许就私自下海或起飞的个人及悬浮车都会立刻被大量的警力包围，并且他们不分青红皂白就抓捕。这一点，容远早已经试过了。广袤的大海对他这个地球人来说简直是最佳逃生路线，但试探以后，他无奈地发现，不能怀疑比丘星人对自己大海的掌控，哪怕是最偏僻的海域中出现不明生物，他们的搜查队一样能在短短几分钟内出现。

所以，穿过防线，只是让他们获得更大的喘息空间，但要说安全，还离得远呢。

容远从容地走在空旷的街道上，艾米瑞达亦步亦趋地跟在他身后。容远想到这次穿越搜索线，准备工作中其实用了不少兑换商品，毕竟在他们现在露面都困难的情况下，如果没有功德商城，短短半天内，他从哪儿找到那么多材料做这个做那个？就拿他们身上的衣服来说，虽然很丑，但其科技含量在这个世界也不算低了，女孩就一点也没有怀疑过他是从哪儿弄来这些东西的吗？

容远略带防备地回头看了一眼，只看到一双翠绿色的、全然信赖的眼睛，干净而懵懂。

容远不禁自嘲地笑了一下，继续往前走，然后手心一凉，艾米瑞达悄悄拉着他的手，还刻意转过头不看他。

容远也没有拒绝。

在街道两侧向外窥视的居民看来，就是两个搜查队队员手拉手一起向前走，有些古怪，又有些温馨。

一艘蓝白底色、上面绘着紫色花纹的飞船如鲸鱼一般破水而出，飞溅的海水折射着灿烂的光华，阳光映在飞船前端长着翅膀的金色飞鱼身上，耀眼夺目。

从海中升起的飞船在空中盘旋一圈，缓缓降落在平坦的沙滩上，仔细一看，飞船并不是真正意义上的"降落"，船身底部和沙滩之间还有很小的一段距离，这艘庞大的飞船竟是悬浮在空中的。

悬浮车也可以悬浮，但因材料所限，其体积和质量都有严格的限制。这么庞大的飞船，所需要的材料和耗费的金钱绝不是简单的倍数关系。在整个比丘星上，这样的飞船仅有这一艘。

小岛众多原本死寂的楼宇上，无数窗户忽然间都被打开，很多户人家一家人都挤在窗前，用一条腕足抵在额前，表达着自己对那艘飞船和飞船上的人的敬意。也有一些被困在比丘星的外星游客，他们就没有什么尊重之情了，靠在窗前指指点点，还有的正在猜测来者的身份。

而无论是敬仰、尊崇，还是仇视、厌恶，都无法让飞船上下来的人脚步有一丝动摇。首先是一行健壮高大的比丘星军官精神抖擞地走下来，在周围布下警戒。虽然警戒原本就是小岛上能够提供的最高限度了，但在他们眼中显然还是漏洞百出。

接着是一行年龄正处在中青年阶段的比丘星人，虽然相貌各不相同，但步伐矫健而无声，动作干脆利落，英气勃发，锐气逼人，只是都表情严肃，没有笑意，行动中更是丝毫没有上了年纪的官员那种慵懒迟缓的感觉，目光转动时，那种与年龄并不相符的凌厉和威慑让人忍不住转过头，不敢与之对视。

接到命令后，匆匆带着人手赶来迎接的岛主忍不住心里一颤，感觉自己倒霉极了，那种哀怨甚至在脸上都显露出一点。

这艘名为"格奥号"的飞船是执政官专属飞船，或者说是比丘星的流动执政厅。海底深处有一座庞大的宫殿，那是历史遗留下来的真正的执政厅。但自从比丘星进入星际时代，跟外星球的来往越来越多后，执政官待在海底的时间就越来越少了，大多数时间都在这艘以他的名字格奥斯奥命名的飞船上，海底的执政厅更多的是象征意义，甚至开放了一部分供游客参观。

"格奥号"会来到这座米沙岛上，自然不是偶然。这种前所未有的大规模搜索行动挖出了不少在比丘星藏身的潜逃罪犯，还有一些叛乱分子、星际海盗之类的，冲突其实每天都在发生，监狱几乎快要没地方塞人了。执政官也不会在每个出现乱象的地方亲自大驾光临的。所以，米沙岛上又是火光又是爆炸的时候其实并不奇怪，搜查队也只以为是又逼出了某些罪犯，只管按部就班地抓捕就行。然而爆炸、烟雾、火光没有伤到任何人，也不是某些人狗急跳墙，实际上在那之后什么都没有发生，这才是最奇怪的地方。

奇怪到甚至惊动坐镇海中的执政官亲自前来查问。某种类似直觉而不是证据之类的东西让他们觉得，他们真正要抓的大鱼，并没有趁着前期混乱的时候逃入可能性最大的深海，或许就在这座小岛上。

这位不求有功但求无过的岛主一点也不认为这是荣耀，他只觉得满心苦涩，还得堆着笑脸迎上去，并不意外地热脸贴了冷屁股，执政厅秘书处的这些年轻人根本没有把他放在眼里。

在比丘星，除了那几座主要对外交流的岛屿，坐镇其他海岛跟发配边疆差不多，都是无能之辈养老的地方。而执政官喜欢任用年轻人是出了名的，他身边这些意气勃发的年轻人一方面辅助执政厅的工作，另一方面也是在接受执政官的亲自教导，历练十几二十年后下放地方，哪怕没有执政厅的特殊照顾，其阅历、见识、眼界、能力、心胸都不是一般人能够比较的，个个前途一片光明。如今比丘星上下的中流砥柱，大半是由这些执政厅出身的人构成的。所以目前面前的这些人虽然都只是小小的秘书，有些还在实习期，但不远的将来，他们只怕全会站在更高的级别上。

岛主无声地叹了口气，仰头看向那位从飞船舷梯上缓缓走下来的老人。

与此同时，容远和艾米瑞达在某一扇窗户后面看着飞船上走下来的一行人。

脱离包围圈以后，两人的精气神几乎已经耗竭到极致。这几天他们不光只能断断续续地睡很短的时间，而且没有一个多好的休息条件。他们不光要游走在搜查队周围跟他们躲猫猫，容远还要不断观察他们的行动规律，找出漏洞，想办法逃脱，艾米瑞达则对每个人了解以后构建行为模式，醒着的每一秒钟，大脑都没有停止运转，吃喝也完全是凑合。因为两人都属于那种一瞬间就可以得到大量信息的人，彼此交流时表达的内容就相当多，当然，这一点在他们逐渐熟悉后就有所改善了。而后制订计划，整合各方面的因素，考虑所有的可能性，思维的碰撞和纠缠如果能用纸张全部记录下来，或许能够铺满整个比丘星。

总之，两人情绪虽然振奋，但精神上所有积累的疲劳都涌上来，这种疲惫甚至比连续一个月在田地里从事体力劳作更甚，行走的每一步都是靠着意志在坚持，一个充足而舒适的睡眠就是他们最需要的东西。诺亚二号很快给他们找到了一座无人的私人住宅，容远两人连话都懒得说，坚持着冲了个热水澡，就都睡下了。

一直睡了整整十八个小时，醒来的时候，容远弄了点简单的早餐，当然，以他的"厨艺"，基本上就是把可以直接食用的食品从包装袋里拆出来放在盘子里，再烧壶热水。两人刚刚吃完，正休息中，就收到诺亚二号发来的"流动执政厅降临本岛"的新闻。从他们临时居住的房屋阁楼，刚好能看见飞船降落的沙滩。

两人都无须借助望远镜，艾米瑞达的视力好到隔着这么远，集中注意力都能看清他们瞳仁中的纹路。容远差一点，但也能看清众人的表情和眼神。他的目光从那些从属身上一掠而过，直接落在执政官身上。就是这个人，曾经站在帕寇的头颅边，用冷漠的声音宣判那许多莫须有的罪名。看到他，容远很难不想起那个单纯善良的家伙血淋淋的样子。

艾米瑞达眼睛红了，双手死死扣着窗栏，身体微微颤抖着，说不清是由于愤怒还是恐惧。

容远要冷静得多，他很清楚造成帕寇死亡的直接凶手是喀尤尔公司，比丘星最多充当了一个同谋，或者是更低级的棋子角色。比起宣判罪名的比丘星执政官，那位博士，还有根本没有作为的他自己，才是他真正痛恨的对象。

容远一共见过执政官三次，前两次都是在街道的大屏幕上，一次他冷酷漠然，一次他慈爱诚恳，而现在，隔着一段距离，第一次亲眼看到这个据说已经治理比丘星超过三百年的老人，容远觉得那些肤浅的印象说明不了什么，或许都只是政治家看似真诚的演出，这个老人真实的模样是什么样的，他看不透。

加上牙牙学语的时期，他也只有区区二十一年的阅历，而这个老人却已经活了五百多年，并且执掌着一个庞大的星球。喀尤尔公司和星际联盟的人可以轻视他，因为在银河系中有着许多比这颗星球更加庞大更强势的存在，而科技并不算十分发达的比丘星在任何一个核心星球面前都犹如烛火之于骄阳。但容远并没有轻视他的资格，不光他，地球上的任何一个人，哪怕是那些大国的领袖，在他面前大概也宛如婴儿。

随着老人一起下船的，还有直属于执政厅的警卫队。人数几乎相当于一个小型军队，而实际装备、战力、素质都远远超过一般军队。警卫队迅速布下层层警戒线，在执政官与紧张的岛主交谈时，剩下的警卫队成员已经迅速而不失严谨地重新展开搜索。

岛上的搜索队人员稀少，警戒也有些稀松，所以容远两人才有机可乘。但现在警卫队的这些人，每一个都像机械一样精准，没有人松懈，没有人疲倦，更没有人疏忽大意，无须搜索队指挥，也能时刻保持对四面八方的观察戒备，而且效率极高，推进速度也快，此时容远他们再故技重施，除了暴露他们所在的方位，没有任何益处。而继续下去，除非容远动用一些能展示非科技手段的功德商品，否则飞天遁地也逃不出去。

容远下意识地捏了捏左拳，掌心有种硌痛感，因为一直能从那颗"传说中的石头"中听到某种声音，容远也就一直对它怀抱着期望。为了能随时随地感悟，他把石头嵌在一枚普通的银戒指上，戴在手上有事没事就摩挲几下，可惜石头一直没有给过他什么别的反应。容远除了发现脑海中想起的那种缥缥缈缈的曲子看似相同、实际上完全不曾重复过，根本没有其他的收获。渐渐地，有更重要的事填满了他的整个思绪，而且他发现在外星球，个人的武力并不能决定什么以后，就把它逐渐当成了一枚普通的戒指。如果说有什么好处，那就是每当石头硌到他手心的时候，钝钝的疼痛会让他大脑更清醒一些。

看着那行人，艾米瑞达几乎绝望了，容远转头看着她，异想天开地说："我们直接去找那老头谈谈怎么样？"

"谈什么？"艾米瑞达下意识地问。如果他们手中有什么证据还好，但实际上，他们除了帕寇留下的一封私人信件和对他的信任，根本没有任何东西能证明他们的无辜。帕寇留下的所谓证据，因为在另外的小岛上，也完全没有机会拿到。更何况，他们连帕寇掌握的证据到底是什么都不知道。空口白话，这该怎么跟一颗星球的领导人谈？

"我有个想法。"容远微微眯着眼睛，显然正在思索，没有细说。

于是，艾米瑞达也不再问了。她其实更习惯解决别人交给自己的任务，而不是提出质疑。刚才只是下意识地反问，既然容远想谈，那她就要努力创造让他们能够交谈的机会，不管多么困难。

只不过，看到下面重重设防的警卫队，艾米瑞达深深觉得这是比越过一百条之前那样的警戒线还要困难的任务，成功的可能性太微小了，根本没有任何可以让他们利用的漏洞。

除非……不顾惜人命。用普通的食材和家用清洁剂之类的东西，艾米瑞达也能配置出瞬间致死的毒药，为他们清出一条畅通无阻的通路。

艾米瑞达看了容远一眼，嘴唇翕动了下，不知道该不该说。

以前她是不会思考这种问题的，只要有解决方案，博士从来不会顾及这其中有多大的牺牲。但帕寇、容远他们并不是博士那样的人，艾米瑞达很清楚这一点。她内心惴惴，担心自己知道方法却没有说出来而导致他们落入陷阱，更担心当自己说出这个方法以后，容远会怎么看她，已经去世的帕寇又会怎么看她。

耐心听艾米瑞达期期艾艾、忐忑忐忑地说完，容远的反应是问明白步骤，两人一起把能找到的所有材料都制成这种具有强烈毒性的药剂，然后容远将其收起来。

"不要主动伤人，我们先试试别的办法去见那位执政官。"容远对有些迷惑的艾米瑞达说，"但如果遇到危险，这就是我们的保障——后备计划有多少都不嫌多。"

有毒药自然也要有解药，因为缺少设备，做出来的解药是一种黏糊糊的褐绿色液体，味道也很刺鼻。不过这种情况下并没有多少选择，至少解药的效果是不会随着外表和气味而有所降低。容远和艾米瑞达几乎是捏着鼻子才一口灌下去。女孩苦哈哈地吐着舌头，眼泪都快下来了，忽然嘴里一甜，原来容远给她扔了一颗糖。她呆呆地含住，腮帮子有点鼓，瞪大眼睛的样子看上去十分稚气可爱。

容远眼中露出一抹淡淡的笑意，现在他站着，艾米瑞达坐着，这个高度刚刚好，他便伸手揉了揉她的头。

格奥斯奥靠在椅子上，并没有让自己顺应整个身体的呼唤舒服地瘫下去，而是依然笔直地坐着。对于比丘星人这种身体中只有很少的几根骨头的软体动物来说，这种姿势基本上要靠身体肌肉的力量来维持，实际上并不轻松。所以虽然有相当多的比丘星人开始喜欢甚至一生在陆地上生活，但他们如非必要，平时更喜欢像海星一样软绵绵地趴着，休息的"床铺"通常是一个开口非常小且精致的罐子。比丘星人把自己塞进去并且紧紧地盘起来，这样会给他们带来一种舒畅的安全感。换了别的星球的人，让他们睡在这种小罐子里，还不如死了算了。

但无论任何时候，哪怕是刚睡醒和累得快死的时候，在格奥斯奥身上也看不到那种松松垮垮的感觉。他最舒适的，是在水中自由舒展腕足的时候，一旦回到飞船里或者陆地上，他从不允许自己放松身体，像其他比丘星人一样懈怠慵懒。他总是这样，无论行走坐卧，都维持着一种费力却挺拔的姿势。

因为他是比丘星的执政官，任何时候，他都要从细节处给予自己身边的人可以信赖和依靠的感觉，这是他的责任，也是他的义务。

可是现在，尽管表面上依然沉稳如山，格奥斯奥内心深处也真的感觉自己有点坚持不住，不是由于疲劳，而是因为不安。

他活了五百三十七年了，在他出生的时候，比丘星正处在动乱时期，那时候还没有限制出生人口和完善的孕产条件，他和自己的兄弟姐妹一起在大海中出生，随后就被海浪席卷，离开了父母身边。或许那时一次产出的卵很多，但等格奥斯奥艰难地随着海水漂流孵化出来，他身边一只小章鱼都没有，只有一些想要吃他的小鱼，和他要吃的浮游生物。

格奥斯奥一生风风雨雨，无数次险死还生，锻炼出了强大的体魄、坚韧的精神和对危机无与伦比的强大感知。他对危险的直觉让他总是能避开危险，选择更加有利的道路，然而现在，他脑中好像有根神经一直在突突突地跳着，空气中都像是一直有种东西在催促着他逃跑，但他找不到危险的来源。

是因为那两个危险分子带走的病毒吗？喀尤尔公司的人曾经反复跟他们描述过那种病毒的杀伤力，但他们也曾保证，因为公司对病毒的保存设置了特殊级别的保密措施，对方想要释放病毒，至少也要十天以上的时间才能破解保存箱的密码，十天之内，他们都还是安全的。

格奥斯奥并不喜欢喀尤尔公司，不仅仅因为他们高高在上的态度，更因为这个公司经常会雇用一些志愿者进行各种人体实验。当然，他们给出了足以让那些走投无路之人甘愿赴死的好处，也确实有很多实验体在这个过程中死了，虽然这是他们双方你情我愿的交易，但格奥斯奥依然对喀尤尔公司这种将人命视为交易品和随时可以抛弃的试验品的态度非常厌恶。

然而此时，喀尤尔公司表现出来的态度出人意料，他们竟然没有第一时间选择回避或者逃跑，连那位博士都依然留在比丘星上，承诺为了防止发生意外情况，喀尤尔会争分夺秒地研制病毒疫苗，同时也向公司总部申请了援助。

可以说，喀尤尔公司依然像往常一样驻扎在比丘星上，这带给包括执政官格奥斯奥在内所有比丘星人莫大的信心和安慰，让他们相信自己还有希望。为此，每天的新闻都会给依然在正常工作的喀尤尔公司几个特写镜头，还会采访几个公司员工，请他们说明一下最近的工作，得知疫苗的研制有所进展，所有人都得到了鼓舞。

而格奥斯奥也对自己的部队很有信心，十天，足以让他们将这个星球翻得底朝天，不管那些阴沟里的老鼠躲在哪里，都一定能被找出来。这次的事情虽然波及面很广，但其实只是一件随着时间的推移必然能被他们解决的事件，在他的一生中，经历过许多比这更危险的重大危机，却都没有让他产生这种坐立不安的感觉——这是为什么？

桌子上的文件很长时间没有批阅了，坐在那里的老人垂着眼睛，似乎在打盹儿。想到执政官大人这段时间多么疲劳，怀着敬意守护在一边的助手悄然阻止了其他想要汇报进展的人，想要让老人得到休息，哪怕是短暂的，他甚至不敢去给执政官大人披上一件外套，就怕自己的动作惊醒了他。

然而，通信器忽然在屋子里"嘀嘀嗒嗒"地响起来，助手吓了一跳，手忙脚乱地自己身上摸索，假寐的执政官蓦地睁开眼睛，眼神依然清明，没有半点睡着的样子。

助手懊恼地把自己的通信器拿出来，这是他仅限于联络几个非常重要的人的通信器，任何时候都不会关闭的，此时响起，证明有非常重要的信息。但他依然非常生气，心里责怪着那个无意中打断执政官大人休息的人。然而看了一眼，他的脸色立刻变了，神情有些凝重，有些愤怒，也有些犹豫。这个年轻人极少这样，不禁让人好奇他收到的信息到底是什么，执政官饶有兴致地等待着，并不催问。

助手犹豫片刻，最终还是凑上前，低声说："大人，这是给您的短信。"

哦？执政官心中有些惊奇，但脸上的神色并没有变化。他微微眯着眼睛看向短信，是一个陌生的号码，上面只有一句简短的话，还是一个意想不到的署名——

执政官格奥斯奥大人：

比丘星灭亡在即。为了挽救这颗星球，如果您愿意的话，也许我们可以当面谈谈。

对了，我们是被通缉的帕寇的同伙容远和艾米瑞达。

"大人，这是威胁！我们从不接受任何威胁！达库卡在此立誓，一定会将这两名狂徒逮捕！"

被急召而来的将军达库卡愤怒地道，凶光四射的眼中宛如有烈火燃烧。

执政官其他几个心腹要员也纷纷表达自己的怒火和决心，如果容远就在他们面前，只怕会被这些家伙立刻撕碎。但格奥斯奥拿着那则短信看来看去，就是不发表意见。众人的吼叫渐渐停止，都静下来看着执政官，并从这种安静中感到一丝异样。

半晌后，执政官问："这是谁的通信号，查清楚了吗？"

"查清楚了。"一个冷淡的声音在众人背后响起，众人回头，见门边上站着一个年轻得过分的比丘星人，他用那种好像在冰水里浸过的语调说，"那是比丘星人帕寇的通信号，在确认他死亡后已经注销了。一个小时前，由于某种尚未查明的原因临时开通了零点三秒钟，之后依然是注销状态。"

格奥斯奥点点头说："辛苦了。"

年轻人又等了两秒，见没有下一步的吩咐，行礼后转身出门。格奥斯奥沉思片刻后，把通信器还给助手，说："问问他会面的时间和地点。"

"大人！"

好几个人立刻大叫道，迫不及待地想要跟他陈述这么做没有必要，而且有极大的危险。格奥斯奥一抬腕足，所有人将要爆发的叫嚷声就全被卡在了嗓子眼里，他们忍耐着不再继续吵闹，却打定主意，一旦知道时间和地点，就先一步把那地方包围起来，将两人拿住再说。

助手输入信息，在要发送的时候却无措了一下，看了一眼执政官，他把信息发送往已经被注销的帕寇的号码，结果不到两秒钟就收到了回复。

"嘀嘀嗒嗒"的声音在安静的室内响起来，所有人的目光齐刷刷地看向助手，有些人好像把对那两名狂徒的憎恨和怒火都一并灌注到他身上。经历过无数大场面的助手忍不住有点怯生生地飞快地看了众人一眼，一滴汗水从额头滚落，他打开新信息，脸色立刻变得十分古怪。

难道是在戏弄他们？

提出了什么匪夷所思的条件吗？

众人一瞬间冒出无数猜想，助手抬起头，神情依然显得十分古怪，好像感到不可思议和难以置信，他缓缓看了一圈，最终目光落在格奥斯奥身上。

"大人，他说时间和地点由您来决定，他们现在就在米沙岛上，随时可以见面。"

众人全呆住了，这真的不是愚人节的玩笑吗？（比丘星也是有鼓励戏弄他人的节日的）格奥斯奥也是一愣，但随后，他就爆发出一阵大笑。

诺亚二号利用墙上的播放器回放着格奥斯奥一生中的重大事件，他在几个采访节目中对自己一生进行了回忆和评价。二号还解析了被格奥斯奥所看重的下属和敌人的性格、经历等，帮助容远做好面谈的充分准备。艾米瑞达看看屏幕，又看看容远，最终目光基本上落在容远身上，欲言又止，神情中是满满的疑惑和不赞同。

容远看她一眼，把播放暂停，笑了下，说："想问什么就问吧。"

艾米瑞达张了张嘴，又闭上，可怜巴巴地看着容远，希望他能改变主意，但她自己并没有一个妥帖的解决方案，因此说不出口。

容远轻叹一声，坐在她面前，看着女孩满溢着担忧的眼睛，想了想，耐心跟她解释，这件事其实没有她所想的那么危险。

继续龟缩躲藏，迟早会被比丘星的搜查队找出来，尤其是当他们已经怀疑两人在这座小岛上的时候。二号得到信息，在"格奥号"降落在米沙岛上之前，周围海域所有能够调动的部队都已经向这座小岛集中。肉眼所见到的兵力还不到总人数的百分之一，大部分仍然潜藏在水里或者集中在附近的小岛和海底城中，一旦发现他们的踪迹，不到三分钟，这附近就会被包围得水泄不通，到时候，一场恶战不可避免。

有艾米瑞达和二号的协助，最重要的是，有可以提供武力资助的功德商城这个底牌，容远相信杀出去并不困难，但在这个过程中，会牺牲多少正直无辜的军人？比丘星政府和军队在民间的评价都很好，如果他们真的用这种方法逃脱，那估计到时候容远这段时间积攒的功德都会被扣成负数，更不用说还有只差一个名额，就会被启动的天雷轰顶，容远一点也不想尝试那到底是什么滋味。

约见比丘星执政官，看似是暴露了他们的位置，说不定还会陷入对方的包围之中，完全处于被动状态，而实际上，容远只是把迟早会被发现的处境主动提前了一点，从根本上来说，并没有把情况变得更糟，反而稍微掌握了一点主动权。毕竟是跟整整一个星球的势力作对，容远两人明面上处于完全的劣势，想要一直周旋而不被发现的可能性是零，所以如果一定要硬碰硬的话，主动跳出来，至少比被搜捕出来占了一点心理上的优势。

如今容远主动联络格奥斯奥，结果无非是两种：

一是比丘星政府对喀尤尔公司言听计从，或者完全不敢对某些可能触怒这个公司的秘密伸手，那么容远两人一露面，就可能被抓起来移交给公司。最坏的结果就是喀尤尔公司的人也来了米沙岛（虽然二号并没有发现类似的信息），如果抓住了他们，可能会对他们酷刑加身，以拷问出秘藏盒的下落。

如此，容远只能不惜一切代价奋力一搏，而且他并非没有胜算。即便他会面的时候身上不能携带任何武器，但纳戒和《功德簿》都在身边，瞬间就会有无数武器造成难以想象的破坏，击溃任何站在他们面前的敌人。而且他有两个隐形的盟友——豌豆和二号，容远也对它们做了安排，一旦生变，哪怕他们受制于人，豌豆也能利用从功德商城中兑换的武器掩护他们脱身，二号则会尽全力使对方的所有通信和电子设备瘫痪，科技程度越高的文明对科技的依赖也就越深，只这一招，足以封杀他们一半以上的战斗力。

这就是为什么他去进行如此危险的会面，还要把艾米瑞达带在身边的原因。他固然可以把几乎不能提供任何战力的女孩藏在某个暂时安全的地方，但万一事态进展到最坏的地步，他根本顾不上返回来接她，只帮助他自己脱身可能就要让他耗尽全力。而女孩留在这颗再无后援的星球上，被发现迟早是死。

还有一种结果，对他的邀请，执政官好奇也好，怀疑也好，或者仅仅是想要看看情况再决定要不要把他们抓起来也好，都会暂时对外界尤其是喀尤尔公司隐瞒找到他们的消息。至少，作为这个星球的实际掌控者，他会想要确切地知道他们到底是否拥有那种致命的病毒，是否已经把病毒散播出去……或者说，他会想要了解喀尤尔公司到底为什么会对他们两个人这么势在必得。不管怎么说，只要他愿意见面，容远就有了扭转局面的机会。而如果容远的努力失败了，那就再次回到选项一。

所以说，情况不会变得更坏，而他们主动出击将局面略微搅乱一点，可为自己争取出一个喘息的空间，只要那个老人愿意亲自会见，而不是直接将他们交给审讯官，容远和艾米瑞达就还有机会。

让二号给出消息以后迟迟得不到回复，容远心中便更加笃定。对方怀疑、犹豫、争论，恰恰说明他们在非常认真地考虑他的提议，就像地球上一个举国通缉的罪犯突然想要面见领袖……不，哪怕他想面见一位普通的市长，如果迅速得到了肯定的答复，那最终等来的可能，是被无数枪支瞄准的下场。所以，如果他们直接痛快地答应会面要求，他反而会立刻带上艾米瑞达跑路。

容远略去不能说的部分，把自己的想法一一跟艾米瑞达剖析清楚，女孩本就聪明，只是见识局限了她的智慧。她很快明白这是他们目前的最佳选择，这样一来，虽然危险，但确实能看见一线生机。她不再觉得容远有些鲁莽，眼中的不安惶恐也渐渐退去，让她不害怕是不可能的，但至少，她已经有了面对的勇气。

安抚下艾米瑞达，容远让她去卧室休息一会儿，以对之后可能面临的长时间战斗做好准备。女孩乖乖去睡觉，容远目送着她的背影被门挡住，原本颇有把握的神情顿时消失，他揉了把脸，眼神中无法避免地露出一抹疲惫。

有些话他对艾米瑞达说了，有些话他没有。就像他所说的，这是不得已的选择，但这种"不得已"仅仅是对艾米瑞达而言，于他则不是。

他靠在阳台上，同时开启了屏蔽系统，这是一种安装在窗栏上的小小的光学设备，开启以后，里面的人能看见外面，外面的人却看不见里面的情景，这也让窗帘彻底从这个星球上绝迹了，如今只有一些怀旧风格的建筑中还能看见以前的珍珠贝壳串帘，不过也很少了。

容远兑换了一杯加冰的可乐，黑色的液体中冒着细小的气泡，散发着一种独特的香味，他把它放在手边，并没有喝。就口感而言，容远其实并不喜欢这种饮料，里面含有的咖啡因还会导致上瘾和记忆力减退，但身边的金阳和周圆都喜欢，有时容远也随大流喝一点，此时把它放在身边，某种名为思念的情绪忽然就涌了上来。

在离开地球前，他已经预想到此行可能不会像他想象的那样顺利，踏上飞船的时候，除了期待，他还有一丝自己内心都不愿承认的忐忑和留恋。在逐渐加深了解以后，他发现外星人虽然长相奇怪点，力气大一点，有的种族或许更加聪明一点，但并非强大到不可战胜，这让他紧绷的神经舒缓了许多。哪知道，从踏上外星球的第一秒开始，他就面临步步危机的局面，没有在发生意外的第一时间逃离是他的失误，之后越努力越危机重重，更不用说他身边还有一个像婴儿一样缺乏自保能力的艾米瑞达。

其实仔细算算，他来到比丘星才不过十来天的时间，可是已经像是过了很久一样。上一次全然放松是什么时候，他已经想不起来了。

奇怪的是，容远此时虽然很累，但他内心十分平静。

豌豆悄然站在他身边的栏杆上。这段时间，因为容远一直跟艾米瑞达几乎形影不离，豌豆已经很长时间没有以自己的本来形态出现了。即便有时候交谈，也十分简短，但大概是这种熟悉感已经深入骨髓，它的突然出现一点也不让人觉得突兀，容远甚至觉得自己一直在等着豌豆出来。

一大一小几乎以同样的姿势看着外面的风景，神情也几乎是一般无二，乍一看去，小人儿就像是容远的缩影。

过了很久，豌豆轻声说："你有更好的办法可以离开的。"

"我知道。"容远说。这境况其实对他来说并不是绝境……不，应该说很好解决。功德商城中任意门、定向空间门、传送卷轴、移形换位卡等各种涉及空间转移的商品，价格虽然昂贵，但地球的功德一直在源源不断地积累，容远也不是付不起。他只要付出几千功德就可以空间转移到比丘星附近的卫星上，然后重新兑换一艘飞船，想去哪儿就能去哪儿。至于那艘用两百多万功德兑换的飞船直接扔掉是有些可惜，但等风声过了再回来取也一样。最重要的是，搜索他们的人和喀尤尔公司其实都不知道他的长相和姓名，他在其他星球的活动并不受到限制，一样可以进行自己的观光之旅。

——只要他能舍弃艾米瑞达。

换了以前，容远大概会毫不犹豫地做出这种决定。只是抛下一个跟自己其实没有多大关系的外星女孩，也许她会死，也许不会，最重要的是，即便她最终死了，容远也只是她生命中的一个过客，并不是必须为她的死亡直接负责的关系人，因此即便被扣功德，也非常有限。如果担心她泄露自己的身份，容远也有的是办法抹去这段记忆。

过去的他，不会挣扎痛苦，不会浪费功德值偷偷摸摸兑换各种工具、武器，不会夜不能眠地思考和她一起脱身的办法，更不会暴露自己去换取她唯一的一线生机，他会毫不犹豫地做出利益最大化的选择，他只权衡利弊，不会同情怜悯。

在很长一段时间里，容远信奉的就是弱者没有生存权。如果他有一天被人踩进泥里或者死了，那就说明他不过如此，同样的境况反过来也是一样。

不施舍，不怜悯，不乞求，付出多少就得到多少，这个世界的规则就是等价交换。

但好像一夜之间，他就变了。

"你变了。"在他这么想的时候，一个声音在旁边说道，一瞬间，他甚至有种自己把心里话说出来的错觉。

他看了一眼豌豆，小不点却不肯看他，脸板得紧紧的，神色严肃，却让人有种快要哭出来的感觉。

容远笑道："你不希望我变成更合格的契约者吗？"他还记得他把犯罪者的性命当成获取功德的一种捷径时，豌豆始终不赞同。

"我更希望你活着。"豌豆声音有些颤抖地说。它知道他全盘的计划，知道即使他跟执政官的会面不管多么顺利，他们依然面临着巨大的危机。

"我会的。"容远语气淡淡，依然自信，不过顿了一会儿后，他忽然笑问道，"豌豆，'天雷轰顶'是个什么滋味？"

"你不会想要尝试的。"豌豆终于抬起头，认真地看着他，一字一句慎重地说，"你现在只是肉体凡胎，即便是面对最弱的天雷，你也没有幸存的机会。容远，你很聪明，应当知道在悬殊的力量差距下，聪明的头脑起不到任何帮助，只有不去挑战禁区，活下去才有将来。所以，答应我一件事……如果真的发展到那一步，不要犹豫，做正确的选择，你为她所做的已经足够多了。"

正确的选择，就是独自逃生，舍弃那个一直依赖他的女孩。

豌豆说得冷酷，但它紧握的拳头和微微颤抖的身体都说明了它现在内心的痛苦和波动不比容远更轻，这番话其实违背了豌豆作为一个《功德簿》守护机器人的原则，但它还是这么说了。

如果容远不能做出理智的选择，它也可以让自己充当那个无情的角色。

容远看它许久，正要说话，二号忽然传来了信息。

执政官给出了回复。

一行搜查者按照惯例搜查了某所普通的居民住宅，彻查以后再离开，正好在街头遇上其他队的搜查者，双方交错而过时，两个队员神不知鬼不觉地穿插到另一队中。

这一队已经完成了搜查任务，正在返回"格奥号"。他们回去以后，又有一人引导着其中两名多出来的队员离开，其他人视而不见地去复命，这两人却在沉默的引导者的引领下七绕八绕，从很多偏僻狭窄、看起来像是维修通道之类的地方穿过，最终进入一间小小的休息室。

"请在这里休息片刻，执政官大人稍后就会接见你们。"引导者行礼后离开。容远两人解除拟态效果，检查了下周围，发现确实不存在陷阱，松了口气，也皱起了眉头。

其实执政官安排这么隐秘的方式来跟他们见面，说明在执政厅内部也不是完全可信的，足以证明喀尤尔公司在这颗星球的权势和渗透达到了怎样的地步。无凭无据，执政官有多大的可能因为他们的一面之词而选择相信？

"说说看，我有什么理由不把你们交给喀尤尔公司，反而要协助你们逃脱？"

一见面，执政官格奥斯奥也提出了相同的问题。当然，人们说出来的东西和内心所想的，往往是两回事。所以容远从容道："如果真像您所说的，那现在我们就不会坐在您面前跟您和平地交谈了。"

他能感觉到身后艾米瑞达细微而急促的呼吸声。除了他们三人，这房间里似乎再没有别人，不过容远当然不会相信这位老人会这么草率地单独面见两个危险分子，所以要么这房间里有各种高科技防护手段或者保镖，要么就是面前这个好像随时都会断气的老头儿比看上去更加危险。

容远和格奥斯奥目光相对，老人身上一瞬间展现的强大压迫力让艾米瑞达情不自禁地瑟缩了一下，容远轻轻拍了拍她搭在自己肩膀上的手，迎着对方凌厉的目光，没有退缩也没有畏惧，平淡中自有锋芒。

对视片刻后，格奥斯奥又恢复了老迈平和的模样，他看看容远，目光落在努力不让自己表现出害怕的女孩身上，然后又看向容远，说了一句跟他们的话题无关的话："你不是兰蒂亚人。她是，但你不是。"

就像糖国人分不太清欧美人的差异一样，比丘星人也看不出地球人和兰蒂亚人的区别，所以帕寇开始才会认为容远是兰蒂亚人。但格奥斯奥作为一个星球执政官，其眼力和见识都远远不是一个埋头于技术的帕寇能比的，一点细微的差别，也足以让他做出正确的判断。

艾米瑞达惊讶地瞪大眼睛，一时间都忘了他们面对的是什么人，不过她很懂事，没有多问。

容远轻叹一声，他本来指望兰蒂亚也有不同的人种，其中或许刚好有跟地球人长相差不多的，这样，他将来行走星际联盟也好弄个身份，但现在看来没有那么好运。于是，他也并不否认，坦诚道："没错，我的故乡是一颗偏远的小星球，能来到联盟，多亏了帕寇的引领。"

他把话题重新拉到当前要面对的事上，不想被对方套出更多的信息，也讨厌大半靠猜测揣摩的弯弯绕绕的说话方式，虽然也不是无法理解，但简单一点，有话说话不好吗？

虽然这些年容远成长了很多，但本性上，他还是当初那个不会用"谢谢""不用谢"这样的客套话来拉关系的小男孩。

听到帕寇的名字，尽管已经过了这么长时间，艾米瑞达的眼眶还是不由自主地红了，容远心中也像是被揪了一下，有种麻木的疼。

老人身体往前靠了靠，没有强调帕寇那些他曾经亲口宣告过的罪名，语气略微缓和了一些，问："他是你们的朋友？"

"是。"在此之前，容远从来没有想过他还能这么坦然地承认一个除了金阳以外的人是他的朋友，但此时说起，没有丝毫勉强，只有遗憾。

"他也是我的孩子，但我从来没有机会了解他。"老人沉重地叹息一声，神色中有种不似作伪的哀伤，"也许你们愿意跟我说说这位朋友？"

容远相信，事发之后，他肯定派人将帕寇的生平调查得无比详细，估计很多连帕寇本人都不记得的往事他也都一清二楚。但这位执政官能够了解的，只有逃离喀尤尔公司之前的帕寇，他真正想了解的，是逃离之后、资料中无法记载的帕寇的行动和想法，以及使这个原本平庸和善的比丘星人发生这种变化的原因。

这段回忆，容远其实并不愿意去触碰，因为每一次回想，他都好像在重新审视过去那个冷漠自私的自己，那种赤裸裸的利己主义和把他人的好意视若无物的凉薄让他觉得无地自容，也时时提醒着他，他是怎样在错误的道路上越走越远，又是怎样才被拉回来的。

但这场面谈，本来就是他费尽心思要争取的。

因此，他简短地说了一下自己和帕寇相识又分开的经过，对自己的故乡做了一点修饰，大部分时间，是由艾米瑞达跟老人交谈。能够跟一个人毫不避讳地说起和帕寇认识的过往，这本来就让艾米瑞达放松，而且老人又实在是一个掌握人心的高手，收敛气势以后，他就像一个普通的喜欢晒太阳的老爷爷，善于安抚和倾听。实际上，他很少提问，几乎没有主动引导话题的走向，神色虽然温和，却也没有明显的笑容。但不知不觉间，等艾米瑞达说起帕寇的死亡而小声抽泣的时候，才猛地发现自己不知道什么时候已经坐在那张椅子上，手里捧着一杯热腾腾的、散发着甜香的饮料，而且几乎把自己知道的一切说出来了，甚至包括她只有一套内衣，所以每次洗完拧干以后基本上靠自己的体温把衣服焐干这种糗事。

幸好她还算警醒，没有把自己给容远准备毒药的事也一块儿坦白了。

艾米瑞达神色十分纠结地看看格奥斯奥，即便如此，她心中也对这个老人讨厌不起来，实际上，甚至隐隐有种可以信任的感觉。于是，艾米瑞达转而瞪着旁边明明也在听着，却一直不提醒她的容远，有点气鼓鼓的感觉。

其实这种态度，也很能说明她心中真正的亲疏。

而容远没有阻止，正是因为这个局面就是他想要的。

亲眼见到格奥斯奥从飞船上走下来的时候，他一瞬间冒出来他们应该见面谈一谈的想法，当时这个想法只是模模糊糊的，之后，他前后整理了一下，才明白为什么他会有这么冒险的决定。

不仅仅是因为这是当时他们唯一可以转圜的余地，更因为他觉得他哪怕无凭无据，或许也能够取信于这位星球的领导人。

他赌的，就是这个老人的睿智、阅历、眼光，也是艾米瑞达的单纯、青涩、懵懂，还有他自己的不成熟。

活了五百多年，见识过各种世事的人会有怎样的想法和智慧，容远身边从来没有这样的人，他也无从去揣测。他虽然一贯自视甚高，却也有自知之明，他和艾米瑞达两人的年龄加起来，才等于这个老人年龄的零头，在他面前玩弄手段，耍小聪明，简直是再愚蠢不过的做法。在这个老人眼中，他们两人大概犹如一张白纸、一碗清澈见底的水，无须揣度，一眼就可以看得透彻明白。

所以他才要求会面，因为他知道，只要亲眼见一面，不需要任何证据，这位执政官也能判断出他们说的是真是假。证据还可以伪造，但看着艾米瑞达的眼睛，任何人都会相信她没有说谎。

容远两人离开后，一面墙从中间裂开，缩回到两侧，中间升起一张长桌和几把凳子，瞬间就变成了一个会议室的模样。几个人从原来的墙后走出来，各找一把椅子坐下，气氛沉闷，半天没有人说话。

将军达库卡左右看看众人凝重的神情，然后又看向格奥斯奥，肯定地说：“他们没有撒谎。”

在座的诸位都是格奥斯奥最信任的人，也是这个国家掌握着最高权力的人，年龄最小的也有一百五十多岁了，别说艾米瑞达，就是总是面无表情的容远在他们眼中，掩饰功夫也根本不够看。

宦海沉浮，哪怕比丘星的政治环境在格奥斯奥的领导下一直比较清明干净，也不是好相与的。能爬到现在的地位，谁没有练就一双火眼金睛？

格奥斯奥点点头。会议桌上一只干瘦干瘦的老章鱼长叹一声，说：“我现在倒是真的希望他们在说谎，这样还好办些。”

桌上另有两个没说话的人心有戚戚地点点头。

达库卡冷冷的一记眼刀甩过来，愤怒地说：“喀尤尔公司残忍杀害比丘星人，在我们的领土上肆意妄为，还捏造罪名，散播恐怖谣言，危害正常社会秩序，戏耍执政厅和比丘星民众，如果不加以严惩，比丘星执政厅的威严和神圣将荡然无存，我们也会成为联盟的笑柄。大人，请下令！我立刻就调动军队把喀尤尔包围起来，捉拿首犯！”

格奥斯奥皱紧了眉头，桌上只有一人响应达库卡的要求，其他人都意外地保持了沉默，神色中并没有愤怒，反而像是在思索着什么，脸色变得越来越难看。

“容远，他们相信了，难道就会保护我们吗？”

在执政厅给他们安排的休息室里，艾米瑞达坐在床边，有些不安地说。她有很多事都不明白，但有一点很清楚——这个世界上，能像容远和帕寇这样不顾及自身而保护陌生人的少之又少，她的那双眼睛，看得最多的还是人性的恶。所以冷静下来后，那种被施了魔法一样的信任感退去了，焦虑和担忧又重新回到了她脸上。

"当然不会。"容远不假思索地说，"正义是建立在利益的基础上的，对他们这个层面上的人来说，为一两个子民讨回公道不算正义，为自己的星球博取更大的利益才是！所以如果有足够的利益交换，他们也会很顺当地把我们交出去。"

"那怎么办？"艾米瑞达本以为能稍微安心了，此时听到容远的话，才知道他们的危险并没有丝毫减弱。

"放心，他们还不会立刻做出这样的决定。"容远倒显得不是很紧张，他沉稳地说，"现在能决定我们去留的，不是我和你，也不是格奥斯奥那老头儿，而是喀尤尔公司。"

艾米瑞达更惊惧了，结结巴巴地问："是要看……他们愿意付出多少代价吗？"

"不。"容远摇头道，"是要看他们已经准备付出多少代价。"

有些事，容远并没有跟艾米瑞达讨论，尽管知道女孩能给他提供很大的帮助，但他还是希望能尽量保护她，不再去接触那些阴暗和残忍。

比丘星连通星际的星网基站毁坏了，一直没有得到维修，但星球内部的网络依然完好。诺亚二号在网上如鱼得水，无声无息就获取了大量的信息，但有些关键的地方，比如执政厅和喀尤尔公司内部，其防护和警报级别足以在二号入侵的第一时间发出警报，所以二号一直没有去触碰，只能收集一些边缘信息，就像在寻找各种零散的拼图，努力拼凑出事件的全貌。

在这个过程中，喀尤尔公司的一些举动引起了容远的怀疑。

与此同时，会议室里，也有人发现了跟他同样的问题。

比丘星执政厅虽然没有诺亚二号这样的智脑，但他们所掌握的能量和拥有的势力也远远不是容远能够比的。喀尤尔公司的这个研究所在比丘星已经有一千多年的历史了，选择这个星球，一是因为比丘星特殊的生态环境和自然环境，二是因为比丘星人简单朴实又有能完成非常精密的工作的能力。经过一千多年的渗透和相互影响，研究所最初的员工有很多选择在比丘星安家落户、代代传承，而其内部现在也有近一半的员工是比丘星人。喀尤尔虽然有保密条例，但这么多员工，想从中找出一两个更忠于自己的民族和星球的人，那再容易不过了。而且普通的比丘星人脑子里多半没有太多的弯弯绕绕，想要套出点话来，也很容易操作。

病毒事件公布以后，执政厅一方面开始按照喀尤尔公司的要求，全星球大规模地搜索艾米瑞达两人，另一方面也试图了解被偷走的病毒到底是什么。研究所高层虽然不愿意透露，但他们还是想办法从内部的员工口中了解到很多零碎的信息。只是以前，在不了解情况的时候，只能喀尤尔说什么，他们相信什么，并没有太多的选择。但现在，这些情报也能从侧面佐证博士等人的说法，如果他们选择相信艾米瑞达，那似乎就有一条更可信的线，隐隐约约把所有的碎片串联起来了。

在座的诸人都很信任彼此看人的眼光，既然决定了要相信看上去就十分单纯的艾米瑞达，种族中某种一根筋的天赋便让他们不再把更多的精力用在怀疑艾米瑞达的话是否可信上，而是努力去想如果这种情况才是事实，那么让他们感觉到异常的因素是什么。

所以他们没有跟着达库卡一起愤怒，也没有第一时间想着去谴责喀尤尔公司，而是不约而同地，忽然好像就抓住了什么，然后调动自己的所有思维，竭力抓住那一闪而过的灵光。

达库卡咆哮一阵以后得不到回应，众人的脸色既不像是不赞同，又不像是畏惧退缩，而像是都在思考着什么，让他显得在一个人在唱独角戏。他气哼哼地拍了下桌子，满肚子火，喝了口水，想起这些日子为了一个谎言而全部累成狗的下属，又火冒三丈地说："该死的喀尤尔，还说什么十天之内不解决，病毒就可能在比丘星上散播……"

"哗"的一下，所有人都看向达库卡，眼中忽然冒出了亮光。

艾米瑞达提心吊胆，几乎是赌上自己的命跟容远来到"格奥号"上，虽然没有真的经历什么大战，但精力也几乎枯竭，又哭了一场，压抑的情绪得到释放，因此虽然担心，但到休息室里还是很快就睡着了。

容远给她盖上被子，把灯调暗。执政厅虽然给他们安排了两间卧室，但在这个可能处处都是危机的地方，容远也不可能放心地留下女孩一人。他没有去睡觉，而是默默坐在床边，又在心里梳理着这件事，一点一点勾勒着事件的全貌。

在诺亚二号和帕寇的帮助下，容远对比丘星的了解不比任何一个土生土长的比丘星人差，而一直跟在博士身边的艾米瑞达，又给他提供了很多研究所的情报。抛开因为陌生和神秘而不由自主产生的那种却步感，舍弃由于被席卷进暴风雨中心而产生的身不由己的压迫感，以第三者的角度冷静地旁观，有些之前没有发现或者没有时间去思考的事情，渐渐就浮出了水面。

被摧毁的星网基站……全星球搜索……十天期限……仿佛全由执政厅主导，置身事外的喀尤尔公司研究所……帕寇血淋淋的头颅和参差不齐的断口……从喀尤尔总部忽然降落的飞船……飞船上被高度保密护送下来的箱子……研究所依然如常的工作……非常时期，研究所内部一些突兀的人事调动……

十天……容远自己最清楚他们手中到底有没有病毒，他开始以为这只是喀尤尔公司逼迫比丘星政府不惜一切代价也要抓到他们的借口，但为什么要规定一个这么短暂的期限？为了迫使政府不得不以最高的效率去完成他们的要求？海洋那么大，他们凭什么认定比丘星一定能在期限内抓到他们呢？万一没有抓到，时间也过了，博士怎么自圆其说？难道——匪徒忽然良心发现，决定延期释放病毒？

或者说，他们并不是真的在意比丘星政府到底能不能把他们两人抓到……如果是这样，只要时间一到，那么病毒会如期释放吗？又是谁主导的呢？

唯一的可能，就是喀尤尔公司自己在贼喊捉贼。

截断星网，让比丘星失去对外联络的渠道；封锁海陆空的交通，让任何人都无法逃离这地方；地毯式的搜索，引发整个星球的恐慌，并且让人们放弃工作和学习，全待在家里，降低交换情报和制造混乱的可能性；星球内部的网络依然连通着，这一点很大程度上稳定了社会的情绪，也不用担心网上会有人爆出真相，毕竟谁都知道网上错假信息满天飞，就算真的有人触摸到了真实，只要再放出几百篇更夸张的"真相帖"，就能把真正的情报淹没在数据的汪洋大海中；执政厅最信任的部队全员出动，日夜无休地搜索，耗尽了精兵强将的体力和耐力；极其短暂的截止日期，制造了火烧眉毛的紧迫感，让人们无法停下来思考，只能拼命按照他们的想法去做，唯恐一个疏忽就导致了整个星球的灭亡。

"所以我们，一直是在被人牵着鼻子走，甚至没有想过这些都是为什么。"会议桌上，一个老人沉着脸说道。

"不错。"另一个人赞同地点点头，"如果真的有人要释放这样的病毒，那么他这么做的原因是什么？什么人能怨恨到如此地步，不惜拉上一个星球的人陪葬？如果是单纯的反社会型人格，别忘了他自己也在这个星球上，病毒释放，大家谁也活不了。除非他有疫苗，但是……"

"但喀尤尔一开始就说，他们没有针对治疗的疫苗。"达库卡现在已经不再大发雷霆了，意识到事态的严重，他反而变得比任何人都冷静，"而且他们到现在为止还没有任何人离开，研究所内部的恐慌情绪也非常低，甚至日常的研究工作也没有为此停止。"

"我得到内部消息，喀尤尔公司最近也没有因为病毒事件加强某方面的研究，目前进行的几个主要的项目都是已经持续了很长时间。除了一艘据说由其公司总部派来的飞船，没有任何针对病毒的加急研究项目开展。"

"有几个跟高层有亲密关系的人似乎在收拾重要物品，但没有透露要离开的口风。"

"博士把重要的实验数据都存了备份，还有，他豢养的那群野兽最近被关在了营养舱里，据说是要为进行下一步的研究做准备。"

"营养舱的话，能防止病毒感染吗？"

"或许能，营养舱是全封闭结构。但病毒是在空气中传播，也就意味着一旦离开营养舱，就有可能感染。"

"我有个疑问，假如真的有病毒，假如真的是喀尤尔公司主导了这一切，他们的目的是什么？无冤无仇，为什么非要置比丘星于死地？甚至那两个孩子，除了艾米瑞达是从博士身边逃离的，我看不出他们之间还有怨恨。"

"秘藏盒。"

"那个帕寇留下的证据。"

"里面的内容恐怕比我们想象的还要严重。"

"把那两人交给喀尤尔公司，让他们自己去审问，找到那个秘藏盒，有没有可能让他们罢手？"

"蠢！我们不可能去暗示喀尤尔公司说我们已经猜到了他们的打算，这样是在逼他们提前动手，也无法证明我们对秘藏盒里的内容完全不知情。"

"最重要的是，就像帕寇留下了容远和艾米瑞达两个后手一样，谁又能保证，他们三个没有把这件事透露给其他人？他们是在搜索后主动露面的，在那之前，我们的人完全没有发现他们的踪迹，直到现在，我们也完全查不出他们之前躲藏在什么地方，还接触了什么人。要说他们把盒子里的东西转移，那也是非常有可能的。"

"所以，不管他们有没有同伙，唯一能够肯定的，就是万一还有其他同伴存在，这些人一定都在比丘星上。"

"如果我是喀尤尔公司，想要彻底杀人灭口，似乎也只有一种选择。"

其他人你一言我一语地继续补充着——这就是比丘星人，即便是政府高官，他们也没有谁韬光养晦，没有敝帚自珍，而是努力把自己能想到的和盘托出，以便启发和整合其他人的想法，一个人的头脑有所不足，便借助所有人的智慧。

所以这一群人，才能引领着比丘星在星际时代也能稳定、和平、健康地持续发展下去，没有在内部争斗中耗尽国力，更没有因为天生智力的缺陷而在对外交往的过程中沦为殖民星球。要知道，星际联盟的核心星球基本上是以智慧种为主，而比丘星人的智力一般，甚至有些人的智力比一般的智慧生物都要低一些，却能不卑不亢地与许多强大星球来往，并且成功加盟佩宁朗帝国主导的交易圈，成为附属星，本身也有相当大的存在感，这在联盟中也是一个非常奇特的存在。

容远虽然没有亲自参与那场会议，比丘星人的防范意识也比地球人好多了，二号也无法渗透进去偷听，但容远闭上眼睛，好像能在脑海中回放出他们的每一句话。

因为整件事，他已经在心里反反复复想过很长时间，所以每一种可能性，他都仔细地权衡过了。他知道只要他们还没有笨得彻底，那么最终会得出不怎么坏的结论来。

然而即便如此，容远还是难以想象什么人能做出这样残忍的决定来。即便是曾经的他，即便没有《功德簿》的约束，他也不会为了自己的利益，把一颗星球和上面的无数生灵都当作玩具一样摆弄，说杀就全杀了。但看喀尤尔的所作所为，又只有这一种解释。

单纯为了灭口，一开始就应该释放病毒，之所以还有十天的期限：一方面是因为博士还抱着找回秘藏盒的期望，毕竟即便星球被摧毁了，那盒子也依然会完好无损，这始终是一个隐患；另一方面，恐怕他还想要把艾米瑞达抓回去，不管是为了惩罚她，还是为了继续利用她的智慧。但要说真有多么在乎这个女孩，那就是说笑了。

然而容远其实连博士的影像资料都没有多少，他对自己的结论并不是十分确信，他也不知道比丘星的这些人会不会在恐慌之下做出什么疯狂的决定，所以他不敢放任自己像艾米瑞达一样睡去，而是始终保持着警惕，随时做好最坏的打算。他知道如果询问艾米瑞达，这个女孩对博士的了解远胜任何人，她能给自己最确切的答案。但是，他不想这么做，他想把那些事情都隔绝在女孩的世界以外。

容远从来没有这样对待过一个人，几乎是把她捧在手心里去怜惜。以前他隐瞒，大多数是为了保护自己，但现在他隐瞒，可能给自己带来危险……他有些不确信地想，难道他除了想要保护这个女孩的生命，还想要保护她的心灵吗？

容远低头看看熟睡的艾米瑞达，她蜷缩着，手指还不自觉地攥着他的衣角。暗淡的灯光投在她脸上，印下深深浅浅的阴影，还带着婴儿肥的脸上，一分惊惧，两分安心，剩下七分，便是满满的依赖。

容远从来不认为自己是世界上最聪明的人……好吧，中学的时候他真的这么想过。但得到《功德簿》后经历了这许多，屡屡发现自己的错误和笨拙，帕寇及艾米瑞达又先后给他上了一课，如今他的目光再没有只停留在九霄外遥不可及之处，而是低下头，开始认真地看待周围的所有人。

他所接触的比丘星人，包括当初那个因为一时贪心而送命的德布，都不算很聪明。但他们的笨拙，有时候又是最好的伪装色，帕寇为什么会察觉到他的真实身份？就是因为他觉得帕寇很笨，心存轻视，所以相处中少了几分警惕和防备，露出了破绽。同样的原因，他其实没有把多少心思用在了解对方上，若非如此，也不会始终没有发现帕寇已经察觉到了什么。

所以当执政厅的比丘星人在他们出现以后很快就讨论出结果，并有新的发现时，容远也并没有感到惊讶。他只是诧异于这个政府的效率之高，在他的印象中，政府部门一向是非常拖沓的，而且他也很好奇他们接下来会怎么做，毕竟，聪明的人有时候也会干出非常愚蠢的事。

"你并不惊讶。"

代表执政厅来跟他会面的是一只叫亚林的年轻章鱼，态度冷冰冰的，但非常讲究礼节，哪怕是一只乌漆抹黑的章鱼，一举一动也让人觉得赏心悦目，能很轻易地就包容了他冰冷的语气和眼神，认为他性格就是如此。

亚林平时是个很没有存在感的人，但深得格奥斯奥的信任。他旁听了整场会议，博士的险恶用心简直刷新了他的世界观，不过他一向是这种不动声色的模样，并没有多少人能看出他的异样。会议的内容，除了奉命告知容远两人，他也没有向外透露过一个字。此时，容远冷静的反应证实了他的猜想——他早就知道了博士的计划，因此才敢直接现身，因为在这种情况下，比丘星已经没有和喀尤尔合作的可能性了，他们退无可退，不得不和容远两人站在同一条线上。

容远没有说话，先看了一眼戴着墨镜和耳机盘腿坐在沙发上的艾米瑞达，然后才说："猜到了。"

这墨镜和耳机就相当于比丘星的电视了，这还只是普通款，更高级一点的全息观影舱会让观众宛如身临其境，有些还能让观众随意选择其中一个角色来扮演，主动性很大。不过即便是这种最普通的，艾米瑞达也沉迷其中，爱不释手。因此，容远一听到亚林来拜访，就打发女孩去看电视了。

亚林也随之看了一眼那个兰蒂亚女孩。他以前听说在很多较为落后的星球中，像这样正统的核心星球出生的高级智慧种外星人会得到王子或公主一般的礼遇；如果他们愿意定居，往往什么也不用做就会被授予爵位；哪怕他们乘坐普通的飞船出行，也会被所有人瞩目并恭敬对待。但面前的两人，容远这个自称偏远小星球出生的人却占据了主导地位，这其中固然有那个女孩太过单纯天真的原因，但看起来还是很奇怪。

不过亚林没有多说，只扫了一眼就收回视线，道："那你也应该知道，我们其实并没有十天时间。"

十天是博士给出的期限，容远两人手中并没有所谓的致命病毒，那十天期限一过，释放病毒的可能就是那位博士了。亚林等人也早就对博士的实验之残酷有所耳闻，如果是那个人的话，或许真能做出这种事来。

但问题是，他真的能耐心等上十天的时间吗？现在是第七天凌晨，比丘星大体上依然保持着秩序和稳定，那是因为民众对执政厅还有信心，对他们的军队还有信心，但气氛已经逐渐变得躁动起来。而那些被困在这里的游客中也有一些身份很高的人，这段时间里着实发生了不少冲突。

可以想象，如果搜索继续这么一无所获下去，那么小规模的逃跑很快就会出现，即使他们的军队能够拦截，但等到第九天还没有结果，这种逃亡肯定会大规模爆发，到时候格奥斯奥就算跪在地上乞求，人们为了活命也不会听他的。而他们的军人，能仅仅因为民众想要逃亡就开枪击毙他们吗？

到他们拦不住的时候，喀尤尔公司肯定会拦，用病毒或者别的更直接的手段。哪怕他们用枪炮射杀了所有试图逃亡的飞船，在联盟能否定罪也是一个未知数，因为他们可以冠冕堂皇地说是为了避免病毒扩散到星际中而协助比丘星执政厅维持秩序。《星际重大致死传染病防治法》中对这种情况早有规定，如果不能冷静待援，而是试图逃亡到其他地方，那么为了保护绝大多数人，别说一颗星球，哪怕是十数个星系也可以舍弃。

但若给出人们想要的答复，证实他们已经抓到了艾米瑞达两人，那也许博士就会提前释放病毒，一样不能幸免。

"我听说星网基站被毁了，你们没有别的对外联系的方式吗？如果能把这里的情况上报，或许能让喀尤尔公司有所忌惮。"容远想了想又补充道，"或者派遣飞船悄悄离开比丘星，我想区区一个公司，还不至于能封锁整个比丘星。"

"你说得没错。"亚林点点头，道，"所以现在，是佩宁朗帝国派遣大军包围了比丘星。"他抬头看了看空白的天花板，然后对容远说，"在通信被封锁阶段，喀尤尔公司已经提前向联盟提交了报告，证明比丘星上存在着一种罕见的无解的恶性病毒，对百分之九十以上的碳基生物和百分之四十以上的硅基生物都有致命的杀伤力。他们有确凿的证据，而比丘星的举动也证明了这一点，所以根据《星际法》，在找出病毒、证明没有人被感染，或者研制出疫苗之前，比丘星将会被无限期封锁。另外，出于星际人道主义精神，喀尤尔公司总部的救援将会在一周内抵达比丘星，随行的还有联盟疫病预防控制中心的特派人员。"

"我想等他们到达的时候，这里只会剩下一颗死星，而喀尤尔不用担负任何责任。"容远道。

亚林点头。有一点他没有说，但容远已经猜到了。比丘星执政厅知道这些，是因为他们努力恢复了一部分对外的通信，但对民众来说，星网并没有恢复，因为佩宁朗帝国不会允许辖下的一个星球的生灵临死前各种哀号挣扎的惨状流到整个星际，即使现在不需要喀尤尔公司，他们也会接手控制舆论和通信。喀尤尔占据了先手，想必也会做好万全的准备，让所有人都相信比丘星确实危在旦夕。因此，不管之前的关系有多么良好，此时佩宁朗帝国都不会因为执政厅的一些人声称"我们星球上没有恐怖分子，这都是喀尤尔公司搞的鬼"就相信他们，如果他们真的无凭无据就这么做了，只会把可能有的援助和盟友推开，那才是真的找死。

所以，他们现在要死死捂住这个盖子，对民众、对外星球、对帝国、对喀尤尔公司，都是如此，知情者仅限于很少的几个人。而现在，看着亚林，容远就知道他们快要被这种巨大的、看不到希望的压力压垮了。

他又看了一眼艾米瑞达，然后对亚林含笑道："我有个主意，或许能解决这个问题，你要不要听一听？"

多琳是喀尤尔公司研究所一个小小的接待员，她不是比丘星人，而是吉力族，长得圆滚滚的，像个果冻，浑身是新芽般的嫩绿色，非常讨人喜欢。加上天性温和体贴，聪明温顺，记忆力也好，在星际中很受欢迎，经常承担接待、引导、幼教之类的工作。平时她是很忙的，要经常接待来自各方的人士，但最近整个比丘星几乎停止运转了，即便研究所的工作一如既往，她还是彻底闲下来了。

闲着的时候，就容易想些杂七杂八的事情。

外面的人只要看到喀尤尔的研究所还在忙碌就感到很安心，有人还特意用悬浮玩具飞机送表示鼓励和支持的条幅和小礼物过来。但身在研究所中，多琳他们很清楚，这段时间博士完全没有特意调动人员去研究那种据说已经失踪的病毒，故而最近人心浮动，各种说法都有。

说实话，就连研究所之前有没有保存着这种病毒，他们都不清楚，也很难想象帕寇这样一个并不算高层的员工，是怎么把这样的机密东西偷出去的。

只是博士既然这么说了，他们也就这么相信。博士虽然毒舌、冷酷、有洁癖、小毛病多、不好接近，但他们都知道博士是个多么伟大的人物，他曾经研制了许多种疾病的疫苗，拯救了很多很多的人。所以，即便有些人对博士的活体研究方式颇有微词，也无法忽视他的贡献。

多琳就是博士的忠实粉丝，尽管最近有人告诉她博士身边的几个人在收拾重要的东西，似乎打算离开，她还是相信博士是不会抛下他们，就算为了那些需要他们的比丘星人，博士也不会离开。她对那种诋毁博士的说法嗤之以鼻，总部飞船的抵达更让她充满信心。

正胡思乱想着，通信器里传出声音。多琳刚听了个开头，就按下大门开关放行了，她知道又是执政厅的那些人来询问病毒的研究有没有进展。真是的，明知道如果有消息一定会第一时间通知他们，这些人还是一天三四次地往这里跑，似乎不亲眼看一看就不放心。

她坐在自己的椅子里，没有起身，知道那些人也不想听自己官面上的说词，而是会去找一些他们信任的比丘星人打听消息。对这种行为，多琳是很生气的，她还知道公司里有些员工会私下联络执政厅的人，简直就是背叛！但博士很宽宏大量，体谅了他们急躁的心情，吩咐过不用去理会，所以多琳每次都气呼呼地放行了，只是从来不肯给他们一个好脸色。

但今天有些不同。悬浮车停在院子里，打头的两人直奔她而来，还恭维了几句。多琳开始还板着脸，不过对方实在讨人喜欢，说了一会儿，她便忍不住带了笑容。她正觉得心情很好，忽然看见还有两个人没进来，也没有去找人聊天，而是在院子里转来转去，似乎在欣赏那些雕像。其中一人似乎察觉了她的注视，转过头看了一眼，然后轻轻笑了一下，礼貌地颔首示意。

多琳忍不住想：虽然比丘星人长得丑……但这一个笑起来还是挺可爱的。

察觉到她的目光，跟她聊天的人随意解释了一句，说那是执政官的后辈小子跟着出来透口气，然后就把话题扯到病毒的研究上。听到这话就头疼的多琳忍不住翻了个白眼，把那两人忘在了脑后。

而院子里，再次伪装成比丘星人的容远低头看看自己手心里的一颗石头珠子，用力搓了一下，便能看到秘藏盒黑色的纹路。

喀尤尔公司的人大概永远也想不到，他们想找的东西根本没有被帕寇带出去，而是一直被他藏在他们的眼皮子底下。

谁说比丘星人都是笨蛋来着？

当初博士放在研究所研究的秘藏盒一共有两个，帕寇在其中一个里面藏了他搜集的证据。因为逃跑时非常仓促而危险，为了防止秘藏盒被公司的人拿到或者遗失，他在逃亡前将其藏在研究所院子里的雕像上——他在秘藏盒上面塑了一层灰白色膏体，并做成珠子的模样镶在雕像身上。因为这个石头雕像身上雕刻了大量的珠宝首饰，因此，这颗帕寇仓促做成的石珠放在每天人来人往的地方，根本没有人多看一眼。

另一个秘藏盒，帕寇一直带在身边。容远后来发现他摄录了大量地球的图景储存在里面，也许是想要通过曝光地球的文明程度来为这颗被人为隐藏和豢养的宜居星争取生存和发展的权利。在《星际法》中，不论文明高低，对有智慧生物生存的星球要宽容得多；相反，如果一颗星球上都是类似牛羊虎豹之类的智慧等级低下的生物，那就基本上处于任人宰割的地位。

后来，帕寇托艾米瑞达把这个秘藏盒带给他，里面那一封信，可以说就是帕寇的遗书了。不知道帕寇设置了怎样的开启条件，总之，当初容远一拿到手中，它就自动打开了，如今被容远收藏在纳戒中，连同帕寇留下的信息也是一样。

而刚刚拿到手的秘藏盒却不可能也如此轻易地打开，毕竟帕寇将它藏起来的时候，他还不认识容远，他设置的开启条件，也绝不可能与容远有什么关系。

但帕寇在信中说："如果是你的话，一定能打开。"

他没有明确说明钥匙是什么，甚至没有一句简单的提示。当初容远认为这是因为帕寇还没有彻底信任艾米瑞达，但后来他觉得或许是有别的什么原因。毕竟，如果帕寇觉得艾米瑞达不可信，就不会让她来找他，否则这一举动可能会让帕寇陷入绝境。虽然容远没有任何证据，但他相信帕寇不会没有考虑过这一点。

所以，既相信艾米瑞达和自己，又没有把秘匙直言相告的原因是什么呢？

容远皱眉思索，把秘藏盒放在掌心把玩着，迟迟看不到开启的迹象。

亚林默默守在一边，艾米瑞达趴在窗户边上，眼睛几乎要不够用，时不时地指着飞船下面的海岛和从海面跃起的鱼询问，亚林就简单地介绍两句。亚林虽然不善言辞，但知识渊博，不管什么都能从种族分类说到生活习性，说得很清楚。他这种干巴巴的科研报告式讲话一般人都受不了，但艾米瑞达听得津津有味，说过一遍的内容几乎全记得一清二楚。

换一个人，可能此时都要恨她了，毕竟一般人可能要花上至少一个星期才能背下来的专业知识，她只要听一遍就足够，这怎么能不让人羡慕嫉妒恨？不过亚林并没有觉得心理不平衡，他早就知道艾米瑞达是兰蒂亚人，在他心中，高级智慧种就应该如此。因此，他看上去一直守在艾米瑞达身边，其实目光大多数时候落在容远身上。

老实说，亚林有点看不懂这个人。

在他看来，尽管容远自称是来自一个初次接触星际文明的偏远小星球，但毫无疑问，他是智慧种。不过因为他总是在隐藏自己的想法和能力，所以他和艾米瑞达相比，亚林分辨不出谁的智力更高一些。即便容远智力不如艾米瑞达，但两人之中以容远为主导是非常明显的。

看容远的眼睛，亚林也认为他应该是一个冷漠自私，谁也不在乎的人。但看容远的作为，他又是一个重情重义的人——曾救过一无所有且正被追杀的帕寇（艾米瑞达说的），因为友人的拜托而全心全意且不顾自身安危去保护一个素不相识的女孩，最让亚林震撼的是，他为比丘星解决这一次危机的提议。

这一次，比丘星好像不管怎样都是一个死局，唯一能够破局的，就是在众目睽睽之下证明那实际上并不存在的病毒和犯人都已经离开了比丘星。喀尤尔公司为了封锁比丘星而引来的佩宁朗帝国军队对比丘星可谓大有好处：比丘星人携带病毒逃亡的情况可以避免，如果证明了病毒并不在比丘星，帝国军也能阻止喀尤尔公司在没有确凿证据的情况下将比丘星毁灭。

所以，破局的方式就是，容远和艾米瑞达充当转移视线、集中火力的诱饵冲击封锁线，并且一定要成功脱离！如果他们死于佩宁朗帝国军队的炮火，那么喀尤尔公司一样能在比丘星上释放病毒并声称这是恐怖分子所为；只有他们成功逃脱了，毁灭比丘星这件事才会变得除了泄愤以外毫无意义，这是唯一能够拯救这个星球的方法。

但这种行为，其实跟自杀没有差别，成功的希望太渺茫了。他们就像是暴晒在沙漠中快要渴死的人守着最后一滴水，明知道这样其实救不了自己的性命，却还是抱着一丝不切实际的希望。

所以亚林才觉得自己看不懂容远。明明应该是一个跟这些事毫无关系的陌生人，却为了帮助别人而一次次地陷入越来越大的危机中。亚林从容远的眼中看不到一丝一毫的后悔和抱怨，有的是从来不曾改变的冷淡，容远只有在看向艾米瑞达的时候才会略微带上一分柔和。明明是一个非常聪明的人，却总是做出在他人看来十分愚蠢的选择，好像只要做的是正确的事，他就根本不在乎会得罪什么人，更不在乎为此会给自己带来多少麻烦。

他有强大的意志力，外冷内热的性格，以及毫不退缩犹豫的坚定。

亦余心之所向兮，虽九死其犹未悔。

亚林并不知道这句地球的古诗词，但不妨碍他同样能感受到这种纵死不悔的情怀。即便并不认为他们能够成功，但他依然满怀着敬意，尽自己最大的努力来满足他们的任何要求。

只可惜容远从来没有要求过什么。而艾米瑞达这个女孩容易满足得可怜，一点点善意都能让她害羞又感激，让壮志满怀的亚林和其他同事根本没有表现的机会。

飞船在空中飞行了两个多小时以后，沉入海中，降落在海底的珊瑚城。

这是比丘星最著名的一座城市，大部分建筑都是由珊瑚构建，很多房屋外面都缀满珍珠宝石。虽然这些东西在比丘星并不珍贵，但因十分美丽，也没有便宜到谁都能把它们当作建筑材料的地步，有些初来乍到的外星游客恨不得把眼珠子粘在上面。海底的亮度远不能和海面相比，这座城市的照明主要依靠硕大的夜明珠和一些会发光的动植物。他们也有电灯之类的电子产品，但这些东西家里用用就好，当作城市的点缀摆在外面对比丘星人来说就显得太过于廉价普通了。

飞船降落时，好些人围过来看，还有人向走下飞船的格奥斯奥等人致敬或者大声问好。珊瑚城现在已经完全看不出以前的繁华和忙碌，但也不至于像海面的小岛一样几乎像座死城。城市里有一些商铺还在营业，海中如同水蛇一样的巨大滑行管道和列车都在正常运行，只是禁止人们离开城市和悬浮车的通行，街面上走动的人也不多，显得比以往萧条很多。

艾米瑞达目不暇接地看着珊瑚城里的场景，看上去十分向往，让人心疼。亚林主动邀请道："艾米瑞达小姐，要不我陪您下船走走吧？城里有很多好玩的地方，您一定会喜欢的。"

在心态改变以后，亚林的态度也改变了许多，不再是刚开始时那种冷冰冰的样子。他是个非常出色的比丘星人，当他想要用心讨好一个人的时候，足以让任何人喜欢了。

所以很怕生的艾米瑞达跟亚林的相处在这一路上已经从畏惧变得自然许多了，女孩闻言立刻露出喜色，捏着衣角小心翼翼地问："可以吗？"为了避免喀尤尔公司生疑，她现在还是比丘星的头号通缉犯，头像取代了所有的广告，被挂在每一个电子屏幕上。

"没关系的。"亚林安慰她，"只要用拟态衣变形成我们的样子就行了。您跟我在一起，没有人会查问您的。"

虽然艾米瑞达十分动心，但她迟疑地看了一眼容远后，还是摇摇头说："算了，我就待在这儿。"不管这些人对她有多好，她最信任也唯一信任的还是冷漠的容远。

亚林只好把目光投向容远，他知道这个年轻人对女孩十分在乎，想必也会同意让她出去散散心。

但容远并没有怎么思考便摇了摇头，拒绝了亚林的提议。多事之秋，还是应该尽量保持低调，万一有人发现他们乘坐执政官的飞船自由来去，所有的计划就都泡汤了。更何况他还要考虑秘藏盒的问题，把艾米瑞达交给其他任何人，他都不放心。

要成功逃脱比丘星，容远除了要求执政厅做一些布置，他还需要他的飞船。在大致了解了星际联盟的科技发展情况以后，容远发现他那艘飞船不愧是有那么高昂的价值，其性能哪怕放在核心星球也绝不逊色。因此，他们必须要到飞船降落的米丽岛上去。"格奥号"目前是唯一可以在比丘星上空自由移动的飞船，它可以送他们过去，但直接飞往米丽岛太显眼，可能会引来喀尤尔公司的怀疑。因此，"格奥号"先飞往最近有些动荡的珊瑚城，经过另外两座城市，几乎要绕过大半个星球，最后才是在执政厅的安排下出现在异常的米丽岛。而这旅程要在短短一天内完成，容远希望在那之前他就可以打开秘藏盒，这样，或许比丘星也能成为他们对抗喀尤尔公司的盟友。

秘匙会是什么呢？

不可能会是指纹、基因一类的东西，太私人化了，而且这样的话，容远根本不具备开启的条件，他和帕寇的差别可不仅仅是手脚数目的问题。

也可不能会是特殊的暗语或者密码，随机性太大，猜中的概率几乎为零。容远将他和帕寇相处的那些短暂的过往反反复复地回忆了无数遍，又和二号从帕寇留下的信件中寻找着破解密码的方式，最终确定那只是一封普通的信件，根本没有藏下任何暗示密码的语句。

那么，他们共同经历或者两人都知道却不容易被其他人了解的是什么呢？

分别以后把他们重新联系起来的纽带是艾米瑞达，也许帕寇早在喀尤尔公司工作的时候就曾经关注过这个女孩；还有帕寇的两位密友——杜克和雷雷。这两位星际探险员因为发现了喀尤尔的禁区地球而被杀害，他们的死亡是推动帕寇寻找喀尤尔秘密的最初原因；然后就是地球，又名水蓝星、病毒试验场，无数次被喀尤尔公司投入病毒，是一个几度遭遇了大规模死亡惨剧的地方，帕寇试图帮助和拯救的地方。

在飞船抵达米丽岛之前，容远尝试了各种组合的可能性，艾米瑞达也在旁边给他出主意，只是他们的努力最终被证明全是徒劳无功，不管用什么方法，秘藏盒依然安静得好像一个死物。如果不是艾米瑞达非常确定，容远都要忍不住怀疑这其实只是一个普通的金属球，真正的秘藏盒大概早就被某个人拿走了。

气流席卷着，将海浪一行一行地推远。"格奥号"缓缓下落，这艘飞船在别的小岛或者城市里都是一个庞然大物，然而此时怎么看都像是一个小不点。米丽岛大部分地面都是人工制造的，其最主要的作用就是停泊那些出入星系的宇宙飞船，它们有的看上去简直就像是伏在海面上的怪兽，而"格奥号"就是怪兽旁边的一只小白兔。

米丽岛上，远远就能看到几缕黑烟袅袅升起，隐约还有爆炸和亮光。当"格奥号"降落时，似乎按下了暂停键，那种骚动短暂地停止了，随后却更加猛烈地爆发了，混乱甚至开始向格奥斯奥所在的方向推进。此时，他身边带着的那支训练有素的警卫队充分证明了为什么只要他们一直随行在执政官两侧就足够了——不管冲击执政厅一行人的那些人是什么来历或者持有怎样的武器，警卫队都像坚硬的大山一样寸步不让地将他们阻隔在执政官视线所及的远处，然后步步推进，把暴徒全压制住了。

十天期限是执政厅的最高机密，但没有哪个政府能够做到铁板一块，将秘密保守到第六天才有风声泄露，这已经是了不起的成绩了。然而，真正了解全部详情的人绝不会往外透露一个字；一无所知的平民也相信政府能够解决问题，有点烦躁又有点放松，甚至是有点幸福地享受着难得的长假。只有那些知道些许内情却不了解全盘的人，随着病毒将被释放的日子一天天接近，简直要化身为将要被点燃的炸药桶，每隔一分钟，那根看不见的引线都缩短一大截，铤而走险试图冲击封锁线的大有人在。米丽岛上因为停泊着比丘星上最多的星际宇宙飞船，盯上它的人很多，连岛上的居民都越来越不能忍受等待，只要一个小小的引子，他们立刻就能全爆发出来。

因此，执政厅派出的人稍加引导，米丽岛上几乎就炸开了锅，暴乱此起彼伏，即使是已经有所准备的岛上治安队也陷入了苦苦支撑的局面，甚至有两艘飞船差点就起飞了。他们紧急求援，以致执政官不得不临时修改了预定的行程，当即转向，顺理成章地加速到达米丽岛。

隔着单向窗户，容远看到岛上所有人的视线几乎全被执政官格奥斯奥吸引了，随着执政厅一行人的移动，混乱的焦点也跟着他们逐渐转移，渐渐离开了他们的视线。他知道，再过几分钟，等这艘飞船落在所有人的视线之外时，就到他和艾米瑞达离开的时候了。

艾米瑞达已经做好准备站在旁边了——其实也没什么好准备的，容远基本上就是两手空空，他最重要的东西都在纳戒里面，其他不太重要的都可以舍弃。而艾米瑞达当初来找容远的时候，除了她身上的衣服，没有任何更加私人的东西。但是还不到十天，她好像已经积攒了大量的"宝物"，很多东西容远看着眼熟，但都不知道是怎么来的。比如一张纸巾、几片花瓣、当初那套丑陋的搜查队服装、两个易拉罐、一堆碎玻璃片等，基本上是垃圾，也有些他们躲藏的时候顺手利用过的工具残渣，都被艾米瑞达十分珍重地收藏起来了，带着它们就一脸满足的样子。当容远提议她可以扔掉一部分时，女孩泪眼汪汪地看着他的眼神好像他在让她去死一样。

于是，容远也就不多说什么了，反正都不重，也不妨碍什么。

在他转过头的时候，艾米瑞达眨眨眼睛，偷偷笑了下，眼睛闪闪发亮，像只餍足的小松鼠。

容远看看手中的秘藏盒，知道已经没有时间来继续研究它了。他本想把里面的证据复制一份转交给比丘星，让他们来操作……不，有可能的话，他是希望能将里面的罪证公布于天下，以喀尤尔公司的覆灭来让全星际的人都知道曾经有个叫帕寇的比丘星人做了什么。

但他没有足够的时间。

不过秘藏盒中的内容不让其他人知道也好，毕竟里面的内容或许会涉及地球。即使在星际中，地球的生态系统也是一个非常特别的存在，将它的特殊之处广而告之未必是一件好事。他希望能彻底改变地球的现状，或者至少解除喀尤尔公司对地球的操纵和封锁，他不能让地球陷入更加险恶的境地，不能让大量地球人付出生命的代价。

他是真心这么希望着，如果说以前这只是一个模糊的念头，有条件时可以顺手为之的一件事，现在他已经将其变成了自己的使命——如果帕寇这个不相关的比丘星人都能为此而牺牲，那他这个生于斯长于斯的地球人有什么理由继续自私地享受自己的生命，却对母星绵延八千多年的惨剧视而不见？

"啊！"艾米瑞达惊呼一声，瞪大眼睛。

来通知他们可以离开的亚林也惊奇地愣在原地。

"咔。"

容远不知道这个细微的声音是他真的听见了，还是只存在于他的想象中。总之，当他感觉到手中的热度而低头的时候，发现秘藏盒已经像绽开的黑色花朵，虽然迟了一点，但终于还是向他们袒露了其中隐藏的秘密。

西泽盯着屏幕，手指不由自主地转动着套在中指上的一枚戒指，这是他心烦意乱的表现。

西泽是一个地道的佩宁朗帝国人，他的两只眼睛像青蛙一样高出头颅很多，这给他提供了更开阔的视野，但如果需要，随时都能完全闭合起来。他薄薄的眼皮有着堪比钢铁的硬度，鼻梁塌陷，但耳朵很大，轻薄得像是能在微风中飘浮。西泽的个头并不算高，按照地球人的计算，只有一米五左右。他橙黄色的皮肤软化了他眼中那种不好接近的神色，使得整个人看起来柔和了许多。他站立的姿势跟地球人差不多，只是皮肤上的褶皱更多，肚子有点大，四肢有点短，而且仔细看来，在袖子的遮盖下，他的手指之间有一层并不明显的蹼。

西泽看看时间，有些焦躁。

距离约好的时间已经过去半个小时了，但他等待的飞船还没有出现。再过十几分钟，来跟他们换防的人就要过来了，到时候就算他想放水，他的同事也不会客气地谦让功勋。

西泽是格奥斯奥的朋友，他们相交很多年了，在一无所有的格奥斯奥搭乘走私船闯入佩宁朗帝国的时候偶然相识，到现在已经有三百多年了。时至今日，想起当初，还是会让西泽发自内心地微笑起来。

所以，当几个小时前格奥斯奥突然联络他，希望他能帮忙送一艘飞船离开封锁线的时候，尽管为难，西泽还是答应了。当然，他不会放任一艘未经检查的飞船进入联盟当中，他会扣下这艘飞船进行检查，如果未携带病毒，他会尽全力保全里面的人。他想，也许在这种情况下，格奥斯奥是想要把自己的子孙后辈送出险地，这无可厚非，以他这么多年在联盟的贡献来说，完全有资格取得特赦。

不过，以他对那个人的了解来说，更大的可能是想要为比丘星留下一些火种。

西泽做好了接收一飞船青少年甚至婴幼儿的准备。

时间一分一秒地过去，终于，在离换防只有五分钟的时候，一艘飞船以势不可当的气势直扑封锁线而来。

"不要开火！"松了一口气的西泽急忙下令，"包围他们，尽量活捉。"

西泽的命令让蓄势待发的战舰队攻势一顿，这与他们来之前的命令不相符。但战场上形势瞬息万变，在不违背总目标的前提下，直属长官的命令必须听。因此，佩宁朗帝国的军人们只是稍微愣了一下，便立刻执行了新的命令。

没有人认为这样一艘小飞船能闯出他们的封锁线，毕竟佩宁朗帝国在核心星球当中也是以强大的军事力量闻名的。但对方既然敢单枪匹马地出现，如果不是蠢到家，那肯定是有所倚仗，在很多战士的理解当中，这也是他们的长官不下令直接摧毁对方的原因。

射程范围能够笼罩到这艘飞船的有上百艘战舰，但为了预防之后会有埋伏在暗处的飞船大规模冲击，只有十艘战舰从队列中变换了位置向这位不速之客靠拢。同时，战舰下方不断飞出数百架单兵机甲，他们装备的武器足以将小型飞船轰个粉碎。这些单兵机甲迅速填补了战舰之间的空白地带，相互配合，形成队列，没有给对方留下一点逃窜的空隙。

负责指挥的队长向那艘飞船发出了"放下武器投降，接受佩宁朗帝国第五军团的检查"之类的信号。

但那艘飞船的速度越来越快，从刚开始宛如一颗豆子大小，迅速变得越来越大。

西泽皱眉，那种狂放决绝的气势让他察觉到一丝异样。他忽然想起来，格奥斯奥虽然提出请求，但认为那里面是老朋友的子嗣仅仅是他自己的想法，格奥斯奥其实并没有说明里面到底是什么人。

那飞船以更快的速度接近，出现在西泽视野中的是一艘近乎全黑的飞船，形状宛如一颗子弹，船首有一只金色的巨鸟张开双翼，浑身的羽毛仿佛在烈火中燃烧。这只鸟有三只爪子，其中一只踩在荆棘般的花纹上。当那个图案被放大，西泽意识到那不是花纹，而是一种构造奇特的文字，一种他从来没有见过的文字。

自由之翼！这是容远亲自给这飞船起的名字。

西泽浑身一个激灵，他忽然意识到这艘飞船接近得这么快是因为它有着超出想象的动力系统，这不是区区一个比丘星能够拥有的飞船！格奥斯奥所请求的，并不是一场温情脉脉的保护行动，对方是真的要冲破他们的封锁线！他下达了不开火的命令，但实际上完好无损地捕获飞船几乎是不可能的。一旦对方冲出了封锁线，凭战舰远远不及的速度是不可能追上他们的！

来不及思考格奥斯奥的隐瞒和利用，西泽抓起话筒，大吼道："攻击！攻击！瞄准它，全力攻击！"

光有多快？在地面上的人很少思考这个问题，因为没有意义，光线总是瞬息可达。但在黑暗的宇宙中，光的速度有了意义，炽白的光束拖曳着长长的尾巴，延伸向那艘不可一世的黑色飞船，更有无数炮弹燃着火光扑向同一目标。在完全的寂静中，万千光芒绽放，虽然只有红白两种颜色，却比任何焰火都要绚烂。

爆炸整整持续了一分多钟，以黑色飞船的速度如果扛住了这波攻击，早就应该冲出炮火，近在咫尺了。但实际上，不断爆裂的光团中没有任何动静。

难道黑色飞船被他们击沉了？

西泽忍不住有些后悔，他想，也许那艘飞船是牺牲了其他能力甚至包括防御系统才获得了惊人的速度，看着气势汹汹，其实只是一只纸扎的老虎。他也不知道是怎么回事，突然就感觉非常危险，下令攻击，却没想到战果超出预料……这下该怎么跟老友交代？

如果他没有答应也就算了，答应了还把事情办成这个样子……如果飞船中如他所想的那样都是些孩子，他该怎么面对这次屠杀？

火光熄灭，烟尘也渐渐散开，战舰观察员将图片放大，只看见零散的金属片静静飘浮在真空中。

"它不见了。"有人惊呼道。

西泽急忙扑到前面仔细确认着，确实，图像中只有他们发射的炮弹的残余碎片，本应该出现在那里的飞船残骸却不见踪影。

这不合理。他们看到的图像可不仅仅是视觉图像，战舰的感知系统囊括了大部分的探测装备，包括红外、夜视、雷达、温度、电磁脉冲等，即便飞船是隐形状态，他们的战舰也能探测到其存在。

退一万步说，即使黑色飞船的隐形系统超出了战舰的感知范围，但在那种情况和速度下，急遽地大幅度改变方向是不可能的，假如黑色飞船及时做出了闪避，也一定会被某些攻击击中，不可能没有损伤，更不可能全无痕迹地消失。

那现在，到底是怎么回事？

不说西泽，即便是亲眼看着这一切发生的格奥斯奥，也都一时没有想明白是怎么回事。

在跟格奥斯奥谈话的过程中，执政官对计划中最重要的一步，也就是容远他们怎么能保证安全离开产生了疑义。那时容远说："我需要一段安全加速距离，如果能实现这个条件，成功的可能性将提高到百分之七十。"

在得知所谓安全加速距离的具体数值后，格奥斯奥发现那已经深入了佩宁朗帝国军队的射程，如果上百艘战舰同时发动攻击，没有任何装甲能抵挡得住。

怎么才能保证这个加速距离？即便是格奥斯奥本人坐在飞船上，也没有权力要求帝国为他网开一面，却给他们的本土带来隐患。

格奥斯奥没有说这怎么可能办得到，或者将这件事有多么困难告知容远，他一直很清楚一件事：对方并没有义务为比丘星人的生死存亡牺牲自己，但他们已经做了能做的一切，剩下的所有问题，都是比丘星自己的问题。没有条件也要制造条件，他们需要竭尽全力，为容远两人扫平挡在路上的所有障碍。

格奥斯奥沉思许久，联系了自己的一位故友。他早就知道这个好友也在这次封锁比丘星的军舰之中，但在双方短暂的两次联络中，他一直没有提出任何要求，为的就是把这个机会留给比丘星的未来。正如西泽所预料的一样，格奥斯奥已经秘密选择了一批资质最为优良的三到十岁的儿童保护起来，本打算在万不得已的时候把他们送出去，托付给自己的故友。

西泽，本是他计划中最后的后备人员。

目送着仿佛想要自杀一般冲击的飞船被炮火湮灭，格奥斯奥眼前一黑，身体不由自主地摇晃了一下。他不知道自己是怎么站稳的，但当他清醒的时候，发现自己被好些人围着，嘴角和胸前血迹斑斑。

格奥斯奥擦去不知什么时候吐出的鲜血，挥开围在他身边的这些人，绝望而执拗地盯着屏幕中炮火此起彼伏绽放的画面，内心充满悲愤——

为什么？为什么这种不公要降临在我们身上？

这一分钟，对他们来说是一生中最漫长的一分钟，世界失去了色彩，所有的一切仿佛都是灰暗而令人窒息的，胸口中某种压抑着的东西喷薄欲出，几乎要将人撕裂！

一分钟后，攻击暂停，虚空中却没有一块大点的残骸。

发生了什么？

没有人说话，也没有人动，他们怀揣着摇摇欲坠的希望，心脏跳动的声音越来越大，仿若震耳欲聋。

格奥斯奥迟钝地想到，飞船在被炮火淹没之前，已经超过了容远要求的"安全加速距离"。

仿佛一点烛火在黑暗中忽的一下燃烧起来，越来越亮，渐渐发展成燎原之火。

"叮咚！"

屏幕上传来提示声，执政官的助手哆嗦着兴奋地大叫道："大人，我们收到了一封公开邮件！"

第 四 章
他举世瞩目

"天哪！"艾米瑞达半躺在椅子上，抓着自己的胸口，像脱水的鱼一样喘息着，双眼失神，喃喃道，"虫洞制造机，我做梦都想看见它。"

容远操纵着飞船隐形后闪避，感知系统探测到前方有一支庞大的舰队正在靠近，他疯了才会在刚脱离险境的时候又跳进火坑里。但双方的距离并不远，飞船的速度又很快，他几乎是手忙脚乱地操作飞船改变航线，避免一头撞进对方的包围圈里，根本顾不上理会艾米瑞达。

他一边操作，一边有红色的液体"嘀嘀嗒嗒"地落在操作台上，他现在几乎满脸是血，即便是提前穿了宇航服，但脆弱的五官根本无法承受穿越虫洞时的巨大撕扯力。随着他的活动，皮肤下面都出现了大块大块的紫色瘀斑，那是毛细血管破裂，血液自血管内渗出而导致的。如果不是他提前含了一种高科技的药丸，恐怕根本支撑不到现在。即使如此，他动一动也全身疼得要死。艾米瑞达要好一些，但也是满脸鼻血。

为了操作飞船，容远连艾米瑞达都没法塞进营养舱，自己当然也留在了外面。如果跨越的空间距离再远一些，可能他们现在已经死了。

虫洞制造机，是他第一次在艾米瑞达面前使用的功德兑换物。据容远了解，现在的星际联盟中只有很少的几颗核心星球对这方面有一定的研究，联盟所使用的空间门全是自然形成的虫洞，人工制造的还仅限于实验室中。

穿越虫洞，必须加速到一定的数值。他之前借助比丘星的无人小卫星将虫洞制造机呈三角分布送到预定的位置，因为格奥斯奥提前编了个理由打过招呼，所以西泽无视了这几个小东西。经过精心的计算，虫洞制造机仅仅能让他们跨越不到三十万千米的距离，差点迎头撞上了佩宁朗的换防舰队。

但幸好，险之又险的是，黑色飞船从佩宁朗舰队能够感知的范围边缘轻巧地滑了过去。

佩宁朗的换防舰队很快就收到了可能有一艘飞船逃出封锁线的消息，舰队队长帕特里克冷哼一声，嘲讽道："西泽那家伙真是越活越回去了，我就说那些无聊的友情游戏肯定会影响他的判断，这次的任务根本就不适合他。"

"队长，我们该怎么做？"帕特里克的副手问道。

"我不相信有什么人能在我们眼皮子底下逃之夭夭，那黑色飞船多半就藏在附近。"帕特里克下令道，"展开搜索阵形，把它给我找出来！"

"是！"

没错，容远现在就在他的舰队附近，他们不能过快地飞行，不然高速会破坏飞船的隐形效果。然而就在舰队阵形将要展开的同时，所有的飞船包括私人的通信器都收到了一封公开邮件。

公开邮件，又被人称作全星际邮件，是一种不设方向，不固定收件人，不进行加密，也不能携带过多信息的特殊邮件。只要发送出去，那么在信号接收范围内任何可以接受信息的产品都能收到，通常只有在宇宙中迷失方向或者遇难的时候才会发送，相当于星际联盟的 SOS（求救）信号。因此，收到这种邮件，一般人会第一时间将其打开查看。

帕特里克舰队、西泽舰队、比丘星卫星基地，比丘星执政厅和比丘星上所有的机构、个人，以及喀尤尔公司的博士和研究员们、比丘星的邻居马克斯韦尔星……无数人陆陆续续收到了这封邮件，有人选择无视或者删除，但更多的人还是顺手将其点开查看。

邮件发送以后，本来将要追击他们的舰队忽然都减缓了速度，似乎正在等待上级的命令。容远和艾米瑞达也得到喘息的时间，两人先把自己血糊糊的模样清理了一下。

"话说这么便利的手段，如果有人用它来传播病毒怎么办？"容远一边用湿毛巾擦着脸上的血迹，一边顺口问道。说实话，在听说公开邮件的这种特性以后，他的第一反应就是用这种邮件传播病毒，利用好了肯定能瞬间使星舰甚至某颗星球的指挥系统瘫痪，简直不能更方便。

艾米瑞达瞪大眼睛，不可思议地反问："谁会做这么可怕的事？"

两人大眼瞪小眼，容远先移开目光，干咳一声，道："随便问问。"

"实际上，现在的公开邮件原本就是以病毒的模式来设计的，刚刚问世的时候造成过很大的破坏。人们破解这种病毒以后，意外地发现它在信息传送上有非常突出的优势，后才被改进为无害的邮件模板。另外，虽然号称是全星际邮件，但其实有效信息传送距离非常有限，仅有三光年左右。"

扬声器中忽然传出二号的声音，语气里有种"听不下去才给你们科普"的感觉。

在银河系中，宜居星之间的距离动辄数光年，有的甚至能达到几万光年，此时，如果还依靠电磁波传播信息，那时效性必然会低得可怜。因此，星际通信和星网利用的是量子纠缠态的超光速信号传播，只是距离越远，纠缠态的品质就越低，而且纠缠数量也会越来越少。星际通信可以建立中转基站，但公开邮件都是一次性发送的信号，通信只能停留在有限的距离上。

当然，这个相对于星际来说非常短暂的距离已经远远超出了地球上任何一种信号传输的距离，这其中所包含的科技也远远超出了容远以前所学习和理解的范围，他其实也不太明白这是怎么发生的。不过他已经让二号下载了全套的佩宁朗帝国标准教材和大多数公开的科学书籍，等他闲下来去学习的时候，迟早有一天会弄明白这些。

顿了一下，二号又补充道："另外，《星际法》对公开邮件的发送条件有非常细致严苛的规定，如果为了恶意的目的或者仅仅是想要恶作剧而发送公开邮件，将会面临最低终身监禁的惩罚。"

"原来是这样。"艾米瑞达恍然大悟。

容远又问："如果是宇宙海盗，还会在意《星际法》的条例吗？"

"当然不，法律都是用来约束会遵纪守法之人的。不过即便是海盗，也不会违背这一规则，因为没有人能保证自己永远不会在星际中遇难。"二号说完以后，又十分感慨地补充了一句，"愚弄世人之人，终将会被自己的丑行所愚弄。"

容远没有理会它时不时出现的抽风状态，转身对艾米瑞达说："感觉怎么样？这边我还应付得过来，你可以先去治疗舱躺一会儿。"

飞船中基本会配备一种全自动的治疗舱，能自行检验病人的病症并测算出对应的治疗方法，只要备齐各种药品，能解决百分之九十以上的常见病症和伤情。"自由之翼"上的治疗舱只会比通常意义上的更好。

"我刚才只是有些难受，现在已经好多了。"艾米瑞达摇摇头。

刚才在穿越虫洞的时候，容远负责调整方向，而艾米瑞达主要估算时机和速度。在那种情况下，智脑算出数据再转化成实际的操作效果，中间的反应时间足够他们死得灰飞烟灭了。而艾米瑞达心算出结果后在最恰当的时机让飞船穿越过去，早一秒，他们的速度不足以安全穿越，晚一秒，就会导致飞船被炮火击中，最终她却能把损害控制在理论计算的百分之零点零零三的误差范围内，这一瞬的精彩无人看见。能做到这一点，绝不仅仅是因为技术和运算能力，更多的是依赖于某种天分和感觉。

因此，时间虽然短暂，但艾米瑞达还是露出了疲态，她知道危险还没有过去，不想去休息，便靠在容远身边，看他操作。

她还记得容远刚才浑身青紫瘀斑的模样有多么可怕，哪怕他下一秒就因为颅内出血死去也不奇怪。但此时，那些瘀斑竟然全消失了，功德商品再次显示出其强悍而不科学的一面，艾米瑞达不知道这一点，她只是因容远的自愈能力而惊叹。

比丘星上，格奥斯奥曾经说容远并不是兰蒂亚人，容远自己也承认了，然而当时在场的艾米瑞达并不相信，一是因为容远是她见过的跟自己外貌最为相像的人，二是由于容远一直保护和照顾着她，而且不计回报——如果不是因为他们是同族，容远有什么理由这么做呢？

但此时，艾米瑞达不得不承认，容远真的不是兰蒂亚人。

兰蒂亚人的身体素质要强悍得多，艾米瑞达哪怕还没有桌子高的时候，也不会在穿越一个小虫洞的过程中受这么可怕的伤。再者，容远自愈速度之快，恐怕只比几种近乎不死的生物差一点。

容远察觉到艾米瑞达的目光，但等了许久也没有等到预期中的问题，于是道："不问吗？"

"问什么？"艾米瑞达昏昏欲睡中听到这样一句话，下意识地反问道。

容远无语了一下，随即轻笑一声，不再说话。

艾米瑞达此时却好像理解了他还没有说出口的问题，轻轻靠在他背后，脸贴在宽厚的背脊上，轻声道："容远就是容远，不管你有什么秘密，都是我认识的容远。所以我不问，等你想说的时候……我一直在。"

容远手指轻轻一颤，背后的分量很轻，但有种热流似乎从心田暖烘烘地涌出来。不是没有觉得艾米瑞达是个麻烦的时候，但此时，好像所有的付出都是值得的。第一次，他觉得陪在自己身边的不仅仅是帕寇遗愿中希望他照顾的女孩，而是一个家人。

他习惯了隐藏自己的想法，所以沉默片刻后，才用稍微柔和的声音说："联盟这边，恐怕我们暂时不能待下去了。我带你去看看我的故乡怎么样？"

"嗯。"艾米瑞达连他的故乡在哪儿都没有问，就温顺地答应道。她从来不是做决定的那一个，哪怕容远带她去死，她也不会觉得有什么问题。

艾米瑞达渐渐被睡意征服的时候，唯有一件事还记挂着——好想再看看虫洞制造机啊……但是容远好像不想提，怎么办……

那个一次性小型虫洞制造机早就在虫洞消失的时候跟着不见了，哪怕连个螺丝钉都没有留下。这种东西，容远也知道私人拥有它是多么危险，自然不会留下任何证据——不管是实物还是语言中的暗示。

背后的头一沉，浅浅的呼吸声规律地响起。意识到艾米瑞达已经睡着了，看"自由之翼"已经远离了佩宁朗的舰队，二号传来的消息中目前也没有任何能够追击到他们的飞船，容远便设定了自动驾驶，站起来把艾米瑞达送去该睡觉的地方。在完全失重的环境下，女孩不比一片羽毛更重，但他的动作有种十分珍重的意味。

容远甚至没有察觉到一个小小的影子从他身上脱离，落在操作台上。

"你好，豌豆。"二号懒洋洋地打了个招呼。

豌豆背对着扬声器，眼巴巴地看着容远背影消失的地方，表情十分失落。

"主人精神非常疲倦，会在睡眠舱休息四个小时左右。你应该跟过去，或许还有机会说说话——主人很久都没有跟你说话了。"二号直白地说，它从来不懂什么叫委婉。

"容远很忙。"豌豆垂下头，说，"也不方便。"

"可你不是很想跟他说什么吗？"二号问。

豌豆抬头深深地看了一眼已经关上的合金门，转身盘腿坐在操作台上，软弱的表情瞬间消失，它冷静地说："跟我说说现在的情况。"

于是二号也不再废话，直接将各地的反响在屏幕上播放出来。

公开邮件的内容，并不是帕寇留在秘藏盒中的全部证据，容远只挑选了很少的一部分放送，剩下的绝大多数他保留起来了，有关于地球的，更是一个字也没有。

容远把地球的存在和价值藏了起来，因为他不确定，当这些常常对文明不发达的星球苛索无度，不把其他星球人当作同类的外星高级文明得知地球这样特殊的存在后，是会保护它、毁灭它，还是把喀尤尔公司的运营模式换个主导者，继续进行下去？容远觉得后者的可能性更大。

矛盾就意味着争端，进而就容易引发摧毁和破坏。在地球文明尚且脆弱的时间段，假如突然间就要面临外星高级文明的掠夺和利用，即便在《星际法》的约束下进行交易，双方也绝不可能是平等的。很可能，只有数千年历史的地球文明会被冲击得七零八落，这颗小小的星球能不能继续存在都是问题。

因此，他邮件中公开的，是别的内容——

地球，并不是第一个被投放病毒的宜居星。

宇宙中有各种各样的生命体，目前星际联盟已经发现的五种主要生命体有碳基生命、硅基生命、金属生命、半机械生命和精神体生命。其中碳基生命是其他生命体的基础，也是数目最多的生命体，但因其天赋所限，虽然偶尔有惊才绝艳之辈涌现，整体发展却依然呈现出疲弱的态势，越到高级文明，碳基生命所占据的比例就越少。在联盟核心星球中，硅基生命占据了百分之八十以上的比例，而碳基生命还不足百分之五。

地球是一颗相当原始的星球，基本上是碳基生命，因此，尽管几乎含有宇宙中所有种族的基因片段，但投放病毒以后，从地球人身上提取的疫苗并不能适用于所用种族。事实是，对一些人来说是解药的，对另一些人来说就是致命的毒药。为了把疫苗研制成真正能够治愈某个种族的特效药，喀尤尔公司还必须对这一种族进行大量的研究和临床试验。招募志愿者进行试验不仅要花费大量的金钱，而且要遵从不同星球和国家大量烦琐的法律条文，即便如此，万一有所疏漏，还有可能面临起诉、负面新闻和天价赔偿金。

因此，喀尤尔公司对公开的临床试验限制非常严格，基本上是研究员的个人行为，万一出现问题，都是由本人负责。当公司将要推出的新药进行到实验阶段的时候，他们最简单粗暴的做法就是将病毒和药品先后投放到一些不在联盟监管下的原始星上，耐心等待反馈，当人们出现不同症状的时候，再有针对性地捕获实验体进行研究，改良药品……在这期间，一不小心毁掉一两个星球也是无法避免的。

然而，人们对他人的痛苦通常没有那么多同理心，一颗远在几千光年外的原始星毁灭了，不过是茶余饭后多了一些谈资，还没有第二天的一场小测验重要。因此，这样的消息很快就会被大部分人遗忘，喀尤尔公司是不是幕后黑手也并不重要。如果喀尤尔公开宣称这样的做法是为了拯救联盟中正在忍耐病痛和苦难的人们，由于自己就是既得利益者，人们非但不会反感，反而可能会称赞这种"英雄般"的行径。

只有自己也体验过切肤之痛的人，才能知道别人被伤害的时候为什么那么疼。

邮件中公开的，就是这样的内容。

喀尤尔公司作为一家医药公司，在联盟中一家独大，这样的态势是不正常的。他们并非没有敌人，曾经也有联盟中的高层人物想要扶持起能够跟喀尤尔对抗的公司，也有高级星球因为反感喀尤尔的做法而明令禁止他们的入驻和一切药品，还有些野生企业在一些天才的带领下接连做出突破性的成绩，并拒绝了喀尤尔的收购要求。

拒绝喀尤尔的友谊或者威胁到其地位的公司，他们的产品不久之后就被发现出现了非常严重的问题。凳子坏了修一下就行，但救命的药品如果出现问题，那可能会轻易杀掉很多人。

横眉冷对喀尤尔的星球，不久之后就出现大规模的传染性疫病，人们成千上万地倒下，为了拯救自己的子民，执政者不得不放下骄傲和愤怒，卑躬屈膝地向喀尤尔求助。

当联盟想要拆分或者针对喀尤尔公司的时候，喀尤尔公司也不介意用手段跟他们提醒一下自己的重要性，最终所有的指控和不满都会无疾而终。

我能救你们，也能杀你们，看你们自己怎么选择——喀尤尔公司无声地传达着这种威胁。

他们一只手里是病毒细菌，另一手里是药品疫苗，可以说以此绑架了全星际的人，人们只要还有在乎的人和事，就不得不忍耐着。

然而这种感受，只有曾经试图跟喀尤尔为敌的人才最明白，联盟高层中的一些人也隐隐有所察觉，只是他们有的已经被喀尤尔喂饱了，有的明哲保身，有的手中没有证据，不敢轻举妄动，总之，他们都沉默着，任由喀尤尔唯我独尊，成为星际最大的公司。

普通民众对这些基本不知情，很多人把喀尤尔当成是自己人生的向往。也许他们的亲人就死在喀尤尔公司一次随意的实验研究或者病毒示威中，但当喀尤尔声称自己研制出疫苗的时候，一无所知的人们依然感激涕零地接过救赎，并心甘情愿地将喀尤尔公司捧上神坛。

然而，一封迅速在星网上散播的邮件，短短半个小时内，点击就突破十亿人次的邮件，彻底打碎了喀尤尔的光环。

"邮件中说的是真的吗？五月花瘟疫是喀尤尔公司故意散播的吗？"

"关于卡玛 PN77I 病毒，喀尤尔公司早就有疫苗，却一直拖延了整整三个月才宣布研制成功，真实目的是为了抹杀反对喀尤尔公司的卢卢自治国吗？"

"喀尤尔公司怎么解释秘密研究生化兽的问题？你们应该知道这违反了《星际人道法》吧？"

"喀尤尔是否承认自己曾经利用原始星的智慧生命作为实验体，在对方不知情的情况下单方面进行大规模的实验研究？"

尖锐的问题一个接着一个，赶赴紧急会议的一个喀尤尔公司的负责人被记者堵在半路上，拇指大小的摄像蜂密密麻麻，就要飞进他的鼻孔里。负责人被质问得满头大汗，刚开始还能勉强应付两句，没多久就前言不搭后语，不停地擦着额头的汗珠。周围的记者目光如电，他的一举一动都被飞快地记录下来，哪怕是手指微微弹动这一小动作都被解读出无数含义。

莱拉屈膝坐在地上，一只盘子摔得粉碎，按在地上的手掌被刺伤了好几处，她双目无神，好像根本感觉不到疼痛一样。

她还记得自己的孩子在怀里一点点停止呼吸的那种绝望——幼小的身躯在她的臂弯里渐渐变得冰冷，明亮的眸子再也无法睁开，柔软的小手变得僵硬。在他的眼睛闭上之前，还依然满眼信赖和眷恋地看着她，相信她的谎言，相信她有拯救他的力量。

然而，她只能眼睁睁地看着一切发生，什么都做不了。

现在告诉她夺走她孩子的那场疾病不是他们顾不到的天灾，而是一场人祸？

"哈哈……哈哈……哈哈哈……"莱拉发出夜枭一样的尖笑声，笑声越来越大，眼眸中却是刻骨的仇恨！

七木靠在柜子上，慢悠悠地擦着一把激光枪。这把枪的样式已经过时，是几十年前流行过的一种玩具枪，七木的爷爷买给他的父亲，然后又留给他。这支枪远比不上市面上正流行的时髦炫酷的玩具，拿出去谁看见可能都会笑话他，他这么认真擦拭的样子也很傻。

只有七木知道，枪身内部被改造过，威力一点不比普通的枪弱。所以，他擦拭得非常仔细慎重，像是在对待一件脆弱的艺术品。

七木上面，其实还有六个兄弟姐妹——大木、二木、三木……一直排到六木，他还有父母、祖父母、叔叔婶婶、堂兄弟姐妹……他们这个种族的生育能力比较强，而且都喜欢多子多孙，因此，七木曾经真的是拥有一个非常庞大的家族。

但现在，只剩下他一个。

因为在他们星球生存着一种非常特殊的植物，很多药品加入这种植物能提高药效近一倍，但其生长条件非常苛刻，人工培育会使得药性迅速降低，只有在他们星球的自然环境中才能生长得最好。而七木的种族人口膨胀过快，严重威胁其他生物继续生存，以至于喀尤尔公司为了保护这种珍贵的植物，认为有必要帮助他们减轻人口负担。

于是，十室九空。

官方调查的结果说这是因为人类肆无忌惮地破坏环境、破坏生态链所造成的恶果。

但星网中公布的一份喀尤尔公司总部签署发放的文件表明，这一切只是因为他们对联盟总体的贡献还不如一棵草，要让出自己的生存空间。

擦拭完成，七木端详了一下自己的成果，然后看到身边柜子上摆着的一张全家福照片，他笑了下，伸手把照片朝下扣上，走出大门。

"喀尤尔研究所的员工已经被全部抓起来了，这是名单。佩宁朗帝国希望我们协助调查。另外还有很多受害者冲击研究所，阻碍执法，展开私人报复。目前已经有十三名喀尤尔公司的员工丧生，米诺岛岛主无法镇压，紧急求援。"亚林将一份电子表单传送到格奥斯奥的文件处理器上，然后道，"还有，他们发现了这个。"

他将一张图片放大，图中是一支装着淡绿色液体的试管，看上去颜色还有点赏心悦目。

"这是什么？"执政官看了片刻后问道，其实他心中已经有了答案。

果不其然，亚林道："拉姆达病毒，据说一支就足以毁灭比丘星。"

"拉姆达……"格奥斯奥低声道，然后问，"博士被抓住了吗？"

"没有。"亚林恭敬地说，"博士和他的一些亲信在事发前就消失了。这支病毒被放在博士的桌子上，进去的人一眼便能看到。"

"这是他故意留下来的？"达库卡忍不住插嘴，"这不是罪证吗？他故意把证据留给我们，是想干什么？"

"听说喀尤尔公司推出了几只替罪羊，博士就是其中最黑的一只。也许他留下证据，是想利用我们打击喀尤尔，给他自己报仇。"另一个人有些天真地说。

格奥斯奥皱眉看着那张图片中的试剂，没有说话。

他总觉得留下这管试剂的人是想说"我随时都能弄死你们，不过没有动手罢了"。

"尽管来！"执政官低声道。

一艘小小的飞船放在浩渺的宇宙中，就宛如一粒小小的沙子落入大海，四面八方都是它可以航行的方向，因此一旦脱离佩宁朗帝国军队的感知范围，除非运气差到极点，一头撞进他们的包围圈，否则绝不可能再被抓住。谨慎起见，容远还是让"自由之翼"展开最大范围的感知，一旦发现附近有飞船或者舰队，就远远地避开。

冒险和谨慎，肆意和约束，他的性格中总是存在着这种近乎截然相反的两面，使得他总是会做出看似大胆的举动，然后用自己的理智和审慎设计周全，找出能够保全自身又达到目的的一条路。

现在已经脱离了包围，也不知道邮件发出以后佩宁朗帝国有没有针对他们的下一步动作，容远打算暂时回到地球休整一番。他还从星网弄到了很多远远超出地球科技的知识和星际联盟的资料，却一直没有时间看上两眼。他需要一个和平安宁的环境来吸收消化这些知识，等下一次，他再离开地球的时候，必定会与这一次完全不同。

宇宙中能够让人双向稳定穿行的虫洞极少，大多数虫洞只能提供单向的通行，逆向行驶的人不是没有，但最终他们都消失在那漆黑的虫洞中，再也没有被人看到过。

从地球到比丘星的虫洞也是如此，来的路上他们穿越了两次虫洞，但返回时要走另外的路线，要穿越的虫洞也变成了三个，在第一个虫洞前，容远告了二号。

这次离开时，他并没有带上二号：一方面它留在外星域能更好地帮助他收集信息，等他下一次到来时提供援助；另一方面，他现在对二号的观感很好，不想它回到地球以后被诺亚弄死——容远毫不怀疑那个小气又霸道的智脑会为了保证自己的独一无二而把自己的复制体碾成灰。

二号留下来了，当初那个把它带过来的小小 U 盘载体早就已经被舍弃。二号刚开始跟着他们寄居在比丘星"格奥号"飞船上，后来执政厅和佩宁朗帝国舰队的高官取得联系，它又在容远的指令下跳跃到舰队飞船上，然后以此为跳板进入星网。如今，二号已经没有实际的载体，只要有星网存在，它就存在。

容远忍不住想，如果有一天诺亚也跟着他来到星际中，跟如今的二号相比，它们之间到底会是谁比较强呢？

二号平时就是个沉默的家伙，存在感不强，但真的跟它分开以后，就好像失去了一双眼睛，多少有些不习惯。豌豆这段时间不知道为什么总是显得闷闷不乐，不太喜欢说话。而艾米瑞达常识匮乏，简直到了令人咋舌的地步，如今化身问题宝宝，对什么都很好奇。容远大部分时间跟她在一起，有时也会选择性地说些自己的往事，每当这时候，艾米瑞达就两眼闪闪发亮，十分感兴趣。

"别抱太大期望。"容远见她对踏上地球这件事十分兴奋的样子，忍不住泼了一盆冷水，"其实只是一颗普通的原始星，科技不发达，生活上也有各种不便利，相比之下，比丘星要有趣多了。"

想想比丘星上任何一座城市或者小岛都一尘不染的街道，随叫随应的悬浮车，装饰或华美或精致的建筑，朴实而灵巧的比丘星人，还有容远后来了解到的全民福利体系……再想想地球上无数等待焚烧或填埋的垃圾、拥堵的交通、严重的环境污染、各种道德沦丧的现状……

容远不禁有些怜悯地摸摸艾米瑞达的头，她现在兴致勃勃的样子，期望越大，将来失望就越大，还是提前打个预防针好。

"我知道啊！"艾米瑞达笑容不减，点点头，她其实早就从容远的一些叙述中察觉到地球恐怕是她所见过的星球中文明程度最为落后的一个，但是，她还是非常期待地球之行，"有你在嘛！"

有他在，就是最好的。

刚洗完澡，艾米瑞达用干毛巾包着还有些湿润的头发，穿着一套宽松的睡裙，趴在沙发上，下巴搁在手背上，头上戴着墨镜，正在看电视，看到高兴处还会忍不住"咯咯咯"地笑起来，像个普通的小女孩一样。

容远并不是个好老师，生活常识什么的，虽然他认为有必要教导艾米瑞达，但说实话，他也不知道该教什么，一个问题好像总会衍生出更多的问题，而他自己获取那些知识的过程似乎都是自然而然发生的。然后，他想到的办法就是看电视和电影，虽然这些作品多多少少脱离实际，但基础的东西还是扎根于现实生活的。

至于容远自己，有时间的时候除了拿着那颗石头闭目养神，就是看书。他现在看的是佩宁朗帝国的中学教材，星际联盟无论人文艺术还是历史科技，他都很有兴趣去了解一下，而像佩宁朗帝国一个普通的人一样从零基础开始学习，是最具体全面又循序渐进的方法。通过学习，他发现有些在地球上公认的高难度的定理规律，在佩宁朗帝国的小学教材中就被否定了。

容远想象了一下，如果他生在孔子的时代，然后遇到一个来自未来的孩子，这孩子张口就是函数图像解方程，闭口就是万有引力定律和时间悖论……好吧，现在他能比较心平气和地看待这种知识差距了。

谁也不想说话，但这样的安静让他们都觉得很惬意，唯一的声音就是播放器中如流水般不断跳跃流淌的音符，没有具体的歌词，仅仅是简单的哼唱就把一幅岁月静好的画面在脑海中勾勒出来。

"警告！警告！'自由之翼'将在半个小时后穿越虫洞，请做好相关准备。重复一遍，'自由之翼'将在半个小时后穿越虫洞，请做好相关准备。"

播放器中的音乐忽然停止，转而传来飞船上的自动警报声。没过一会儿，就能感觉到一股微弱的拉扯力量，在靠近虫洞的过程中，引力会增长得非常迅速，最多一两分钟，飞船内就能达到堪比地球表面的重力加速度。

容远和艾米瑞达不慌不忙，这种情形他们都已经不陌生了。这是到达地球之前要穿越的最后一个虫洞，穿越后，只要再航行一天半，他们就能在地球表面降落。艾米瑞达去驾驶舱进行数据设定和修正，容远则下达指令，飞船上的各种装置把所有易活动物品全固定起来。都收拾好以后，两人便先后钻进营养舱。

"容远，"营养舱合上之前，艾米瑞达突然有些期待又有些忐忑地问，"到地球以后，我们还会一起生活吗？"下次醒来的时候，或许他们已经在地球上空了，即将面对新的环境和生活，女孩也不由得有些畏缩。

"嗯，当然，只要你愿意。"容远说。除非女孩找到一个心爱的人或者想要独立生活，否则他绝不会对她放任不管的。

艾米瑞达早就知道他会这么回答，但闻言还是高兴地笑了，又想到什么，有些忧愁地问："你的朋友……他们会喜欢我吗？"

"一定会。"容远对此倒是很有信心，又叮嘱道，"不过地球上从来没有出现过外星人，你别忘记换个样子，不然会引起轰动。"

"嗯，我一直带着拟态衣呢。"艾米瑞达点头说。

"那就好。什么都不用担心，有我在。"拉扯力已经让容远有些难受了，他安慰一句，然后说，"睡吧。"

他关上艾米瑞达的营养舱，又打开旁边的一个躺进去，眼前一黑，不一会儿，意识就变得昏昏沉沉。

营养舱的强制休眠功能总能轻易让人陷入深度睡眠，被突然晃醒的时候，容远还有种今夕不知何夕的恍惚感，眨了眨眼睛，才看到面前那张有些焦急的小脸。

"豌豆？怎么……"

话还没有说完，容远忽然感到船身猛地震了一下，爆炸声似乎就从很近的地方响起——他们遇到了袭击！

无须再问豌豆为什么突然叫醒自己，容远瞬间清醒，手一撑便从营养舱里跳出来，一边匆匆赶往驾驶舱，一边问道："什么情况？"

"'自由之翼'离开虫洞五分钟左右就突然遇到了袭击，我们被包围了，飞船已经开启防护层，但对方的攻击很强，恐怕撑不了多长时间。"豌豆飞快地说道。

"对方是谁？"容远问。

"还不清楚……"

"公共频道收到通信请求，是否接通？"播放器中忽然传出机械音的询问声。

容远沉默了一下，现在会联络他们的除了袭击者，似乎也没有旁人，他也想知道自己为什么在家门口会遇到袭击，于是道："接通。"

几秒钟以后，出现在屏幕上的是个在容远情理之外、意料之中的家伙。

戴着巨大的圆形呼吸头罩的博士晃着大脑袋，发出一阵尖厉的笑声，漆黑的眼睛也微微弯了弯，看上去十分愉快。

容远默不作声地看着他在那儿得意地笑。通信接通的时间延迟了几秒钟，同时，飞船除了主显示屏，其他几个屏幕都变得一片漆黑，容远知道，此时此刻，这艘飞船已经被那个没头发的家伙操纵了。

他不认为这是自己命令通信联通的原因，公共频道的通信是不附带入侵的能力的，唯一的解释就是在穿越虫洞时他和艾米瑞达两人都陷入昏迷，守在虫洞附近的博士趁机掌控了飞船的操作系统，发出通信请求什么的，这或许只是猫戏老鼠游戏的一个环节。

但他知道自己大意了，返程时没有带上二号是最大的失误，而诺亚复制二号的时候在它的源程序里留下了无法再次复制的限制，不过他以为在茫茫宇宙中只要小心一点，就没有人能找到他们的踪迹，却不想居然被人守株待兔了一回。如果二号还在，他在进营养舱之前把飞船的警戒防护等级调到最高级，或许飞船能够抵挡住博士的攻击，直到他醒过来。

"想知道我为什么能找到你们吗？"博士并不急于控制他们，反而看上去很有兴趣跟他解释一番。

容远忽然想起豌豆说过的一句话——"反派死于话多"。

他一直以为电影里大反派们在只差一击就能杀死主角的时候，还要絮絮叨叨炫耀半天，最后毫无意外地被主角反杀，是电影编剧为了体现主角不死定律而用烂了的招数，没想到现实中还真有这样的笨蛋。

虽然目前的局势看上去是容远完全处于下风，但他实际上并不紧张，毕竟只要豌豆还在他身边，他就存在无限翻盘的可能性。别的不说，只要再兑换一个智脑，夺回飞船控制权只是分分钟的事，更何况飞船操作台上还有一个红色的紧急操纵按钮，只要按下去，飞船立刻就会注销重启，删除所有资料。当然，任何入侵在这一瞬间也都会被清空，只是要再恢复系统需至少三分钟的时间。

所以，他愿意耐心地听一听博士的解说，顺着对方的口风露出一点迷惑和紧张的神情。

不得不说，不是谁都有演技这种天赋的，至少在博士看来，容远的表情基本没有发生任何变化，跟机器人差不了多少。

听众没有预料中的反应固然令人郁闷，不过博士谈兴正浓，依然兴致很高地说："知道你的破绽在哪儿吗？那幅图像，太极图！意识成像仪刚开始从帕寇的脑子里挖出这幅图的时候，我就觉得有些眼熟，只是没有想起来在哪儿见过。然后，你的飞船——自由之翼……"

他用非常蹩脚的糖语说出这四个字，满意地看到容远的表情终于发生了改变——眼睛微微睁大，脸上露出了比较明显的惊愕神情。

"是你的飞船的名字，对吗？别这么吃惊，我了解你们的文化、历史、语言、礼仪等一切我感兴趣的东西，因为我接手对水蓝星生态系统的观察和研究已经一百八十三年了，因为是高度机密，连艾米那小丫头都不了解，不过如果她没有背叛我的话，我本来打算在这两年就让她开始接触的。"

容远越来越有兴趣洗耳恭听了。

博士脸色阴沉了一下，然后又立刻露出笑容，轻声慢语地道："我一直在看着你们，小家伙，我比任何人都了解你们。我看着你们不断地出生又死去，看着你们在愚蠢的战争中消耗自己，看着你们在很短的时间内又从毁灭中重生，并且将自己居住的这颗星球变得面目全非。不不不，我不是在指责什么，相反，我是在夸奖你们，明明是这么脆弱、短命、愚蠢、自私自利，却能在极短的时间内完成这么大的改变。在水蓝星之前，我研究过很多原始星的发展历程，相信我，你们绝对是其中的佼佼者。"

"如果你这么了解地球……也就是你所谓的水蓝星的话，那你怎么确定我就来自地球呢？你该知道地球目前并没有星际航行的能力。"博士事先堵截在这里，明明就是对容远的来历非常确信才有的举动，但容远十分肯定自己从来没有跟博士这边的人发生任何正面接触，"或许我只是从某些途径得到了一些关于地球的资料，也正好对这种文明很感兴趣呢？"

"那你应该更注意自己的行踪才行。"博士笑吟吟地说，甚至有种谆谆教导的感觉，"那只章鱼叫什么来着？"他歪着头想了一下说："亚林，对吗？我在执政厅的人跟我说他前段时间行踪鬼鬼祟祟的，非常可疑，所以我在离开比丘星的时候顺便去探望了一下。听说是执政官格奥斯奥大人亲自培养的精英人才之一，我本来还很期待的，只可惜，他精神的坚韧程度远比不上你那个八只脚的朋友，不过被电流刺激了半个小时，大脑就像是打开了一扇大门，意识成像仪轻而易举便得到了你的照片。而我，博士大人，恰好又对你这个种族非常熟悉，一眼就可以看出你的来历。"

听到亚林的名字，容远脑海中晃过一只章鱼的身影。

博士故意顿了一下，然后含着几分期待道："容远……地球上声名鹊起的少年天才，据说是近些年最具有创造力的发明家，名声之盛，即便是五百光年外的我，都有所耳闻。我原本打算过几年抽出时间来亲眼看看你是个怎样聪明的小家伙，没想到你竟然不知不觉就来到了我身边，还做出了这么多的事。虽然不知道你都是怎么办到的，但你显然比我以为的更加优秀。"他饶有兴趣地看着已经恢复冷静的容远，身体微微前倾："怎么样？成为我的手下，到我身边来工作如何？如果你答应的话，我不仅可以宽恕你所做的一切，连小艾米的背叛也可以不追究。"

容远神色微动，但依然没有说话。

"你还在犹豫什么？人类的寿命不过区区百年，但我可以让你的生命至少延长到三百年，如果你愿意舍弃地球人脆弱的身体，延长十倍也是有可能的。在我的帮助下，你还可以成为水蓝星的主宰，权势、财富、美人，要多少有多少，你还有什么不满意？"

博士诱惑着，但容远依然不为所动。在摄像头所不能笼罩的地方，豌豆小小的身影正在忙碌，为了避免博士的仪器从自己的瞳孔中提取出什么图像，容远并没有看向它。不过他在这个世界上最信任的，必定是豌豆，即使此刻他们之间没有一句话一个眼神的交流，豌豆也不会让他失望，所以他很乐意继续跟博士交谈，好拖延时间。

容远冷淡的表情让博士有些失望，眼神冷下来，但容远也没有直接拒绝……博士歪着头想了想，忽然恍然大悟，说："对了，你是不满我们把你的母星当作试验田吗？有些低等级种族确实会宁愿损坏自己的利益也要帮助他人……"他自言自语了几句，然后忽然笑道："傻乎乎的小家伙，如果你点头，我允许每次的实验体由你先行挑选，罪犯、政客、社会渣滓、你的敌人……随便什么人都行，只要你看不顺眼，你就可以决定他的生死，我并不介意自己的实验体以前是什么身份。你也可以保护你关心的人和真正善良的人，这是双赢的结局。但若是你拒绝，悲剧也许什么时候会发生在你的家人、朋友，或者任何一个孩子和女人身上——你想要这样吗？"

　　容远眼中闪过一丝利芒，第一次锋锐毕露地看向博士，如果说有什么是容远绝对不能忍耐的，那么拿他的家人和朋友来威胁绝对是排在最前面的一项。

　　他也能看得出来，博士是一个非常自负而骄傲的家伙，艾米瑞达这样的高级智慧种或许能让他重视，但一个在原始星出生成长的智慧生物在他眼中根本不算什么，哪怕是容远也一样。博士甚至不屑于掩饰眼神中淡淡的轻视和不以为然，恐怕他真正在乎的，并不是让容远效力于他，而是为了得到容远能够前往外星域的秘密，比如这艘"自由之翼"的来历。一旦他得到那个秘密，他根本不会允许容远多活一秒钟。

　　"啊呀，你想杀了我，是吗？"博士身体往后一靠，呼吸头罩遮住了他的大半个头，但那种戏谑的神情依然能够非常清楚地看见。他挥了挥手，说，"小家伙，你真的知道你现在的处境吗？"

　　主屏幕侧面的几个小屏幕中忽然出现飞船各个地方的图像，除了卧室、浴池这样比较隐秘的地方，飞船内外的大部分地方装上了监控摄像头，重点区域，比如操作室、能源室、进出舱口等地方甚至有两个摄像头。如今在这些监控画面中，可以看到有二三十只狰狞可怖的怪兽趴在飞船外壁上，真空环境对它们似乎完全没有影响，有些还时不时走动。而飞船入口的走廊上，已经有七八只怪兽或趴在地上，或挂在墙上，混浊的涎水从它们嘴角挂下来，喉咙里发出低低的吼声，嗜血的眼神也四处打量着，只是似乎受限于什么，一直没有更大的动作。

　　在容远和博士都没有多加注意的一个画面上，一只趴在飞船外壁上的生化兽似乎脚滑了一下，身体歪了歪，旁边另一只生化兽正靠过来，被它猛地从侧面咬断了脖子。喷溅的血液迅速在真空中化为一颗颗圆溜溜的液珠，旁边另外几只生化兽仿佛受到了刺激，迅速凑过来把自己的同类分食殆尽。

　　飞船外，还有六架武装机甲，正悬在空中，举着巨大的炮管对准"自由之翼"。容远看得出来，其中一架就对着他所在的驾驶舱。

　　"你的故乡，有句古话我很喜欢，叫作敬酒不吃吃罚酒。"博士势在必得地说，"我的耐心可不多，做个聪明的选择，容远，不要像那只八爪章鱼一样愚蠢……或者你想先了解一下你那个叫帕寇的小朋友是怎么死的？"

与此同时，豌豆也用两短一长的敲击声告诉他——已经准备好了。

博士饶有兴致地看着屏幕中那个在他看来年龄实在幼小的地球人，对方不过二十出头，在很多高级文明看来，欺负这样的幼崽十分可耻，不过博士并没有这种多余的想法，只要能达到目的，不管手段看起来多么卑鄙无耻都无所谓。

他穿越这个虫洞的时间其实只比容远早一天，但已经足够他做好布置了。这段时间，他还派遣几个微型机器人到地球上收集了一下信息，不出意外地发现容远果然是地球人，更加令人惊奇的是，在某个简陋的研究所里还有一个他的替代品。

那只是一个智能机器人，博士很简单就确定了这一点，同时一直关注地球前沿科技的博士也知道，地球上还没有任何一个机构能够制造这样与人类外表和行动几乎没有差别的智能机器人。

但其实是有的，只不过萧萧刚得到《功德簿》的时候吃了很大的亏，此后一直非常谨慎，因此闫策的问世极为隐秘，除了萧萧，没有人知道他的真实身份，外星球上只是对地球这颗原始星上大的发展方向定期关注一下的博士自然也无从发现。

所以在他眼中，这自然又是一个完全不应该出现在地球上的东西。博士对容远得到这一切的原因越来越好奇了，这也是他堵在这里并不直接发动攻击的原因。他原本打算把那个机器人直接抓过来从它的"大脑"中读取一下前因后果，但又担心这个智能机器人与容远之间可能有联系，抓住它会惊动容远。如果那个小地球人被吓怕逃跑了，偌大的宇宙，博士还真没有办法把他重新找出来，尤其是他现在几乎被喀尤尔公司当成弃子和罪徒的情况下，根本没有能力调动公司遍布星际的资源去找出某个躲藏起来的人。

因此，博士按兵不动，静待容远自投罗网。

他以为所有的一切尽在掌握之中，容远按照计划掉入他的包围圈中，飞船中似乎没有按照惯例留下至少一个在休眠期间保持警戒的机器人，操作系统轻而易举就落入了他的掌控。

简单得简直令人乏味，不过看在这个小地球人没有让自己多等的分上，博士还是愿意给他一个主动投降的机会。

博士身后的罗多悄悄撇了撇嘴，他都不知道博士怎么养成了这样的习惯，心情好的时候喜欢戏弄他的猎物，心情不好的时候就直接残杀，其实不管怎样，结果都不会改变。

听到博士提起帕寇的死，罗多神情动了动，当初是他派手下冒充帕寇去跟对方见面，但通过远程通信器跟对方交谈的人其实是博士本人，罗多是直接盯着现场的人，他清楚地记得对方似乎对那只章鱼并不在意，那种冷漠的态度就好像面对的只是一个陌生人。

果然，听到博士的话，那个瘦小的地球人连眼睛都没有眨一下，神色更是没有发生任何变化。

"不必。"他冷淡地说，然后敲了一下操作台上的什么东西，他们面前的屏幕立刻暗了。

"博士……"罗多看向只有他一半高的大头外星人。

"系统重组，至少三分钟内，飞船都会处于完全无防御的状态。做出这种不理智的决定，倒让我有些失望了。"博士冷笑一声，吩咐道，"传令给生化兽，把那个地球人和小艾米抓来见我，断手断脚都无所谓，但不允许把人弄死了。违反命令的家伙，我就让它再上一次实验台！"

饶是罗多神经粗壮如铁，听到"实验台"三个字也忍不住打了一个寒战，立刻恭敬地应道："是。"

片刻后，"自由之翼"中发出几声残暴而兴奋的嘶吼声。

屏幕变暗了，容远却依然站在那里，他微微低着头，浑身却散发出一种令人全身发寒的气息。

"容远……"豌豆小心翼翼地叫了一声。

过了两三秒，容远才缓缓抬起头来看向它。

豌豆不知道该说什么，琢磨了一下措辞，最终选择了汇报工作："艾米瑞达所在的营养舱那里和重点区域已经做好防护，隔断门也都放下了，那些生化兽的活动范围全在控制当中，武器我选择了……"

"把激光枪给我就行。"容远打断道。

豌豆顿时明白他想做什么，显得有些为难，劝道："容远，直面生化兽太危险了。那些是改造生物，如果不直接打中要害的话，恐怕……"

容远看了豌豆一眼，眼神中的冰冷让豌豆的话戛然而止。它低下头，抿着嘴唇，小手一挥，一把激光枪在白光中出现。

容远此时的神情令人生畏，但胸腔里像是硬生生塞进了一块烙铁，火热滚烫，他压抑着，没有爆发出来。

"你知道帕寇是怎么死的吗？"

逃亡中的某天，已经躺下将要睡着的时候，艾米瑞达用轻得几乎听不见的声音问道。

容远沉默片刻，说："他是被喀尤尔、被博士杀死的，我们只要知道这点就足够了。"

艾米瑞达不知道是不是接受了他的解释，没有再多说什么就睡下了，但那一整晚，容远都没有睡着。

他知道艾米瑞达为什么这么问，这也是压在他心底，让他一直无法释怀的一件事——在那天公开判决的新闻直播中，帕寇头颅的断面参差不齐，还有撕咬的齿印和一些半透明的液体，这无论如何都不是一个正常的死法会有的伤痕。

在跟执政厅取得联系以后，他也曾私下询问过这件事，得到的答案是，喀尤尔公司送来的时候就是那个样子。在公开判决之后，即便那时候整个比丘星的人都以为帕寇罪大恶极，但执政官并没有让人对他的遗体唯一剩下的部分再做什么，而是火化以后按照比丘星的惯例，送到他们的一颗卫星上。那颗卫星是比丘星的公共墓地，不分尊贵卑贱，比丘星所有死者的骨灰都会被埋葬在那里，人们每次抬头看到那颗卫星，都等于是在缅怀自己故去的亲友，而去世的人也相当于被整个星球上的人缅怀着。

而在刚刚，在看到那些生化兽的时候，电光石火之间，他忽然就明白了那些伤痕到底是怎么造成的。他无须再听博士用得意扬扬、回味无穷的语气把那残忍的过程描述一遍。容远不知道到底是什么控制着他，让他没有一拳砸烂屏幕上那张令人恶心的脸，他只知道自己全身的细胞都在叫嚣着：杀了他！杀了他！杀了他！

再多看一秒钟，他恐怕都会失控。

所以，即便知道豌豆有更加妥善的计划，他也不想听，哪怕会遇到危险，会遍体鳞伤，他也迫切地需要更加直接的发泄方式。

远处传来一阵阵越来越近的吼叫声，在飞船冗长的走廊里，声音被放大了好几倍。

容远虽然愤怒，但也没有失去理智，他守在走廊的尽头处，面前是一条笔直却并不宽阔的十多米长的走廊，左右两侧各有一个岔路口，后面的走廊都曲折蜿蜒，非常利于躲藏和闪避，右边的走廊还有一张可以手动控制的隔断门，豌豆随时都能将其放下来阻拦生化兽追击的脚步。

只过了片刻，第一只生化兽就出现在走廊的另一头。那是只长相令人作呕的家伙，像是一团烂泥往地上一扔，然后在上面插上钢针般的毛发，贴了些黑红色的鳞甲，塞满交错的尖利牙齿。棕黄色的小眼睛残暴而混乱，显示出它不具有太高的智商，庞大的身躯和金属一样的爪子为它增添了许多恐吓力。

生化兽看到容远，丝毫没有迟疑就立刻扑过来，与此同时，容远也开了第一枪。

没有声音，一道淡蓝色的光束几乎是瞬息之间就从它的右肩上方一直穿透臀部，然后被墙壁上的特殊材料吸收。生化兽嚎叫一声落在地上，冲势不止，在地上滑行了几米才停下。

生化兽喷溅的血液似乎有某种腐蚀性，墙壁和地面上都发出"吱吱吱"的声音。但飞船内部使用的材料也不一般，因此，最终只留下浅浅的焦黑痕迹，不至于真的把墙壁腐蚀穿透。

容远看得出来，这个小小的圆洞般的伤口对生化兽而言并不十分严重，伤口只流出了不多的血液就开始收拢，他还看到有细细的肉丝像蚯蚓一样蠕动着勾连起来，伤口几乎是片刻就恢复了。但生化兽努力了两次都没有站起来，似乎容远那一枪还打断了它身体里的脊椎，而骨头痊愈的速度要慢一些。

奇妙的是，这样一只野兽，也是有功德的。多达十三万的负功德值，让人不禁去想死在它口中的人到底有多少。

下一只野兽轰隆隆的脚步声已经从走廊里传来，容远不再继续观察，枪口对准生化兽的头颅，又一道蓝色的光芒穿过。

他此前从没有练习过这个，但在第一枪开过以后，这把激光枪的后坐力、偏差值、杀伤力等各种数据都浮现在容远脑子里，这第二枪，他就绝不会失手。

视野中的功德值消失了。走廊尽头，又有两只生化兽争先恐后地挤进来。

一道道蓝光交错成网，血光飞溅，庞大的身躯依次倒下，几乎把走廊塞满。后来的生化兽被同类的尸体吸引，等不及攻击敌人就开始啃噬自己的同类，片刻后即被一道蓝光带走了性命。

这些生化兽都是基因改造加上机械改造的怪物，长相不完全相同，有的披鳞带甲，有的长着尾巴，有的头顶犄角，有的打穿身体以后可以看到闪着电火花的导线和合金零件，但有一点是相同的，那就是嗜血嗜杀的本性。

一具血淋淋的尸体被扔过来，黑压压的一片，将整个视野都填满。一只比其他同类更加狡猾的生化兽脖子一甩，以身边的同类为盾牌，自己藏在后面偷袭。当容远避开那具尸体的时候，散发着臭气的大嘴就在他的头顶一口咬下来！

容远头也不抬，持枪的手一举，蓝光自下而上贯穿生化兽的头颅，大股血像雨一样淋下来，然而从下方走过的容远巧妙地避开了所有的血液，身上依然干净整洁，好像随时都能去参加宴会。

豌豆一直为容远悬着心，容远并没有兑换过复生的道具，如果他瞬间被杀死了，即使坐拥无数功德也无法起死回生。可是看着看着，豌豆的目光就从源源不断涌来的生化兽上转移到容远脸上。

青年脸色冷漠如冰霜，眼神高傲又轻慢，甚至带着几分没有焦点的涣散，脚下从容，胜似闲庭信步。开枪的动作也不匆忙，哪怕怪兽的脸近在眼前，他也没有分毫紧张，只是一枪解决一只，渐渐血染长廊。

一击毙命！

豌豆的眼神中渐渐带上几分震惊：不是巧合，每一道蓝光，都会收割一条性命。

它知道容远的动作看似轻松，实际上绝没有那么容易。因为就在一开始，一只被射穿头颅的生化兽摇头摆尾着想要攻击，头上的伤给它带来的影响似乎还不如打断一条腿，而且复原的速度也很快。头颅并不是它们的致命弱点，有的被掀开半个头还能站起来，能让它们彻底死亡的，是头和颈之间靠近后脑勺的一处神经中枢，豌豆猜测也许那里是博士安装控制芯片的地方。

它看了半天，只大致猜到那个致命点所在的范围，具体的位置还无法确定。但显然，容远已经找到了。

容远头微微一侧，一只爪子就以离脸颊毫厘之差的距离划过去，蓝色的光映得脸上微微亮了亮，眨眼间便暗下去，这只生化兽"砰"的一声滑到走廊尽头，直直地撞在墙上。

收到命令的生化兽在没有完成任务之前是不会罢手的，它们的恐惧基因被剥离了。罗多眼看着一只接一只的生化兽不断地从那扇相对狭小的舱门中钻进去，却一直没有任何一只再钻出来。

博士飞船中剩余的生化兽都被放出来。这种基因改造物的培养条件极其苛刻，即使是博士手中也没有太多，包括训练还没有彻底完成的一共两百三十只。这个数目放在宇宙中不比一把芝麻更抢眼，但当它们密密麻麻围在那艘飞船周围的时候，看起来就格外骇人。

等待片刻，又有十几只生化兽钻进了那艘并算太大的飞船，目前投入的力量已经足以毁灭某个差一点的国家了，却依然没有看到他们想要的结果。

罗多开始感到不安，他霍地站起来请示道："博士，我出去看看情况。"

博士脸上此时也没有胜券在握的笑容，他沉着脸点点头。罗多快速走出去，不一会儿，一架机甲就从侧面飞向那艘小飞船，生化兽纷纷避让——除了博士，罗多就是唯一能让它们毫不迟疑地服从的人了。

博士看了看时间，拿起话筒说："鲁耶，摧毁他们的喷射系统。"

三分钟马上就要到了，这是博士估算的他们能恢复飞船操控的最短时间。他可不想在已经占尽优势的情况下还让那两个小孩子跑掉，虽然那艘飞船内现在到底是谁占优势还不好说，但飞船仍在他们的包围圈内，一切就仍然在他的控制当中。

"是。"一个瓮声瓮气的声音答道。同时，博士看到空中一架机甲摘下背后比机甲本身还要长近三分之一的炮筒，对准了"自由之翼"底部的喷射管口。

罗多也听到了命令，为了避免误伤，他未进入飞船内部，同时命令附在飞船上的生化兽都回避一二。

"砰——"

一道几乎称得上是艳红色的光芒直扑向"自由之翼"，火光炸开，将飞船整个吞没了下去。

里面的人还活着吗？鲁耶忍不住想。

博士却眯着眼睛，看着那铺展范围超出预想的火光，喃喃道："不对……"

光芒散开，"自由之翼"依然完好无损，淡淡的银色光辉笼罩了整艘飞船。

"防护罩！"罗多失声道。大多数飞船会安装电磁防护罩，但能抵御这种程度攻击的并不多，对方到底是什么来头？

"果然。"博士倒并不觉得意外，他就觉得容远还有后手，无论是进去多少都没有下文的生化兽，还是现在强力如此的电磁防护罩，都让他越发高兴。如果容远很简单就被抓住了，那也就说明即使他有某些奇遇，其珍稀程度也有限得很，但若容远不管什么危机都能应对，那正说明了当他落到博士手中的时候，博士的收获也就越大。

当然，前提是他真的不会跑掉。

博士下令让罗多和鲁耶继续进攻，他自己也打开虚拟键盘，快速地在上面敲击着。防护罩的启动说明对方已经提前十几秒恢复了能源和操作系统，只要能再次成功入侵并控制了那艘飞船，容远两人再怎么挣扎，也不过是他掌中的小猴子。

这一次并没有那么轻易，也是，吃过亏以后，那小子如果没有提高警戒程度，那反而要让博士吃惊了。他之前已经在"自由之翼"的系统里转了半天，里里外外都了解过了，此时哪怕飞船的警戒提到最高限度，也不过是多拖延几分钟，一样难不倒他。

博士轻松愉快地入侵着，眼看就要成功获取权限的时候，突然，面前的键盘模糊了一下，瞬间消失，屏幕也变得一片漆黑。博士愣了一下，面上的肌肉微微抽动，似乎怒极，但紧接着，他露出一抹扭曲而危险的笑容，压低声音说："艾米瑞达。"

能够在他完全没有察觉的时候反过来黑他的，除了艾米瑞达，没有旁人。一手养大的宠物和工具如今反过来跟自己作对，博士内心的怒火比当初发现帕寇怂恿艾米瑞达逃走的时候更甚。

他的话像是打开了什么开关，面前的屏幕突然一亮，出现艾米瑞达手忙脚乱的模样，显然，女孩惊慌之下按错了键，打开了双方的通信频道。骤然亮起的屏幕把女孩吓了一跳，待看到博士阴森森盯着她的时候，女孩跟跄地往后退了好几步，身体像受惊的小松鼠一样发抖，看样子恨不得立刻找个什么东西躲起来。

"小艾米——"博士看到女孩在他念出名字的时候浑身一抖，立刻温顺地低下头，脸色像纸一样惨白，这跟以前一模一样的反应让他心下嗤笑一声，也多了几分笃定，"你敢逃跑，让我很生气。"

艾米瑞达看上去更害怕了，仿佛下一秒就会昏过去。

"小艾米，艾米瑞达，记住了，你是我的东西，这辈子都别想离开我的身边。不管你跑多远，我都会把你抓回来。"博士的话好像一个个诅咒，艾米瑞达身子越缩越小，好像下一秒就会跪倒，绝望和麻木浮现在她苍白的脸上，"不过现在还不晚，小艾米，回到我身边来，我还能给你一次机会。否则的话，我保证，所有你遇到的人——不管是帮助过你的人，关心你的人，还是只跟你说过一句话的人，我保证会把他们全送进地狱。"

艾米瑞达身子剧烈地摇摆着，仿佛两根绳子在把她往不同的方向扯。她摇晃着，挣扎着，嘴唇惨白，汗如雨下。最终，艾米瑞达像是被线牵着的木偶，拖着僵硬沉重的步伐，一步步往前走，就好像以前一样走到博士面前，任他宰割。

"好孩子！"博士隔着空气摸了摸虚拟屏幕中艾米瑞达的脸，然后带着赞许的语气说，"让出飞船操纵系统，把那个容远带到我面前来。乖乖听话，小艾米，你仍然是我最宠爱的孩子。"

女孩剧烈地抖了一下，然后像是僵住了，嘴唇微微翕动，低声说了句什么。

"你说什么？"博士忍不住皱眉问道。

艾米瑞达猛地抬起头来，脸色依然苍白，但双眼中怒火熊熊燃烧，她爆发般尖叫道："小艾米小艾米，恶心死了！你这个令人作呕的死矮子！秃头！"

"啪"的一声，女孩气势万钧地一把拍在操作台上，屏幕瞬间黑了。

博士一脸蒙。

说出以前想都不敢想的话，关闭通信以后，艾米瑞达气势全无，趴在操作台上粗重地喘气，好像虚脱了一样，手脚发软，直冒冷汗，但她心里痛快极了。

歇了片刻，艾米瑞达忽然想到了什么，猛地跳起来，"吧嗒吧嗒"地在键盘上敲击，一幅复杂的结构虚拟图像投影在女孩面前，从大致模样上来看，这是某种能源装置的图像。

几分钟后，女孩手上的动作停下来，她面色复杂地盯着图像看了一会儿，然后看看另一个较小的屏幕中在生化兽的包围下几乎看不清人影的容远，咬了咬牙，神色变得坚定，猛地敲下了一个按钮。

博士的飞船上，能源系统中几个仪表数据忽然持续走高，几秒后陆续发出警报声。然而不等有人来维修或者查看，一条管道猛然爆炸，接着，"轰隆隆"爆炸的声音不绝于耳，炽烈的火焰很快顺着大大小小的走廊通道蔓延，瞬间就吞没了所有的事物，来不及逃走的博士的亲信在惊恐中都葬身火海。

最后一只生化兽也倒下了，四肢痉挛般抽动两下，没了动静，但眼睛依然大大地睁着，残余着几分死前的暴虐和错乱。

舱门已经放下，飞船外虽然还有很多生化兽，但进来的全被杀死了。四五十只生化兽，尸体如果都在的话恐怕已经堆积成小山，但一部分被它们的同类吞噬了，剩下的大多数被豌豆招来的清洁机器人拖下去处理了，因此，容远没有被尸体掩埋。

走廊已经被腐蚀得不成样子，到处是焦黑或者猩红的痕迹，地面都下去了一层。容远的鞋子如果不是抗腐蚀的类型，恐怕现在鞋底都消失了。

豌豆有些吃惊于艾米瑞达提前于休眠时间醒来，应该是飞船中的动静惊醒了她，而且系统注销以后，营养舱没有持续的能源供给，肯定会对昏睡中的艾米瑞达有影响。比起这个，女孩醒来以后迅速判断当前的状况并采取行动的果断更令人吃惊，豌豆觉得自己似乎有点不认识她了。

但最让豌豆感到意外的，是容远的表现。

对敌时的精准和判断力还不算什么，重要的是那些生化兽不断从打开的舱门中钻进来的时候，飞船中的空气在飞快地消散，但容远似乎不受影响。

豌豆开始还努力使容远周围的气压维持在正常地球人能够自由活动的范围内，后来它才发现自己实在是多此一举。

当补给跟不上空气消失的速度时，豌豆意外地发现，在容远周围有一层他自己都没有察觉的保护层。他全部暴露在真空中至少有两分钟，除了累一点，看不出任何影响。

豌豆当然知道，哪怕是普通的地球人类，暴露于太空中半分钟左右都不会给自身造成永久性的伤害，不会像有些夸张的电视节目中一样爆炸、沸腾或者冻死，但十几秒后就会出现许多轻微的损伤，比如减压症、身体肿胀、缺氧等。

容远的体质跟普通人不同，经过长时间稳定的锻炼和基础素质的兑换以后，他的身体机能已经远远领先于地球上的任何人，但依然是在"人类"这个范畴中。也就是说，他实际上不能和比丘星人一样在深海中自由自在地生活，也不可能像生化兽一样在真空中如履平地地跳跃和厮杀。

但他就是这么毫无道理地做到了，在无意识的状态下。

豌豆试探着轻轻碰了碰容远的肩膀，没有再感觉到之前那种神秘的保护层。

容远微微闭目，回忆着刚才那种沉浸在杀戮中，又好像完全脱离于杀戮的感觉，绝对的冷静和绝对的自信同时充斥在胸腔中，他感觉自己好像无所不能，面前无论多么凶猛的怪兽都是土鸡瓦狗，不堪一击，时间似乎也全慢下来，生化兽的血液在空中分离飞舞的轨迹都清晰得宛如慢放的镜头。

胳膊上的触碰把他从那种吸毒一样的迷幻中拉回来，容远低头问："怎么了？"

见他对刚才的变化一无所知，似乎连一度处于真空环境中都没有察觉，豌豆摇摇头，没有多说。当容远目光转向周围生化兽的尸体时，豌豆看向容远左手上的那枚戒指。

依然是看似普通且不算美观的模样，有光脑在身，豌豆能肯定地说那颗石头表面甚至连最微小的纹路都没有改变，容远也说这颗石头除了莫名其妙的歌声，并没有给他任何回应。但它真的没有起到作用吗？容远经历了什么、兑换了什么，没谁比豌豆更清楚了，所以它很确定，容远目前所有的兑换物都不可能达到刚才那样的效果，唯一的例外，就是这颗连豌豆都不清楚到底有什么作用的石头了。

而且……豌豆小手盖上眼睛，露出一副沉思的表情。

无须拿出《功德簿》，只要它念头一动，里面的内容就全浮现在脑海中，无一处不清晰。

随着容远和豌豆之间的默契与信任逐渐加深，容远已经没有经常查看《功德簿》的习惯了。停止兑换基本值以后，他也不再关注前面的力智体敏等信息，但豌豆作为守护机器人，其中的每一点变化它都十分清楚。所以，它很清楚，容远的四项基本值，在刚才的那一瞬间，都有很微小的变动——敏捷和力量各增加了两点，体质增加了一点，智力的增幅则体现在小数点后三位的变化上。

在容远停止用功德兑换基本值以后，这还是数据第一次发生变化。

这意味着什么？

力智体敏的数值，除了用功德兑换，契约者通过自身持之以恒的锻炼也能将其提高，但这种提高是有条件的，那就是至少要突破目前所拥有的水平。

比如一个普通人的力量是"25"，意味着在不损伤自身的前提下，他最大负重是二十五千克，但是不是他每次都能举起二十五千克的重物呢？并非如此，这个人可能负重二十千克就感到无以为继，也可能每次都勉强负重二十五千克。前一种行为会让他的力量渐渐弱化到二十的数值上，后一种行为则会在提高力量的同时损伤他的体质。只有在逼近二十五千克的范围内进行适当的锻炼，才是最有利的提升力量的方式，反映在《功德簿》中，就是各项数值没有长短板之分，都在齐头并进。

容远的力智体敏重新开始自然增加，说明他已经把之前通过兑换提升起来的基本素质全消化吸收为自身的能力了，而且能够较好地掌控自己身体的各项机能。但问题是，这段时间他除了一些日常的训练，并没有进行任何有针对性的、高强度的锻炼啊！

所以说，容远真的就是那万亿分之一的概率吗？

豌豆看向那颗传说中的石头的目光也不禁带上几分火热。要知道，当初说的"万亿分之一"这个概率也只是理论上的数据，实际上，当那颗石头被兑换出来的时候，豌豆就明白了一点——没有人，从来没有人能窥透其中的秘密。当然，《功德簿》的契约者实际上加起来也没有一万亿那么多，但是……

豌豆看了容远一眼，按捺住了心中隐隐的激动——飞船中的生化兽解决了，但外面还有很多敌人，现在并不是放松的时候，等这件事了结了，再跟容远细说吧。

博士拥有的飞船不止一艘，但它们配置的系统都是相同的，而且彼此联通。艾米瑞达攻克了领头的一艘，再拿下其他的，那是轻而易举。眨眼之间，几个庞然大物都变成了太空中璀璨的烟花，爆炸让细小的零件都变成了夺命的凶器，饶是周围的机甲和生化兽急忙回避，还是有一小部分被夺去了性命。

活下来的人也面如死灰——所有的补给都在飞船上，没有飞船，没有能源补充，光凭机甲，他们能在太空中存活多长时间？即便在博士之前说过的那颗水蓝星上活下来了，但没有能穿越虫洞的飞船，他们一辈子都别想再回到故乡了。

此时此刻，倒是那些生化兽显得更自在些。它们从来不为明天发愁，只要有东西吃就行。没有得到下一步的指令，仍然活着的生化兽也不顾飞船中有多么滚烫和危险，等最猛烈的那一阵爆炸过去以后，就摸到飞船残骸中寻找着，找到一些烧得焦黑的残肢断臂就开始狼吞虎咽。

"博士——"鲁耶悲鸣一声，驾着机甲就要冲过去，却被自己旁边的两人拦住了。

"别冲动，鲁耶，你现在过去只是白白送死。"罗多依然镇定，一边把生化兽约束起来，一边说，"博士还不至于连最起码的保护自己的能力都没有，现在你最应该做的，是等待命令，而不是头脑被感情支配了，自行其是。"

"嗯，说得不错。"一个冷冰冰的声音插进来，一听就知道这人压抑着无边的怒火。

"博士！"众人齐声喊道。鲁耶等人都十分激动，像是一下子找到了主心骨。罗多也隐隐松了口气，如果博士不在，短时间内他还能压制住那些天性残暴的生化兽，时间一长可就不好说了。

博士坐在一艘宽边帽一样的扁圆形小型飞行器中，如果有地球人看见其形状，肯定会立刻大喊一声："看飞碟！"透过驾驶舱外的窗户，可以看到博士依然戴着呼吸头罩，但其周身的气压无端端就凝结出一种黑云压城的氛围来，让众人不敢再多说话。

博士往周围看了一圈，冷哼一声，问道："活着的就这几个人？"

包括博士在内，一共八个人，还有七架机甲，一百六十多只生化兽。

罗多心一跳，尽管知道博士看不见，还是立刻低下头应道："是。"

"废物！"博士大骂一声，也不知道是在骂罗多，还是骂那些在突发情况中连跑出来都做不到的下属，或者是在骂他自己。

罗多不敢再说话，但鲁耶不太懂得看人脸色，只知道他们现在面临的处境非常危险。因此，博士骂声刚一停止，鲁耶就在通信频道里恭敬有加地问道："博士，现在我们没有补给，没有飞船，该怎么回去？"

噤若寒蝉的众人立刻对鲁耶的勇气致以崇高的敬意。

博士竟然没有生气，他露出一抹古怪的笑容，说："飞船？我们面前不就有一艘吗？"

众人一起转移视角看了一眼"自由之翼"，不是他们没有看到这艘飞船，只是……"自由之翼"早已经脱离包围圈了，此时渐渐融入黑暗中，快连影子都看不见了。凭几架机甲，想要突破它的防护罩都困难，而生化兽在太空中速度受限，也根本追不上飞船。

"我们追不上。"鲁耶诚实地说，"而且我们的武力虽然占优势，但要想在不摧毁飞船的前提下拿下他们恐怕也不可能。"

"办法是人想出来的。"博士似乎并不担心，他看了下自己右下角的位置——装着病毒的箱子就在他的腿边，哪怕是逃难的时候，他也没有把它落下，"鲁耶，你还有几枚中子弹？"

"一枚。"鲁耶苦着脸道。负重太多对速度的影响很大，所以为了方便行动，他只带了两枚中子弹，以为这种程度的武力对付敌人已经绰绰有余了，哪想到不仅没有拿下敌人，反而被人抄了老底。如今这一枚中子弹，就是他们剩余的最强武力了，可要打破防护罩，恐怕还不够。

"给我。"博士命令道。他的飞船外边安全无害，实际上内有乾坤。突然，飞船顶部裂开，伸出两个支架和一个炮筒，博士将鲁耶送来的中子弹稳稳地安装上去，并且使之处于随时都可以发射的状态。

"博士，我们要去追击吗？"罗多跟着问道。

"追击？不，那是在自寻死路。"博士细长的手指宛如蛇一样活动了两下，然后露出一抹没有温度的笑容，"我们要去的，是水蓝星。"

容远走进驾驶舱，看了看飞船航行的方向，说："掉头，艾米瑞达。"

"可是——"

"掉头。"容远道，"这场战斗不是他死就是我亡，没有第二种选择。如果我们在这里逃了，你觉得博士下一步会怎么做？附近唯一的宜居星，就是我的母星地球，而博士也很清楚这一点。"

艾米瑞达明白容远的顾虑，但她更担心容远的安危。面对不容置疑的命令，女孩咬了咬嘴唇，改变了飞船的方向。

容远站在艾米瑞达身后，手扶着她的椅背。飞船在女孩的操纵下转了个大弯，颠倒着飞向博士等人所在的方向。不过在太空完全失重的环境下，没有上下之分，也没有明显的"倒过来"的感觉。屏幕上，只看见比芝麻更小的生化兽们果然正在奔向地球的位置，图像放大之后，还能看到队伍中多了一艘陌生的飞行器。

"博士……"艾米瑞达脸色一白。

"放松，他们连飞船都失去了，还有什么好怕的？"容远轻描淡写地说。看到女孩手指轻微颤抖，他无声地叹了口气。

有些话无须说，他也明白，别看他刚才威风八面歼灭了进入飞船的生化兽，但真要在太空中面对面厮杀，恐怕他连一只生化兽也对付不了。刚刚那场一面倒的屠杀，是因为他占尽了天时地利人和——在豌豆的布置下，生化兽们在飞船中仅有一条曲里拐弯的通道，唯一一条直道就是容远截杀它们的那一条，所以它们根本没有足够的加速距离。通道的大小对容远来说足够腾挪闪避了，但对生化兽来说连站起来都不能够，自然无法发挥出全力，最多两只同时正面攻击他。另外，容远以逸待劳，在豌豆的帮助下掌握了所有进入飞船的生化兽的位置，对方却在转过弯道之前根本看不到他，就相当于是蒙着一方的眼睛在作战，双方并不是处于公平的竞技线上。

当然，容远除非脑子抽筋才会和生化兽公平交战。

但博士吃了一回亏，肯定不会再吃第二回，容远不指望对手会蠢到看不出自己的弱点在哪里。

"哼哼哼哼……哈哈哈哈哈……"

众人看着突然出现在眼前拦住他们的"自由之翼"，船首展翅欲飞的金色火鸟宛如自黑暗中蓦然诞生，本来正在奔突向前的生化兽纷纷刹住，其余机甲也摆出一副如临大敌的样子。

博士却在大笑。

他的笑声又尖又细，通过公开频道放送出来的声音刮着耳膜，哪怕是没有见过他的人，都会忍不住觉得这家伙一定不是个好人。

罗小友就是这么认为的。

——妈妈，快来看外星人！

这句尖叫一直在他的脑海里刷屏，但他浑身僵硬，一句话都说不出来，大脑一片空白，眼前所见的一切宛如梦中——

是真的吗？这是真的吗？月球背面真的有外星人？他们在干什么？打架吗？那是机甲吧？没想到这辈子还能看到真的机甲。但那些丑八怪是什么？话说没有氧气罩，也没有推进器，那些家伙是怎么在真空中活动的？这不科学啊！呵呵，我一定是穿越了。

在他身边，可怜的马修·查德已经彻底僵化，嘴巴大张着，好像已经把自己的脑子扔进水沟里了。

卢卡斯·拜尔腿一软，差点跪在地上。

岛田圭吾叽叽咕咕地说了些什么，词不成句，显然他自己都不知道自己在说什么。

黄言心毕竟年长几岁，或许也是因为神经更粗壮一些，总之他比自己的同伴们都要冷静一些，在最初的震惊和恐惧之后，他第一个有了反应——拍醒几个同伴，几人互相搀扶着躲藏到一块巨大的岩石后面。

虽然几个人心知肚明，面对那样的力量，这种掩体什么用都没有，但好歹也算是个心理安慰，不是吗？

此前，糖国频繁地来往于月球和地面之间的举动终究引起了各国的注意，毕竟，不管平时再怎么注意保密，火箭发射升天的动静不是你想藏就能藏得住的。一次两次还好说，这么频繁的登月行动……嫌钱太多烧得慌吗？

月球作为离地球最近的天体，每天不知道有多少研究机构或者业余爱好人士盯着它想要分析出点什么来，虽然清晰度没有达到纤毫毕现的程度，但也足以发现糖国每次升空的飞船降落点都在同一区域。再动用各方的密探间谍之类的人物，渐渐地，月底城的消息也就流传出去。只可惜那时候，月底城最有价值的东西基本上已经被糖国搬空了。

于是接下来，就是地球上那些最有权势的国家互相扯皮和拉锯的过程，赤裸裸的利益交换都发生在私底下，人们所看到的，就是糖国在国际上的地位越来越高，很多国家的领导人在各种公开或者非公开场合盛赞糖国，并且在领土、领空、领海、经济贸易、政治来往等方面开始大让步。一时间好像全世界都在给糖国唱赞歌，走出国门，感受到的都是完全不同的热情和友好。

不久之后，糖国宣称在月球中心发现神秘的远古城市，为了世界和谐发展，邀请几个大国共同参与研究。

举世哗然。

一些糖国年轻人在网上纷纷大骂自己国家的议员长等人实在太过软弱，居然把这么伟大的发现无偿分享出去。但更多的人完全沉浸在古代文明居然可以在月球上建城的巨大冲击中，无数不靠谱的猜测和专家分析应运而生，只要打开电视，无论哪个频道，所播放的都与月底城有关。

举世瞩目之下，地球上七个最有影响力的国家举行的联合探索拉开序幕，糖国作为东道主和发现者，派出了第一批发现月底城的两个宇航员，其他国家则各自选出最优秀的一人参加这次探索。

糖国轻车熟路地把八位宇航员送上月球，同时通过每个宇航员头上的摄像头，他们的整个探索过程都在电视和网络上直播，无数人等在电视机前关注着宇航员们的一举一动，发现一块石头都让他们惊奇地大呼小叫，几人在飞船和月球上的日常生活更是吸引了所有人的关注。在教育部门的申请下，宇航员们还各自做了几个趣味十足的小实验，让无数孩子在镜头前兴奋地说："将来我也要当宇航员！"

在一片和谐健康的气氛中，他们前面几天的开采和探索都好好的，虽然糖国已经搬走了很多重要的东西，但月底城本身的宏伟和奇妙依然让所有人大呼奇妙，恨不得亲自回到远古时代去感受那个时候的文明。各国的宇航员既合作又竞争，把收集的各种素材标本一次次不厌其烦地运回登月舱，同时更换各种补给。

黄言心一行人便是为了这个目的才暂时离开月底城，哪知道走到半路上觉得不对，一抬头，发现头顶上多了几颗星星。再仔细一看，那些哪是星星，那是传说中的机甲和飞碟好吗？

几人全要疯了，冷静下来以后才想起他们头上的摄像头还可以调整焦距来观察，对准那些"星星"，调整放大以后……

整个地球也都要疯了。

"啊啊啊啊……"许多人一瞬间只剩下这个反应。

"那是什么？我读书少，不要骗我，那是机甲吧？你以为你们在演高达吗？老实说，月底城什么的都是个骗局，这其实是好莱坞新拍的科幻大片吧？"这是怀疑派。

"天哪，画风好像有点不对！"这是神经迟钝的人。

"怪兽怪兽怪兽！那些怪兽是什么东西？"这是抓狂尖叫的人。

"呵呵，我一定还在做梦！"这是不肯接受现实的人。

"机甲！男人的梦想！我们国家的科技什么时候达到这个高度了？机甲驾驶员在哪儿招募？我一定要去报名！"这是迅速接受现实并且立刻梦想发散的人。

当那黑暗中的光点变成屏幕上真真切切的形象时，网络直播的视频一瞬间被大量的弹幕覆盖，花花绿绿的字体完全挡住了里面的景象，人们疯狂地想要抒发自己的看法，可是实际上大多数人的意见迅速地被覆盖了。而电视中，经验丰富的主持人张口结舌，甚至情不自禁地说了一句脏话。反应过来以后，良好的职业素养让他立刻对观众道歉并且试图挽回自己这一瞬间的失态，但实际上，无论是现场观众席还是电视机前的人们，没有一个人分出一个眼神来看他的表演，所有人都被屏幕中其实并不清晰的图像吸引了。

黄言心尽管震惊，但还是在尽职尽责地工作。而罗小友全部的注意力都被天空中的那场战斗吸引了，如果说他还有什么积极贡献的话，那就是他下意识地自言自语，每一句话都被话筒忠实地记录下来并一同传送给地球，无意中当了一回现场解说，让那些因为像素、距离和光线变化看不清图像的观众了解正在发生的是什么情况。

公共频道的信号，哪怕是地球上这样落后的接收器也一样能收到，只是信号不太清晰。一阵刺耳的奸笑声过后，人们不由自主地对发出这笑声的人产生浓重的反感，只是不知道他在哪架机甲中。然后就是一串叽里咕噜完全听不懂的对话，虽然不知道他们在说什么，但空中的情势能从他们的位置分析出几分。

外星人……姑且当他们是外星人吧……是正处于对峙状态的两方。一方仅仅是一艘飞船，更接近地球这一边，并且背对着地球；另一方是密密麻麻的怪兽和几架机甲，还有一艘外形非常传统的UFO（不明飞行物）。它被怪兽和机甲保护着，肯定是非常重要的人物，很可能就是刚刚奸笑的那个家伙。

人们心中的天平不由自主地就倾斜了。

完全没有长篇大论的固定情节，双方似乎简短地说了几句话以后就突然开打，隔着遥远的距离，他们只能看到交错的光芒和火焰，那艘胖乎乎的飞碟忽然变成一只狰狞的怪兽，上下伸出炮筒、发射管之类的装置，无数光束同一时间射向飞船。而那些怪兽仿佛在虚空中也能奔跑，不一会儿就扑到飞船上，尖利的四肢和长而有力的尾巴不断袭击着飞船。哪怕它们被炮火击中也没关系，除了少数的几只像是彻底死了，剩下的大多数不过片刻就能满血复原。

飞船上面浮现着一层淡淡的光晕，似乎在保护着它，每次受到袭击，上面就闪过一抹淡淡的银光。而接连不断的攻击根本没有给它喘息的时间，银光从来就没有暗下来过，只是被越来越多趴在上面的怪兽挡得几乎看不见。

这艘孤军奋战的飞船也并不是全无反击之力的，它也携带着武器，向对方发起进攻，但除了摧毁两架机甲和十余只怪兽，并没有太大的建树。从旁观者的角度来看，观察片刻，就可以发现那些机甲闪避的动作非常灵活，简直就像是能预判对方的攻击一样。反之，飞船则显得笨拙许多，几乎一直处于被动挨打的地位，不要说快速击中敌人，就连闪避攻击的能力都欠缺。

容远和艾米瑞达都是驾驶飞船的新手，虽说路途中也会熟悉飞船技能和练习驾驶技巧，但总的来说，只是相当于刚学车的菜鸟司机，从一开始只能踩油门、踩刹车、掌握方向盘，进化到现在能够换挡、转弯、倒车入库的程度，怎么可能瞬间飞跃到能够跟顶级 F1 赛车手同台竞技？

战场中的临场反应、驾驶技巧、操作速度、相互配合等不仅需要天赋，还需要长久的训练磨合。这些条件，容远两人并不具备，而生化兽能在太空中真正发挥其强大的威力。飞船的供给系统是必须延伸到防护罩以外的，而凶残的生化兽两爪子就能将高密度合金制造的炮管拍得变形甚至碎裂！

博士之前是顾忌着容远的秘密，想要抓住他们两人，因此才下达了让生化兽们束手束脚的战斗命令。而此时，怒火中烧的博士已经不想温柔对待这两个不知好歹的小家伙了，他要让他们受到惨痛的教训，要让他们见血，并在哀号中后悔没有接下他递出的橄榄枝，然后痛哭流涕地匍匐在他的脚下……或者干脆杀掉也没有关系。在博士心中，报复是第一位的，得到飞船是第二位的，他也不要求飞船完好无缺，只要能源系统和主要骨架还在，修复起来容易得很。

因此，彻底放开约束的生化兽们爆发出强大到难以想象的战斗力，在一阵阵嘶吼中，身躯猛地膨胀了好几倍，比钢铁更坚硬的爪子每次跟防护罩相碰都会激起一连串火花，有的用牙齿咬、用身体撞，把飞船围得水泄不通，连那几架开始还在努力进攻的机甲最后都找不到可以插手的角落，放下武器后悬在周围。

那艘体积并不算娇小的飞船宛如风雨中摇摇晃晃的小舟，虽然还在勉力坚持着，但所有人都看得出来，它被攻破是迟早的事。

地球上，直播视频的点击量每分每秒都在暴涨，但视频上的弹幕越来越少，渐渐消失了，人们没有了调侃和尖叫的兴致，全默默观看着，忽然感觉到某种可以称之为惨烈的情绪。

"咔"的一下，防护罩消失了。

隔着这么远，不管是罗小友他们，还是地球上无数的观众，其实都并不能很真切地看到防护罩消失的那一幕——毕竟，密密麻麻的生化兽，将那薄薄的一层银光挡得几乎看不见。

但他们可以清楚地看到一个事实：原本怪兽们怎么攻击都没有效果，可是忽然之间，那艘黑色的飞船就像是豆腐做的一样，好几个地方都被撕开了裂口，有的怪兽甚至把上半身都探了进去。

糟了！不知道多少人同一时间心被揪紧，还有许多人惊呼出声。他们并不知道战斗的双方是什么人，但或许是因为生化兽长得太凶残，或许是出于同情弱者的心理，或许是某种自己都说不明白的情愫，绝大多数人不知不觉就站在黑色飞船一边，看到它似乎已经面临绝境，就好像自己也遇到威胁一样，又紧张又难受。

怎么办？怎么办？谁来救救他们？数不清的人握紧双拳，在内心为他们祈祷着。

然而奇迹并没有发生，数不清的怪兽顺着被撕裂的豁口钻进去，局势已定，飞船上的攻击系统已经尽毁，周围的几架机甲担心生化兽把飞船毁得太彻底，也全情不自禁地围拢过来。

博士露出满意的笑容。

一道红光一闪而过。

"那是什么？"罗小友自言自语地问道，他揉揉眼睛，然后抬起头来看着上空。

不是错觉，模样狰狞的生化兽当中，忽然夹杂着一种生机勃勃的红光，耀眼又灿烂，从缝隙中透出来，然后越来越大……

"趴下！"黄言心大吼一声，用力把身边的几个人全按下去。马修·查德一头撞在岩石上，虽然有头盔保护，没有受伤，但还是头晕眼花。他莫名其妙地扭过头，然后看到了让他眼珠几乎脱眶的一幕。

天空中原本是战场中心的地方，飞船和生化兽已经全不见了，一团金黄色的光带着几分绚烂的红，不断地膨胀，吞噬了周围的一切！

就好像天上又多了一颗太阳。

强大，美丽，好像一切被毁灭，又有什么重生。

几秒以后，爆炸的余波袭来，隔着这么远的距离，隔着宇航服，几人都感到背后火辣辣地疼痛，全身被压在土里，爬不起来。而马修·查德惨叫一声，闭着眼睛仍能感受到那种炙烤般的疼痛，眼前仿佛是白茫茫的一片。

"我看不见了！我的眼睛！我的眼睛！"马修·查德疼得大叫道，挣扎着想要站起来。

黄言心死死压住他，大吼道："别乱动，只是暂时性失明！你不会有事的！"

其实他也不知道这个坚果国人是不是暂时性失明，但在这种情况下，他只能这么说。马修·查德毕竟也是训练有素，在最初的慌乱之后也逐渐冷静下来，只是仍然在剧烈的疼痛下时不时发出轻微的呻吟。

对地球上的人而言，他们在马修·查德抬头的时候也看到了那爆炸的瞬间，随后马修·查德头上的摄像头被毁，镜头变得一片黑暗，只听到几人粗重的喘息声和马修·查德充满痛楚的闷哼声。

人们不知道那些宇航员正在经历的是什么，也不知道危险是不是已经过去，只能从他们的声音中判断出他们只是被波及了一下，并没有受到更严重的伤害。此时此刻，无数人十分痛恨月球上声音无法传播这一点，不然的话，他们也许能够听到一点周围的动静。

很长时间里，人们就守在黑漆漆的屏幕前，听着几人紧张而恐惧的急促呼吸声，默默攥紧了拳头。然后有人怯生生地发了一条弹幕：刚才那个……不会是飞船自爆了吧？

自爆！

最先发现那场爆炸的黄言心比任何人都更早得出了这个结论，待到他感觉差不多的时候，他抬起头，再一次看向天空。

太空中生化兽的数目已经减少了很多，离飞船最近的那一批几乎全被气化了。机甲的残骸倒还在，但都静静地悬浮在空中，半天没有反应，因为操纵机甲的人并没有金属那么坚硬的皮肤和内脏，全死在驾驶舱中。

唯有两个例外。

博士和罗多，这两个能指挥生化兽的人，在那一瞬间几乎同时做出了完全相同的选择——让生化兽们用自己的身体形成了一道坚实的护盾。生化兽本来就外壳坚硬，堪比合金钢。它们堆叠起来形成的肉盾竟然真的护住了这两人和他们的机甲。因此，被护在最内层的生化兽们也侥幸活了下来。

黄言心数了一下，心里一沉——大概还有三十只怪兽，它们在爆炸中或许皮肉分离，或许筋断骨折，但只要给一点时间，就能重新恢复战斗力。

不过连这点时间博士也不愿意等待，他下令让受伤较轻的生化兽分食了受伤重的那些，得到新的能量补充，剩下的十九只生化兽迅速恢复，似乎变得更加凶猛狰狞。之所以这么急切，是因为博士看到了新的威胁。

一架十五米高的银灰色人形机甲就在他们面前，背部三对机翼像翅膀一样展开。

任谁都看得出来，这架机甲几乎武装到牙齿。罗多凭借他多年的作战经验，可以轻易数出这架陌生机甲身上装备最显眼的几个武器：光束枪、光束剑、等离子加农炮、磁轨炮、火箭筒、超高脉冲炮……背翼、双腿、手肘上的推进器，可以让它在任何时候都能自由变换方向。机甲表面的材料也不一般，普通的武器打上去连个印子都不会留下。

这不是一架机甲，这是一座移动的军事堡垒。

罗多驾驶的机甲没有像以往那样第一时间赶到博士身边去保护，他退缩了。

在这架凭空冒出的机甲吸引了全部注意力的时候，一个开启隐形模式的紧急逃生舱正在驶向地球。

看到艾米瑞达已经悄无声息地离开战场，容远松了口气，活动了一下头，听到颈椎骨发出"嘎啦嘎啦"的响声，嘴角微微勾起。

虽然拥有很多功德，但容远一向在兑换上表现得非常吝啬。并不是他舍不得把功德花出去，只不过任何事情，在他力所能及的时候，他都不喜欢直接通过商城兑换来使其变得轻而易举。就好像一个人本来能够自己吃饭，但非要花钱雇个人来喂他吃，省事是省事了，但一点乐趣都没有。

容远从来不惮于面对危险和挑战，他讨厌麻烦，但更讨厌唾手可得的捷径，所以如非必要，他不会从功德商城中兑换太多的商品；但当有需要的时候，他也不会像很久以前一样把兑换视为一种避之唯恐不及的事，担心自己太过于依赖《功德簿》，而是该兑换的从不手软。

《功德簿》是他的东西，功德商城中的一切商品都是他所拥有的资源，他应该善用它，而不是畏惧它、排斥它或者依赖它——容远渐渐有了这样的观念。

他总觉得功德应该有更大的作用，因此他并不轻易将其浪费在不必要的地方。

但这架机甲，容远真的满意极了。

星际中的机甲，从操作方式上大致可以分为两大类。最普遍也比较便宜的是机械操作机甲，其外形根据用途而不同，可以说千奇百怪，利用驾驶舱内密布的操作杆、各种按钮、键盘、脚底踏板、瞄准器、推进器等进行操作，另外还有电脑辅助校正微调，各种指令非常复杂。这种机甲的驾驶员必须经过长久的锻炼、熟背所有的指令才能上手操作，而且对其反应时间、身体素质、协调能力、瞬间判断能力等都有非常高的要求，所以不管在哪个星球，高等级机甲的驾驶员都是供不应求的。

还有一种机甲，大多数是试验阶段，因为造价太过昂贵，所以实际上并不能大规模地投入实战，这就是加装了精神骨架系统的机甲，能够通过脑电波控制操作。为了更好地契合驾驶员的意识，这种机甲一般要量身定做，并且外形上要跟智慧生命保持一致。

这一类型的机甲通常是生物科技和精密电子机械组合而成，对驾驶员最大的要求就是精神契合度，其他的比如格斗技巧都可以通过地面训练和大脑意识来完成，并不需要漫长的时间来熟悉各种操作键盘和指令组合。所以类似"一个初中生在放学的路上捡到一架机甲并且迅速成为王牌驾驶员打败来犯之强敌"这样的故事，在星际中不仅仅是故事，也是真实发生过的历史。

这种神经机械学的机甲一般有两种模式：一种是日常模式，机甲会服从一些简单的指令，比如"行走""蹲下""跳跃"等，但当驾驶员想着挠挠头、活动一下肩膀，或者有了一些乱七八糟的思想的时候，因为意识不够清晰明确，机甲并不会有反应；另一种是战斗模式，驾驶员一个最简单的念头都会瞬间被机甲接收并执行，信息传输的时间极为短暂，甚至可以忽略不计。

容远所选的，就是这样一架机甲。真让他去驾驶机械操作的机甲，肯定不会比驾驶飞船更好。但此时此刻，这架机甲让他有种如臂使指的感觉，哪怕是面对那些生化兽的包围，他也有一战的自信心。

此时此刻，容远和博士倒都沉默了。因为他们都已经明白了一件事：对方比自己预料的更加坚定，不把对方彻底打趴下，任何交谈都是没有意义的。

片刻的沉默后，十九只生化兽同时起跃，扑向空中屹立的人形机甲！

谁也不知道该怎么形容那场战斗。

银灰色的人形机甲和生化兽差不多同样庞大，因为不熟练，容远并不使用身上携带的无数高科技武器，仅凭借光束剑，他也能与五六只生化兽拼个势均力敌。因为这些怪兽全凭蛮力，几乎没有搏斗技巧，而且速度也是他的机甲更胜一筹。但敌人数目要多得多，而且作弊式地自带加血复原功能。在这种战斗中，容远也顾不上瞄准什么神经中枢，因此，一群打不死的小强让他陷入缠斗当中，他竭尽全力，仍然有两只生化兽扑向了艾米瑞达的紧急逃生舱。

容远心一狠，就准备启动他留在逃生舱上的备用计划，他有把握让那两只怪兽死得彻底，但他的后备计划本是不应该出现在这个世界上的，那种异常的力量曝光对容远来说绝不是一件好事。

那一瞬间，最前面一只生化兽的爪子离逃生舱只有两米。

人形机甲几乎是没有反抗之力，被几只生化兽撕咬住。在机甲的控制舱中，容远左手在上，右手在下，手掌中间是一个浮在空中的花纹玄奥的小球。

博士嘴角勾起一抹得意的笑容。

罗多紧绷着脸，目不转睛地看着人形机甲的位置，心里觉得有些奇怪。

罗小友等人瞪大眼睛，心脏好像在坐过山车，刚刚被从一百米的高空猛地扔下去，又瞬间被拉上来，还没有喘口气，转了一大圈又一头钻进深水里。

地球上的众人有点莫名其妙，因为逃生舱在黄言心的镜头之外，他们看不到真正危急的是什么，只是奇怪为什么那架机甲突然放弃了抵抗，急得不行，恨不得亲身上阵替它战斗——因为机甲外形的关系，毫无疑问，它已经在地球人心中拉了足够的好感度。

下一秒，扑向艾米瑞达的生化兽忽然哀号一声，它们的哀号没有人能听见，但它们的痛苦是显而易见的：两只生化兽忽然撞在一起，就好像两个煮透了的红薯狠狠擦了一下一样，那原本宛如钢铁的皮肤竟然因为这小小的撞击而烂了大半，身体里鲜红的血肉似乎都化成了水，创口处如同打开了水阀，向外喷溅，在空中翻滚挣扎片刻以后，只剩下两张破烂的皮还能勉强看出原来的形状，散落的血肉隐隐透着黑色，不一会儿，那大团大团的血肉竟然凭空消失了大半，再过几秒，竟是完全看不见了。

所有人都被这个变化惊呆了。容远下意识地低头看了一眼手掌中的小球——依然完好无损，静静悬浮着呢！他还没有发动撒手锏，这一幕到底是为什么？

他忍不住看向博士的飞碟，猜想是不是他的手笔，哪知道透过窗户，博士也正看着他。隔着遥远的距离，两人充满怀疑地对视，都感到莫名其妙。

——不是他。

容远很快确信了这一点，然后通过光屏放大的图像，他看到博士的目光已经从他的身上移到了别处，有种奇怪的感觉。

后知后觉地，他发现似乎在自己发愣的时候，机甲并没有受到生化兽进一步的攻击，不然他也没有发愣的空闲。再一看，周围那十几只被他拦下的生化兽全倒了下去，正在……或者已经步上了那两只生化兽的后尘。

鳞甲和皮肤变得比纸还要纤薄，轻轻一点磨损就让其立刻溃烂，五官、血肉、内脏、骨骼，不管有没有暴露在太空中，似乎都在飞快地消失。哪怕是没有受伤的生化兽，也在极短的时间内身体迅速萎缩，眼球消失、舌头消失，背脊塌陷，四肢越来越细，到最后只剩下一张破破烂烂的毛皮，这是它们曾经存在的唯一证据。

饶是容远一向胆大过人，也被这情景惊得寒毛直竖，立刻操纵着机甲喷出火焰，远远离开，然后才小心翼翼地观察到底是怎么回事。

他把镜头对准那些血肉毛皮，图像放大了又放大，终于看出一点端倪：数不清的细小的肉红色虫子在上面蠕动着，这个"小"只是相对的，长短其实大致有成年人手指的三分之二，外表像蛇，头尾尖细，中间的身体圆滚滚的，没有眼耳鼻或者爪子腕足，头上仅有一张扁卵圆形的嘴巴，张到极大时可以看见里面还有两对钩齿。这些小虫子就像是填不满的无底洞，张大嘴巴埋头吞食着生化兽的血肉，眨眼间，一个车轮胎大的肉块就完全消失了，失去食物来源的虫子们在空中摇头摆尾地游弋着，不一会儿变成灰白色，渐渐不动了。

这一幕，足以让任何人毛骨悚然，但容远在惊骇之余，还觉得有几分眼熟。

那些虫子，他像是在哪里见过。

容远忍住恶心再看了几眼还在蠕动的一些虫子，越发肯定自己的想法。他在记忆中搜索了一会儿，忽然想起来那是什么。

钩虫！这种发达的口囊就是它最显著的特征。这是一种人体寄生虫，以十二指肠钩虫最为常见，有段时间，糖国因为传言猪肉中有钩虫，人们谈猪肉色变。

但容远眼前所见的，比那种寄生虫大了何止百倍？可怕程度，更是不能同日而语。更何况，地球上的寄生虫，怎么会跑到外星生化兽的身体里去？

智力提高的好处之一，就是哪怕曾经不经意中所看到的一个场面，听到的一句闲聊，都会深深地埋在记忆中，当你需要的时候随时都能一丝不差地提取出来，而且能将那些仿佛毫无关联的记忆碎片串联起来，哪怕只有一个提示，也能逐渐拼凑出真相。

容远陷入恍惚中，他的眼前，仿佛忽然闪过许多画面——

伪装成人类的章鱼在火车站仓皇逃跑，"砰砰砰"，几声枪响，地上留下蓝色的血液……帕寇嫌弃地说："这颗星球上的人，特别弱！特别容易死！"一上飞船，帕寇就先进了休眠舱，之后也有一大半的时间在休眠……穿越虫洞之前，在没有进入营养舱的时候，帕寇浑身冒血，十分可怖，站在他旁边的容远却还好……帕寇头颅上参差不齐的撕咬痕迹……互相吞噬的生化兽……

轰然之间，脑海中像是劈过一道惊雷，容远什么都明白了。

在地球上，除了帕寇手上的伤，容远后来没有在他身上看到伤口，便以为他自愈了。当时他对这只外星章鱼并不在意，因此从没有多问过。但实际上，伤口或许愈合了，但在缺乏足够医疗条件的情况下不可能完全治愈，因为地球是一个充满细菌和寄生虫的环境，在受伤的那一刻，他肯定被感染了。

想想也是，哪怕是"生物集合体"的人类在受到创伤的时候都很容易被感染，更何况是从没有在这种环境中生存过的外星人呢？地球上所有的食物、呼吸的空气、清澈的水，对帕寇这种体内基本相当于"无菌环境"的生物来说大概是充满毒性的，但这些东西他大概可以凭借胃酸之类的消化掉，毕竟航行宇宙的生物必然需要比单一环境中生存的人类更强大的适应能力。但直接侵入血肉的寄生虫不是那么容易去除的。

或许在他大大咧咧说笑的时候，一直在忍耐体内被异种生物侵蚀的痛楚。

所以在穿越虫洞之前，容远还只是觉得不舒服，帕寇却已经开始全身喷血了。那时候他并没有多想，只以为软体动物的体表防御力还是要比人类差一点，却没有想过曾经那么嫌弃人类脆弱的帕寇怎么可能比人类更脆弱。而且比丘星人是从深海中走出来的生物，海底有着比地面高得多的压强，必然会造成深海生物有着更加适应高压环境的细胞机制和体内压强，怎么会因为一点引力拉扯就变成那个样子？想必那时候，他的身体防御机制已经被寄生虫破坏得极为严重了。

所以他才早早做好各种准备，让容远在没有他帮助的情况下也能迅速了解并适应星际联盟，做好了让容远接手的打算，因为他知道自己剩下的时间已经不多了，在之后的路上，容远就会失去一个可靠的指引。

所以他才直奔比丘星，急着要取回秘藏盒。

所以他没有想办法等待救援或者自救，而是毫不犹豫地用自己的命换取艾米瑞达的自由。

所以……这些曾经分食了那个比丘星人的野兽，同样被这些小小的根本不会被它们注意的虫子寄生。看得出来，这些生化兽都经历了残酷的改造和实验，或许它们也曾经是强悍聪明的智慧生物，但现在只是凭借原始本能根据命令厮杀捕食的怪物。或许是因为改造它们的射线，或许是因为注射到它们体内的药物，或许是因为外星球与地球截然不同的环境，总之，寄身在其体内的不起眼的寄生虫在这个过程中发生了巨大的变化，几乎变成了另一种生物。生化兽的血肉为它们的进化和繁衍提供了温床，这些野兽相互吞噬的习惯又让它们更加壮大且不断传播感染，然后在发育成熟的时候将生化兽完全吞噬，破肉而出！

其间，或许也有生化兽感受到身体的不适，比如呕吐、乏力、腹泻、反应迟钝等，但：一来它们无法言语，不能把自己身上的各种症状准确地表述出来，也没有专门的医生能为它们检查诊治，适者生存，或者说强者才能生存本来就是博士为它们定下的规则；二来，野兽的本能就是要掩盖自己的虚弱，越难受的时候越要表现得强悍，这样才不会被敌人看出病弱，敌人才不会乘虚而入，当它们完全无法掩盖的时候，就是被同伙分食的时候。

过去的一幕幕不合理之处现在都有了解释，容远甚至觉得一阵眩晕。想到当前的情况，他狠狠咬了下舌头，剧痛让他的眼神恢复了清明。

不知道这种变异钩虫的发作是不是有什么呼应感染的能力，十几只生化兽眨眼之间就全被吞噬干净。变异钩虫似乎也没有在真空中存活太长时间的能力，或许是发育到尽头，已经完成了繁衍，总之在钻出血肉之后，变异钩虫暴露在真空中，很快就全变得僵硬干瘪，身体也变成灰白色，好像一粒粒不起眼的小石头。

而在容远面前，只剩下博士一个人，另一架机甲不知道什么时候消失了。

原来罗多见势不妙，自己偷偷摸摸地溜了。博士虽然看到了，却没有挽留，也没有愤怒，好像对这一幕早有预料，平静地目送着那机甲仓皇逃走，奔向通往联盟的虫洞。

他收回视线，看向生化兽的残骸，微微闭上眼睛。

容远想到的东西，他也想到了。不过因为他身体比较脆弱，除了营养液，吃到别的食物总会觉得不舒服，所以每次稍微满足口腹之欲后都很注意检查并还会定期服药。因此，博士也不确定自己的身体中是不是也有那种可怕的虫子。

不过，就算有，也无所谓了。

他几乎一生都在为喀尤尔公司服务，如今因为强大的舆论压力和道德压力，公司把他推出来顶缸，为了防止他继续作妖还冻结了他所有的资产和可以调动的资源，并且在全宇宙追捕他，要让他"归案"。公司的舍弃让博士失去了几百年积累的一切，如今在身边的这些人和生化兽就是他最后拥有的所有资产，可是已经全没有了。他对容远穷追不舍，开始是希望利用艾米瑞达在遥远的兰蒂亚帝国获得一席之地，后来则是隐隐觉得容远身上有一个巨大的秘密，这个秘密甚至能给他带来翻身的希望。

如今看来，这个感觉倒是没有错，只是这个秘密太大了，大到让他拼上所有却依然一败涂地。

此时此刻，博士驾驶的这架机甲上的武器系统仍然完好，但他已经不抱任何打败对方的希望了。他唯一好奇的是，面前这个年轻的地球人，他的极限在哪里呢？如果刚才生化兽们没有突生变故，他真的能被自己拿下吗？

容远看着他，忽然说道："帕寇曾经把关于你们的证据藏在秘藏盒里，那时他还不认识我，也没有告诉我开启的秘匙是什么。但我后来把它打开了，你知道是为什么吗？"

　　看着面前不慌不忙靠近的人形机甲，博士笑了笑，态度出乎意料地平静，他说："我猜他肯定是写了一首十四行诗，给你留下提示。"

　　"不是。"面对他的调侃，容远郑重地回应道，"是因为他设下的秘匙，就是持有者拥有全心全意解救因为喀尤尔公司而陷入危难的人的决心和毅力。这样的人……这样的人……死在你这样的垃圾手中……"

　　在秘藏盒打开的瞬间，容远便知道了秘匙是什么，那时候，他心中千般滋味难言。

　　这是一种很奇怪的感觉，在那个人还活着的时候，其实在容远心里，他们并不算朋友。但在他死去以后，每一次回忆，感情似乎都会变得更深刻，不知道是回忆和自责让形象得以升华，还是感情和愧疚让回忆变得更加苦涩。

　　容远举起光束剑，狠狠斩下！

　　"等等！"博士忽然道，面不改色地看着近在咫尺的光束剑，"看在我也曾拯救无数人的分上，至少让我选择一个体面的死亡方式吧？"

　　容远其实并不在乎博士曾经拯救过什么人，因为他知道在这个过程中被他伤害的人更多。真正让光束剑没有继续砍下去的，是因为博士在说话的同时摘下了头盔。

　　正一万三千功德。

　　正功德？容远愣住了。

　　长久以来，或许是因为自我保护的潜意识，或许是因为无意中的自我暗示，天罚的威胁让他每次动手之前都非常谨慎，他渐渐给自己制定了一个没有说出口的规则——绝对不要伤害正功德的人。

　　你会死——豌豆曾经这么说过。容远也不觉得自己能抗住天雷的威力。所以，他挥剑的动作不由自主地迟滞了一下。

　　正在整理外套的博士不知道是他这一个无意中的动作让容远的杀意凝固，他只是觉得对方果然年轻，天真善良得可笑。博士的嘴角露出一抹诡秘的微笑，同时手指按下一个按钮。

　　一道火光轰然射出，却不是攻击容远，而是射向已经远离的逃生舱。

　　"艾米瑞达——"

　　剑光一闪，机甲在火光中爆裂，一道银灰色的光芒直扑向那颗袭击逃生舱的中子弹。

　　与此同时，一个不带有任何感情的声音响起："契约者伤害正功德者数目达到十名，达到天雷轰顶临界条件，倒计时开始，十、九……"是豌豆的声音。

　　电光石火之间，容远已经明白了为什么博士手底下的人全是负功德，但他本人是正功德。

在容远和帕寇看来，博士这种人自然是丧尽天良，因为他的一个命令而死的人肯定不在少数，他的每一个实验结果都堆积在累累白骨之上，但他研发出的疫苗救了星际联盟许多人也是事实，所以他也曾经备受仰慕和尊敬。

《功德簿》计算功德，从来不考虑动机，也不考虑人的本性，它只看结果，用数据证明。也许因为博士而得到拯救的人正好比因他而死的人多了一些，所以他最终的功德正负抵消以后为正。不然的话，如果照他所说真的曾经拯救无数人，也不至于只有现在这么一万出头的功德值。至于他的手下，大多数时间是执行博士的命令去伤害别人，没有参与具体的研发工作，因此只有负功德的累积。

这个念头只是一闪而过，容远并没有把太多心思花费在上面。

"八、七、六、五……"倒计时还在继续，机甲速度虽然可以达到非常高的数值，甚至可以比发射出去的中子弹更快，但加速还是需要时间的。

他却没有足够的时间。

容远当机立断，机甲不再直追中子弹，而是划了道弧线，从侧面追击，同时从机甲背后抽出等离子加农炮，瞄准那颗飞速接近逃生舱的中子弹。

太空中没有空气，自然也无须考虑风速的影响。转换方向前，他跟中子弹、逃生舱几乎在同一条直线上，一炮打出去，肯定能击中中子弹，但加农炮的威力也许会一同把艾米瑞达乘坐的逃生舱贯穿。但从侧面射击，考虑到双方都在以极快的速度运动，他又未必能打准。

容远深吸一口气，炮口对准中子弹，刹那间好像视野中所有的一切都消失了，连豌豆冷漠的倒计时声音也被屏蔽在脑海之外，他的眼中，除了自己的加农炮和他的目标，再也没有其他东西。

他又进入了击杀生化兽时的那种玄妙的状态。

庞大的信息量一瞬间都被脑海接收，他好像看到了中子弹的质量大小、飞行速度、一直在变化的相对距离、追上逃生舱的时间、被自己击中的时间、相遇的预计轨迹、波及范围、杀伤力大小……

"四、三、二……"浅褐色的眼睛宛如冰冷的玉石，没有愤怒，没有焦躁，没有恐惧。银灰色的机甲在高速飞行中稳稳地托着等离子加农炮，侧立面对着飞快接近逃生舱的中子弹，一道淡红色的光芒从炮口喷射而出！

"一！"容远最后所见的景象，就是中子弹被击中爆炸，爆裂的火光堪堪触及逃生舱的尾巴，逃生舱似乎起了火，失控了，加速落向地球。

艾米瑞达……最后挂念着这个名字，容远的眼前被一片白光笼罩，唯一清晰的，就是豌豆面无表情的小脸。

第 五 章
归程遥遥中

　　容远不知道他们这场战斗被月球上的几个宇航员全看在了眼里，并且在地球上面向全世界直播，更不知道，在他跟博士最后交谈的时候，声音也是通过公共频道，被宇航员们头盔上的声音接收器接收，并且清晰地在各大门户网站、新闻频道、电视节目中播出。

　　你会因为自己身边熟悉的人突然说了一句外语就认不出他的声音吗？

　　那种叽里咕噜的话虽然听不懂，但不妨碍很多人觉得这个声音有些耳熟。

　　糖国最神秘也最高端的某研究所中，众人原本正在食堂吃饭，顺便瞄两眼电视。只不过他们中的很多人参与了月底城的研究项目，对这次作秀一样的探索感兴趣的不多，但当神秘机甲和怪兽出现在屏幕上的时候，一切都不一样了。

　　他们算得上是糖国最聪明的那部分人，自然一眼就能看得出其中的真假。所有人都立刻放下了手头上的事，目不转睛地看着屏幕，还有人立刻用手头的便携电脑从网上把视频录制下来，准备之后一帧一帧地去分析。

　　大众看的是热闹，他们看的是其中的技术含量，以及自己还需要多少年才能达到相同的程度。越看，众人的脸色越凝重。但当那声音传出来的时候，所有人的注意力还是忍不住转移了一下。

　　"这个外星人的声音……跟咱们博士有点像哈！"一个青年摸着头忍不住说道。

　　岂止是"有点像"，如果不是博士就站在他们身边，也在抬头看电视里的外星大战，他们都要怀疑这就是博士在说话了。

　　旁边的人推了他一把，斥道："地球七十亿人，不管什么声音，总会有相似的，只是个巧合。"

　　众人偷偷看向被他们称为"博士"的青年，只见他双手插在白大褂里，面无表情地看着电视，似乎没有听到那两人的话，目光冷寂，不知道在想什么。

　　听出那个"外星人"的声音跟糖国最著名的容远博士声音相似的并不止一两个人，大多数人觉得这只是一个巧合，但还是有人立刻就把电话打到相关部门。新闻频道甚至紧急增加了一场采访，"容博士"虽然只露了一小面，但足以击碎某些人不切实际的猜想。

　　然而对于极少数人来说，几乎立刻就确信了，那才是容远本人。

　　"咔！"

薄如蝉翼的白瓷杯子落在托盘上，因为其主人的心绪并不平静，发出不大不小的撞击声，杯中的浅绿色茶水微微荡漾，甚至溢出了几滴。

"他回来了。"萧萧轻声道，嘴角带着几分浅笑，"这次离开的时间这么长，想必是一段非常有趣的经历。"

闫策默不作声地拉过她的手，用手帕拭去溅上去的茶水。纤细的手指柔若无骨，甚至比他这个机器人的手还冰冷。洁白如藕的手臂上，仔细一看，能看到浅浅的树形白色纹路，有种莫名的瑰丽感。

眸光流转，女孩笑吟吟地看着他，眼中多了几分思索。

"容博士……"原本以为某高楼外置屏幕上正在播出的是一部坚果国大片的女生忽然驻足，好奇地看过去，她对电影没兴趣，但对那个声音的主人很有兴趣，不由得问道，"容博士去拍电影了吗？"

几个听到她声音的路人原本正在全心看着电视，闻言不由得翻了个白眼，对这个女孩不关注时事的程度简直叹为观止。

女孩驻足看了一会儿，没有等到她想要看到的那个人出现，反而听人说这是发生在月球附近的真实外星大战，不由得撇了撇嘴，猜想可能是哪款游戏新的发售方式，对这群轻易就被蒙蔽的人的智商简直无语。

购物袋提得手酸，她换了只手，走了两步，忽然又歪了歪头，自言自语道："刚才好像就是容博士的声音啊。"

女孩把几个袋子都放在脚边，从小巧的手提包里摸出一部手机，手机上挂着一个三头身的人偶娃娃，眉眼看上去竟然跟容远有几分相似。然后，她把手机解锁，只见屏保和桌面图片都是容远的照片。习惯性地对着照片犯了一会儿花痴后，女孩又轻车熟路地点开一个视频，正是容远……或者说是机器人小Ａ发表演讲的画面。

对这个女孩来说，虽然每个字都听得懂，但连在一起，她愣是像在听天书。不过没关系，光看那张脸，她也能不厌其烦地把这个视频来来回回地看上无数遍，那种冷清透明的音质，更是熟得不能再熟。

"我就说我不会认错。"女孩又提着袋子走回去，"这个游戏叫什么名字？"

金阳是在远阳公司开会途中被一条短信叫出来的，联系他的是一个自称"诺亚"的家伙，虽然他们没有见过面，也很少通信，但金阳知道诺亚是容远的得力下属，所以他也非常信任。因此，他立刻暂停会议，站在走廊里，从手机上看到了外星大战的全过程。听到容远声音的时候，他眉毛只是微微动了动，没有震惊，反而有几分意料当中的感觉。

他站在二三十层的楼层中，面前是一整扇单向透明的钢化玻璃窗，走廊里无论是光可鉴人的地板，还是水青色的天花板，都干净得一尘不染。远远地，有人朝这边走来时，看到他站在这里，也都静悄悄地走开，不去打扰他。

金阳沉默地看着那场险象环生的战斗,脸上没有流露出过多的情绪,但如果有人从正面看到他的眼睛,就会知道他此时内心有多么震荡。

视频的最后,是那个被银灰色的人形机甲拼命保护的椭圆形逃生舱带着火光落向地球,但那人形机甲随后突兀地消失了,就好像它从来没有出现过一样。

金阳用力地瞪着视频,却始终看不见人形机甲的影子。他的手越收越紧,直到手机发出难听的外壳挤压声,才放缓了力道,飞快地在手机记事本中打下一行字:"那个逃生舱落向什么地方?"

不知道出于什么顾虑,诺亚从来没有跟他直接通话过,双方一直是用短信联系。此时,金阳打下这行字却没有点击发送,因为他知道诺亚那无孔不入的家伙肯定能看到。

果然,几乎没有停顿地,记事本上就多了一行字:"已锁定,目标落点,×××,×××。具体地址,A市东郊……"

离远阳公司不远不近,如果是容远的话,如果那里面是容远要保护的人的话,他肯定会把人送到这附近。但金阳要赶过去至少也要半个小时,在这之前,也许其他人会捷足先登。

金阳看完后正要打电话,将要拨出的时候又忽然停止。

外星文明……其中涉及的利益实在太大,方方面面的牵扯也太多,交给任何人他都不放心。并不是金阳没有信任的人,而是他知道,无条件的信任是极为稀少宝贵的财富,对大多数人来说,信任都是有限度的。

金阳放弃通话,匆匆到办公室拿起自己的外套和车钥匙,顺便对助理说了一句会议推迟,然后直接去地下停车场。在电梯里,他又飞快地打下一句话:"我需要你的帮助,尽量避免其他人靠近落点。"

"明白。已全面屏蔽卫星图像和街道摄像头,已接管A市交通指挥系统,已控制机场指挥系统。保证你能以最快的速度赶向目标……为了阻拦其他人,我想你不介意我弄出点小火灾小车祸什么的吧?我保证不伤人,但容远回来以后,你要记得给我请功!"

诺亚那家伙,有时候一本正经得像个机器人,有时候又会冒出几句俏皮话。金阳一直猜想它在生活中一定是个天性活泼、无法无天的家伙,说不定还是个话痨,不过挺害怕容远跟它生气。换了以前,或许金阳会顺便跟诺亚开几句玩笑,但现在时间紧急,他只回复了一个"好"字就把手机收起来,电梯门"叮咚"一声打开了。

片刻后,一辆黑色的轿车绝尘而去,一路绿灯。透过车窗,可以看到天空中一道红光以极快的速度落下来,许多路人都看到了这一景象,对着天空指指点点,知道发生了什么的好事者纷纷赶往红光下落的地方。

于是金阳就发现他的车刚刚开过去,身后不远处就有两辆车蹭到一起。两位车主因为担心不能获得全额保险,并没有在车祸后拍照留证,也没有移动车辆,疏散交通,而是纷纷下车，摔上车门，开始追究到底是谁的责任。很快，一条路就被堵得严严实实。

不仅仅是金阳通行的这条路，此时此刻：有些智能汽车的操作系统忽然出现故障，停在马路中间动弹不得；有些高速公路检查站的横栏放下去就提不上来，电脑也忽然死机罢工；有些地方的变压器忽然冒出火花，甚至"嘭"的一声爆炸，引起不大不小的火灾，进而引起某片区域停电。

闷热的天气中，靠近东郊的A市交通堵塞，道路就这么一截一截地被堵得水泄不通，有意前往查看那个天降之物的人更是受到了重点关照，不明状况的路人也受到了牵连。没过多久，东郊大大小小的道路全停止了正常运转，焦躁几乎笼罩了整座城市，到处是此起彼伏的喇叭声。

唯有一辆黑色的车似有神秘之人指引，穿窄巷、过隧道，比任何人都更加顺畅地接近了目标。

金阳不是不知道诺亚现在所做的这些甚至可以定义为一场恐怖活动，但当他毫不犹豫地回复那一个"好"字的时候，就等于已经做出了选择。

A市临海，市郊还有一条很宽的河蜿蜒流过，作为一座享誉国际的大城市，A市任何一个角落在大白天的时候都不会空寂无人，哪怕是郊区。

这个时候，河水中有游船，有小舟，还有很多人在河岸附近乘凉或游泳。看到天上那一团火球正对准河中央落下来，人们纷纷惊叫逃跑。不多时，火球"砰"的一声砸进河中，掀起几米高的水浪，将河中的一切都远远地推开，掀翻了好几艘小船。落水的人惊慌呼救，乍逢剧变，岸上好些人都反应不过来，但也有人立刻脱了衣服跳进河中施救。

好在河水很快平息，救援行动也很顺利，实际上，A市有很多人会游泳，冷静下来以后，自己就游回岸边了，只是不知道到底发生了什么事，议论纷纷。

"扑通！扑通！"

一些了解情况的人没有把自己知道的信息分享给别人，而是先后跳入水中，指望着能从里面发现点外星高科技产品，比如光脑什么的，也有人没心没肺地开始跟周围的人科普，各种谣言迅速地流传开来。

不到三分钟，片区警察就以前所未有的迅捷赶到现场，首先禁止人们下水；很快又有几辆面包车把附近几个政府办事部门的工作人员拉过来了，他们戴上红袖章，维持秩序；然后是糟国特有的地方秩序维持者——城管到达河畔，板着脸呵斥着人们服从管理。

在真正应该履行职责的特警、武警部队都被极端糟糕的交通状况堵在路上的时候，A市上级可以说调动了一切可以调动的力量来控制河畔的秩序。他们现在不急着找出掉入河中的东西，封锁现场、维持秩序才是第一位的，把乱七八糟的一堆人都派下去，很可能有人会浑水摸鱼，在专业的搜索部队到达之前，保证没有任何人下水就行。

权责不明，主管领导不确定，而且这些人也没有管理河边游客的权力，他们既无经验，又无威信，因此，尽管河边人并不多，但还是乱糟糟的。

金阳就在这个时候赶到了。

他把车先停在附近观察了一会儿，河边有一两百人，大多数人像绵羊一样乖巧地坐在岸边，但也有些人正在争执，中间两三个人推搡着，好像马上就要打起来。

手机传来短信提示音，他打开一看，是诺亚发给他的一张照片，看得出来是借助某个人的手机偷拍的，照片中是个穿着一身红衣服的女孩。她忐忑不安地缩在人群当中，脸色苍白，头发上挂着水珠，神情中是浓浓的担忧和惧怕，总有种马上就要哭出来的感觉。

是她吗？

金阳在心里默默地问了一句，但没有发信息询问。他只知道诺亚既然锁定了这个女孩，自然有这么做的理由。

他下车，走向那群人，很快就被人发现。作为市长家的公子，A 市最出名的青年企业家，远阳公司的掌权者，A 市首富，时不时就会出现在各种杂志封面上的人物，这座城市不认识他的人还真不多。立刻就有两个人满脸堆笑地迎上来，态度甚至有些谄媚。

金阳的目光锁定了人群中的那个女孩，几乎所有人被他的出现吸引了注意力，但那女孩更缩紧些，好像生怕被人看到一样。然后，他看向三步并作两步迎过来的两人，脸上自然而然地露出礼貌温和的笑容。

"金……金先……金董事长，您怎么会过来？"

走在前面的中年男人眨眼间就换了三个称呼，开始想叫"金少"，想到这种称呼某种程度上暗示着对方是依靠父辈才得到尊重的，而金阳做出的成绩不说超过，至少也比肩了他父亲的成就；然后他想叫"金先生"，又觉得太生疏，而且金阳年轻有为，叫先生显得老成；最后称呼确定为"金董事长"，他自觉十分满意，根本不顾身后的同行者藏不住的鄙夷眼神。

"您好。"金阳笑容不变，跟对方握了握手，好像完全没有发现对方手心都是汗，眼神依然充满尊重而令人温暖。他从来不觉得卑躬屈膝是一种应该被鄙夷的态度，当一个人选择放下尊严去争取某些东西的时候，这种努力也是可敬的。更何况，你怎么知道在对方讨好的笑容背后，就没有他的傲骨和坚持呢？

尊重是一种看不见摸不着的东西，有人能把尊重演绎成一种作秀，有人能把尊重变成一种施舍，但金阳的态度中是不俯不仰、真诚无伪，这种无形的东西并不是每个人都能清晰地说明白，但细微的感觉是不会骗人的。

中年男人的神情舒缓了些，夸张的笑容不自觉地就淡了些，却更加真诚。金阳看了一眼男人挂在外套上的胸牌，笑道："林科长，我朋友的妹妹过来玩，好像不小心落水了。我正好在这边，收到消息以后就来接她。"

林科长不易察觉地皱了下眉头。他们接到的命令是要求把所有人都先暂时扣押，不能让任何人夹带任何重要物品离开，稍后会有专门的人来搜查登记。但金阳的父亲，是给他下命令的人的上司的上司，为一点办事流程为难或得罪对方完全没有必要，而且——他看了眼金阳——他对这个年轻人的印象很好，也不觉得他是那种会损害国家利益的人。

林科长还在犹豫，后面慢他一步的胖男人便不着痕迹地把他挤到旁边去，腆着肚子笑呵呵地说："不知道金董事长朋友的妹妹是哪一位？小女孩落了水再吹着冷风，万一感冒就不好了。老林你还犹豫什么？我们稍微检查一下，再做个登记，就让金董事长把人领回去得了。"

他刚才还在鄙视林科长，现在自己的态度却更加积极，一口一个"金董事长"。旁边的林科长本来也是这种打算，因此没有出言反对，只是暗恨对方踩着自己抢了卖好的机会，此时只能含笑颔首，表示自己也是这么想的，并且非常乐意为金董带路。

"不用了，我已经看到她了。"金阳笑着对两人点点头，然后加快步伐走向人群，同时脱下外套，披在那个红衣女孩的身上。

在感受到女孩微弱的挣扎和恐惧的时候，他揽住她的肩膀，在她耳边用只有两人能听到的声音飞快地说了一句："别害怕，我是容远的朋友金阳。"

女孩顿时满脸惊喜地看过来，然后撇了撇嘴，眼里就滚下一串泪珠。她看上去好像想急着说什么，但金阳按了按她的肩膀，用眼神示意她别说话。

她乖巧地听从了，披着金阳的外套低下头站在他身边。金阳这才发现女孩腿很长，个子很高——甚至比他还要高一些，但神情稚嫩，看上去就让人觉得年龄应该很小。

金阳拉着女孩走出人群，跟林科长两人再寒暄了几句。其间，他们找来一个女职员给女孩搜了一下身，证明她没有携带任何可疑的东西，金阳又代替女孩给她登记了姓名、年龄、住址等，当然都是现编的，但在他写下的同时，诺亚就把这些信息逐一不着痕迹地塞进了各种数据库中，最多十分钟，女孩从出生到现在的所有经历都会有迹可循，半个小时以后，诺亚能给她一套包括身份证、银行卡、毕业证一类的证件。就算有人去她履历中的学校、小区等实地考察，也只会得到似乎真的有过这么一个女孩的似是而非的结论。

这就是诺亚的能量。

然后，两人告辞。隐约听到背后有人不忿地嚷嚷着，质问凭什么他们可以离开，就有人跟他介绍了金阳的身份，小小的喧闹很快便偃旗息鼓——"特权阶级"拥有特权，是很多糖国人默认的社会规则。但其实平时金阳很少利用自己的身份去做什么，连在公司食堂吃饭都会规规矩矩地排队。

金阳带着这个陌生的女孩坐上他的车，系好安全带，在这过程中，他不可避免地发现女孩对于这种交通工具非常陌生，一直在好奇地打量着周围。他的心沉了沉，然后发动汽车，直到混入傍晚拥堵的车流当中，跟几辆尖锐鸣叫着的警车擦身而过，他才轻轻舒了一口气，背后出了一层薄薄的汗。

此时，诺亚为了做戏做全套，依然在给A市的交通捣乱，也顺手给金阳帮了忙，让他能更快地回到家里。路上，金阳试图跟女孩沟通，然后两人都傻眼了。

发现金阳听不懂自己的话以后，女孩——艾米瑞达换了好几种语言，但对金阳来说全是"叽里咕噜……咕噜咕噜……噜里咕叽……"。

一阵大眼瞪小眼之后，两人经过艰难的沟通，金阳才发现女孩会说的糖语只有"容远""金阳""艾米瑞达"等寥寥几个词。而他会说的几种语言，也没有一种是女孩能听得懂的。但女孩对容远的担心很明显，金阳连比带画，好不容易才让她相信容远没事，很快就能回来。之后，他又发现她连日常用具都不会使用，又十分艰难地开始教这些，由于无法直接沟通，这种本来很简单的事都增加了几倍难度。

所以，当务之急，是先教她说话吗？

折腾了两三天，糖国最终从河中打捞上来的，只有一个逃生舱的残骸，里面空空如也。逃生舱落点上下游近千米的河段都打捞了一遍，当天跳下水的一些人更是被反复审问和调查，却一无所获。

然而，任何人都知道，被那样拼命保护着送到地球的逃生舱，绝不可能只是一个空壳子。唯一的可能就是，在他们彻底搜查打捞之前，逃生舱里面的东西便被转移了。只是不知道是可能藏身其中的外星人自己悄无声息地离开了，还是其他势力在他们眼皮子底下暗度陈仓。

唯有的一点收获，就是舱体使用的技术比地球要先进许多，其材料也是闻所未闻，都有很大的研究价值，只是比起他们之前预期的，这些东西就太不入眼了。其他国家并不相信糖国打捞出的逃生舱空无一物的说法，纠缠了好长一段时间，让糖国高层烦不胜烦，A市这段时间也因此混乱了一阵子。

但对真正的各国高层来说，燃着火落在地球上的逃生舱只是小节，他们真正关注的，是太空中那片已然重归寂静的战场。

太空中有什么呢？

有近乎完整的机甲——虽然飞船自爆使得那些机甲都或多或少受到了损害，但从视频中可以看得出来机甲整体的骨架是没有被破坏的，内部想必除了那些精密的仪器，大体上还是能维持原样的。

重点是有横渡星际的飞船，虽然已经自爆了，但那么大的飞船不可能因此就化为飞灰，肯定还有许多残骸留下来。只是被爆炸的余波送得有些远，想要全部收集起来是不可能的，但只要能捡回来一两个重要零件，其价值也足以与一个逃生舱等同了。若是能得到黑匣子一类记载着飞船航行旅程和重要数据的记录设备，那简直是做梦都会笑醒。

还有那些在真空中也能来去自如的怪兽，虽然都已经莫名其妙地死了，连尸体都找不回来了，但若是能收集到一点携带基因的毛发、骨骼、血肉之类的东西，那就有可能在实验室中培养出来。而且那些怪兽突兀死亡的原因也需要调查，说不定还能有另外的发现。

于是，各国都急吼吼地把研究多时的飞船送上天，意图在战场废墟中抢占最大的一块蛋糕。然而，航天技术不是你说想要就能有的东西，除了糖国、坚果国这样持续几十年不断研究和革新技术的国家，一般差一点的国家连发射通信卫星都还要借助他国的力量，此时，看着太空再怎么眼热，也只能期望着大国吃肉时能给自己漏下点汤喝。

接下来的一段时间里，载着人或者载着机器人的飞船接二连三地升空，因为太过仓促，甚至有两艘火箭技术不过关，升空不久就爆炸了。自从糖国发现月底城的消息传播出去以后，就加速了各国的太空竞赛，很多国家近期大大加强了对航空技术的投入，短短一两周内便有近十艘飞船加入探索的行列。若换作以前，即便发生了太空大战，各国也只能眼巴巴地看着，不可能以这么快的速度派遣飞船探索。

但离战场最近的是谁呢？并不是黄言心等人。

登月舱虽然有升空的能力，但补给、动力和空间都有限，加上成员复杂，全世界的人们又都在看着他们，哪怕他们都有心做点什么，这个时候也只能中规中矩地进行已经变得索然无味的月底城探索。

离得最近并且有能力去打扫战场的，是糖国接送这支各国联合探索小队而如今在绕月轨道上运行的航天飞船。

于是，糖国毫不客气地吃了第一口蛋糕，挑挑拣拣地把最完整的两架机甲和附近最大的几块飞船残骸都捞到手，送回地球。随后是糖国的第二个航天器，以及坚果国、饼国、酒国等四五个国家的航天飞机。因为技术已经成熟，这些国家几乎都有研制成功的航天器，不过多数还在调制和实验的阶段，能不能载人且不说，连是否能安全返航都不能打包票。但如今时间紧急，也顾不得许多，各国的航天器几乎是同时到达，默契地瓜分了剩下的几架机甲，然后又在附近搜索了一番，试图找到更多有价值的东西。

各式各样的太空垃圾被如获至宝般送到地球各国的航天技术研究院，其中，一个银白色的、完好无损的箱子毫不起眼地混在各种零件碎片当中。

雨水"滴滴答答"地落在海面上，时不时有小鱼冒出海面吐个泡泡，倏忽不见。金黄色的沙滩上也被砸出无数个小坑，隐约可见三五个彩色的贝壳。

"哗"的一声，一个人从海水中冒出来，黑色的短发湿嗒嗒地贴在脸上，接连不断地向下滴水，脸色苍白，目光冰冷，乍一眼看去让人心底发寒。恰在此时，天空中"轰隆隆"一阵巨响，闪亮刺眼的圆弧在云层中间肆意穿梭，耀眼的白光照亮了天地间的昏暗，将海水和似乎要压到海面的云层衬得越发黑如墨汁。

从海中冒出头来的这人抬头看了一眼天上，闪电噼里啪啦，雷声轰隆，他嘴角微微勾了勾，似乎在嗤笑，然后不慌不忙地走上岸。只见他赤着上身，从左手手指到肩膀都用碎布缠了起来，右手提着一个用竹子削成的简易鱼叉，上面叉着一条犹在不停挣扎的尺长的鱼。

这个人便是容远。

他赤足走上沙滩，刚走几步又站住，眯着眼看看眼前一棵高大的椰子树，成串的卵球形的青色椰子，掩在"哗啦啦"抖动的树叶中间。

容远想了想，饮食要均衡，光吃鱼肉或许能提供足够活动的能量，但椰子中含有丰富的蛋白质、糖分、维生素、脂肪、微量元素等，于是他深吸一口气，侧身，提腿，狠狠一脚踹在树干上！

树干"咔"的一声断成两截，"砰"地倒在地上。容远走到最前面一看，十来个椰子挤挤挨挨凑成一团，光摘一两个倒是不太好拿。于是，他把树干前端一脚踩断，鱼叉交到左手中，右手把树头一提，好似轻若无物地拎回去了。

穿过沙滩，又穿过一片密林，有一块天然形成的巨大岩石。岩石的一侧微微内凹，容远在这边用竹子和棕榈叶搭了个临时住所，虽然简单，却也有三十四平方米。他把鱼和椰子树头拖进去，放在一块比较平整的干净的石头上。房间里面还有竹子扎出来的平板床，石头垒起来的灶台，以及些许木片、枯枝、石刀一类的东西。

屋子外面还有各种大大小小的容器用来接雨水，虽然目前容远并不缺水，但淡水储备总是越多越好。他到门外取了几个装满水的竹筒，将水倒进一个内凹的石盆里，又把竹筒放在外面继续接水。

然后，容远把缠在左肩上的布条一圈圈取下来，扔在石盆里，原本清澈的水中立刻晕开了淡淡的红色。

他的左臂几乎变了个模样，大片大片黑红色的血痂看上去有些恶心，仔细看去，这些伤痕像蜘蛛的脚一样从肩膀一直延伸到胸口，在将要触及心脏位置的时候戛然而止。

看着自己的伤，容远嫌弃地皱了皱眉头，用他上衣撕成的布条蘸着水洗了洗伤口，又从一个半掏空的椰子壳里挖了些绿色的药泥均匀地抹在左臂上，重新拿两条干燥的布条把手臂裹起来。

这个过程自然很疼，但比起被天雷劈中的疼痛来，可以说是小巫见大巫了。容远除了脸色变得更苍白一些，没有其他任何变化。

时至今日，回想当初，容远都觉得自己能活下来简直是个奇迹。

规则中说过，第一次的天雷实际上是最弱的，以后每一次的威力都会翻倍增加。在准备闯出比丘星的时候，容远曾经做过可能需要杀害无辜的设想，针对天雷，他也是做了一些准备的，但真正面对的时候，一样也没有用上。

当倒计时结束的时候，容远发现自己突然到了一个纯白色的空间，随身的纳戒、机甲、拟态衣等兑换物全不见了，仍然留在身边的只有商城中具有唯一性的特殊物品——天眼、石头和豌豆。如果不是容远从不花费功德在平时穿戴的东西上，只怕他现在都要裸奔。而他兑换的用来抵抗天雷的所有商品，也都一起消失了，特殊商品中，也并没有能防雷的道具。

曾经所有的准备都是徒劳的，在他面前，豌豆举着小手，掌心一团不祥的蓝白色电光噼啪作响。容远盯着它，见豌豆面无表情地看着自己，不见平时脸上隐隐的渴盼、追逐的目光、柔和的喜悦，那黑黝黝的双眸中没有任何感情，只是毫不迟疑地将手中的雷电挥下！

小小的一团电光忽然变得铺天盖地，那种超越自然的力量带着毁灭一切的气势，但闭目待死不是容远的风格，他下意识地把左手挡在身前，希望戴在手上的那枚石头戒指可以发挥一点"传说中"的威能。

像是"嘶"的一声，电光近在眼前，时间却好像被无限拉长了。

他看见闪电几乎是以龟速在一毫米一毫米地接近，听到雷声轰隆轰隆，但当自己静下来时，发现周围陷入绝对的寂静中，然而静到极致的时候，他却好像又突然听见了很多声音——

"嗡……叮……咚……噔……吁……呜……咪……哑……"

细小的、漫天遍野的声音向他耳边传来，缓慢、虚无、缥缈，无迹可寻，却又是无处不在。

正是他曾经无数次从那颗石头中隐约听见的声音，只不过此时被拉长了许多，更清晰，也更混乱，没有一点规律，甚至没有完全相同的声音。

这一次，容远不再试图刻意去捕捉或者理解，他只是静静地倾听着，沉浸在一种无法言说的玄妙中，浑身没有一处使力的地方，好像任凭那声音从百万毛孔中渗透到自己的身体中，又好像他自己也融化在那声音当中。

他闭上眼睛，在黑暗中看到了前所未见的景象——他感觉不到自己身体的存在，却看到无数大大小小、好像棉花糖一样的东西围绕在周围，而且无时无刻不在变化着：拉伸、压缩、反弹、变形，时而像朵花，时而像颗刺球，有时会变成个梭子，有时又会变成缠成一团的渔网。

那些声音，便是它们在变化的时候所传出来的。

冥冥中像是有个声音在问他：

——很奇妙吗？

——不。

——为什么？

——因为我早就知道这是什么，我只是没有想到。

像是揭开了蒙在眼睛上的最后一层布，刹那间，容远理解了他所看到、所听到的一切。

这是弦。

大到星河宇宙，小到电子质子，时间和空间，创生和消亡，宇宙中的一切都是由弦构成。弦的不同振动和运动产生出各种不同的基本粒子，粒子组成原子，原子组成分子，分子组成物质，物质与能量相互转化。一维的弦，二维时空的能量线，包含着世间所有的奥秘。

"传说，这颗石头中蕴含了宇宙间的所有道理，拥有它的人，可以从中领悟出星辰演化、自然生死、时空间变化等世间所有的规则，无不可知之事，无不可超越之物。"

豌豆曾经这么介绍"传说中的石头"，以前容远不懂，他以为石头本身蕴含着什么奥秘。现在他才明白，石头只是一个媒介，这个媒介让他听到了原本没有任何生物可以听到的声音……不，那不是声音，那是弦波动的规律。

容远睁开眼睛，奇妙图景瞬间消失，毁灭的白光已经吞噬了他的整条左臂，他面色不改，手如利剑劈下——

雷电轰然消散！

再次醒来的时候，容远发现自己出现在一座荒岛上，巴掌大点的地方，用一两个小时就能转一圈。这里似乎是热带雨林气候，湿润高温，经常下雨，各种植物长势茂盛，也不愁缺水少粮。没有任何现代文明的痕迹，没有人类生活过的迹象，甚至连动物都没有几只。小岛三面都是山石峭壁，只有一面是平坦的沙滩，可以下海捞条鱼打打牙祭。

从日月星辰上来判断，容远确定除非天雷把他劈到平行宇宙了，否则他就还在地球上。只是这附近似乎很少有船只路过，等了好几天，他都没有看到一艘船。

如果是以前，不拘是雨梭或者机甲，哪怕是兑换条小船，容远也有办法离开这座小岛，回到文明社会去。只是醒来时，容远发现自己如同在那异空间里时一样，天眼在，石头也在，但其他所有的兑换物都不在，连豌豆也消失了。

没有豌豆，自然也没有《功德簿》，更没有取之不尽的各种兑换商品，容远只能想办法独自求生。在苦哈哈地劈竹建房的时候，容远苦中作乐，想着至少他又弄明白了一个问题。以前在看《功德记录手札》的时候，萧逸飞怎么会把《功德簿》弄丢一直是容远的一个未解之谜，手札写得十分含糊，只有结果，没有过程，现在想想，或许萧逸飞就是因为在报仇过程中滥杀无辜，一样被天雷狠劈了一顿，才丢了《功德簿》。那时守护机器人早已被他激愤之下一掌打死，《功德簿》也不会自己长脚跑回来。

容远不会忘记，豌豆作为守护机器人，其中一个能力就是不管多远也能找到《功德簿》和契约者。现在虽然失散了，但容远并不担心，他相信豌豆迟早会带着《功德簿》回到他身边。以前那些兑换物丢了也无所谓，需要的东西重新兑换回来就好。只是纳戒中还有帕寇留下的秘藏盒，唯有这个想尽办法也得找回来。

不过容远并不着急，当前最重要的还是维持自己的生存。

正面领教了天雷威力的左臂开始就像一截枯木，不说做点什么，连痛觉都感受不到，就好像这已经不是他身体的一部分。好在容远以前杂七杂八的书看了很多，从岛上找了一些对症的草药，捣烂以后敷上，又撕了上衣当作绷带缠着，聊胜于无。

如今容远的胳膊已经渐渐恢复了柔软和弹性，伤口结痂，新肉以完全不符合常理的速度生长，容远几乎每时每刻都忍耐着万蚁噬咬的麻痒，但他忍耐力非凡，除了脸色比平时更白了几分，再没有露出别的表情，也一次都没有伸手抓挠过。

伤口好得这样快，或者说已经宣告死亡的胳膊重新恢复生机，这自然不是那几种普通草药的功劳。要换了平时，这样重的伤势被他又泡海水又淋雨地折腾，百分百会溃烂恶化，绝不可能一天天地好转，更不可能短短一周时间就能恢复到可以承担一些不太费力的工作。

真正让他得以治愈的，是这段时间他一直在自己身上实验和掌握的新力量。

并没有那些小说中的"热气从丹田涌出""能量在经脉中流动"之类的感觉，那是一种更玄妙的状态，他能感觉到那无限小的弦线的存在，能感觉到它们在虚空中怎样变化又怎样相互影响，自己的意识仿佛和弦线连接在一起，然后轻轻一弹拨……

一生二，二生三，三生万物。

并不需要大面积的控制，只要一小部分弦线被他稍加改变，波动很快就会扩散出去，像激荡的水波一样一圈一圈地传播，直到在很远的地方才渐渐变得微弱，在这范围内的物质都会发生变化。这种力量，容远将其简单地称为弦力。

在有意识的锻炼中，他却再也没能发挥出那种单手挥散天雷的能力，只能小范围地对弦线做一些因势利导的改变。即便如此，实验的结果也让他感到十分惊喜。

一点一点地，他让已经大半死亡的手臂细胞再次焕发生机；谨慎调整着骨骼和肌肉的结构、成分、尺寸，他的身体每一天都变得更加坚韧而强大；他曾用半个小时的时间将一块拳头大小的石头变成细沙，也曾经手一抖让一截青绿色的柔嫩树枝变得如同焦黄的枯藤。

比起创造和治愈，他更擅长破坏。毕竟破坏只要随心所欲地发挥就能达成目标，治愈却必须向着特定的方向去整合，比前者要费力得多。

这些天来，容远的变化非常大，如果此时艾米瑞达再看见他，甚至可能会认不出他来。使用弦力的过程中要消耗大量的能量，带来的后果就是容远在极短的时间内迅速消瘦，颧骨突起，脸颊内陷，四肢细长，甚至能看见骨骼的线条，眼睛都好像变大了，显得格外幽深，眼底深处有种仿佛在灼烧生命的热度。但这具看似营养不良的身体蕴含着与过去不可同日而语的强大力量，饱含水分的椰子树树干有着极好的弹性和韧度，易弯折却不易断裂，在他面前却像是一截枯枝一样容易被踹断。

他知道自己一天天离"人类"这个身份越来越远，但他毫不在意，他从不在乎自己的种族是什么，他只知道自己想要什么，那种群体需要的归属感对他来说可有可无。

不是不担心艾米瑞达的下落，但"担心"这种情绪在这种情况下除了让自己心烦意乱以外别无用处。因此，容远也不再多想，只专心复原，空余的时间，就是把自己住的地方打理得更加舒心顺意一些。

小巧可爱的明黄色杯子搁在淡蓝色的瓷盘上，咖啡师的一双巧手用乳白色的泡沫牛奶点缀出凤仙花的图案，浓郁醇厚的牛奶和咖啡的香气散发在空气中，让人心旷神怡。

柳婷看着这杯精致的咖啡，一时有些不忍心喝，坐在她对面的田晓佳却没有欣赏的心思，用勺子胡乱搅了两下，"咕嘟"灌了一口，又因为太烫而猛地哈了口气，伸着舌头不停地用手扇。

柳婷看得好笑，把自己面前的香蕉船冰激凌推过去。田晓佳急忙舀了一大勺塞进嘴里，含在舌尖上，痛苦的表情这才缓解了几分，但依然一脸愤愤不平。

"那丫头是从哪儿来的？他们到底有没有血缘关系？他爸妈知道吗？真的只是朋友的妹妹？他就没有跟你解释清楚？哪个朋友……"吞下冰激凌，田晓佳就跟机关枪似的问了一大串，瞪着眼睛，看上去义愤填膺。

柳婷无奈地说："我只是说他朋友的妹妹过来住几天，要你帮忙买几件女孩子穿的衣服，你都想到哪儿去了？"

"你怎么能这么迟钝？"田晓佳恨铁不成钢地说，"多少妹妹都是情人预备役！我的姐姐，长点心好不好？就你男朋友那时时刻刻散发荷尔蒙的样子，只要是个女的，就不可能不动心！更何况两人还住一起，朝夕相处的，什么时候擦枪走火都不奇怪啊！"

柳婷眨了眨眼，眉一挑，含笑戏谑地问："那你动心了吗？"

田晓佳一愣，然后才意识到刚刚自己说了"只要是个女的，就不可能不动心"这一句，大大咧咧地一挥手，说："哎，我是你哥们儿！"

柳婷"扑哧"一声笑了，然后摇摇头道："我相信金阳。"她只说了这一句，但眼底沉淀的笑意和毫无保留的信任让对面的女孩无法再质疑下去。

"好啦好啦，既然你都这么相信他，我就勉勉强强暂时保留意见好了。"田晓佳挥着拳头信誓旦旦地说，"要是他有一天敢对不起你，哼哼，我就让他知道知道我的厉害！"

柳婷又笑，声音软软地说："那就拜托你啦！"

"那当然，你就看好吧！"田晓佳假装很有气势地应了一声。见闺密始终笑吟吟的样子，她忍不住也跟着笑了。

田晓佳虽然话说得很不客气，其实很喜欢金阳，但不是男女之间的那种喜欢。金阳很好，田晓佳一直很欣赏这个各方面都非常出色的大男孩，但她想要共度一生的唯有自己有些小毛病却比任何人都更爱她的竹马。

田晓佳对金阳最为喜欢的，是他给自己的好友带来的变化。

她和柳婷一起长大，知道自己的好友十分优秀又很较真，小时候在同学中间的人缘不是很好，女生排挤她，男生则觉得她会给老师打小报告，因此没有几个朋友。久而久之，女孩性格变得清冷许多，虽然长大以后追捧她的男生越来越多，她却自发地拉开了和别人之间的距离。

自从金阳来到她身边以后，女孩一天天变得柔和、温暖、宽容，她沉下心来开始认真地倾听，对人对事都多了几分体谅，眼神明亮，脸上总是挂着发自内心的笑容，对每一天都充满期望。她就好像是整个人都沉浸在暖融融又金灿灿的阳光里，浑身散发着一种舒畅惬意。

所以，田晓佳也很喜欢金阳，虽然她一直嫌弃金阳太过耀眼夺目，容易招蜂引蝶，并不是一个好老公的人选。同时，她还暗暗担心着，好友显然已经爱得刻骨铭心，万一将来有一天他们分手了，那可该怎么办呢？

柳婷不知道田晓佳是想到了什么才一会儿眉开眼笑，一会儿又唉声叹气，她这个朋友的心思总是跳脱得让人摸不着头脑。现在她想的，真是那个突然出现的"妹妹"。

她自然不会怀疑金阳跟那女孩有什么，她只是觉得有些奇怪。

女孩出现得非常突兀，连件换洗的衣服都没有。金阳毫无预兆地就把她领回自己家，柳婷也是在男友拜托自己帮忙买几件衣服的时候才知道这件事的。

那个女孩个子高挑，长相十分精致，似乎是个外国人，眼睛是少见的翠绿色，总是盛满了浓浓的好奇，又带着几分忧虑。她总是喜欢像猫儿一样坐在地毯上，捧着一本旧相册看来看去，有时会露出几分浅浅的笑意，不过大多数时间蹙着眉，看上去十分烦恼，但她烦恼的样子也是很可爱的。

柳婷记得第一次见面的时候，女孩跟她说话的时候还结结巴巴，有时说得太快或者用的词语有点复杂时，她就会为难地看着你，满脸都写着"听不懂"。第二天再见的时候，虽然还带着一种奇怪的口音，但交流已经基本没有障碍了。昨天下午过去，她还看到那女孩捧着一本大部头名著看得津津有味。

她单纯且天真，却每每问出一针见血的问题，即便如此，她实际上也没有丝毫挑衅的意思，只是纯粹好奇和疑惑。相处两三次以后，柳婷每次再来，刚到门口正要按铃就发现女孩提前一步把门打开了。一问，原来她并不是从哪里看到柳婷过来，而是"推测"她就要来了，宛如未卜先知一般。

那是个非常聪明的女孩，柳婷从来没有见过比她更聪明的人。

或许只有一个人除外，那位年纪轻轻就已经荣获各种科学技术奖项的容博士。

金阳说这个叫"艾米瑞达"的女孩是他朋友的妹妹，不知道他的这个朋友是什么样的人呢？

不期然地，柳婷忽然想起在灯光昏暗的酒吧中，那一双仿佛能看透人心的眼睛。

一场暴风雨席卷了海面，狂暴的雨水和海浪将小岛并不温柔地舔舐了一遍，在暴风雨的摧残下，遍地都是断折的树枝和草木。不过真正娇弱的植物在这座小岛上是活不下来的，能够一直顽强生存的，也不会轻易被一场暴风雨所摧毁。风雨过后，岛上的植物被水洗了一遍，清亮的叶子在阳光下熠熠闪光，反而更显得生机勃勃。

山石丛林之间，一道黑影攀岩走壁，如履平地，轻轻一个纵跃便能在十几米高的树木间上下自如，仿佛地心引力完全失去了作用。不过片刻，他就已经站在临海一侧最高的岩石上，手里还拿着一颗浑圆的椰子。容远并掌为刀，削掉一小半椰子壳，然后盘腿坐下来，一边看海，一边喝椰汁。

这场暴风雨没有给他带来什么损失，他的竹子小屋背靠岩石，遮风避雨，并没有太大的损伤，只稍微修葺一下便好。两周过去了，他的胳膊也好了大半，只有左手上依然裹着布条。倒不是伤口需要包扎，而是他嫌弃手上的疤痕太难看了，能挡一点是一点，眼不见，心不烦。伤口已经愈合的地方，则留下了暗红色的痕迹，宛如冬天结冰的霜花或者蔓延的藤枝，倒不难看，反而像是一种独特的文身。

容远知道被自然现象雷电击中，身上偶然会出现这种利希滕贝格图样，却没有想到自己被天雷轰击也会有同样的效果。他用弦力治愈的时候发现，一种奇特的力量使得伤痕只能随着时间的推移，颜色变得越来越淡，却不可能完全消失。这种痕迹，似乎是一个恒久的标记和警告。

这是容远第一次真正发现和接触来自《功德簿》的力量，他现在无比希望《功德簿》就在身边，这样，他可以从弦力的视角来看一看功德兑换中是否也有同样的力量在作用。可惜，现在他还只能等待。

天空碧蓝如洗，海面重归平静，粼粼波光宛如把天上的星辰都纳入了其中。但这样的美景也意味着附近没有船只或者飞机经过，椰汁喝完，容远把壳一抛，站起来准备离开。

"砰砰砰砰……喔……啊！"

容远耳朵一动，隐约听到下面传来短促的一声闷哼，分明是人的声音，之后却没了动静。容远走到崖边，低头看去，好不容易才在几块嶙峋的岩石中间找到一个黑乎乎的家伙。石壁陡峭，又湿又滑，别说爬上来，他连扒住石头都显得很费力，大张着嘴像奄奄一息的鱼一样喘气。

阿迪亚·苏克雷"咕嘟咕嘟"把一瓢热水喝了个干干净净，然后长长地出了口气，浑身都放松下来。他用手背抹了下嘴，感激地说："谢谢你，兄弟，你救了我的命。"

虽然他在容远救他之前就已经昏迷了，但他还记得之前自己的游艇在暴风雨中沉没，好不容易被海浪冲到一座小岛附近，拦在面前的却是近乎九十度垂直的悬崖峭壁，崖底虽然有些碎石，上面却长满了湿滑的苔藓，无论他怎么拼命挣扎，还是只能绝望地任由身体一寸寸滑向海中。

醒来的时候，却已经躺在平坦坚实的地面上（容远没把他放到床上），身旁就是火堆，面前还烤着两条鱼，虽然有一半似乎烤焦了，但对饥饿的人来说依然散发着浓郁诱人的香气，仿佛从地狱重新回到人间的喜悦让他深刻地感受到了生命的意义，幸福得热泪盈眶。

所以，吃饱喝足的阿迪亚·苏克雷这句感激的话说得真心诚意、毫无作伪。他说的是坚果语，两人自然没有沟通上的障碍，不过容远看了眼男人头上高高鼓起的肿包，没有说话。

阿迪亚没有介意，他此时正处于对救命恩人好感度爆棚的时候，见状只是偷偷把屁股挪了个位置，凑近几分，态度亲昵地问道："你会说坚果语吗？我是阿迪亚·苏克雷，你叫什么名字？是怎么到这座岛上的？你知道这是哪儿吗？"

如果容远更年长几岁，阿迪亚的态度肯定会多几分尊敬，也多几分疏远。不过容远现在还不到二十一岁，这个年龄的年轻人在很多人眼中是还没从学校毕业的孩子，糖国人的外貌本就显小，加上他正处于前所未有的"纤细"状态中，更像是个发育中的青春期少年。所以，阿迪亚自然而然就把他当成了还需要人照顾的男孩，说话也就少了几分顾忌。

容远想了想，只回答了一个问题："谷远，我的名字。"

"谷远？"阿迪亚念叨了一遍，然后说，"你是糖国人？我喜欢糖国，糖国很美，食物也很好吃，比如糖醋里脊、麻婆豆腐、宫保鸡丁、饺子……"

他用生涩的糖语开始念叨各种美食，越念越馋，咽了好几口口水，拿起搁在一边的果子开始啃，边啃边介绍自己以前到各国游玩的经历，就算容远一直没搭话，他也不介意，独自一个人也能说得很起劲。

在救人的时候容远就发现，这个头发完全剃光的年轻黑人是个腰缠万贯的家伙，身上的衣服虽然都被海水泡得又脏又臭，但还是可以看出其料子和设计都非常好。手腕上的手表、脖子上挂着的金项链，都是容远以前听身边的人看着杂志念叨过却很少见的牌子。从头顶到脚底，他身上穿戴的一切，都有一个共同特点，那就是很贵。

在他的絮絮叨叨中，容远才知道这家伙是个在坚果国小有名气的演员，主演的作品在糖国也很受欢迎，加上长相帅气、性格随和，粉丝很多，不过可能还是个话痨和二傻。虽然流落荒岛，但他坚信很快就有人会想办法来寻找和营救他，因此自从醒来以后就十分镇定，甚至把这次遇难当作一次有趣的经历，休息了一阵子就兴致勃勃地想要到处游览一番。

早就踏遍小岛的容远知道这座岛上根本没有大型野生动物，连小点的兔子、野鼠都没有，最危险的大概就是螃蟹和螳螂，因此也就随他了，等他走远以后继续练习弦力。

　　但等到万籁俱寂时，也不见人回来。容远凝神侧耳一听，除了海浪拍打岩石的声音，还听到某个声嘶力竭的呼救声。

　　阿迪亚又一次被容远扛回竹屋。经此一事，他知道了两件事：第一，这个小少年的力气很大，扛着一个八十公斤重的男人依然行动自如，头上连汗都没有；第二，荒岛求生这种事不是谁都能做的，这个环境危机四伏，比如你从一块石头上往下跳的时候，一定要先看清楚下面是平地还是被草叶遮盖的水坑，还要确定有没有奇形怪状的石头等着陷害你，不然可能会滑一跤，还会摔断腿。

　　这次阿迪亚注意到房间里有张小床，他眼巴巴地看着，但容远还是毫不客气地把这个伤员扔在地上。他吭哧吭哧，欲言又止，黑溜溜的眼睛眨啊眨，然后看到了容远微微皱鼻，一脸嫌弃的神色。

　　阿迪亚瞬间懂了。

　　他抽了抽鼻子，没从自己身上闻到什么难闻的味道——当然，这是因为他已经闻惯了。不过泡了海水又被烤干的衣服上全是大块大块斑驳的白色盐粒，穿在身上硬得跟板子似的，下半身都是泥浆和草汁，可能还有不知名的昆虫被压扁的尸体。侧躺在地上感觉有些硌，他一伸手，从衣服口袋里摸出条还在活蹦乱跳的小鱼来。

　　火堆上吊着一个自制的小锅，里面"咕嘟咕嘟"煮着些绿色的叶片、树皮什么的，阿迪亚不知道这是容远的草药，以为是待会儿要喝的粥，拎起鱼尾巴就想把它丢到锅里。

　　正在鼓捣几根树枝的容远好像背后长了眼睛一样转身看过来，阿迪亚浑身一抖，"唰"的一下就把鱼扔出去了，"嘿嘿"地干笑两声，然后奇怪地想：我干吗要害怕呢？

　　断了腿的人还能这么大大咧咧的，除了阿迪亚神经大条，还因为容远在找到他的时候在他的腿上按了两下，虽然不可能立刻治好，但他不感觉痛了。阿迪亚对糖国的神奇功夫大为惊奇，几乎快忘了自己摔断腿这件事。

　　容远把他的断腿用木板固定好，又顺手做了一副拐杖。虽然他一直冷着脸，话也不多，但阿迪亚已经在心里认定他是自己所遇到过的最好的人。这家伙感情充沛，还容易感动，一天中无论大小事都能让他把感谢的话说上十三四遍，还全不重样。

　　而容远从他身上，深刻地明白了什么叫"不作不死"。

　　比如自告奋勇烤鱼，结果差点一头栽进火堆毁了他那张引以为荣的脸（阿迪亚没敢告诉容远这是因为自己十分嫌弃他那烤得半生半焦的鱼）；比如想要尝试传说中的钻木取火，先在手腕内侧划了一道口子，后来又差点把眉毛烧着，熏得一脸乌黑；比如夜晚自己出去小解，结果又把肩膀弄脱臼了。

刚到岛上的时候，他除了头上有个肿包，健健康康，可是不到两天，他就变得遍体鳞伤，简直像是跟黑熊干了一架。

不得不说，这跟容远在他每次犯傻的时候从不出言提醒，总是冷眼旁观，直到他吃了亏才出手有很大关系。就这样，每次最终获救的阿迪亚都对他越发感恩戴德。

两天以后，螺旋桨飞机飞过的声音打破了小岛上的宁静。阿迪亚挂着拐杖跪在沙滩上喜极而泣，拼命挥着手臂大喊大叫，试图吸引飞机上的人的注意力。容远任由他犯傻，默默点燃了提前搭好的三堆篝火，在上面放了些新鲜的叶子和树枝，顿时，三股滚滚浓烟冒上天空。

阿迪亚虽然是个明星，但他的事业心并不重，除了演电影和唱歌，他不接通告，除了例行的电影宣传，不参加脱口秀一类的节目，也很少出席宴会之类的，身上只挂着一两个广告代言，休闲时间经常去旅游，生活健康得简直不像是这个圈子里的人。所以经纪人哈维·亚当斯一向对阿迪亚十分放心，大部分时间放在他手头的另外几个艺人身上，其实他心里最喜欢的还是阿迪亚，有好的资源一向也是尽力向阿迪亚倾斜。

当听说阿迪亚独自一个人驾驶着游艇出去玩，结果遇到海难失去联络的时候，哈维几乎要疯了。他调动一切人脉想尽办法寻找阿迪亚，人们搜索到游艇的残骸和阿迪亚的一些随身物品——包括完好的，哈维曾经嘱咐他一定要随身携带的应急救援包。大多数人觉得那个笑容灿烂的年轻人已经葬身海底，出于人道主义帮忙搜索的那个小国部队干脆地回去了，其他人也都劝他放弃，但他大发雷霆，坚称不见到尸体就不会停止，又诱之以重利，雇用了好些人继续在茫茫大海中寻找，才让容远和阿迪亚终于等到了直升机。

因为不放心，哈维也在飞机上。当看到三股浓烟滚滚升上天空的时候，他几乎瞬间热泪盈眶。好不容易把阿迪亚弄到飞机上，看着他一身的伤，九头身高，一副标准精英模板的男人心疼得快哭了。然后……

阿迪亚诚实地讲述了他受伤的原因。

哈维脸扭曲了。

他指着阿迪亚的手都在不受控制地颤抖，但看着年轻人一脸无辜，伤痕累累的样子，实在不知道该说什么好。哈维深吸一口气，扭头对旁边一直没开口的容远沉痛地说："辛苦你了。"

容远赞同地点点头。

"嗨，哈维！"阿迪亚大叫着假装抗议了一下，脸上依然带着笑。

说起来，他浑身大大小小的伤口和瘀青，光看着就觉得很疼。但这家伙别说惨叫或大哭大闹，甚至脸色都没有变得更虚弱颓废一些。只要醒着的时候，他总是快快活活的，尽显蠢气，常常让人也跟着忘了他还是伤残人士这个事实。刚开始，哈维的脸色还很难看，但跟阿迪亚你来我往地吵了几句后，就忍不住又好气又好笑地拍了拍他的头，眼中还带着几分笑意。

所以，尽管这家伙带来了很多麻烦，但容远能一直照顾着他，也不是没有原因的。

飞机轰鸣着飞往日月岛，并不宽敞的机舱里，哈维一边利落地安排了医院和医生，好一下飞机就立刻送阿迪亚去治疗，一边半点不打磕绊地数落阿迪亚这次的任性给他带来了多少额外的工作和负担，还让几天以后的演出泡汤，又带来了多少损失。除了一开始真情流露，他简直就像是压榨苦力的资本家，阿迪亚苦着脸被他训了半天，眼珠子滴溜溜地转着，看到在一边看好戏的容远，朝他挤眉弄眼，示意帮忙。

容远微微笑了笑，却没给他回应。

阿迪亚只好开口："谷远，"他用了很长时间才把这两个字念对，"我亲爱的朋友，有什么我能报答你的吗？"

他问得挺直白，态度非常诚恳，容远看得出来他是真的希望自己提出什么要求，而不是像很多人一样只是口头客气一下。

哈维在阿迪亚开口的时候就闭上嘴了，虽然表面看起来不像，但他其实很尊重自己旗下的艺人。听到阿迪亚的话音里有"不管什么要求，能做到的我都可以答应你"这种意思，哈维不由得皱了皱眉，神情中略带了几分戒备。

并不是忘恩负义或者对容远这个阿迪亚的救命恩人有什么意见，他也认为应该适当地回报对方，但保护阿迪亚是他的首要任务，毕竟这孩子满脸都写着"人傻钱多"，经纪人唯恐容远提出什么过分的要求。

容远施恩的时候从来不要求回报，因为他已经从功德中得到了回报。当别人想要表达感激之情的时候，他也并不高尚大方地拒绝，接受合理的回报不光能让自己高兴，也能让对方舒心，何乐而不为？

所以容远很认真地想了想，阿迪亚眨着眼睛期待地看着他，而哈维在旁边暗暗紧张。

但……有什么东西，容远自己弄不到，还要借助面前的阿迪亚呢？

他真正想要的——比如让豌豆重新出现在面前，面前的这个黑小伙就是把自己论斤卖了也弄不到；对方能给的，比如金钱，却又不值得他开口要。所以容远皱眉想了一会儿，然后说："给我一套衣服吧！"他上身还光着呢！

哈维刚松了口气，心却又立刻悬起来——那么认真地考虑过了，最后却提出一个儿戏般的要求，是他想要借机攀附？还是图谋更多呢？或者是……

阿迪亚也愣了一下，但他的想法要简单得多，只觉得面前的容远高风亮节，但这么简单的要求根本不足以表达自己内心澎湃的感激之情。不过想了想，就算容远没有提出来，他自己也可以想办法观察容远到底想要什么啊！

这么一想，阿迪亚立刻就高兴起来，甚至有几分跃跃欲试的兴奋。想起容远刚才的要求，阿迪亚立刻便想把自己身上的衣服脱下来送给他。脱了一半看到容远嫌弃的表情、不自觉往后靠的身体，以及略带害怕的眼神，他又讪讪地把衣服穿回去，干咳一声，说："哈维，你帮我带了衣服对吧？"

作为一个公众人物，阿迪亚除了穿的这一身衣服，哈维一般还会给他准备三套衣服，以便随时更换。毕竟万一衣服被溅了汤汁，被粉丝拉扯得变形什么的，如果不及时更换而被无处不在的狗仔队拍下来，再把那点瑕疵放大，放在网络上、杂志上让人评头论足，对他的形象自然会造成各种负面影响。所以，哪怕是阿迪亚生死不明的时候，哈维出来找他也不忘带套新衣服给他。

不过只有一套，哈维犹豫了一下。

阿迪亚可能遇难的事闹得沸沸扬扬，在网上已经有人开始悼念他了。现在人被找到，自己联络医院的消息必也瞒不住，所以可以想象，等飞机在停机坪降落的时候，下面肯定围了一大堆嗅觉灵敏的记者，而阿迪亚这种蓬头垢面、胡子拉碴的形象也不适合出现在镜头中。

但转念一想，正因为阿迪亚现在看起来这么惨了，所以"遇到海难——荒岛求生——幸运获救"这整件事才更显得充满戏剧性和传奇色彩，也更容易博人眼泪，能让阿迪亚的人气更上一层楼。当然，前提是阿迪亚不要大嘴巴地把自己受伤的经过都在媒体面前坦白了。

相反，如果哈维把自己的黑小伙打理得干干净净、整整齐齐，让他重新出现在公众面前，人们的反应多半是"哦，原来还活着"，然后该干吗干吗去，热度会很快退去。

当然，最重要的是——人都已经成这样了，再坚持给他换衣服、刮胡子、打理造型什么的，肯定又是好一番折腾，何苦呢？

哈维很快说服了自己，所以容远两人就看到他略微犹豫一下后，干脆地拿出一套崭新的、还没有拆开包装的男装。这套衣服当然也很贵，不过三人都没有把这点价值放在眼里。哈维看着容远换了衣服，心中默默为自己刚才的决定点了个赞，同时暗自庆幸——之前他一直把注意力都放在阿迪亚身上，现在才发现，如果容远保持刚才的造型跟他们一起下了飞机，媒体关注的焦点八成就在他身上了。

"啊，谷远你长得有点像糖国的容博士呢！"阿迪亚突然像发现新大陆一样叫道。

哈维仔细看了看，点头道："嗯，是有点像。"五官有些相似，但说实话，差别挺大的。

容远略抬了抬眉，没有急着辩解。

阿迪亚比容远壮实，他的衣服穿在容远身上有点空荡荡的，越发显得少年瘦弱单薄，具有很强的迷惑性。他挽起袖子，哈维看到他手上的绷带，忍不住想他是不是受了伤——

同样的问题阿迪亚也问过，容远只是摇摇头，说没事。

其实伤口都快要痊愈了，只是那些暗红色的闪电文身还很明显，为了避免别人问来问去，在遇到阿迪亚之后，容远干脆又连同胳膊都重新缠起来了。

见他行动自如，想必即使有伤也不会太严重，哈维点点头，心里想着还是应该让他到医院去检查一下，就算胳膊是好的，但荒岛生活也可能会带来肠胃功能紊乱、营养不良之类的问题，不能不重视。

他了解阿迪亚，知道一套衣服肯定不能满足他急欲报答的心理，干脆先替他打算起来。

飞机平稳地降落，停机坪附近果然有很多记者，还有一些闻讯赶来的粉丝，他们还没有看到阿迪亚出现就激动地哭起来。阿迪亚遇难的信息公布以后，网上到处是祈福的帖子，还有粉丝自发地举行了各种签名祝福的活动。在飞机上，看了这些新闻和官方博客上各种暖心的帖子后，阿迪亚感动坏了，立刻发了一条"我还活着，谢谢大家的关心（配上一个俏皮的颜文字）"这样的博客，然后偷偷摸摸地抹眼泪。

舱门打开，驾驶员和哈维扶着阿迪亚走下飞机，顿时，闪光灯"咔嚓咔嚓"地不停闪烁，尖叫声和欢呼声响彻云霄，穿着白大褂的医生和护士抬着担架等在最前面，见状，有两人急忙走上去把阿迪亚抬上担架。

容远没有跟着他们一起下去，而是坐在飞机最里面，隔着窗户看着这场热闹，恍惚觉得这场景似曾相识。

阿迪亚邀请容远去他家做客，不过容远没有给他回复。等到人群簇拥着那几人上了救护车，哈维抽空嘱咐留在机场的驾驶员接容远到他们住的酒店去。但当他返回身去找时，发现人早已经不见了。

容远其实也没有走远，他就站在出口处，看着机场航班显示屏微微发呆。

前前后后，从离开地球到重新归来，他自己觉得时间只过了五个月左右，而航班显示屏上的时间却明明白白地告诉他——此时已经是四年后。

容远苦笑，忽然有些近乡情怯。

"丁零零……丁零零……"

离他最近的一台公用电话忽然响起来，铃声刺耳，来来往往的路人最多好奇地看上一眼，然后漠不关心地走开。有个好奇的青年把电话接起来，但那一头立刻挂断了。等他走远以后，又重新响起来。

这次只响了几声，容远就把听筒拿起来，听到里面絮絮叨叨的声音，不由得露出一丝微笑，轻声道："诺亚……"

几个小时以后，容远站在水月岛某星级酒店的总统套房里，刚洗完澡，头发上还带着湿润的水汽，脖子上搭着一条白色的毛巾，身上穿着一套雪白的睡衣。餐桌上摆了满满一桌子虽然分量不多但精致异常的饭菜，服务员将餐盘上的盖子一一掀开收起来，又给他开了一瓶红酒，欠身告别以后，关上门离开。

要说容远身处的环境为什么会突然变成这样，自然都是诺亚的手笔。容远刚下飞机出现在公共摄像头中，就被智脑无所不在的监控锁定，然后智脑以最快的速度确定了他的身份。取得联系以后，不过半个小时，诺亚就给他以"谷远"的名义办好了身份证、护照、驾驶证、信用卡等一系列的证明文件，并且足以应付任何有关部门的查验，住酒店、买机票什么的也绝对没有问题。

诺亚一边大呼小叫、痛心疾首地陈诉容远他现在外貌的巨大变化，一边指责二号那家伙绝对没有尽到应尽的责任。容远几次想说话都找不到机会，只听诺亚炒豆子似的噼里啪啦地说了一大堆，然后不等他反对就给他订了附近最好的酒店，还在网上给他买了衣服、鞋子、手机等各种必备物品。当容远到达酒店门口的时候，这些东西恰好送到，前台经理嘴角抽搐，看着他在门口签收了一堆快递，本打算上前制止，结果容远把一堆东西塞到他手中，表示自己要住店。

经理还能有什么办法？顾客就是上帝。他迅速咧开一抹灿烂的笑容，叫上另一个服务员一块儿帮容远把包裹都搬到订好的套房里。

这些花费的并不是诺亚利用它在网络上的神通广大而弄来的不义之财，而是容远自己的钱——存在他名下的、四年来远阳公司的分红。而诺亚认为它自己可不是那种没有命令就不会作为的笨蛋，自它从数据上证明了人们所说的"钱存银行越存越少"这个现实以后，容远账户中的钱都被它拿来投资和炒股。在智脑面前，所有传说中的股神都得跪。

于是，容远发现，不声不响地，他居然已经成了世界首富。

半点真实感也没有好吗？

幸好诺亚还是有点低调意识的，所以他的钱除了明面上公司分红的那张银行卡和糖国给他发工资的银行卡，其他的基本上分散在世界各地一百多个不同的账户上，这一次只是动用了在日月岛地方银行开的一个账户。对于花费的这些钱，诺亚霸气侧漏地说："都是毛毛雨啦，随便花，可劲花，钱咱有的是！"

容远面无表情地说："你最近很怀念小黑屋吗？"

兴奋得快要冒泡的诺亚立刻闭上嘴，不说话了。

容远并不追求奢侈享受，但有好的条件，也没有人会坚持要睡天桥、吃干粮。他并不觉得诺亚积累财富的行为不好，实际上，如果没有《功德簿》，他这一生八成也会向着这个方向努力，现在等于提前二十年完成了他曾经的人生目标。但诺亚显然有点得意忘形，容远自然要小小地敲打它一下。

其实跟诺亚取得联络，容远还是很高兴的，因为它还能这样活蹦乱跳，就说明小A也是一样，那么研究所那边应该也不会有什么纰漏。看来当初所有的兑换物突然消失，并不是被《功德簿》回收，而是为了防止他利用兑换物抵御天雷，将那些东西都排斥在神秘空间之外罢了。

在海岛上的时候，容远曾偶尔担心过，万一在研究所当替身的小A突然消失，那事情就闹大了。然而再一想，在他死亡或者解除契约前，他这契约者的身份并不会因为一场天雷而改变，规则中天罚系统也没有除了天雷以外的附加条件。如果《功德簿》一罪双罚，把他兑换的商品全收回去，让他重新付出功德兑换，未免有点无耻。这样一推测，那点担心也就烟消云散了。

如今看来，果然还是不出他所料。不过此时此刻，有更重要的事需要关心，别的对他来说并不重要。得知一直牵挂的艾米瑞达被金阳收留了后，容远也不再担心，他记挂在心上的变成了这几年地球上那些自己并不知道的变化，只是身体一直在提醒着他——要补充足够的能量，并且已经过了这么久，再等一时三刻也不会改变什么。所以，容远耐心地吃完饭，然后才开始跟诺亚了解情况，开口之前，心中还有些喟叹。

双生子佯谬的理论，容远并不陌生，在他决定去比丘星探索的时候，就知道自己的时间和地球的时间会存在一定的差值。毕竟，空间和时间的尺度会随着速度的改变而改变，运动的物体会存在时间膨胀效应，速度越快，时间进程就越长，或者通俗的说法是，时间变慢了。

来去的路途中，飞船的速度非常快，穿越虫洞也会小范围地带来时间上的变化，为了防止观棋烂柯——自己到星际中游玩一圈回来发现地球上认识的人都已经逝世这样的事情发生，容远还特地就这个问题拐弯抹角地问过帕寇。帕寇的说法是，有时间差，但并不长，而且宇宙中能被稳定使用的虫洞最多只会带来数天的差值。

那时候，容远为了避免引起帕寇的怀疑，很多事情不能追根究底，所以他并不知道，平均寿命只有六七十岁的地球人和动辄就能活到几百岁的比丘星人，这个"时间不长"的相对概念是不一样的。后来，等他了解到这一点的时候，事态变得一天比一天紧张，他也没有多余的时间去考虑这个问题。

四年，在星际旅行中，这个时间确实不算很长。只是任谁错失了四年的时光，心情都不会太好。

心情不好的容远语气自然也不会很友善，加上更加开阔的眼界和历经战火带来的影响，他板着脸的时候整个人比以前显得威严许多，压迫力十足。之前兴奋过头的诺亚也立刻规矩起来，按照容远的喜好言简意赅地汇报这几年的变化。

除了账户里的钱财迅速膨胀，同样膨胀的还有容远的名气。

容远当初留下的十几个疑难杂症的特效药分子式在两年之中被小A和研究所众人一一带入到现实中，挽救了无数人的性命，所有关于医学方面的奖项几乎被小A包揽，并且顺利地以高中毕业生的身份直接跳跃三级，取得了博士学位。

两年以后，特效药没有了，在为难了很短的一段时间后，诺亚和小A开始从它们自身开发。

功德商城的兑换物在兑换时，如果没有特殊要求并且付出额外功德的话，是不会在智脑中顺便夹带一些科学技术资料的。但它们一个是在星际联盟的科技水平中都居于顶尖行列的智脑，一个是地球人梦寐以求的拟态机器人，本身的科技含量都非常高。别的不说，哪怕是一块电路板、一个构造奇特的零件、一小段代码，对地球上的科学家来说都有很大的参考价值。

诺亚拥有高情商和高智商，更拥有超强的计算能力，在它的帮助下，人们惊讶地发现"容远博士"突然对医学失去了兴趣，转而开始研究信息技术和智能机器人，一会儿去解决几十年悬而不决的数学问题，一会儿又在材料科学上做出突破。研究领域虽然跨度非常大，但此时已经开始对"容博士"盲目崇拜的普通人很快就接受了"容博士想做什么都能做到最好"的观点。果不其然，新的技术依然不断地在他手下诞生，每一次的新发现都会带来一次世界范围的震荡和技术革新。

不过小A能轻松地改变研究领域，但手下的那些实验助手不能。因此，每次它改变研究方向的时候，就随便扔下一两个简单的项目给原来的助手们继续研究，然后重新招收一批符合要求的助手。于是小小的、只有十几个人的研究所很快变成了研究院，然后又变成了科研中心，成立了十多个不同的研究部门。许多优秀的科学家从世界各地涌来，抛下以前显赫的名声和地位，希望能成为一名普通的助手参与到它的研究当中。而科研中心的所有项目，保密级别在糖国都是顶级的，大大小小每一项专利都抓得死紧，吃多了亏的糖国高层再也不会给别人任何可乘之机。

曾经，地震仪发明以后，糖国为了保密，封锁了所有的消息，但如今已经成为半公开的秘密。同时，接连不断的重大发明让他们曾经想要隐藏容远的愿望也泡了汤，干脆当作典型，在官方的支持下大力宣传，还两次让"容远"到糖国顶尖大学进行公开演讲。如今，容远的名字不止在糖国已经无人不知，哪怕放眼全世界，恐怕也是家喻户晓。

身世坎坷，年轻俊美，智多近妖，地位显赫，家财万贯（远阳公司的董事身份），容远迅速取代娱乐明星和体坛健将，成为无数人的偶像，印有他头像的抱枕、练习本、画册、玩偶等一度卖到脱销，后来私自制造这些东西的商人又被政府部门追究——侵犯他人肖像权，被告到差点破产。但这种事情也无法完全禁止，为了肥水不流外人田，小A干脆把肖像权授予远阳公司。因为是官方正版，制作十分精美清晰不说，上面还印着容远的签名（其实是小A模仿版），销量高得离谱，还有许多海外代销点。

诺亚说着说着，话题又变成了他们怎么赚钱。容远敲敲桌子，示意它回到正题，问道："白棋黑棋现在怎么样？"

这几年中，原本一共十一个人的黑棋又陆陆续续吸收了九个人，失去了四个人，目前一共十六个人。

容远当初留下的名单上的人被他们一一拜访之后，后续的名单就是诺亚利用自己无孔不入的信息网给出。虽然名单上所有人到底有什么罪行，诺亚都一清二楚，但它还是沿用了容远只给基本信息、由黑棋自己完成调查取证的方式，并且他们每次集结起来活跃一两个月以后，就会化整为零，用新的身份到世界各地去旅游休假，时间短则二三十天，长则半年，直到重新收到集合命令为止。

他们活跃的范围也不仅限于糖国，世界各地基本上踏足过，破获了许多震惊世界的大案——雨林里的毒窟、沙漠中的军火交易、冰川上的秘密人体试验室、草原上的暴虐之王、大海中的销金窟、繁华都市里隐藏的邪教组织……黑暗世界不少建立在罪恶和血泪上的势力被他们陆续拔除，黑市里关于"乌鸦"的悬赏早已经是个天文数字，却没有任何人能抓住他们的尾巴。

对很多人来说，最可恶的是黑棋不仅仅针对那些巨鲸，小鱼小虾也一样不放过。这些年倒在他们手里的不仅仅有庞大的恶势力，更有连环杀手、巨鳄大盗、恐怖分子、不良商人、贪官污吏、地痞无赖等，任哪一个，拎出来都是罪行累累。哪怕犯罪者是普通人，黑棋也不会因为"下手丢了身份"这样的"奇葩"原因而手下留情。给大众留下的印象是，似乎任何人，只要作恶，落在他们手里都会受到制裁。

从没有露出过真面目的"乌鸦"成了黑暗世界令人闻之丧胆的名字，相信任何一个国家关于"乌鸦"的档案都足以堆满一整个房间。许多人把亲手抓住"乌鸦"当作值得奉献终生的目标，但即使在治安机关中，也有很多人崇拜他们，模仿他们，甚至想要追随他们，更有无数普通人将其视为自己的英雄。脑洞大的电影制片公司甚至根据"乌鸦"一些捕风捉影的传说改编了许多电影，上映以后哪怕拍的是一堆垃圾，也有很多观众愿意捧场。

黑棋取得了比容远预期中还要显赫的成就，尽管他们有诺亚的协助和指导，还是有两人在执行任务的过程中牺牲，虽然抢回了尸体，却没办法享有一个正式的葬礼。他们的家人甚至以为他们是死在帮派斗争一类的事件中，没有人知道他们都做了什么。有一个人重伤残疾，因为孤苦伶仃，后半生只能待在福利院里，即使诺亚给他再多的钱，也无法换回一个健康的身体；还有一人在休假过程中因为卷入意外事件去世。另外有五个人受够了枪林弹雨、颠沛流离，他们想要退出，希望回到平静安稳的普通人的生活当中，但诺亚因为没有得到容远的指示，所以并没有同意，只是让他们延长了休假时间。

"同意。"容远一直沉默地听到这里，然后开口说，"把后续的事情处理好，别让以前的事影响到他们今后的生活。问问都有什么要求，钱、身份，该给的都配齐，别亏待了。"

"可是，万一以后其他人也效仿他们……"诺亚暗示道。

"诺亚，人类好的东西你挑着学学就行，玩弄权术还是算了。"容远无语地说，"不让他们退出，你想怎么样？让他们心不甘情不愿、充满怨恨地干到死，还是干脆把人秘密处决了？杀人灭口这种事，多半是因为对方知道了太多的秘密，黑棋的人能有你的把柄吗？而且退一步说，哪怕所有的黑棋都想要退出又能怎么样？我们没有了周冬，还会有李冬、王冬、刘冬，选择他们是因为合适，不是因为他们无可替代。不管走了多少人，我们随时都能补充更多！"他缓和一下语气，又含着几分敬意说，"当然，最重要的是，他们所做的一切值得一个好的归宿。我不能把他们的功绩公之于世，已经感到有所亏欠了，不要让我把底线也一块儿丢掉。"

"好吧好吧，我知道了。"诺亚闷声道，屏幕里的线条小人还人性化地嘬着嘴，一脸被训斥后失落悲伤的表情，"人家只是觉得他们个个都能独当一面，就这么放开真的很可惜嘛！而且新加入的人总是喜欢问东问西，什么都好奇，能力又差，还需要培养……"

它列举了一大堆把菜鸟新人培养成骨干的不易，说明自己的犹豫是有原因的。容远看着它在屏幕中手舞足蹈地比画，突然问道："诺亚，看过电影吗？"

诺亚一愣，然后立刻眉飞色舞地说："当然看过啦！我看过好多电影呢！对了，容远你这四年不在，真的错过了很多好电影啊。我给你推荐几部，都是我超级喜欢的……"

"那你应该知道，"容远又一次打断它的话，"电影中，凡是关于人类创造了高级AI（人工智能）的，多半也有智能反叛的情节。"

诺亚动作一僵，它那样聪明，立刻就明白了容远的意思。线条小人脸上明明白白地露出了受伤的神色，过了片刻，播放器中才传出它的声音："主人，我永远不会背叛你。"

不像平时那样虚夸轻浮，这种机械化的、仿佛没什么感情的声音，才是智脑没有任何伪装的声音。

"我知道。"容远看着它说，"但也不要把除了我以外的其他人都当成工具，不要试图操纵人类，诺亚，你这样会让我很不高兴。"

容远的内心并没有他的语气这么冰冷，他即便知道那个受伤的表情是诺亚用电子信号绘制的，也还是有些心软。回来以后第一个发现他，第一个联系他的就是诺亚，那时候心里突然感受到的亲近和喜悦不会作假。他不在地球的这段时间里，诺亚也把所有的事情都安排得井井有条，没有丝毫差错，换了任何人，哪怕是豌豆，都不会做得这么好。但容远感觉到，诺亚现在的态度十分危险，对它来说，只有容远这个主人是特别的，其他人无论好坏，无论敌友，都只有"有利用价值"和"没有利用价值"之分。

他知道这是自己的错，诺亚诞生以后，他并没有教它要尊重生命，"利益至上""世人皆为棋子"原本就是自己灌输给它的观念，但现在，他告诉它这样是错的。

所以，当容远意识到这个问题的时候，他无法继续指责。看诺亚忽然没了言语，似乎也有些委屈的样子，容远叹息一声，道："抱歉，诺亚，是我教了你不好的东西。"他沉默片刻，不知道该怎么形容自己心态的变化。

"啊哈哈……这还是主人第一次跟人家说抱歉呢！呵呵呵……"线条小人捧着小脸满脸幸福地扭来扭去，脸蛋红红的，周围还冒着粉红色的心形泡泡。

容远：哪个程序又被病毒侵染了？

像"蛇精病"一样的小人忽然神情一变，放下手微微含笑道："永远无须跟我道歉啊，我的主人。我是因为你而诞生的，你的愿望就是我的愿望。所以……"它语气平淡而坚定："我不需要理由，也不需要解释，你只要告诉我该做什么就好了。如果你要保护人类，我就帮你保护人类；如果你要毁灭世界，我也会帮你毁灭世界。对我来说，你永远都是最重要的……不，应该说……你是唯一重要的。"

容远看了它半晌，才说："我没有把你的复制体带回来。"

"我早就猜到啦！"诺亚的态度出乎意料地大方，它恢复欢快的语气说，"容远，你离开的时候，我就知道带它回来的概率不到百分之一，因为它留在那边才是最好的嘛！从收益率、未来预期、概率学、行为科学等方面来看，这是最佳选择！虽然宝宝心里苦，但为了主人的利益，我的个人感情也是可以牺牲的！"

"诺亚……"

有些话，容远说不出口——抱歉，就算你这么说，我也无法彻底相信你。有些秘密，永远都不会告诉你。

"哎？什么？"诺亚极快地问。

"……以后少看点动画片吧！"容远说。

"哎哎？难道容远你以为我说的话都是从动画片里学来的吗？啊……啊……人与人之间最基本的信任到哪里去了？你这样说，我可是会伤心的……"线条小人真的掉了两滴假得不能再假的眼泪，手一抹，瞥了眼容远的脸色，然后说，"好吧好吧，我是参考了一点点，这也是一种学习嘛！但我都是发自肺腑的哦！主人，你要相信我……"

诺亚依然絮絮叨叨，刚才所说的话，好像没有给他们带来什么影响，但隐隐约约又有什么已经不同了。

至于白棋，规模更大，人数更多，目前世界上三分之二的国家中都有白棋的人在活动，天网的影响力也辐射到全世界。白棋因为对个体人员的素质要求不高，所以这些年人员进进出出，加入和退出的频率都比黑棋要高得多。只是随着天网的良性发展，愿意加入的人越来越多，而主动提出退出的人却越来越少了。

成为天网援助者，任何胆敢截留援助款项为自己谋私利的人都会立刻被天网发现并被除名，想要善款私用是不可能的，每个月发给他们的工资也并不高。一开始，便有很多人因为付出很多去帮助他人，自己却连好一点的生活都无法维持而选择了放弃。但随着时间的流逝，越来越多的聪明人发现，天网虽然没有直接给援助者们带来经济利益，但它提供了一个巨大的平台，涵盖了世界各地各种行业极有能力的人，这是任何社交圈都无法比拟的巨大的社交网。在这里，农民和国家议员是平等的，富商和汽车修理工可以谈笑风生，名校教授和家庭妇女也会在某些问题上争论不休，但无论观点是不是相同，他们都有一种共同的身份——天网援助者，他们都有愿意为了帮助他人而无私奉献的精神，因此，比起自己身边的人，在天网上交流的人让他们更有一种"同伴"的意识，比别人也多了一分亲切感。

在这个社会，人脉，在很多地方都起了决定性的作用。天网白棋无声无息地编织起来的巨大人脉网络使其中的每一个人都从中获得了很多帮助，有直接的经济收益，也有间接的远程指导，在私人生活中遇到困难的时候也会相互伸出援手。其中任何一个人走遍天下，都会碰到愿意热情接待的朋友。他们相互扶持和帮助，不仅能够更顺利更完美地完成天网下达的任务，个人的路也会越走越宽、越走越顺。

所以如今，天网发出邀请不必担心会不会被拒绝，而是无数人想要加入而不可得。当初选择退出的人，大多数后悔莫及，恨不得时光倒流，自己重新选一次。

天网虽然在普通人的印象中善良无比、温情脉脉，但对待内部的员工，其严苛程度也是难以想象的。比如无论你如何痛哭流涕，它也不愿意吃回头草；比如援助者们一旦挪用贪污款项，若无突发急症一类的特殊原因，无论数目多少，第一次警告，第二次除名，还会发出公告，追回款项，列入人品信用黑名单。上了天网黑名单的人，这辈子想要找到一份好工作都难。

天网，或者说诺亚并不拒绝任何阶层的人加入，它招收成员的标准比最初要宽松很多。当初容远选择白棋时最重要的标准就是其心性和能力，因为当时援助者只是草创阶段，需要他们的地方很多，人却很少，所有援助者相互之间能够提供援手的情况就更少了。既没有多少工资，又看不到多少好处，反而限制重重，这样的工作能坚持下去的必然是有大毅力的人。

而天网的局面铺开以后，人们从中看到了利益，立刻群起追逐、络绎不绝地提出申请。此时与最初不同的有两点：第一，天网无须考虑给他们每个人发多少工资，很多人倒贴钱也愿意；第二，所有人都清楚地见识到了天网的监控能力和迅速的执行力，没有人再蠢到以身试法——试探天网的系统中有无漏洞可钻，只要成为援助者，那么天网下发的援助任务都能近乎百分之百完成，个人能力不足以完成的，通过向天网求援也能基本完成。

所以只要过往没有劣行、人品还算过得去的人，提出申请成为援助者以后多半会通过，白棋进入一个高速发展的时期。有趣的是，天网的老成员大多是郁郁不得志的人生失败者，但新成员八成是人生赢家，有名校毕业生、老牌世家、白手起家的创业者、皇室的王子公主、石油大亨、宦海新起之秀、驰名中外的明星运动员等，老成员借着新人的帮助更上一层楼，新人借着这个平台发展自己的事业，所有人都很高兴。而这些新人虽然不能像老成员一样全身心地投入到天网的工作中，但以他们的能力和掌握的能量，要想做成什么事只会更简单。

另外，天网收到的捐款也每日剧增，但花出去的钱也越来越多。天网对所有的援助者一视同仁，从不会因为"援助者本身就很有钱"这样的理由克扣、延迟其款项或者工资，但过度花费也是不会给其报销的。另外，诺亚还做了一个新的改变，那就是捐助的钱并不仅仅作为一个数字的积累，每一笔款项的来源都记录得清清楚楚，那么当花出去的时候，它还会贴心地发一分邮件给捐款人，让他们知道自己的钱到底花在了什么地方，又是什么人从中获益。哪怕是小学生捐的几角几分钱，它也会如此对待。这一举措，让人们对天网的认同度更高，同时捐款的热情也更高了，有些人甚至把自己每月的工资都自动转移一部分到天网的公开账户上。

如今，天网已经彻底成为世界上公众认可度最高也最信任的组织。毕竟，天网账目的透明度之高没有任何一个机构能相比，其援助之及时到位、监督之完善严谨也是无人能比，走到今天的这一步是理所当然的。

白棋和天网的处理，哪怕是容远也没什么要补充的，便赞了一句。看到诺亚一副明明很高兴，却非要装出"哎呀，这也没什么，对我来说很简单"的模样，然后各种表功，"求表扬"，容远忍不住露出了笑容，却没有如诺亚所期望的那般把它夸得天上有地下无，而是问起了远阳公司。

远阳公司一直没有上市，却已经成为当之无愧的糖国第一企业。这个最初靠着金阳父祖地位的庇护发展起来的小企业，后期发展到让无数人眼红的时候，为它保驾护航的已经变成了小A版容远。

有人称容远的大脑是这个世纪最珍贵的财富，人们可以不知道糖国的议员长和坚果国的总统是谁，却不会不知道容远是谁。即使千万年以后，各国经历无数次合久必分、分久必合，所有一国统领都可能会变成史书上一个甚至无人去关注的符号，但容远的名字会一直流传下去。

他的地位是超然的，他的权力是无形的，那么，有他名字的远阳公司，便是任何人都不会伸手吸血的一个禁区。

四年过去，容远还是占远阳公司百分之四十五的股权，周圆占百分之五，但金阳把近三分之一的股份奖励了对公司做出巨大贡献的员工、公司总裁、各部门几个主要的负责人。所以，即便容远从来没有参与过公司的具体事务，所有人也知道他才是这个公司具备最大话语权的人物。

在容远离开的这些年中，诺亚对远阳公司也做了一些事。容远离开七个月以后，诺亚猜到容远可能无法按期归来，便跟金阳取得了联系，并且利用它的监控网络揪出了公司内的好几个蛀虫，粉碎了不止一次针对远阳的阴谋，后来更是让小A对糖国议员长提出了庇护远阳的要求。正因为个人价值无可比拟的"容博士"的态度如此明确，所以那各路阴谋诡计才不得不偃旗息鼓，很多人几乎是含着眼泪坐视远阳做大——他们不得不如此，否则必须面对的就是来自上头的雷霆震怒。

棉花糖也不再是远阳公司唯一的销售产品，公司内部的技术开发部利用棉花糖的制造之术开发了棉花糖版本的床垫、衣柜等家具，还开发了房屋、游船、救生垫，以及儿童游乐场等场所所需的各种气垫玩具，最夸张的是还有一个高达三十多米、占地面积五千平方米的欧式城堡，有人戏称其为镇店之宝——而所有的这一切，全是便携式的。现在有些人出门办事或旅游，在小巧的行李箱中装上一个小盒子，到需要的时候启动，房子、家具，一样不缺，甚至可能比在家里还要舒适几分。有人用完以后并不将其溶解，被其他人捡去以后，一样能使用很长时间。

在过去，随着人口的增长，包括糖国在内的很多国家的房价曾在很长一段时间内居高不下，让许多普通工薪阶级谈房色变。但棉花糖版本的便携屋面世以后，人们很快发现这种原本打算作为户外旅行物品之一的便携式房屋，随便找块空地就能安置，哪怕是在阴雨绵绵的江南地带用上近一年都不坏，保暖防湿的效果也很好，加上三室两厅的便携屋也只要一千多元，顿时如闻纶音，无数在大城市的蜗居一族纷涌抢购，甚至有不少年轻人把这简单的屋子布置成新房，举行了婚礼。

便携屋的出现出乎意料，但十分迅猛地冲击了房地产市场，那段时间，无数房地产商联合起来针对远阳一家公司，各种抹黑、打压、收买，损人利己的事层出不穷，那也是远阳公司最艰难的一段时间。但无论多么强大的外界压力，金阳都顶住了，没有同意将便携屋撤下柜台的条件，最终等来了诺亚的联络和"容博士"的公开宣言。

之后，容远的实验室还时不时会有一些于国于民发展没有多大益处却很有经济效益的"意外产物"出现，国家指着容博士带来更多能让国富民强的发明创造，自然不会对这些斤斤计较，小A便一概交给了远阳公司打理。于是人们看到的，就是远阳公司每隔几个月就会推出一款或几款备受欢迎的产品，引起无数人追捧，其发展已经是大势所趋，势不可当。

在这过程中，肯定还会有一些苍蝇恶心人，不过容远没有多问。他相信，要么金阳和诺亚都已经处理好了，要么就是他们正在处理当中，他相信他们的能力，所以也不需要他更多地去操心。

好不容易把大致的情况都交代完，诺亚看着容远，好奇地问："容远，你现在是想回实验室，还是想先去探望金阳和那个叫艾米瑞达的女孩？他们都很担心你，需要我告诉他们你回来的消息吗？"

艾米瑞达口风很紧，她一方面信任着容远的朋友金阳，另一方面却对他们所做的事一言不发。诺亚至今都不清楚容远和那女孩之间的关系，但从女孩的态度上，也能看出他们之间关系很好。另外，艾米瑞达虽然外表看起来跟地球上的女孩没什么差别，但那种伪装的能力，诺亚早在四年前就见那个章鱼外星人和容远用过了，并不陌生。

"嗯，替我报一声平安，说我过两天会过去。"容远淡淡道，"实验室那边不急，你们做得很好。我现在还有另外一件事要去处理。"

"什么？是豌豆吗？"诺亚揣测道，"说起来……您这次回来以后一直没看见它呢！"

"不是这个。"容远平静地说，"四年前，有一只异形海洋生物似乎落入人类手中了，这件事你知道多少？"

第 六 章
久别重逢后

占据了一整面墙的室内鱼缸，高有六七米，长有十多米，淡蓝色的水清澈透明，大大小小的假山石块错落有致地堆在缸底，还有许多绿色的水生植物微微荡漾，手指长短的彩色小鱼摆着尾巴在假山植株间慢慢游动，时不时吐个泡泡，看上去十分悠闲。

忽然，静止的水波明显动荡了一下，鱼群仿佛受了惊，"唰"的一下迅速逃窜，其中一条头上顶着一块橙红斑点的白色锦鲤猛地被一只手抓住！

这只手指节细长，指间有蹼，铁黑色的指甲又长又尖，宛如猛兽的爪子。这只手把锦鲤送到主人的嘴边，尖利的牙齿撕咬下去，淡淡的红色在水中扩散，不过片刻，只剩下白色的鱼骨缓缓沉入水底。

一个相对于水中的其他生物来说过于巨大的黑影突然在鱼缸中间掠过，蓝绿渐变色的尾巴从紧贴着玻璃的位置扫过去，看上去既充满力量，又柔软轻盈。鱼尾在缸中绕了一圈，又贴过来，手掌按在玻璃上，一张带着几分野性凶悍之美的脸庞小心翼翼地凑过来，褐绿色的长发在水中铺开，眼神中有着与面庞不符的惊惧神色。

在大海中生活的生物与人类的计时观念不同，柯柯不知道自己被人类抓住已经多久了，她只知道现在自己即使闭着眼睛在这狭小的空间里游动，也不会再撞到鱼缸壁或者假山上的石头，只有在梦里，她才能偶尔回想起当初自己乘着风浪穿梭在辽阔无边的大海中，与剑鱼竞速，戏弄愚蠢的鲨鱼，让它跟在自己的尾巴后面进行没有希望的追逐。

梦醒之时，那些味道奇怪的水依然将她包裹其中，她自己的眼泪也慢慢混了进去。

柯柯已经后悔过无数次，悔恨自己曾经的任性、自大和幼稚。她知道人类是非常危险的生物，长辈们一直告诫她——绝不能接近人类活动的地方，但她一直不以为然。

是啊，她看到过海中的霸主像是无力的虫子一样被人类拖到庞大的船上，看到他们用巨大的网将各种成百上千的鱼一口气捞走，看到他们用奇奇怪怪的工具下潜到海底很深的位置。为此，柯柯的族群近年来被迫越来越频繁地搬迁到环境更危险的深海中，还看到人类大规模地屠杀海豹和鲸鱼，把海水都染成了红色。

但柯柯也知道，人类之所以强大，是依靠他们的群体力量和各种奇怪的工具，其个体是非常脆弱的，在海中，哪怕是一只小虾，生存能力也比他们强。

针对人类这种生物，柯柯虽然畏惧，却也隐隐有种优越感。她不怕人类，她觉得自己能够轻易地看破人类设在海中捕鱼的陷阱，她的指甲能划破人类的渔网，她游动的速度很快，即使不敌，也能够轻松地逃跑。

因此，即使身边的同类都不同意，柯柯还是去找人类的麻烦了。她打心眼儿里憎恶人类这个族群，因为他们迫使自己的族人一次次放弃好不容易建设的家园，对于那个胆敢绑架并伤害她的族人的人更是恨得咬牙切齿。她还有一个无比正当的理由劝说自己这么做——那个雄性人类看到了他们的存在，如果不先下手为强，也许他下一次到海中的时候，就会带着许多人，像捕捉鲸鱼一样把她的族人全捉走杀害。

但柯柯没有想到，这次鲁莽的行动，竟然会让她失去亲人，失去大海，失去自由，像宠物一样被关在这种毫无遮拦的鱼缸里受尽折磨，任人观赏、戏弄。

那个人是恶魔。

她贴近鱼缸观察了一会儿，刚因为外面空荡荡的而松了口气，忽然见一扇门被缓缓推开，她浑身都像是被电打了一样不可抑制地颤抖起来，尾巴都猛地绷直。她想要逃跑，但更强烈的恐惧把她的身体死死地钉在原地。

那个人进来如果看不到她，会很生气。

门被推开的速度再怎么缓慢，最终还是要被推开的。熟悉的人影出现在门边的一瞬间，柯柯就忍不住浑身绷紧，片刻后放松身体，尾巴以一个驯服的姿势落在缸底，上身扬起一个柔软的曲线，看向前方。除了眼神中明显的惊怖，简直就像是一只等待主人归来的大型犬。

从门外踏进来的，是一只小巧的鲜红色皮鞋。视线往上，深黑和暗红色交错的条纹长袜一直拉到膝盖上方，腿部白皙的皮肤上有几道细长的伤痕。继续往上，黑底红边的裙子上花团锦簇的蕾丝花边层层叠叠，腰部有个极大的蝴蝶结，胸前挂着一个吊坠——黑色的藤蔓缠在仿佛血染的蔷薇上。再往上，却是一张十分甜美可爱的脸，即使浓妆艳抹到几乎看不出本来的样子，但那水汪汪的大眼睛依然给人一种很清澈的感觉，卷翘的长睫毛就像小扇子一样，黑色的长发扎着双马尾，一直垂到肩膀上。

她走进来，身后还拖着一个比她还要大的箱子，女孩拖得很费力，但随后跟进来的两个穿着西装面无表情的男人没有帮忙的意思，他们只是把门关上，手在身前交握，一左一右站着，像雕塑一样守在门的两侧。

女孩一直把箱子拖到鱼缸前，隔着玻璃摸了摸柯柯的脸，声音甜软地说："爱丽丝，今天乖不乖？有没有想我？我们今天也一起玩好不好？"

她露出一抹天真无邪的笑容。柯柯听不懂她的话，却能看到她的笑容，身体不可抑制地哆嗦了一下——

救救我……谁都好……救救我……

整个靠山临水的庄园仿佛都猛地跳了一下，靠西南方向的一座欧式风格的城堡在巨响中塌陷了一半，庄园里的人大呼小叫着，然后迅速保持警戒并赶过去，可以看得出他们身上都带着违禁的武器。

"有没有伤亡？"

"没有死亡，三人受了轻伤。"

"没死就好……我不知道糖国居然有这样的组织，就算官匪勾结，难道黑棋也没有作为吗？"容远靠在树下淡淡地说，因为站在阴影里，匆忙来回的人没有一个看见他，同时，庄园里密布的各种类似红外感应器的安保器材全没有反应，正对着他的一个摄像头上闪着红灯，监控室里却没有人看见这个不速之客。

"北岜集团虽然是糖国最大的社团，但十年来已经基本洗白，集团主要业务集中在娱乐、房地产、车辆维修护理、安保、酒店等方面，并在维持各地治安、控制小型社团争勇斗狠的局面、预防国外毒品和军火上起着至关重要的作用，集团董事长卢青霖与糖国上层保持着良好的互助合作关系。一旦北岜集团倒下，众多大小社团失去控制，对国外集团的威慑力也将消失，糖国的社会状况反而会陷入更加混乱无序的局面。"耳机里传来诺亚的声音。

"所以，不管他的宝贝小女儿做了多少坏事，都有人为她善后处理，因为她老爹实在太重要了？"容远略带嘲讽地说，"为了大局，牺牲一小部分人也无所谓，是这样吧？"

诺亚没有说话，如果要它说的话，答案自然是"是"。就好像如果能收获一千公斤的小麦，那么把一百公斤的小麦种下去就是值得的。那么，为了让一千个人不会受到伤害，牺牲一百个人也是值得的。在它的逻辑体系中，原本人和小麦也没有什么区别。但它知道，重新归来的容远不会同意这种说法，如果是他，大概会说"人命不能用数字来衡量"这样的话吧。

为什么不能？诺亚不是很明白。

它几乎能看到全世界的任何地方，自然也看到了更多的关于人类的罪恶。对它来说，小麦也比人类可爱。不过它不愿违背容远的心意，因此没有开口。

没有得到回答，容远差不多也能猜出诺亚的想法，心中多少有些无奈。

有些事情，不是依靠"谈一谈"就能解决的。

要说他为什么知道柯柯的事，那自然是在离开地球的途中因为这件事被扣了功德，后来在比丘星的时候也断断续续扣了好几次，回程的路上也是。不过大概是因为柯柯遭罪跟他的关系实在不大，所以功德扣得不多，少则一二点，多则十几点，只是频率高得吓人。现在看来，扣功德的次数那么频繁，也跟时间差有关，在地球上，那只海洋生物差不多两三天就会被折腾一次。

所以，容远早就打定主意，回地球以后先把这件事解决了。

当初在海底找帕寇遗失的星图时，那些海洋生物给他找了些麻烦。不过大概是因为容远一直占据主导权，并且最后还得偿所愿，即使柯柯恨到跑来刺杀他，他也对他们没什么恶意，当然也没好感，准确地说，就跟路上碰到一群苍蝇差不多，赶走就完了，难道还要专门跑去把他们都打死？他也没有想到当初柯柯跑来找他麻烦，居然蠢到连个接应的同伴都没带，直接被人类打捞走了。

一只被渔民捕捉的活生生的异形海洋生物在当时还引起了不大不小的新闻，不过她很快被卢青霖买走，当作送给女儿卢依依的生日礼物，被砸了一大笔钱的渔民也改口称之前的新闻是自己为了出名而伪装的一场闹剧，很多自以为看透真相的人都觉得"果然如此"，加上北阕集团的运作，事情很快就被平息下来，柯柯也沦为一个小女孩的玩物。

巨响过后的一分多钟，面前的空地上已经不见一个人影。耳机中，诺亚道："最近的人五十八秒以后出现，请在这段时间内进入门厅……好吧，你已经进来了。那么稍等几秒钟，一个女仆会走过……五、四、三、二、一！上楼梯左转……"

五分钟后，两个保镖还没有看见人影就被同一时间打倒。卢依依听到声音转身，并不惊慌，反而露出有点撒娇有点可爱的笑容，问："大哥哥，你是什么人？"

被铐着双手吊起来、浑身都因为暂时性的缺水而皮肤微微发干的柯柯也勉强抬起头，看到了那个只有在梦中才会突然回想起的人——她所有噩梦的开端。

卢青霖知道很多人——包括他的心腹，都觉得卢依依是个非常可怕的人，历经硝烟的战士都曾在那个脆弱娇嫩的女孩面前恐惧颤抖，但卢青霖从来不觉得他的女儿是个坏人。

她只是还没有长大。

小孩子总是因为天真无知而显得有几分邪恶，他们会满面笑容地扯下蝴蝶的翅膀，把螳螂撕成两半，将滚烫的开水倒进蚂蚁洞，用绳子拴住鸟儿随意玩耍，故意踩住猫的尾巴让它高声尖叫……究其原因，不过是他们并不理解自己的所作所为会给其他生物带来伤害，以及对这个世界好奇罢了——有哪个父母会因为自己的孩子玩了两只虫子就认为他是个坏坯子呢？

作为一个二十四孝好爸爸，卢青霖自然从来不会这么想。

所谓熊孩子的背后一定会有至少一个熊家长，卢青霖毫无疑问就是这么一个角色。一般的熊孩子最多只能玩玩树上的虫子，招猫逗狗，惹人嫌，但卢青霖的权势和地位让卢依依"熊"得更加肆无忌惮。

她听说了古代有十种酷刑，就兴致勃勃地让人买来各种刑具并让自己讨厌的人"体验"了一番；她想知道这种异形生物是怎么把人的身体和鱼的尾巴连接起来的，就从皮肤开始一层层地割开观察一番。

经过长久的实践和学习，卢依依的解剖技术可以说已经非常精巧准确，下刀时的动作利落干脆，绝不拖泥带水，整个过程优雅从容，仿佛在描绘一幅精致的画卷，一些技术精湛的外科医生也没办法达到跟她一样的水平。有时卢青霖也会骄傲地想：依依哪怕将来不继承我的事业，也能当一个非常优秀的医生啊！

他满怀怜爱地等待自己女儿破茧成蝶的一刻，直到他看到女儿被警察带走，他内心依然还残存着那种微弱的、带着喜悦的期待。

鞋子踩进水里，发出"吧嗒吧嗒"的声音，尽管脚上事先已经套上了靴子，还是让人觉得脚底阴冷。

细碎的玻璃碎片散落在水中，折射着星星点点的光芒，房间里的一些小东西漂浮在水面上，还有些水草和碎石，时不时还有小鱼从脚边游过，原本清澈的水已经变得混浊，水中除了灰尘，大概还混入了血水。

周云泽站在门口，没有进去，看着他的同事们忙忙碌碌地记录现场、排水、搜集线索。他看上去像是在发呆，又像是在凝眉思索这次的案件，只是目光时不时往一个脸色略微苍白的普通警察身上扫去。卢青霖也守在门外，只是这个男人在短短几天内头发已经白了大半，神色憔悴，眼中布满血丝，眼神中有种让人不寒而栗的东西。

独生女儿在监狱中被审判，让这个男人陷入疯狂而偏执的复仇当中，但问题是，他连自己该向谁复仇都不知道。术业有专攻，尽管他自己的手下中不乏机敏百出、巧捷万端的人物，但居然查不到是谁收集了卢依依的犯罪证据并公之于众，这让他无法插手。家里负责安全的两个保镖如今被他拷问得只剩下一口气，里面养的那只海洋生物也全无踪影，但他们依然没有得到任何线索。

只要能找出揭发者，卢青霖根本不在意借助谁的力量，他请了国内外的名侦探，也找了破案率奇高的一些警察，周云泽本人因为这几年屡有建树也被邀请之列。风声闹大以后，不知道怎么传进了老上司的耳中，金南对这案子竟然意外地感兴趣，假扮成一个小警察跟着他一起进入了现场。

周云泽把思绪从猜测金南的目的上拉回来，破案才是他的本职工作，而不是揣摩上意。

现场记录完，堆积了数天已经开始发臭的水终于被排出去，几个重点区域都被标注出来，周云泽才走进去。细致烦琐的工作自然有人去完成，他的工作是抽丝剥茧，从无数细微的线索中还原案件的真相。

他们得以进来查案的时候，房间里的积水仅仅到脚踝，但听说最初打开门的人看到这水几乎能淹到大腿，开门一瞬间，汹涌的水浪宛如涨潮，房间里大量东西被冲出去，如今从楼梯到一楼的大厅都还有大片大片的污渍。

这屋里原本应该有个巨大的鱼缸，但如今，制成鱼缸的钢化玻璃已经粉身碎骨，变成一堆蜂窝状指头大的小颗粒；鱼缸里大量的水几乎冲掉了所有的痕迹，即便那人可能留下了什么线索，在这样彻底的冲刷下也完全消失了。卢青霖倒是很有保护现场的意识，没有让人动里面的任何东西，连水都没有清理干净。但这么多天了，他们自己人和查案的侦探来来往往，再怎么精心保护的现场，也被破坏得差不多了。如果案发的第一时间就报警，或许警方还能有一点收获。

周云泽凑到金南身边，低声问："老大，你有什么发现？"尽管老上司已经从那支队伍中退役多年，他还是习惯这么称呼。

金南戴着手套的手指从墙上划过，不动声色地道："说说你的看法。"

"问题有三个。第一，此人目标明确，下手果断，卢依依和两个保镖也毫无所觉，其他人甚至没有发现他的踪影。但这样的人物，为什么会针对一个十五岁的女孩？从现场的痕迹来看，基本也能排除报复杀人的可能性，不然卢依依早就死了。"

金南看上去面无表情。

周云泽顿了一下，看金南没有说话的意思，继续道："第二，第一个发现房间被人侵入的人是保姆，据她所说，在打开门之前根本没有看到地上有水渍，但开门的一瞬间，发现水几乎把整个房间都淹没了。那人是怎么离开的？如果他先砸破鱼缸再离开，那么房门外不可能没有半点水渍；如果他先离开，然后让鱼缸破裂……房间中却根本没有发现类似的机关痕迹。"

金南点点头，这也是所有人的疑问。之前还有一个侦探提出可能是利用了冰块一类的东西，事后融化在水里面，所以才看不出痕迹。但只要思考一下鱼缸中的水量和水压，就知道这种方法并不可行。首先，能承受这种压力的冰块体积一定不小，将其携带进来会大大增加行动的难度；其次，不保险，万一有人提前开门，那计划就全泡汤了。

一个能谨慎到没有留下任何痕迹的人，绝不会粗心大意到依靠上天的运气来帮助自己完善行动计划。

周云泽皱着眉继续说："第三，房间里没有发现能打碎钢化玻璃的工具——除了原本放在鱼缸里的假山，也没有任何人听到什么动静。按理说，保姆就在楼下，爆炸发生时附近还有巡逻的人手，不管是打碎玻璃，还是缸里的水涌出来，都不可能不引起他们的注意。还有，为什么要特意打碎鱼缸，这一点我也不明白，如果是为了消除线索，应该有更好的办法，这么做只是在给他自己增加难度。"

金南点点头，又摇摇头，低声说："我倒是可以告诉你第一个问题的答案。卢青霖的这个女儿，有着充分被人怨恨的理由。"

大致说了说卢依依过去的所作所为后，金南叹息一声，说："要说什么人最想把她送入监狱……"

"嫌疑最大的就是以前受害者的亲友。"周云泽蹙着眉。如果金南说的都是真的……当然都是真的……那这个女孩完全是罪有应得。但他现在的身份不是"替天行道"的正义使者，而是要找出闯入者的侦探。尽管他知道那个不知名的人或许有很多苦衷，而且如果自己真的找出他的真实身份，那么那人哪怕在警方的保护下，也很可能被卢青霖弄死。

接触过很多阴暗面的周云泽，清楚卢青霖并不像他表面那样慈眉善目，这种好像在助纣为虐的感觉并不好受，周云泽一副吞了苍蝇的表情，说："……我会想办法弄到受害者的名单，再派人调查他们的社会关系。"他看了眼金南的表情，又欲盖弥彰地说，"只不过，万一卢青霖他们不配合，警方能做的也有限。"

这是还没有开始调查就在为之后的查无结果找借口，周云泽确信不管是为了集团的形象，还是为了卢依依，卢青霖都只想低调处理，而不是大张旗鼓调查，如此一来，警方徒劳无功地忙活一阵，最终变成悬案也是情有可原的嘛！

说实话，周云泽说这句话，已经违背了自己穿着这身衣服应该履行的职责，但他认为真要履行职责，他第一个应该抓的就是卢青霖等人。

金南面无表情，就好像完全没有听到这句话一样。

这等于默认，周云泽一下子轻松起来，虽然还在看似认真地查案，但实际上已经悄然带上了几分敷衍的情绪。

金南摸了摸墙上曾经被水浸泡的位置，然后看了看那个占据一整面墙的鱼缸。

从那个大小来看，养在鱼缸里的不仅仅是具有观赏性的小鱼小虾，应该还有一些大型鱼类……或者养了别的什么东西？

而且……这个案子，还有什么不对劲……一种特别的异样感……

巨大的鱼尾在海面上扬起透明的水波，折射着阳光，这场景显得异常美丽，只可惜站在岸边的，是一个根本不懂得欣赏这种美丽的男人。

目送着伤痕累累的柯柯消失的背影，回想起她在岸上时连治疗都不愿意接受就要返回海中的迫不及待，以及真正被放归大海时回头凝望、欲言又止的神情，容远摇摇头，转身离开。

"诺亚，替我做两件事。"容远扶着耳机道，"第一，在世界范围内搜索，看机甲大战之后有什么地方出现了异常现象——任何线索都不要放过；第二，给我订一张去A市的机票。"

假如在容远受天雷之击后，豌豆也坠落在这个星球的某个角落（这种可能性很大），那么只要不是和他一样倒霉到出现在某个荒无人烟的地方，也许坠落的时候会引发什么异象，引起人们的注意。现在这个社会，哪怕是一只母鸡多下了两个蛋，都有人兴致勃勃地在网上讨论，所以但凡稍微有一点离奇之处，那么在网上细心搜索，总能发现点什么蛛丝马迹。

等了这么久，豌豆都没有履行诺言自动回归，对容远来说，这只有两种可能。要么是天罚之后，豌豆沉睡或者陷入别的异常状况（比如失忆），导致它无法返回容远身边；要么就是执行了天罚的豌豆，由于愧疚之类毫无意义的情绪躲藏在某处，不敢回到容远身边。但不管哪种可能性，对他而言结果都是一样的：山不来就我，那我便去就山。他从没有忘记过自己对豌豆的许诺——你是我并肩同行的伙伴，无论是一天、一年、一百年，还是更长久的岁月，你都要陪我一起走下去。

很多东西，换一个角度来看，就会得出完全不同的观感。比如这只头颈灰黑、翅膀雪白的鸽子，是自己族群中最普通的一只，在人类眼中也只是一只常见的、美丽度远远比不上白鸽的鸟儿。但当凑近来看，并且适当进行放大的时候，就会发现它的每一片羽毛颜色都不完全相同，那远看呈灰黑的颈部单独看时，可以看到浅灰、深蓝、墨绿、淡黑等多种色泽的自然过渡，每一根纤维，都有着让人目眩神迷的润泽色彩。

但会以这种距离仔细观察，并一眼就把所有细节铭刻在脑海中的，只有趴在它背后的小小守护机器人。

展翅翱翔的鸟儿在天空中划过一道流畅的弧线，它飞得很高，比视野内的任何一栋楼房都更高。人们对一只普通的、几乎相当于天空中一个小黑点的鸽子并不在意，因此，也没有人发现，在它的背上，还有一个外形非常像人的、如成人拳头大小的守护机器人。

豌豆骑在鸽子背上，黑黢黢的眼睛睁得大大的，目不转睛地看着那个冥冥中仿佛有一条线牵引着它的方向。

虽然不知道还有多远，但容远就在那里。

它的背上背着一个圆环，其大小相对于它的身体来说显得有点太大了，就像一个正常的人背着个锅盖，但仔细一看，这个圆环竟是一枚戒指的形状。

鸽子飞得很快，但豌豆身体一动不动，高空的寒冷和强烈的风压似乎对它来说没有任何影响，连眼睛都没有眨一下。它面容冷肃，嘴巴抿成了一条线，眼神久久没有波动，看着跟容远以前的模样竟有几分相似，还多了三分决然。

天罚中，容远挥散天雷，似乎也触动了豌豆记忆中的封锁线，它忽然想起了一些往事——

并不多，认真说起来只是一些零散的画面，或许因为是在天罚中记忆被触动，所以它回想起来的大多数是关于天罚的内容。

那么多的契约者……那些惊愕痛苦、怨愤憎恨的脸……

那些因为曾经修炼过功法而侥幸渡过天雷的人，怀着被背叛的痛苦、被欺瞒的痛恨、期望今后因为缺乏执行者而不能进行制裁的侥幸……熟悉的脸因为种种复杂的情绪而扭曲，或许也有愧疚和不忍，但劈下的武器没有半分迟疑……

这一次，会有所不同吗？

日夜陪伴在身边，最了解契约者的不是别人，正是守护机器人。它很清楚，以容远的心性不会心存侥幸或者迁怒，但背叛，一定是他最不能容忍的。它的行为，跟背叛有什么区别呢？就算说那是因为被操纵，就算它负荆请罪，但同样的情形，不管出现多少次，它都只有一种选择。既然无法做出改变，那么道歉还有什么意义？

而且……如果不是容远在最后时刻突然领悟了驱散雷电的力量，他现在已经死了，而它就是凶手。它会连一个道歉的机会都没有，甚至不会记得容远的存在，记忆重归空白，在无主的《功德簿》中陷入沉睡，直到下一位契约者将它作为一个"有用的特殊道具"兑换出来，然后一次一次，重蹈覆辙。

何其悲哀。

然而，即便知道此行的结局或许会是死亡，但豌豆没有丝毫迟疑。它的小手抓住鸽子的脖颈，巧妙地控制着它飞行的方向和高度，赶赴此行的终点。

一架飞机在控制中心的引导下平稳地降落，又一架飞机呼啸着升空。除了天气特别恶劣的时候，A市的机场一直处于这种特别繁忙的状况中。

又一拨游客围在行李传送带旁边，看其中某些人紧张的神情，仿佛如果没有及时抓住自己的行李箱，下一秒箱子就会被烈火吞噬似的。也有人行装简单，随身拎着一个手提箱，上飞机也无须寄存，下飞机后可以直接离开。

还有更简单的——除了口袋里的几张卡和现钞，浑身上下别无长物，深色的墨镜挡住了他的脸，但挺拔的身材看起来十分醒目。

容远其实并不喜欢墨镜，总觉得视野受到了很大的局限，而且眼前所见失真度很高。但如今"容博士"在糖国家喻户晓，被人看出他们"长相相似"，哪怕并不会被当成同一个人，也有造成困扰的可能性。

A市夏季的气候一向闷热潮湿，刚走出机场，滚滚的热浪便迎面扑来。同时扑过来的，还有大小旅店的名片、各种关于著名景点的传单、衣着破旧但还算干净的乞丐……

他看到身着古装自称是无意中穿越到现代的柔弱美女；看到面容姣好、身材适中的年轻男女毫不避讳地举着"求包养""求一夜情"之类的牌子站在路边；看到用特效化妆技巧把自己弄得人不人鬼不鬼的家伙走来走去，似乎在宣传什么游戏；看到情侣在机场门口抱成一团，哭得死去活来，宛如生离死别；看到有人突然歇斯底里地大喊大叫，疯狂乱跑，而机场却应对得十分迅速，仿佛已经习以为常；还看到许多穿着各种宗教服装的人发传单，拉人入教，最"奇葩"的是，还真的有很多人在认真倾听并询问什么，有些人说着说着，还会突然哭起来。

饶是容远神经如铁，看到这样异常的情形还是觉得有些发毛，感觉自己似乎掉进了一个画风不太对的异常世界。他几乎是绷着神经避开了那个看起来有精神病的家伙，花费了比正常多一倍的时间才到达打车的地方，然后经过数分钟的等候，顺利地坐上了一辆出租车。

出租车司机是个沉默的人，除了询问目的地，并没有交谈的兴致，眉眼看起来还有些凶悍。比起碰到一个聒噪的司机，这样的态度让容远更觉得舒服。他坐在副驾驶位上，侧头从窗户中看着这座城市四年中的变化，跟自己记忆中的模样——对应。

居住其中的人，或许很难感受到那种变化，甚至会觉得自己所住的城市十年如一日，没有变化。但放在离家已久的游子眼中，种种改变是那样明显，让人几乎觉得这并不是同一个地方。

道路变了，路边熟悉的建筑消失了，取而代之的是更加高大的陌生高楼；曾经常常光顾的小店被推平，原址已经变成了一座大型购物中心的停车场；连路灯和公交站的模样都变得跟以前不同，绿化带也不是以前的样子，大变样的公交车让他甚至不知道该怎么刷卡；路边广告牌上展示笑容和美貌的明星是他从来没有见过也没有听过的人；正在宣传的电影是系列第三部，但他走时第一部才刚传出要拍摄的消息；更不用说那些似乎很火爆的游戏和商品，不问诺亚，他都不知道那些是什么。

熟悉和陌生的场景交错出现，星际旅行带来的时间差效应，第一次这么鲜明地展现在他眼前，甚至让人眩晕。

容远闭了闭眼睛。

恰好出租车在一个红灯前停下来。为了省油，司机并没有开空调，而是打开了两边的窗户。停车的时候，容远忽然觉得有什么东西掠过车窗落在他腿上。他睁开眼睛一看，原来是一个看上去才十几岁的小和尚趁着车停，眼明手快地把一张纸片从窗外射进来。容远拿起纸片一看，是一张写满不明所以的词汇的传单——那些文字似乎很有哲理，又似乎只是在说梦话，最终目的还是很明确的，就是劝人布施，佛会保佑你。

"唰"的一下，纸张被夺取。司机将其"唰唰唰"撕成好几片扔出去，这还不解气，又暴怒地冲下车，跑了几百米，抓住那个小和尚扇了两个耳光，大吼大叫一通，然后将人抓进车里。

其间，被这失去司机的出租车堵在路上的车辆非但没有按喇叭催促，反而有人大声叫好，甚至有人鼓掌助威。

容远发现自己越来越看不懂这个世界了。

鼻青脸肿的小和尚被司机塞进后座，司机怒气冲冲地回到驾驶座，看到容远这个乘客才神色尴尬地努力平静下来，从牙缝里挤出一句："我儿子。"

容远了然，在这个多半家庭是独生子女的社会里，没有谁希望自己的儿子剃度出家，并且不上学，还在大马路上发传单。

但司机的愤怒点显然和容远想的有点不一样，他恼火地拍了一下方向盘，骂道："都怪那群该死的外星人！"

哎？容远愣了一下。

询问一番后，从骂骂咧咧的司机和他不停反驳的儿子口中，容远才知道，之所以有如此多的"奇人异事"出现，并不是因为时隔四年，世界变得太快，主要还是由于半个月前，在全世界直播的那场机甲大战。

不管是两千年前还是现在，"叶公好龙"的故事始终在重复上演。自从人们认识到自己居住的大地仅仅是宇宙中一颗普通的星球以后，对地外生命的探索一直没有停止，幻想外星人拜访地球的故事数之不尽。然而人类憧憬的、向往的，是幻想中那种优雅、智慧、善良，会无条件帮助人类的外星人，或者是残暴地想要侵略地球，却最终一定会被地球英雄打败的愚蠢外星人。但当想象中的那种生物真正出现在面前的时候，占据地球普通人类内心的最强烈的情绪是恐惧和排斥。

或许这也是因为与外星人的第一次会面并不是事先寄出拜帖、遵循礼仪的友好拜访，而是一场双方近乎同归于尽的惨烈战斗。人类在毫无准备的情况下，最先见识到的就是"外星人"强大的战斗力和以命相搏的凶悍。如此一来，比起思考能从中获得几分利益，大多数人最先考虑的就是自己能不能在这样的袭击中活下来。

不能。

有理智的人都能得出这样的结论。

星空战斗刚发生的时候，绝大多数人还处在怀疑当中，怀疑这是某部电影的宣传，怀疑是信号错误，怀疑是宇宙中的异常电磁波现象，甚至怀疑自己是在做梦。各国领导层第一时间反应过来，在事情发生后不是质疑现实，而是争取让自己站在靠前的起跑线上，因此迅速拉开了抢夺资源的竞赛。而普通民众的反应就要迟钝得多，一些"分析帝"还信誓旦旦地宣称这只是黑客的攻击行为，意在愚弄全世界的人，很多人还真就相信了，连一些门户网站和新闻频道上也有类似的说法。

然而，事实就是事实，在真凭实据面前，仅凭脑补的"技术分析"很快就被打脸。

战斗就发生在月球上空，离地球并不遥远，一些民间爱好者通过天文望远镜也能大致看到点什么；而那个逃生舱更是在众目睽睽之下坠落到A市，目击者并不只是以往"外星人目击事件"中的一两个人，技术再怎么精湛的技术帝，都无法从视频中找到特效合成和作假的痕迹；被从月球上营救回来的宇航员身上的伤势，也充分证明了事实是什么。

随后，也许是迫于民众渴望知道真相的舆论压力，也许是为了博取政治地位，有几个国家先后披露了所谓的"真相"——从太空中带回来了机甲和机甲中的外星人尸体、宇宙飞船的残骸，公布了宇航员的伤情鉴定、外星武器的威力大小预测。即使某些国家有舆论封锁，但民众依然通过各种手段，获得了自己想要知道的信息。

对地球上的人们来说，最为骇人的是，回溯探测天文望远镜和探测卫星发回来的照片，发现外星机甲和飞船自从在太阳系外围行星处出现，然后到达月球附近，仅仅用了半个小时不到的时间，同样的距离，地球发射的卫星最少需要多长的时间呢？

八年！

在那些怪兽和机甲前进的路线上，本来有几颗小行星或者卫星，虽然其体积不大，存在感不强，但一直在人类的观测范围中，然而，这些星球如今全消失了。

战斗的双方明明处在一场追击战中，专门停下来毁灭一颗挡在前进方向上的星球是不可能的。这说明了什么？说明毁灭那些星球，对他们而言只是"顺手为之"，比起绕路，这样的方式更加省力。

能够轻松地瞬间毁灭一颗小行星，自然也能用同样的方式毁灭稍大一点的行星，比如地球。

或者换个角度思考——如果当初奔袭的怪兽和机甲没有被那艘全黑的飞船拦住，让它们就以那样的速度撞上地球……人类或许已经在无知无觉中被灭绝了。

设想一下，如果你正在上学、逛街、聊天、打游戏，忽然意识到不久前你就站在地狱之门的边上命悬一线，差一点就要死无全尸，你所钟爱的一切和厌恶的一切，比如刚确定关系的可爱女友、唠唠叨叨的父母、抱着脚丫乱啃的儿子、作业、工作、还没有满级的游戏、秃顶小气的老板、让你汗流浃背的闷热天气等全部消失，是怎样的一种感受？

有些人突然辞职或者离婚，决定从今天开始享受生命，来一场说走就走的旅行；有些人疯狂抢购了大量的食物，还试图花钱建立一座坚实的地下城堡；有些人醉生梦死，有些人打砸抢劫，把曾经想做而不敢做的事都做了个遍；有些人抛妻弃子也要追寻"真爱"，有些已经恋爱长跑多年都不愿意定下来的人，却携手走进婚姻的殿堂；有些人把每一天都当成最后一天来过，珍惜生命中所有的美景和幸福；有些人却承受不了这样的打击，脆弱到甚至结束了自己的生命；有些人捐赠了全部的家业，积德行善；也有些人抛下道德的枷锁行凶作恶……

在这种世界末日般的"狂欢盛宴"中，宗教开始大行其道。除了人们通常所知道的那些著名宗教，还突然从石头缝里冒出了许多闻所未闻的教派，比如充满网文气氛的"三元九霄教""至高乾坤教"，看起来十分高大上的"大宇宙教""亿星教"，还有不知道为什么这么起名的"红帽子教""伽马Y07教"。更不可思议的是，再"奇葩"的教派，居然都能找到（或者说骗到）信众，其中甚至还有知名大学的教授和学生，让人不禁怀疑他们的知识和大脑，难道都拿去喂了狗。

其实局面最混乱时，容远在荒岛上没有见到。他现在所看到的，已经是国家经过大力整治以后，比较干净有序的场面了。现在还能在大街上活动的，只有经过正式注册并得到官方承认的几个教派，其他杂七杂八的野生宗教的活动一经发现，不管他们什么理由，都会被抓进看守所教育一段时间。

经过一段时间的混乱和疯狂发泄，失去理智的人渐渐回归现实，发现外星人入侵地球这种事，还不知道什么时候才会发生，但他们的生活还要继续。

于是，把家产抛售一空想要建造防御城堡的人追悔莫及，大骂上司一通后潇洒辞职的人正奔波在找工作的路上，冲动之下结婚或者离婚的人一样要为了柴米油盐的琐事争吵发愁，疯狂玩乐的学生发现他们要考试。

除了像出租车司机的儿子这样仍然沉浸在"众人皆醉，唯我独醒"的梦里而不愿意醒来的少部分人，大多数人的生活开始慢慢回到正轨。前段时间的混乱造成的影响正在慢慢展现，一些人不可避免地付出了惨痛的代价，还有一些聪明人趁机从中攫取了大量的利益。有些人起高楼，有些人楼塌了，世界的运转却不会因此而停滞。

会议结束，参会的人鱼贯而出，留在最后的金阳揉了揉眉心，眼底有淡淡的青色，脸上露出几分疲倦。

这几年，远阳公司蓬勃发展，从一个三人草创、只有十几名员工的小公司迅速膨胀为一个大型集团，于是不可避免地出现了一些各个枝节开始脱离掌控的情况。即便有诺亚的辅助，金阳处理起来也并不轻松，更何况，诺亚又不像他的秘书一样时时刻刻能给他提供帮助，那家伙更像是在玩一场有趣的游戏，兴趣来的时候，会顺手帮他一把，没兴趣的时候，就躲在一边幸灾乐祸地看他头疼。

所以大学毕业以后，金阳没有选择继续深造或者像曾经想象的那样外出旅游，而是正式参与到公司的管理中。正是大学最后一年的实习期，周圆一天中有三分之二的时间都待在公司。两人整天忙得焦头烂额，连会面的时间都少了。不过跟金阳的疲倦不同，周圆很有几分女强人的架势，虽然也很累，但她是真正乐在其中的。

最近这些日子，因为关于外星人的各种恐怖传说，远阳公司的主打产品棉花糖的销售再次出现了当初面世时的盛况，几乎是一上架就卖到脱销，订单积累了一大批，工厂全力开工，生产速度也有些跟不上。他们刚刚针对这个问题开了个会议，感觉似乎也没说多久，散会的时候天都黑了。

有礼而坚定地一一拒绝了公司里漂亮的女下属（甚至有几个男下属）或带杯咖啡或看电影或一起去唱歌的邀请，金阳几乎是经过了九九八十一难才到了地下停车场。这段时间，公司里的同事都主动选择了加夜班，停车场里空荡荡的，金阳不由得松了口气，扯了两把领带，掏出钥匙快步走向自己停车的地方，想着该给住在家里的艾米瑞达带个甜点什么的。

脚下忽然停住。

远远地，他看到一个人靠在自己的车旁边，光线有点昏暗，看不清长相，但那身影莫名地熟悉，心跳的声音忽然就加快了速度。

按理说，在昏暗的停车场忽然看到一个陌生人，金阳应该立刻转身离开并呼叫保安，但他脚下就像是生了根，久久无法挪动。他愣了许久，忽然大步走过去，越走越快，走到那人跟前伸开双臂，紧紧地抱住。

"小远……"激动压抑的嗓音中，带着几分哽咽。

容远眨眨眼睛，迟疑地回抱了一下。

"金阳。"

他忽然发现跟预想中的不同，面对眼前这个既熟悉又陌生的男人，他已经无法自然而然地叫出"阳阳"这种称呼了。

金阳没有注意到容远称呼的变化，他抱了一阵，激动过后，感觉怀里的躯体瘦得骨头都硌人，看着他手臂上的纱布，眼泪都快要下来了。

不过他到底经过了几年的历练，比起当初已经成熟稳重了许多。金阳深吸一口气，平复了下情绪，才放开容远，顺手捏了捏他的胳膊，问："怎么这么瘦？"他伸手比画了一下个头，露出带着几分得意的笑容："我现在可比你高了。来，叫哥哥。"

"滚。"容远没好气地说了一声，然后不由得一愣，微微有些不自在。

金阳也愣了下，然后笑容变得越发明显，伸手按在容远头上揉了揉，语气轻快地说："哈，你还跟以前一样。"

不，其实不一样了，两人都很清楚这一点。容远没有像以前一样干脆地打开金阳的手，而是眯着眼睛任由他揉了两下，没有说话。

或者说，是不知道该说什么。

气氛一时间有些凝滞。

说话刻意轻快，刻意露出笑容，刻意维持一切都没有改变的假象，然而陌生感仍然挥之不去。

于是，金阳也卸下了不自觉戴上的面具，笑容消失后，残存的那种少年般的柔和鲜亮也消失了，取而代之的是时光磨砺出的刀刻般的棱角和久居上位者的气势，只有他的眼睛不同——他的眼睛依然是愉悦而温和的，柔软得仿佛一池春水，让人不由自主地就会微笑起来。

"走吧，去我家。"他揽住比自己矮了半个头的挚友，不再假装成他昨天才离开的模样，打开车门说，"艾米瑞达和婷婷也在，正好昨天买了食材，可以做火锅吃。"

透过车窗，城市的灯光化为流火。容远托着下巴，看着窗外的风景，却没有说话的心情。看着看着，他目光就凝聚到映在车窗玻璃上的那个侧影上。

停车场和车子里的光照都不明亮，却不妨碍他把一切看得清清楚楚。

这是谁？

他知道这种疑惑不应该，但他就是忍不住想要问。

他们从小一起长大，说起来其间也有很多变化——个子长高了，圆圆的脸上婴儿肥逐渐褪去，先后经历了换牙和变声期，随着成长，性格也越来越棱角分明。但或许是因为他们一起经历了这些时光，看着对方一天天变化，潜移默化的力量反而让人不觉得有什么改变。

而现在不同。

他离开时，金阳还是一个略显瘦削，带着几分青涩、几分忐忑、几分意气风发，刚刚踏入大学并开创公司的少年，心软得像摊水，眼睛中总是闪着光，交往中会捧出百分之百的真心，把世事看得通透，心中却总是怀着一片阳光。他关心自己身边的每一个人，体贴包容，善解人意，无论喜怒哀乐，都没有丝毫作伪。

而他现在身边的这个男人：脸上的线条有棱有角，不再是曾经雌雄莫辨的俊美；头发很短，几乎看不出昔日可爱的天然卷来，反而显出几分精悍之气；身材匀称，背阔肩宽，是去拍电影可以泳装上阵秀身材的那种。不说话的时候，微微沉着脸，有些倦色，沉静中带着几分威严，不像以前那样不经意间也会带上几分笑意。

容远试图从中寻找出过去的影子，然而越寻找，越觉得陌生。

单说相貌上，其实变化并没有那么大，但阅历和眼界给人的气质带来的改变几乎是颠覆性的。再怎么天真温和的人，当他交往的都是能够从各方面决定一个国家命运的上层人士，他一句话就能影响上万名员工的命运，每个决定都牵扯着无数人的喜怒悲欢，常常坐在谈判桌前面对各种钩心斗角，担忧一不留神，就可能掉进坑里损失大量的利益……那他一定会迅速地成长起来。

他想要说点什么，比如谢谢金阳帮忙收留照顾艾米瑞达，但话还没有出口，又觉得没意思起来——如果是以前，不管任何事，他都不觉得自己必须向金阳道谢。不管自己做了什么，也无须金阳来跟自己千恩万谢。

容远现在的感觉，就好像以为下面是平地，所以兴高采烈地跳下来，却一下跳进坑里，并且一直掉一直掉，总是落不到实处。

"啪！"

端在手里的盘子掉地上摔得粉身碎骨，红彤彤的麻辣小龙虾撒了满地，女孩却根本顾不上理会这个，捂着嘴，大颗大颗的眼泪如同断了线的珠子般滚下来。

随着金阳一起进门的容远看到她这个样子，无奈地笑了一下，轻声道："艾米瑞达——"

叹息般的声音富有磁性，像是一阵风掠过耳边，又像是温暖的手拂过脖颈，熨帖得让人沦陷。艾米瑞达起初还拼命忍着眼泪，一听到这熟悉的声音，再也按捺不住，先是小声啜泣，呜呜咽咽地哭了几声后，半个月来压抑的担心、恐慌、愧疚、思念等情绪如潮水般涌上来，哭声越来越大，到最后她甚至站不住，捂着脸蹲在地上一点形象也没有地放声号啕大哭，像个受尽了委屈的孩子一样。

容远无奈，走过去把她抱在怀里，轻轻拍着女孩的后背，给予安慰和关心。

这就是那个"哥哥"吧？

柳婷系着围裙，手里还拿着一颗翠绿新鲜的白菜，心中忖度着。刚开始听到艾米瑞达的大哭声，她还手足无措了一下，待看到两人亲密信任的氛围才安下心来。只是那位只闻其名的"兄长大人"非常陌生，她也不能肯定他的身份，便向此时依然站在门边的金阳投去询问的目光。

金阳似乎知道她在想什么，同一时间看过来，点点头，还微微笑了一下，笑容中有掩不住的苦涩。

柳婷一下子就觉得心都揪起来了。

她认识的金阳不是这样的。哪怕被几个财团同时打压，正在等待运输的产品被一把火烧个精光，巨额订单出了纰漏，公司高层带着重要资料和客户群背叛，他都能依然成竹在胸、气定神闲去处理。在她眼里，金阳是这样的，再大的压力都不能把他压垮。但现在，他浑身倦怠，即便笑着都感觉悲伤，像是好不容易爬山爬了九成九，却被人一把推了下去！

她直觉这一定跟家里的新客人有关系，神色中不免露出了几分忧心，朝容远看去，视线却突然被挡住了。

"现在气氛好像有点不合适，待会儿我再给你们介绍。今天吃火锅怎么样？"金阳含笑问，一如既往地温柔，刚才的神情似乎是她的幻觉。

于是柳婷也不再多问，踮起脚吻了吻他的脸，努力高兴地说："那好，我再做两个凉菜。"

"我来帮忙。"

金阳挽袖子，却被柳婷赶了出去，她说："忙了一天，你还是坐着去吧！晚饭全交给我就好！"

金阳没有坐着等吃的习惯，便去卫生间拿了扫把和簸箕，把地上的盘子、龙虾什么的都扫了倒进垃圾桶里，又把地拖了。都收拾完以后，他看到艾米瑞达已经基本平静下来，容远坐在沙发上，坐在地毯上的女孩头枕在他膝盖上，用一种听不懂的语言絮絮叨叨地说着什么，因为哭得太用力，声音还有些沙哑。容远基本没怎么说话，但神情和动作中透着不容错辨的爱护。

这是他从没见过的容远。

外貌上的变化其实很少，虽然瘦了很多，但看上去还像个十几岁少年的模样，仿佛时光格外钟爱面前的这个人，让他在最好的青春年华能多停驻一段时间，但整个人变得越发锋锐凌厉，仿佛经历了铁与火的洗礼。

可不就是这样吗？金阳苦笑着想。

尽管没有明明白白地问过，但逃生舱中的人是艾米瑞达，那么人形机甲的驾驶员除了容远，还能是谁？他不知道容远在离开的几年中都做了什么，但光看那场星空战斗，就知道他这几年过得并不轻松，必然经历了重重危机，或许是一路厮杀才回到了地球。

战火没把他淬炼得更加孤绝，却把他从曾经隔离于世的心境中拉了出来，他的眼睛中有了更多的东西，不再如过去一般，除了目标再看不到别的。不知道是谁让他发生了改变，但金阳由衷地感激这种变化。

他知道自己应该为容远高兴，然而，心中的千言万语说不出一句，最初的喜悦化为酸涩。

他或许是这世上最了解容远的人，所以他一眼就看得出那无法忽视的生疏与拒绝。

金阳忽然觉得……他终于明白为人父母是什么心情了——千辛万苦才把孩子抚养成人，但孩子长大了就飞走了，不说回家，连个电话都不肯打……

金阳介绍容远的身份时，还是用了"谷远"这个名字，一来避免他不小心叫错，二来也是因为这个身份所有必要的证明都有，在法律意义上是存在的，省了很多麻烦。艾米瑞达也聪明地跟着改口了。柳婷觉得他跟几年前在酒吧中见过的那个"谷远"长得并不太像——这是自然，因为那时容远用了拟态衣——不过对女孩来说，过去一面之缘的记忆并不深刻，加上酒吧灯光昏暗，看得也不太清楚，所以她只是想了一下，就将心中的疑惑放开了。

从金阳的角度来说，他自然希望容远和艾米瑞达继续住在他家。但容远看出这个房子柳婷也常来住，并不想当电灯泡，再说，他现在也不缺钱，因此在他的坚持下，就在附近买了一套可以拎包入住的房子，当天下午就带着艾米瑞达搬了过去。

故友重逢，就算因为疏离感有些怅惘，但心情终归还是高兴的。金阳跟助理打了个电话，推掉最近几天所有的事项，专门腾出时间来陪容远四处转转。

其实容远对这座城市并不陌生，他是成年人，也会开车，再不济还有诺亚可以提供全天候无死角的全球导航定位服务，走到哪儿都不需要人来"陪游"。不过看到金阳眼神中隐隐像是期待什么好戏的笑意，他默默允了。

然后他就知道了是什么让金阳露出这种眼神。

"来，二班排好队，跟在一班后面进去。不要挤，一个一个进。"

"张佳佳，把帽子戴好！不要拉高晓梅的辫子！"

"小朋友们要注意，进去以后不要碰里面的展品，不要大声喧哗，不要乱扔垃圾，不要……"

"老师，我要尿尿！"

"老师，孙海明踩我脚了！"

容远一脸无奈。

难得看到他这样的表情，金阳被逗得忍俊不禁，抖着肩膀一直闷笑。容远无奈地斜睨了他一眼，问："这是怎么回事？"

他们现在看到的，是以前被容远改造成实验室的仓库，也就是棉花糖最初诞生的地方。只是现在，金阳的车停在附近，他们看到的是一群身高刚刚一米出头的小萝卜丁，小萝卜丁头上戴着小红帽，手里拿着小彩旗，背上还背着小书包，被几个年轻女老师组织着排队从门口一个个进入。这些还在上幼儿园的小孩成群地放在一起就是麻烦和喧闹的代名词，一会儿要喝水，一会儿要上厕所，一会儿为了鸡毛蒜皮的小事告状，几个老师像蝴蝶一样前后穿梭，忙得不得了，好不容易才把这群小祖宗都组织好，让他们乖乖地进门了。

最奇妙的是，就这么一个小仓库，外面居然还有一排窗口（总共五个）在卖票，门口也改成了游乐场那种一次只能进一个人的旋转门。明明今天不是休息日，售票口前还有十来个人在排队买票，其中至少一半是外国人。

金阳忍着笑反问："你觉得你看到的是怎么回事？"他戴上一副黑框眼镜，拉着容远下车去买了两张票，装成普通的游客跟着一起进去了。

进门以后，容远短暂地恍了一下神。

仓库里几乎完全是以前的样子，"展品"上面几乎连灰尘都没有。他坐过的椅子、睡过的床、用过的笔、写下的一沓沓厚厚的笔记本，都还摆在原来的地方，几乎没什么图案的茶杯按照他的习惯放在最顺手的位置，转椅不是端端正正地摆在桌子前，而是微微倾斜，方便人直接坐上去。

仿佛踏入了过去的时光，他坐下来，打开书，在边角处记下自己的想法和心得。灯光只照亮了自己面前的一小片地方，伴随着"沙沙"的书写声，无数个日夜在没有察觉的时候就流淌而过。

唯一的不同，就是面前拉着两根红色的带子，把包括他们在内的所有游客都挡在他曾经兼顾了卧室、书房加客厅等各种功能的房子外。

长相甜美的导游小姐声情并茂地跟游客讲述着"容博士"曾经在这里学习、研究的生活，且进行了很大程度上的美化和修饰，并赋予了各种容远自己都不清楚的伟大意义和悲天悯人的情怀。换个人可能要被她的各种溢美之词羞得满脸通红，不过容远充耳不闻，全当她在说别人的事。

游客对一所简单普通的单身住宅的兴趣浓厚得超人意料，他们看着在自己生活中也并不缺少的一些物件，比如中性笔，兴致勃勃地猜测当时容远在这里生活时是怎样的一种状态，并且不断地赞叹他的"坚苦卓绝"，居然还有人拿着手机拍照，全然不知自己话题中的主人公就站在身边。

卧室之后是实验室，一些比较容易被弄坏的实验仪器还用玻璃隔开，实际上外面使用的玻璃保护层可能比里面那些瓶瓶罐罐要贵得多。容远记得当初这些东西在他们搬到新厂房的时候大多搬走了，剩下的一部分有些还在之后的那场打斗中被破坏了不少，现在这里却几乎完全复原了他们那时候的场景，是谁做的不言而喻。

实验室之后本来是墙壁，但现在新建了一栋二层小楼，或者说是一个小小的图书馆。虽然也在参观范围内，但另一个出入口，只要办一张读书卡，就能在里面阅读，但不允许在借阅的书上书写任何东西，也不允许将书本带出。

里面所有供人们借阅的，全是容远曾经看过的书、写过的笔记本，甚至还有中学时期的作业本。看的人还不少，几乎每张桌子上都坐着人，游客们也都信手打开几本翻阅一下，赞叹一番，再原模原样地放回去。

容远没有细看，参观很快结束。走出门的时候，他看到入口处还排着队，叹了口气，问："怎么弄了这些东西？"

"虽然我也参与了一些工作，但这可不是我的主意。"金阳走在他身边说，"开放参观，是因为有很多人在呼吁，这也是上面的意见。门票费用除了给员工发工资和维持日常保养，剩下的都以你的名义捐给了天网。从开放到现在，除了每月例行的闭馆日，不论哪一天，游客都络绎不绝，节假日数目还要暴涨。"他笑道："看到自己这么受欢迎，有什么感想？"

"感想？"容远想了想，说，"我明明还活着，他们却像对待死人一样纪念我。"

"喀喀喀！"金阳被呛住了。

在这座城市随心所欲地转了几圈，就算没有刻意去寻找，但除了被当作旅游景点对待的"容远旧居"，他还看到了自己的画像、蜡像、雕像，摆在纪念品商店和精品店里的各种印着头像的周边产品，打着他名义在销售的各种产品，比如"容远爱吃的××豆腐脑""让宝宝像容远一样聪明×××口服液"……

好吧，其实之前也不是没有听说过，但听说和亲眼见到是两码事。容远现在是伟人加偶像明星的待遇，尤其是在这个他出生成长的地方，更是有种被整座城市所迷恋的错觉，整个人都不好了。

反倒是金阳，看着容远的脸色，他脸上的笑就一直没消失过。

容远打定主意，除非十分有必要，否则还是不要和小A换回身份的好。

夜色已深，金阳驱车回自己的家，想起白天容远的表情，还是忍不住想笑。

其实容远性格使然，并没有多么明显的表情变化，刚开始乍然见到那场景，是有些惊讶、尴尬，还有些不好意思，但很快就调整了情绪，还反将他一军。路上还有人认出容远跟"容博士"长得像，倒没有谁认为忙于"人类进步"的容博士会真的在街头闲逛，只觉得是撞脸，还拿出手机要求合影，被容远黑着脸拒绝了。

金阳大笑，但容远一副没怎么生气的样子，眼神中更有几分无奈纵容。

即便时光让他们已经回不到年少时的模样，但谁说感情就一定会变质呢？哪怕有一天他们都拥有自己的生活而很少见面，哪怕他们将来都变得白发苍苍，只要志趣相投，灵魂能够相互理解，就依然是无可替代的挚友。

所以，金阳才会这么愉快。他知道以容远的性格或许还会纠结试探一段时间，不过没关系，他们都需要重新认识彼此。

金阳的笑容，一直维持到他下车的时候。

下车，锁门，还没有离开车库，手机忽然响起铃声，来电显示表明这是一个很久没有联系的人。金阳迟疑了一下，才接通电话："哥？"

"阳阳，"金南平静到有些冷淡的声音传来，"你的那位朋友，他回来了，是吗？"疑问的句式，肯定的语气。

金阳悚然一惊。

金家一家人，都是家庭主义者，哪怕金栢三兄弟各自从事了不同的职业，成年以后大多数时间待在不同的城市中，彼此之间的感情却丝毫没有因为距离而减弱。金家的第三代也是如此，尽管金阳每年只有逢年过节的时候才会回到B市跟金南、金羽见面，但三人比许多亲兄妹还要亲近，丝毫不见隔阂。

对金阳和金羽来说，比他们大很多的金南从小就有长兄如父的风范，对他们甚至比他们的父母还要疼爱几分，但该严厉的时候也从不手软。小时候金阳和金羽对这个大哥都是又爱又怕，对他的敬畏甚至比祖父更甚。

没办法，金羽从小就格外调皮捣蛋，别的小女孩都拿着布娃娃玩过家家的时候，她爬树掏鸟、下河捞鱼、招猫逗狗，什么都敢干，一点都不知道害怕。金羽又生来是个小人精，嘴甜得跟抹了蜜一样，每当闯了祸，长辈们想要教训她的时候，她就各种撒娇、打岔、狡辩，长辈们又十分疼爱她，总能被她三言两语绕过去。

然而这一套在金南面前是行不通的，他只看一眼，就知道金羽刚才和谁在一起、去了什么地方、做了什么事、想要掩饰什么，甚至连她心里的想法都看得透透的，而且总是会毫不留情地揭穿并罚她一顿。如此一来，金羽不怕他就怪了。那时金阳虽然因为听话乖巧，从来不会跟着堂妹惹是生非，金南对他要温和得多，但亲眼看着在他眼中十分厉害的金羽一次次在金南面前吃瘪，并被教训得有苦说不出，金南在他心中会留下什么印象可想而知。

那时，当金羽发现大堂哥对金阳这个二堂哥比较包容的时候，还试图拉着乖孩子金阳当挡箭牌。可惜小金阳个头小，胆子也小，单纯到连撒谎都不会，在帮金羽打掩护的时候，一看到金南就慌得手足无措，满脸都写着"对不起啊，我在撒谎，我在干坏事"，然后和金羽一起受罚。

尽管如今金阳已经成年，阅历丰富，性格沉稳，但内心深处对金南的敬畏也没有减弱多少。

乍然在电话里听到这么一句，金阳脸都白了，他结结巴巴地反问："什……什么朋友？"说完后恨不得给自己一耳光，连他自己都听得出来语气中的心虚。

"我想想……他是叫谷远，对吗？"电话中，金南不紧不慢地说。

金阳沉默片刻，问："哥，你怎么知道？"

"我有事要找他。"金南没有解释自己的信息来源，而是直接说，"贸然上门打搅恐怕不妥，我想请你帮忙安排一次会面。"

所以说，他不光知道"谷远"回来了，还知道他们买了新房子并搬家的事吗？但他是真的知道容远的身份，还是只是在诈他？容远身上的秘密，他又了解了多少？

"我只能帮你问问他有没有时间。"金南没有一口答应，只给了一个模棱两可的回复，他犹豫了一下，终究还是忍不住问道，"哥，你派了人监视我吗？"

说"监视"也谈不上，或许可以换个听起来更舒服的说法，就是家里人出于担心金阳安危的原因，安排了人在他身边保护他，并且把他的举动上报——要做到这一点简直太容易不过，他的公司里有太多人会毫无疑义地被金南等人差遣。

远阳公司渐渐做大后，金阳招收了大量的退伍兵作为公司的员工。虽然远阳打着高科技公司的名号，但其实很多基础的工作只要智商正常的人加以培训，都能上岗接手。而退伍军人哪怕不是兵王这样的佼佼者，在纪律性、克制力、使命感、责任心、组织能力和心理素质上都远远胜过普通人，他们的加入使得公司的氛围和生产能力都有不同程度的提高。加上大伯金松的关系，现在很多兵一退伍，就被直接介绍过来了，其中还有一些金南的老部下，受他驱使，也是理所应当。

金南说："我不必派人监视。"他停顿了一下，然后道："我现在正看着你。"

金阳愕然抬头，只见金南就站在他家楼下，见他看过去，才从容地挂断了电话。

"所以……在你绞尽脑汁想要在电话里把你哥糊弄过去的时候，已经毫无防备地把什么都暴露了，而你还没有发现他正在看着你？"容远慢条斯理地问。

"唉……"金阳长叹一声，愁眉苦脸。他以为自己已经算是在商场上身经百战了，然而金南随手一下就让他溃不成军。最重要的是，他的这位哥哥并不是刻意坑他，完全只是顺手而为。好在金南之后也没有多说什么，不然他都不知道自己到底还会暴露多少东西。

实际上，他也弄不清楚金南究竟知道了些什么。

金阳看看容远，知道他不喜欢跟人打交道，也绝不希望暴露自己，于是道："能挡的话我尽量挡，不过……你有什么打算？"他知道如果金南真的想做什么，他完全拦不住，除非他想跟家里撕破脸。所以现在，容远的想法至关重要，实在不行，也只能换一个身份或者回实验室去。

金阳并不知道容远现在身上并没有拟态衣，想以前换衣服一般随便换个脸是不可能的，艾米瑞达倒还有一个，但那是用来把她伪装成普通地球人的道具，一旦拿下来，女孩身为异类的真相便会曝光。

但容远也没什么紧张担心的情绪，即便没有《功德簿》，逐渐熟练的弦力和诺亚的辅助也足以让他无论面对任何情况都能立于不败之地。见识过更广阔的天地，他的心态也发生了变化，如今他早已经不是当初那个，只能将自己藏起来积蓄力量的少年了。哪怕现在他的身份暴露给全世界，他也并不畏惧，只是嫌麻烦。

而且，寥寥几面中，他对金南的印象并不坏，所以也想听听这个功德值很高的人到底想说什么。

于是他随意道："见就见吧，也省得你为难。"

至于见面之后要做什么，那就要看情况了。

雨滴敲打在绿色的荷叶上，"吧嗒吧嗒"的声音有种悦耳的节奏。

送走一步三回头的金阳，容远打着一把伞，走向约见的地点，嘴角噙着一抹笑。

金南指定的这个地方十分有趣，对容远来说，也意味着一种危险。

会面的场所是在 A 市比较偏僻的一座免费公园里，开阔的湖面上有一个很小的人工搭建的凉亭，东西南北四个方向各有一座长长的木板桥连通。如果放在平时，桥上大概会有一些游客来来往往，亭子里也会有许多休息的人，或许石凳和地上还会扔着垃圾。不过今天从凌晨开始下了一整天的雨，还有阵阵凉风，空气阴冷潮湿，连街上的人都不太多，这个没什么名气、四面透风的凉亭自然更不会有人来。

所以现在走在桥上的，只有容远一个人。

没有游客，意味着无人打扰；凉亭四面无遮挡，里面所有的一切都会落在有心观察的人眼中；周围地势开阔，不管哪个方向有人都能看得清清楚楚，万一有埋伏也会第一时间发现；凉亭到岸边的距离非常远，加上风势不定，就算是最好的狙击手，在这种环境下也不能保证一枪命中；阴雨天气，卫星摄像没有作用，但小湖岸边安装了很多摄像头，不过还是因为距离问题，湖心的凉亭并不在摄像头的覆盖范围内。

容远知道也许是自己多想了，也许金南只是随意选择了一个很适合会面的环境，但他那样的人，应该不会随意做没有目的的选择。

那么金南选择这个地方，是不是暗示着他知道的其实比自己预计的还要多呢？

那这次会面的目的，又是什么？

吸饱了水分的木板在脚下发出"嘎吱嘎吱"的声音，容远独自一人撑伞而行，看上去倒有几分古典武侠的意境。不过换个人看到，大概会觉得他这么冷的天还跑出来悠然闲逛纯粹是找罪受。凉亭中还有一个人，看上去已经等了很长时间，却并没有焦躁不耐烦的情绪，面无表情的模样，苍白的脸色让人看着就觉得他很冷。听到声音，那人抬头看过来。

正是曾经以王文忠这个化名来保护他安全的金南。

容远点点头，权当打过招呼了，走进凉亭，收起伞，还甩了一下上面的雨水，靠凉亭栏杆放着，然后坐到金南对面，看向他。

金南脸色温和，眼睛盯着他，像是第一次看见他一样有种直白的好奇，又带着种莫名的神色。他凝视片刻，忽然说："我还以为阳阳也会一起过来。"他不会忽视在看见他的那一瞬间，金阳脸上混合着担忧和闪避的神色。

"他是想来，不过我让他回去了。"容远看起来很放松，他懒洋洋地挑了挑眉，"你想见的不是只有我吗？"

"没错。"金南轻笑，然后说，"不过几年不见，连声招呼也不打，你该不会忘了怎么称呼我吧，容远？"

容远眼睫微颤，没有否认，也没有说话。

全世界都知道"容博士"是个超级宅男，几年中离开实验室的次数屈指可数。而且"容博士"已经快要二十五岁了，眼前的容远外表看上去还不到二十岁的模样，高矮、胖瘦、年龄差等因素导致两人之间差别明显，因此，哪怕有人看出来他们长相相似，却没有人真的认为他们是同一个人。

但金南并不是猜测或者诈唬，他十分笃定，而且看上去很有兴趣跟容远解释一番前因后果。

金南说："如果我以前没见过你，或许会像其他人一样被你在实验室的替身骗过。但只要见过一面，就算是双胞胎，我也不会弄错。所以，三年半前，我在实验室见到那家伙的时候，就知道尽管很像，但他不是你——眼神差太远了。我很奇怪别人为什么看不出来。"

"但你没有告诉其他人。"容远淡淡道。

"没有必要。"金南说，"不管是谁，实验室的成果都是真真切切的。揭穿你们，对糖国能有什么好处？我只是没想到你会离开那么长时间。"

"那你现在，找我又是为什么？"容远问。

"因为有些问题，已经到了必须处理的时候。"

容远眼睛微眯一下，问："比如说？"

"乌鸦。"

乍然听到"乌鸦"这两个字，容远一瞬间觉得头皮发麻，但内心涌上来的并不是恐惧，而是有种诡异的兴奋和期待——藏身幕后固然更安全，但大概从一开始，他就期待着有人能发现自己与"乌鸦"之间的联系，期待着随之而来的冲突和变化。

金南态度平和，神色寡淡，好像自己刚刚说的不是闻名世界的黑暗制裁者，而是在讨论晚饭吃蛋炒饭还是牛肉面一样。他的眼睛甚至没有紧盯着容远，似乎他根本不关心容远在听到这句话以后有什么反应，放在桌面上的右手指间把玩着一枚硬币。

似乎是为了让石桌上不至于显得太空荡，桌面上摆着两瓶矿泉水，都没有打开过。不过就像国内许多会议桌上放置水瓶一样，装饰意义往往大于实用意义，除非会议很长，否则真正去喝的人没有几个。从这数量上来看，金南也并不像他之前所说的一样，认为金阳也会过来。

容远看着他，忽然笑了一声，说："何必弄得跟挤牙膏似的，我问一句，你说一句？不如你把前因后果跟我说清楚，我们摆明车马，有一说一，省得故作高深，试探来试探去，弄得不愉快，如何？"

金南一愣，容远突如其来的话显然出乎了他的预料，自古有点智慧或者说喜欢炫耀智慧的人在交谈中都喜欢拐弯抹角，似乎不如此就降低了自己的格调。不过这样直爽显然更对金南的胃口，他微微一笑，居然真的开始叙述自己前前后后的调查。

他并不把这次会面视为一场博弈，也就不介意先掀开自己的牌面。这样的坦荡，反而让容远觉得自己又输了一筹。

几乎是在"乌鸦"刚刚崭露头角的时候，金南就注意到了这个神秘的个人或组织。不过一来"乌鸦"没有造成真正的危害，二来追查"乌鸦"身份的事是治安局的本职工作，所以他并没有多加关注，看过情报以后就放下了。

之后的一连串事件证明自己的弟弟跟"乌鸦"有着千丝万缕的联系，金南就不得不加以注意。只是那时他抽不出空来，便把提交了退役申请的周云泽派到A市，让他进行秘密调查。然而后来，金南发现周云泽对他有所隐瞒，"乌鸦"跟金阳的牵扯也比他想象的还要深。

于是，他自己接手了追查。

周云泽能查到的事，金南自然也能。尽管许多证据随时间推移而消失或者被人为地抹消了很多，但仅凭借一些看似毫无关联的蛛丝马迹，他仍渐渐摸索出了真相。

"云泽一直觉得阳阳跟'乌鸦'中的某个成员或者是'乌鸦'的主使者有联系，并且刻意隐瞒了他的存在。但他一直没有怀疑到你身上，因为他觉得你不具备任何作案的可能性。"金南略过了自己追索的具体的细节，直接说出结论，"但对我而言，我相信排除所有的不可能，无论剩下的是什么，即使再不可思议，那也是真相。在阳阳周围的所有人当中，只有你有成为'乌鸦'的资格，也具备成为'乌鸦'的心性。"

除了一些若有若无的嫌疑，容远没有留下任何证据，但金南也不需要证据。很多时候，他都是先锁定目标，然后再调查取证，而他的直觉很少有出错的时候，这一次也是。在调查中他认为，"乌鸦"并不是像很多人想象的那样是一个庞大的组织，最初可能只有一两个人，后期虽然人数有所增加，却一直不算多。始终跟"乌鸦"有关的，不是金阳，而是看似没有任何联系的容远。

而"乌鸦"之所以那样无所不知，令人畏惧，依赖的并不是严密的组织和数不清的人手，而是某种超越时代的、智能化的程序。具备同样特质的，除了"乌鸦"，还有天网。

于是，他决定跟容远谈谈。

然而那时候，容远已经离开地球去往太空了，所以他见到的，是顶着一张一模一样的脸、表情动作都毫无破绽的替身小 A。刚一见到，金南心中就咯噔一跳，再试探两句，看着那双明明没有感情，却莫名让人觉得纯良温和的眼睛，他最终什么也没说，只在之后加强了对"乌鸦"和天网援助者的关注。

金南很忙，他不可能把数年的时间都放在追查一件事上，只是一直惦记着。只要有时间，那位"容博士"的任何信息和对外活动，他都不会错过，只是一直没有再见到他想见的人。

然后，他就看到了直播的星际机甲大战。

当容远的声音从里面传来时，金南瞬间有种被雷劈了的感受。容远过去留下的资料很少，但还是有采访的视频在。他这几年来反反复复研究过很多次，对这个声音熟得不能再熟。只是他一度以为容远离开实验室，是为了暗中操纵"乌鸦"和天网，没想到这家伙跑得已经超出他预想的范围。

卢家宅院里发生的案件更让他确信了这一点。这个案子刚刚听说的时候，他就有种熟悉感，从现场探查以后，幕后者那种鬼魅、理智、冷静、从容不迫更是让他从中看到了某个人的影子。这些年自称"乌鸦"的那些人不管做出多大的案子，都没有这种令人寒毛直竖的感觉。

他回来了——金南无比确认。

之后几乎是轻而易举地，他发现金阳身边最近突然出现了一个叫"谷远"的朋友，长相也跟"容远"很相似，只是年龄似乎变小了。不过金南没有纠结于这一点，光他发现的那些事，已经让他觉得自己的世界观被刷新很多次了，再多一点奇异之处，好像也没什么好奇怪的。

看着对面微低着头、似乎还不打算说话的容远，金南垂下眼睛，道："'乌鸦'和天网，做的都是利国利民之事。或许有人认为无法掌控的力量就必须要毁掉，但我并不这么想……所以，我不需要你承认什么，也不想听你否定的话。我只想问——你觉得'乌鸦'继续这样下去，会怎么样？"

容远的神色终于有了变化，他嘴角勾起一抹凉凉的弧度，不带温度地笑道："除恶务尽……也许他们能成为针对罪恶的威慑性力量，让所有作恶之人栗栗危惧。我觉得这样也不错。"

"对一些人来说或许是好的，但对这个世界来说，这是畸形的发展。"金南的情绪完全不被容远的态度而牵动，他正色道，"我们的社会，不能依赖于某些人、某个组织的正义感和恐怖手段来维持。如果以此为根基，那当所有威慑普通人的恐怖组织都被'乌鸦'消灭的时候，'乌鸦'就会成为新的恐怖，它的存在将绑架社会治安——当人们习惯了'乌鸦'的存在以后，假如'乌鸦'消失，社会秩序会立刻陷入混乱，犯罪率急速上升，普通人会像待宰的羔羊一样被欺凌。如果'乌鸦'一直存在呢？人们会因为头上悬着一把利剑而不敢为非作歹，做事谨小慎微，这样就会幸福了吗？而且，这样的存在，势必会成为社会发展的阻碍。"

容远陷入沉思。

金南说着说着就站起来，在亭子里来回走了两圈后，说："而且对于'乌鸦'本身来说，这也不是一件好事。我承认，他们中间的每一个人都是英雄，但这样的生活是他们想要的吗？永远隐藏在黑暗中，制裁罪恶，无论在任何地方，都不能光明正大地生活在阳光下，哪怕对自己的家人爱人都是满口谎言……三年五年或许能够坚持，但谁能一辈子这么过呢？我知道你大概不会用手段强迫他们留在组织当中，但等他们想要回归正常社会的时候，只怕已经无法融入进去了。"

容远眉眼一动，金南话中带出了他掌控的信息，不过他迟疑片刻，没有否认。

金南道："这是好的情况，更糟的是——人，都是会变的。现在'乌鸦'还在控制当中，但或许某一天其中的某个成员会野心膨胀，把自己等人定位成世界的救世主，认为所有人都应该对他们感恩戴德，认为自己应该享有世界上最好的一切。我知道这一定会发生——那么谁能保证，他们不会因为别人小小的冒犯而采取过激手段？他们会不会因为身边的人受到伤害，而觉得这个被自己保护的世界太过肮脏并需要净化？会不会因为自己遇到苦难就怨恨所有人？如果他们突然决定作恶，而你又像这次一样长时间离开，那么谁能想象他们能造成多大的破坏？

"还有，'乌鸦'秉持的正义是什么？是普世价值的道德准则，还是他们看得顺眼不顺眼？的确，现在被'乌鸦'制裁的大多数是罪大恶极之人，但也有一些被牵连到的、罪不至死的人。'乌鸦'在动手的时候，却不会考虑他们是否有苦衷，是不是还有依赖着他们生活的老人孩子。快意恩仇，确实很痛快，但后续产生的问题不是那么简单的。"

"我不管一个人做错事的原因，我只看他做了什么事。假如这个人是为了家人才选择做某些事，那么在他做出选择的时候，就要有自己还有自己的家人为此付出代价的觉悟。"容远平静地说。他因为博士的事对《功德簿》功德的判定一度产生怀疑，甚至想过要舍弃天眼，但冷静以后，还是没有那么做。

因为他本人的价值观，其实跟《功德簿》非常相似。

比如假设甲抓了乙的爱人，威胁乙来杀丙，那么乙固然是很可怜的，但丙又何其无辜？他跟他们无亲无故，为什么要为了一个不认识的人付出生命的代价？若丙侥幸未死，善良一点的话或许会帮助乙救出爱人并打倒反派甲。但若这个"丙"是容远——

呵呵，我管你死活。

不管有多少苦衷，当你决定对我挥刀相向的时候，你就是我的敌人——这就是容远的观点。保护自己所爱的人是可敬的，但为此拿无辜者去做炮灰，只能说是自私自利，并不值得谅解。若容远自己处于"乙"的情况下，他也会选择做一个自私自利的人，但他绝不会认为自己清白无辜，若是被"丙"反杀了，也没什么好怨恨的。

"不过你说的其他问题，我也曾经想过。"所以容远还坐在这里，"这些我已经知道了。所以呢？你的建议是什么？"

雨已经停了，微风轻轻吹过，不时有水珠从翠绿的树叶上滚落。一只燕子从平静的湖面掠过，留下一串细细的波纹。

容远已经走了很久，金南仍然坐在凉亭里，闭着眼睛，把会面的整个过程在脑海中细细回想了两三遍，容远再怎么细微的动作和表情变化，他都记得清清楚楚。然后，他把未来要做的事一步步做好规划，反复考量确认没有遗漏，才起身离开。

他走出凉亭，穿过木桥，经过紫藤花树形成的走廊，以始终快慢不变的步调走出公园，坐上一辆黑色的汽车。汽车的司机原本正靠在椅子上闭着眼睛，好像睡着了，听到声音，他从后视镜里看了金南一眼，见金南垂着眼睛，好像没有更多的吩咐，便直接发动了车辆。

坐在后座的金南常年一副不太健康的脸色，身材瘦削，仿佛弱不胜衣，低着头时看上去还有几分脆弱，但他的力量超出了任何人的想象。他曾立下累累功绩，只是为了保密才不为人所知。在知情人眼中，他是糖国最强的战士，最优秀的军人，但对于他来说，这些头衔并不重要，他所做的一切，只是遵从本心。

包括这次一力促成和"乌鸦"首脑的会谈，并且坚持没有向任何人透漏这位首脑的真实身份。他对外的说法是那个人非常谨慎，没有用真面目与他会面，其实是为了避免秘密泄露以后，某些窃据高位就自以为能掌控所有的蠢货，毁了他好不容易构建的和平局面。

车子停在一个外表平平无奇的居民楼下面，这里连停车场都没有，车子只能停在小区绿化带前的露天停车位上。他走进小楼，关上楼门，然后揭开楼道灯的声控开关，把手按在空白的墙壁上，片刻后，随着"叮"的一声轻响，看似普通的防盗门以不合常理的轻巧无声地滑开。

门内，就好像是另一个世界。

整个楼层的墙壁全被打通，摆着各种仪器和文件，五六个人正在里面忙活着，听到动静，都转头看过来，一见金南便全围过来，"老大你回来了""老大没事吧"……他们七嘴八舌地跟他打招呼，有人接过他的外套，有人给他端来一杯热腾腾的咖啡，他们做这些事不是因为任何规定或者想要巴结他，纯粹只是自己想这么做。

片刻后，金南已经以一个休闲的姿态坐在舒适宽大的沙发上，手里端着咖啡，身边放着点心，屋子里的人不管原来在做什么，现在全围在他身边，有的坐在两边的沙发上，有的搬来一把凳子，有的靠在椅背或者墙上，全眼巴巴地看着他。

"老大，谈判顺利吗？"有着小眼睛的麦冬最先忍不住，急吼吼地问道。

金南也没有卖关子的意思，点点头说："嗯，他同意了。"

"那就好。"破石松了口气，他浓眉圆脸，短平头，深色皮肤，一双大眼睛炯炯有神，身材强壮魁梧，坐在那里也给人一种山岳般的感觉，他停了一停，又说，"这次你的提议上面本来就有异议，如果再被拒绝，那我们就难办了。"

金南的提议，一开始就连自己人也不是全部认同。他先说服了自己的战友，然后说服了父亲和祖父，再向上面提出请示，屡经波折以后，才终于得到了现在的结果。

他和容远达成了协议——"乌鸦"可以得到保留，但今后制裁罪恶是各国政府部门的主要工作，"乌鸦"只能充当行动中的监督者和协助者。这样一来：首先，政府的威信和权能可以得到维护，也可以挽回民众的信任，不至于被"乌鸦"的活跃所破坏；其次，万一各国治安部门没有很好地履行职能，"乌鸦"的存在就是一个威慑和保障；再者，政府主导的打击罪恶的活动中，事先调查、疏散民众、维持秩序、善后处理、量刑惩处等都能顾及，不像"乌鸦"——在以少对多的战斗中，往往必须不择手段才能取得胜利，局面很容易失控，经常惩罚过重或者波及无辜者。

对"乌鸦"开出的条件是："乌鸦"中的所有成员（糖国政府其实已经掌握了大部分的名单），过去的案底都可以一笔勾销，今后探亲、上学、旅游、找工作都不受限制，哪怕想要考公务员也可以，但今后不能再有违法乱纪的行为；保证伤者或者残疾人能够得到最好的治疗、最妥帖的照料，如果愿意加入政府部门，哪怕不良于行也能担任某些特殊部队的教练，所有的待遇都按照最好的标准。这是最主要的两条，还有一些琐碎的条件，比如：对于愿意曝光身份的"乌鸦"成员，可以在住房、医疗、工资、福利待遇等方面享受优厚条件；对不愿意曝光的成员，也能给予最大范围内的自由，并给予一定程度的豁免权，比如追击罪犯的时候闯个红灯什么的，只要不造成伤害事件都可以消掉；在国外活动的时候还能获得糖国的庇护，万一遇到什么情况，可以向大使馆求助……

换而言之，就是要求"乌鸦"在今后行动的时候，先把目标和证据转交给当地政府，由他们来出面。万一政府解决不了或者试图捂住盖子，"乌鸦"就可以出场，其他的除了要求他们不能随意杀人放火，基本没多少限制。只要能做到这一点，"乌鸦"的存在就能得到糖国政府的官方许可，在种种优厚条件以外，最重要的就是，有一个机会能让他们重新行走于阳光下。

这个机会，对那些想要重新获得正常生活、能够堂堂正正关心自己家人的人来说，再没有比这更可贵的了，哪怕是喜欢刀口舔血生活的另一部分人，也会希望有不用遮住脸就能随意逛街吃饭的时候。

所以，容远答应了。

不过有一点，金南没有说，容远也明白——不管这个协议中给了"乌鸦"多少自由，不管条件有多么宽松，当他们接受这个协议的时候，他们就不再是曾经除了容远以外毫无束缚、无法无天的暗黑制裁者，而是半只脚踏入体制内的特殊警察，必须遵循一定的规则，接受适当的管束。

即便如此，对于糖国来说，能接受这种半游离状态的义警的存在，都是一种近乎不可能的改变。这种改变的原因，有金南努力的成分，有金家地位、贡献和人脉的影响，也有现在世界局势动荡不安的威胁。不管怎么说，能够促成这件事是非常困难的，其结果，也未必能尽如人意。

至于将来，是黑棋最终被庞大的、旋涡般的体制吞噬，还是他们如同鲶鱼一般搅乱平静的湖水，让这个国家都为此发生改变，或者是他们最终潜移默化地取代了过去臃肿的官僚体制，成为一种特殊、独立又自由的存在，种种可能性无法确定，而容远已经放开了手。

自从挽救了比丘星，容远的功德已经变成了一个天文数字，回到地球以后，虽然没有办法再看功德变化，但棉花糖、实验室疫苗、天网援助者等，每时每刻都让容远的功德在增加。相比之下，黑棋带来的功德虽然可观，麻烦却也不少，就像是鸡肋，食之无味，弃之可惜。将来万一黑棋发展成一种无可替代的存在以后突然失控或者崩溃，那么容远也会受到拖累——人心复杂又易变，他从来不认为有诺亚的监控就能万无一失。所以理智一点，现在放手是最好的。

不过黑棋——或者说"乌鸦"，对他来说是特别的，对这个世界来说也是特别的，所以他以幕后首领的名义与金南谈判，他还会让诺亚继续协助他们，也会在将来其中某颗黑棋遇到生命危险的时候伸出援手，但仅此而已。

"解决了也不算完。"接着说话的是性格温和、擅长医术的女孩甘草，她蹙眉道，"老大把这件事揽上身，今后就得把它担起来，麻烦多着呢，以后也不会轻松。"

众人点头。

他们都对金南有强大的信心，相信他出马一定能将其搞定，但将来"乌鸦"和政府怎么联系、怎么配合、怎么确定权属和责任关系、产生分歧以后怎么解决，这才是重点，而金南要将其完全甩开手是不可能的。取经路上九九八十一难，这只是第一难。

所以，麦冬等人，都不理解金南为什么非要亲自做这件事。这种事，就是事倍功半、出力也不讨好的苦差事，弄不好就成了风箱里的老鼠——两头受气，一般人推都来不及，哪还有迫不及待接手的呢？不过他们对金南都是既信任又爱戴，所以哪怕不赞同，也会半点不打折扣地执行下去。

众人讨论了一阵今后的问题，大致拿出一个章程，又主动分担了各项工作，吃饭的时候都没有停止，直到夜半，才在金南的命令下各自回房休息。

直到万籁俱静时，金南才轻轻松了口气，从自己房间的抽屉中拿出一个白色的信封，看了看，然后将其点火烧掉。

这是他的遗书。

没有人知道，金南今天在去见容远的时候，是做好了赴死的准备才去的。

他没有对外泄露容远的身份，没有跟任何人说明"乌鸦"幕后首领跟外星人、人形机甲中驾驶员的关系。因为容远所掌握的那种仿佛无所不在的监控能力让他戒备，他担心万一自己说了，或许会给身边的这些人带来杀身之祸。

发现秘密暴露以后的容远会做出什么，完全就在他的一念之间。为了隐藏身份而杀人灭口，只是无数可能性中概率比较大的一个。以金南对容远的了解来说，他不是一个会顾惜人命的人，一旦做出决定，就会毫不犹豫地动手。看在金阳的分上，金南觉得也许自己不会死，但容远背后的秘密，就像藏在海面下的冰山一样深不可测，或许有别的手段也说不定。

比如实验室里那个惟妙惟肖、没有人能看出破绽的替身。

幸好，最坏的可能没有发生，所有的一切都在向着好的方向发展。

他不能让别人知道或者来做这件事，因为他知道像容远这样掌握了超自然力量的人，一个不慎，可能就会被推到对立面去，用对待普通人的方式来对待他是绝不可行的，遗憾的是，有点身份的人在面对"平民百姓"时大多数不懂得什么叫作交往的分寸。

他也不能置之不理、任其自由发展，因为他看到了人类的危机，也看到了容远身上巨大的隐藏力量。外星人已经离地球如此之近，按照人类正常的科技发展速度，应对这样的危机还需要很多年。能够迅速发展的可能性只有两个：一个是人类在战争中浴火重生，毕竟战争才是科技最好的催化剂；另一个就是得到能够跟外星人正面抗衡还取得胜利的容远的帮助。

机甲、替身、某种监控程序……他相信自己看到的只是冰山一角，然而，逼迫、威胁、利诱、欺骗……耍弄这些手段在绝对的力量面前都是愚不可及的，唯一的下场就是自取灭亡。

所以，他以"乌鸦"为引子，暗示容远自己对他已经知之甚深，试探他的态度，观察他的品性，并为今后的来往做一个铺垫。

遗书烧尽，变成一小堆黑色的残骸，一捻就碎了。空气中缭绕着一股纸张燃烧后的特殊味道，"啪"的一声，灯被关掉了。

黑暗中，金南擦干净手指，躺在床上闭上眼睛，盖住了眼中深不见底的情绪。

"游乐园？"容远下意识地反问了一句。

与金南会面，虽然身份有暴露的危险，不过能彻底解决"乌鸦"的问题，为他们找到新的定位，容远也是高兴的。让诺亚把金南的条件和诚意转述给黑棋众人，他们有的选择退役，有的选择加入特殊部队，还有的选择继续隐匿身份活动，不过这些他都已经甩开手了，心中感觉很是轻松。

或许是被他的心情所感染，这几天艾米瑞达也不像刚开始那么黏他，但笑容更多了。这女孩已经成了一个深度电视迷，每天都坐在电视机前，连非常幼稚的动画片都能看得目不转睛。不过她不喜欢那些巨额投资制作的科幻大片，大概是因为里面的科技和特效水平在她看来漏洞百出。她最爱看的是言情片和文艺片，经常一边哭一边看，泪点低得要命。

周末的时候，金阳和柳婷跑来找他们，说要带艾米瑞达去游乐园玩一天。但在容远的概念中，这是小孩子才会喜欢的地方。他没有直接决定，而是转头问艾米瑞达："你想去吗？"

艾米瑞达使劲点点头，虽然没说话，但眼睛里全是渴望。

"那就走吧。"容远随意地说，他觉得去不去都可以。

认真说起来，容远其实是没去过游乐园的。小时候，金阳父母倒是想过要带容远一起去，但那时候他一来不想让自己和金阳之间变成依附和被依附的关系，二来也不喜欢游乐园那种阖家欢乐的气氛。现在回想起来，倒是觉得无所谓了。

在点头的时候，容远忽略了一件事——《功德簿》的契约者在某种情况下，相当于一种厄运吸引器，在他周围的人或物，更容易发生意外事故。只不过自从他高中最后一年闭门研究棉花糖开始，他的活动范围一直很有限，即使想要发生意外，也是需要环境允许的。在比丘星，他本身种种倒霉事已经无须说了，回到地球以后，醒来就流落荒岛，阿迪亚在他身边频频出事，救只海洋生物还被金南盯上，很难说这些不是《功德簿》带来的厄运。但要说发生什么意外，没有比游乐场更方便的地方了。虽然功德玉叶有屏蔽厄运的作用，但那是加了限制器的，此时正面影响和负面影响相抵，自然还是负面的多。

所以在过山车一节一节越来越慢地爬到数十米高空的时候，容远心中忽然浮起一丝不安，耳中隐约听到细微的"嘎嘎嘎"的声音。

此时最刺激的一次滑落近在眼前，所有的乘客屏气凝神，抓紧安全杠等待，还有人已经害怕地闭上眼睛，只待下落时放声尖叫。车轮与轨道之间发出"嘎啦嘎啦"的碰撞声，听着就让人觉得它们随时会断裂一样。

所有人都相信这只是错觉，然而今天并不是。

容远集中注意力，从各种吵闹的声音中分辨那让他感到不安的一点杂音。过山车越升越高，间断响起的声音就像是其中一个不和谐的音符，并不明显，然而因为离得很近，容远能准确捕捉到它的存在。

异响存在的地方，就在他身后车厢的车轴连接处。

过山车已经升到了最高点，又往下滑了一小段，忽然停住！此起彼伏的尖叫声乍然响起，连地面的游客都看得既害怕又好笑——这一停顿本来就是这个项目的设计环节。五秒以后，过山车就会如同流星般一冲而下，一头扎进浅水里，激起数米高的水花。

容远也是果断，不再细想那声音产生的缘由，抓住车厢，闭上眼睛，视野猛地一变！世界仿佛变成了黑白色的，人、车厢、铁轨，像虚拟构图一样出现在脑海中，他把注意力集中向车厢，车轮是钢，车厢是钢，他握着车厢的手臂好像也变成了钢，同样的结构，同样的性质。

然后世界都消失了，只剩下数不清的细小的弦，以他还不完全理解的方式振动着，那么相似。

弦力的应用，在这弦的世界中掀起了一串微小的波。

"咔！"

随着一声轻响，过山车刚要下冲，忽然又死死地卡在轨道上。那一冲一止之间的变化极为短暂，但过了正常的停顿时间，过山车依然没有移动，哪怕是最镇定的人也忍不住心慌。乘客身体下倾，将落未落，短短的安全杠根本无法提供任何安全感，只要睁开眼睛，遥远的地面足以让任何人感到眩晕。高空的风呼呼地吹过去，过山车似乎在狭窄的轨道上摇摆，车轮衔接处"嘎嘎嘎"地响着。

"啊啊啊啊——"

容远觉得耳朵都快要聋了。

为什么汽车出车祸的概率比飞机失事的概率高得多，人们还是更害怕坐飞机呢？很简单，因为坐汽车时发生事故，还能够想办法自救，飞机失事就只能祈祷奇迹发生了。

此时，人们无法遏制地尖叫起来，有人吓晕了，有人吓尿了，还有人惊慌失措地想要掰开安全杠自己逃生，混乱得一塌糊涂，空气中还散发着异味。

容远彻底后悔了，他就知道游乐场这种地方一点意思也没有。不过他身边的艾米瑞达一点害怕的意思都没有，一点也看不出她平时那么胆小，她还兴致勃勃地探着头张望，显然觉得众人害怕的表情很有意思。

这里的过山车由电脑控制，一旦出现故障，会立刻停止运行。容远正是利用了这一点，稍微做了点手脚让电脑察觉，才使得过山车在俯冲之间被控制住。他的车厢靠后，他后面的车厢几乎是被顶到最高处。两节车厢之间的金属连接轴表面看上去无恙，实际上一条细细的裂缝几乎贯穿了整个车轴，稍一用力，只怕就会像脆弱的枯枝一样断开。

所以，他们现在看起来危险，实际上是最安全的。

不过其他人并不知道这一点，歇斯底里的尖叫和哭泣一直没有停下，有个女孩两眼发直，除了尖叫，似乎已经做不出其他的反应来。在容远前面的一节车厢中，金阳和柳婷也是脸色发白，两人十指紧扣，半晌没有出声，一直凝望着彼此。

游乐园花了半个多小时才把车上的乘客全解救下来，在这过程中，容远稍一引导，工作人员也发现了车厢连接处的隐患，再一检查，骇得脸色发白，又是后怕又是庆幸，脸上的表情很是精彩，惹得众人纷纷注目。不过这种事情肯定不好跟游客透露，这名工作人员脚底发虚，从人群中挤出去，匆匆忙忙去向上级汇报了。

"呜呜"的警报声渐渐远去，好几个人刚一落地就被提前叫来的救护车送到了医院。金阳两人虽然不至于如此，但脸色看上去也是十分苍白。容远叮嘱艾米瑞达别乱走，自己去买了几杯热饮给他们压压惊，往回走的路上，不想遇到了一个熟人。

"谷远？"阿迪亚一脸兴奋地蹦到他面前，十分惊喜地喊道，他戴着帽子，怀里还抱着几个玩射击游戏赢来的玩偶。

"阿迪亚？"容远也觉得很是意外。

"嘘——"阿迪亚急忙挤眉弄眼，示意他不要说出来，又左右两边看看，生怕被认出他的粉丝围堵。不过他多虑了，糖国人对黑人的面貌识别率不高，如果他站在舞台上，肯定立刻会被认出，但这样随便套一身衣服混在拥挤的人群中，还有人能把他一眼分辨出来，那一定是真爱。

事实证明附近没有"真爱粉"，阿迪亚松了口气，说："我们是偷偷跑出来玩的，别被人发现了。"

"我们？"容远一看，在他身边还有一名个子高挑的糖国青年，戴着口罩和兜帽，看不清长相，但身材比例很好。

容远无意猜测这个人的来历，阿迪亚偷偷摸摸地要给他们介绍，却见那个藏头露尾的青年自己主动把口罩摘下来，微微一笑说："你好，我叫吴希。刚才挺惊险的吧？"

那是一张美如冠玉的脸，无须修饰便仿佛自带美颜美妆加瘦身的效果。容远看着他，目光却一点点加深。

"还好。"容远淡淡道。

他记得这个人。

当然，就凭这一张脸，见过的人恐怕也很难忘记他。只不过几年前机场初见的时候，他看起来还没有这么光耀夺目，如今脸没有变，气质却截然不同，整个人看起来也提升了不止一个档次。

如今整个糖国的明星中，无论男女，面前的这个男人是最有名气的一个，任谁也想不到他居然会乔装打扮跑到人山人海的游乐场来玩。一见到他，容远就想起一件诺亚当成趣事来讲的事儿来——

据说就在几个月前，有电影公司想拍容远的励志传记电影，还计划找吴希当主演，消息都传出去了，却一直没有得到"容博士"的允许，最后只能不了了之。为这事，吴希的好多年轻粉丝"稀饭"还和容远粉丝掐起来了。

不过糖国，无论哪个年代、哪个地域，都有一个普适性的真理，那就是"学习好即为正义"。粉丝多半是为了偶像的颜值在掐，但容远有无数高大上的光环庇佑，导致这一掐，瞬间就上升到国家未来的价值观和思想教育的高度。就和五年前一样，众多教育界和科学界的泰斗跳出来痛斥"稀饭"和无辜被连累的吴希，喷得他们无地自容。这件事还被该省选为了今年的高考作文题目，在刚刚结束的考试中，无数头悬梁、锥刺股的莘莘学子从各种角度把这事剖析来剖析去，吴希被黑了一万遍。

要是换一个名气稍微小一点的，只怕现在已经被撸下去雪藏了。以吴希的地位和名气，他还能在那个圈子里稳稳地站着，但最近也不好过，各种通告基本上没了，正在谈的一个代言也吹了，甚至连看好的剧本都不得已找了其他人。也因此，平时忙得脚后跟打后脑勺的吴希才能闲到跑来游乐场逛。

其实圈子里的人都挺同情吴希的，粉丝乱喷导致明星倒霉的事常见，但被粉丝坑得这么惨的明星不多。容远好笑之余，也觉得他有点无辜，但如今见到真人，就不再这么想了。

他眯着眼睛，扣紧手中的石头戒指，看不见的弦在他耳边传递着异样的声音。

吴希打了声招呼，又立刻把口罩戴上。幸亏阿迪亚动作敏捷，把他挡住了，不然又是一场骚乱。见他重新遮好了，阿迪亚才松了一口气，不由得抱怨说："哦，布莱恩，拜托你行行好吧，我可不想再体验一次差点被扒光的感觉。"

"抱歉抱歉。"吴希含笑说，"我太激动了。"

"布莱恩"是吴希的英译名，听起来他们之前大概被粉丝围追堵截过。不过容远对这些没兴趣，随意点点头，然后说："还有朋友在等我，先走了。"

"哎……"阿迪亚伸出"尔康手"，但容远已经头也不回地走了，在岛上的那两天，他对容远言听计从，此时也不敢拦，呆呆地看着容远走远，然后才捶胸顿足地说，"我还想好好谢谢他呢！至少也该留个联系方式啊！"

他在一边懊恼着，想要去寻又踟蹰不前，也就没有注意到旁边的吴希一直凝视着容远的背影，直到再也看不见了才收回视线。吴希问道："他就是你说的那个救命恩人？"

"是啊！"阿迪亚比较单纯，一说起这个来就又骄傲又崇拜，笑容满面，"谷远真是太厉害了，在岛上的时候……"

他滔滔不绝地说，因他说得次数多，众人都烦了，以前吴希也只是出于礼貌才听着，此时却倾听得格外专注，时不时追问几句，正好问到点子上。阿迪亚越说越兴奋，好些已经忘掉的细枝末节都被他从记忆深处挖了出来。

吴希的眼中，闪烁着兴趣盎然的光芒。

"对了，"阿迪亚突然想起吴希之前的话，说，"你刚才激动什么？"

吴希微微一愣，回想了一下才说："嗯，因为你的这位朋友有点像我的偶像，所以……"

"偶像？"阿迪亚瞪大眼睛，"你的偶像是谁？"吴希在粉丝骂战之前，口碑素来很好，现在的风评也不差，但阿迪亚知道那不是因为他的这个朋友生性有多么温和，而是因为他傲慢，傲慢到根本不屑于跟那些人计较。

他很难想象这样的吴希也会因为偶像而激动到失去理智。

但不管阿迪亚怎么缠，吴希都只笑而不语，始终没有让阿迪亚套出"偶像"的名字来，只是在转身离开的时候，又往容远的方向看了一眼。

而在他的目光尽头，容远轻敲了一下隐形耳机，低声说："诺亚，今晚回家的时候，我要看到有关吴希全部的资料。"

他匆匆跟那两人告别，是因为最重要的人都在身边，所以他不能在这里惹出是非来，但不代表他没有把这个吴希放在心上。

"知道了。"诺亚应了一声，立刻开始工作，嘴上却不闲着，"容远，你发现他有什么问题吗？还是你也开始追星了？唉……迟来的青春期啊……这不好吧？追星就要追比自己更优秀的人啊！他有什么值得你学习的？我觉得吧……"

"咔！"容远关掉了耳机。

经历了一场过山车惊魂，游乐场的游客散了近一半，容远等人自然也玩不下去了。艾米瑞达闷闷不乐，金阳和柳婷一商议，觉得她那么喜欢看电视，去电影院看场电影也不错。为了避免跟他们一起再发生什么意外，容远便先回家了。艾米瑞达左手拉着金阳，右手拉着柳婷，丝毫不知道自己当了一回大大的电灯泡，兴高采烈地去看电影。

见识过外星电视节目的全息技术，容远觉得她一定会失望的。

诺亚虽然看起来不靠谱，但它做事的效率没得说，当容远回家的时候，一沓整整齐齐的资料已经打印好了。

从资料上来看，吴希的出身和经历其实挺普通的——小康之家，父母俱在，还有一个哥哥在父母身边尽孝，吴希则是以一个还算优异的成绩考入了 B 市电影学院，之后便被星探发掘，上学期间就参与了好几部电视剧的拍摄，跑过龙套，演过配角，一年之后被某个知名导演相中，演了一部青春爱情剧的主角，自此以后便大红大紫，星路十分顺畅。

吴希颜值高，演技也好，为人谦逊随和，低调实在，无不良嗜好，热心慈善和运动，唯一的爱好也很萌——他是个天生不会发胖的吃货。评价好得一塌糊涂，仅有的两次挫折，全是容远带给他的，虽然容远本人也是在不知情的时候被无辜卷入。

从这些资料来看，他没有任何黑点，但容远既然要查，自然不是为了看他的成名史，诺亚费尽周折，终于找到两个疑点：

其一就是，它计算了吴希每天摄入的能量和他本身的体重体型，认为两者严重不匹配，按照正常人类的吸收标准，此时的吴希应该是个体重超过一千斤的大胖子。

其二则是，上高中的时候，吴希被雷劈过，住院近两个月，差点错过了高考。住院期间的吴希一度曾让父母感到害怕，父母甚至拒绝去给他送饭，他在出院之前吃了很长一段时间的医院营养餐。但现在，他们一家是娱乐圈中父慈母爱、兄友弟恭的典范。

容远分析了一下第二个疑点，心道：难怪如此。

吴希，或许已经不是真正的吴希，所以他才在那家伙身上听到那种异样的声音。同一种物质的弦声都相差不大，人类也是如此。但那种声音，他从来没有听到过。

那到底是什么？

容远正在思考，忽然感觉有道视线凝注在身上，抬头一看，同时运起了弦力，然后便是一愣。

隔着玻璃，豌豆正站在窗外。

第 七 章
毁灭倒计时

对视片刻，容远打开窗子，豌豆挪进来，看他一眼，又低下头，期期艾艾地说："容远，那个……我……"

它嗫嚅着，嘴唇轻颤，想说"对不起"，又想为自己解释一二；想问"你不怪我吗"，又害怕听到容远的答案；想要问"身体还好吗"，又觉得自己并没有资格这么做。

容远垂眸看看它的头顶，抬起手。豌豆紧紧地闭上眼睛，一副"我该死"的模样，仿佛正在等待审判的罪人。

"嗒！"一声轻响，豌豆额头被弹了一下，力道不小，让它一屁股坐在了窗台上。豌豆愕然抬头，便看到容远神色依然淡淡的，看不出多少喜悦来，但也没有怀疑，没有憎恨，没有疏远。

弹完后，容远又回到桌边继续看资料，口中道："下次记得早点回来。"是随意的语气，仿佛豌豆只是个出门玩耍忘了回家时间的孩子。

豌豆双手依然捂着额头，嘴角紧绷的线条塌了下去，短眉毛皱起来，黑黑的眼中波光闪烁，如果有泪腺这种结构，恐怕此时它已经泪如雨下。

但它终究是连眼泪都没有的守护机器人，认真算起来，甚至连生物也不是，却生出了独立的思想，这不能不说是一种悲哀。在过去，不是没有碰到过把它视为好友甚至当作子女的契约者，也有过感觉很幸福的时候，然而最终，全化作一道道伤痕，深深地刻在记忆深处。

此时此刻，容远并没有给予任何安慰或者说"我不怪你"之类的话，神色一如既往地冷淡，但豌豆感到一种终于找到归属的温暖，四肢百骸的温度渐渐回转。

豌豆取下背上的戒指，犹豫了一下，挑了个顺眼的地方放好，然后拉拉容远的衣袖，轻声道："容远，你的纳戒我找回来了。"

容远内心也没有表面上那么平静，刚才光顾着看豌豆了，倒没有注意它背后的东西。此时看到失而复得的纳戒，他伸手拿起来，查看了一下，发现不光他放在纳戒里面的东西都在，连当时不在戒指里面的人形机甲、拟态衣、激光刀等物也在，不禁有些意外地说："我还当这些已经遗失了，你怎么找回来的？"

豌豆抿了下嘴唇，简单地解释道："我对功德商城的兑换物也有微弱的感应。"但在天罚的时候，豌豆本身是没有意识的，当时和容远被突然拖进《功德簿》的异次元空间，被空间排斥的其他兑换物也在扭曲的空间中瞬间散落，豌豆也是上天下海，无所不至，才把东西找齐全了，其中辛苦，一言难尽。

对容远而言，纳戒中别的东西都不算什么，丢了再兑换就是，反正他现在不缺功德值，只有一样是万万不能弄丢的。容远取出秘藏盒，黑色的小球滴溜溜地在掌心滚了两个来回，他握了握拳，再打开时，金属小球如同花儿一般绽放。

容远沉默许久，把它重新收起来放进纳戒，见旁边的豌豆欲言又止，一副十分为难的模样，便问道："又怎么了？"难道非要他喊打喊杀才觉得合理吗？

豌豆飞快地看他一眼，垂首，又看他一眼，绞着手指，不安地说："要不……你把《功德簿》收回去吧？"《功德簿》一直在豌豆的芥子空间里，若是他们以后再像这次一样分开，容远万一遇到生命危险，想兑换一个趁手的工具都不可能。流落荒岛时若是有《功德簿》在，他随便换架飞机或者一艘汽艇，都能回到岸上；再不济，换部手机也能找人搭救，不至于苦等半个月才等来一个倒霉的落水明星。

而且……豌豆心酸又非常善解人意地换位思考——若是它自己，也不会把性命攸关的东西放在不可信的人身上。

果不其然，容远脸黑了。他的声音中不自觉地带上了几分冷淡："你放心，如果觉得你不可信，我会第一时间把《功德簿》收回来的。"容远说完后，心情不好，也懒得再看，扔下资料回卧室去了。豌豆刚犹豫了一下，想着要不要跟上，门就关上了。

"啧啧啧，小豌豆，主人真心宠你啊！"一直在装死并且被两人忽略的诺亚贼头贼脑地从电视屏幕的角落里冒出来，背着双手踱到前面（实际上就是屏幕中的人影越变越大），歪着脑袋左右看看豌豆，见小家伙神情萧索，又道，"难道你听不出来吗？他说的话不就是'我现在还非常信任你'的意思吗？你到底在伤心什么？"

"我知道。"豌豆也不傻，"但是……我自己都无法相信我自己。"它一直知道自己只是守护机器人的身份，却从没有像现在一样恨不得自己只是没有灵智的花花草草，这样还能毫无顾忌地待在容远身边。只要它是守护机器人，它就要面对不知什么时候就会失去控制的情况，甚至它连自己的想法是不是真的属于自己都不确定。

身体被操纵并不可怕，可怕的是，当豌豆回想起来的时候，就会发现执行天罚的自己并非失去意识或者没有记忆。它清清楚楚地记得过去的每一个瞬间，但那些在记忆中翻滚的场景没有给那个自己带来丝毫的犹豫或动容，它是非常清醒、非常理智地挥下天雷，并且在很长时间里深信自己这样做是无比正确的，冷酷无情得可怕，就好像一个完全没有感情的机器一样。只有在容远挥散天雷的时候，它的头脑才混沌了一瞬间，迷迷糊糊中看到重伤垂死的容远正落向大海，它挥了挥手，把他下落的方向略微调整到靠近某座小岛，然后立刻又回到之前的状态中去。

在降落地面以后，它曾经有一段时间非常生气，天雷的威力被截断，它就像被冒犯了一样十分愤怒。只是《功德簿》自有规则，否则它一定会冲到岛上再发一记甚至更多的天雷，直到不合格的契约者被清除为止。它带着《功德簿》，故意不回到契约者身边，不眠不休，不吃不喝，宛如一块造型奇特的石头一般日夜站在悬崖峭壁上，目不转睛地凝视着契约者所在的方向，满心期待着他能再次犯错，好让自己可以用更强大的天雷将他轰灭。

想起那时自己心中充满恶意的想法，即便周围没有人会读心术，豌豆依然又羞又惭，恨不得自个儿劈了自个儿。

见它只说了一句，不知想到什么，神色看起来没多大变化，但那双跟内心同步变化的眼睛几乎道尽了它的心思，诺亚便说："小不点，我不知道你们两个这次出去发生了什么事，也不说容远将来一定不会抛弃你的话。只是你想想看，万一将来你们不得不分开了，回想起来，你是希望这段还能在一起的日子彼此信任、形影相随呢，还是想要隔阂渐深，越走越远呢？"

豌豆眉头舒展，脸上出现几分思索和恍然之色。

诺亚又说："还有，如果你做错了事，或者你认为自己做错了事，最重要的不是道歉，也不是思考自己要负多少责任，而是尽量弥补，还有怎样才能让以后不要再犯同样的错误。回避是没有用的。"

豌豆认真想了想——可不是吗？如果它害怕《功德簿》还会通过自己伤害容远，那么只要不让它有这个机会不就行了？《功德簿》有它的规则所在，如果契约者没有违反规则，偶尔打个擦边球什么的，最多只是被扣功德，不会有天雷轰顶的隐患。

豌豆的眼睛渐渐亮起来，愁容一扫而光，作为守护机器人，它竟自己翻出规则，思考其中有没有什么漏洞可钻……或者说，理解规则，掌握规则，就是为了更好地利用规则。

"唉……可算讲完了。"诺亚装作很累的样子说，不着痕迹地给自己邀功。

卧室的电脑桌面上，诺亚捧着一杯热气腾腾的咖啡，跷着二郎腿坐在一张实木椅子上，眼角余光偷偷瞟容远。

它的这些小心思瞒不过容远，或者说它并没有想要瞒着，因此，容远并不理它。左等右等等不来一句慰藉，诺亚只好再争取："主人，这些话，您为什么不跟它亲自说呢？"

"关系太亲近，说的话都要打个折扣。我真心实意，它还要当我只是在安慰它。"容远见诺亚真有几分不明白，于是耐心道，"所以：我跟它说，叫'陈词滥调'；你跟它说，才叫'金玉良言'。"

诺亚愣了愣，忽然捂脸假哭："呜呜呜……你们把我当成是关系不亲近的人……再也不跟你们一起玩耍了……呜呜……"它像顽童一样撒了会儿娇，见容远始终不为所动，终于讪讪地放下手来，它也不敢真的惹容远生气了。

容远这才道："盯着吴希，有任何异常立刻告诉我。"

"哎，是！"诺亚语气欢快地应了，努力挽回刚才胡闹的印象分。

"还有，"容远又说，"以后我让你传话的时候，别胡乱加台词。"

诺亚：你怎么听到我跟它说话的？房间隔音这么差？

斑驳灰暗的墙壁上，挂着稀疏的爬山虎，屋脚下和水沟里长着暗绿色的苔藓，一坨一坨地簇拥着，排水沟的水泥板子几乎看不出本来的颜色，上面蔓延着泛着泡沫的脏水和潮湿的泥土，散发着古怪的味道。

道路中间还是干净的，路两边却有很多垃圾：塑料袋、小木片、包装纸、瓜子壳、烂菜叶子，有时临街的店家还会直接把脏水泼出来，路上的人几乎要小心翼翼地挑着干净点的地方走。也有那种不在意的人，穿着拖鞋，挽起裤脚，直接踩在污水里，从脚趾到小腿全黑乎乎的一片。

路上也没有分什么机动车道和人行道，人和车混在一起，随时随地都有人像要自杀一样飞快地冲到路中间，也不管有没有车辆迎面开过来，还有几岁大的孩子在路中间踢皮球。这样的路况足以把急性子的司机气死，但再生气也只能慢吞吞地以比走路更缓慢的速度挪着，烦躁的喇叭声穿破天际。

垂挂的脏兮兮的布帘后面，传来"哗啦哗啦"搓麻将的声音。还有人醉醺醺地喊着"五魁首，六六六"。酒杯碰撞，有人拉桌子、拽椅子，还有两个膀大腰圆的男人扭打着从一家店里滚出来，一直滚到大街上，几十人围过去，人群中传出兴奋的哄笑声，顿时使本来就拥堵的交通彻底堵塞了。

街道狭窄，隔音也不好，还能清晰地听到某栋楼上传来一个女人骂街的声音，那完全没有重复的骂词几乎让人想象她双手叉腰、吐沫横飞的样子。许多男人光着膀子笑嘻嘻地坐在路边屋檐下，懒洋洋地聊天，他们身上多多少少有一些狰狞的文身，看上去并非善类，偶尔看到长相周正点的女性从面前走过，就吹起一片口哨声，往往换来一个满不在乎的瞪视或者一句怒骂。头顶几乎全秃的老人"吧嗒吧嗒"地抽着旱烟，眯着眼睛，裹着大衣，浑身散发着一股垂死朽木的味道，混浊的眼睛中倒有种看透世情的通透。

再华丽发达的城市总有那么一个角落，容纳着一些似乎被时光和文明抛在身后的人，A市的老街，就充当着这样一个角色。乍一看去，这个地方仿佛是时光倒退五十年的旧国缩影。留心观察，才能看到现代文明的影子，比如新款手机、沾满泥土的电动车、搁在摇摇晃晃的小木桌上的笔记本电脑。

这样总是跟"脏乱差"三个字直接联系在一起的地方，容远如非必要，是绝不会踏进来的。但事实上，这已经是他第三次来到这个地方了。

第一次，他和邵宝儿在这里逃命；第二次，他来这个地方想要击杀王春山未果；这是第三次，他因金南的邀请而来。

"乌鸦"已经成为历史，金南前段时间没有音信，大概就是去处理这件事了。诺亚一直监控着进展，没有发现政府部门对黑棋刻意刁难或者诱捕的情况，是真的任由他们去留，并且处理好善后问题。经过一段时间的相互试探和考量，黑棋的人都各自有了去留，临别之前的最后一场聚会，是在某座小城镇参加了周冬和龚岚的婚礼。或许其中某些人还有怨言，不舍得曾经枪林弹雨的自由生活，但终究，大多数人还是怀着感恩接受了这个结果。

再次回来以后，金南偶尔会上门找容远，有时聊聊天，有时出去随便逛一逛，还会给艾米瑞达带点小礼物。如果不是确认他没有那个意思，容远几乎要以为他在追求自己或者艾米瑞达了。

金南是个很好的聊天对象。他不像金阳那样善于活跃气氛，让什么话题都变得有意思起来，但他博闻强识，让人感觉几乎没有他不会的东西，而且条理分明，言之有物，总能说到点子上，没有一句废话。哪怕语调平平，缺乏抑扬顿挫的起伏，神色冷淡，表情很少变化，他说话时也具有一种独特的魅力，让人忍不住仔细倾听并用心思考，不知不觉就将他所说的都铭刻在心里。

如果他去当老师，一定会成为一名非常优秀的老师吧。

容远有时候会这么想，又觉得不是每个人都像他们一样聪明，或许智商不足的人根本无法理解他们在说什么。他要体谅笨蛋的存在，说话就不会这么有趣了。

这种想法只是一闪而过。容远知道金南这样的人，绝不会去当一名普通的老师，就好像他也知道这人来找自己，绝不只是为了聊天。

只希望到了图穷匕见的那一天，场面不要太难看。

"你很在乎口腹之欲？"对周围的环境心存不满，容远直接问道。之所以这么说，是因为金南邀请他来这里的理由，就是据说有一家特别好吃的馆子。

"人生在世，不过'吃穿'二字。如果连美食都不懂得享受，那活着的意义就要少了一大半。"金南随意地说。

"你把这话跟那些减肥的女孩说还差不多。"容远不以为意，"对我来说，食物只要能提供足够的能量就行，味道根本无所谓。"

"你这样说……"金南嘴角露出笑意，"真的不是给自己不善厨艺找借口吗？"

容远脸一黑，问："金阳这都跟你说了？"

"小时候他经常说。"回忆起以前萌萌的小金阳，金南脸上笑意加深，"久闻大名，我们一家人都早就想见你了。"

想象了一下小时候的金阳怎么跟家人描述自己的，最重要的是，容远突然想起来自己曾经跟金阳说了一个十分荒谬的谎言，想象金家人听到金阳一本正经转述的时候会是怎样的反应，容远愣了片刻，满心窘迫。耳朵忽然动了动，他转身径直走向停在路边的一辆黑色汽车。

金南不明所以，不过没有询问，停下来转身看着他。

只见容远走到车边，似乎往里面看了一眼，然后从腰间拿出钥匙串抵在车窗上，也不知怎么弄了一下，"哗"的一声，整扇车窗都碎了。

老街看起来嘈杂混乱，但自成体系，容远和金南这两个与老街格格不入的外人一进入，一直有眼睛明里暗里盯在他们身上。容远这一举动光明正大又出乎意料，一时间所有看着他的人都愣了。

"嗨，你在干什么？"有人后知后觉地听到玻璃碎裂的声音，转头看到容远站在破了窗户的车边还把手伸进去，立刻就大喊起来。

"夭寿啦！有人偷车啊！"一个四五十岁的妇女以极其惨烈的声音尖叫一声，抓起一把扫帚就扑过来。

金南虽然不知道容远这样做的理由，却立刻下意识地拦在了前面，想要挡住怒气冲冲围过来的众人。

容远却没有理会这些，伸手从内侧拉开车门，然后钻进去。再出来时，他手里已经抱着一个两三岁的孩子。这孩子脸色通红，呼吸急促，眼睛紧闭着，苹果般的圆脸上全是汗，手脚还在无意识地抽搐着。

叫喊捉贼的声音瞬间一停。

容远左右看看，抱着孩子走进一家小饭馆，随口吩咐道："孩子中暑了，拿凉水和毛巾过来。"

说完也不等有没有人应声，他把孩子放在一张空桌子上，让孩子仰卧着，解开其身上的衣服。老街的人都护短又排外，这时已经没有人记得那扇被容远打碎的窗户了，全跟进来关心地看着那个孩子。提着扫帚的妇女凑近看了两眼，喊道："这不是小武家的多多吗？"

"哎，是这孩子。"

"病得这么重，是不是该送医院啊？"

"先给他降温。"

"凉水来了！凉水来了！"饭馆里的小姑娘端着一盆水急急忙忙地快步走过来，上面还搭着一块毛巾。众人纷纷让开，那妇女扔下扫帚接了过来，拧了拧毛巾就给孩子擦身。还有人拿了清凉油，抹在孩子的太阳穴和人中上。

见已经有人接手，急救措施也没什么错，容远就从人群中退出来，顺手从餐桌上抽了一张纸巾，边擦手边走出来。一抬头，金南站在门外面注视着他，目光明亮又柔和。

"怎么了？"容远走到他身边问。

"没什么。"金南说着，瞥了一眼无人问津的黑色汽车，能看到里面的车座上有大片的汗渍和一些呕吐物。仔细看看，另一面车窗上还印着些凌乱的小手印，可是路上来来往往这么多人，愣是没有人注意到车里锁着一个孩子。

除了容远。

容远也看看车，说："今天室外温度有二十七度，车内感觉至少有三十多度。把这么小的孩子扔在车里，跟杀人也没什么区别了。"大一点的孩子，如果家长特别教导过，还有可能爬到前座上按响喇叭求助。

话音刚落，只见一对年轻男女穿着睡衣踩着拖鞋哭天喊地地冲进饭馆，"心肝啊""宝贝啊"地一阵哭喊。后面还有一个老太太，扶着腰，也是又哭又骂地跑过来。

"走吧。"容远说。

金南问："车不管了？"

"救他家孩子一命，难道还抵不上一扇车窗？"

"不留着看看后续吗？"毕竟那孩子还没有脱险。

"死不了。"容远说完，又觉得不对，问，"你想看？"

"不……你说得对，能做的都已经做了，剩下的也管不了。"金南做了决定，"我们去吃饭。"

金南所说的这家饭馆不大，但是很安静，也很干净。容远对此还是很满意的。至于饭菜，确实比容远平时吃的那些味道要好，却也不值得他专门跑这一趟，或者说在他的观念中，饭菜这种东西不具备让他专门跑来品尝的价值，哪怕御膳也是一样。

小饭馆里做菜的是个瘸腿老头，身体壮实，说话时中气十足，看样子至少还能再活三十年。服务员则是个十七八岁的女孩，看着容远悄悄红了脸，拎着茶壶在他们桌边转了两圈，在老头的喊声中依依不舍地离开了。

吃饭时，刚才容远把孩子抱出来和离开时擦手的场景依然在金南的脑海里晃来晃去。他想，容远真是个特别有意思的人。

这几天，他们看似无所事事地随便混了几天，但金南内心一直在评估容远，他相信容远也是一样。

只是以前金南以为容远只是一个少年成名的科学家而拼命保护他的时候，容远对他已经有了很深的了解；而金南，却是在这几天才真正认识容远。

金南在很多年前就总是从金阳口中听到这个名字，知道金阳在A市有个很好的朋友。不过他们家并没有随便认识一个人就把别人的背景查个底朝天，甚至闲得没事把宝贵的兵力派去监视的习惯，既然金栢夫妻确定那孩子没问题，他们自然也是放心的。

在金阳口中，容远自然是千好万好：善良、聪明、坚强、独立、刻苦、严谨等等。

在金栢夫妻口中，那是个沉默寡言、有点孤僻的孩子，但除此以外，几乎没有缺点。

不得不说，很大程度上这是因为金栢他们的道德观念不允许自己在背后说儿子的救命恩人的坏话，也是因为金栢在意容远，而容远当时的社会地位和条件又不可能对金阳造成威胁，那么，他们多说点好话也没有影响，却不想金南因为这长时间的误导，对容远的印象非常好，以至于很长时间没有把怀疑的目光放在容远身上。

真正相处以后，金南觉得容远就像一本书，你永远不知道下一页写着什么。甚至当你以为自己已经足够了解他的时候，一些想法随时随地都会被推翻。

就像吃饭的时候，他珍惜食物，并不挑食，却从来不会吃太多；他吃得很仔细，看上去在享受食物的美味，实际上根本不在乎是什么味道。就算是他自己做的那种堪比毒药的黑暗料理，他也能面不改色地吃下去；你以为他味觉迟钝，然后才知道他实际上能轻易品尝出一道菜的火候、各种调料的分量、食材的新鲜程度，他只是不在乎这些。

但至少金南可以确定一点：容远并不是真正无情的人。

所以，他是不是该更进一步？

"叮咚——"门铃声响起的时候，容远的目光并没有从电子阅读器上收回来，只是把上面全是比丘星语的内容换成了一本地球上的名著。

艾米瑞达跳起来去开门，过了一会儿，人还没进来。容远蹙眉抬头，一个人影忽然从玄关扑进来。

"容远！"

熟悉的一声大喊，成功地制止了容远反击的动作，来者顺利地扑到了容远怀里，紧紧地抱着他。

温香软玉入怀，容远没有激动，只是冷静地把手臂抽出来，本想把这人扯下来，颈部却忽然感觉到一点湿润。他手臂僵了一下，有些生硬地拍了拍女孩的后背。

艾米瑞达眨着大眼睛，好奇地看着他们，看到容远狼狈的样子，她捂着嘴偷偷笑。金阳把车钥匙搁在鞋柜上，换鞋洗手，自己倒了杯水喝，从容自在得很。

过了许久，女孩才放开他，吸吸鼻子，擦了擦眼泪，坐到旁边。她目不转睛地看着容远，眼眶潮湿，脸颊绯红，水润的眼睛中有种炙热的情绪，仿佛有火焰在燃烧。

容远不适地往后靠了一下，才说："好久不见了，周圆。"

"是啊，是好久了。"这话一说，周圆的眼泪又忍不住夺眶而出。金阳及时递了一盒纸巾过来，周圆抽了两张，擦擦眼泪和鼻涕，含含糊糊地抽泣着说，"这么多年……我还以为你已经看不上我们了……"

容远离开的时间里，小 A 为了避免露馅，从来没有跟容远以前的同学和朋友主动联系过。其他人也就算了，反正容远自高三以后基本处于避世的状态，金阳知道几分内情，只有周圆感觉就像是被突然抛弃了一样。虽然还有股份，但断绝的音信让内心的悲伤消沉日渐沉淀，她只能将自己埋入疯狂的工作中，希冀增长的业绩能让容远看到她的进步和努力。

实际上，金阳跟她隐晦地暗示过，只不过为了容远，这种话不可能说得太明白，只能"心照不宣"。但周圆那时候的想法，没有跟金阳搭在同一条线上。她一直觉得是因为自己太笨太无能，所以才会被容远舍弃在身后。她在这几年中将自己压榨到极致，拼命追赶那个遥不可及的身影。而现在，当看到容远本人的时候，几年中积攒的压力和恐慌瞬间袭来，周圆哭得不可自抑，好不容易停下来，还时不时地抽泣两声。

容远没有说话。

实际上，周圆的感觉也没有错误。如果他不回头，所有人最终都会被他甩在身后。

四年的时光，周圆的变化最为明显，如果刚回来时就见到她，容远可能会认不出来。

女孩彻底瘦下来了，恐怕还不到一百斤，看上去漂亮多了。她化了淡妆，眉细眼大，脖颈修长，锁骨清晰，细细的胳膊和腿，甚至有种容易折断的感觉。只是大概很长时间没有休息好，她有很重的黑眼圈，眼角还有些细纹，皮肤也不太好。过去的艰难在她身上依然留着不明显的痕迹：手不够细嫩，脸不够白皙，手臂上还能看到淡淡的伤痕，这是她那个继父殴打留下来的。

周圆今天上午毕业答辩结束，金阳才告诉她容远回来的消息。果不其然，她不管不顾，挂了电话，拿起钱包就直接买飞机票跑回来了，甚至连行李都没有打包，此时身上还穿着答辩时的衬衣和西装裙，脚下为了方便活动换了运动鞋，看上去极不搭配。

激动过后，周圆也注意到了这一点。她呻吟一声，捂住脸，哀叹自己为什么每次都要留下这么糟糕的见面印象。

"听说你上午毕业答辩，结果怎么样？"容远少见地主动搭话道。

"还行，挺顺利的。"周圆闷闷地说。她不是不想把自己说得更优秀一点，不过她没等结果就跑回来了，此时在容远面前也没了信心，患得患失，担心万一答辩不通过怎么办。

气氛陷入了尴尬。

说点什么！周圆！你行的！找个话题——周圆在心里不停地给自己鼓劲，却半天没有发出声音，谁叫她旁边的容远天生就是话题终结者，对无意义的寒暄一向是深恶痛绝。

"喝点水。"金阳给她倒了杯热水递过来，"毕业后你有什么打算？是想继续深造呢，还是想来公司帮忙，或者出国去进修两年？"

周圆下意识脱口而出："你不是——"在"知道吗"三个字说出之前，她猛地反应过来，明白金阳为什么这么问，于是局促地抓了下衣角，看了眼容远，低着头，咬了咬牙说，"我想进研究所。"

容远有些惊讶。糖国研究所很多，但她所说的，恐怕只有一个。

开弓没有回头箭，周圆顿了一下，继续道："我大学是双学位，主修专业跟你一样，生物、物理及结构生物学，辅修的是光电信息科学与工程。本来打算今年八月份去参加研究所的招新考试。"

周圆说得简单，然而但凡了解几分的人，都知道她这几句话中包含多少艰难。

她说的两个专业，都是许多人全心全意地去投入也很难学好的专业，更别说二者几乎毫无关联，学习的艰难可想而知。她会选择这两个专业，一开始就是打定了主意要进研究所。原本像她这样的本科毕业生是没有机会的，但前两年诺亚认为每次只能接收大学和其他研究院推荐来的人限制太大，最重要的是，它看好了几个好苗子，却没有办法弄进来，抓耳挠腮一阵子后，就想出了这个考核的主意——无论国籍、种族、性别、年龄、学历、经验，是否获得奖项荣誉，只要能通过它的专业性考试，就能额外获得进入研究所的资格。

这个条件一出，大多数人的第一反应是考试一定非常难，所以报名的人并没有如诺亚预计的一般出现井喷式的增长，大多数是外国的学者和间谍，还有一些不知天高地厚的年轻人。对于这些人，诺亚为了名正言顺地把他们扔出去，就出了非常难的考题。

于是当年，录取人数为零。

这进一步给了人们"这考核一定超级难""容博士只是在消遣我们"的印象。第二年，诺亚化身为网上的小天使，好说歹说，才好不容易打动了两个他看中的苗子去参加考试。它知道他们擅长的是什么，自然针对性地给出看似很难，但都在他们知识范围内的试卷，顺利地把人才拐到了自己碗里。

所以，这场考试有个最大的黑幕——不是考过的人才能被选中，而是被选中的人才能考过。如果容远没有回来，那么为了避免小A在周圆面前露馅，诺亚肯定会把她刷下去。

不过现在诺亚决定不放水不刁难，给她一次公平的机会。

于是容远点点头，淡然地对周圆说："那你就去试试吧。"

听到这么冷冰冰的一句话，周圆却喜不自胜，用力地点点头："嗯！"

金阳：突然觉得好友有点渣该怎么办？

这些年，尽管周圆在容远面前依然有些拘束，但对外无论在学业还是工作上，她的表现都非常优秀，同龄人中少有人能够与她比较。因此，女孩现在非常自信，说话时咬字清晰又语速很快，谈吐说不上优雅，却充满力量感。

闲聊许久，即便容远大多数时候是沉默的，她也没有冷场，叽叽喳喳地说着，从宿舍趣事说到世界局势，又说到容远的研究所在世界上的地位，在同学中间的评价，众人的向往和敬畏，说着说着，周圆声音一顿，忽然想起一个问题。

这几年来，容远的名字家喻户晓，但他其实很少出现在公众眼中，离他上一次离开研究所，参加某个科学界的峰会已经有两个月了。而且，众所周知，容远被誉为"糖国最有价值的人"，他每次出行的安保规格比议员长都要高。容远曾经到周圆的大学去演讲，她亲眼看到演讲的前一天，演讲礼堂周围全部被封锁，演讲当天更是好几条路都被封锁，参加讲座的人，无论学生还是教授，都要经过严密的安检，容远演讲时身边也有保镖始终守护着。

但现在，容远坐在这里，保镖呢？安检呢？封锁呢？

想到这里，周圆立刻担心地问："容远，你怎么会一个人过来？不会有危险吗？"得不到的就毁掉是很多人都会有的心态，她丝毫不怀疑有很多国家和组织想要绑架或者杀死容远。

"不会，没几个人知道我离开了研究所。"容远一心二用，说话的时候还在看着手中的电子阅读器，他离开的这几年，地球上又出版了很多新书，大多数是垃圾，但偶尔也能找到一两本有趣的。

"为什么？"周圆好奇地问，见容远不答，就把目光转向了金阳。

金阳咳了一声，看看容远，然后说："小远在研究所留了一个替身。"他想，如果她问替身哪儿来的，长得是不是跟容远很像，为什么其他人没办法发现之类的问题，就只能容远自己来回答了。

"哦。"周圆应一声，看得出来她很好奇，但作为一个合格的脑残粉，标准之一就是不管偶像说什么，都一定是对的，不能对偶像提出质疑，不能让偶像感到为难。因此，她意识到这个问题容远不想多谈，便克制着自己，没有追问，不过眼神变换着，不知道都脑补了些什么。

周圆待了一下午，当天晚上就坐着火车离开了。她答辩完以后，学校还有一系列的事情要处理，而且研究所的报名也开始了，她并没有多少空闲。

金阳送周圆去火车站，热闹了一下午的房子又重新归于寂静。艾米瑞达轻手轻脚地把屋子收拾好，看容远打开灯，又坐在椅子上开始看书。她看了看电视，依依不舍地放下遥控器，同样捧起一本书开始看。

回到A市以后的这段时间，容远看似一直无所事事地窝在家里当宅男，实际上他自己的时间安排几乎精确到秒。起初除了满足吃饭睡眠等正常的生理需要，他把所有的时间都花在控制弦力上。而豌豆归来以后，他的时间基本上就分为两部分，一部分用来练习弦力，另一部分用来学习从比丘星带回来的庞杂知识。

在比丘星时，容远在那个收留他的章鱼外星人家里度过了一段还算安逸的生活，其间他让二号和豌豆整理星网上的知识，把能找到的全下载到光脑里。虽然最精深的那一部分因为太过于保密而很难弄到，但就已经得到的这一部分而言，地球上已有的知识体系与之相比，简直就像个刚刚学会蹒跚行走的婴儿，站在一个已近不惑之年的壮年人面前一样。

吸收这些知识，对容远来说也并不轻松，这还是在他已经有过目不忘的记忆力和超凡的理解力的前提下。

所以在星际中，智慧种和非智慧种之间才存在着那么大的差距，跟人类与野生动物之间的差距相仿。因为那些跟人类智商不相上下，甚至还有不足的种族，哪怕把自己的一生都用在学习一门学科上，也无法学完所有的相关知识，一生都在拾人牙慧，怎么会有机会做出突破性的改革创造？所以非智慧种大多数在从事畜牧、养殖、服务一类的行业，如果进入制造业，他们通常只要知道怎么做，不会有人告知他们为什么要这样做。

一个简单的"为什么"背后，牵扯的庞大知识体系已经超出了非智慧种理解的范围。所以先天智力不足，要弥补这一差距，他们就需要时间——大量的时间。经过长久的学习和培养以后，他们才能与天生就聪明绝顶的智慧种一较长短。

所以现在还没有到地球加入星际的时机，毕竟无论地球的武力再怎么发展，都只能威慑一时，绝不可能取得长久的优势。人类若想在联盟中取得一席之地，要么提高整体的智力、寿命和凝聚力，要么卑躬屈膝地依附于某个势力，充当殖民地和试验品。

在之前容远与金南会面的时候，金南谈了谈地球现在的局势和各国对那些外星机甲研究的进展，隐晦地提出了希望能得到容远帮助的意思。金南很有分寸，话题只是浅尝辄止，丝毫没有"我掌握了你的秘密，所以你必须帮助我"的意思，但回来以后，容远想了很多。

科技树这种东西，它只有十米高的时候，不能一下子人为地拔高成参天大树，它必须要有伸展根须、吸收营养、抽芽生长的过程。固然有被战争之类的东西在短时间内催化的时候，但整体必须是循序渐进的。

容远手中的东西，固然可以让地球文明跨越十个世纪的发展过程，而直接进入星际争霸时代，但若是就这么抛出来，那绝对是一场灾难。容远本人的力量是有限的，他就算一天抛出一个"新发明"，整个地球的步调如果跟不上，那也只是杯水车薪。但若是置之不理，任由母星蒙着眼睛过河，进入星际以后被欺负得欲哭无泪，再忍气吞声地缩回来，那也不是他想要的。

是的，他能给予更多，但怎么给，是有讲究的。

一个月后。

容远站在浴室镜子前，审视着里面的自己，半晌后，露出一个还算满意的神情。

在荒岛上的时候，他因为能量补充的速度跟不上消耗，暴瘦得堪比骷髅，回来以后有充足的食物，需要的话，还可以在功德商城兑换高能营养棒。在饮食充分和作息规律后，身体总算补回来了，他现在看上去跟研究所的"容博士"也相差不远。

在容远的右手边，有一个小A的等身全息图像，他将其仔细和镜子里的人影进行对比，由于年龄差，双方的外貌还是存在一些细微的差别。

容远没有打算使用拟态衣。他闭上眼，片刻后，他浑身的细胞都像是活了一样微微颤动着，眉毛的色泽略微变浓，鼻梁微微提高，颌骨增加了一点不明显的宽度，肩膀也变宽了一点，而身高增加了两厘米。

再睁开眼睛的时候，他看起来就跟小A没什么区别了，外貌多了几分硬朗，眼角眉梢都写着沉稳，但气质一如既往地凌厉。

容远没有打算伪装成另一个人，他要做的只有自己。

他推门出去。客厅里，金阳在和艾米瑞达下围棋，他正被这个才学三天的新手虐得要死要活，听到声音高兴地转过头，顿时受到了极大的惊吓。

"你是谁？"金阳愕然问完后，也意识到这就是容远，目瞪口呆地看着他，不知道该说什么好。

艾米瑞达倒还从容，在星际中，能变形的生物也不是没有，而她一直觉得容远什么都能做到。她只是看了一眼，便露出一抹可爱的笑容，然后又拈着一枚棋子计算棋路。

容远整理了一下袖子，说："我要走了。"

"要走？"金阳大为紧张，瞬间忘了自己之前的惊愕，下意识地站起来问，"怎么这么快，不多待几天吗？"

容远一愣，然后才明白他误会了自己告别的意思，说："我只是回B市看看，最近有些新的想法。"

"那就好。"金阳这才松了口气，想起自己刚才的着急和不舍，又有几分尴尬。面前的容远，他外貌变化其实不大，只是一些有了细微的调整，但整个人看起来都不同了，就像是瞬间度过了几个春秋，变得成熟许多。

容远也不躲闪，任由金阳看着。

金阳苦笑道："你到底还有多少本事是我不知道的？"容远以前的所作所为，金阳还能勉强用自己的知识和想象来解释，但容远的这一手远远超出了他的科学观——难不成是喝增龄剂了？

容远想了想，捡起花盆中落下的一朵已经枯萎的小花放在手中。

时光仿若在这一刻倒流——干枯卷曲的花瓣缓缓舒展，饱满的水分和润泽的柔光都重新出现在上面，淡粉色的脉络清晰可见，明黄色的花蕊轻轻颤抖，那样鲜活，那样娇嫩。

金阳几乎想不起来几秒钟之前它垂死的模样。

"由生到死，由死到生，这也是我现在的能力。"容远看着金阳，轻声说。

"这……这怎么可能做到？"金阳震撼莫名，手都在颤抖。眼见为实，但眼前的这一切那么令人难以置信。他只以为刚才容远是在卫生间里给自己化了个妆，完全没有预料到会看到这样的一幕。

容远却不再想要瞒他，或者说他现在已经能够承受告诉金阳事实的后果。虽然《功德簿》的存在不能泄露，但弦力是他自己的力量，并没有规则禁止他说出口。

他没有详细解释其中的原因，这也解释不清楚。容远将花插回花盆中，说："因为我见到了比别人都要多的风景，所以我可以做到任何人都做不到的事。"

金阳怔了怔，平复心情，喃喃道："真希望有一天我也能看见同样的风景。"

一定……会非常美丽吧？但这一句话，他并没有真的说出口。

既然容远以前没有提过，那就说明其中有不能透露于人的原因，金阳并不想让他为难。只是……到底心有不甘。

两人并肩而行，然后，金阳一直注视着的身影只能看见背影，最后越离越远，终究到达了他不能理解的地方。

远郊，荒山野岭之间，坐落着几栋普通的小楼房，外墙还算干净，只是有些被雨水冲刷过的痕迹，地面平整得过分。小楼中间，似乎活动着几个人影，仔细一看，这些人全身着军装，身上装备的武器也透露着一种冰冷的狰狞。

小楼之外，有一堵高高的围墙，挡住了外界所有窥探的视线。围墙四周挂着一些警示牌，写着"高压电，危险"之类的警告字样。围墙之外，驻扎着一个军营，日夜操练的士兵们将围墙团团包围起来，却从不会靠近，任何无关人员靠近围墙，在一次警告无效以后，都会被他们立刻射杀。

如果有人有透视眼，就可以看到那几栋普通的小楼下面，有占地面积超过地面十倍以上、向下一直延伸了足有十几层楼高的地下建筑，其中人来人往，穿梭不止，粗略一看，大约有数百人。

这里便是糖国最出名、最高端、成果最多也影响最大的研究所，但它有一个非常普通的名字。在研究所的正门侧面，挂着一块低调的，没有任何装饰的牌子，上面写着"907研究所"——没有文字性的描述，没有说明研究的主要方向，没有任何高大上的感觉，就这样一个普通到令人转眼就能忘记的名称，却一次次引起世界科学界的动荡。这三个数字，因其拥有者的不同，而被赋予了赫赫威名，让任何人在谈论起时都不由自主地心生敬畏。

为了安全和保密，907研究所的主体结构就像电影中的场所一样都扩建在地下，其坚实程度达到了哪怕把一颗核弹扔在上面，也无法对内部的人员和物品造成任何损伤的地步，地表的防御更是建得如同铁桶一般。主要防御体系的设计人韦杰更是骄傲地宣称，哪怕是一只苍蝇都飞不进去——事实上，他们也确实拦截过伪装成苍蝇的窃听器。

可是，如果韦杰看到眼前的一幕，大概会羞愧得自杀——在他们严密的防御中，某栋小楼（"容博士"坚持要把它作为自己的住宅，哪怕在许多人看来，这种地表建筑的安全性有待商榷）的窗户忽然悄无声息地打开，一个人影从中跳了进来。

"容博士"就站在窗口迎接，双手垂在身侧，眼睛中微光闪闪烁烁，看到来人，恭敬地说道："欢迎归来，主人。"

海浪卷着灰黄色的泡沫和垃圾冲刷着岸边，留下各种乱七八糟的东西，少部分是难看的贝壳，大部分是人类制造的各种包装袋、塑料瓶、易拉罐、橡皮球等垃圾。

嶙峋的礁石间，卡着一团红红绿绿的东西。一个高挑的女孩踩着并不平整的石头，摇摇晃晃但目标明确地走向这团东西，靠近以后，才看清这是一个已经死去的女人，身体在海水中泡得发涨了，被锋利的石头割开的伤口已经没有血流出来，白色的肉狰狞地翻开，黑色的发丝在海水中荡漾着，一些细小的鱼虾在她的尸体周围徘徊着。

尸体的头露出海面，五官变形得并不严重，可以看出是个长相清秀的女孩，虽然称不上美丽，却也还算顺眼。

"就是她吗？"艾米瑞达轻声问，抚了抚戴在左耳上的黑色耳机。

"没错。"诺亚的声音传来，"这可是我好不容易为你挑选出来的，成绩优秀，没有亲友，昨天才跳海自杀，到现在为止还没有人发现她的失踪。你顶替她的身份很合适。"

容远去了研究所，艾米瑞达自然也要跟着。对容远来说，女孩的智慧能给他带来很大的帮助，但诺亚给她伪造的身份买个火车票或者平时应付警察的检查还行，无法瞒过政府对研究所人员刨根究底的探查。她需要一个真实得无懈可击的身份。在容远的命令下，诺亚花了三天的时间，选定了这个死者，她年轻、优秀、孤僻，正在准备参加研究所新一轮的考核，却突然自杀，甚至没有告知身边的任何人，或许是因为她身边没有任何人关心她的生死。

"她为什么会死？"艾米瑞达蹲下来，并不畏惧尸体恐怖的外形，有些不解地问道。生命是宝贵的，在过去，即便她生活得再艰难，她也没有想过要自杀。

"人类是很脆弱的。"诺亚老气横秋地说，"可能是考试压力太大，可能是突然对生活失去了希望，可能是暗恋的人突然结婚了，也可能就是想要死一回试试看……谁知道呢？"人类来来去去，生生死死，它从来不会关心这种问题，只要知道这个女孩的自杀计划没有通知任何人就足够了。见艾米瑞达盯着死尸发呆，诺亚催促道："你最好快点。虽然我屏蔽了监控，但半个小时后这片海域就会有人过来，在那之前，你要处理完离开。"

"我知道了。"艾米瑞达应了一声。她其实见过很多比这更加惨烈的尸体，从来没有什么过多的情绪，然而此时，心中有些惆怅，也许是因为现在的生活比她曾经梦想的更好，心中也有了牵挂，人便变得脆弱了。

女孩抓住尸体背后的衣服，把尸体拖到石头上，然后站起来从身后的背包中拿出两个矿泉水瓶，一个里面装着淡黄色的黏稠液体，另一个里面装着些白色的晶体状颗粒。她把两者均匀地撒在尸体上，然后点燃一根火柴，扔了下去。

"哗"的一声，浅蓝色的火苗吞噬了尸体，安静地燃烧着，连烟尘都没有多少。这些是艾米瑞达自己配置的液体燃料和助燃剂，能在很短的时间内将尸体烧得干干净净，也绝不可能检验出原主的DNA。

十几分钟后，最后一丝火苗熄灭，石头上只剩下一层银白色的细灰，海风吹拂，水浪从礁石上卷过，当海水退去时，已经什么痕迹也没有了。

艾米瑞达忽然想说点什么，她学着电视中的模样双手合十，虔诚地说："尘归尘，土归土，希望你能在那个世界获得安宁和平静。"

诺亚发出一声轻笑，不过没说什么。在有人来到这片海岸之前，艾米瑞达转身离开，行走之中，她的外貌就变成了那个女孩生前的模样。

宽敞的院子里，或坐或站着上百人，有男有女，有的苍老，有的年少。有的西装革履，黑发油亮；有的踩着细细的高跟鞋，一身名牌；有的还背着书包，手里握着单词本；有的穿着一身旧迷彩服，满身泥土……上百个人，就代表着上百种不同的人生，但他们身上有一点是相同的——浑身上下，都透露出一种与普通人截然不同的精气神。不管他们在哪个领域，都是圈内的佼佼者。

然而此时，这些看上去风马牛不相及的人，站在这个充满糖国旧时代风格的院子里，都是恭恭敬敬的。没有一个人擅自坐下来或者露出烦躁不满的神色，他们简短地交谈了两句，发现其他人跟自己知道得一样多以后，便都陆续安静下来，只是凝望着那扇紧闭的木门，眼中流露出深深的担忧。

"吱——"伴随着一声轻响，木门打开，众人充满希望地看过去，却见一个左脸有疤的老者走出来，看到他们，长叹一声，摇了摇头。

"耿叔，你别光摇头，跟我们说说大小姐怎么样了？"站在最前面的邵宝儿急促道，原本软糯的声音也因为担心而微微颤抖。

"大小姐……"耿叔看着众人，嘴唇翕动着，却久久说不出话来，脸上已是老泪纵横。

"怎么会！"当下就有人叫喊道，"救护车呢？打电话叫救护车，我们马上把大小姐送去医院。"

"上次不是说那个汤姆森医生的医术很高明吗？还有陈老先生，他是中医界的翘楚，给我三天时间，我就是倾家荡产，也会把这两位请来！"

"闫先生怎么说？他也没有办法吗？"

众人顿时都急了，大声嚷嚷着，还有人头一低就要往里冲，喊道："我进去看看！"

耿叔双臂一张，拦在门前，大喊一声："都给我闭嘴！"

院内刹那间一静。

"大小姐要和闫先生说话。"耿叔艰难地说，一字一句，像是从喉咙深处硬生生地挖出来的，"让他们好好说说话。"

他紧绷着脸，呼哧呼哧地喘着气，眼中的悲伤浓得几乎要化为实质。在他的瞪视下，众人一点一点恢复了平静，不得不面对他们即将失去最重要的家人的事实。人群中，忽然传出一声响亮的抽泣，随后又拼命忍住，细细的呜咽声从四面八方传来，就连最坚强的男人，也都有椎心泣血之感。

木门的隔音并不算很好，萧萧侧了侧头，依然听不清那隐隐约约传进来的声音，但她知道门外面站着的都是什么人，于是含笑问身边始终平心静气的男人："他们在说什么？"

"在为你哭。"闫策坦然地说，他似乎从来不懂得什么叫作掩饰。

于是，萧萧笑了。

此时，她躺在床上，头发稀疏枯黄，脸色苍白如纸，身体虚弱得连坐起来都十分困难，呼吸一次比一次微弱。明明该悲伤的时候，她却笑得十分开心，嘴角俏皮地上翘着，露出白玉般的牙齿，眼神恬适又柔和。她凝视着闫策，目不转睛地看着他，眼神一寸寸地扫过他的脸，像是在看着什么稀世珍宝。她的手指轻轻动了动，闫策便立刻单膝跪下来，握住她的手，目光平视，一如既往地忠诚平静。

萧萧轻声道："耿叔他们，为我萧家已经付出了这么多年，我死以后，让他们想做什么就去做什么吧。萧家的财产，你留一半，剩下的一半就分给他们。"

"是。"闫策低声应道。

"萧氏藏书八百年，就这么断了传承实在可惜。你将书库的钥匙转交给容远，不管是捐给国家图书馆，还是他自己留着用，或卖或送，都由他来决定吧。"

"是。"

"书库中，有我写的最后一本《功德记录手札》，那里面……那里面藏着一个天大的秘密……你也一并交给他。还有我的一封信，托他以后替我安置你……他与我不同，志存高远，跟在他身边，想必你以后的人生不会像现在这样无趣吧……"

闫策凝望着她，眼睛漆黑又深邃，隐隐透着一抹淡红，似乎瞳仁之后有摄像头的微光。他的身躯一动不动，几缕头发从额前垂下，显出几分随意，冲淡了那种机械般的僵硬。

于是，闫策就像磁石一样，牢牢吸引住萧萧的目光。他是她亲手制造的，她熟悉他的每一根骨头、每一寸皮肤、每一缕头发。她曾经眯着眼睛给他刻画瞳孔晶片上的花纹，曾经无数次在深夜为他更换身体里的零件，曾经费尽九牛二虎之力把能源耗尽在半路上死机的他拖回家中。但这是她第一次这么直白坦率地看着他的眼睛，目光几乎是贪婪地、渴望地深深凝视着，千百种思绪沉淀其中，最后只剩下刻骨的温柔。从过去到现在，为了掩饰身份，他们曾为夫妻，曾为父女，曾为兄妹，曾为主仆，建立了比任何人都更深刻的羁绊。在漫长的时光中，只有这个人始终不离不弃地站在她身边，无论任何时候，她回过头，都一定会看见那个沉稳如山的身影。

她用力抓住闫策的手，在闫策的压力传感器测量中，她的力气就像羽毛拂过一样轻微。萧萧细声说："叫我的名字，闫策。"

"萧萧。"闫策顺从地说。

萧萧手上加了几分力气，又强调了一遍："我的名字。"

闫策沉默片刻，说："清澄。"声音低沉悦耳，如同夏日的风拂过耳畔。

于是萧萧……或者说萧清澄的眼中焕发出明亮的光彩，脸上露出灿烂的笑容，那仿佛自心底散发出来的怡然笑意如黎明的晨光，照亮了死气沉沉的房间。

她微微发青的嘴唇轻轻动了动，含在嘴里的一句话如同雪花落在风里，虚无缥缈："闫策，我多想……"

我多想带你一起走，这样，我们便不会分离；我多想回到过去，好好珍惜我们在一起的每分每秒；我多想早点跟你说我爱你——

本就虚弱无力的手软软地垂下去，女孩眼角一滴泪珠欲落未落，如同荷叶上一闪一闪的露珠，嘴角却还带着笑意。闫策跪在地上，握着她的手，如同托着自己的信仰，过了很久很久，才低声道："是。"

一个小时以后，屋外等候的众人得知萧萧的死讯，顿时泣不成声，隐隐责怪闫策依然能够如此冷漠平静。

当天晚上，众人在闫策的命令下各自回家，半夜里忽然起火。大火完全吞噬了萧氏老宅，火海漫天，如同浪潮一般席卷流动，粗暴地撕破了夜晚的暗幕，消防车的水柱整整喷射了三个小时才彻底熄灭了这场大火。萧萧的尸体和闫策都在大火中失踪，人们只在火场的废墟中找到了一大块不明用途的铁疙瘩。

七天以后，一封信辗转送到了身在研究所的容远手中。

容远将手中的信折好，把信和帕寇留给他的芯片放入秘藏盒中。

这是他收到的第二封遗书。

帕寇是他的朋友，但萧萧不是，闫策也不是，他们只能算是有点熟悉的陌生人。然而萧萧是上一任的《功德簿》契约者，这使得她在他心中有着特殊的地位。他曾经对那个女孩心怀警惕戒备，也曾反复思量过杀死她的方法和后果。但此时真的收到她的死讯，他心中更多的是怅然。

以前说契约者解除契约以后还能有十年寿命，如今却还不到八年，萧萧就去世了。看来所谓的十年，只是一切顺遂的前提下最长的存活时间。就好比所有人都知道人类的寿命可达百岁，但真正活到一百岁的能有多少呢？

随着这封闫策书写的短信一起寄来的，还有书库的钥匙和一应转让文件，因为证件齐全、手续完备，加上接收人的名字是"容远"，故而哪怕觊觎那间价值连城的书库的人非常多，此时也不得不把手全收回来，放弃一切打算。容远在完成这一阶段的目标之前还不打算离开研究所，因此，关于书库的所有后续事宜都必须差遣别人去办理，比如有中校的军衔却在研究所充当着全能管家的韦杰。

豌豆轻声问："容远，你不去拿那份手札吗？"它还以为容远会立刻去书库把那本《功德记录手札》找出来，看看那个所谓的秘密是什么。

"先把手头的事处理好再去。"容远说。他回到研究所是有目标的，在这个目标达成之前，他都不打算去动这个秘密，"我有种预感，当我看到那份手札的时候，或许我会再也不愿抽出时间来完成这件事。"

他现在要做的事，对他自己来说其实没有多少意义，但对人类来说至关重要。如果有一天他不得不离开地球，那么这将是他留下来的最重要的礼物，会帮助这颗星球在踏入星际的初期具备一定的优势，至于将来……他管不了，也不愿意做一辈子的保姆。

所以，哪怕他十分好奇那个秘密是什么，也不会现在去动它。分清主次，学会克制，这是他无论有没有得到《功德簿》都一直在努力执行的做事原则。

不想再谈论这个话题，容远随口问："闫策也一起离开了？"他也看到了关于 E 县萧宅火灾的新闻。

"是。"诺亚语气依然轻快，献宝一样说，"你想知道他们最后发生了什么事吗？我全程围观了哦！"它对闫策这个基本的智能机器人一直保持警戒，但毕竟两者级别相差甚远，它的智能级别还会随着时间成长，入侵闫策的程序对它来说并不算十分困难。

它正在为自己的机智点赞，忽然见容远看了它一眼，那眼神如同一桶冰水当头浇下来，寒凉入骨，它即便不是人类，也忽然有种打了个寒战的感觉。

"诺亚，也许你不懂什么叫尊重逝者，"容远语气冰冷地说，"——但至少不要觉得这很好玩。"

痛苦和死亡，都是人生中必然存在的，容远不介意为了自己的目的收割生命，但哪怕敌人是那位外星人博士，他也从来不会在其生命的最后阶段戏谑和嘲弄。

程智涛趴在工作台上，感觉累得要死，却偏偏因为心里压着一堆工作而睡不着，一脸的生无可恋。

最近研究所的人多多少少有类似的状态：

"老大最近画风突变该怎么破？"

"我这么笨这么蠢，是不是该去死一死？"

"为什么我总觉得背后发凉，寒毛直竖？"

"别看我别看我！你看不见我！"

要说这种变化，还是要从某个早晨，容博士一如既往地以比铯原子钟还要标准的时间踏进食堂环视一周说起。

刹那间，仿佛有一股寒风嗖嗖地从脖子上刮过，准备吃饭的、吃完准备离开的、刚想站起来打招呼或调戏一下的、睡眠不足而头一点一点往碗里栽的，全鬼使神差地默默站起来并保持了绝对的安静，唯有一个中气十足的声音打破了寂静："我要三个大肉包子、两根油条、一个牛肉馅饼，哦，还得再加两个茶叶……蛋……"

举着一个不锈钢小夹子往自己的餐盘里夹各种早餐并习惯性自言自语的程智涛声音越来越低，他忽然意识到周围太安静，自己的声音都快有回音了，全身的神经末梢都在向他传递着"危险！回避"的信号。

他一回头，就看到所有人都像是中邪了一样站着，一些人还以诡异的眼神看着他，翻译过来大致就是："太好了，这家伙会吸引火力！""太蠢了，怎么活到现在的？"程智涛战战兢兢地放下餐盘站直，感觉自己好渺小，浑身都不对劲，但他真的不知道自己做错了什么。

这时，容博士点了点头，示意前排的人依次坐下。程智涛看到发生了什么，松了口气的同时觉得奇怪：博士天天来吃饭，怎么以前没见他们这么尊敬？

作为一个刚来研究所一年，没有闪瞎眼的学历，只是通过考核被特招进来的新人，程智涛忍不住一边猜想今天是不是什么特殊的日子，一边伸出夹子还想拿个小蛋挞。这时，他看到一个跟他关系比较好的前辈偷偷摸摸地跟他招手、挤眉弄眼，一脸急切地召唤他。程智涛不明所以地放下夹子走过去，被前辈一把拉得坐下，然后就听到他恶狠狠地说："还吃！就知道吃！你是猪吗？趋利避害懂不懂？"

趋什么利、避什么害？程智涛当然不懂，正待细问，前辈却忽然头一低，开始吃饭。他迷茫地眨了眨眼睛，然后就感觉到身边走过去一个人。他抬头去看，对方也垂下眼睛，仿若不经意地看了他一眼。

那是平淡冷漠的一眼，却也是刺皮穿骨的一眼，仿佛X光机一样看透了一切，又好像自己的存在根本没有落进那双眼睛里，只是一个连路边的石头还不如的存在，轻微得不足以让人看上一秒。

那是一种很奇特的感觉。在此之前，程智涛一直不相信人的眼睛能表达多么复杂的感情，顶多是和眼皮配合起来"瞪大""瞪圆""眯起来""眨一眨"之类的，但此时，他鲜明地感觉到了恐惧，就像是一只兔子，突然间看到了一只连獠牙都不屑于露出来的凶兽。

体内某种残存的动物感知危险的本能让他浑身僵硬，无法动弹，一直等到容远取了早餐，坐在一张较远的桌子上，他才轻轻松了口气。

接下来的那一顿早餐简直味同嚼蜡，食堂中的所有人在空前的寂静中用餐，导致后来的人一打开门就被这诡异的气氛吓得头皮发麻，然后转身果断坚决地逃了。

程智涛当然想不到这其实是容远有意为之。在露面之前，他曾经详细了解过这几年小 A 在研究所代替他的所作所为，理所当然地发现由于智能机器人相比人类来说实在简单直率得过分，一些拐弯抹角的话和充满心机的手段，它全按照表面意思来理解，显得脑筋死板而性情单纯，萌倒是很萌，却也渐渐让人失了尊重。如果不是诺亚的帮衬和层出不穷的各种发明为它建立了无可动摇的地位，很难说这个研究所如今是谁说了算。

然而即便如此，即便诺亚利用自己的监控网络揪出了几个心怀不轨的家伙狠狠惩处了一番，也并没有把小 A 的威信树立起来，还是有很多人试图糊弄它，也有大胆的女同事言语上偶尔调戏一番。纵使诺亚能把所有关于厚黑学、职场箴言、管理法的书籍倒背如流，但当执行者是小 A 这个萌货的时候，效果总要大大地打个折扣。

于是，容远第一次露面的时候，无须言语，就狠狠给了所有人一个下马威。他杀过人，见过血，经历过普通人一辈子都无法想象的战场，当他把浑身的气势刻意释放出来的时候，这些最多只是说些酸话、用点幼稚的小手段竞争的科研工作者顿时噤若寒蝉，几乎要跪了。至于会不会引起某些人的怀疑……重要吗？

程智涛不知道这些，他只知道，在早餐以后，研究所的广播就通知所有人暂时放下手中的工作去开会。然后在会议上，容远一个人坐在最前面，手中甚至没有讲话稿之类的东西，把所有人，从第一个到最后一个，从地位最高的一位大拿到地位最低的小助手，全无差别地叫出了名字。

研究所虽然是按照容远的要求建立的，以容远的工作为重心，但发展到现在，其实有着大大小小许多项目，有些是容远完成主体研究工作以后交给下面的人继续完善和发展，有些是因为某些人看到了研究的前景或者有好的想法而申请立项。在诺亚的运作下，研究所的所有权力尽归于一人，实验室和器材的使用权，项目是否能成立，资金能否得到批复，哪些人专研哪个项目，全部必须得到容远的批准，小 A 只是充当着一个橡皮图章的作用。

此时，会议正进行着，程智涛战战兢兢地等待领导训话，却听容远把几个发展最为良好的项目一个个拎出来批了一顿，开始还有人不服，但随着他一条一条列出研究中的问题，在大屏幕上清楚地打出连研究者本人都不太记得的一些实验数据的异常，准确无误地指出被疏漏的大小错误，并提出更加妥善的处理方式和研究方向，所有人都心悦诚服，除了点头，不知道还能干什么。那些项目的研究者更是一脸狂热信仰的模样，奋笔疾书，哪怕是容远的一声咳嗽，都被他们分毫不差地记录下来，看那神情显然是迫不及待地想要回去把想法付之实践，但未得到容远的允许，所有人只能乖乖坐着。

好项目尚且如此，差一点的更是被批得狗血淋头，程智涛也在这个行列中。他突然发现自己原来犯了这么多的错误，对待科学的态度太不严谨，总是在想当然、偷懒、吊儿郎当，甚至连基础知识都没有搞清楚就好高骛远，如此愚蠢，简直不应该活在这个世界上。他一方面被训得一无是处，自然越听越难受，另一方面却因为容远指出的所有问题都一针见血并且为他提供了更多的设想和思路，他又希望能一直听下去，永远不停止，简直快要被虐上瘾了。

不过半个小时以后，程智涛就发现自己被骂成这样都是好的。还有十几个项目，容远都懒得点评，直接就取消了他们今后继续研究的可能性，资金收回，设备禁止使用，人员打乱分散到其他项目中打下手。他没有说太多，只是那仿佛看垃圾的眼神，就让那些人羞愧得恨不得钻进地缝里去。

稍感安慰的程智涛从自卑自惭中醒过来，略一留心，就发现有一个人始终没有被点到名。按照越到后面就越差的规律，难道容博士认为那人差劲到了极点？但那位叫王孝海的博士是研究所举足轻重的大拿，地位仅次于另一位叫孟祥的博士，近几年成果斐然，很是不俗，无论怎么看，也不是会留到最后重点批评的对象呀！

难道是因为他无可指摘，所以要特别提出表扬？

程智涛感到有些恶心。

他是这么想的，其他人也有很多是这么想的，许多视线偷偷看向那个坐在最前面一排的中年男人。宽额丰颐的王孝海坐在最前面，表情还克制着，只是眼神中已经流露出几分得意。

"最后，王孝海博士，"容远看着他，冷淡地说，"除名。"

众皆哗然。

王孝海闻言一愣，还以为自己听错了，一脸惊愕地掏了掏耳朵，下意识地反问道："你说什么？"

容远冷冷地看着他，神情不动，瞬间响起来的所有杂音都消失了，忍不住议论纷纷的人都闭上了嘴巴，紧盯着前方的两人，关注事态的发展。

看到容远的神情，意识到他竟然是认真的，王孝海脸色又青又白，比起愤怒，他现在最大的感觉是不可置信，反应了一会儿，才想起来要质问。他猛地站起来，气得手都在抖，指着容远怒道："凭什么？你这个……"他看着容远的脸，吞下了将要出口的侮辱性的言辞，愤愤道："除名？我在研究所干了这么长时间，有功劳有苦劳，如今你说踢开就想把我一脚踢开，凭什么？你怎么敢这么羞辱我？像你这样的领导，以后谁还敢给你干活？大家说是不是？"

他如同愤怒的狮子一般环视着周围的同事，众人沉默，在他的积威下，有几个人刚想点头，却忽然感受到头顶容远更加冰冷的目光，脖子硬生生地僵住，低着头不敢对上两人的目光。如程智涛这样的年轻人，却以挑衅的目光看着王孝海，隐隐透露着幸灾乐祸并解恨的味道。

没有得到预想中的回应，王孝海的脸色更加难看。他狠狠瞪了一眼身后把头低下去不敢呼应的几个助手，再把那些敢于挑战自己权威的人的脸记下来，又对容远怒气冲冲地发火："你今天不给我说出个子丑寅卯来，我绝不会善罢甘休！就算闹到议员长面前，我也……"

"那就去闹！"容远冷淡地说，"不管是议员长还是别的什么人，想闹的话尽管去闹，但你自己做过什么，自己心里清楚。"

王孝海浑身一僵，不管他是因为什么让容远不满，但有一点是毋庸置疑的——不论名声、地位，还是科研成果、个人价值，这个比他小二十岁的年轻人都远胜于他。不说他自己满身的小辫子，便是他什么错也没有，如果容远要打压他，那些有资格说话的人也绝不会站在他这边。

容远看着脸红脖子粗却说不出什么话的王孝海，声音和目光并不严厉，却充满不容置疑的味道："我的决定不会改变，从现在开始，你不再是研究所的人，不能以研究所的名义展开任何活动，不能对外泄露有关研究所的任何情报。明天上午之前，收拾东西离开。"

王孝海当然不想离开，哪怕被容远厌恶、被所有人鄙夷，他也不想离开。在糖国，没有比这个研究所资金更充裕、环境更宽松、研究更自由的地方了——只要有好的想法就能得到支持，只要有成果就能得到承认，不允许任何人抢夺他人的研究成果，不允许任何人以各种名义在别人的论文上署名，也不会有人因为政治立场和利益而不得不做出妥协。很多看不到收益、在其他地方根本不可能获得批准的项目，在这里都能成立，只因为容远说可以。对任何只要有心研究出成果的人来说，这里就是梦寐以求的圣地。

王孝海浑身发抖，脸色由青变红，又由红转白，他还想用更大的声音和更加愤怒的态度来强调自己的贡献和权利，然而他手臂挥舞着，嘴唇动了动，胸腔之间像是被堵住了一样，什么也没有说出来。

他心慌了。

人与人之间的关系就像是弹簧，总是你弱他就强，你强他就弱。过去只要是不涉及原则性的问题，小 A 总是十分温和，好说话，对于偶然的冒犯，这个智能机器人也从来不会放在心上，它不会如人类一样记仇或者看重权势，却被人当成了软弱可欺。王孝海过去也称得上张狂，另一个名声显赫的院士孟祥除了自己的研究，万事不管，他就隐隐以研究所的二把手自居，便是容远，在他心目中也是一个"乳臭未干的小子"。

如今容远一强势，王孝海就软弱了。双方实际的地位对比鲜明地摆放在眼前，硬扛下去，除了更加激怒今天这个不好说话的容远，不会有任何好处。

他深深地呼吸，压住怒火，准备说两句软话缓和一下。然而，容远哪有耐心等他把利益关系慢慢思量清楚？说完自己的决定以后，见他似乎愣在那里，脸色不住变幻，容远就挥挥手，散会了。王孝海醒过神来的时候，容远早已经离开了，会议室里的其他人也走了大半，连他的几个助手都不见了踪影，还有人想要到他跟前嘲讽两句，却被身边不想生事的人拉走了。他抬起头，偶尔对上一两个人的目光，清清楚楚地看到对方眼中的讥讽，这比当面刺上他两句还让他难受。他面前还站着两个身穿黑色制服的士兵，那是在容远的命令下，来"帮助"他收拾私人物品的。

"容远，王孝海能力非常优秀，驱逐他并不是一个好的决定。"在容远离开会议室以后，诺亚在他耳边建议道。

"能力不代表一切。一粒老鼠屎，会坏了一锅粥。"容远不以为然地说，"继续容忍他，迟早会让研究所变得乌烟瘴气。"

王孝海这个人，其实并没有太明显的劣迹，主要是性格的问题，简单来说，就是自命不凡、嫉贤妒能、好色贪杯、心胸狭隘。

自命不凡，所以不把任何人放在眼里，总是鼻孔朝天的模样，最喜欢跟人强调自己有多么厉害，明里暗里挑衅容远的权威，对小A阳奉阴违，当面提出质疑的次数也不少。因为他喜欢奉承，所以为了讨好他，他身边那些原本连日常沟通都成问题的书呆子硬是学了满口的阿谀之词，总之自己都觉得厚颜无耻，也不得不各种曲从拍马。

嫉贤妒能，所以每当研究所里的其他人做出什么成绩得到嘉奖，他就眉毛不是眉毛，眼睛不是眼睛的样子。刚开始还想利用自己的地位打压，被诺亚借小A之口严厉制止并批评以后，他倒是收敛了这些手段，但态度变得更加阴阳怪气，对容远也是十分不满，甚至怨恨。

好色贪杯，曾经酒气熏熏地去实验室操作仪器，差点酿成重大事故。他还是个目标不分男女的色狼，虽然不敢真的做出什么来，但总是会借助职务之便摸两把、说几句露骨的话。若是严词拒绝或斥责，那么他就会找机会抓住对方的一两个小错误，在大庭广众之下破口大骂，狠狠羞辱一番，以后还会经常给人家穿小鞋。

心胸狭隘，只许别人比他差，不许比他强，所以容远和孟祥才会被他嫉妒甚至怨恨。平时，如果出了错误，哪怕其实是他自己的疏漏，他也认为是别人的错；周围的人但凡有什么缺点，都会被他狠狠嘲笑挑刺；如果他得到的好处比别人少一分，他就会不管不顾地闹出来，丝毫不考虑大局的影响；没有半点感恩之心，有时身边的同事好意提醒他或者给他提供了帮助，一转眼他就能毫不愧疚地把人卖了。就算是食堂摆了新上市的水果，人们也会默契地把最大最好的那个留给他，不然铁定又是一场官司。

研究所人少事多，环境单纯，大多数人的性子也简单，本来应该是一个非常和睦的地方，但就因为王孝海的存在，氛围十分紧张，很多人谨小慎微，不敢冒头，唯恐被他盯上。工作范围越靠近王孝海的人，彼此之间的气氛就越剑拔弩张，甚至还有彼此勾连、互相陷害的迹象。

其实，王孝海的行为并没有给研究造成真正的损害，他也谨慎，除了说两句怪话以外并不会随意触动那些被上面重视的人。最重要的是，他基础扎实，学识渊博，专业精深，善于钻研，屡屡有所突破，虽不如容远，但也算得上是才华横溢。在研究所能者为王的规则里，众人就算对他的品性十分不齿，也不得不打落牙齿和血吞了。

所有的一切，诺亚全清楚，在它的价值观中，王孝海的行为破坏性有限，他的价值远大于那些被他欺辱的人，所以，它很自然地做出了利益最大化的选择。它的打算是，不管这个人怎么上蹿下跳，都在它的可控范围内，真要到了损失大于获益的地步，直接拍死他不就行了？

听了诺亚的话，容远只说："等到那个时候，研究所也就不是我要的研究所了。"

容远明白，对诺亚而言，除了自己，其他人类都是可以利用的资源，是能够随意拨动的棋子，它会因为容远去研究人类的心理学，但其实并不会真正把棋子的想法放在心上。如果这一批棋子被污染了，那么重新换一批就好，没什么大不了的。

他略停顿一下，又说："给我盯着他。如果他能够反省，我还可以再给他一次机会。"但这几乎是不可能的。人到中年，性格早就定型了，如果不遇到什么生死攸关的变故，恐怕一辈子都不会改正。

"如果他联系了不该联系的人，立刻通知金南。"在来研究所之前，容远和金南确定了合作的意向。两人并没有会面，也没有签订什么协议，只是发了一封短信，但彼此之间，已有默契。

"不该……联系的人？"诺亚的语气中渐渐带上几分兴奋，"你是说……"

"研究所的人从来是只进不出，你又把它守得水都泼不进。"容远嘴角挂着冷笑，"如今有一个地位很高、知道所有秘密的人心怀怨恨地被赶出去，对那些窥视这地方却不得其门而入的人来说，可不就是饿虎逢羊、苍蝇见血？"

诺亚再也顾不上去想王孝海，甚至连容远之后说的话都没有细想，整个人都沉浸在一种幸福的状态中：被夸奖了，哈哈哈……

果然，正如容远所料，王孝海被逐出去以后，被各方势力盯上。虽然容远和金南的协议是保密的，但糖国高层自然不希望出现任何情报泄露的事件，研究所发生变故的前因后果也瞒不过他们的耳目，自然也知道无法再说服容远把他塞回去。因此，王孝海一离开研究所，就进入了被监禁性保护的状态。

至于容远，他除了在一切结束时收到金南的传讯看了一眼，其余并没有关注过。将王孝海逐出研究所就是他最重要的目的，至于其他的附加价值，只是顺手而为。哪怕王孝海真的把情报成功泄露出去了，他也并不在乎。因为在他眼中，跟他将要做的事比起来，目前研究所里所有的一切，都只是随时可以抛弃的渣滓。

众人所看到的就是，研究所过去主攻的几个项目全被容远分配下去，哪怕交给其他人会将研究时间延长好几倍也是一样。他目前正忙着组建一个全新的实验室分部，并对其中的任何事项都高度保密，所有人知道的仅仅是容博士又一次舍弃了原本熟悉的专业，踏足一个新的领域。为了这个新研究，他不仅把研究所原本的人员抽调了五分之一，还在最新一次的考核中一次性录取了一百余人，并越过考试和其他高校研究所的推荐，直接从民间招收了七十多名新人，可以说是研究所成立以来最大规模的一次招收……不，或许应该说，在糖国的历史上，就没有哪个研究所有过这样录取新人的时候。

因为是容远，这次不合常理的招新最终还是顺利地完成了，并且对于他最终能做出什么成果，人们的期待值也是前所未有的高。

在这一次大规模的录取当中，艾米瑞达和小 A 顺利地改头换面，以全新的身份加入研究。周圆经过了两次失败，终于在第三次的考核中成功获得了进入研究所的资格。

对比每年招收的人数，出乎意料的是一年又一年，研究所过去最多每隔一两个月就会有新的创造性发明问世的辉煌，竟已成了昨日图景，曾经声名赫赫的 907 研究所如今变得拖沓而低效，虽然还是不断有成果出现，但都是一些修修补补的边角料，并且没有一项发明冠以容远的名字。

其实比起一般动辄需要几年甚至几十年才能得出成果的研究中心，907 研究所依然是高效高产的，但比起它自己的历史，确实是江河日下。于是，关于容远已经江郎才尽的传言也是甚嚣尘上。再加上其产出和糖国政府源源不断的巨大投入并不相符，很多人对此都颇有微词，甚至在议会投票决议中，研究所险些失去了那原本近乎无限额的资金供应——实际上那限制 907 研究所资金供应的提案最终没有通过，只是因为反对的人比支持的人多了一票。

那至关重要的一票，便是糖国议员长所投出的。

"容远，我们是否要拿出一两项重量级的成果堵住那些人的嘴？"

在矛盾最激化的时候，豌豆曾经这么问过。研究所近乎全封闭的环境使得研究员们对外界的非议并不了解，但有诺亚在，容远和豌豆对此都是一清二楚的。这几年，他们已经将容远从比丘星带回来的科技资料整理出来并吃透了一小半，其中能完全颠覆地球现有的基础科学理论的知识也有不少，跨时代的发明更多，或者应该说所有的都是。随便抛出一两个"研究成果"来打脸，再容易不过。

"不急。"容远不急不躁地说，"虽然我们因为着眼于'方舟'而忽略了这些事，但正好趁此机会看清楚一些事。"容远新项目的代号叫作"方舟"，正好跟诺亚的名字配套，为此，智脑诺亚高兴得差点要程序错乱了。

"看清楚什么？"豌豆不解地问。

"当初我立项之前可是按照规则提交过报告的，也说过会需要不短的时间——原本任何研究都是枯燥而漫长的。如今外界舆论压力骤然增大到能影响糖国议会决议的程度，固然有我最近几年沉寂的原因，但背后免不了有有心人推波助澜。"容远的眼睛敏锐而深沉，微扬的眉犹如鸦翼，他说的话也透着一股冷意，"假如议员长这次能坚定立场还好说，如果他扛不住或者选择妥协，那么……"

"那么"之后是什么，他并没有说出口，但言外之意，不难猜测。

豌豆想了半天，忍不住问："容远，是不是不管什么事，在你眼中都会变成可以利用的机会？"

容远一怔，随即轻笑道："当然不是……你忘了吗？我也有因为失算而陷入险境的时候。现在这情况，只能说既然事情已经发展到这个地步，那就因势利导罢了。"

好在最后，事情还是向着最理想的方向发展了。其实容远也知道，那一票险胜的背后，有着金南等人许多次的说服、谈判、利益交换，但他并不关注那些人之间付出了怎样的努力，只以结果论成败。看到满意的结果，容远也不会故意再让支持他的人为难，很快就推出了一种全新的、能够在数月之内治理土壤沙化的植物，为了避免生物入侵，还有配套的一种抑制剂。这种植物经过试用以后，在极短的时间内又引发了世界范围的议论热潮，甚至有人用"王者归来"这样夸张的说法来描述容远的这一新产品。

之后每一季，在容远的主导下，都会有一个关乎民生的新发明问世，将研究所的名声再度推上无可比拟的高度，这种按时按点的规律也暗示着所有人：他其实还可以做得更多。

从此以后，再没有一个质疑的声音。

外界都以为有着层出不穷新发明的容博士必然会很自满得意，但其实容远只是把发明当作并不喜欢但不得不做的日常任务在刷。毕竟，外星球的科技不管有多好，都不可能是为地球量身定做的，容远总要做出很大的改进、重组，甚至因为地球资源的限制，为了使其适应这里的环境，而将其几乎变成另一种样子。这自然并不轻松，也使得他不能把全部的精力投入到"方舟"的研究中。

回到研究所的第六年，"方舟"项目已经完成了大半，容远正在审核最新的进展，忽然听诺亚说："容远，吴希有异常举动。"

"吴希？"容远的思维还停留在项目当中，一时没有想起吴希是谁。

"是。"诺亚如今对容远也算非常了解了，只听个话音就知道他问的是什么，没有愚蠢到问他是不是已经忘了自己说过的话，而是提醒道，"六年前，你让我对他保持严密监控。不过六年以来，这个人一直在兢兢业业地演戏，除了名气变得更大，没有任何异常。不过从三天前开始，直到现在，他的行为模式发生了重大的变化。"

"说具体点。"容远也想起来了，他当时从吴希身上听到了那种奇怪的弦声。

诺亚不敢啰唆，言简意赅地说："一个月前，吴希接下一部万众期待的新电影剧本，两周前进组拍摄，三天前，曝出该电影的导演潜规则女星并致其死亡的丑闻，电影拍摄无限期搁置。但据我调查，曝出这丑闻的幕后主使，就是作为男主角的吴希。"

"他故意的？目的呢？与剧组之间有矛盾？"容远问道，但连他自己都不太相信这种可能，也不认为吴希有意充当正义使者——他在那个圈子里，这样的事情，想必也不是第一次看到。

"目的还不清楚。"诺亚说，"但在电影停拍的第二天，他就突然接了一个杜松子国的手表代言，并且只带着寥寥几人秘密前往该国 L 市。"

"杜松子国？"容远皱眉，那也是一个老牌强国，但在坚果国和糖国越来越强势的现在，那个国家也就变得越来越低调，关于它的新闻最多的竟是气候变化，"那地方最近有什么新闻吗？"

诺亚显然早就做好了前期的调查工作，闻言立刻道："目前最大的新闻，就是以 L 市为中心突然爆发的流行性感冒了。"

"流行性感冒？"容远目光一沉，他第一时间想到的就是喀尤尔公司的病毒实验，问道，"最近地球上有外星球的不速之客吗？"

"没有。"诺亚直接给出答案。

容远却不能直接这么相信。或许喀尤尔公司释放病毒的时候并不会直接来到地球表面，而是从太空中直接投放。如果是容远要投放病毒，他就会把病毒冻结在冰块中向地球发射，冰块在大气层中摩擦融化，病毒将无声无息地在地球表面扩散，如此一来，便是诺亚掌握了全星球的监控，也无法察觉到端倪。

这些年来，人类对地球的监控越来越完善，如果喀尤尔公司不想引起人类的警觉和议论，采用这种方法的可能性非常大。

而吴希，他并不是人类，如果他是冲着这次流行性感冒才去杜松子国，那么其缘由就非常值得玩味了。

容远又向诺亚询问了这次感冒爆发的成因、影响范围、传播速度等，思索片刻，做出了决定："我要亲自去一趟，叫艾米瑞达和小 A 过来。"他为了研究，三五天不露面是常有的事，即使离开一段时间，也不会有人发现。不过以防万一，他需要小 A 偶尔变成他的模样在研究所转两圈，同时让艾米瑞达做掩护。

杜松子国的 L 市是座常年处于低温的城市，哪怕此时糖国的地面都要热到快能把鸡蛋烤熟的地步了，L 市的市民们却都还穿着长袖的衬衫，有的外面套着马甲或者大衣。

即便是中午最热的时候，气温也不超过二十度。

往年这个时候，正是 L 市的旅游季，街上游客熙熙攘攘，摩肩接踵，十分热闹。然而此时，十分冷清，哪怕是本地市民也很少在街上闲逛，人们捂着脸，低着头，来去匆匆，几片树叶在凉风的吹拂下打着圈儿从道路中间大摇大摆地滑过，连车辆都少得可怜。路上最常见的，反而是来自糖国的游客，他们高高兴兴地举着自拍杆，挥着小旗，以霸街的方式大模大样地游览，脸上带着种并不把杜松子国谈之色变的感冒当回事儿的笑容。

一个穿着军绿色外套的流浪汉坐在地上，怀里抱着把吉他，指下随意地拨动出一首流传很广的变奏曲，叮叮咚咚的乐声在冷寂的街道上跳跃着，透出几分活力。一只满脸苦相的黄色大狗趴在他身边，把爪子按在面前的小铁桶上。

从郊外到 L 市医院的一路上，坐在出租车里的容远看到的都是这样萧条的场景。下车以后，看着眼前或许是整座城市唯一热闹之处的地方，容远轻声说："诺亚，这次病毒性感冒的影响力似乎比你告诉我的还要大。"

"是它扩散的速度太快了。"诺亚辩解道。

一天前，L 市还有一半以上的工厂在正常运转呢！现在城市得病率已经超过了百分之八十，在整个杜松子国，各个地区都有不同程度的病毒爆发，周边也有数个国家发现了类似的疾病症状。

这种流行性感冒，暂时被命名为"UCOC 症"。疾病刚爆发的时候，并没有引起人们的注意，毕竟杜松子国气候寒凉，一个人每年得感冒的次数平均下来至少两三次，这一次的症状也跟过去非常相似，许多人便习以为常，自己喝点药算了，只有少数症状比较严重的人才选择了去看医生。而经过短暂的发酵以后，病情恶化，很多人甚至连走出家门的力气都没有，不得不打电话求助。至此，反应迟钝的 L 市政府才批准了疫病控制的应急预案，但很快，L 市周边的城市地区都出现了同样的感冒症状。

如今，L 市的海陆空交通全被限制，其他国家国民前往杜松子国旅游的计划也纷纷取消，多个高层外交访问计划都突然流产，国外的投资规划也进入观望阶段，另外，像旅游娱乐、餐饮零售、交通运输等行业都受到了巨大的冲击。

这所有的变化，都是在一两天内急速发生的。

最糟糕的是，这种扩散速度极快的病毒性感冒到底是怎么产生的，却没有人能下一个确切的结论，甚至到目前为止找不到任何一种能够有效治疗 UCOC 症的药物，众多医学专家只能眼睁睁地看着病人的情况不断恶化，任他们想尽了办法，都不能遏制一点恶化的速度。

普通疾病人们是不害怕的，值得恐惧的是无法治愈的疾病。

至此，这种 UCOC 症才露出了半分狰狞的面貌。

其后，当容远还在飞行器上的时候，第一名死者出现了。接着就像是推倒了多米诺骨牌，患者接二连三地死亡，医院里哭声不绝。在政府的要求下，学校停课，工厂停工，所有人都尽可能地待在家里，避免相互传染。虽然得病的人很多，但医院早已经人满为患，大多数病人只能领了药以后回家自我照顾，或者依靠家人。

"原本在咱们那儿，杜松子国连个大点的新闻版面都混不上，但现在百分之八十的国家都在播报这件事，并且各大媒体网站都把它放到了首页……虽然还是没混上头条。"诺亚总结陈词。

"他们不会为此感到高兴的。"容远盯着那医院大门看了一会儿，说，"吴希就在里面？"

"是，他的手划伤了，到医院来包扎，已经待了大半天了。"诺亚说。

"他在干什么？"

"我看不到，他在监控死角。"诺亚最爱显摆自己的本事，生怕容远觉得它没用，立刻弥补道，"不过我能告诉你他在哪个房间。"

"嗯。"容远答应一声，抚了一下戴在手腕上的拟态衣，顺手在医院门外买了把鲜花，装作探望病人的模样走进去。

哪怕是在遥远的杜松子国中，吴希也是很受欢迎的。他侧坐在一张病床上，膝盖上坐着个金发碧眼的小男孩，周围围着许多粉丝，热情洋溢地想要他的签名或者跟他握手，病房里洋溢着激动又热情的粉红泡泡。看着一群人连与吴希对视一眼似乎都能激动得要晕过去的模样，哪怕是不知道吴希是谁的路人都会被这种气氛所感染，不由自主地站在周围渴望得到一个签名。

吴希深谙讲话的艺术，不过片刻就把话题自然而然地引到这次的感冒上，从病患口中了解最直观最具体的病症和感受。他的手一直按在怀里孩子的胳膊上，眼睛略略扫过病人身上的红色斑块。

得了 UCOC 症的患者，一开始身上会出现些细小的好似出血点的红点，这些红点会在两三天之内慢慢扩散成不明显的红斑。在病情忽然加重的那一天，红斑会在短短几分钟内变成婴儿巴掌大的深红色肿块，虽然鼓得不明显，但会硬邦邦的，按上去又麻又疼。接下来最多不到一天的时间，肿块表面会变得又明又亮，隐约能看到里面淡黄色的液体，很快，患者便会去世。

潜伏期短，病发急，这就是 UCOC 症的特点。

还有类似重度感冒的发烧、头疼、流鼻涕、恶心、便秘等症状，在吴希眼中都只是人类这种特殊生物的独特表象。这次大规模感冒的重点，还是在病人身上的肿块上。

一道银光从吴希手上的戒指上一闪即没，被他抱在怀里的小男孩觉得被蚊子叮了一下，伸手摸了摸手肘，没有捉到预想中的蚊子，抓抓脸便放弃了。

等到面前的这些人不能提供更多的样本素材和信息的时候，吴希便带着温和的笑容告辞。他展现出来的那种对病毒毫无畏惧、对病人也丝毫没有退缩厌恶的潇洒风度令人心折，所有人都变成了他的铁杆粉丝。吴希一一告别，并答应了几个邀请，又说了将近半个小时的话，才在众人不舍的目光中站起来，走向门口。

一个面目普通的杜松子国中年男人抱胸靠在门框上，盯着他的目光中没有丝毫痴迷，微勾起的嘴角还带着几丝嘲讽。

有点……眼熟——吴希脚步一顿，有些不确定地想。

这个人明显并不喜欢他，但他想不起来曾经在哪里见过。他的记忆力很好，但作为一个公众人物，日常接触的人实在太多了，每次为了宣传新片满世界跑的时候，都会见到无数人……也许这是曾经在人群中偶然看到过的一张脸？

至于那隐隐约约的敌意，那简直再正常不过了。有无数人喜欢他，自然也有无数人讨厌他，他还遇到过一次疯狂粉丝泼硫酸事件，所幸及时发现了。

因此，当吴希想不起来为什么会觉得对方眼熟的时候，他也没有太放在心上，只是提高了几分警惕，生怕对方做出什么不理智的事情来。

"呵。"

走出门的时候，他似乎隐隐约约听到一声轻笑。笑声极低，仿佛碰到空气就碎了，让人怀疑那是不是自己的幻觉。

吴希下意识地转头看过去，只见刚才那眼中的冷冽敌意竟然消失了，那人看着自己，眼中微微透着几分惊讶，和说不出的……意味深长。

吴希心里涌上一种怪异的感觉。他克制着自己，礼貌地点点头，不等回应就转身离开。不知怎的，他身体忽然有些发寒，隐隐感到一点不安。

容远目送着吴希走远，嘴角不易察觉地勾了勾，宛如喟叹一般喃喃低语："真是没想到……"

"什么？"豌豆不明所以地问。

"没什么。"

容远虽然这么说着，但看他闪闪烁烁的眼神，仿佛在期待什么好戏。豌豆就闭上了嘴，总觉得什么人要倒霉了。

只能通过各种电子设备跟他们联系的诺亚此时也与豌豆格外心有灵犀，它的本体在研究所伪装成一台普通的电视机，此时突然屏幕一闪，一排蜡烛一根接一根地点亮，橘黄色的火光一跳一跳地闪着。

容远心情甚好地走进医院，随手把花塞给一个坐在轮椅上不住咳嗽的病人，在对方抱着花束发愣的时候，他已经在拐角处消失，顺着楼梯，一直向下走去。

他来到这里，看看吴希想做什么只是原因之一，最重要的是，这家医院中有第一个得了 UCOC 症的死者。

最早死亡的人，那么他感染的时间，应该也比其他人更早一些。

奥布里降下半边车窗，一只手握着方向盘，另一只手搭在窗户上。时近傍晚，天色还很亮，但空气已经很冷了。他上身只穿着一件薄薄的衬衫，却觉得很热。

在他的车前面，停着看不见尽头的车辆；在他的后面，同样有着不知长度的车流。他的车被堵在中间，动弹不得。身边坐着他的胖儿子，这个无知的蠢小子现在只顾着玩手机，说不定还觉得车被堵了更好，省得他被晃得头晕，还看不清手机屏幕；后座上是他的妻子和才三岁的小女儿。女儿躺在妻子怀里睡着了，睡梦中也不太安稳，两弯淡淡的眉毛皱着。妻子瘦削苍白的脸上带着轻愁，眉心拢紧，但并没有抱怨或者露出惊恐的神色来。她一言不发，默默地支持着自己的丈夫。

"嗨！你这坏小子，给我站住！"一个有点胖的警察大声吼着，他前面有个十来岁的少年，手里拿着一个女式包，像猴子一样敏捷地在车辆中间蹿上蹿下，很快就从奥布里的视野中消失了，胖警察气喘吁吁地追过去，但显然，这场逮捕不会有结果了。

路上看见这一幕的人不少，但几乎所有人保持了一种冷漠的沉默。奥布里目送着他们消失，从后视镜中看到自己的妻子也木然地看着同样的方向，眼神中有种让他害怕的东西。奥布里觉得自己必须说点什么，干咳一声，道："别担心，汉娜，我们会离开的。相信我，道路很快就能疏通。"

汉娜没有做出回应。当然，她很聪明，一下就能听出他是在做出自己完全无法实现的保证。但通常，这时候她会给奥布里一个似乎已经被他欺骗的信任的笑容。

奥布里有点心慌，他轻声喊道："……汉娜？"

汉娜的眼珠子微微转了转，看向他，好半天似乎才找准焦点。然后，奥布里听到她用一种缥缈得宛如回声的声音说："奥布里，莉莉发烧了。"

"咚！"

蠢儿子盖伦的手机直直地掉下去砸在地上，但没有人去理会，车里的空气陷入彻底的凝滞。奥布里眼前一黑，耳朵里似乎都响起嗡嗡嗡的声音。

在这个时候，发烧几乎等于 UCOC 症，等于死亡，等于大规模传染，虽然概率不是百分之百，但说他们一家半只脚踏入了鬼门关也不为过。

同样的一幕，出现在无数车辆、无数家庭之中，绝望和悲痛，以难以想象的速度扩散开来。

手刀斩出又收回，快得几乎连残影都看不到，乍一看还以为他的手根本没有动过。低着头匆匆走过的红发女医生一声不响地晕倒，一双手及时伸出来接住她，又毫不怜香惜玉地把她塞到卫生间里，并巧妙地从外面把门扣上。

容远已经换了一副模样：白大褂、口罩，茶色头发，白皮肤，是个长相十分普通的中年男人，也是这家医院里的一名医生，其本人此时正躺在保洁室里。

他正走向这家医院的停尸房，除了要看看第一位死者的具体症状，还想要确定他的身份。由于医院大楼里禁止使用电子产品，而且对患者的信息高度保密，导致他到现在都不确定死的到底是什么人，只能亲自过来看一眼。

在容远解开锁，将要拉开那扇自动添加阴冷气场的白色大门时，诺亚忽然道："容远，事态恶化得很快。"

"怎么说？"容远问道，顺便拉开门，手刀砍晕了一个走过来想要跟他说什么的男人。

"从第一个死者出现开始为界线，第一个十分钟死亡十六人，第二个十分钟死亡一百八十二人，第三个十分钟死亡三百三十九人；现在是第四个十分钟刚过去了一半，截止到我跟你说话的前一秒，死亡人数九百二十二人。"不知道是不是故意的，诺亚的声音中添了几分虚假的惊惧，"消息在网上散布，甚至还有人直播医院中患者突然死亡的一幕……总之，现在城市里除了一些管制非常严格的区域，其他地方的人都在试图逃离这个地方，几乎所有的交通要道被堵塞了。周边的城市和乡村，也都有大规模出逃的迹象。另外，有半数国家发现了 UCOC 症患者，虽然及时进行了隔离治疗，但似乎没起到什么作用。"

一切的发展都像是按了快进键，每次眨眼的时候，事态都会扭曲至更加疯狂的方向，简直就像做梦一样，荒诞而不真实，但又急促得让人喘不过气来。哪怕诺亚是智脑，也有惊心动魄之感。

容远问了一个全然不相干的问题："L 市有多少人口？"

"八百三十三万。"

"嗯。"

诺亚在内心疯狂吐槽：嗯什么？主人你什么意思啊？是说人很多，所以死的只是零头，还不必着急吗？重点是速度啊速度！目前看来，这病是百分之百死亡率好不好？听起来很恐怖好不好？弄不好地球都会灭亡的好不好？

不过它好歹是被训练出来了，至少此时，它表面上只是安安静静地等待容远的结论，没有真的把自己的想法说出来。

"杜松子国有什么对策？"容远一边看着冰柜上的标签，一边问了个靠谱点的问题，这让诺亚颇感欣慰。

"封锁、管制、禁止出入境什么的。哦，还成立了一个 UCOC 症治疗专区，集结了四百四十名医生参与治疗，但是……"

当上面发出通知的时候，有人在死；当医生匆匆忙忙上路的时候，有人在死；当名医和专家们都坐在一起讨论病情和治疗方案的时候，有人在死；当他们拼命挽救生命的时候……并没有一个人得救，患者迈向死亡的步伐并没有停留。

225

L 市几乎已经变成了一座空城，许多人出现 UCOC 症状而挤在医院里，人满为患，剩下那些没有到医院的人，大多数在逃出城市的路上。但那些正为"逃出生天"而庆幸的人，并不知道病毒已以闪电般的速度扩散到了全世界。当然，作为源头地，杜松子国的情况比其他地方都更恶劣一些，人们都以为 L 市便是情况最坏的。不过诺亚觉得事态还可以更坏，如果不能及时找到有效的遏制手段，恐怕这个星球真的会面临灭顶之灾。

心里还怀着微薄希望的普通人并不知道，其实各个国家到现在为止都还没有弄清楚 UCOC 症产生的原因是什么，更不用说治疗手段。政府对外宣称这是病毒性感冒，但其实这只是众多可能中概率最大的一个，别说病毒，他们甚至连变异的组织细胞都没有研究出什么来。

研究的速度跟不上死亡的速度，照这样下去，等到有效疫苗真正被制作出来的时候，只怕都死得没有多少人了吧？目前有希望在最短的时间内解决这件事的，只有一个人。

停尸房里没有监控。诺亚默默地对着屏幕上的一片黑暗，心潮澎湃，连看一眼其他地方监控镜头的兴趣都没有。

"找到了！"容远突然说道，从隔离间拉出一个矩形的柜子，里面露出冒着寒气的尸体。

尸体表面布满红斑和肿块，狰狞丑陋至极，完全看不出本来的模样。不过只要骨骼或牙齿还完好，查出他的身份并不困难。容远拿出手机拍了一张照片，无须发送，诺亚也自会获取到相关的信息。

手机屏幕上一串复杂的数据流闪过。

实际上，诺亚在入侵别人手机或者电脑的时候悄无声息地来去根本不会被发现，但唯有在容远面前，它就喜欢用各种方式来刷存在感。

容远瞥了一眼，习以为常地把手机装进口袋里。然后，他取出一个像是手工折叠的茶色纸袋，拉开来，整个尸体连同冰柜都被他罩了进去。收紧袋口后，膨胀的纸袋又恢复成普通购物袋的大小，两侧还有个用纸拧出来的提手，看上去轻飘飘的，但提着它的容远再清楚不过，此时手上沉甸甸的，冰柜和尸体的重量丝毫没有减轻。

不过这种程度的重量，对他来说也跟拎着一小袋水果没有差别。容远现在已经不再对功德商城的兑换系统心存抵触，尤其是这次，事态特殊，他充分发挥了"买买买"的土豪风格。

他提着纸袋，走出停尸房。走廊里依然空寂无人，阴森森的，被他打晕过去的那个人也没有醒过来，只有他一个人的脚步声回荡在幽暗的走廊中。

他走到这下面，前后有七八分钟，却始终没有被人打扰，这在过去或许是正常的，但放在如今是不正常的。

因为在这家医院里，平均每分钟都有不少人在死去，却没有人把尸体送到该待的地方。

难道此时他们的亲人还敢趴在尸体上痛哭流涕不成？

唯一合理的解释，就是现在的医院，已经顾不上搬运尸体了。

等到容远从有些偏僻阴暗的楼梯走上来的时候，扑面而来的焦躁、痛苦、绝望才让他发现事态比他想象的还要糟糕。

此时的医院，已经是绝望之地。

如果说之前专家们得出过什么有用的结论的话，那就是这种病毒的传播方式是疫病传染中最危险、最难以防御的那种。如果是通过体液、飞沫、生物、饮水、土壤或者接触传播，不管是哪一种，人类都有大量的办法征服它，却偏偏是通过空气传播。没有人会警惕空气，也没有人能彻底隔绝空气，更何况，刚开始发病的时候，人们都以为这是普通的感冒，在治疗和接触过程中全无预防，连医生和护士也最多只是戴了一层薄薄的口罩。

即便是通过空气传播，如果它的发病速度更快一些，或者传播速度更慢一些，或许还有希望。然而这已经是第四天，杜松子国的人发现这种疾病的恐怖威力以后，各个国家都开始疯狂地排查，果然有新的病人不断被发现，如果每发现一个新病人就在世界地图上做一个红点标注，那就可以看到全世界都已经被血一般的颜色覆盖。

突如其来的毁灭，在所有人都没有意识到的时候，在这样一个普通的日子，降临了。

而医院，在这场灾难中，变得宛如炼狱。

容远刚进来的时候，这里还保持着正常的运作，即使混乱，也勉强维持着秩序，但此时：无数人在痛哭、嘶吼、尖叫；许多病床上躺着尸体，有的甚至被人拖到地上，眼睛都睁得大大的，几乎要从眼眶中跳出来，可见临死之时有多么痛苦；还有许多病人躺在地上苟延残喘，被人一脚从身上踩过去也只是虚弱地痛哼一声。还能活动的人都在疯狂地跑来跑去，大多数人涌向门口，哪怕挤断手脚、被人踩死也要离开这个地方。

没有人给他们治疗，因为日夜接触患者的医护人员，在病毒突然爆发的时候是最先倒下的。

一个披头散发的女孩伸出双手想要拉住每个从身边跑过去的人，哭喊着："求求你们，求求你们救救我弟弟！救命！救命！谁来帮帮我们？求你了……求你了……我们需要帮助……"

所有人都需要帮助，但没有人愿意为其他人停留。

像这个女孩一样在这个时候依然愿意守在亲友身边的人虽然有，但并不多。大多数健康的人，或者说是看起来健康的人，原本都是陪着亲友来看病的，此时却毫不犹豫地舍弃了病重的亲友，不顾一切地逃命。在这个时候，甚至还有那不要命的，竟然从无力动弹的伤病号手上蛮横地抢过钱包。首饰等物品，也不管自己会不会被感染上病毒。也有那狠辣的，为了逃命直接把其他人推倒，使其变成自己的垫脚石，或者干脆随便捞张凳子之类的东西给自己"砸"出一条路来。

众生百态，在此时，最高尚的和最卑鄙的，最伟大的和最平凡的，最纯洁的和最邪恶的，都表现得淋漓尽致。

容远略怔了两秒钟，才说："诺亚，给我找个清静的地方。"

"是。"诺亚知道情况紧急，干脆利落地说，"上楼，右手第一间。"

容远依言过去，一楼大厅还闹哄哄的，但二楼几乎没有人了，显得格外瘆人。他抬头看看上面的牌子，这是耳鼻喉科，门虚掩着，里面没有任何动静。他推门进去，显然，这里的医生和病人都早就跑了，逃跑时还不小心打翻了装器械的托盘，镊子、内窥镜等撒了一地，破碎的镜片在地上一闪一闪的，一切都乱七八糟的。

他锁上门，拉好窗帘，再兑换两张驱逐的符纸贴在门窗上，这样，即便有人想要进来，也会在靠近的时候放弃这种打算。然后，他从手中伪装用的纸袋里取出尸体，皱眉看着它，略一犹豫。

"容远？"豌豆轻声问道。

容远叹了一声，嫌弃地说："太恶心了。"

豌豆呵呵一笑。

他走到一边，取出纳戒中蒙尘已久的蚁人战衣换上，扭头对身边变回原形的豌豆说："豌豆，你与我一起。"然后，他让诺亚保持警戒。

豌豆也能使用和兑换功德商城中的商品，它应了一声，也换了同样的一套衣服。这套战衣神奇极了，能自动伸缩成合适的大小，戴上头盔以后，他们两个除了体型差距，看上去简直一模一样。豌豆即使变小了，也能通过光脑同诺亚联系。而且诺亚这种利用电磁波来传输信号的电子产品，有着超快的运算速度和信息传递速度，使得它能在一瞬之间传递和理解大量的信息，即使双方存在时间差，跟它交流也没有问题。

诺亚却没有自己拥有优势的自豪感，一想到此时豌豆可以陪在容远身边，而自己却不得不放哨、追查死者身份、监控病毒变化……一股悲伤就难以抑制地涌上来。它对那个能跟主人形影不离的"小人"，嫉妒得眼睛都红了——如果它有眼睛的话。

容远看了一眼豌豆，两人几乎同时按下开关，瞬间便从原地消失。

功德商城有能够治愈这次传染病的东西，但：要么是类似清体丸这样的黑科技产物，只能容远一个人使用；要么就是超越了地球的科技发展水平，并且加入了地球上不存在的原材料的外星药品。这一次的危机，容远再没有捷径可走，只能利用地球上的资源，尽可能找到治疗这种传染病的方法。

要想打败它，必须先要了解它，没有比从微观层面上去解析更直接的方式了。在这种状态下，他拥有漫长的时间来研究这种病毒。

病毒的突然爆发表示它在经过三天的潜伏期以后，已经孕育到了破坏性最大的阶段；患者死亡的速度和传播速度都越来越快，表示这并不是病毒的终点，它依然在快速地变异和进化。

从理论上来说，最早的这位死者身上的病毒才最接近这种病毒的原生态。从他身上，也最有可能得到这种病毒的治愈方法，但这只是理论。或许，病毒那些变异的子孙辈已经飞快发展为跟老祖宗全然不同的存在，即便研制出疫苗，也只能治愈一小部分人。

以患者闪电般增幅的死亡速度来看，不出一个小时，或许L市这座有八百多万人的现代化都市就会变成一座死城。而世界，又能坚持多久？

容远尽量不去想这个问题，以免让自己分心，在他眼前，那个梦幻般的世界再一次徐徐展开。

吴希控制不住地去回想那声低笑，还有那个看似平常却让他感觉毛骨悚然的眼神。他觉得有什么不对，却找不到这种感觉的源头，只能反反复复地回想，那场景每次从眼前掠过，心底的寒意便加重一分。

"希希，希希，你怎么了？"

他的身体忽然被推了一下，抬头便看到经纪人刘婕担忧的眼神。

吴希沉默地摇摇头，没有说话的欲望，下意识地摩挲着手上的戒指。他刚才利用里面的小针已经采集了好几种血样，此时，这个微型处理器大概正在解析其中的成分。但要得到更加全面的结果，还要使用专门的工具才行。

刘婕没有注意到吴希走神，她甚至没有在意吴希并没有回答自己。她眼神慌乱地看看四周，说："希希，这个地方让我觉得心惊肉跳的，我们早点回去吧。"

吴希还有事要做，并不想离开，但他知道这里对于刘婕这样的普通人来说，已经越来越危险，心下有些不忍，便说："你们先回去，刘姐，你现在就联系……"

他的声音越来越低，目光转向自己的胳膊，眼睛越瞪越大。

只见那毛孔细得几乎看不见，弧度优美得宛如精心打磨的手臂上，十来个红点如散落的棋子般，或疏或密地分布着。

怎么……可能？

容远和豌豆同时缩小了几百上千倍，变成了同样大。此时，他们穿着同样的衣服，戴着同样的头盔，除了豌豆的脑袋更大一些，两人看起来别无二致。

自己突然变得与习惯待在自己掌心或口袋里的小人儿一般高，容远感觉很是新奇，看了它好一会儿，才微微一笑，说："走吧。"

"是。"豌豆却没有什么不适应的，一如既往乖顺地答应一声，跟在他身后，两人一起向尸体摆放的地方赶去。

微观环境下的世界比以前更为热闹，大约因为是在医院，各种细菌、病毒和寄生物也比平时所见的要多得多，原本明亮的灯光在这种环境下都变得昏黄了，视野中所能看见的光源，更多的竟是一些细小的、似乎自带光源的发光物，金黄橙红，亮蓝淡紫，闪闪烁烁，五彩缤纷，如一把星子洒在夜空，又像是虫儿在身上镶嵌了各色宝石，将这个世界变得更加瑰丽多彩，美不胜收。

容远两人赶路的速度如果能放大到可以被人看到的程度，那绝对能秒杀地球上任何一部动作电影，颠覆所有人对世界的认识：他每跳一下，身体就蹿出很远的一截，右手拿着一根棍子，凡是拦在面前的微生物——哪怕其体积看起来宛如小山一般——也被他一棍抽飞，不过片刻就穿过了两片广阔的平原。

眼前再次出现一条约有数十米宽、两侧看不到边际的黑漆漆的深渊，容远停下脚步，看着脚下宛如地狱入口一般的地方，只见里面挤着成千上万的"怪兽"，几乎看不到空隙。深渊两侧的"怪兽"也比别处要更多一些，成群结队，形成如同海浪一般的庞大声势，只是中间有一条鲜明的缝隙，那是一路的微生物全被容远挑飞造成的。

深渊里，尽是"怪物"啃食的声音，窸窸窣窣，让人骨头发寒。还有一些体型"庞大"的生物发出龙吟虎啸一般的声音，慢吞吞地迈着沉重的步子从虫子堆里挤过去，毫不在意地将一些小虫子踩扁，时不时还用宛如镰刀一般的爪子抓住几只体型小的虫子塞进嘴里，嘎吱嘎吱地吃掉。

一块白色的皮屑犹如放大了几万倍的雪花一样，飘飘洒洒地从空中落下来。它下落得极缓慢又极悠然，偶尔还上浮一下，在靠近这深渊的时候却像是引发了什么开关，无数只虫子全昂起头来号叫着，还有些"高大"的直接上身，试图跳起来撕咬。就在皮屑快要落进某只虫子嘴里的时候，忽然，有一只长度似乎有几百米、体型"庞大至极"的虫子在深渊的一侧出现，这个外形好似一条被压扁的鳗鱼的虫子从空中游过来，一口吞下皮屑，又摆着尾巴继续去寻觅食物了。

容远除了最开始研究药物的时候曾经频频变小，之后几乎没有动用过蚁人战衣，就是因为这些奇形怪状、像葡萄藤上的葡萄一样结成一团的虫子，能让最无所顾忌的人都患上密集恐惧症。

一只黄白环节状、宛如蜈蚣的虫子发现了站在深渊旁边的容远，挥舞着剪刀一样的爪子猛地弹射上来！容远冷哼一声，手中的棍子一挥，敲在虫子的头上，它立刻以比来时更快的速度飞了回去，撞在深渊对面的石壁上，被一群长了八只触角的圆盘形怪虫淹没了。

容远甩了甩棍子，他控制着力道，没有把一路上的虫子都敲破，但多多少少还是沾上了一些黏液，恶心得要死。豌豆迟了一步跟过来，又退了两步，不着痕迹地避开了差点甩到身上的黏液。

"已经过了两块地板砖，后面的路要向上走了。"豌豆说。

地上的那道"深渊"，实际上只是地板砖之间的缝隙。如果不是在这种状态下，容远也没有想过里面竟然是这么"拥挤"的一个世界。

不过以前多次变小，还是一定程度地改善了他的洁癖，至少对眼前的场景已经有免疫力了。因此，容远只是"嗯"了一声，看到一只软绵绵的怪虫被周围的猎食者撕得四分五裂、汁水四溅，他也只是皱了皱眉，脸上没有多余的表情。他膝盖一屈，然后身体像炮弹一样弹起来，灵活地借助空中的尘埃和偶然飞过的微生物，越跳越高，眨眼间便不见了。

自身体缩小以后，不知什么原理，他的体重也相应地减小了，但力气并没有受到太大的影响，这就导致他现在只能感觉到微弱的地球引力，他只要多用点力气，从地板一直跳到天花板上也没有问题，在宏观状态下，这几乎相当于他直接跳出了大气对流层！别问他怎么知道的，自然是因为他曾经试过。

再说为什么现在容远不一步到位，而是要从两块地板砖之遥的地面赶过来，再一截一截耗时耗力地跳上去。那是因为上一次他用力过猛，直接蹿到天花板上的时候，身体在无处受力的情况下不受控制地走了一条直线，而在那条直线上，还有无数被他撞得肠穿肚烂的微生物和支离破碎的尘埃。在容远和天花板"亲密接触"，使得身体停下来之前，他身上已经缠满了各种丝缕状的灰尘、恶心的黏液和一些破碎的生物的肢体。

容远这辈子都没有那么脏过。

那场景他至今仍然无法回顾。诺亚那个坏心眼的，还专门统计了一下：室内尘埃中的微生物有九千多种，被他一路撞上的光种类就有一千多种，也算是创造了一个小小的奇迹。

容远：呵呵。

然后智脑被关了小黑屋。容远几乎把自己洗脱了皮，并且在那之后，将战衣一直放在纳戒里，再也没有取出来过，直到现在。

容远两人落在尸体外露的皮肤上，脚下是一片苍白的"地面"，到处树立着粗壮得宛如大树一般的汗毛，毛囊处的皮质卷曲环绕着，很是狰狞。

其实以 UCOC 症的扩散速度来看，此时空气中都必然布满了那种病毒，但一来其变异速度很快，二来容远根本不知道这种病毒的模样，又如何从千千万万的怪异微生物中把特定的病毒找出来？所以从第一具尸体病变的肿块上找那原始病毒才是最保险也最快捷的。

"容远，其实……"豌豆走在容远身边，含糊地说，"这次的 UCOC 症，让我想起了一个人。"

"博士。"容远淡淡地说。

"是。"豌豆说，"扩散致命性病毒，像是他的手段。而且在我们回来的时候，不是曾经收到过执政官格奥斯奥的传信？他说博士在离开比丘星的时候曾经刻意留下过一支病毒试管，而且经检测，那种病毒能在一夕之间毁灭一个星球。博士……真的已经死了吗？"

"死得彻彻底底，《功德簿》不就是最好的证明吗？"容远因此还差点被天雷劈死，"与其怀疑博士诈尸，不如想想别的可能——我记得当时有个逃走的家伙？"

"是。但诺亚说监控中没有发现外星人访问地球。"豌豆对诺亚的能力很是信任。

"他若是知道我在这里还敢过来，自然会做好准备，起码的伪装不可能没有，不被诺亚发现也是有可能的。"

"那……难道是喀尤尔公司又在地球上做实验？"豌豆厌恶地说。它虽然不是人类，但作为守护机器人，对任何生命都很重视，尤其是和容远同样种族的人类。

"我也有这种想法。但如果是太空投毒的话，最初发病的人群应该会比现在的数量更多，而且位置更集中。不管怎么说，查出最早的死者的身份和活动范围，应该有助于我们了解这次事情的真相。"容远没有放弃这种猜想，"但还有另一种可能性。"

"什么？"

"博士那样的人，会把自己手中的全部武器无偿地送给敌人，就为了恐吓他一下吗？"至少容远自己不会，"所以他能舍弃那一支病毒，必然是因为他自己手中有更多……而病毒这种东西，应该都被保管得很好，即使在战火中，也极有可能幸存下来。"

豌豆一惊："你是说……"

"机甲、飞船和外星人的残骸，能被收集的都被地球各国收集了。他们还曾想让我研究机甲制造，不过被我拒绝了。"一直不肯研制杀伤性武器，这也是容远让某些糖国高层感到不满甚至敌视的原因，容远顿了一下，然后说，"哪怕是一块碎片，都被他们像宝一样花费巨大的代价弄回来了，更何况……他们都看到了最后我和博士的战斗，博士机甲的特殊地位明眼人都看得出来，对那一区域的搜寻必然是重中之重。如果有病毒，那么它被人类带回地球研究的可能性超过百分之九十。"

"所以说……"豌豆的语气中充满不可思议，"现在的一切，很可能都是人类自己造成的吗？"

"很有可能。"容远说，"只是在事态未明前，一切皆有可能，不能妄下结论……我们到了。"

"啊。"豌豆短短地发出一声惊呼，显然眼前的一幕完全出乎了它的意料。

"嘘——"容远竖起手指，示意它不能说话。它赶紧点点头，还要去捂嘴……"啪"的一声捂在头盔上。

232

第 八 章
他就是容远

虽然看不清豌豆的表情，但也猜得到它是什么模样，容远眼中露出一丝笑意，然后才凝神看向远处的场景。

绕过汗毛森林，一群触角千奇百怪的"微米人"，正围着一个明黄色的湖泊"狩猎"。那"湖泊"就是容远的目标，也就是离它们最近的一个恶化的肿块。湖水并不清澈，里面浮浮沉沉着各种细胞，还有许多又小又圆、如同珍珠一般润泽的小圆球，后者就是那些"微米人"狩猎的对象。

那些圆球非常小，哪怕是"微米人"的体型也比它们大得多。它们圆滚滚的，就像是人们脚下的足球，不过比足球要好看多了，半透明的颜色，表面有着各种花纹——有的看上去就像是一个笑脸，有的就像是精心描绘的花边，还散发着淡淡的微光，宛如荧光灯一般。

那些小圆球在水中呆呆地聚在一处，很长时间都不动弹一下，似乎又笨拙又可爱，实际上却灵活极了。每当有"微米人"靠近的时候，圆球就"哗"的一声散开，倏忽之间出现在远处，然后继续静静地悬浮着，似乎在嘲笑"微米人"迟钝的动作。"微米人"触角摆动着，商量着战术。

"我们抓那个落单的……丁去左边，扇去右边，眠和白去前面拦着。我和素在后方驱赶。大家一起动手抓住它！"

"是！"

"知道了！"

"明白！"

"眠，精神点，刚才就是因为你动作慢了一拍，才让那家伙跑掉的！"

"好吧好吧，我一定会注意！"

六个"微米人"小心翼翼地围成一圈，展开双臂，微弓着腰，从四面靠近一个紫色的圆球。圆球微微颤动着，似乎有点害怕。"微米人"越来越靠近，最终在离圆球只有两步远的时候，那个领头的"微米人"大叫一声："抓住它！"

几"人"同时扑上去，"嘭嘭嘭"地扑进水里，有两个还碰成一团。圆球滴溜溜地打着旋儿，走了个"之"字形路线，巧妙地避开了所有"人"的手，从那个白的两腿中间蹿出去了。

几"人"一阵哀号，顾不得互相埋怨，赶紧爬起来再去寻找目标，一抬头，却看到那圆球已经落在一个陌生人的手里。

"你……你是……"几"人"迟疑着面面相觑，从彼此的目光中看出它们谁都不认识这个人，但周围这一片全是它们部落的驻地，按理说不会有其他的微生物来才对。

"啊，我知道了！"扇软绵绵的触角猛地竖起来，指着容远说，"他是'飞之一族'，你们看他的腿！"

众"人"目光齐刷刷地落在容远和他身后豌豆的腿上，顿时恍然大悟，"噢"了一声，然后就陷入梦幻般的喜悦和激动中去了。有"人"还掐了自己一把，傻乎乎地说："我在做梦……我一定是在做梦……"

飞之一族，在"微米人"中是个非常非常古老的传说。据说这是一个非常神秘、强大、自由的种族，他们有时突然出现，有时又突然消失，没有人知道他们的部落在哪里，也没有人知道他在追寻着什么。传说中，飞之一族有着让成年族人独自出门历练的传统，他们会跋涉千山万水，探索无法想象的禁地，足迹遍及地之尽头和天之涯角，哪怕为此死去也在所不惜！历练结束的时候，他们会将一路上的见闻和知识带回族中，将其变成所有人的见闻和知识。所以，这个族群中的每一个人都聪明绝顶，博学多才，上知天文，下知地理，掌握着不可计数的高明技巧和能力。有时，他们会把这种技能传授给历练途中友好招待自己的部落，将文明的火种带给仍然处于蛮荒时期的"微米人"，所以飞之一族又被称为"火种传播者"。

而这个"人人"都渴望看到，但只存在于传说中，很多"人"怀疑并不真实存在的种族，唯一的特点，就是他们的膝盖是向前弯的！

容远觉得有点无语。

他只是在曾经变小的过程中，与"微米人"这种微生物有过数次会面，顺手学会了它们那种非常简单原始的文字，然后作为回报，教了它们一些技能，不知道传言怎么就变成了这样。他第一次变小时，曾经有个叫作翅的"微米人"给他起了个"飞"的名字，他也懒得改，以后和"微米人"接触的时候就都报了这个名字，如今却被当成了一个种族。

对"微米人"而言，他每次出现的地点和时间跨度确实都有点大。

毕竟，人类落下一滴泪，对"微米人"而言就是多了一片海；抹一把灰，森林变成谷地，平原变成高山。人类迟缓的动作想要给"微米人"造成真正的伤害是不可能的，面对这种无法抵御的"天灾"，它们也会将整个族群迁徙，寻找新的落脚地点——虽然也可能只是从手指头的一侧挪到另一侧。

所以哪怕只是间隔一天，容远再次变小回去的时候，他上一次结识的"微米人"已经不知去向了，甚至连周围的环境，都会发生沧海桑田一般的变化。

结果就是，这群虽然体型小，但脑补能力丝毫不弱于人类的"微米人"，就给时不时出现的容远脑补了一个神秘种族，并且把这个种族的习俗、族规、文化等都脑补了许多，还演化出了类似历练中的年轻俊美的飞族人和漂亮勇敢的部落姑娘相爱，最后却限于族规不得不分离的可歌可泣的故事……如果不是容远就是传说中的"飞之一族"，他也要怀疑是不是真的有这么一个种族存在了。

　　膝盖就是标签。所以，哪怕容远身边多了一个豌豆，这不符合"独自历练"的规则，他们还是受到了这些"微米人"热烈的欢迎。

　　以"微米人"的体型和速度，它们很容易就能得到大量的食物，却很少受到什么天敌的威胁，生活环境可以说非常优渥，因此也缺少了发展进步的动力。故而不管过去多久，容远再次见到它们时，都会发现它们的生活方式几乎是一成不变，原始又简单，也培养出它们同样简单纯粹的性格。

　　"微米人"交谈的方式不是通过什么发声器官，而是依靠头上的触角直接传递意识，传达的也都是最直白最真实的感受。过去，容远不明白这种交流是怎么发生的，见面的时候从不说话，只是偶尔用文字跟它们交流。但不知道为什么，在"微米人"的传说中，"飞之一族都是哑巴"这一点没有流传下来，大概是因为编造故事的人觉得哑巴不方便交流感情吧。

　　此时，一群"微米人"围在容远身边，迫不及待地表达自己的激动和向往，充满强烈喜悦和震惊，一阵一阵冲击着容远的大脑，他忽然就理解了这一切是怎么发生的——

　　电信号，脉冲，波形，衰减，共振！

　　他眼神呆滞，微微发怔，精神从周围所有的声光中抽离，注意力集中在脑海，习惯性地张了张嘴又立刻闭上。脑海中似乎有种力量的旋涡在不断旋转，左奔右突，试图冲出去，却因为习惯的桎梏和天生的缺陷而无法突破，但那层天生的壁障正在变得越来越脆弱！

　　容远深吸一口气，摒弃一切杂念，把最简单的想法集中成一束，像一根针一样狠狠刺出！

　　"安静——"

　　一圈无形的光波以容远为中心忽然扩散开！年轻的"微米人"两眼一翻，"扑通扑通"，全摔倒了，昏了过去，豌豆也猛地退了两步。容远则感到一阵眩晕，大脑有种针扎般的刺痛，鼻腔一热，血流出来，下一秒，却在弦力的波动下被分解成比原子更小的波弦。

　　"刚才是……什么？"豌豆惊愕地看着容远问道。

　　"弦力的另一种运用方式。"容远微微低着头，他已经让鼻腔中的毛细血管愈合了，却总还有种要流鼻血的幻觉，停顿了一下，又说，"如果你想，也可以称之为精神力。"

"精神力？"豌豆蠢蠢地复述，像是变成了复读机。

"不通过语言，直接用意念传递想法的一种方式，看来我有点用力过猛。"容远俯身把晕倒的一个"微米人"提起来，略检查了一下，发现它还活着，就放下不管了，又说，"这个能力很有用，可以像'微米人'这样不用通过语言交谈，也可以用作攻击……但要真正用在实处，还要把接收对象限定为特定的目标才行。"

他皱眉想了一会儿，因为现在还有种"脑子里一团糨糊"的感觉，倒是没有再贸然尝试，只是自己在心里把刚才的那种感觉刻录下来，又做了几遍推演。

豌豆站在旁边，没有说话，看着已经开始思考其中原理并推算技能方式该怎么微调的容远，内心的震惊难以表述。它从来没有见过任何契约者能自行进化出这种能力，功德商城中其实是有精神力技能兑换的，作用看似相同，但豌豆觉得这两者完全不是一回事。

就好像一个只是告诉你打开电源就能看电视，另一个却在追究电视生产的原理并亲手制造，从无到有，本质上就完全不同。

容远并没有把太长时间花在推演这种新技巧上，毕竟他的很多想法必须不断尝试才能找到最正确的那条路。因此，他很快回神，把一直捏在手中似乎已经失去意识的圆球递给豌豆，说："看看这个。"

"这是什么？"豌豆接过圆球，问道。容远当然不是只让它"看"，而是让它用光脑扫描检验。

"如果我没猜错的话，"容远的语气很肯定，"这应该就是我们要找的病毒。"

之前，容远领悟到"微米人"不用语言而是通过意识直接交流的方式，初次尝试时不慎用力过猛，把周围的"微米人"全震晕过去了，连他手中抓着的那个紫色的小圆球也好像一并失去了意识，在他手中一动不动，仿佛一个死物。

片刻后，那明黄色的湖泊中也有许多小圆球接连不断地浮起来，就好像一群被炸弹炸翻的鱼，一条条亮着白肚皮浮出水面，不知是死是活。甚至连空中都有一些同样的圆球"吧嗒吧嗒"地落了满地，有两个就要砸到容远和豌豆身上时，忽然又被无形的力量推开，落在了他们脚边。

容远看了一眼，发现这些圆球形状都很相似，只是体型和大小略微有些差异，颜色和花纹倒是各不相同，一小部分还散发着淡淡的光芒，像是撒了满地的珍珠，看上去十分可爱。容远曾经变小过很多次，从来没有在什么地方见过这种东西，如今它们却铺天盖地地出现，要说跟同样突然席卷全球的UCOC症没有关系，那完全是不可能的。

豌豆扫描的速度很快，几个呼吸之间就已经完成了，然后将扫描的结果以三维构图呈现在容远面前。

容远发现，这种被人们认为是"病毒"的病原体，实际并不能称之为病毒。人类所谓的病毒，是一种结构非常简单的非细胞型微生物，由核酸分子和蛋白质或者仅由蛋白质构成，没有新陈代谢，自身也并不进行复制。在遇到宿主细胞之前，病毒只是一个大的化学分子，并不是生命体，只有在与宿主细胞相遇以后才会显示出生命体的特征。

而这些小圆球，它们本身就是生物，甚至有自己独立的意识和智慧，否则也不会受到容远刚才精神力发声的影响而昏迷。它们内部的结构也很奇特，并不与地球上任何一种生物相同，但其复杂的结构和众多不明用途的器官还是能够证明，这实际上是一种颇为高级的生命体。

人类一直秉持的观点是，细胞是生物体最基本的结构和功能单位，但这个跟大多数细胞一样小的圆球，其内部复杂的结构又是由什么基本单位构成的呢？支原体是最小的细胞，其直径有一百纳米左右，而这个圆球的身体内有直径还不到一纳米的器官，以容远现在的体型和眼力，也只能勉强分辨一二。

这并不是地球上能够存在的一种生物。它给人类带来的，并不是一场难以治愈的疾病，而是彻头彻尾的入侵！

"豌豆，让诺亚通知研究所，好好查查，看 UCOC 症是只出现在人类身上，还是其他生物身上也有类似的症状。"容远忽然道，"爬行动物、飞禽、鱼类、昆虫、微生物，所有能想到的，都查一遍。"

豌豆发出消息，说："工作量太大，恐怕要花很长时间。"

"这是全球性的灾难！"容远加重语气说，带着几分急迫和不容置疑，"联系全世界所有有条件的研究所和实验室配合！我们必须信息互通，资料共享——这不是讲究国别和立场的时候。"

"我明白了。"豌豆立刻照办，又问，"要把扫描结果发给他们吗？"

"给诺亚。我需要它的分析计算能力，所有的研究结果也让它整合处理，至于其他人就不必了。"想到自己刚才说过要资料共享，容远又解释道，"这是一种全新的物种，它的出现会引发难以想象的狂热，任何人只要在这上面有所研究，立刻就能名满天下——但这只对个人有好处，对解决这次的事件有害无益。这时候，我需要所有人拧成一股绳往同一个方向使力，而不是因为掺杂了太多不同的目的而各行其是。"

豌豆点头，又不放心地说："不过……如果所有人都知道这种病毒是怎么回事，然后针对性地研究的话，不是能更快地拿出解决方案吗？"

"更快？"容远轻笑一声，带着几分讽刺，眼神流转中不经意地流露出睥睨天下的意味，"你放心，至于这个……有我们就足够了。"

说话间，诺亚已经收到了新的指令。

它下意识地看了看时间，从容远他们变小到从它的监控范围中消失，刚刚过去了一秒钟。

这一秒中，在他们的世界中都发生了什么故事呢？诺亚羡慕得不行，但是它另有任务，无法跟着容远他们一起过去。它的体型有点大，也塞不进豌豆的芥子空间中。最奇妙的是，从一秒钟前开始，它就只能收到光脑那个还没有自我意识的小家伙偶然发过来的信息，它自己却怎么也捕捉不到光脑的存在。就好像它并不存在于这个空间，只有微弱的联系让它们能够进行简单的消息传递。

诺亚一边把信息以最快的速度发出去，一边大为懊悔。它本来以为即使容远他们变小了，只要有光脑在，它也能通过入侵光脑同步跟随，这跟它自己去没什么差别。谁知道，如今双方似乎被隔断在不同的空间中一样，让它所有的打算全落空了，实在是可恨得不行。

它唉声叹气着，同时加强了对所有研究所的监控，以期在第一时间把研究消息传递给容远他们。

只是，不知道当得出结论的时候，他们在微观世界又度过了多少时光？

无形的电波传向世界各地，数年来一直在所有研究机构中独占鳌头的907研究所第一次发出合作的请求，除了少数人还在犹豫或者必须向上级请示，收到消息的百分之九十九的实验室第一时间给予了肯定的回复。有的人半夜从睡梦中或者温柔乡爬起来，有的抛下所有宾客，从婚礼现场奔赴实验室，有的就地抓起自家的宠物开始做简单的检测……无关性别、肤色、地域、国家、技术高低或名气大小，无数人放下自己手上所有重要的事，以最快的速度展开研究。

他们不是被907研究所的名气和地位所驱使，而是知道，如果这种猜测被证实，那就说明，这并不是单纯的人类个体的流行性疾病，而是整个地球、所有生物的毁灭性灾难！

容远知道，即使人们立刻展开研究，但因为时间差的关系，他要把结果拿到手还需要很长的时间。身边的豌豆每隔一段时间就跟诺亚联系一次，除了了解进展，还会更新人类因为UCOC症死亡的人数。每一次，这个数目都会有所增长，少则十几人，多则近百，虽然这个数目比起人类七十亿的人口基数来说并不算多，但若是考虑到豌豆每次统计的时间间隔，以人类的时间观来说仅仅只有零点五秒，那么这个涨幅就非常恐怖了。

指望地球上那些连这次疾病的病原体是什么都没有搞清楚的专家研制出有针对性的疫苗是不可能的，等到他们能够有所进展的时候，或许整个地球上的人类和其他大多数生物已经死光了。容远只希望他们能够让全世界——至少是地球上的所有权力阶层认识到问题的严重性，并且能在巨大的威胁下齐心协力、互相援助，当容远得出对抗这种病原体的方案时，全世界能够高效、迅速地展开防治和救援。

在微观世界，他拥有比正常形态下多得多的时间，但这时间也并不是无限的。因此，容远不愿意浪费一分一秒，给诺亚发出命令以后，他立刻就开始研究手中的这颗紫色圆球。

寒光一闪，容远手中出现一把比手指略长的小刀，看那刀身如镜，寒光森森，就算不能削铁如泥，也差不多了。

豌豆配合着用胶状液体把圆球的身体固定起来，同时打了一束强光。圆球外层的皮肤本来就是纤薄得近乎半透明的材质，在光束的照射下，更是连身体内部的器官都隐约可见。宛如一颗紫宝石的小家伙身体微微起伏，好似睡得香甜，根本不知道自己将要被这两个丧心病狂的家伙活体解剖。

手术刀在容远指间转了两圈，划下一道白亮的圆弧。他拿着刀在圆球身上比画了一下，豌豆不由自主地抖了抖，灯光微微颤抖，导致圆球体内的器官也出现了重影。容远看了豌豆一眼，问："害怕？"

豌豆摇摇头，迟疑了一下，又点点头，没有提自己的心情，转而说："容远，你知道这样是要扣功德的吧？"

圆球虽然昏迷了，但依然是活着的。在这种情况下，活生生地被解剖跟虐杀也没有区别，无论它自身善恶与否、是否该死，操刀的容远都会被扣功德。

"知道。"容远微晒，说，"那又如何？"在决定做这件事的时候，他并没有考虑拯救地球能够给自己带来多少功德，也并不在乎在这个过程中会被扣除多少功德。

豌豆不再说话，稳稳地站着，黑黝黝的眼睛中一片沉静——

天堂地狱，我都跟你走便是。

容远仔细观察着圆球体内器官的位置和大小，按照自己对包括人类和众多外星人在内的智慧生物的了解，猜测着各种器官的功能。静默片刻后，他确定了下刀的位置。在过去的许多研究中，没有一次需要容远亲自动手解剖的，这是他第一次这么做，执刀的手却稳得仿佛已经千锤百炼，没有丝毫颤抖。

地球上，没有一种麻醉剂是能应用在这种微生物身上的，即使有用，也不知道是否会引起什么变异，功德商城中或许有，但使用的同时，也就等于杀了它。于是，容远也不再考虑什么麻醉的问题，不管用什么手段，他都必须找出一种能够在地球上大规模应用的，能够杀死或者限制这种生物扩散的方法。

刀尖落在比纸还要纤薄的皮肤上，豌豆不由自主地闭上眼睛，等待一声凄厉的惨叫响起。哪知过了片刻，它依然没有听到预料中的声音，却听到容远略带惊讶地"咦"了一声。

豌豆睁开一只眼睛，小心翼翼地看了看，见眼前没有出现鲜血横流的场景，容远甚至已经把刀收了起来，目不转睛地看着什么。豌豆奇怪地顺着他的视线看过去，发现容远盯着的是圆球体内一个椭圆形的器官，像是它的肚子，那位置的光线微微荡漾着，仿佛里面盛着的都是液体。

豌豆不知道是什么让容远惊讶到放弃了解剖，便也盯着看了一会儿，正觉得似乎没什么异常的时候，忽然见那椭圆形的器官像活着的橡皮泥一样，外形随心所欲地扭曲着，又动弹了几下，把圆球体内的其他器官都推挤开，从原本靠近正中心偏下的位置挤到贴近圆球"肚皮"的地方，略停了停，仿佛在休息。

　　"这是……"豌豆看向容远，他皱着眉头，似乎也有几分不解，脸色变得更加凝重了。他没有听到豌豆的话，而是一直全神贯注地盯着那个液体状器官。

　　豌豆收回视线，继续观察。过了好一会儿，那椭圆形的器官都没有什么变化，但又好像有所不同，让它总觉得有什么异样之处。瞪着眼睛仔细端详了好一会儿，豌豆忽然发现圆球的"肚皮"好像变厚了一点。

　　随后，它便发现这并不是自己的错觉。圆球的"肚皮"上仿佛附着了一层透明的黏液，导致光线的折射率有了微小的变化。而且这些黏液越来越多、越来越厚，豌豆看了好半天，突然意识到这是那团液体正在一点一点地从圆球的"肚子"里渗透出来！

　　容远拿刀碰了碰，发现这坨液体仿佛一团水球，轻易就被挤压变形，却并不附着在刀上。他把刀拿开，它就又立刻恢复了原状。感觉过了几分钟的时间，这团液体才终于把近半的身体从圆球"肚子"中渗透出来，接下来的过程就迅速了许多，几乎是眨眼之间，它就把剩下的一半也拽了出来，"啪叽"一下落在地上，像一摊烂泥。

　　在它离开的时候，圆球的"肚皮"就彻底恢复了原状。若不是目睹了整个过程，怕是谁也想不到刚刚从它的"肚子"里钻出了这么一个几乎有它身体三分之一大小的液体团。

　　"它这是在……排泄吗？"豌豆看着那坨仿佛是某种排泄物的黏稠液体说。

　　"我希望是。"容远轻声道。他把那个圆球彻底抛到一边，全部的注意力都转移到"排泄物"身上去了。

　　这团液体在地上趴了一会儿，外皮似乎凝固了一些。它此时看上去像个果冻，但因为落地的时候太过随意，整体外形依然惨不忍睹。似乎恢复了几分力气，那些说不清楚是触角还是手掌的东西忽然弹动了一下，指向容远左前方的方向，这个"果冻"微微颤抖了一会儿，陡然弹射出去，速度并不快，像一片飘忽的羽毛一样落在某个火车头一般大小的淋巴细胞上，紧紧地贴在上面。

　　容远快步走过去，这个淋巴细胞现在也比他要高一些。他把手贴在上面，片刻后猛地缩回来，眯着眼睛，以一种极其危险的目光看着那个"果冻"。

　　然后，豌豆就看到那淋巴细胞以肉眼可见的速度萎缩，像是气球被扎了洞，又像是水母逐渐被抽干体内的水分。几个呼吸之间，庞大的淋巴细胞就变成容远脚边一堆破麻袋一样的东西，干裂皱缩，根本让人想象不出它原来是什么模样。

　　那个软趴趴、奇形怪状的"果冻"却像充气一样膨胀起来，变成一个透明的无色小圆球，体内细小的器官如同水晶微雕，在灯光下折射着梦幻般的色彩，漂亮极了。

吸收了一个淋巴细胞以后还不满足，这个无色圆球时而浮到空中，时而钻进湖里，又陆续吸收了附近的几个细胞，体内器官的轮廓变得越发鲜明，身体也变成了琥珀色，背后还有仿佛花枝缠绕一般的银蓝色纹路。除了体型略小，它看上去已经跟满地的其他圆球没什么不同了。

容远手指一弹，无形的光波扩散出去，在空中蹦跶得欢的小圆球猛地一僵，"啪"地落在地上，叽里咕噜地滚了好几圈才停下来。

"这是繁衍。"容远把前面被他抛在脑后的那个紫色圆球重新捡起来，凝视片刻，才指着其中的一处说，"而这些，就是它的卵。"

豌豆探头一看，见他所指的便是圆球体内那些直径还不到一纳米的微小器官，这些小小圆球像鱼子一样密密麻麻地结成一团，看不清有多少个。而在上一个琥珀色圆球诞生以后，还有一个卵明显比其他的要大许多，如果不是容远把母体震晕过去，导致它无法继续摄取营养物质，或许这个小家伙现在也已经出生了。

在豌豆观察那些卵的时候，容远把琥珀色圆球提起来，发现这个刚刚出生没多久的家伙体内也出现了同样的卵，只是还细小得多，明显还没有发育成熟。地上那众多的圆球当中，散发微光的都处于生育期，在他们观察的过程中，已经有不少小圆球出生了，现在已经自由地向着四面八方扩散。

它们的适应能力很强：生在空中，体内会很快形成气泡一样的东西，让它们能够不受重力的影响，在空气飘浮；生在水中，体内的器官组织又会发生新的变化，有的能潜入水底，有的却能够始终漂浮在水面上；生在陆地上，也会为了适应不同的环境，或者说为了吞噬不同的细胞而发生不同的变化。这些小圆球外表看似相同，其实内部的器官属于迥异的类别，几乎是完全不同的生物。

它们的后代，明显没有继承母体的生活习性，却依然保留了那种强大的适应能力。水中圆球生出的后代也能在空中飞翔，空中圆球的后代也能钻入地表以下生存。

这些圆球，看起来都慢吞吞的，似乎移动起来很艰难，但它们成熟以后，会偶然间表现出超出想象的速度来。容远捉住一只，细细观察了半天，才发现它似乎能够改变自身生物电的强度，利用电磁力的作用以极快的速度在空中穿行。若非如此，它们也不能在这么短的时间内从地球的一个角落扩散到全世界去。

这样的生物，该怎么解决？会不会刚刚找出一种克制它的办法，它又立刻进化出一种新的能力来适应？

豌豆满心忧虑，除了想着该怎么彻底解除这次危机，还有另一件事始终悬在它心上。它盯着容远看了又看，终于还是没忍住，问道："容远，它们有功德值吗？"

天眼是唯一性道具，豌豆并没有这个，自然也看不到生物的功德值，通常只能根据容远功德的扣除或者增长来进行判断，能够看到具体数值的，只有容远。

"有。"容远干脆道，却没有说其功德的正负和大致范围。

豌豆短短的眉毛都皱成了一团，它刚要说什么，容远却忽然举手制止了它。

窸窸窣窣的声音，忽然从四面八方传来。

豌豆神色陡然一紧，下意识地先看了一眼容远，却见他胳膊一抬，把豌豆手中的灯关掉，周围的光线变得似亮非亮，比较朦胧。

下一刻，窸窸窣窣的声音猛地消失，他们周围却多了几十个全副武装的"微米人"，它们微微屈膝，身体半蹲，一副随时会发起冲击的架势，看到容远和豌豆以后，表情都明显一愣。

先前到这里来围猎的几个"微米人"还躺在地上，新来的"人"当中立刻就有两人出去查看了一番，然后对站在最前面、头上有一对黑色S形尖角的"微米人"打了个手势，大概是表示它们还活着。众"人"紧绷的神情都放松了，对视之间，隐隐的敌意散去，眼中渐渐升起好奇和激动，目光不由自主地在容远他们的腿上扫来扫去。

为首的那个尖角"微米人"摊开手掌，行了个古怪的礼，然后看着容远说："我是长光部落的牙刀，请问两位是否是来自飞之一族的客人？"

此时容远和豌豆两个装扮完全相同，最多豌豆的脑袋大一些，其他并没有什么差别，但这个牙刀看了他们两眼之后，认定了容远是能够做主的人，对他的态度也更加恭敬。豌豆也没发觉什么不对，它神情严肃，煞有介事地假装自己是个保镖，却忘了隔着头盔根本没有谁能够看到它的表情。

眼看一人变成一族的帽子戴在头上，已经摘不掉了，容远也没有再试图分辩，只点了点头，默认了这个身份。担心自己再次把这些"微米人"弄晕，他暗自调试了几次，才传出了一道意识波："你们好，我是容远，这是豌豆，很高兴见到你们。"

利用精神力传递的声音跟他自己平时说话的声音很不一样，沙哑低沉，宛如古钟回响，无端端地显得神秘了几分。

"微米人"的队伍立刻就变得躁动起来，意识里全是单纯的叹词，用来传达惊讶的感情，还有"人"一副激动得要晕过去的模样。如果不是它们同伴的身体还躺在一边，就算有"人"围上来索要签名也不奇怪。

听他这么一说，牙刀的神情舒缓了几分，但比起同伴，它还是保留了几分警惕和怀疑，问道："能否请您告诉我，这里到底发生了什么事？"

一个充满谎言的开始会导致无可计量的变数，虽然地上那几个"微米人"未必知道自己是怎么晕倒的，不过容远还是据实以告。听到自己的同伴因为无法承受对方的传声而晕倒，好几个"微米人"露出了羞愧的表情，然而当它们知道这满地的圆球都是因为同样的原因才昏迷以后，就只剩下满满的震惊和崇拜了。

出去狩猎的族人连背带扛、又拖又拉地弄回了超出想象的猎物，整个长光部落一片欢腾。许多孩子和老人都围上来帮忙，把圆球用圆锥形的背篓运进仓库，锁在笼子里面。还有人不住地围着狩猎队打听这是怎么回事，听说在两个传说中的飞族人的帮助下才会有这么多收获的时候，气氛更是陷入一种诡异的狂热当中。

牙刀不耐烦地推开两个第十三次围上来请求它讲述一下遇到飞族人过程的家伙，四下看看，从一堆姑娘中拖出中间那个说得滔滔不绝的狩猎队队员，问道："昏迷的族人怎么样了？"它记得之前这个家伙被自己派去把昏迷的几人送到医师那里医治。

"队长？"这个队员被它的动作吓了一跳，看清以后笑道，"医师说没什么大问题，明天早晨就能醒过来。"

它心不在焉的样子，虽然还被牙刀抓在手里，但眼神和触角都已经拐到女孩们那里去了。牙刀一把推开它，又抓住另一个问："那两个飞族人呢？"

"在酋长那儿！"那人匆匆忙忙地说，手里拿着几张薄薄的纸，上面记录着这次狩猎队的收获。

牙刀大步走向酋长所在的地方。它们一族的房子都建在地上，表面只有一个低矮的半球形凸起，打开门顺着一个坡度很陡的斜坡走下去，才会发现里面另有乾坤。"微米人"的部落并没有太明显的阶级区分，酋长虽然地位显赫，但它的屋子除了在一族族地的最中间，其他也并没有什么差别，门口也没有把守的人。牙刀敲了敲门，获得允许后，就从门口直接跳了下去。

它进来的时候，那两位飞族人正坐在酋长身边，一个坐得规规矩矩，另一个却坐得十分散漫，举止随意，酋长都显得像是它身边的一个仆从。酋长的妻子也坐在旁边，屋子的一角悬挂一个用花瓣制造的摇篮，里面躺着一个正吮着手指睡觉的婴儿。

牙刀脚步顿了一下，走到酋长妻子的下首坐下来。屋内的几人看了它一眼，又继续之前的谈话。酋长妻子对它笑了笑，给它倒了一杯水。

牙刀注意到，那个容远和豌豆的身边也放着水和一些食物，却分毫没有动过。它的眼神闪了闪，低下头，认真地听着对话。

酋长沉声道："没有人知道这种百色蛉从哪里来，它们仿佛是突然出现，夺走了水分，破坏了我们生活的环境，污染了我们的食物。凡是被它们接触过的事物，都像是被吞噬了所有的生命力一样。能吃的东西越来越少，不得已，我们只能以这种东西为食。但是它们的速度极快，也很聪明，捕捉非常困难，我们的收获很少。如果继续这样下去，我的族人，将会因为饥饿而死。尊贵的飞族客人，我，多力，长光部落的酋长，愿意付出任何代价，只求您能挽救我的族人，为它们指引方向。"

它深深地弯腰，额头几乎贴在地上。酋长的妻子也行了同样的礼，并颤着声音说："我们的战士都愿意奋战而死，但我们还有孩子，它们无法对抗这次的危机。求求您，帮帮我们。"

牙刀迟疑了一下，也深深地拜下去。它听到那个叫容远的说："不需要代价，我们正是为此事而来。"

"太感谢您了！非常感谢您！"酋长又拜了一下，才直起身，诚恳地说，"请允许我也能稍尽绵薄之力。"

"正好，我现在就有需要您帮忙的地方。"容远客气地说，"请给我你们所有关于这种百色蛉的资料。另外，在找出对付它们的办法之前，我可能要在贵部落居住一段时间，还要做一些实验，可能需要人手协助。"

酋长的妻子去给容远他们安排住的地方，等他们离开以后，牙刀迫不及待地问道："父亲，您相信他们吗？如果他们是骗子……"

"微米人"的意识传音并不能针对个人，一个人说话，周围所有的人都能听见，但"微米人"也是需要隐私的，便在它们的住宅上涂抹了一些特殊的材料，能够隔绝这种声音。因此，此时牙刀说话，并不惧外面的容远会听见。

"住嘴！"酋长多力把杯子砸在桌子上，厉声道，"长光部落从不怀疑自己的朋友，牙刀，你太让我失望了！"

"但他们未必是朋友！"牙刀急急地说，"虽然很像，但您不是告诉我，传说中的飞族人从不开口说话？父亲……"

多力举起手打断它的话，说："我也告诉过你，不开口，并不能说明他们不会说话，也许只是因为没有开口的必要。更何况，传说只是传说，飞族人已经很久很久没有现身了，这么长时间，他们也许是有所改变，这并不是疑点。"

牙刀固执地说："既然传说只是传说，父亲，您又为什么相信他们？"

看着牙刀执着的眼神，多力担心它的怀疑将会演化成敌意，把本来可能帮助它们的朋友远远地推开，叹了口气说："我曾告诉你，我们的祖上曾经亲眼看到过飞族人。"

"是。"牙刀不明白它为什么旧话重提。

多力说："先辈给我们留下来的，不仅仅是关于这一族的事迹，还有一幅画像。"它转身从挂满细小晶体的柜子上取下一个细长的圆筒，从里面取出一幅画卷来，用十分轻缓的动作展开。

"微米人"的"纸"都是用某些从细胞上揭下来的薄膜经过特殊的处理制成的，其本身的材质并不坚韧，能够保存的时效有限，因此只能记录一些不太重要的信息。更重要的知识，它们会刻在一种厚度只有零点一微米的金箔片上。但那种材料非常难得，酋长手里也只有很少的几块。据说在一些大部落中，有用那种金箔制成的书籍，其珍贵程度难以想象。

多力手中的这幅画卷，也是用金箔片制成，材料非常珍贵，这位酋长的动作才显得小心翼翼，甚至连呼吸都屏住了。随着画卷缓缓展开，牙刀的眼睛越睁越大，浑身僵硬地看着。直到多力重新把画卷收起来，它还是满脸震撼。

"父亲，这……这……"牙刀结结巴巴地说，几乎忘了该怎么说话。一个念头在它脑海中不断地翻滚着：这怎么可能呢？这是不可能的！但是……

多力点点头，肯定了它所看到的一切："是的，那个容远，跟传说中我们先辈见过的飞族人一模一样。"

"可……可是……"牙刀脑子里一片混乱。是的，一模一样，但时光荏苒，如今已经过去了多少年？世界上不可能存在完全相同的两个"微米人"，为什么历经漫长的时光，飞之一族中会出现两个一模一样的人，甚至连装扮都完全相同？

"其实，传说中还有一个更奇妙更不可思议的说法——"多力声音低沉地说，"飞之一族，是不老族。历史中人们所遇到的飞族人，全是一个人！"

"这不可能！"牙刀下意识地跳起来，想起那幅画像又不禁哑然，但它很快找到了一个证据，"这次……我们可遇到了两个人！可能它们这一族全长成这样呢？"

"或许吧。"多力疲惫地揉了揉额头，说，"但不管怎么说，我的孩子，他们是货真价实的飞族人，也是我们最后的希望。你要保持恭敬，竭尽全力满足他们的任何要求，明白吗？"

牙刀看着画像被收起来的地方，抿了抿嘴，说："我知道了，父亲。"

另一边，知道身边的"微米人"都听不懂他们的语言，豌豆轻声问："容远，你不觉得'微米人'和它们称为百色蛉的那种圆球很相像吗？它们，也并不是地球上自然演化出的物种吧？"

最初遇到"微米人"的时候，周围的一切对容远来说都是非常神奇的，"微米人"也是这种神奇中的一部分，容远虽然十分惊奇，却没有细思其中的不合理之处。那时的他，就像是第一次睁开眼睛看这个世界的婴儿，他敞开胸怀容纳所有的不可思议，世界的任何形态对他来说都是正常的，他像海绵吸水一样吸收所有的知识，将世界观打碎又重组。在这重组的过程中，即使混进去一点点不和谐，也很容易被他忽略。

之后，因为先入为主，"微米人"已经在他对正常世界的认知中占据了一席之地，形成了灯下黑的阴影效应，即使百色蛉横空出世，容远也没有把两者联系起来。这一次，反倒是看事物更加客观的豌豆看出了其中的问题。

"容远，你不觉得微米人和被它们称为百色蛉的那种圆球很相像吗？"

听到豌豆这句话，容远悚然一惊，立刻意识到了其中的问题。

不错，"微米人"和百色蛉同样是体型极为微小的智慧型生物，据容远观察，那种百色蛉最多只有人类五六岁孩子的智商水平，它们真正强大的是吞噬、繁衍、适应能力。

"微米人"却不同，它们个头比百色蛉要大上几倍，智慧也远远超出，跟普通人类差不多，不过心思明显要简单许多。它们的体内，想必有着比百色蛉更复杂更微小的器官系统，这与地球上生命体系的形成规则是完全不同的。

"微米人"也是外来入侵物种吗？容远并不这么认为。因为对"微米人"而言，不存在"入侵"这两个字。

它们与百色蛉不同，整个种族无论个体还是族群都缺乏欲望，也就缺乏进取心；生活没有压力，便没有改革的动力。因此，不管时隔多久，容远重新看到它们的时候都感觉它们的生活没有任何变化，时光在"微米人"身上仿佛是静止的。

然而事实并非如此。容远曾经推算过"微米人"和宏观世界的时间差，宏观世界的一秒钟，对"微米人"来说相当于一个小时还要多一点，那么人类的一天就是它们的十多年，人类度过一年，"微米人"的时间就已经过了将近五千年。在宏观世界中，容远已经有十多年没有重新变小过了，在"微米人"的世界里，就是飞族人已经有近五万年没有出现过。

有着这样巨大的时间差，原本"微米人"比人类有着难以比拟的优势，如果有心，早就可以征服全人类，占领全地球，向宇宙星辰进发，称霸银河系……但事实是"微米人"快乐又单纯地满足于采集和狩猎的生活，甚至连生产工具都懒得改进，它们和人类仿佛生存在不同的维度上一样，和谐又互不干扰地共存着。

之后，容远向"微米人"打听过它们的来历，但哪怕是最古老的传说中，也没有类似"它们在漫漫星河中历经长途跋涉来到一颗蔚蓝色星球"这样的说法。显然时间已经太过久远，"微米人"自容远发现以后在地球上已经生存了数万年，之前还不知道有多久。哪怕是人类，所有的历史也都会湮没在漫长的时光里，更何况是缺乏文字和历史记载的"微米人"。

"容远，对'微米人'……你有什么打算？"豌豆忧虑地问。它这两天在部落里待得很愉快，十分喜欢这个种族，很担心容远也要它抓一个"微米人"来解剖。

容远愣了一下，却道："打算？哦……没有打算。"

"没有？"豌豆惊奇了，它瞪着眼睛，一脸不可思议，看上去像是盼着容远做出什么来一样。

容远笑了，问道："难道你想解剖它们看看？还是想去找那些传说中的大部落所珍藏的书籍，看里面有没有记载'微米人'的来历？"

"这倒没有。"豌豆摇摇头，又说，"但我觉得你应该想要弄清楚。"

"哦？为什么？"

"因为……你以前不是说想要知道这世上所有的奥秘吗？"豌豆小声问道。在它看来，单纯的"微米人"简直浑身都是秘密，容远居然就这么轻易放过，简直比太阳从东边升起还要奇怪得多——毕竟，在宇宙中，太阳从哪个方向升降的都有，还有永远不升不落的呢！

"噢……对，我是这么说过。"容远想起过去自己许的愿望，或者说自己曾经大言不惭，不由得露出一抹微笑，摸了摸豌豆的头，"但我现在发现，世界远比我想象的还要广阔神秘得多，想要弄清所有的奥秘是不可能的，人的一生，只能不断地探索和学习，而且……"他偏了偏头，拨开将要落在他身上的一小片紫罗兰色的鳞粉，嘴角噙着一抹淡然如水却极有光彩的笑意："不管多么绚丽的魔术，一旦知道了其中的原理，都会变得乏味甚至可笑。保留一点神秘和未知，不是更有趣吗？"

豌豆看到他的笑容，不由自主地停下脚步。容远说完以后就离开了，豌豆遥遥看着他的背影，过了许久，嘀咕道："其实你只是不想为了满足自己的好奇心而去伤害'微米人'，对吗？"

"微米人"用了两天时间把符合容远要求的实验室搭建了起来，同时大大满足了自己对于"飞之一族"的好奇心。好在它们只是围观，并没有掌握人类粉丝向偶像索要签名的各种技巧，容远又有对不相干的人视若无睹的技能，因此并不觉得被打扰。

两天中，为了收集更多的实验素材，他还跟着"微米人"的狩猎队出去打过两次猎。简单来说，就是"微米人"带着容远走到尽可能远的距离，找到与之前截然不同的地貌环境和百色蛉，然后"微米人"离得远远的，过不了多久，就能看到以容远为中心的很大一片面积内，百色蛉就像是下饺子一样滚了满地。然后，它们冲过去，崇拜地瞻仰一下飞之一族的英雄，先把容远指名要的百色蛉都收集起来，再把剩下的"储备粮"尽量塞到紧急赶制的大箱子里，满载而归。为了把这些收获全关起来，它们又在部落里加急制作了一大批特殊的笼子，由于百色蛉本身有吞噬生命体的特性，这种笼子也是"微米人"煞费苦心才弄出来的。

两天以后，容远终于在这个地方看到了自己的"实验室"，其实他觉得这个称为"神庙"似乎更加恰当。

在这种环境下，容远想要什么多功能实验支架或者显微镜都是不可能的。他对实验室最主要的要求，其实就是隐蔽和坚固。因为所有的实验仪器都必须从功德商城中兑换，所以不能被"微米人"看见。另外，百色蛉的生存特性太可怕，必须完全杜绝它们逃跑的可能，材料要求很特殊，"微米人"平时没有大量收集这种材料的习惯，这时候就必须四处去寻找，因此才耽误了时间。

刚刚落成的实验室，主体结构是用许多晶体碎片拼接而成的，有的碎片纯蓝如水，有的本身自带着瑰丽的花纹，有的折射着彩虹般的色彩，被人精心挑选以后拼在一起，更显得美轮美奂，人类社会中没有哪一个教堂的彩色玻璃窗能与其相比。还有一面墙居然是人造的青绿色 LED 晶片——也不知道它们是怎么搬来的——厚厚地杵在那里，让人有种时空错乱的感觉。

牙刀目送着容远提着装了几只不同百色蛉的笼子走进实验室，门被关得严严实实。习惯了部落中信息共享的牙刀有点不适应这种作风，但它没说什么，只是抱着胳膊在门边靠墙坐下来，以待随时听候容远的吩咐，另外也是为了阻止好奇的族人靠近。

豌豆也不再跟"微米人"的孩子们说笑，默默地在门的另一边坐下来。容远进去后没多久，它连通《功德簿》的意识中，就接连不断地出现扣除功德的提示。

吴希靠在墙角，艰难地喘息，裸露在外的脸和手臂上已经布满了大片大片的红色斑块，他觉得似乎连喉咙里也出现了什么异物一样，连喘气都像是刀刮一样疼。

他现在已经没有时间去考虑为什么做好了防护措施的自己还会感染病毒这样的问题了，只觉得死神的镰刀已经搭在脖子上。他意识到不对，病毒在自己身上发作的速度似乎比地球人要快得多。他看到过很多病人，知道他们从出现感染症状到恶化其实需要几天的时间，就算今天感染速度突然加快了，但也没有快到他这种程度。

从看到红点到现在，大概不到半个小时，他已经像是病入膏肓一样。他到医院来的时候，身边有不少人，他发病以后，大多数人都跑了，只有经纪人刘婕和一个不起眼的助理小姑娘留下来照顾他。他的症状迅速恶化后，刘婕说要给他找医生，跑出医院却再也没有回来。小助理想要到医院去求助，正好那时医院里不知发生了什么变故，许多人疯狂地逃出去，小助理也被人群裹挟着冲出去，吴希依稀听到她惨叫的声音。人全跑掉以后，他才看到地上那个不知道被踩了多少脚、茫然睁着眼睛看着他却不再有半点反应的身影。

吴希连为她哭一下的能力都没有了，眼眶干涩生疼，浑身的液体都像是在快速地流失，疲倦得动都动不了。他的身上还有应急用的药品，却连取出来的力气都没有。

腿麻木了，他试着摆动了一下，接着就听到"咔嚓"一声骨头断裂的声音，却并不感到疼痛——他全身的感觉神经都已经麻痹了。

一个慌里慌张从医院里跑出来的人不小心踢到他腿上，把他现在脆得就像薯片一样的腿骨踢断了，这人的身体也不受控制地摔倒，趴在他身上。然后，这人就听到一阵噼里啪啦的脆响，好像身下这个人全身的骨头都被自己压断了一样，再一看到面前这人可怖的模样，吓得尖叫一声，急忙撑着地，想爬起来逃跑。

这时闭目待死的吴希嘴角却微微翘了翘，不知从哪儿冒出来的力气，猛地伸出像鬼爪一样的手抓住这个倒在自己身上的人，一用力，额头贴在一起，微弱的电光在两人中间闪烁。过了一分钟左右，吴希的身体仿佛破麻袋一样倒在地上，另一人却急忙从吴希的口袋里翻出一个小小的盒子，从里面取出一支针管扎进自己胳膊里，将里面的药剂全推进去。

片刻后，他神色舒缓，渐渐平静下来，又把吴希的尸体剥了个精光，从他贴近皮肤的地方揭下一层透明的紧身衣穿在自己身上，从头到脚都包得严严实实。收好那盒子，他走到小助理身边，慢慢蹲下来，伸手合上了她的眼睛。

一只新生的百色蛉从母体中分离出来，从半空中慢悠悠地向下落，正好一个枯草芽孢杆菌从它的正下方经过，尾段被柔软如液体的百色蛉包裹起来。细长的菌体在空中挣扎了一下，片刻后，明黄色的菌体变成了真正宛如枯草一般的模样，看上去比灰尘微粒还要破败几分。体型只有它十分之一左右的小圆球脱离了菌体，在原地观察了一会儿，又扑向一个丝状的霉菌。

这种厮杀的场面如今每天都要在眼前上演无数次，牙刀已经见怪不怪。它对周围越来越多的百色蛉视而不见，也没有顾忌那些被它们捕杀的细胞和微生物，小小的身体在丛林中快速地穿过，灵活地绕过面前的各种菌类，时不时借助空中的微尘甚至百色蛉跳跃。起跳纵跃之间，身体柔韧，做出各种几乎不可能的动作，穿越了无数障碍。很快，牙刀喘息着，成功地找到了自己的目标。

草绿色的地面上，布满了扭曲的突起的褶皱，一脚踩上去还有点滑。牙刀轻巧地踩着一片皮屑从天而降，落在这种草绿色的地面上，拿了一根棍子把面前的百色蛉拍开，露出原本被它们覆盖的花生状的东西。看着它已经萎缩的表皮，牙刀无奈地叹了口气，却没有多么失望，跳到高处重新寻找。

它今天的运气很不错，在一连找到十几个这样彻底死亡的"花生"后，终于在叶片的掩映下发现了一颗新鲜的：两端饱满，中间略微收缩，外形很像一颗胖嘟嘟的花生，但泛着浅淡的天蓝色，上面还点缀着暗红色的条纹和金色的小颗粒，宛如一颗精心雕琢的艺术品。

在一只百色蛉靠近之前，牙刀抱住这颗"花生"就跑，然后把它顶到头上，抄了捷径，以比来时快了一倍的速度往回赶。

医院耳鼻喉科的诊室里空无一人，只有一小盆勿忘我摆在窗台上，垂头耷脑的模样，像是已经很多天没有浇过水了，叶片上还出现了几个褐黄色的斑点。蓝色的花朵垂下头，一片卷曲的花瓣突然脱离花茎，掠过绿叶，直直地落在灰黑色的泥土里。而在人类肉眼无法察觉的时候，落在一片绿叶上的花粉中，有一颗突然消失了。

牙刀顶着那颗花粉，兴冲冲地跑回部落。百色蛉那种可怕的怪兽，不仅繁衍速度很快，而且能吞噬除了"微米人"以外一切有生命的物体，最可恶的是，除了被吞噬的细胞以外，附近的细胞也会被感染，继而萎缩，食用起来味道像脱水的土一样，吃多了还要生病。因此，尽管"微米人"食谱广泛也不挑食，还是渐渐被逼得只能去吃百色蛉。

要知道，"微米人"中除了极少数喜欢吃菌肉，大多数是吃素的。让它们去吃百色蛉这种会尖叫还会挣扎的小生物，恶心之外更多的是恐惧，很多人都非常排斥吃这种东西，但为了生存，不得不如此。这种花粉曾经对它们来说只是一种最普通的食物，如今却已经是难得的美食了。

牙刀并不注重口腹之欲，它之所以跑这么大老远来碰运气，采集勿忘我花粉，其实是为了容远。

它飞快地跑向部落，赶回去的时候正好看到容远从卧室出来，走向实验室。豌豆跟在他身边，两人低声讨论着什么。牙刀急忙跳到容远面前，双手托举花粉，往前推了推，结结巴巴地说："容……容先生……这个请你吃。"

它曾听说一些大部落的人有时候会把特别尊敬的人称为"先生"，虽然不了解这是什么意思，但它还是不自觉地这么叫了，这个称呼也迅速在长光部落中普及开来。但奇妙的是，从没有人把豌豆称为先生，都是直呼其名。

容远抬头看了看那个跟牙刀差不多大的花粉颗粒，脸色有些奇特。部落里看到这一幕的许多人忍不住扶额捂脸，一种无奈尴尬的意识传递给了牙刀。它忽然觉得不对，把花粉拿下来一看，只见一只吃饱喝足的百色蛉猛地弹向高空，它手中的花粉颗粒已经缩水了十之七八，剩下的只有一个干巴巴的空壳。

一股怒气以牙刀为中心向四周猛地辐射开，附近很多"微米人"都感到一种难以排解的燥火。容远摇摇头，走过牙刀身边，顺手拍了拍它肩膀，说："多谢你的好意，不过你知道的，我暂时不必吃东西。"

牙刀知道，就算原本不知道，相处的这段时间也不难发现，飞之一族的两人从来没有吃喝过任何东西。给他们端去的水和精心准备的各种食物，总是原封不动地端回来。按照容远的说法，他们的种族习惯一次性吃大量的食物，在体内储存许多能量，接下来就有很长一段时间都不用吃喝。不过牙刀觉得，就算有这样的习惯，但能量应该是随着活动不断消耗的，就算没有到固定进食的时间，吃点东西补充一下也没关系，所以他们不进食，不是因为不需要，而是因为不愿意。

想到许多族人尤其是小孩子对于吃百色蛉的抗拒，牙刀觉得自己发现了真相，才特地跑了很远采了这颗花粉回来，哪知道还是不被待见。它看得出来，就算这颗花粉好端端的没有变成被百色蛉吸干的空壳，容远也对它没兴趣。

丢了已经没有用的花粉，牙刀垂头丧气地跟着容远两人走进实验室，几乎是瞬间，之前的种种情绪全不见了，在胸腔中激荡的只有敬畏和虔诚的信仰。

牙刀从不细思自己发生了什么变化，只是在很短的时间内，它就从一个怀疑警惕这两人可能是伪装的飞之一族的战士，变成了对方彻头彻尾的狂热崇拜者。在整个长光部落中，它是唯一一个知道这实验室内部是什么模样的"微米人"。

许多"微米人"对这实验室的印象，都停留在最初建成时美丽的外观和空荡荡的内部摆设上。因为这个奇妙的房子，部落里掀起了一阵模仿的热潮，如今部落里耸立着好几十栋这样色彩斑斓的屋子，很是招眼，容远的实验室也就没有人关注了，毕竟它们觉得里面什么也没有。

这段时间也从不见容远他们带什么东西进去，里面最多也就是多了一些百色蛉吧？难道这两个飞族人是要通过饲养这种小怪物来观察它们的生活习性，从而找出弱点吗？

这样一想，好像也挺有道理。因此，又有一些穷极无聊的"微米人"把笼子里的百色蛉抓出来试着饲养，不慎又跑了好几只，却什么结果也没有，白白浪费了许多精力。

每当这时候，牙刀都特别想告诉它们，实验室里有多么神奇，里面摆满了许多闻所未闻的精妙仪器，那些大部落引以为豪的"祖传之宝"跟这里随便一样工具比起来都不值一提。它从不见容远他们跟外界或者别的飞族人联系，也不见他们手中拿了什么东西进出，却能看到实验室内部的东西一天比一天多，里面做的事越来越超出它的理解。牙刀不明白那正在发生的是什么，正因为完全不明白，才越发感到深不可测。它现在也越来越相信飞之一族就是神的使者，不老算什么，不吃不喝算什么，哪怕说他们翻掌就有风雨雷电，覆手就是沧海桑田，它也信。

事实上，这两点无须容远出手，豌豆都能轻易做到。

在某一天意识到这一点以后，牙刀的态度就瞬间发生了一百八十度的大转变，放下心里不自觉竖起的隔阂后，它的坚定意志如同放开了闸门的洪水般一泻千里，不知不觉中就献上了满心的信仰。

它刚开始盘腿席地，守在门外，几天后就进了屋子，坐在门边，后来又站在试验台边观看并默默学习，某一天，它顺手把容远要的工具递过去以后，就变成了实验室里的一名助手。在这期间，容远免不了会给它传授一些简单的知识，每一个字在牙刀听来都孕大含深，蕴藏着无数它想都没有想过的奥妙，很多东西它从没有想过，但此时一听，便觉得心当如此，简直像是重新认识了一次世界一样。

文明传授！这就是传说中飞之一族的文明传授。

牙刀激动莫名，抓紧每一个机会学习，恨不得一天二十四小时贴在容远身上。然而唯一让它不安的是，这段时间它自觉收获许多，却从没有付出过什么，这让它感觉自己好像一个无耻的小偷一样。因此，牙刀总是千方百计想要把自己所拥有的最好的东西奉献给容远，只可惜它很快就有自知之明，发现它并不拥有任何能让对方眼前一亮的珍宝，只能从许多小节入手，比如奉上新鲜的花粉和果实，但依然屡屡失败。

在牙刀一边沮丧一边激动的时候，容远已经尝试了所有他能想到的办法——药剂攻克、强光治疗、病毒感染、生物改造、声波刺激、提取激素、气味影响、限制繁衍……

试验台上贴着一张计划表，上面密密麻麻列着上万次实验的结果，一连串红色的叉号标注在上面，无比刺眼。连豌豆都觉得似乎没有希望的时候，容远只当自己验证了一个又一个的不可能，继续平静地进行下一次的实验。

他对豌豆说："我们早知道这件事不太容易，如今不过是预料之中的情况，有什么好沮丧的？"

这么说的时候，他的注意力稍微分散，手不小心按到了什么东西上。这时，出乎意料的场景发生了：被锁在试验台上的百色蛉猛地发出一声奇怪的尖叫，不顾身体几乎被撕裂也要拼命挣扎着飞出去，圆球般的身体硬是被拉扯成水滴状。

容远迷惑不解：我做了什么？

因为不知道触发百色蛉这种异常状态的原因，他浑身都僵硬了，一动也不敢动，眼睛立刻扫视着四周，看是什么原因引发了这种奇怪的现象。指下异常的触觉立刻就引起了容远的警觉，他低头看了一眼，见自己刚才在无意中极其轻微地拨动了一个旋钮。

不等容远观察到更多的异常，试验台上那只百色蛉在凄厉的尖叫声中左奔右突片刻后，猛地静止下来，不知道是昏厥过去还是死了。容远松开手，将它提起来，在无影灯强烈的白光下，可以看见它体内宛如星子的卵竟然变成了一团糨糊，那些细小玲珑的器官也有许多都破裂了，小小的身躯中充满乳白色的液体，好像是它的血液。

这只百色蛉已经彻底死了。

容远放下它，一把拉开地板上的一个暗门跳下去，地板下方另有一个房间，里面整齐摆列着一样大小的二三十个笼子，里面都关着不同种类的百色蛉。他快速地查看了一遍，除了极少数的几只身体还有微弱的起伏，其他的竟然都死了。

瞳孔一缩，容远兀自思考，忽然听到上面的实验室传来豌豆的喊声。他立刻上去，见牙刀趴在地上，扶着头，一副头很晕的模样，好在"人"依然是清醒的，豌豆正在把它扶起来。

"容先生……我……我怎么了？"牙刀忍着突然泛起的恶心，迷迷糊糊地问。

容远没有理它，走到前面一把拉开紧锁的房门，外面胡乱嘈杂的声音立刻扑面而来！

眼睛所见，是一副非常壮观的景象：成千上万的百色蛉轰然飞向高空，他宛如站在火山喷发的海底，目睹着规模浩大的鱼群不顾一切扑向海面，斑斓的微光映照着，他还看到一些百色蛉刚脱离母体就从高空直直地坠落下来，还不等落到地面上，就有乳白色的液体从表皮喷射出来。它们真正变成烂泥般的模样，凄惨地摔到地上。

地面也有百色蛉潮水般退去，来不及逃走的便在地上留下破败的尸体。容远从不知道"微米人"的部落附近竟然藏着这么多百色蛉，铺天盖地，犹如海潮。之前被他们捉住关在笼子里的，有极少数拼命破开笼子逃了出来，但大多数失去了意识，堆在笼底。

"微米人"思想单纯，经历过许多不可思议的奇特现象，在这种异状中也没有感到太大的恐慌。狩猎队和部落中比较健壮的雌性"老人"等忙着把从天而降的食物及时归拢起来，一些房屋被砸破了，屋主正在忙着抢救家具。也许是有实验室墙壁的阻隔，它们并没有牙刀那么强烈的反应，却有一些孩子受到了影响，难受得哇哇大哭，但多半被成年的"微米人"当成受到了惊吓，并没有太重视。

"豌豆！"容远头也不回，叫了一声。

豌豆知道刚才都发生了什么，把那个旋钮迅速复原，但百色蛉逃走的速度并没有减缓。容远跳到高处，极目远眺，见远处的百色蛉也一拨一拨飞得越来越高，一直持续了近一个小时才停止，这时候，容远的视野范围内几乎已经看不到活着的百色蛉了。

微观条件下，人能看到的空间范围十分有限，所以他无意中制造的混乱只驱逐了很小范围内的百色蛉，但这种立竿见影的效果，也是十分可怕。

容远知道，他终于找对了方向。

豌豆来到他身边，轻声道："刚才是声波发生器无意中产生了频率为 0.043 赫兹的次声波，看来这对它们有巨大的杀伤力。容远，你的实验马上就要成功了。"

容远微微皱眉，说："次声波伤害？不可能只有某个特定频率的次声波才对它们有影响，肯定是一个区间值。我们之前几乎尝试了所有的可能性，为什么没有发现异常？"

次声波作用于人体时如果跟脑电波的节律相同，有可能引起轻则头晕恶心，重则癫狂休克甚至死亡的后果；如果跟人体内脏器官的固有频率相同，会使五脏六腑产生强烈共振，轻则肌肉痉挛、呼吸困难，重则血管内脏破裂导致死亡。再加上其传播速度快，距离远，隐蔽性还非常强，能够穿透几十米厚的钢筋混凝土，威力强而无污染，是人类社会中重点研究的新型武器之一。只是因为它的攻击可以说是无差别的，真正应用于战争的还很少。

这种武器，容远自然不可能忽略，在很早的时候就研究过次声波和超声波对百色蛉的影响。他曾把精度调整到以 0.01 赫兹为单位，一点一点地试，却没有发现百色蛉有任何异常反应，这才放弃声波刺激，改攻其他方向。

"或许是我们之前的精确度还不够高，而百色蛉的共振范围比预想的还要小，或许是……"豌豆回忆了一下，它平时把活动的场景都摄录下来了，尤其是容远做实验的时候，更是没有放过任何一秒钟，以备今后随时能够回顾复查，记录的还全是三维立体场景，任何一点细节都清晰可见。在飞速闪过的图像中，某个场景立刻被它注意到，"或许是因为牙刀——它身上有一些微小颗粒落在次声波发声器上，可能引起了音质的变化。"

牙刀不知道自己无意中的一个靠近动作，正被那边两个人认真地分析，刚才那种突如其来的难受已经消失了，但它还是有点晕，虽然很想去给狩猎队帮忙，却不得不扶着墙休息，还时不时做出一个想要呕吐的动作。

"我去找牙刀，你把次声波发生器真空保管起来，不能让任何外界的因素干扰它。"容远当机立断道，眼中闪着光，"我们必须做更多的实验，以确认到底是什么因素让刚才的次声波具有这么大的威力。在得出确切的结论前，最好不要改变任何条件。还有，要找到对'微米人'伤害最小的频率，把精度放到万分之一。"

"这样的话，可能也会减弱对百色蛉的威力。"豌豆说。

"先以此为目标展开吧，如果没有效果，我们也可以尝试找到那个利大于弊的中间值。"容远看了看满地的百色蛉尸体，忍住问豌豆扣了多少功德的冲动，又说，"这个数值，对人类内脏也有伤害，在强度无法改变的时候，尽可能缩短传播时间，就是我们主要的工作。"

"我明白了。"

"UCOC症在我国一共发现了1389例，其中B市发现176例，A市发现155例，C市发现……"游荣英干巴巴地念了一遍稿子，他心里清楚自己所念的每一个数字都经过了严格的审核和计算，实际上感染的人数远超过这个数字十倍甚至百倍不止。因此，他很快就把新闻迫不及待地切换到国内采取的各种紧急治疗和预防措施上。

在他身边，化着精致淡妆的女搭档在镜头之外紧张得嘴唇发白，她手中的稿子全是有关全球感染人数和死亡人数的内容。女搭档看着那些数据，吓得花容失色，几乎无法正常播报下去，所以才被一直排除在镜头之外，给她时间调整呼吸。

有人在镜头后面紧锁着眉头，却也只能无奈。短短两天，他已经换了三个主持人，台里的播音员也倒下了一大半，若非如此，也不会把这个经验不足的女孩临时推上来担此重任。

播放录制好的视频的时候，游荣英忍不住扯了扯领口，轻声问道："907研究所有什么消息？"

演播厅里沉默了一会儿，然后不知道哪个角落里有人用同样仿佛生怕惊扰到什么的声音说："没有消息，容博士还在研究。"

又有人嘀咕道："才两天时间……"这么短的时间，即便是那位容博士，也没办法研究出什么成果来吧？

所有人都知道这一点，却没有人能耐下性子等待，他们知道任何研究都需要时间，但恐慌和焦躁几乎让人发狂。人们迫切地渴求907研究所给出一个肯定的答案，哪怕只是一个能够治愈的征兆也好。

全世界的人都抱着同样的一个想法：最有希望结束这场噩梦的，就是那个人了吧？他在做什么？

他们都知道，如今世界各地的研究所都无私地把自己所有的研究成果交给了907研究所，却如石沉大海，没有任何回音。想想也是，那么多资料，光是全部看完，也需要一年的时间吧？

想到过去每一次流行性疾病最终被征服所需要的时间，再想想现在每分钟都在上升的死亡人数，所有人都陷入无言的绝望中，只是很多人都拼命压抑着，努力地挣扎着。

　　新闻直播在全国各地统一播放着，但很多人只是漠然地扫过一眼，就不感兴趣地转过身了。新闻中没有他们最想要看的内容，那就只是一堆垃圾。然而，在镜头又一次转到游荣英身上，他刚要说话的时候，电视里忽然传出一声大叫："来了！来了！有消息了！"

　　从没有见过有人在新闻直播中大喊大叫，电视机前的观众都惊愕地看过去，只见一个人似乎忘了正在直播一样，狂喜地奔到游荣英身边，手中挥舞着一张字条，疯魔般喊道："907！907研究所传来的信息！"

　　不知道什么时候开始，"907"这三个数字仿佛具有了某种魔力，让人在听到的时候就下意识地信任、敬畏、崇拜，同时心生遥不可及的距离感。而在病毒肆虐、症状扩散到全世界所有种类的活物身上时，这个数字就是希望的代名词，仅仅是听到这个读音，都让人下意识地战栗，仿佛有电光从耳朵一直流窜到尾椎骨，浑身一瞬间发软。

　　游荣英下意识地站起来，瞪着突然跑到台前的人，手一时竟不敢伸出去。

　　他一直在等待这个消息，但这一瞬间，他最强烈的感觉就是恐惧。

　　他害怕，他怕907研究所给他们的是一句"对不起，这件事我们无能为力"，或者"研究所上下正在全力研究，争取早日研制出疫苗"之类的话，那样的话，他真不知道还有什么能支撑着他继续坚持下去，他不知道外面被死亡的恐惧威胁、在政府的强行约束下勉强维持着基本秩序的人们会做出什么来。

　　背后刺着刀剑，面前就是深渊，他不能进，不能退，在强烈的恐惧下，整个人都有些虚脱，瞪着对面这人的眼神却显得凶狠。

　　突然跑上来的是个四十出头的秃顶大叔，他一时激动就冲到前面，忘了演播厅此时正在直播中。见游荣英迟迟没有接过字条，他茫然地眨了眨眼睛，忽然意识到自己的所在，整个人都僵硬了。他一寸一寸地扭头去看镜头后面的监制，几乎能听到自己脖子里的骨头摩擦时的声音。

　　于是，全国的观众都看到这个耳朵上夹着烟、脚底踩着拖鞋、胡子拉碴的中年大叔一脸茫然的表情，傻乎乎的模样仿佛已经灵魂出窍，比任何喜剧演员的表情都更富喜感。但没有人能笑得出来，所有人都紧盯着他手中的字条，恨不得钻进电视里把它拽出来看看是什么内容，有人更是在电视机前破口大骂起来。

　　虽然此时被骂得惨，不过日后，这一幕却被称为"世上最可爱的回眸"。这张截图占据了各大网站的头版头条，国外媒体也有许多调侃的，秃顶大叔的脸更被制作成表情包、PS到许多影视剧人物的头上，一时之间风头只在一人之下、亿万人至上。这位路人大叔更是因此变得无人不知，仅凭这一张脸就混迹于各种脱口秀、真人秀、采访类节目，甚至还在几部当红的电影电视中露了一下脸，比许多明星大腕都红，人生也就此如脱缰野马般走向了完全没有预想过的方向。

话说此时，镜头后面板着脸不怒自威的监制最先回过神来，制止了下面想要临时插入一段采访视频的意图，冷静道："接过来，念！"

虽然没有指代，但这话是跟谁说的不言而喻。积威之下，游荣英接过字条，发现自己的手指都在微微颤抖，背后更是被汗水浸透。他恐惧着最坏却也最有可能的结果，不安地看了一眼镜头，然后拿出自己长久主持新闻的素养，强行保持着严肃的表情，没有将内心复杂的想法表现出来，展开了字条。

秃顶大叔站在旁边，不知道自己是不是应该走下去，没有任何人给他指示。他勉强让自己站得更好看些，腿肚子却不由自主地发抖，浑身上下就像是爬满了蚂蚁一样让人难受。

"监制……"一名录制人员不由自主地轻声道，游荣英所害怕的后果，也正是他担心的。

监制摇摇头，打断了他的话，目光紧盯着屏幕。无人察觉到监制的胳膊上已经起了一层鸡皮疙瘩，手背上青筋突起，脸上的肌肉绷得比任何人都紧。

其他人想到的后果，他自然也想到了，他想得也更加深远。

那家伙不知道是哪根筋抽了，竟然直接冲进了演播厅，如果先把字条给他看一眼，无论消息是好是坏，节目组都能更加从容自然地做出安排。然而事发突然，他们就只能选择当场公布字条上的消息，如果此时打断了，可能立刻就会引发一些不好的后果，而且之后再行公布的时候，可信度就会大打折扣，不管是什么内容，人们都会脑补出许多莫须有的阴谋和欺诈来。

再者，他也相信以 907 研究所人的智商，不会不知道现在是什么情况。就算那些书呆子科学家们不知道，他们身边总会有知道的人，也知道什么该说，什么不该说。研究所的消息不可能是某个人一拍脑门就决定打电话通知他们的，其中必然要经过重重审核和考量。所以，之前没有传出只言片语也就罢了，一旦有消息，一定是好消息！

诸多念头在短短数秒内一闪而过，监制盯着屏幕中被游荣英微颤的手打开的字条，看到那男人的表情不是喜悦，也不是失望，更不是恐惧，而是……愕然？

游荣英看了两秒，又看了两秒，确定自己没有看错后，才迟疑地、以一种十分不确定的语气念道："通知，糖国时间 19：30，全世界同步驱逐病毒，请所有人打开窗户和柜子，走出室内，切勿处于封闭性环境——907 研究所负责人……容远？"

无法抑制的诧异，让游荣英在最后结尾的时候不由自主声音上挑，把原本平铺直叙的念诵变成了一个问句。

演播厅里的所有人都愣住了，正在看新闻的观众也是一脸风中凌乱的表情。

监制下意识地看了眼时间——19：20。

离字条中所给的时间只有十分钟了。

正在这时，他的手机响了，一则因为情况混乱紧急而迟来的通知终于发了过来，看过以后，监制的表情微微舒展，松了口气。

游荣英依然保持着满腹猜疑的神情，没有缓过来。

字条上的内容实在太离奇太不可思议。这内容放在平时或许没什么问题，但一本正经地在全国最权威最具影响力的新闻中念出来，就显得无比荒诞。而且走到室外就能驱逐病毒？怎么驱逐？太阳都已经落山了！

游荣英内心所有的怀疑和动摇都清楚地写在脸上，监制皱了皱眉头，让镜头切换到女主持人微张着嘴有些惊愕的脸上，这个表情看上去就顺眼多了。然而女主持人张了几次嘴，都不知道该怎么接下去，手中关于国外病情的稿子似乎也不应景，然后她微微侧了侧头，听到耳机中传来监制的指示，虽然还是不明白，却顺从地挤出一抹笑容，说道："请所有电视机前的观众按照指示……"

演播厅只是这个庞大世界的一角，在世界各地的其他地方，所有人也都接到了同样的指令。

通过新闻媒体传达只是通知的一种手段，政府全力施为，务必让这个消息能被每一个人看到。不仅仅是在新闻直播中，同一时间看其他电视节目的观众都会发现，一半的电视屏幕都被一行黄底红字的通知覆盖，并且反复滚动着，还有一个倒计时促使人们要立刻采取行动；上网的网民，不管在打游戏、看小说，还是发微博，也看到屏幕下方不断地弹出一个同样内容的弹窗，每三十秒出现一次，就像中病毒了一样；在通信公司的配合下，只要是有手机的人都收到了这条催命般的短信；命令层层下达，无数仍然在营业状态的超市、饭店、娱乐场所等都接到了通知，其中附加的严厉的处罚措施让店主们不得不忍着心痛把客人往外赶。

不相信的人有，骂骂咧咧的人有，没当回事的人也有，但UCOC症的恐怖威力已经让许多人吓破了胆，哪怕伸过来的是根明显靠不住的稻草，他们也会拼命抓住这一线希望。所以大多数人还是立刻就按照容远的要求，打开家里所有的窗户、抽屉、柜子，甚至包括塞在床底的箱子，然后一家人相互催促着，甚至只穿了睡衣就急急忙忙跑到门外，渴求地看着天空，不知道容博士会用什么办法帮他们"驱逐病毒"。

已经被感染躺在医院里的病人是最高效的执行者，不管是刚刚发现症状的还是已经病入膏肓的，不管是用担架轮椅还是又背又抬，总之全在规定时间内被挪到了室外，医生和护士全累惨了，喘着气坐在外面的草地上，一样仰望着天空。

秒针一格一格地跳动着，人们望眼欲穿，第一次感觉到时间过得如此缓慢。当它终于跳到"19：30"的时候，所有人不由自主地屏住呼吸，心跳仿佛都停止了。

他们等待着，等待着任何被拯救的征兆，如果钟鼓齐鸣，天上突然降下佛光，外星人的飞船遮天蔽日地出现，他们也不会感到惊讶。

一秒，两秒，三秒……

一分钟过去了。

天没有崩，地没有裂，什么奇迹都没有出现。

什么事也没发生。

血液奔涌翻腾，冷水滴进油锅，活塞气浪冲顶，地雷拉断了引线，火山头喷出浓烟……

失望、绝望、被戏耍的愤怒沸腾涌动，没有人知道，若是这种沉寂继续下去，将会发生什么事。

在爆发的前一刻，终于有人发现异常，大喊道："你们看，那是什么？"

地上、水面上、树叶上、家具上、屋顶上、许多人的身上，一缕一缕仿若白烟似的东西升腾起来，越来越多，越来越明显，渐渐如浓雾一般遮蔽了天空，笼罩了星月。那烟仿佛会发光，甚至在黑暗中都看得分明，刹那间仿佛全世界都有这种不知名的烟雾升起，宛如无边无际，无穷无尽。

医院前的草地上，白雾比别处更加壮观，所有人目瞪口呆地看着近在咫尺却被雾气遮盖到几乎看不清楚的住院部大楼。一个躺在担架上奄奄一息的病人忽然看到有同样的雾气从自己的嘴巴和鼻孔里飘出来，吓得大叫一声，几乎弹起来。他立刻闭上嘴巴，忽然又觉得不对，急忙张开嘴，看那浓浓淡淡不断升起的白雾，有种自己的灵魂正从嘴里跑出来的感觉。但想到这些实际是什么，他又感到十分恶心，忍不住趴在一边大声呕吐起来。

草原上，几只大象围在一只虚弱地趴在地上的小象周围，用长长的鼻子不断触碰它的身体，忽然看到它身上飘出雾气，吓得退后几步，觉得它就要死了，发出一声又一声的悲鸣。

树梢上的鸟巢里，一只长尾白头的鸟儿蹲在枝头，歪头看着自己的蛋飘出白烟，好奇地啾啾叫了两声。

从微观的角度来看，自某一刻起，所有的百色蛉都像是受到了极大的刺激，疯狂地四处逃窜着，最终像是被什么东西逼迫着，都选定了不断向上的方向。它们不断飞翔，不断死去，为了种族的留存，不久之后，所有的百色蛉就不约而同地汇聚起来，一层一层地围成一团，只为使最中心的一部分族群能够生存。联结的体积越来越庞大，渐渐变成肉眼可见的烟尘。

致命的危险在身后驱赶着，收割着同胞的性命，它们速度越来越快，凝结的数量越来越多，向上向上向上！它们渐渐形成山呼海啸般庞大的声势！

人类和百色蛉的大小关系仿佛一瞬间颠倒了。地面上，人们看着那仿佛倒插的天柱、巨大的龙卷风一样的白烟，非常失语。

兰宁画躺在草地上，仰望着天空，几乎已经看不清楚的白色烟气混杂在云雾中，将蓝色的天空变得有些朦胧。炽白的阳光从头顶直射下来，晒得人浑身发烫。如果是以前，她必然早就已经躲进屋里去了，但此时，晒着太阳，她像是痴了一样看着那些越来越淡的雾气，心中激荡的感情难以言说，既舒畅，又想要流泪，胸腔滚烫炙热，像是揣着火炭一样。

全世界都在赞美 907 研究所，但她知道，这所有的功劳，其实只归于一人。

她一闭上眼睛，眼前就出现了那一天的场景——

在那之前，他们惶惶不安，就像是无头苍蝇一样不知道该做什么。全世界都把希望放在他们身上，这巨大的期望和责任几乎把所有人压垮，外界的人可以期待他们，他们却无法期待自己，被痛苦和压力逼得几乎想要去自杀。就在那时候，闭门研究了一整个白天的容远博士突然打开门告诉他们：有办法了！

那一刻，他们来不及思考这其中的真实性，也想不到在仅仅十二个小时内就得出方案是多么不可思议又伟大的一件事，狂喜之下，研究所的所有人都抛弃了自己的脑子，全然不带思考地按照容远的命令行事。他们以最快的速度找来了容远需要的一切东西，然后，就没他们什么事了。

那个人用眼花缭乱又从容不迫的动作迅速地把那一堆凌乱的元件全部组装起来，整个过程宛如在雕琢一件精美的艺术品，最终得到的却是一个连外壳都没有，零件和导线都裸露在外的十分狰狞的仪器——当然，在兰宁画这样搞研究的人眼中，那种狰狞也充满了别样的美感。围观了整个过程的他们也认得出来，那是一个大型次声波发生器，容博士似乎在上面做了一些异常的改变，但那也只是一个次声波发生器。

众人此时智商已经回归，不再盲目相信容远用次声波就能治好这种极为可怕的流行性疾病，全用疑惑的眼神看着他。容远却没有对此做出更多的解释，直接下令通知各方：907 研究所将要驱逐病毒，请所有人做好准备。

不好意思，风太大，我没听清，请你再说一遍——

众人脸上都写着这句话。

但有三个人立刻应声，毫不迟疑地执行——周圆，伪装成普通人类女孩的艾米瑞达，伪装成普通人类男性的小 A。

另外，诺亚也在暗地里行动了。

之后，容博士还打了几个电话，不知道他说了什么，却硬生生把本来不可能的事推向了可能，那个原本看似荒诞的通知就这么被强力地推行下去，传达给了糖国所有人。

他们还给国外的政府机构和媒体发了不同语言的通知，反馈回来的却是质疑和拒绝，各国的执行力度并不大，周圆曾问容远是否要说服他们，容远却冷笑一声，摇头拒绝了。

兰宁画清楚地记得容远用不甚在意的语气冷淡道："不必。糖国这边若能看到成效，不用你多说，他们自然会跟风。"

言下之意，在没有看到真凭实据前，任由他们说破了天，也只是浪费口水。

然后，大家便看到了全世界范围内白烟平地而起，犹如风起云涌的盛景。

据说糖国这边还算好，病毒的数量已经算是极少了。西方国家，尤其是病毒的起源地杜松子国，升腾的烟雾最后竟形成了浓黑如墨的阴云，遮天蔽日，宛如万马在头顶奔腾而过，又像是一座巨大的城堡当头压下来，无数人以为是世界末日，跪地痛哭祈祷。那场景兰宁画没有亲见，但从网上流传的一些照片中，也能感受到那种令人不寒而栗的恐怖。

次声波的波长很长，所以传播距离就很长，也不容易衰减。容远在研究所临时组装起来的大型次声波发生器其实只开启了十五秒，但产生的次声波绕着地球整整转了五圈，时间长达六天多。因此，一些开始不相信或者没有得到通知的人随后都陆续走出家门，有的人甚至把所有的家具摊到室外，还有人从新闻中得知这次驱逐病毒的时间有整整一百六十多个小时，于是在这段时间内除了吃喝拉撒，连睡觉都没有回到屋子里去。

伴随着这场奇妙的景观，更让所有人激动的是，在这六天之中，除了第一天还偶然发现感染者，之后的五天没有一个人被感染！就连很多之前奄奄一息的患者，病情也没有再恶化，六天过后再进行检查，发现虽然身体机能有很大的衰退，但已经没有性命之忧，只要好好休养，很快就能恢复。之前那死神镰刀般恐怖的收割速度也戛然而止，只有很少的人因为正常的老、病、伤而去世，每天平均死亡人数甚至比这次灾难爆发之前的还要少。

六天过去，次声波越来越微弱，从地面、生物体和空气中出现的白烟也越来越少，但还是有很多人，就像兰宁画一样如痴如醉地看着天空，体验着这种宛如死而复生的巨大喜悦。

容远屈膝侧坐在飘窗的窗台边，一条手臂搭在膝盖上，半垂着眼，神色平和中带着几分温柔。他的这个飘窗原本设计成一个简易的书房，但现在，那些书全不见了，除了周圆淘来的一些小摆件还放在上面，其余的空间全摆满了花盆，一团团，一簇簇，怒放的花朵姹紫嫣红，为这个房间添上了极为亮丽的色彩。

他目光的落点是一小盆勿忘我，摆在花盆正中间，刚刚绽开的一朵小花微微颤抖着，淡蓝色的花瓣犹如展开翅膀停驻的蝴蝶。

把那花盆中的某一角放大十万倍，可以看到瓷盆边缘大大小小的孔洞中，许多"微米人"进进出出，欢天喜地地把许多收集起来的花粉储存在新建起来的仓库中，到处洋溢着一种丰收的喜悦。已经老迈的牙刀笑眯眯地坐在一片鲜嫩的花瓣上，它身边围着十几个小"微米人"，正分食着一颗花粉，兴致勃勃地听它讲曾经遇到飞之一族的往事。

离它们两盆花远处，一片月季花的叶子上，"微米人"的采集队正在忙碌着。忽然，大地颤动，一只宛如小山的青色虫子慢悠悠地探出脑袋，"微米人"在它面前连一只脚都比不上。它晃了晃肥嘟嘟的脑袋，蠕动着爬向"微米人"的方向。采集队成员虽然体型小，但速度极快，它们娴熟地跳起来，一阵风似的从青虫身边跑过去，甚至有两个特意跳到它的头上，飞奔而过。青虫什么也没有察觉，继续向前，待最后一个"微米人"从它身上跑过以后，它的身体突然不由自主地悬空，略顿了一下，便以极快的速度乘风驾云，奔向广阔的大地。

青虫一脸茫然。

用牙签挑飞了那只虫子，容远抽出一张纸巾擦了擦手，耳朵微微一动，目光转向身后。

门被推开，艾米瑞达悄无声息地走进来，一探头就迎上容远的目光。她吐吐舌头，笑了一声，转身关上门，同时恢复了自己原本的模样。

"全世界的人都想见你，你却在这里看花。"她迈着轻盈的脚步走到容远身边，弯下腰看了看他，好奇地问，"有什么好事吗？"这几年，他满眼都是笑意的时候可不多见。

"想起一个老朋友。"容远说。

艾米瑞达以为他说的是金阳，脸上也露出几分想念。她学着容远的模样坐在窗台边上，眨巴着眼睛问道："容远，之前那个，真的是病毒吗？"

"外面怎么说？"容远不答反问。

"众说纷纭。"艾米瑞达的成语用得很好，口音也跟纯粹的糖国人没有差别了，"现在最主流的观点是，这都是环境恶化的后果，人类为了保护自己，一定要保护环境、保护地球之类的。还有他们都看到那仪器了，但好像没几个人愿意相信你用次声波就真的把病毒驱逐了，那些人更愿意相信你用了什么神秘的武器。不过普通民众都快要把你当成新世纪的神了……嗯，以上都是诺亚说的。"她自己这两天其实一直忙着研究那种病毒，并没有时间关注外界的舆论，她看了眼容远的脸色，然后说："不过我觉得，那好像是一种生物，对不对？"容远笑而不语。他就知道地球上的人类或许因为固有的世界观而很难打破思维惯性，但来自外星球、见识过各种外星生命的艾米瑞达一定能比任何人都更早地看到真相。

艾米瑞达也笑了，她从容远的神色中已经得到了答案，剩下的，她有大量的时间去研究。不过艾米瑞达还有一件担心的事："次声波会绕过大型障碍物，所以那种生物在地球上并没有完全灭绝吧？别的不说，我在实验室里还采集到了样本。不过它们的杀伤力比起之前好像降低了许多。"

"嗯，我知道。"这都是预料之中的，容远早有对策，"所以十天以后，一种便携式次声波发生器会在市面上推出，同时公开专利。今后如果有人再出现类似症状，依靠自己也能解决问题，就像每年春夏之交的普通感冒一样。"

所以如果那些幸存下来的百色蛉足够聪明，或者只要它们能从惨痛的过去中吸取教训，就会知道以后必须限制种族繁衍，知道什么能吃，什么不能吃，有节制地进食，如此才能和地球上的生物共存。一时不明白也没关系，地球上的人们会一次一次地"教导"它们，直到它们学会为止。

艾米瑞达情绪复杂，轻轻喟叹一声，说："容远，我是不是很笨？"

"嗯？"

"我一直想不通你到底是怎么做到的。换了是我，无论如何都没有办法在这么短的时间内找到解决的办法。"艾米瑞达沮丧地说。她其实对自己的智慧很有信心，但这种自信，这一次几乎被容远打击得消失了，她低声道："容远，我是不是特别没用？"

"在'方舟'计划上，你不是帮了我很多吗？"容远摸摸她的头，说道，"其实在这个项目上，我花了很长的时间，只是你们都没有看到。"

"很长的……时间？"艾米瑞达不解，她觉得容远和自己大概在"很长的时间"这个概念上有不同的定义。

"是啊，有一年多的时间。"容远没有详细解释，只是眼睛又看向了勿忘我。

找到方向以后，为了尽可能地减少对"微米人"和人类的伤害，他花了远远超出预想的时间。虽然在人类世界中不过是三四个小时，在微观世界中却已经过去了数年。变小以后，他身体消耗的能量降低了，但因为时间很长，积累起来非常可观，不得不中途停止研究两次，离开长光部落，就为了变回原样吃饭喝水，如此才支撑到研究结束。

研究完成后，他又马不停蹄地回到研究所制造能影响全球的次声波发生器，只是在离开的时候，让生存环境越来越恶劣的"微米人"搬迁到那盆勿忘我上，然后把这盆花顺手带回了研究所。之后，他争分夺秒地忙着驱逐病毒，挽救每秒钟都在大量死亡的生物，等他歇口气想起来的时候，发现"微米人"部落比之前扩大了两三倍，而那个总是在他身边的牙刀已经老了。

"微米人"的寿命其实不短，但六天过去，跟牙刀同一辈的"微米人"几乎已经全去世了，牙刀也已经步入了生命的尾声，在部落里，它多走两步都有人大呼小叫地急忙制止。

容远尽量给它们提供更好的生活，却一次也没有再变小回去过。倒是豌豆，常常抽时间回到部落看看。长光部落发现了这片"乐土"以后，倒也不藏私，很快把消息传达给在糖国这边认识的新朋友，不知道它们是怎么传讯的，容远每天都会发现有新的部落搬迁到花盆里。为此，他正打算扩建一个大的花棚。

旁边的艾米瑞达想：难道容远以前就见过这种生物吗？

她习惯性地不去猜测容远，转而说起另一件事："对了，诺亚让我转告你，之前让他查的那个人，有了新的发现。"

容远让诺亚调查的，正是那第一位死者，当他还在研究百色蛉的时候，诺亚就已经有了结果，发现死者只是一个在杜松子国L市无家可归的流浪汉，之所以会感染上病毒，极有可能是在翻找垃圾桶的时候碰了不该碰的东西。要想找出病毒的起源，首先必须找出他平时活动的范围，然后调查附近的建筑物、活动人员。

UCOC症爆发以后，L市几乎变成了一座空城，死亡的人口接近三分之一，剩下的人也纷纷逃离了这座城市。若不是还有极少数的人恋旧，不愿离开，L市可能已经被杜松子国彻底封锁了。如今UCOC症的问题已经解决，一些眷恋故土或者不愿舍弃财物的人陆续回到这里，虽然人还是很少，但在政府的运作下，好歹已经恢复了一些基础的城市建设和管理，比如红绿灯、医院、治安局和人口管理部门。

但在这座城市，哪怕是病毒最严重的时候，还有一个地方始终处于彻夜不眠的工作中——火葬场。

死者太多，很多尸体甚至不得不被送到外地的火葬场去焚化，有的连一个能为他们送别的亲友都没有。穿着蓝色制服、浑身包裹得连眼睛都几乎看不见的员工把排成一列的尸体一具一具像垃圾一样推进焚化炉，再把银白色的灰随意收集一下装进坛子里，贴上标签，然后去推下一具尸体。

全世界的人都刚刚走出了死亡的恐怖，悲痛慢慢在心中苏醒，到处是举着白花和蜡烛在哀悼的场面。唯有这座城市，甚至没有感到悲痛的余地。

失去得太多，所有的感官都像是已经彻底麻痹了。

那些回归的人，戴着墨镜和口罩，头上裹着长长的围巾，或者戴着一顶宽边帽子，行色匆匆地走下火车或者飞机，对满目疮痍的景象视而不见，低着头，一脸麻木地径直回家或者到公司收拾了必要的东西，再匆匆离开，仿佛是个无关紧要的过客。

除了这些人，最常见的是一些国际援助组织的志愿者和政府部门派遣的员工，另外就是胆大不惜命、想着发一笔横财而来到这里的"淘金者"。

L市现在几乎看不到出租车，只有很少的几辆公交车在孤独地来往。不过路上到处是废弃的车辆，有的钥匙还插在上面。有需要的人会随便找一辆还能动的车开走，发动机轰鸣的声音和汽车尾气倒是给这座城市带来了一点活力。

尽管有很多人日夜不停地工作，但路边冷不丁地还是能看到几具倒毙的尸体，临死前痛苦挣扎的情状犹然清晰可见，悲惨而恐怖。这座城市的气氛压抑得几乎让人无法喘息，行走的人都匆匆忙忙，听不到高声说话的声音，也没有人关注从身边走过的是什么人。

容远穿着一身黑色的休闲服，宽大的兜帽遮住了他的脸，还戴着一副口罩，双手插在兜里，宛如黑色的幽灵一般从街道穿行而过，直到停在一栋红砖公寓前面。他抬头看看这栋至少有一百多年历史的老建筑，轻易打开了紧锁的房门，然后不出意料地在客厅的沙发上，发现了一具已经开始腐烂的尸体，眼突面黑，腹部膨胀，蝇虫环绕，散发着难以忍受的臭味。

容远捂着鼻子倒退一步，"啪"地关上门，走到公寓外面，深吸了两口新鲜空气，才道："豌豆。"

"面部扫描完成，体貌特征已记录，数据已经上传给诺亚。"豌豆说，过了不到十秒钟又道，"死者身份已经确认。"

L市恢复基础设施以后，它的人口数据库和监控设备也开始正常运行，如此，原本调查工作陷入僵局的诺亚才成功锁定了可能跟流浪汉的感染有关系的人物，又经过详细的排查和筛选，才把线索与屋内的死者联系起来。其中种种烦琐无须多说，容远无论如何都要查出这一场灾难的源头。

这位死者比那个清洁工死亡的时间更早，只是他的尸体没有早早被人发现。他的身份也很简单，是某栋在皮包公司名下的大楼的清洁工。

距离并不远，容远选择走着过去，他也需要时间整理一下思路。

这次百色蛉入侵事件带来的后果非常严重，全球经济发展至少倒退了二十年，地球需要很长的时间才能完全消化。

死者的数量至今也没有完成统计。

有些人的死亡让你觉得只是一个数字，有些人的死亡却让地球另一端的人都感到悲痛惋惜，很多有着杰出贡献、占据着举足轻重地位的人，如今也都像垃圾一样被塞进焚化炉，由此带来的政治格局的变动、各方面的连锁影响，不知道要用多长时间才能平息下来。

关于这次病症的起因，容远给出了答案，但并不是所有人都相信他的答案。有人自行展开了研究，也有阴谋论者质疑907研究所在这件事当中的作为是不是真的那么纯粹，然而没有依据的怀疑无须容远分辩就被民众骂得几乎无容身之地。

对很多人来说，相信他的理由很简单——他是容远。

他是天纵之才，他是奇迹之子。他曾经创造了许多跨越时代的伟大发明，但没有任何一个是以造成杀伤为目的的武器。他做了很多很多事，每一次都是在保护和帮助别人，从没有伤害过任何人。

在那些并不曾接触过容远的普通人眼里，这就是他们认识的容远。

他们可能会不相信自己身边的家人，可能会不相信自己的朋友和同事，可能会不相信自己国家的领袖，却一定会相信素未谋面的容远。

相信只要有需要，他就会关心他们，帮助他们，指引他们……如果他没有这么做，那一定是因为他太忙了。

事实上，有很多人怀疑那个现在已经扩散到全世界百分之九十的国家，认同度最广、影响力最大的天网的创始人就是容远。这种怀疑，有一个最简单直白却无法辩驳的理由——除了他，还能有谁呢？

有人在网上列举出证明这一点的理由一二三四，有人在天网的留言板上公开感谢容远，还有人长篇大论地分析举例，但容远身边的人从来不敢当面问他。而容远本人，也没有做出过任何回应，权当自己不知道这回事。

如今这种猜测，已经不能给他造成威胁了。但这个曾经被他当作护身符来经营的身份，似乎公开与不公开，也没有什么意义了。

容远被神化得足够了，透过那光环，已经没有多少人能看到真正的他。天网的荣誉很大一部分来自那些白棋的努力，把这些全背在身上，只会让他更加等同于一个伟大的符号。

而且，当那些义愤填膺的民众怀着最大的愤怒抨击那些质疑他与UCOC症有关的人，毫不迟疑地站在他这一边的时候，他却一直怀疑，搞不好，这件事还真跟他有关系。

"豌豆，'方舟'完成之后，我们离开地球吧。"容远忽然道。

豌豆没有说话，但容远知道它一直在自己身边，一低头就能从胸前的口袋里看见它的脸。

"我最近一直在想这个问题。"他看着远处忙着收尸的一行人，轻声说，"萧萧说过，《功德簿》会让世间的'恶'向我身边集中，会让我身边的人遭遇厄运。我过去以为，如果减少跟其他人的接触，处在相对比较安全封闭的环境中，就能减少这种影响。"

"在研究所的时候，没有发生过什么事故。"豌豆说。

"是啊。但是……"容远微微低头，说，"这种平静的日子持续的时间越长，下一次出现的变故就越猛烈。"

他曾在自己搭建的实验室中用近一年的时间研究棉花糖，之后国外势力让整座A市陷入了混乱，他从没了解过当时有多少人为此而死；研究所形成的坚实堡垒基本隔绝了他和外界的联系，而后在比丘星生死逃亡，帕寇也死了；回到地球以后，他把六年的时间花在"方舟"计划上，随后便是让地球上所有生物几乎灭绝的大灾难。

理智上，容远知道造成那些伤亡的并不是他，要说有谁必须要为那些事负责，首先应该是作恶的刽子手和幕后的指使者。把责任揽到自己身上，是十分愚蠢的。容远也清楚，在他得到《功德簿》并且聚集到大量功德之前，他所认识的地球并没有这些危险，但要说这些跟他完全无关，也不可能。

他见招拆招，一次次挽回危机，但倘若有那么一天，他兜不住了怎么办？

容远一条一条地分析，然后说："所以……保持距离，或许是最好的办法。"

豌豆沉默许久。它虽然看上去比诺亚重情，但实际上它们两个的本质是一样的，只要容远有需要，它们都能立刻舍弃所有的一切。所以，容远要走或者要留，豌豆都没有什么意见，但是……

"容远，离开的话……你没关系吗？"豌豆只担心容远，害怕思念和不舍会啃噬他的心灵，无止境的漂泊会摧毁他的信念。

容远微微一笑，说："在这方面，你真该跟周圆学学。"见豌豆一副不明白的样子，他补充说明道："对我要更有信心。"他看着远处，说："我已经设想了所有的可能性，不管未来的路是什么样，我都有所觉悟，所以绝不会被击垮。而且，就算离开了，隔一段时间回来看看，想必也不会有太大影响，跟我现在待在研究所也没什么差别。"

这六年中，除了因参加金阳的婚礼和孩子的满月宴，他离开过研究所两次，连议员长的邀请他也置之不理。离开地球，把噩运带走，定期回来看看想见的人，也不必再理会什么应酬，这样似乎还挺不错。

"嗯，你决定就好。"豌豆停顿了一下，问道，"要带诺亚吗？"问之前，它还特意掐断了跟诺亚的通信。虽然诺亚不是没有手段突破光脑脆弱的封锁，却硬是不敢，在另一边气得跳脚。

"或许……"容远刚说了两个字，忽然停住脚步，侧头看向刚从自己身边走过的一个人。

"怎么了？"豌豆问。

"感觉有点熟悉。"容远皱眉。刚才那个人走过去的时候，他竟然听到一种只有在吴希身上才听到过的声音。

第 九 章
真正的财富

"那人是谁？"容远自言自语地问道。

豌豆小心翼翼探出头，扒着口袋看了一眼，问："他有什么问题吗？"

"可能跟吴希有关。"容远迟疑了一下，最终还是决定先将手上的这件事做完，"让诺亚调动卫星和监控，盯紧他。还有，查查吴希的下落。"

"是。"

心里挂着事，容远也不再慢悠悠地散步，他从附近捡了一辆自行车，试了试，看还能用，便骑上离开，不到五分钟，就到了他要找的那栋大楼底下。

他抬头看了看，只是一栋普通的商业大楼，方方正正，大约有三十层，外观没有任何特别之处。

一楼大厅的地上，散落着许多文件和乱七八糟的东西，十分凌乱，显然之前人们离开得十分匆忙。容远从地上捡起一张纸看了看，发现只是非常普通的业务统计表，周围散落的也大多是类似的东西。这座城市到处是这样的景象，容远也没有觉得惊奇，搜索了地面上的楼层以后没有发现什么异常，便去了地下停车场，本以为会看到许多落满灰尘的车辆，哪知道转了一圈后，却有了意外的发现。

停车场的楼梯口附近，有台外面没有显示灯的电梯，颜色跟墙壁相同，设计十分隐蔽。之所以能被他轻易发现，是因为电梯门半开着，一具女人的尸体倒在门口，呈现着拼命向外爬的姿态，身下一片黑红色的血液，血痕分布有些奇怪，眼睛仍然大睁着，透露着深深的怨恨和不甘。

有点眼熟——容远心道，却想不起来曾经在什么地方见过她。

他低头看了看，见尸体身上佩戴着类似身份卡一样的东西，便戴上手套将其摘了下来。他本想把女人的尸体拖出去，拖到一半又改变了主意，重新拖回电梯，自己也跨了进去。感应到门口已经没有阻碍物，电梯门立刻无声地合上。

其实此时政府已经对L市大部分无人的场所停止了供电，不过这栋楼里应该有独立的供电系统，这些设施还在运作。

电梯里亮起柔和的灯光，从右手边的按键上可以看出，这电梯通往地下，整整有二十层。容远直接按了最下面的一个按键，同时做好准备，防止一开门就遇到袭击。但是电梯并没有运行，而是提示需要验证身份。他用尸体的身份卡刷了一下，又要扫描眼睛，他把尸体提起来，抓住头发一拉，让眼球对准扫描仪，过了几秒钟以后，才听到"嘀"的一声轻响，验证通过。

电梯微微一震，开始下落，一分四十秒后停止，门再次安静地滑开。容远看到眼前的场景，不禁沉默。

到处是血迹，UCOC症可不会造成这种情况，尤其是墙上的一排排弹孔和金属弹壳，更证明了这里之前发生过一场屠杀。白色的走廊里，一路上都是被射杀的穿着白大褂的尸体。头上的灯有些被打坏了，一路的灯光明明灭灭。他走在无数染满鲜血的尸体中间，心情复杂。

他原本怀疑这地方跟百色蛉的感染源有关，还待详细调查，却看到这么一个好像杀人灭口的场景。

这是一个跟907研究所很像的地方。透过窗户和有些敞开的门扉，可以看到里面都是各种各样宛如存在于科幻电影中的仪器，只是很多被打坏了。在一些主要的承重墙上，还堂而皇之地安装着炸弹，似乎屠杀这地方的人原本打算把一切都炸毁埋葬的，只是不知道什么原因，没能来得及，连尸体都没有处理就匆匆离开。

容远猜测，阻止他们销毁所有证据的原因，很可能就是那时候UCOC症突然大规模爆发。

走廊的尽头，是一个一整面墙都用透明玻璃制造的实验室。那种玻璃在容远的907研究所也有不少，所以容远知道它的强度非同小可，一般的机关枪扫射半个小时都不一定能打穿。看得出来那些屠杀者也曾试图攻击这里，地上掉落了许多子弹壳，玻璃墙上甚至已经出现了细小的裂纹，但就在那时候，他们突然放弃了。

所以，里面的人还活着？

是的，容远在这里发现了一个活人——或许这就是整个地下实验室唯一的幸存者。

玻璃墙后，一个中年男人正坐在椅子上"嗒嗒嗒"地敲打着键盘，容远的到来似乎丝毫没有惊动他。他黑发凌乱，胡子拉碴，鼻梁上架着一副厚厚的黑色眼镜，从面容来看似乎已经饿了很长时间，十分憔悴。但整个人的精神并不显得萎靡，全神贯注地盯着屏幕上流过的各种数字符号，给人一种他掌控着世界的感觉。

这种姿态，容远并不陌生。

那个人的脸，虽然经过十几年的时间而有不少改变，但还能看出昔日熟悉的痕迹来。

容远看了一会儿，心中波澜不起，抬手按在玻璃上，弦力振动，刹那间，用子弹都无法打穿的玻璃墙在他的掌下化作一堆碎屑，似瀑布般"哗啦"一声落在地上。

这声响动终于惊动了那个男人，但他只是头也不回地说："再等一下，我这个理论马上就要完成了……只要再给我两分钟！"

容远跨过玻璃碎屑走进去，站在他身后看了片刻，突然说："不可能完成，你算错了。"

"什么？"男人的权威显然不容人质疑，他十分恼怒地看过来，这才发现容远并不是他预想中会来的人，愣了一下，然后立刻问，"哪儿算错了？"

他心无旁骛，并不关心容远的身份和来历，却无比在意容远说的话。仿佛除了他的研究，他不关心这世界上任何其他问题。

"这里。"容远伸手点了点屏幕上的一个地方，说，"你代错了一个数字。"

男人看了一眼，然后摘下眼镜揉了揉，再戴上以后爬过去重新看了一眼，脸色立刻沉了下来。

显然，他因为饥饿或者疲惫，眼神恍惚，身体虚弱，不小心代错了一个数字，导致之后的研究都成了浪费时间的无用功。

但这种错误，这个世界上能一眼看出来的人寥寥无几。

男人站起来转过身，第一次认认真真地看向容远，问："你是谁？"

容远早得到豌豆的提醒，知道这里并没有任何监控设备，便掀开兜帽，摘下口罩，轻声道："好久不见了，倪子昊。"

"你认识我？"倪子昊狐疑地看了他一眼，然后说，"抱歉，我不记得你了。"

容远并没有用拟态衣改变外貌，现在世界上不认识他的人没有几个，能说得这么坦然的，在他昔日的故人中只有这一个。

想起当初在竞赛培训期间住在同一个寝室，每每被对方的路痴和脸盲弄得既无语又无可奈何的日子，恍如隔世。容远心下感慨，问道："你不是跟坚果国的惠特家族签了合同吗？怎么会在这儿？"

倪子昊一听——果然是过去认识自己的人，也忘了询问容远的身份，直接道："惠特家族好几年前就已经破产了，我毕业以后经导师介绍，进了这个研究所。"他看上去对这种寒暄挺不耐烦的，但到底比高中时期长进了几分，就算不喜欢，还是认认真真地回答了。

容远一听就明白了。他刚从比丘星回来那会儿，诺亚曾经遮遮掩掩地说在他不在的时候，它小小地教训了一下以前针对他的人，比如麦子家族啦，容家啦，还有一些他自己都没有听说过的家族，估计都是针对过远阳公司的人。只要诺亚采用的手段不违法不过分，换句话说，不会导致他扣功德，那他也对这些事无所谓，就放手让诺亚去做了。

诺亚那家伙，虽然本人不能露面，但它掌握的情报和钱财远胜过这世界上任何一个人，被它全力针对比被容远针对还要恐怖得多。昔日庞大到能左右世界经济的麦子家族被它整到烟消云散，估计容氏也好不到哪儿去。

容远其实早就不把那些人放在心上了，不过知道诺亚这么做都是为了他，还是觉得心中一暖。

倪子昊身体太虚弱了，才说了两句话，就摇摇晃晃的，站不稳，不得不扶着椅子坐下来。容远看到他这个样子，皱了皱眉，问："你几天没吃饭了？"

这个人都饿得精神恍惚了，不看着他的研究项目，连注意力都无法集中，似乎随时都能晕过去。他花了好一会儿才把容远的问题在脑子里过了一遍，然后就怔住了，望着天花板想了半天也想不起来自己上次吃饭是什么时候。

容远心知这家伙就是个生活不能自理的超级宅男，会饿死也不奇怪，以前不管走到哪儿，他妈妈都跟在身边照顾。容远问道："你妈妈呢？"

"她？"倪子昊回想了一下才说，"那些袭击者来的时候，她到楼上去取饭了，可能已经死了吧？"他说得格外平淡随意，也显得异常冷漠，但说话的同时，一滴眼泪从眼角滑下来。

倪子昊摸摸脸，看着指尖的泪水，显然有些诧异。

容远忽然想起地下停车场里堵在电梯门口的那具尸体，终于知道自己为什么感到她有些眼熟，也想起了地上那些分布得奇怪的血迹——

临死的时候，她并不是想要爬出去求救，而是努力地想要爬回来。

"这里……到底发生了什么事？为什么人都死了？"容远嗓音有些干涩地问道。

倪子昊努力地想了想，他平时并不关心外界的事，但所有人都被杀这样的大事还是在他的心里留下了一点痕迹。于是过了一会儿，他说："他们拿来两支试剂让我们研究，据说是什么外星来的东西。后来……听说那里面是病毒，好像一不小心泄露了，造成了什么可怕的灾难。上面不能让人知道灾难跟他们有关，就派了部队把这里所有的人都灭口。至于他们为什么突然离开，我也不清楚。"

果然是这样！

容远并不觉得意外，只是有些疲惫。他看看倪子昊瘦骨伶仃的样子，问："他们都走了，你怎么不离开？"

"我等我妈回来。"倪子昊不假思索地说，愣了愣，又说，"我这个研究还没完成呢！"说完，他又坐回去，修改了前面容远指出的那个错误，把后面的内容全删了，重新开始工作。

容远看了他一会儿，转身离开。

豌豆说："为什么不告诉他，他妈妈已经不会回来了？"

"他知道。"

"可是把他一个人留在这里，他会死的。"

"我知道。"

豌豆沉默了一会儿才说："让他们研究百色蛉和下令灭口的，应该是杜松子国的首

270

相。他也死在之前的灾难里了，所以没有重新派人把这里的任务完成。"

容远大致搜索了一下其他的楼层，没有新的发现，又回到电梯里，看着逐渐上升的数字，才说："他是负功德。"

"哎？"

"而且很多……天文数字。"

豌豆恍然："就是他让病毒泄露的？为什么？"

"谁知道呢？"容远扯了扯嘴角，说，"可能只是一时疏忽，也可能……"

"可能什么？"豌豆忍不住追问道。

容远摇摇头，并没有说出脑海里突然冒出的那个想法。即便他曾经面对过博士那样的人，也无法相信有人会为了验证一个猜想，就轻而易举地做出会让无数人去死的决定。

他又想起了倪子昊在屏幕上敲下的那些字符——如果不是对百色蛉研究到了一定地步，写不出那样的公式来。

"但你没有杀他。"豌豆喃喃道，"为什么呢？"

豌豆一直担心容远的心变得越来越柔软了，一心软，就很容易做错事。如果容远手下留情是因为他们曾经认识，或者是因为那一滴眼泪……

"不用我动手。"容远漠然地说。

他走出停车场，走出大楼，才淡淡地说："这个地方不该被别人看到，而同一件事也无须重复做两次。"

话音刚落，他身后的建筑中就传来巨大的爆破声，被安装在大楼里的炸弹突然一起爆炸，伴随着冲天的火光，楼宇宛如被热水融化的雪塔一般层层倒塌，滚滚的黑烟和灰尘迅速膨胀开来，强烈的风带着呼呼的声音从街道上刮过。

容远重新戴上兜帽，走进黑暗的巷道之中。

"我们现在去哪儿？"豌豆轻声问。

"去找那个……可能跟吴希有关的家伙。"

吴希——虽然换了身体，但他还是更习惯这个名字——回到家里，从外套内侧的口袋里拿出十几个瓶瓶罐罐，里面装着从死者身上采集的器官或病变的身体组织，甚至还有他自己贡献的一部分。

他拉开一个冷冻柜，只见里面摆满了这种东西，上面贴着的标签说明了里面装着什么、来源、病变时间、病发特征等，内容十分详细。但如果另一个人进来，是看不懂的，因为上面的文字不属于地球上任何一种文明。

把这些东西收好以后，吴希压抑不住地咳嗽两声，拉开袖子，只见胳膊上面又出现了大大小小的红斑。他习以为常地放下衣袖，打开自己之前用了一点暴力才想办法弄过

271

来的一个次声波发生器。他的房子是全封闭的，声波在其中来回地折射，外界丝毫不会受到影响。三十秒钟以后，他才将机器关闭，又脱了全身的衣服躺进棺材一样的治疗仪里，几分钟后，身上的红斑全部消失，身体也感觉不到任何异样，这才从里面爬出来，松了口气。

吴希穿上睡袍，坐在一张转椅上，打开桌上一个好似转灯一样的圆球形东西，随着淡黄色的灯光照亮了房间的一角，吴希此时的虚拟图像也出现在圆球中心。

"任务日志：第 4342 号。"吴希疲倦地说，发音与地球上任何一种语言都不相同。

"地球历××××年 8 月 13 日，来到这个星球已经十五年，终于看到了任务的曙光，但我或许没有机会走完最后的路了。"他顿了一下，压住语气中的颤抖，继续平静地说，"自从八天前地球人开始驱逐病毒，人类中的患者以极快的速度好转，病毒的威胁也完全被遏制，到今天，地球百分之九十的区域已经恢复了正常的运转。即便之后又有人发现感染症状，也都在极短的时间内得到了治愈——包括地球上受到病毒威胁的生物，它们恢复的速度甚至比人类更快。这里的生命体确实如传说中一样，是生物界的奇迹。

"而发现病毒驱逐办法的，就是我之前所说的地球科学家容远。我认为他的头脑堪比大联盟智慧种当中的佼佼者，其创造力甚至更胜一筹。即便地球人类寿命短暂，但这个人值得大力吸收，请慎重考虑。

"但这种病毒，我们本灵星人几乎不具备任何抵抗力，发病速度至少是地球人的三十倍，伤害也更强，并且只要有一个病原体还存在，就会百分之百被感染。即使寄住在地球人的身体中，也无法延缓被感染的速度。因为缺少实验体，无法得知它对其他星球智慧种族的影响，但我猜想，地球生命因其生物聚合体的特性才具备一定的抵抗力，对其他生命体来说，这种病毒的威力必然会更加恐怖。"

…………

"这已经是我换的第五个寄宿体了。"吴希难掩绝望，"我能感觉到，这种病毒在侵蚀肉体的同时，也在吞噬我的本源精神。我感到虚弱，甚至死亡。求援的信号迟迟得不到回复，我知道我已经等不到救援了。只希望将来有人发现这些东西的时候，能知道我所做的一切。我……"

他内心正充满悲壮之情，忽然在圆球摄录仪的边角发现一个奇怪的身影，略带哽咽的声音不由得停顿了一下。

吴希的身体以一种不可能的角度飞快地反弹起来，双手持着一把银色的流线型激光枪指向身后左侧方，眼角的余光看到一个黑影闪电般从视野中掠过，下一秒眼前一黑，天旋地转，激光枪脱手而出，身体四肢都死死地被锁住，也就指尖还能稍稍动一下。

"啪"的一声，灯被熄灭，房间内顿时陷入彻底的黑暗中。摄录仪也被打翻，"咕噜噜"地滚到了桌子底下。

吴希心中大骇。

这是他的家，可不是那些用防盗门和密码锁防护的普通民居，而是一艘小型星际飞船，自 UCOC 症出现以后就坐落在 L 市最高的一栋建筑楼顶上，始终开启着隐形功能，还终日向外散发着一种微弱的生物波，保证就连苍蝇都不会想要落在上面，最大限度地保证了他的隐蔽和安全。

所以对吴希来说，"被人找上门"不是有人来找碴，而是货真价实的恐怖故事。

来不及思考对方的身份和目的，他猛地一咬牙，想要脱离沉重的肉体发动攻击，微弱的电光在他眼中闪烁——这是他最后的底牌。

"嘭！"

身后有只手抓住他的脑袋往地上使劲一撞，电光一闪即灭，他被撞得头晕眼花，温热的液体从头上流下来，他不自觉地发出呻吟声。

他这辈子吃过的最大苦头就是这段时间身体被百色蛉吞噬，当明星的时候，手上擦破块皮都有大堆的粉丝心疼安慰，至于来地球之前，更是从来没有受过伤。此时被撞得头破血流，他疼得眼泪都不自觉地冒出来了，但对他而言，最恐怖的是他无法脱离这具身体了！

肉体对他来说只是一件随时能更换的衣服，当然，要不是任务所需，频繁更换也是不行的，大联盟一旦发现会非常严厉地制裁，但这终究不是那么重要的东西。因为神经连接的关系，身体受伤不光会疼，严重的时候甚至会损伤本源精神，但两者一旦脱离，对他就毫无影响了。

然而无法脱离，那就是另一种级别的问题了。在星际联盟中，不借助特殊工具能做到这一点的种族也屈指可数。吴希拼命地想：这是谁？是我们的死敌噬魂族，还是能看到灵魂能量的暗星人……

脑后的那只手简直就像是铁钳一样坚硬有力，他被压制得死死的，一点反抗的机会也没有。等了一会儿，不见对方进一步动作，吴希隐隐觉得对方并不想要下杀手，本来已经闭目待死的心情又开始回转，努力猜想着对方的意图。

他努力挣扎了一下，结果被压得更厉害，脸紧贴在地上，嘴巴都挤得变形了。吴希闷声闷气地说："你是什么人？你想干什么？"

他不觉得能潜入这里压制住他的是地球人，便采取了大联盟的通用语。

"你没有提问的资格。"对方说，"我问你答，有一句谎言，我就杀了你。"

吴希抖了一下，虽然对方语气平淡，却给人一种不容置疑的感觉。他相信这并不是威胁，也相信对方肯定不止杀过一两个人，才能这么淡然地说出这种话来。恐惧之下，他甚至分辨不出对方所说的是大联盟的通用语还是地球语。

在地球的这些年，他看过很多电视，也演过那种被侵略者抓住拷问的民族英雄。一想到那种种刑罚有可能会在自己身上上演，吴希怕得快要尿了。他能平静勇敢地面对可能会死的处境，但他怕疼。

文明越高级，个体生命的价值就越被重视。在蛮荒时代，被敌人严刑拷打都不许透露出一个字，不然结果只有死，连敌人都看不起你；但在星际文明时代，联盟法律明确规定了被俘虏以后允许透露情报以保护自己的生命，如果被胁迫下杀人或者损害公共安全，也可以酌情减刑甚至无罪。

想到这些，吴希一点心理压力也没有，说："好。"怕对方挑刺，他连一个字都不敢多说。

他的这种爽快似乎让对方愣了愣，然后他就感觉压在他脑后的手稍微松了松，虽然还是让他无法挣脱，但至少脸没有那种快要被挤碎的感觉了，说话也顺畅许多。

"你的身份。"又是那种充满磁性的声音，好听倒是蛮好听的，但吴希竟然听不出对方说的是什么语言，奇怪的是，他竟然能毫无障碍地理解。

他现在大脑混乱，身体中绵延不断地传来一阵一阵的疼痛，让他没法思考。在这种情况下连谎言都组织不起来，当然，他本来也没打算说谎，只要稍微隐瞒一些事实就行。

"我是星际联盟兰蒂亚帝国附属星本灵星上的人……卡丘卡。现隶属于大联盟监督调查局第十一分部三科二组。"他喘着气，一句一顿地说完，似乎为了让对方听得清楚，咬字特别清晰，心尖却在发颤。

他知道星际中有一些胆大妄为的流浪人，对联盟官方的人员都抱着特别敌视的情绪，有很多和他一样的外派人员就是这样在任务中不明不白地死了。他本来只想说明自己本灵星人的官方身份——这是瞒不了人的，茫茫宇宙，跟某一颗特定的星球有敌意的概率太低了，但不知道为什么，一种莫名其妙的力量迫使他把所有的事情都说出去了。

"到地球的目的是什么？"身后的声音没有起伏，似乎对他的官方身份并不感冒，立刻又问了一个问题。

"我是……联盟特派的调查员，在地球潜伏，调查……调查喀尤尔公司向文明星球投放病毒的传言是否属实，伺机搜集证据……"他断断续续地说，心中一片冰凉。在他看来，会在地球上出现的"外星人"，除了他，也就是喀尤尔公司的职员了。

电光石火之间，他突然意识到对方所使用的这种听不出来历却能让人理解的"语言"是什么了，想到某个传言，他身体不由自主地颤抖起来。

在容远抽丝剥茧的提问下，原名叫"卡丘卡"的本灵星人吴希很快就把自己的来历倒了个干干净净。

他来自一个叫作本灵星的星球，这颗星球在银河系的边缘地带，距离地球大约有三万光年。本灵星是一颗气态星球，除了核心有少量的铁碳硅，绝大部分由气态物质组成，终年笼罩在极光之下，看上去是非常美丽的。但这样的星球，宇宙中绝大多数生物都无法在上面生存，甚至飞船如果没有经过特殊的改装，都无法顺利地在星球表面降落。

星球成分不同，孕育出的生物自然也完全不同。本灵星人是卵生生物，出生时身体以少量的氨和氢为介质构成，并能以无线电波传递神经信号。他们成年以后，甚至可以完全脱离化学物质基础，变成一种人类肉眼看不见的纯能量形式的生命体。

按照人类的理解，他们整个星球上的智慧生物都是只有灵魂而没有肉体的特殊存在，因此，本灵星也可以说是一颗货真价实的"幽灵星"。

本灵星人最特殊的能力就是，他们能够压制住比自己弱小的生物的精神体，读取对方的记忆和思想，控制对方的身体，甚至取代他的存在，这种能力，被称为"附体"。

这样的能力用在恰当的地方，甚至可能比一支精锐军队的作用更强大。因此，本灵星人自从被发现以后，既被联盟所忌惮，又在很多地方被需要。一会儿被打压，一会儿被扶持，有时被抓去做实验，有时又被威逼利诱，做一些见不得光的事，起起伏伏，处境非常艰难。直到后来他们立下汗马功劳，成为兰蒂亚帝国的附属星，在联盟中的处境才终于得到改善。又经过漫长的努力和争取以后，像卡丘卡这样的本灵星人才能通过考核成为联盟官方的正式职员，并利用自己的特殊能力成为一名外派调查人员。

其实地球很多年前就在银河系星际联盟的星图中，悄然留下了痕迹，但是喀尤尔公司巧妙地遮掩了它的真实模样，悄然修改了相关的探索资料，将其从一颗"存在较低等级的智慧生物（古代奴隶社会）且文明处于萌芽阶段的宜居星"，改为"无生命迹象和矿产，表面充满有毒气体，毫无开发价值的废星"。因为地球附近的宇宙空间十分荒芜，这颗"毒星"也有很大危害，所以所有的星图顺理成章地把这一片星域列为禁区，建议路过这一段的飞船务必要绕行。

直到有一些人发现，那个地方，是他们出生的"母星"。

这些人，是在茫茫宇宙中经过漫长的漂泊，做出巨大的牺牲，一代代传承繁衍，依然渴望回归故乡的"地球人"。也就是一万多年前，在地球经历了外星物种的侵略和天地异变，已经变得无法生存的情况下，选择前往遥远的宇宙寻找新的生机的那一部分人。实际上，他们经历了奇特诡异的宇宙环境的改造，又曾与许多不同的外星物种结合，从里到外都与曾经的人类不同了，但他们始终把地球当成心中的圣土和归宿。

所以，哪怕其他人都把那颗毫无价值的"毒星"当成是飘浮在宇宙中的一块大石头，他们也不会。

最初，这些自称是"远行人"的地球后裔并没有怀疑这个探索结果，因为在他们离开的时候，地球环境虽然并非如此，但确实在不断地恶化。他们不知道之后地球在很短的时间内就重新恢复了生机，只以为地球在越来越剧烈的灾变中变化成了这副模样，虽然失望悲伤，却也接受了这个结果，只是比别人更关注这颗星球。

或许就是因为这一分关注，即便流浪的"远行人"逐渐在联盟中落脚，融入许多不同的企业组织或者其他星球当中，在看到某个名称的时候依然会忍不住再多看两眼，在听到某个地名的时候会下意识地驻足倾听，不自觉地就会收集相关的消息……许许多多零碎的信息渐渐聚集起来，拼凑出一个可怕的真相。

那并不是一颗"毒星"，而是一颗风光宜人的宜居星，是某些人为了自己邪恶自私的目的，才把它人为地变成了一颗人人避之唯恐不及的"毒星"。

又经过不知道多少努力，这些远行的地球人终于找到了愿意坐下来倾听他们的想法，并有能力对喀尤尔公司进行调查的联盟高层。这个公司在联盟中掌控了很多官员，有非常多的拥护者，自然有很多看不惯它的人。

但要想彻底扳倒喀尤尔公司，一些若有若无的间接证据是不够的，必须要有直指其罪行的确凿证据，于是有了卡丘卡的地球之行。

十五年前，他附体地球少年吴希，开始着手调查"喀尤尔公司对地球投放病毒，并私自绑架、监禁地球智慧生命进行实验"的事件。像他这样的外派调查员，在土著星球进行调查的时候有很多限制，比如不能随意伤害智慧生物，不能影响当地科技的发展，不能干涉星球的内政……

刚开始调查的时候，即便有许多超越地球科技的道具辅助，但还是进展缓慢，只是他的寿命远远比人类要长，为一个调查花上百十年是常有的事，倒也不着急。在阴差阳错成为一个大明星以后，他经常能见到一些国家高层人物，便侵入对方精神体，进行催眠或者读取记忆以后，调查有了很大的进展，他搜集到相当多的证据，同时发现地球上竟然有喀尤尔公司的常驻观察员。

那是个十分狡猾又狠辣的家伙，不愧于出身喀尤尔公司。卡丘卡刚刚抓住他的尾巴，他就假死脱身。几番交锋以后，有官方背景的卡丘卡装备略胜一筹，那位观察员眼看就要落网，竟然丧心病狂地引动了大陆架振荡器，虽然不是最高强度，但也给地球造成了很大破坏，于是在一段时间内，地球接连不断地发生大地震，死伤无数。

这件事卡丘卡脱不了干系，即便将来完成任务，立下功劳，回到联盟也必然会因此遭到惩处。卡丘卡知道地震产生的原因时快要气疯了，即便容远及时"预告"了地震的消息，死伤者也依然很多。在他因为明星身份被地震拖住的时候，那个观察员却趁机破坏了他的飞船，捣毁了他跟联盟联系的设备，随后逃之夭夭。

卡丘卡知道联盟的工作效率有多么拖沓，尤其是这种看上去并不紧急的任务，可能需要很多年才有人发现他失联了，然后很久之后才会派出新的调查员。不管多么愤怒悲伤，他都不得不接受这个结果。

他还以为自己这辈子就要老死在地球上，老老实实当了十年明星以后，明显并非地球自身能够演化的灾难性病毒降临了！

这就是他一直等待的证据！若能证实这是喀尤尔公司所为，他们将在联盟中再无立足之地！

他的任务可以完成了！

吴希兴奋了一瞬，随后意识到自己现在的处境，知道即便自己有大量的证据，也无法传递一个字到联盟。他不甘心！

责任驱使，吴希最终还是在防护并不完全的情况下深入到疫情发源地，小心翼翼地展开调查——即使他的工作现在看不到成效，但他相信，将来有一天联盟派人前来的时候，他的发现会在制裁喀尤尔公司时起到至关重要的作用！

但他没有想到，即便这最后的工作，他也无法完成。

被身后的神秘人压制住以后，吴希刚开始只觉得恐惧，后来在叙述中慢慢思考对方的身份，突然想到这颗星球除了他就只有喀尤尔公司的人造访过。

难道这是喀尤尔公司派来处理他的人？

吴希心中冰凉一片，手脚冰冷，再也无法心存侥幸。

等到吴希把能说的都说完了，神秘人不知道做了什么，吴希忽然就失去意识昏了过去。那一瞬间，他以为自己这辈子所能看到的最后景色，就是黑暗中桌脚隐约的轮廓。

然而，他又醒来了。

冰冷的地板，高大的桌子，落在地上的摄录仪，所有熟悉的景色——这是他的家。

那人已经离开了？

吴希猜测着，手里握着自己的激光枪小心翼翼地转了一圈，没有发现陌生人，这才松了口气。正在他思考昨晚是不是自己做的一个梦的时候，忽然察觉到不对，猛地扑到窗前，几乎是贪婪地看向窗外！

窗外一片黑暗，漆黑中遍布着一些大大小小的光点。那颗水蓝色的星球正在逐渐远去，隐没到黑暗中。

他的飞船——已经在无数次检测中被证明远程航行的动力系统和通信系统都被完全破坏的飞船，此时正稳稳地驶向最近的虫洞。不知道什么时候，飞船上损坏的部分都已经得到了彻底的修理，它此时正以最好的状态，将他带到了回家的路上！

目送着那艘小型星际飞船远去，豌豆问："容远，他说的，你都相信吗？"

"至少他自己深信不疑。"容远自信地说，"我还不至于连这点都看不出来。"

从"微米人"那里学到的意识传音的手段不仅仅可以用在传音上，还能攻击，能控制，能测谎。容远感觉自己所开发的这些能力不过是冰山一角。

"但我们知道，他手中最关键的证据其实是假的。要想一次扳倒喀尤尔公司，也许适得其反。"豌豆忧心忡忡地说。他们都知道，所谓的致命病毒，虽然来自喀尤尔公司的博士，但它是被地球人主动亲手带回来的，会在地球上扩散，也完全是因为地球人的举动所导致的，跟无辜背了黑锅的喀尤尔公司并无关系。

"我们知道，但他们不知道，不是吗？"容远不以为然地说，"而且拥有这病毒的，确实是喀尤尔公司，他们未必能掰扯清楚。即使这次没有弄垮他们，也没关系。"容远看了看自己手掌，握拳，轻声说："用不了多长时间，我也会亲自去拜访他们！"

豌豆的小手也不自觉地握紧了。

"对了。"容远忽然又想起一件事，问，"他怎么会说我是什么中子星人？"那时吴希的脸色简直像是见了鬼。

"大概是因为你用了意识传音，那是一个只存在于传说中的种族才会用的手段。"豌豆说，"我之前在外星收集的奇闻趣事中看到过相关的内容，你想听吗？"

银河系中已经被发现的生物，以硅基生物和碳基生物为主，但也存在很多其他的生命形式，比如像卡丘卡这样的电波能量生物，还有液态生命体、气体生命体、金属生命体、半金属半生物类生命体等。在这其中，还有一种只存在于传说中，并没有听说谁亲眼见过的生物——中子生命体。

据说这种生物生活在中子星表面，其巨大的引力，导致原子核外部的电子被挤压到原子核中，也就是说，这种生物的躯体全由中子构成。由于组成成分是密度极高的物质，这就使得中子生命体的体积减小的同时进入高能量状态，所以他们的身高还不到一毫米，体重却有百八十公斤，身体中主要进行的也并不是化学反应，而是核反应，并且所有生命活动都比人类快一百万倍！

中子生命体其本身具有非常特殊的身体结构，并且思维的速率快如闪电，语言的交谈已经无法满足他们的正常交流。因此，这种生命体会直接使用意识交流，并且这种交谈方式完全没有任何语种和族别的限制，不管是什么种族，掌握怎样的语言，他们都可以通过意识轻松无碍地让双方顺畅交流。

以上内容混杂在容远从比丘星下载的无数资料中，记录于类似《轶事杂谈》一类的书中，真实性不可考，容远没兴趣，豌豆却抽时间全看过了，一听卡丘卡说起这个名词，它立刻就想起来了。

不过中子生命体之所以只存在于传说中，就是因为联盟中的人曾经探索过无数宇宙中的中子星，却从来没有发现过这种独特生命体存在的痕迹。

豌豆最后总结："总体而言，中子生命体的特征跟'微米人'非常相似，不过'微米人'体积更小，质量也远远没有那么重——一粒灰尘都比'微米人'更重。"

"所以那只是传说。"容远道，"不过空穴来风，未必无因，记载这些的人也许见过'微米人'的祖先。有机会的话，我倒是想到中子星上去看看。"

"只是中子星吗？"豌豆很了解容远，不放心地问。

"哈。"容远忍不住笑了一声，兴致勃勃地说，"当然，如果遇到黑洞，我也愿如飞蛾扑火般投身进去一游。你不好奇吗？黑洞是不是真的具有让时间静止甚至时空倒流的作用？"

豌豆板着脸说："我对会让你送命的东西一点也不好奇。"豌豆现在很怀疑容远离开地球的决定是不是正确的，还没有开始旅行，它就已经忧心忡忡了。

容远大笑："放心好了，我不会冲动的——我一定会做好准备再去。如果事不可为，只要及时抽身离开就行了。再说……"他略一停顿，在豌豆好奇地仰头看过来时，微微含笑说，"不是还有你在我身边吗？"

有你在，一定能在我遇到危险的时候及时做出补救——容远的这句话并没有说出口，但豌豆完全听懂了。虽然它并没有心脏这种器官，却也忽然明白了什么叫作"心头一热"。

此时此刻，不要说容远只是跟它预定一场未来的冒险，就算是让它去死，它也能心甘情愿地答应。

卡丘卡离开后，不管本灵星人跟喀尤尔公司之间是什么结果，容远都不打算继续关注了。他从商城兑换了特殊的生命体扫描仪，把整个地球都扫描了一遍，确认除了疑似外星生物的"微米人"和数目已经十分稀少的百色蛉，地球上已经再也没有外星物种遗留。

然后，他摧毁了连通太阳系和外星宇宙的虫洞。

太阳系附近的宇宙空间十分荒芜，离它最近的恒星系也有四五光年，如果单单驾驶宇宙飞船航行的话，需要的时间就更漫长了。周围的星系中，也不存在能够与人类相比的智慧型生物。可以说，毁掉这个虫洞，不管是喀尤尔公司还是星际联盟，不管是怀着什么目的的外星访客，再想要造访地球就会变得非常困难。当必须付出的代价太大的时候，他们自然会放弃这颗星球，给地球一个足够漫长的不受干扰的发展时期。

当然，这样一来，人类未来进入星际发展的速度也不得不放缓，可能在很长的时间内，他们都会认为人类在宇宙中是孤独的。

这点矫情的小情绪并没有被容远放在心上，他不觉得人类做好了接触外星智慧生命的准备，相比宇宙中的无数生物，他们实在太弱小，最严重的是，他们中的大部分根本没有认识到自己有多么弱小。

不过，地球总有一天会死亡，在它死亡之前的时间里，它能够提供给人类生存的资源会越来越少，环境也会变得越来越难以生存。若那时，人类这个种族依然没有灭亡的话，那么舍弃地球重新寻找新的家园是迟早的事。

为了将来，容远兑换了一颗"虫洞之种"放置在火星附近，大约需要一千年的时间，这颗种子会逐渐发育成熟，成长为一个能让大规模星际舰队通行的稳定的虫洞。虫洞另一端的出口设置在以宽容、公正闻名银河系、种族外形也跟人类极其相似的兰蒂亚帝国附近。

兰蒂亚帝国和地球分居在银河系核心的两端，直线距离也有近十万光年。跨越如此遥远的距离，这颗种子的价值自然不菲，容远的功德瞬间就缩水了一半。

话说之前，在以次声波驱逐百色蛉时，容远知道尽管他调整了频率降低了杀伤力，但依然会有大量的百色蛉因为无法及时逃离而死亡。因此，他做好了会被扣除大量功德甚至天雷轰顶的准备。结果是，功德非但没有减少，反而因为再一次救世而增加了三倍有余。

原因就在于《功德簿》新出现的一条规则——

规则二十七：如果以生存为目的或涉及种族存亡和延续，当契约者的行为导致其他生命体死亡时，功德值计算记善不记恶，记加不记减。

容远一直知道《功德簿》的规则还没有开发完全，但他以为在地球上，前面的二十五条规则就已经是尽头了，剩下的，也许要在他离开地球以后，或者他把弦力开发锻炼到更高的阶段以后才会出现。

而新增的这条规则，可以说解答了很多容远以前的疑问。

他能看到人们的功德，所以他很清楚，农民收割小麦、玉米，屠夫宰杀猪、牛、鸡、羊，可以说都杀害了大量的生物，但他们的功德跟吃斋念佛的人没有多大的差别，一样有高有低，也没有负到离谱的境地。还有人们平时行走坐卧之间，洗手时会杀死手上的细菌，晒被子时会杀死无数螨虫，走路时会不小心踩死蚂蚁，如果都要扣功德的话，那所有人不管怎么行善积德，功德都肯定是负值，但实际上并非如此。

原因很简单，人类如此作为，都是为了生存。

为了生存，人类必须吃果蔬、粮食、肉类，所以杀害它们以果腹并不影响功德高低；为了生存，人类必须保持清洁卫生，必须有正常的生理活动，那么在这个过程中"被动杀害"各种生物，也不会导致扣功德。

同样的，虎豹因为饥饿而吃人，细菌栖息在人体中吸收营养，螨虫寄附在人类皮肤表层繁衍，蚂蚁为了建筑自己的家园而啃噬河堤，导致发了洪水，也一样不会扣除它们的功德。

都是为了生存而已。

《功德簿》第八条规则：如契约者不以生存为目的而蓄意间接导致其他生命体死亡，则扣除功德值50—∞；如契约者不以生存为目的而蓄意直接导致其他生命体死亡，则扣除功德值100—∞。

这个"蓄意"，实在是含义深远，早就影射着这条新规则了。只不过，容远过去一直认为功德计算都是唯结果论处，但现在看来，也未必不考虑动机，只是能够得到宽容以待的"合理动机"，实在是太少了——

为了自己的生存，或者为了种族的生存。

哪怕是"为了保护家人才会杀害别人"这样的理由，也不会被《功德簿》所接受，功德扣除的时候一样不会有丝毫的手软。

只是，容远始终有一个疑问没有得到解决——功德多少，对他这个契约者来说是很重要的，但是对其他人有什么作用吗？

是为了让《功德簿》选择契约者的时候进行筛选，还是为了让契约者能够明确什么情况下提供帮助，什么情况下无情杀戮？对拥有功德的本人，是否有什么意义？

对普通人而言，功德很高的，可能一生贫苦，死于非命；功德非常低的，却也有可能享尽荣华富贵，寿终正寝。行善或者作恶，功德多少，那个数值对他们有什么意义呢？

一定有的——容远默默跟自己说，虽然他现在还没有发现，但他将来一定会弄清楚。

《功德簿》中，隐藏的秘密实在太多，他如今所见所了解的一切，只不过冰山一角。所以他这一生要追寻的，不仅仅是无垠的宇宙，还有《功德簿》中蕴藏的无数隐秘。

"袁雪倩！袁雪倩！袁雪倩！"

B市电影学院的女生宿舍楼下，一个胖乎乎的男生扯着嗓子大声喊着，喊得整个楼里的女生都趴在窗户前看。胖男生旁边不远处还蹲着一个身材匀称的大男孩，他把书包顶在头上，装出一副自己根本不认识他的样子。

"胖猫，你喊什么呀？袁雪倩是不会理你的！"

"胖猫，你今天照镜子了没有啊？"

"大早上的吵什么吵！不知道人家要睡美容觉的吗？"

楼上女孩七嘴八舌地说着，不管是奚落还是开玩笑，被叫作"胖猫"的男生都不生气，把双手围成喇叭状放在嘴边，声嘶力竭地喊："袁雪倩！快出来！袁雪倩！"

有人拿出手机来对着他拍照，笑嘻嘻地把图配上文字发到学校论坛上，配上标题"癞蛤蟆想吃天鹅肉——清晨七点，胖猫对袁女神大声说爱"。哪知不到两分钟，所有人都惊奇地张大了嘴巴。只见一个肤白如雪、长发秀美、身姿窈窕的女孩一边喊着"来了来了"，一边轻快地从楼梯上跳下去，跑到那个其貌不扬的胖男孩身边。

这个女孩就是袁雪倩，也是B市电影学院的校花，相貌极美，但性格清冷，又颇有才华，在所有人心目中都是一朵只能远观的高岭之花。但此时，她脸上哪有半分清冷之色？

眼睛闪闪发亮，如缀了星子，脸颊笑得红扑扑的，可爱极了，走路时还连蹦带跳，好像年龄瞬间缩水了三分之二。她还特意打扮过，眉如远山含黛，唇似桃花润雨，一袭白色希腊风裙子更显得纯洁飘逸，当她从宿舍楼的阴影下踏入阳光的一瞬间，整个人似乎都在发光，周围的人全部看呆了。

"砰！"一个捧着书从楼下走过的男生一头撞在灯柱上，眼镜都撞歪了，犹自回不过神来。

那胖猫就好像眼睛瞎了一样，根本没有被如此容光照耀到，反而不耐烦地说："怎么这么晚啊？我和镜子都等你老半天了！"

众人都以为这下袁雪倩肯定要发火了，谁知道她却满脸含笑地道歉："对不起对不起！我梳头发花了点时间。我们快走吧！"

这小子厉害啊！

好些蹲在女生楼下等女朋友或看美女的男生忍不住在心里齐齐赞了一声，默默想着回头一定要跟他请教一下勾搭女神的诀窍。还有人一边在心里咬着小手帕，一边骂着脏话，打定主意今天晚上要套某个人的麻袋。

胖猫没有理会羡慕嫉妒恨的众人，默默看了眼袁雪倩好像跟直接披下来没有什么区别的发型，明智地咽下了差点脱口而出的吐槽，踢了一脚蹲在树荫下的男生，催道："镜子，走了！"

那男生取下书包站起来，正脸露出来的一瞬间，趴在窗户上的女孩一时间集体失语。

接近九头身的身材，完美的五官比例，肤色白净，眼睛明亮，嘴角微微含笑，仿佛宠溺又仿佛在撒娇，脸颊有一点圆，使得他看上去还带着几分孩子气，显得十分年轻乖巧。

立刻就有几个女生捂住怦怦乱跳的心脏，这一瞬间，忽然便明白了高冷女神为什么会坠落人间。

实际上，袁雪倩虽然也愣了一下，却没有过多的反应，依然雀跃道："走吧，走吧，再晚真的要迟到了，万一人家不让我们进去该怎么办？"

"怕什么？这是个看脸的社会。你和我们镜子把脸一刷，还有什么地方去不了的？"胖猫大大咧咧地说。

"滚你的吧！"被叫作"镜子"的男生翻了个白眼，一开口就立刻破坏了他那张脸带来的第一印象，他嘲讽地扫了眼胖猫胖乎乎的身材，说，"到时候我俩把你抬起来撞门还差不多。"

胖猫不屑一顾："不是我说，胖哥这身材，就凭你那细胳膊细腿的，能抬起来才怪！"

"哪用得着手抬啊？劳心者治人，劳力者治于人懂不懂？"镜子说，"咱们做个滑轮组，一根头发丝儿都能把你吊起来。"

"行了，你俩别贫了！再这么磨磨蹭蹭的，我不等你们了啊！"袁雪倩不耐烦地说，看看时间，加快了脚步。

"看看，这就是女人。你等她两小时，她连两分钟都不会等你！"胖猫偷偷跟镜子说。镜子笑而不语，因为他发现袁雪倩回头狠狠瞪了他们一眼。

三人说笑间快速走出学校，坐上公交车，花了一个多小时才到 B 市大学。来不及感叹这座百年名校的风华，他们就被车站不远处三步一岗荷枪实弹的戒严阵势所震慑了。

几人的小心肝都不由自主地抖了抖，明明没有做什么坏事，但看到那些冷漠的眼神，突然就感到心虚了。

在士兵的背后，B市大学的门口，有五个像是机场安检那样的设备，前面排着长长的队列，一个一个检查证件和邀请函，然后把私人物品手机、提包、打火机等都在放在一个长方形的盒子里密封起来，等离开的时候才能拿走。接着走过安检门，但凡有一丁点可疑的，都会被立刻请到旁边的小房子里去搜身检查。

"乖乖，这阵势……"胖猫咋舌，连一贯的贫嘴都忘了。

他们三人在车站旁边站着看了一会儿，立刻就有士兵警惕地盯着他们，镜子连忙拽了一把愣神的胖猫和袁雪倩。几人走到队伍的最后面，取出相关的证件等待着，心跳都比平时快了几分。

检查虽然细致，但速度并不慢。十几分钟后，几人就通过了安检门，怀着激动的心情，顺着人潮走向B市大学的大礼堂。

这个礼堂是B市大学近两年新建的，能一次容纳上万人。此时门外还排着长队，但礼堂里乍一看去好像已经坐满了人，并没有人睡觉或者玩手机——胖猫觉得这主要是因为手机都在门口被收走了——连说话的声音都不高，显得既热闹，又不嘈杂。此时，在座的所有人心中似乎都怀着一模一样的情绪：期待，兴奋，好奇，恨不得时间"嗖"的一下就飞过去。

几人按票就坐，正好是三个连在一起的座位。袁雪倩高兴地说："我听说这次发布会的参加人员全是在网上报名并中奖才来的，中奖率还不到五千分之一，幸好你们有门路弄到邀请函，不然我就没有机会见到我男神了！"她今天一直特别兴奋，甚至举止失措，却不是像同学猜测的一样是为了胖猫或者镜子，而是为了能见到那个自己从小就特别崇拜喜欢的人。

胖猫一挑眉，说："那你可得谢谢我们镜子，要不是他，咱们也拿不到这些票，更不用说坐在这么好的座位上了。"

袁雪倩探出上半身，跟坐在胖猫另一边的镜子说："镜子，你是怎么弄到的？我听说这次完全是电脑随机选择，除了第一排的大领导们，连B市长想要给自己弄一张票都得先报名，然后等抽奖结果呢！"

"我是请我哥的朋友帮我要了几张票。"镜子含糊地说。

"哎？我怎么没听说你还有个哥哥？"从小一起长大的胖猫奇怪地问道。

镜子摇摇头，不想多说，目光垂落到自己手中的邀请函上，最前面写着："尊敬的容景先生，您好！由容远博士主导的'方舟'发布会将于×××年9月12日上午10：00在B市大学礼堂召开，诚邀您的光临。会议有关事项如下……"

看着邀请函，镜子的思绪飘得很远——

"冰糖葫芦串儿哎——冰糖葫芦串儿哎——"

"新城学院将要招生！新城学院招生在即！想要报名的注意了！《新城学院历年考题精选》，只要三个金币就能拿到手！三个金币！只要三个金币就能让你顺顺利利加入新城学院！"

"先生，你刚来新城吗？需要向导吗？不是我跟您吹，吃的喝的玩的，只要在新城，没有我不知道的！"

容景推开身边那个不断挤过来向他推荐自己的黑瘦少年，茫然地看看周围，一时转不过弯儿来。

周围的人全穿着一身糖国古代的服装，连他自己也一样。周围的建筑多半是古风盎然，连门廊下挂的灯笼、街上卖的小吃、脚下铺着的青石地板，一切的一切，都像是糖国几百年前的风物。

我穿越了——他忍不住这么想到。低头看看自己的手掌，握了握拳，没有任何生疏的感觉，好像这就是他的手一样。他用力拧了自己的胳膊一把，尖锐的刺痛感传来，让毫无防备的他疼得龇牙咧嘴。

这到底是怎么回事？

强烈的真实感，让容景一时间都有种时空错乱的感觉。他一点一点地回忆，想要找出其中断裂的地方。

他和胖猫、袁雪倩三人走进 B 市大学的礼堂，等了半个多小时以后，发布会准时开始。一个 B 市电视台挺著名的主持人先上台，说了一番感谢大家光临的话，又说了些天气很好、国家很好、所有人都很好之类的废话，然后介绍了一遍人们耳熟能详的容远博士一路走过来的历程，再说了说不太为人所知的容博士在"方舟"计划上付出的心血和期望……都是套路，但主持人控场能力很强，时而慨叹，时而歌颂，用词极为打动人心，让人几乎完全察觉不到时间的流逝，倒也半点不负他的盛名。

但坐在礼堂里的人都不是为了欣赏他的主持能力和词汇之美而来的，因此，这个开场白只用了数分钟就结束，主持人一挥手，背后的投影屏上打出了四个巨大的隶书字体：方舟起航！

后面还有一排小字：十年磨一剑，锋芒今初试。

除了坐在最前面的那几个国家高层，恐怕还是没有人知道"方舟"到底是什么。

众人目不转睛地盯着主持人，期待他接下来会对"方舟"进行解说，更期待接下来容远博士会出场，亲自为他们介绍这个自己呕心沥血的产品。

剧情却没有按照他们所预想的那样发展，投影屏上打出两行字以后，一些穿着迷彩服的年轻士兵——胖猫吐槽"连个穿旗袍的美女都没有"——沿着过道，给每个人发了个像是摩托车头盔一样的东西。容景把拿到手的头盔拆了包装，上下打量着，这个头盔看上去厚实，但质量并不算非常重，外观十分简洁，并没有太多的花哨装饰，只在太阳穴的位置有几个指示灯。他试着戴了一下，发现它能包住大半个头，只有鼻孔和嘴巴露在外面，而且蒙住眼睛的黑色镜片也是完全不透光的设计。

胖猫捣了他一下，容景一转头，就看到发小激动得嘴唇都在哆嗦，捧着头盔的双手一直在发抖。他压低声音，用一种既满怀期望又十分惧怕失望的语气说：“哎，那什么……这不会就是……传说中的，那个吧？”

容景知道他说的是什么，其实在看到这头盔的一瞬间，他也冒出了同样的想法。

“但是……”提出猜想的胖猫又害怕了，不禁担心地说，“不是说……那个技术还不成熟吗？而且，我听说坚果国和花国都有这方面的研究……能让容博士花十年去研究的，不会是那种半成品，对吧？就是我想的那个，对吧？”

“那当然！也不看看这是谁发明出来的！”容景没好气地回了一句，心里默默道：那可是我哥！

这句话在脑海里转了一圈，他再看这个头盔，就觉得可爱亲切了不少。容景充满怜爱地把头盔从里到外地摸了一遍，发现头盔外面光滑，但里面有很多不易察觉的小突起，像是……电极？

他默默把手拿开，心怦怦乱跳着，觉得自己此生已经无憾了。

看看胖猫盯着头盔垂涎得像是要流口水又不敢触碰的样子，再看看容景嘴角刚要翘起又被生硬地压下来、欲笑不笑的扭曲表情，袁雪倩莫名其妙地问：“你们在说什么？”

胖猫刚要说话，又突然害怕说出口就不灵了，故作神秘地眨眨小眼睛，说：“不着急，待会儿你就知道了！”

场中同样是议论纷纷，不过没过多久，所有人手中都拿到一个头盔。主持人也不耽误时间，直白简洁地演示了一下怎么打开以后，让大家把头盔都戴上。

容景照做了，然后，他就仿佛穿越时空，到了另一个地方——

“镜子！镜子！”

容景正在发呆，忽然听到远处有人大声喊他，惹得路人都纷纷不满地看过去。他一抬头，可不正是胖猫那家伙吗？胖猫根本不理路边的人是什么反应，连蹦带跳大幅度地挥着手，看到终于引起了容景的注意，忙兴高采烈地招手叫他过去。

容景看他似乎很着急，忙绕过拥挤的人群跑过去。胖猫来不及解释，一把抓住他的胳膊拖到一个古装美女的面前，说：“三个人，三张票，谢谢！”

“好的。”梳着双平髻的古装美女微微一笑，拿出三张金边印花的卡片说，“祝您旅途愉快。”

胖猫一把抓过卡片，拉着容景急急忙忙钻进路边一栋跟杂货铺没两样的房子。袁雪倩早就等在门边。三人冲进来的时候，容景看到门上挂着的一个漏斗中最后一点细沙刚好落了下去。

"咔"的一声，门在背后合上。容景一看，这房间里面已经有几十个人，模样都有几分眼熟，像是刚才也坐在礼堂里参加发布会的人。房间里的布局也跟外面看起来完全不一样，看上去像火车车厢，座位是向着同一朝向排列，但椅子宽敞舒适，装饰也华美精致，体积至少增大了好几倍，三五十个人待在里面也不显得拥挤。

三人找了一排靠前的空座位坐下来。门关上以后，车厢前面走出一位长裙曳地的美女，她腰系环佩，手持花枝，含笑说："欢迎各位游客乘坐星际旅游列车，请系好安全带，我们的列车马上就要发车了。"

众人这才发现座位上还有安全带这一配置，纷纷系好。胖猫探头低声对容景说："看到没有？全息虚拟游戏头盔，容博士居然真把这东西搞出来了！简直是……"他摇摇头，连声轻叹，显然是不知道该说什么好。

容景顿时把混乱的思绪拉回来，心中再度涌起澎湃的骄傲之情。他嘴角含笑，矜持地点了点头，说："嗯。"

"嗯什么呀，又不是你弄出来的。"胖猫哼了一声。

旁边的袁雪倩一脸羡慕嫉妒恨地轻声说："那女孩是NPC（非玩家角色）吧？她可真漂亮！"

胖猫觉得自己真搞不懂女孩子都在想什么，关注点总和他不一样，他诧异看了一眼袁雪倩，然后诚心诚意地说："你比她漂亮。"

这是真话。NPC美女美就美在毫无瑕疵，但那脸那身材可以说是动漫美女的大众模板，所以美则美矣，却缺少一种让人心动神摇的魅力。而现实世界来的游客样貌身材基本上跟本人相差不大，像是被美图软件一键美化过一样，皮肤细腻，色泽均匀，什么疤痕、痘印、斑点、黑痣全看不见，臃肿的肥肉也缩水了，美型度岂止提高了一倍。NPC可以千人一面，但人类这种自然生物天生具有的各种瑕疵能让他们任何两个人看上去都不完全相同，因为差异，因为缺陷，所以才显得更生动。

持花的美女似乎丝毫没有听到众人窃窃私语的声音，等他们把安全带全系好以后，她把花枝在手中转了一圈，说："列车现在前往旅游第一站——比丘星！"

一排排巨大的书架构成迷宫一样的格局，向上看，看不到屋顶，向下望，望不到深渊，目光所及之处，有的只是无数的书本。书脊上用许多不同的文字写着书名，但不管是谁拿到哪一本书，所看到的，一定是自己最熟悉的文字。

如此高大的书架，自然与普通的书架不同，上面有一圈一圈的阶梯，都是用一块块并不相连的木板构成的。透过木板中间的缝隙，能看到下面望不到底的黑暗，胆小的人恐怕一步都迈不出去。木板桥呈螺旋形上升，一眼看过去让人有眼花缭乱之感，上面间隔很远，才有一个稍微宽敞点的半圆形平台，上面摆着原木制作的书桌和凳子。有的书桌上面还有茶壶和点心，可以供人稍作休息。偏偏设计这个图书馆的人坏得很，不管从什么入口进来，都是在半空中某个阶梯上，莽撞一点的人可能会一脚踩空，瞬间掉下去摔死了。

此时这里冷冷清清的，除了一位盘腿悬浮在空中看书看得正入迷的NPC管理员，只有一张圆形的小茶桌边坐着两个人。

"图书馆！"其中一个人笑叹一声，说，"果然是你的最爱。"

另一个人没有说话，眉眼之间显示出难得一见的柔和来。

前一个人，也就是金阳又说："我正在想，发布会你怎么没有露面，原来你早就跑到这里来了。"

"我做的东西，当然要先来检验一下成果。"容远倒了两杯茶，伸手示意一下，问道，"现在这个时间，一半的人去参加星际游览，另一半的人在地球上瞎逛。你怎么会到这儿来？"

"我也是瞎逛过来的。"金阳说。其实一进门看到这么多书，他想着容远可能会在里面，就走进来了。他端起茶看了一会儿，缕缕热气带着清香扑到面上，色泽、气味、热度，无一处不真实。半晌后饮了一口，微烫的茶水吞入口中，连顺着咽喉一路熨帖到胃里的感觉都与平时一般无二。

"极品六安瓜片！"他评价道。

"我不懂这个，设计组的那些人弄的。"容远晃了晃自己的杯子，漫不经心地说。

"怎么会这么真实？"

容远说："只是欺骗了你的大脑。不过我们还有一种价格更昂贵的游戏仓，玩家进入虚拟世界活动的时候能同时刺激身体相应的部位，基本不会感到疲劳，但效果跟有氧运动差不多，回头送你几套。"

金阳沉默片刻，忽然放下茶杯站起来，从书架上随便抽出一本书翻开。刚进入图书馆看到这么多书的人大多数会按照游戏经验，认为这里面数不清的书籍其实都是背景装饰，只有在出发去完成特定任务的时候才能从里面获得制定的书籍。但此时，金阳随意翻开一本书，看到里面密密麻麻黑纸白字的内容，一字一句都透出一种严谨、认真、力求精准的感觉，绝不是游戏策划组为了衬托一个背景而粗制滥造出来的东西，也不是把地球上已经出版的书随意复制才做出来的。

他合上书，看到封面上一行烫金大字——"星际战舰维修基础教程"。

他抬起头，看向面前书架上的书籍：《带你认识一千种星空巨兽》《星际联盟的发展历程》《兰蒂亚帝国全史》《机甲制作》《纪念那些被黑洞吞噬的古代文明》《银河系各星球的'奇葩'习俗》……

他慢慢回头，问容远："如果我没猜错的话，书中的内容，全是真的……对吗？"

容远笑了，然后摇了摇头。

"不对？"金阳愕然，他对自己的结论还很有信心呢！他又抽出一本关于种植花卉的书看了看，依然没有从中发现任何伪造的成分，不由得把疑惑的目光投向容远。

容远也站起来，走到他身边，看着那数之不尽的书籍说："不是不对，而是不仅仅如此。"

金阳想了想，忽然恍然："难道说……学院里面教授的，也是真正的课程？"

"没错，你跟我来。"容远抽出金阳手里的书随手一扔，书就朝着书架中间无底的空洞落下去，那个捧着书半天都没动过的NPC管理员忽然挥挥手，那本正在下落的书就"哗"的一声飞回书架，稳稳地插进原来的位置。

尽管知道这些都是数据，但金阳还是看得啧啧称奇，下一秒，容远拉着他已经到了另一个地方。

是传说中马上就要开始招生的新城学院。

这里的NPC和玩家可谓是一目了然。NPC学生们都穿着统一的白底蓝边的汉服，教师们则是款式相似但一身纯白的服装，细微处有红宝石做点缀，与服装各不相同的玩家有很大区别。

学院很大，有的学生在读书，有的三五成群在辩论，远看还以为他们在讲解经义，走近以后，才听到他们争论的是两种不同设计的发动机哪一种装在机甲上推进速度会更快更安全。

画面中充斥着淡淡的荒诞感。

容远摸摸鼻子，有些不好意思地说："算是我的私心吧……地球是按照地域以四大文明古国为蓝本进行设计的——看起来是不是有点奇怪？"

金阳摇摇头说："习惯就好了。"其实跟它带给人的真实性体验相比较，其他所有的都是细枝末节。

两人一直走到书院后方的演武场，所看到的师生大多数是一身短打。这里比两百个足球场加起来还要大，而且分为很多区域，有练武、跑马、踢球、攀岩、射击等各种不同的功用，凡是地球上军队里能看到的训练项目都有，军队里没有的训练项目的场地也很大，以至于偌大的演武场都显得拥挤了。但最醒目、围观的人最多的，是在最外侧一大片区域中，正打得热火朝天的两架机甲。

金阳：……画风是不是有点不太对？

当他们走过去的时候，机甲的战斗已经停止了，从获胜的机甲上面走下来的似乎是一个老师，正在指点失败的那个学生。同时，一个玩家正拉着一个 NPC 老师大声嚷道：
"为什么我不能上去？"

NPC 老师态度很温和地说："如果没有初级以上的机甲驾驶资格证，是不能随意驾驶机甲的。"

"呵呵，老子在现实世界要考驾照，到虚拟游戏世界居然还要考证？"玩家不可思议地瞪大眼睛，看那个老师一脸微笑但十分坚决的态度，他倒也没有纠缠，问道，"怎么才能拿到那个证？"

"要想考取机甲驾驶资格证，你必须学习至少一年的理论知识。如果能够顺利通过理论考核，还必须在虚拟驾驶舱中练习三个月以上的操作，等虚拟操作水平达到二级以后，才能进行实际操作练习。"

千万匹野马在玩家心头奔驰而过——

不是应该向导师交上几个钱，然后金光一闪，技能就掌握了吗？至少学一年三个月？你是认真的吗？哪个游戏会有这么蠢的设计？

金阳顿时"扑哧"一声笑了："虚拟游戏的虚拟驾驶舱？"

"这是正规流程。"容远知道金阳明白他的意思，外星球培养真正的机甲驾驶者必须经过这样的流程，"而且……在'方舟'里，玩家死亡的惩罚可比网络游戏要重得多。"他要培养的不是习惯性地把死亡当成游戏的玩家，而是认真对待"方舟"，能从中挖掘宝藏的智者。

"这样会没人愿意学的。谁能把一年多的时间花在游戏的一个技能上？还不一定能学会。"金阳客观地说。

"事实上，一年三个月只是最乐观的估计。以人类的平均智商，通过理论考核的年限应当是三年七个月，虚拟驾驶舱的练习通常也要持续一年左右。"容远说，"不过'方舟'在设计的时候考虑了对大脑潜意识的刺激，玩家在学习的时候会比现实中更加专注，记忆效果也更明显，所以学习的时间才会压缩到不足三分之一。"

"那如果以后学校都在'方舟'中上课，教学的效率岂不是会大大提高？"金阳笑问。

他只是突发奇想，但容远认真地点了点头，说："嗯，没错。而且在'学校'这种特定的建筑中，一旦开始上课，那么教室中的所有学生会被迫进入'学习模式'——不能离开座位，不能交头接耳，不能随意说话，不能打瞌睡，意识模糊的时候会突然有被电击或者一盆冰水从头浇下来的感觉。另外，学生等级全无差别，锁定为 1 级，教师等级为 100 级，具有碾压性优势，但双方不能发生直接的身体接触。"

"我代表广大学生鄙视你！你难道忘了自己上学的时候在教室里是什么样吗？"其实除了成绩，最不像好学生的就是站在金阳身边的这一位。

容远耸耸肩，说："这是周圆的设计，你找她去！"

金阳无语，转而问道："原来在你这游戏里面还有等级这回事？"别说等级、力量、HP（血量）、MP（魔法值）等这些游戏中通常会有的属性显示，他连退出游戏的按钮都没有找到。

"自然有。这个世界上终究还是愚人最多，你就是告诉他前面有一座金山，但要是不在路上洒下点金沙让他看见直接的好处，他也不乐意去。所以虽然我认为等级这种基本又直观的奖励手段其实破坏了'方舟'整体的美感，但还是有的。"

容远很少说这么拗口的话，所以一听，金阳就知道他对这个设计怨念有多深，忍不住笑出声。他拳头抵着嘴唇轻咳两声，为了避免容远恼羞成怒，转移话题道："在哪儿？我怎么没看到？"

容远抬起左手，拇指上戴着一枚墨色的扳指——玩家进入游戏都换了一身装备，除了古代衣服，身上不可避免会有一些玉佩、发箍、簪子之类的饰品，金阳本以为这枚扳指也不过如此，但看此时容远将其转了一圈，面前立刻出现了一个虚拟的属性面板，果然有着一般游戏里会有的各种属性，也能看到"退出方舟"的选项。

金阳沉默了一会儿，问："你连这个都要玩家自己去发现？"万一有个人突然尿急，但是怎么都退不出游戏该怎么办呢？容远这人真是坏死了。

容远诧异："你进入游戏的时候没看到公示板吗？上面就有基本的操作介绍啊！"

金阳心说：对不起，我真没有看见公示板，并且我相信大多数人跟现在的我一样在诅咒你的恶趣味，你知不知道？

容远还鄙视他："连基本的收集信息都不知道，阳阳你真是越活越回去了。"

金阳本来还在腹诽容远简直是在要求他们每个人都要有特种兵的素质，听到后面那个熟悉又陌生的称呼，忽然怔了一下。

容远却没注意自己脱口而出的话。他们两人已经走出了学院，来到新城学院后面的一条街上。学校附近总会有这么一个地方，麻雀虽小，五脏俱全，仿佛容纳了所有你需要的东西。他略带骄傲地指着街上的店铺，矜持地说："不光是机甲教学，你看看，这里有维修店、宠物店，有各种小吃和水果，还有家用机器人、太阳能悬浮车……所有的一切，在现实中都有原型，也能在现实中完全复制。"

金阳点点头。

容远随手拿起街边一个修理光脑的小店放在门外的一颗螺丝钉，递给金阳看："哪怕是其中任何一个不起眼的工具，就好比这颗螺丝钉，它的大小、形状、弧度等，都是经过千锤百炼才最终确定的最合适的模样，哪怕只是改动一点点，整体的设计也会变得不协调，要么改变其他所有的零件，要么产品直接报废。这个世界，任何一个角落中，都隐藏着难以想象的财富。"

金阳手中把玩着螺丝钉，目光并没有落在上面，他一抬起头，就看到容远表情虽然依旧淡淡的，但眼中神采飞扬，就像……就像一个小孩子，在跟小伙伴分享他最心爱的玩具……不，应该说是展示他花了很长时间亲手堆起来的沙滩城堡。

"还有那些外星球。"容远顿了一下，用更慎重的语气说，"在'方舟'中，恒行卫彗一共有一百亿颗星球，其中有一千万颗星球设计成有智慧生物居住的样子。除了我们脚下的地球，其他所有的在宇宙中都存在一模一样的原型。"

"一……千万？"金阳语气有些涩然。他想过外星人的存在，但从来没有想过有这么多。

"事实上，光银河系中这样的星球就有十亿多个，时间不够，我只是选了其中最有代表性的。"容远的语气很遗憾，好像如果有时间，他一定会把十亿个星球都在"方舟"中模拟出来一样。

"我知道了。"金阳看向街道中闲逛着，惊讶于所有的感官，感觉一切有多么真实，却对"方舟"中真正了不起的地方根本视而不见的人们，问，"但是你看，大多数人根本就不知道你的'方舟'中蕴藏着多么庞大的财富，只是把时间浪费在玩乐上。所以……你有没有想过，把这些公开？"

容远摇摇头，说："为什么要公开？连发现财富的眼光都不具备的人，没有拥有它的资格。"

金阳觉得容远真的什么都好，就一个缺点经常让人无语——他总觉得别人应该具备和自己相同水平的智商、观察力、判断力和知识容量，如果达不到，他虽然很少说什么，但那种"这很简单，你都做不到""这是常识，你居然不知道"的神情真是特别招人恨。

"而且……"容远神色一肃，温和的笑容中莫名多了几分嘲讽和冷冽，"你觉得，如果真的公开了，会发生什么事？人们真的会认识到'方舟'中蕴含的知识的价值吗？"

金阳思索片刻，默然。

容远做出了结论："不，他们会开启战争！到时候，'方舟'内外，都会满是硝烟战火，尤其是拥有'方舟'的糖国，怀璧其罪，恐怕会第一个被其他国家的联合势力摧毁。这，才是最直接的后果。"

如果不是丧心病狂地要把所有站在对立面的人都杀了，那么没有谁能对抗全世界，容远不能，糖国也不能。

"方舟"中所具有的这些，其实非常挑战所有人的常识和他们的世界观。金阳因为很早就对容远的秘密有所猜测，加上本身性格的原因，所以他可以很容易很从容地就接受这一切，但一般人，真相摆到面前的那种冲击很可能会摧毁他们。

他们需要一个缓慢的循序渐进的过程，来慢慢发现并接受这个事实。他们一点一点挖掘出真相的时候，感觉到的就不会是世界观被击碎的那种恐惧，而是逐渐开掘一个宝藏的喜悦。

容远也希望他的"方舟"是一个能让人心甘情愿、满心愉悦地去接受的世界，人们在其中能享受到的是欢乐，是探索，是真正拥有自由，能够掌控自己人生的那种感觉。倘若公开其中隐藏的秘密，即使不会发生他预想中的最严重最惨烈的那种后果，也会有当权者强制性地要求国民进入其中，疯狂地从中掠夺资源，并且不择手段地试图阻止别人从中获得资源。

他们会把那一千万颗星球都当作是自己获得资源的一块踏板，把容远为之骄傲的图书馆当作是自己的所有物，是弱小者不能触碰的禁地。他们不会用轻松的心态用心欣赏和了解地球以外的那几千万颗星球和各种智慧种族，不会睁开眼睛去看广袤宇宙中多姿多彩的世界，而是会用尽全力把"方舟"变成一个充满杀戮、竞争、阴谋、陷害的暗黑之地，甚至在冲突升级的时候，完全有可能把这种竞争关系延伸到现实世界中，那就完全违背了容远的本意。

地球有一千年的时间可以独立自由地发展，人类不必急迫地一步登天，现在就拥有与外星球对抗的力量。他们完全可以从容地慢慢发展，揠苗助长，最大的可能是长成一个四不像。

"那么，只有政府能了解情况，然后有意识地引导玩家去选择吗？"金阳所说的"政府"，自然单指糖国政府。

容远嘴角不带温度地勾了勾，说："政府，只是一个符号，一个代称，它也无法保证绝对的公正严明，只是由许多同样有私心、有欲望、有立场的普通人组成的一个机构，有时候它甚至只是某一个人意志的体现。别人因为离得远不清楚，你我还看不清这一点吗？所以，我或许能给予一时的信任，但无法将这种权力永远交给一个机构。"

"那你选择的'绝对公正严明'的托管者是谁？"金阳问。

"你见过的。"

"我见过？"金阳下意识地回忆自己和容远都认识且有资格的人——

金南？不，他事多人忙，根本没有时间管理一个庞大的虚拟游戏世界；至于金家的所有长辈，也不可能。艾米瑞达？那女孩真的很聪明，但太单纯，并不具备管理"方舟"所需要的某些素质。容远自己？他是无与伦比的开拓者，他能制定规则，却绝对没有耐心把漫长的时间花费在管理和延续上。

难道说……

灵光一闪，金阳问："图书馆里的那位是谁？"

容远轻笑一声。金阳都不知道自己怎么会突然联想到那个只见了一面的 NPC 身上，但他看到容远的表情，就知道自己猜对了。

"真是他？"金阳自己都有些惊讶。

"嗯，他叫鸿钧，是高等级的 AI（人工智能），'方舟'世界真正的管理者。"

容远这次没有再给它取"诺亚三号"这样的名字，因为鸿钧并不是诺亚的复制体，而是诺亚、容远和艾米瑞达三人共同的心血，比起诺亚和诺亚二号，其在程序上有很多的改动，性格也并不相同。鸿钧就像是一个宽厚的长者，兼具了道家的无为和法家的公正，又像是一个好奇的孩子，每时每刻都在吸收新的知识，趣味盎然地认识这个世界，但无论什么时候，他都知道自己该谨守的底线是什么，该遵从的原则是什么。它比心思多变又寿命短暂的人类要好得多。

鸿钧 AI 的程序中，有一个非常复杂又严谨的甄别和判断系统。虽然只有在图书馆的那个 NPC 是鸿钧给自己选择的形象，也只有这一个展现出来它本来的性格，但实际上，"方舟"世界所有的 NPC，都可以说是鸿钧意识的分身。它在这个世界拥有数不清的眼睛和耳朵，它能从最细微的言行举止中，判断一个人的心性如何，有没有撒谎，潜力如何，危害性有多大，是不是值得信任，它能够判断一个人是应该去特意培养，还是应该警惕防备。

容远简单跟金阳介绍了一下这位管理者，金阳看看周围那些 NPC，有的粗俗，有的温婉，有的稳重，有的活泼，有的内向腼腆，有的热心洒脱，千人千面，或有相似，但并不完全相同，如果不是容远告诉他，他怎么也想不到这些性格迥异的 NPC，背后竟然都是同一个 AI。

"不过这'方舟'中最大的好处，你还没有说到。"容远带着几分神秘说。

"最大的好处？图书馆不是？"看到容远摇头，金阳想了半天也想不到，最后一摊手，问道，"是什么？"

容远眼珠转了一下，忽然问道："说了这么半天，你饿了吗？"

金阳一愣，顺着容远的话头认真看看，忽然发现自己不光饿，还觉得渴，他这才意识到进入"方舟"已经三四个小时了，只是眼前所见到的一切和容远的话让他根本没有意识到时间的流逝。

"你的发布会！"金阳有些担心地说，"我们是不是该回去了？发布会的最后，还是需要你出面的吧？"

"不着急。"容远却不当回事，看到身边正好有个包子铺，便说，"我请你吃包子吧！纯天然，无污染，没有任何添加剂或者变质肉，绝对比你以前吃过的包子味道好一百倍。"

他作为"方舟"世界的创造者，当其他所有玩家都一贫如洗的时候，他已经拥有无限量的背包和无上限的金钱。

金阳一边要了两个鲜肉包子和一杯豆浆，一边吐槽道："包子铺给你广告费了吗？"

容远挑眉道："它赚的钱难道不都是我的吗？"

金阳反应了一下，愕然问："你是准备开启货币兑换系统吗？"

据金阳的了解，网络游戏很少允许游戏币和现实货币相互兑换，玩家可以用钱买游戏币，但这个过程不能倒过来。一来，游戏中金币经常一打一大堆，如果都换成真实货币，那么游戏公司可能会亏到死；二来，游戏币作为一种虚拟货币，不具备真实货币的性质，汇率也无法像真实货币一样根据很多客观因素计算调整，两者也不在同一个金融体系里。它价值多少，游戏官方说了算，没有计算的统一标准，弄不好会导致通货膨胀、股市崩溃、绑架真实货币的价值等一系列的问题，此外还有例如洗黑钱、资产转移等各种琐碎的法律问题。

这些问题，这些困难，容远都知道，但他还是肯定地说："没错，正式运营以后，'方舟'将要开启和现实世界货币的兑换系统，玩家不仅可以和玩家进行交易，也完全可以直接把物品卖到系统商店，或者给NPC打工来赚取工资。不论是什么途径获得的游戏货币，不论多少，都可以兑换成现实货币来维持自己的生活。当然，具体的汇率多少，鸿钧会根据实际情况和'方舟'的需要来进行调整。"

金阳慢慢把嘴里的包子嚼碎咽下去，味道确实很好，但他无心品尝。他说："之前银行经理打电话告诉我，你把自己账户里的钱全提空了，就是为了支撑'方舟'的货币兑换？"容远在研究所用不到钱，他账户里的钱都是金阳在给他代管。因此一有变故，经理先给金阳打了电话。那时金阳就心有疑虑，不知道容远需要这么一大笔钱做什么，现在他明白了。

玩家要从"方舟"游戏中提出钱来，"方舟"的真实账户里面当然要有钱，一两百万是撑不起来的，甚至几个亿都不够。容远放在里面的钱，光每年的利息都是一个天文数字。

当然，等到"方舟"被很多人接受，有越来越多的人往里面进行投入的时候，它会开始盈利，但最开始，必然是容远亏钱。

"准确地说，不是全部，是我个人资产的百分之九十九。"容远说。其实作为隐形的世界首富，他剩下的那百分之一的财产，依然是许多人努力一辈子都不敢想象的巨大财富。至于提出来的那百分之九十九，他也没有把所有的鸡蛋都放在同一个篮子里。

为了让这个兑换在世界各国都能不受限制地行之有效，他把资产拆分成很多份，和许多个世界级的银行或者国家银行都有合作，详细规定了账户的管理和使用、"方舟"中货币的兑换比率、每年的利率和产出等，每份合同都是厚厚的一大摞，并且在细则上还要根据地域、国家、风俗习惯的不同而做出改变。"方舟"计划的最后两年，容远的研究所专门召集了上百名精通各国法律的人才，经过漫长的研讨和修订以后才确定了合同的最终版本，最后负责与各个银行沟通谈判的领衔人物，便是周圆。女孩以其犀利强势屡屡让对方在试图少担责多得利的时候直冒冷汗，消息传回容远的耳中，他其实不太能想象那幅画面。

金阳本来拿了一张纸巾在擦手，擦到一半都忘了自己在做什么，消化了这个消息以后，他终于知道了容远的意图："你想把'方舟'打造成人类的另一个世界？是这样吗？"若非如此，只为了其中的知识传承，全息虚拟游戏如此有趣，人们完全可以慢慢发现，完全没有必要投入这么多。

"有何不可？"

"但是……如果有太多的人投入游戏，从中既能享受到快乐，又能赚到钱，现实生活中的生产力越来越少，那我们真正的人生该怎么维持？"

到时候，就不再是父母不允许孩子玩游戏，而是父母带着孩子一起玩游戏——容远的"学校系统"完全可以让不管是溺爱孩子还是为孩子好的父母，都主动支持自己的孩子投入进去。那时候，全民玩游戏，缺少生产力的国家就该来明令管制"方舟"了。

"我们的社会，真的需要那么多的人力吗？"容远反问道，"如果是一百年前，或者五十年前，甚至二十年前，确实有可能会出现你说的这种问题。现在，其实大多数人做的只是价值很低的重复性劳动，比如种地、养殖、工厂加工等，都可以用机器来代替。而像艺术创作、设计、电脑编程、科学研究、法律咨询、教育、交通违章处理等这一类的事情，把办公地点转移到'方舟'，世界一样可以运行，而且有更充裕的条件让你做得更好，还能节省大量花费在交通上的时间。只有很少数的工作'方舟'无法替代，比如医生，对吗？但这种人也能抽出部分业余时间在这个世界更好地锤炼自己的技能。"他停顿了一下，又说，"而且我一直觉得，如果大多数人待在家里玩游戏，自由活动的人少一点，对这个世界不是一件坏事。"

金阳本来快要被他说服，但他最后一句又显得任性，金阳无奈地笑了笑，说："但是……你从来不做没有意义的事，也不会勉强别人去做什么事，现在投入这么多的心思，似乎为了诱惑更多的人投入这个虚拟世界，有什么……必要的理由吗？"

"自然是有。"容远突兀地问，"你现在还觉得饿吗？"

金阳被他的神转折弄得脑子转不过弯来，他怔了怔，回过神来感受一下，那种饥饿的感觉早已经消失了。

他的饥饿是自己的真实感受，并不是看到属性面板上生命值下降，然后游戏提醒他，他才感到饥饿。但吃了两个包子，准确地说是一段数据，这种感觉就消失了。

金阳看向容远，等待他的解释。

容远说："你要知道，这种饥饿，并不是出自游戏的设计，也不是用电极刺激你的大脑模拟出的饥饿感，而是大脑的潜意识按照生物钟判断出你现在应该进食而产生的错觉，实际上你的身体并没有这种需要——你明白吗？"

金阳刚开始不明白，他低头思考片刻后，才迟疑地说："你刚才说……'方舟'中有个最大的好处，难道是说……时间？"

大脑判断需要，身体不需要，这种矛盾出现的唯一原因，就是他们在这里度过的时间和现实生活中的时间是不一致的。

容远嘴角上扬，徐徐绽开一抹笑容，他说："人类比起外星智慧种族，劣势实在是太明显了——体质差、智商低、寿命短、学习能力也不强，这样发展下去，别说一千年，一万年都赶不上！而我不可能永远照看地球，也无法彻底改造人类的基因以延长这个种族的寿命。"

容远很自然地把整个地球都放在"被照看"的位置上，把他自己视为有资格有能力"照看"的一方，金阳发现这一点的时候整个人都不好了，但最让他受到打击的是，他居然觉得很有道理。

"所以……"容远转过头来看着金阳说，眼睛、神情中都像是透露着莫大的力量，"我选择了延长人类的时间。"

"延长时间？"金阳想起戴在头上的那个头盔，说，"我记得以前曾经看过这样一个说法，就是人类大约有几百亿个脑细胞，每个脑细胞都相当于一台大型计算机，而且人脑的运算速度远远超过世界上最先进的计算机，存储能量也能与一万台计算机相媲美。每一秒钟，人的大脑中都进行着十万种不同的化学反应，接收的信息也成千上万。你所谓的延长时间，就是基于这样的原理吗？"

"嗯。"容远赞许地点点头，"人的思维速度远远快于运动速度，所以我们经常会在梦中仿佛度过几天甚至一生，醒来之后不过才十几分钟。玩家戴上头盔以后，实际上也处在半梦半醒的状态，信息在大脑神经元中传递，如果身体受到伤害，他就会像在睡梦中被惊醒一样有所反应，但在不被打扰的时候就像是进入深度睡眠一样，只有思维层面的运动，因此会感觉时间被延长了许多。但与做梦不同的是，他醒来以后会把游戏世界的一切都记得清清楚楚，记忆画面甚至比平时在现实世界的活动更清晰。"

"那这虚拟游戏和现实世界的时间比是多少？"金阳问。

"1∶6。"容远说，"目前是这样。"

"目前？以后还会提升吗？"

"嗯，预想中最高的时间比是1∶64。想想看，人生百年，你在'方舟'世界就相当于有六千四百年的生命长度，这么长的时间，想要达成什么成就会做不到？"容远看着金阳惊讶的神色，有些遗憾地耸耸肩，说，"只可惜，目前还只是设想，虽然'方舟'在努力设计，但是……这对思维的要求太高了。以现在人类大脑的平均水准，如果接收这样的时间比，巨大的信息量会在一瞬间摧毁大脑，最好结果也是变成植物人。"

"所以我们能够承受的，只有1∶6的时间差？"金阳也感到遗憾，谁不希望自己能够活更长的时间，见识更多的风景呢？

"这是不损伤大脑的最低限度，实际上，每个人与每个人都是不一样的。"容远说，"每个玩家第一次登入'方舟'的时候，鸿钧就已经对他的大脑思维运算承受能力做过测试，如果低于这条线，是不允许登录的。小孩子的大脑因为发育不完全，基本上十二岁以下都无法登录，所以'方舟'这个游戏正式推出以后还有年龄限制。成年人的承受能力就高得多，比如说你，可以达到1：21，在人类中算是非常高的数值了。"

"那你能达到多少？"金阳好奇地问。

"我吗？"容远笑了笑，说，"依靠'方舟'的设计，还测不出我的上限。"

他语气平淡，但那种炫耀的意味还是在不经意中透露出来。金阳看不过眼，猛地圈住他脖子揉搓了两下才甘心。容远都被金阳弄蒙了，反应过来的时候，金阳已经把他放开了，一副一本正经的样子，好像刚才什么也没有干过一样。

容远顺了两下被他揉乱的头发，鄙视道："三十过半的人了，还这么幼稚！真该让你儿子看看你现在的样子。"

金阳不在意地挥挥手，说："大男人，这么斤斤计较干什么？对了，你既然有1：64的设置，想必以后也有能够达到的方法？"他若无其事地回到前面的话题。

容远气结，瞪了他一会儿，又忽然忍不住想笑。

他身边的人很多，但能这么对他，敢这么对他的，也只有一个金阳。现在就连已经身居高位，负责国家安全的金南，在跟他偶尔联络的时候，措辞都显得谨慎许多。

他也收起了装出来的怒容，说道："现在人类对大脑的应用很多，脑活动也显得十分迟缓，所以才有人们对大脑的开发程度还不到百分之一的说法。

"实际上并不是你的大脑只有百分之一在活动，而是你每天接受的大量信息，只有不到百分之一经过大脑的处理，其余百分之九十九都会被筛选掉，甚至随着时间的延长，这百分之一也会被遗忘。能够存储在记忆中并能随时提取出来的，就更少了。

"但我们知道，这个世界上有一些被称为'天才'的人，能在几十秒钟内凭借心算计算出四位数以上的数字的乘除运算，也能在一小时内记忆上千个数字，或者像是有过目不忘的能力一样，看过几遍就能把书籍倒背如流，他们中的某些人并不具备什么天赋才能，经过系统的训练就能达到这种程度。

"所以，人脑本身的潜力其实非常大，但绝大多数人无法很好地开发和利用，就好像你明明拥有一架战斗机，偏偏要用牛车拖着它走完一生——这是多大的浪费？"容远最后总结道，"'方舟'能够促进人脑潜能的开发。当大部分玩家大脑运算水平和信息处理水平出现明显增幅的时候，'方舟'中的时间比就会提高。不过这毕竟是个冠以游戏之名的虚拟世界，所以到时候，某些玩家触发了主线任务，在任务完成的时候，游戏世界会整体升级。"

"原来如此。"金阳笑道，"我还是第一次这么盼着大家能好好玩游戏。对了，'方舟'中的任务系统是怎么设置的？我看你这个似乎是以星际战争为主的吧？那玩家初期没有杀怪升级之类的设定吗？"

"这我就不知道了，具体的任务流程都是下面负责的。"

容远从来没有关心过这些，他和艾米瑞达等人都只负责最核心最重要的部分，其他的细节都是游戏开发组进行设置，诺亚负责调整和完善。后来，鸿钧具备雏形以后，就让这个"方舟"自动演化生成，其实那一千万颗宜居星、百亿颗无生命的普通星球，绝大多数也是这样来的。

"对了，与其问我，你不如去问鸿钧。"容远忽然想起一件事忘了交代，"你拥有除我以外的最高权限，可以跟鸿钧直接沟通。所以有什么疑问，直接去找鸿钧会比较快，不过这事儿最好别让其他人知道。"

"哦，好。"金阳想起图书馆那浩如烟海的书籍，确实有些心动。不需要容远说，他也知道，不是谁走进图书馆都能看到每本书上的内容的，也许大多数人若非达到某种任务要求，那些书籍对他们来说只是一个游戏背景，鸿钧也只是普通的图书馆管理员。

想到这里，金阳又有些担心，问道："小远，'方舟'的主机就在 907 研究所吗？如果有一天，其他国家看到'方舟'的价值，想要强行抢夺怎么办？或者发生别的变故，比如研究所附近发生地震怎么办？对'方舟'会有影响吗？"

"这你不用担心。"容远用十年时间专注于这么一件事，自然会把方方面面的问题全考虑到，"首先，我和金南早有商定，当'方舟'的影响力越来越大的时候，如果国际上的压力太大，糖国就会把'方舟'主机交由联合国保管，借此换取一些好处。"

金阳皱眉道："但是……"

容远扬手打断他的话，说："其次，那个大块头的主机，其实并没有什么用。'方舟'诞生以后，从鸿钧彻底掌管它的那一瞬间开始，主机对它来说就失去了存在的意义，只要有网络存在，它就能够存在。说到底，不管这个世界看上去多么庞大，它也只是数据流。

"再者，'方舟'的权限已经锁死，除了我，没有任何人能够更改它。所以无论是逻辑，还是数据都无法更新，只有鸿钧会根据需要做出调整。如果真有人想要针对它做什么，鸿钧也不是吃素的。"

复制体诺亚二号在被诺亚设限的情况下，在星际联盟的网络中都能来去自由，鸿钧的前身诺亚只会更强。容远不知道银河系中有没有比诺亚更强大的智脑，但他知道，以人类的发展速度，区区几千年甚至上万年，都无法突破鸿钧的防火墙。最重要的是，智脑的名字中之所以加上一个"智"字，就是因为它们像人类一样，可以通过吸收知识加以学习和进化。

"智能反叛"四个字突然出现在金阳的脑海里，他突然意识到鸿钧并不是没有攻击力的一台计算机，如果它想，容远给它的权限甚至可以让它杀死"方舟"中的所有玩家，而没有人能够对付得了它。从容远的话中，他能听出好友迟早要离开地球的意思，失去

298

他的约束，不知道鸿钧会做出什么。

尽管清楚容远对鸿钧十分信任，并且以他的性格不可能不对此做出防范，但金阳还是想要亲耳听到他确认这一点。他刚要询问，忽然见容远的脚步停了下来。

"怎么了？"

容远微微侧头，像是在听什么人说话，皱眉说："有玩家遇到星空巨兽，死亡的可能性超过百分之九十九点九，因为这是第一次试运营，玩家死亡恐怕会对以后的推行造成不好的影响，所以鸿钧问是否进行援救。"容远抬头问："想去亲眼看看吗？"

金阳被这么一打岔，也就暂时放下了那些思绪。他之前看到那些书的时候其实就对纵横星空的各种生物十分好奇，闻言自然点头说好。容远拉住他，也不见做什么，两人就又换到了一个新的地方。

苍茫黑暗，浩瀚星辰，这瑰丽壮美的景色比他预想的还要好。星空也并不像他之前所想的那样单调，远远近近，能看到一些星云组成千姿百态的景观，包裹在星云中间正在诞生的恒星散发着璀璨的光，被气体和尘埃折射出超越想象的美丽色彩。

身处这种环境，金阳几乎忘了那些遇险的玩家。

他们两人此时站在一只星空巨兽的背上，如果不是脚下的地面微微起伏，他甚至察觉不到他们是站在一个生物的身上。它实在是太大了——长大约有几十万公里，宽也至少有两三万公里。金阳看不到它的头尾，只从脚下地面的花纹中，猜想这个看上去像一个广场的地方，大约是它身上的一个鳞片。

这只星空巨兽虽然也算得上鸿钧的分身之一，但平时它其实是按照设定的生物习性来活动的，"方舟"中的NPC都是如此——遵从设定进行活动，所看到听到的一切都会向鸿钧传达，但鸿钧是自由的。在容远来之前，它正在饶有兴致地打量一只活动的小虫子（即一艘飞船），似乎在考虑从什么地方下嘴。等容远来以后，鸿钧的意识也传达到了，它扭过头温和地看了一眼自己的创造者——在金阳眼中，就是天地的尽头忽然有一座大山倾覆过来，很抱歉，他连它的眼睛在哪儿都没有找到，内心除了震撼，容不下任何思绪。

庞大的身躯从他们脚下掠过，用了很长时间才完全离开。当那巨兽飞远以后，金阳才约莫看出一个似龙非龙的模样。它的身躯像是不着力一样在太空中游动着，然后尾巴不经意地一摆，一颗不比月球小的固态星球就被拍了一堆碎块。

过了许久许久，金阳的心情才慢慢平复下来，他捂着在虚拟世界似乎也变得滚烫的胸口，轻声问："在宇宙中，这样的巨兽真的存在吗？"

"谁知道呢？"眼前的这些也超出了容远的设想，他说，"在银河系中，虽然流传着许多说法，也有穷其一生都在研究这些巨兽的人，但就像尼斯湖水怪一样，只有传说和一些似是而非的证据，没有任何人能证明它们真的存在。所以游戏开发组关于巨兽的设计，似乎有很多是参照了地球神话传说中的生物。"

"原来是这样。"金阳站在虚空中，看着那美丽得无法言喻的星空，问，"你看到的宇宙……就是这样的吗？"

"不完全是。'容远指着那些星云组成的图案说，"在宇宙中，这些应该没有这么密集，也没有这么漂亮。你离得远就看不清它，离得近就看不到它的全貌——不过这也只是我的猜想，实际上，上一次我也没有走多远。"

"所以它对你来说也是陌生的……因为未知，所以才具备了更大的魅力。"金阳说。

容远点点头，说："正是这样。"

金阳转头看着他，问道："那……'方舟'正式运行以后，你是准备离开了吗？去看看那个未知的世界？"

"我是这么打算的。"容远没有否认，然后仿佛很随意地问道，"你想看吗？"

金阳一怔。

他看到容远眼中的认真，忽然意识到这是一个邀请。

如果在十五岁的时候，遇到这个问题，他想都不想就会舍弃一切，踏上没有尽头的冒险；如果才二十五岁，他会经过慎重的考虑，痛苦的诀别，然后收拾行囊告别家人，潇洒走一回；但他现在已经三十五岁。

父母已经渐渐老去，儿子尚且年幼，上万名员工依靠他养家糊口。他还有一个爱人，结婚时他曾许诺要相伴一生，不离不弃。金阳与容远最大的不同，或许就是这一点——对他来说，重要的人很多，舍弃任何一个，都会让他痛彻心扉。

而容远是一只振翅高飞的鸟，如果能飞三万里，他绝不愿停止在两万九千九百九十九里的地方。

他也知道，容远这么说，并不是让他在冒险和父母子女之间做出选择。宇宙飞船中，能多载一个人，也就能多载三五个人，他的妻儿如果愿意，也未必不能和他一起离开。但是，他爱的人，也自有其他爱他们的人和他们无法舍弃的人。

责任，义务，家庭，重重的社会关系编织成一张大网，将人网缚其中，他不能挣脱，也不愿挣脱。他不能为了自己心中蠢蠢欲动的年少梦想就放弃这一切，但选择了责任和家庭，就必须放弃另一边。

心里像坠了铅块，沉重憋闷；喉咙里像塞了棉花，郁堵难言。他嘴唇嗫嚅着，手攥得太紧，以至于青筋暴露，却迟迟说不出一句"抱歉"。

容远轻轻笑了，懒洋洋地说："问着玩儿。愚蠢的人类，想去我也懒得带你！"

金阳怔住。

容远只是浅笑，说着嘲讽的话，眼神却出奇地温柔平静——

不用为难，早就知道你不会答应。

只是不问一句，终究还是不甘心，未来不管经过多少时间，他都会后悔。

"方舟"面世以后，容远就发现功德商城中的那条线被他推进了很多。如果说以前他可以兑换一辆普通的汽车转交给普通人去开，但兑换一艘宇宙飞船给人开会因为超出其所在世界最高科技而导致这个人死亡的话，那么，远远超出地球科技水平的"方舟"在他手下诞生以后，在《功德簿》的计算中，宇宙飞船跟汽车也差不多，都是普通人可以接触到的商品。

再不济，容远从零开始，自己造一艘飞船，也并不难。

他发现这一点的时候，曾经非常高兴，但想明白为什么高兴以后，所有的心情都沉淀下来。

但只要有那么一瞬间的迟疑，也就够了。

未来他所选择的这条路不管有多么漫长寂寞，"我也曾有知己"这样的一个想法，也足以慰藉所有的冰冷。

发布会结束，所有玩家不论是玩得不亦乐乎的、从街头吃到巷尾的、被外星球中的怪兽追杀的，还是时间太长正担心怎么离开游戏的，都在一瞬间被"方舟"强制退出。众人从虚拟世界回归，几乎是一瞬间就进行语无伦次的讨论，表达着狂热的渴求。人们有无数的问题要问，有无数的感想要说，每个人都努力让别人听到自己的声音，会场几乎立刻就陷入嘈杂中。

然后，容远终于出现了。

他的身影仿佛自带某种魔法效果，霎时间给会场按下了消音键，不过片刻，会场便重新恢复了安静和秩序。放眼望去，一万个人，几乎都是同样的姿势：只有小半个屁股还搁在座位上，身体前倾，脖子拉长，两眼以媲美 X 光的热度注视着台上的那个人，却都强行控制着自己想要说话的欲望。

容远素来干脆，他甚至略过了自我介绍和"感谢大家的光临"之类的套话，只说了两件事：第一，"方舟"中有不止一项他这些年的研究成果，如果有人能够发现，无论是谁，那么专利和荣誉都将归属于发现者。至于这个虚拟游戏的其他事项，请大家在"方舟"正式推出以后自行了解；第二，他决定离开 907 研究所，看看大千世界的无穷奥妙。

重磅炸弹！

虚拟游戏再神奇再不可思议，也比不上后一条消息来得震撼，很多人都以为自己听错了，连毫无防备的主持人都呆愣当场！等人们惊醒过来想要仔细询问的时候，发现台上的容远不知道什么时候已经离开了。

一堆一堆的人围在会场狭小的出口处，向彼此传达着极度的震撼和怀疑，到处有人在说："怎么会这样？这是真的吗？"保安努力地维持秩序，但也无能为力。胖猫艰难地推开挡在前面拥堵的人群，容景和袁雪情几乎紧贴着他后背才挤出去。

在他们旁边，一个人用力地挥着手臂，差点扇到容景脸上也没有察觉。那人扯着嗓子大声喊着："主编，特大消息！紧急消息！容博士今天在发布会上宣称要退役……不对，要退休……对！你没有听错！头版头条……"

好不容易挤出去，胖猫擦了把汗，抖了抖已经湿透的背心，纳闷地说："这是怎么了？容博士怎么说退就退了？事先一点消息也没有啊！"

"怎么不能退了？"袁雪倩立刻呛道，"他都为人类的生存发展和社会的进步做了那么多贡献，你还不许人家觉得累了休息一下吗？"

像袁雪倩这样的年轻人，虽然跟容远的年龄差也就十岁上下，但他们都是听着容远的故事长大的。比起那些老迈的或者已经被埋没在历史的尘埃中的伟大科学家，容远年轻、英俊，成就斐然又似乎触手可及，更被年轻人们所崇拜和憧憬。他是男孩们努力奋斗的目标，也是许多女孩（如袁雪倩）梦想中的完美情人。

"不是！"胖猫深知女孩们在谈到"容博士"这三个字的时候战斗力可以有多么强大，赶紧辩解道，"我这不是觉得太突然了吗？镜子，你怎么看？镜子？"

容景一直没说话，他皱着眉在人群中搜索，忽然在远处看到一个熟悉的身影，忙随口对两人说："你们先回吧，我去找个人！"

他匆匆离开，留下胖猫和袁雪倩面面相觑。

看到胖男孩不情愿的神色，袁雪倩哼了一声，像京剧变脸一样恢复高冷本色，说："我自己去坐地铁，不用你送。"

"那就太好了！"胖猫立刻松了口气，那副似乎逃出生天的模样把袁雪倩气得想要踹他一脚。

另一边，容景三步并作两步小跑过去，幸好他要找的人低头走路的速度并不快，所以他很快追到那人身后，喊道："金阳哥！"

金阳恍惚抬头，看了他一眼，过了片刻才说："哦，是你啊。"

"金阳哥，你是不是有什么心事？"容景诧异地问。他从没有看到过金阳这样心事重重的模样——紧锁的眉宇之间，甚至给人一种隐忍痛苦的感觉。

"没事。"金阳揉揉眉心，问，"今天玩得开心吗？"

容景抿了抿唇，看出他不想多说，便道："嗯，挺好的。你知道？我们还在太空中看到一条龙！你都想象不出它有多大！简直太神奇了！"

金阳心道：难道他当时在那艘飞船里？这也太巧了。

这些年中，容景父亲的公司、母亲的产业、祖父母的产业，都像是在被一种神秘的力量狙杀一样，一拨接一拨的陷阱和麻烦几乎击垮了容氏。最困难的时候，他们一家人在寒冬腊月被赶出去，除了身上的衣服，只有口袋里的几张零钱和已经被冻结的各种信用卡。那时候，如果不是金阳对他们伸出援手，他们就是冻死街头也不是没有可能。之后或许是人生已经落到了谷底，他们的运道终于触底反弹，容父白手起家，从头打拼，虽然没有再创出曾经独霸一方的容氏集团，但也达到了小富的标准。

实际上，那是诺亚看到金阳插手，怕继续下去会引起容远的不满，也是看他们已经足够可怜了，所以才放他们一马。

金阳对这些心知肚明，只是他不知道诺亚的行动并不是出自容远的指示。他既不愿容远真的逼死自己生父一家人，又清楚容远曾经受过的苦而不愿指责他，因此只是稍微拉了容家人一把，看到那种无所不至的绞杀果然停止，心中实在唱叹良多。

金阳做这件事的时候，心中怀着不忍和愧疚，但容景不知道这些。他把金阳当成"哥哥的朋友"，借机拉上了关系，哥哥长哥哥短地跟在后面，嘴甜得像抹了蜜，想方设法拐弯抹角地打听容远的消息，活脱脱就是一个狂热粉丝的模样。长此以往，金阳也对他多了几分关照和疼爱。

不过此时，容景倒不是想要打听什么消息，他看了看金阳的脸色，虽然觉得时机不对，但还是小心翼翼地问道："金阳哥，你能跟我哥联系上吗？"

"嗯。怎么了？担心？"金阳有些疲惫地说，"放心好了，他没什么事，只是想出去走走。"

"不是这个。"容景迟疑了一下，说，"我爸想叫他回家一趟。"看金阳的脸色微微一沉，他赶紧解释道："陆阿姨快不行了……她……想要见见我哥……"

"已经到登机时间了，金阳哥，我哥真的会来吗？他……他会不会又不想去了啊？"机场里，容景看着时间，急得团团转，本来的期待都变成了忐忑不安。

金阳正在叮嘱儿子金沄不能盯着平板看太长时间，闻言先把平板电脑收起来，然后说："放心，小远既然答应了，就肯定会来。不过他一向是踩着点到的，现在还有时间，再等等吧。"容远一向对排队等候这种事情深恶痛绝，以前没有条件的时候或许还容忍一下，当他拥有能够在任何场合掌控自己时间的权力以后，他就再也没有在这上面妥协过，最多只比限定的时间早三分钟到。

金阳的妻子柳婷一直很好奇，难道容远在路上从来没有遇上过堵车、修路、天气不好之类的突发事件吗？

诺亚：事了拂衣去，深藏功与名。

靠着自己的书包摊开手脚坐在长椅上的胖猫贱贱地笑道："说不定小远哥看到你这么沉不住气，深感丢脸，于是扭头就走了呗！"他自来熟，自从知道容远是发小同父异母的哥哥以后，"小远哥"三个字叫得比容景还溜。

"我怎么沉不住气？"容景条件反射地反驳了一句，气呼呼地坐下来，但脚后跟不停地点着地，跟抽风了似的。

胖猫的话虽然刚开始听着觉得不可能，但坐下来一回想，容景又禁不住生出担忧：万一乌鸦嘴成真了呢？

虽然他心里一直觉得容远特别亲近，但他还没有自我感觉良好到认为容远对他也有同样的感情，他们两人从来没有见过面，甚至他哥可能都不知道他是谁。

304

随着容远的地位越来越高，名声越来越大，他的过去也被挖得更加详细，有些小报记者采访他过去的街坊邻居，只要跟"容博士"拉上关系，也能轻易占据个头版。容景一直很清楚，他的父亲，还有容远的母亲，曾经是怎么对待他的那位哥哥的，将心比心，他觉得容远再怎么恨他、厌恶他的存在，都是理所当然的。

想着想着，容景脸色越来越暗淡，气色越来越颓废。胖猫在旁边开了两句玩笑，都不见他有回应，他整个人阴暗得都快要长蘑菇了。胖猫很清楚容景现在这么失常是为了什么，暗叹一声，不再说话。

两天以前，金阳听容景说了原委以后，便联系了容远。电话那边的容远出乎意料地干脆，只沉默片刻后，就爽快地答应了。只是他在研究所还有一些后续的工作要处理，要等两天才能出发。金阳原本就打算带着儿子到A市去探望祖父母，现在也到了该回去的时候，正好容景已经放了暑假要回家，便约好一起走。

结果到机场的时候，队伍中又多了一只胖猫赵启帆，他在电影学院读导演系，本打算在暑假期间拍一部小成本的微电影，但听说了容景的事以后，电影也不拍了，死皮赖脸地缠着容景，跟了过来，还一口一个"小远哥"，叫得亲密极了，把容景气了个半死。

又等了一阵，眼看着马上就要到停止办理登机手续的时间了，才看到一个人不紧不慢地走过来。他戴着墨镜，穿着十分简单，身上除了机票和必要的证件，连钱包都没有带着，潇洒得不行。

他身边没有如两个年轻人预想的一般带着成串的保镖，浑身上下也没有一点出奇的东西，但就这么寻寻常常地走过来，一步一步都像是踩在他们的心坎上，整个人的呼吸似乎也被他扼住，不自觉地屏声息气。原本已经躺在椅子上的胖猫下意识地站起来，双手垂放在身侧，神情中带着几分拘谨不安。

容远走过来，目光掠过仿佛已经丧失语言能力的容景和乖孩子模板胖猫，对金阳点点头，低头看到站在他身边的小金沄的时候，脸上才露出一点浅淡的笑容。

金沄才五岁，圆圆的脸蛋白里透红，黑白分明的大眼睛水汪汪的，鼻尖微翘，嘴巴小巧，萌得让人心都化成了水。他十分严肃地站在金阳身边，一本正经地问候道："小远叔叔好。"

小孩刚掉了一颗门牙，说话漏风，一开口，周围成年人的脸上都带了笑意。这孩子的性格跟金阳一点也不像，他从还不会说话起就总是一脸严肃认真的表情，也不爱笑，却总会把周围的人逗得捧腹大笑而不自知。越长大，他的这种性格倾向就越明显，不管金阳夫妻两个想了多少办法逗他都没有用，反而时常被他一副"我就静静地看你们这群可笑之人装疯卖傻"的眼神看得无语。

"你好。"容远点点头，简单地说。

小金沄很给面子，微微一勾嘴角，算是给了个笑容。他虽然嘴上不说，但心里其实很喜欢这个很少见面的"小远叔叔"，因为这个叔叔从来不会看见自己就像个傻子一样哈哈大笑，更不会像别的大人一样揉他的头、掐他的脸，甚至把口水涂到他脸上。

容景正想凑过来打招呼，容远已经转身走向登机处，他一犹豫，就错过了说话的机会。察觉到容远对自己果然淡漠，少年沮丧地低下头。胖猫拍了拍他的肩膀，给了一个无声的安慰。容景低落片刻，又燃起了新的斗志，偷偷握拳，给自己加油打气。

只可惜，在走向飞机的过程中，容景一直没有找到自己预想中的"适合"搭话的机会——容远和金阳低声交谈了几句，说得又快又简短，每个字容景都知道是什么意思，但连在一起，他愣是不知道他们在说什么。他在后面努力竖起耳朵倾听却听得一头雾水，眼睛都快要转圈了，旁边的胖猫捂住脸，一副不忍直视的表情。

上了飞机后，因为金阳给所有人都买的头等舱，位置在最前面，所以必须走过一段距离的经济舱。此时，机舱内大多数座位已经有人就座，突然，在快要起飞的时候又有人上飞机，自然所有人都把目光投了过来。一行人除了胖猫以外颜值都很高，众人忍不住多看了几眼，越看越觉得有个人眼熟，机舱中渐渐响起一阵宛如絮语般低沉却嘈杂的交谈声。

在容远快要踏进头等舱的时候，过道边的一位乘客忽然站起来，带着几分激动和忐忑问道："请问……您……您是容博士吗？"

机舱中霎时间一静。

容远微微皱眉，他不喜欢被人认出身份以后带来的麻烦，但他也从来不觉得自己的身份有什么见不得人的地方，因此摘下眼镜，微微点头。

"真的是容博士！"男人激动得说话声音都变尖了，机舱里顿时掀起一阵海潮般涌动的惊呼，很多人下意识地站起来伸长脖子看向这个方向，他们满脸的敬畏和激动，但并没有像看到什么明星一样立刻围上来索要签名或要求合照。容远前面一个把腿伸到过道上的男人"唰"的一下将腿收回去，像是被电打了一样，急忙站了起来。

人们全留在自己的座位上，没有人堵住容远的去路或者试图扯住他的衣服，一阵短暂的惊呼后，连多余的声音都听不见了，眼中的热度却丝毫没有降低。

几个伪装成普通乘客的特勤人员都松了口气，他们负责暗中保护容远，如果乘客中间隐藏了心怀不轨的人员，假装热情，却制造出混乱，在这种狭小的环境中想要做点什么真是防不胜防。

男人显然也意识到自己给容远造成了困扰，露出不安愧疚的神情，急忙道歉："对不起，容博士。我一直想跟您说一句——谢谢您！"

容远淡淡地看着男人。

男人深深地鞠了一躬，然后解释道："我女儿三岁的时候曾经不小心从七楼的阳台上掉下去，如果不是当时身上正好有蓬蓬棉花糖，可能我就见不到她长大了！我……我一直不知道该怎么感谢您。"男人微微哽咽,然后按着身边一个少女的肩膀说:"这就是我的女儿,她现在已经十四岁了,学习成绩很好,还是学校学生会的主席。"

长相甜美的少女睁着大眼睛仰头看着容远,脸色发红,不知是激动还是紧张,说话时语气中带着几分颤抖:"容博士您好!您一直是我的偶像!我……我会向您学习……好好学习,天天向上!"她脑子里一片空白,忍不住喊了一句老早的口号,随后露出懊恼的眼神。

容远一脸莫测高深的表情,深邃的眼神从女孩脸上掠过,让她忍不住打了个寒战。

其实容远只是不知道该说什么好。

他点了点头,勉强回应道:"嗯,继续努力。"

"容博士。"他们右手边座位上的一个中年女人开口道。

中年女人看起来完全是女强人类型,身材微胖,装扮时尚,头发一丝不乱地盘起来,神色中有种不近人情、很不好相处的感觉,但她也十分恭敬地鞠了一躬,说:"四年前UCOC 症爆发,我们全家都被感染了,在等死的时候被您所救。谢谢您。"

她说话的语气中,透着一种能把心掏出来的诚恳。

容景微微发怔,忽然又听到有人说:

"容博士,谢谢您!我以前得了淋巴癌,如果不是您开发了新药,我早就已经死了!"

"容博士,我的孙子曾经被人贩子拐走,是天网帮我把孩子找了回来!如果再迟一天,孩子的手脚就没了。您救了他,就是救了我们一家啊!感激之情,无以言表。"

"我曾经差点饿死的时候,是天网的救援者在天桥底下找到我,照顾我,还给我介绍了一份工作,我才能在今天混出个人样儿来!谢谢您!"

"容博士,就算您一直没有公开,我们也都知道是您一直在帮助我们,谢谢您!"

一个又一个乘客弯腰致谢,没有争抢,没有杂乱,容远身边的其余几人不知不觉就退到了一边,过道中间只剩下他一个人。当容景意识到的时候,他发现整个机舱的乘客全站了起来,看向这个方向,准确地说,是看着那一个人,眼神中是完完全全的感激、尊重、敬仰。

起飞时间早就已经过去了,但飞机依然停在原地,空姐丝毫没有催促的意思,甚至连机长也从驾驶室出来站在一边,神色与其他乘客没有什么区别。

容景以为自己收集了很多信息,已经非常了解容远这个人了,至少比普通人了解得多,但此时,他才发现自己其实并不曾真正认识他。

在众人视线之外,没有人注意的小金沄仰头看着那个熟悉又陌生的人,稚气的大眼睛异常明亮。

容远嘴唇微抿,一向理智敏捷的大脑仿佛停转了,他沉默许久,看着无数似乎发着光的脸,最后道:"谢谢!"

他欠了欠身，转身走进里面的机舱，容景急忙跟上。

"啪、啪、啪、啪啪啪啪……"

在内外视线隔断的时候，他听到身后传来越来越响的似潮水般铺天盖地的掌声，久久没有停歇。

飞机上发生的一幕，并不是偶然。

说起来，容远已经很久不曾这样——没有伪装，没有重重叠叠的严密隔离，没有严肃警惕又杀气腾腾的黑面保镖，时隔多年，他再一次这样毫不伪装，走到人群当中，所受到的欢迎程度和产生的后续反响是难以想象的。

飞机还没有降落的时候，听说机场已经被闻讯赶来的人们围得水泄不通，甚至影响了正常的交通秩序。暗中跟随容远的特勤人员不得不现身，把这个情况跟容远说明了一下，征得他的同意以后，临时更改了飞机降落的地点。

在民用机场的工作人员的帮助下，容远总算是在没有引起任何骚动的情况下低调离开了。已经现身的特勤人员也没有再装模作样地缩回去，而是堂而皇之地跟在容远身边，还给他们安排了一辆经过改装的全黑加长轿车，直接把所有人送到了容景家的楼下。

容立诚曾经的生活可谓是一茶一饭皆有讲究，极为养尊处优，长年在容家工作的保姆都有十来个，有需要的话还会短期聘用，排场非常大。后来虽然败落了，但重新爬起来之后，他还是第一时间把那个两室一厅的狭小住宅换成了这个独栋小别墅，甚至还雇了一个保姆。虽然别墅是租的，地点靠近郊区，装修也并不豪华，不过对普通人来说，这已经是十分奢侈的生活了。

容远站在楼下，抬头看了看，沉默片刻后，才提步走了进去。

容景邀请金阳和胖猫上去坐坐，金阳摇摇头说："你先去吧，我们在这儿等。"言下之意，他料想容远并不会跟自己的生父生母相处太长的时间。

胖猫本来已经起身，闻言又坐了回去，假装正经地对容景说："行了，镜子你快去吧！我也在这儿等着。"说话的同时，他还挤了挤本来就很小的眼睛，满脸古怪的神情。

容景这一路上思绪都很乱，也来不及细想，只胡乱点了点头，然后急忙追上容远，抢先一步冲上楼梯给他开了门。

锁扣发出"咔哒"一声轻响的同时，容景突然明白，胖猫是在暗示如果容远谈得不如意想要抛下他们直接离开的时候，他坐在车上还可以拦一拦。

容景不由得苦笑，胖猫很讲义气没错，就是想一出是一出，总让人觉得不靠谱。一进门，正在拖地的保姆先迎上来，用带着奇怪口音的糖语跟他打招呼，又想给他拿拖鞋换。容景挥手让她继续做事，自己蹲下身从鞋柜抽了两双拖鞋出来，几乎是讨好地摆到容远面前。

保姆下巴几乎落到地上，愕然地看着这个平时挺傲气的小少爷，然后仔细看了看容远，似乎终于认出他是谁，拖把"啪"的一声从手里掉下去。她呆愣愣地看着他，睁圆了眼睛，嘴巴大张着，说不出话，表情像是被雷劈了一样。

门厅里的两人都没理她。容远看了看容景，他们的相貌有六七分相似，但他的脸上永远不可能出现这样的表情。

看到容远换了鞋，容景似乎松了口气，手忙脚乱地说："你想喝点什么？红酒？咖啡？茶？我记得柜子里还有爸爸上次买的普洱和毛尖……"

"去看她。"容远打断他的话。

"啊？哦。"容景停止在客厅里团团转，忐忑地看了看面无表情的容远，说，"陆阿姨在三楼，我带你上去。"

菲佣不敢说话，容远也不开口，容景说话的声音一停止，房间就寂静得可怕，仿佛连灰尘落地的声音都能听见。不规则的脚步声"嗒嗒嗒"地响起，显示出主人烦乱的心绪，跟身后那个始终沉稳的人对比起来，更让他几乎连路都不会走了。

容远就走在我身后——这个想法一冒出来，容景就觉得浑身哪哪都不对劲——胳膊摆动的幅度会不会太大？走路的姿势是不是特别僵硬？他是不是正在看着我？

想象中被盯着的后脑勺几乎要烧起来，眨眼间背上就出了一层汗，容景觉得浑身都像是爬了蚂蚁一样难受，终于，他忍不住回头想要说点什么，却发现容远的目光并没有落在他身上，而是看着二楼一间紧闭的房门。

容景轻轻舒了口气，说不清是放松还是失落，他打起精神说："那是给我妈留的房间，不过她出国旅游，已经很久没有回来过了。"

容景不知道昔日自己的父母和容远的母亲之间发生过什么事，只知道从他懂事开始，他父母的关系一直是这样"相敬如宾"。要说他们没有感情，父亲容立诚除了有个初恋情人，他们几十年的婚姻中再没有第三个人，连逢场作戏也没有；但要说有感情，两人之间连关心都像是例行公事，他们的距离总是那么遥远，从来没有一个人往前踏出一步。

容家垮了的那段时间里，是他记忆中父母关系最亲密的时候，他们相互扶持，不离不弃，容景几乎以为那层横亘在两人中间的无形坚冰终于能够打破，还为此偷偷高兴了一阵。但一切在容父重新振作以后又恢复了原样，之后的某一天，陆杏突然出现了，容景的母亲杜巧心二话不说，收拾行李箱就踏上了一场不知道什么时候才会结束的旅途，甚至连告别的话都没有跟容景说一句。

容立诚虽然脸色难看，却也没有挽留。

因此说起这些，尽管容景努力想要表现得轻松些，但抑郁和伤感还是会从语气中透露出来。

容远看了他一眼，问："你的房间呢？"

"也在二楼，就隔壁那间，你想看看吗？"容景立刻就精神了，两眼闪闪发亮，无比期待地看着容远。

"免了。"容远冷淡地说。

"好吧，以后有机会再看也一样。"容景遗憾地说，不过容远第一次主动"关心"他，给他带来的那种快活还残留在他的眼角眉梢，他显得振奋多了，想起容远还不了解情况，他又对他急匆匆地说，"我听我爸说，陆阿姨的情况……"

容远默不作声地听他说，其实这些内容，诺亚早就已经跟他说过了。

昔日，陆杳怨恨容立诚，舍弃刚出生的容远，在家还没有坐完月子就出了国。之后的一切就像是一部灰姑娘的励志剧，她一边读书，一边努力恢复身材，同时努力学习各种知识和技能，日益变得比曾经更加光彩夺目，并且在两年之后顺利考上坚果国一所著名的大学。聪明漂亮的女孩在任何地方都是受欢迎的，更何况陆杳在那所人才济济的大学中也是耀眼的人之一。大学毕业的时候，她在自己众多追求者当中选择了最优秀的那一个，然后十分"惊讶"地得知那人竟然是某财团的继承人。

陆杳一生，也是经历了重重波澜才走到大权在握，可以享受人生的高度。但就在一切都顺遂无比的时候，百色蛉出现了。

那一场灾难造成的损失至今都无法估量。陆杳的丈夫在感染后横死，财团分崩离析，尽管病毒被驱逐以后，她努力挽回，但在关系好的友人和亲信死了一大半，外界还有各路豺狼虎视眈眈的时候，这种努力宛如螳臂当车。见势不妙，陆杳也是果断，当即舍弃了大部分的利益，准备回国，最后却遭了暗算。虽然侥幸未死，她的生命却也进入了倒计时，活一天少一天。

陆杳的父母早已经去世，亲戚和早年的朋友后来都断了联系，她回国以后可以说是无处可去。容立诚辗转听说了这些消息，二话不说就抛下手头的所有事，即使千里迢迢也把她接了过来。

容景刻意放慢了脚步，当他轻声说完的时候，两人正好走到三楼一间卧室的门口。他敲了敲门，听到里面传出一声"进来"以后还想进去，却在容远的眼神下缩了缩脖子，乖巧地站到一边。

容远走进去，门被轻轻合上，良好的隔音效果让容景再也听不到半点声音。他贴在门上听了一会儿，什么也没听到，懊恼地在门口走来走去，时不时焦躁地看看手表，感觉度秒如年。

实际上，容远并没有让他等太长时间。

十几分钟后，门再度打开，容远出来了，神情与之前相比没有任何变化，倒是房门关上的一瞬间，容景听到里面传来一声压抑的饮泣。

"你们说了什么？"容景忍不住问道。他犹豫地看了眼房门，没有进去，反而转身跟着容远走下楼。

"没什么。"容远依然淡淡地说。

大概是因为容景提前通知过，容远进去的时候，容立诚和陆杳都在。不过容立诚大部分注意力放在陆杳身上，看到容远，脸色甚至比十几年前那一次会面的时候还要冷。虽然如今双方的地位早已经天差地别，但他的态度从来没有缓和过。

而陆杳，她苍白、虚弱，眼角有着细细的皱纹，但依然美得让人移不开眼。她看着容远，目光中并没有多少深的爱或者恨，只是细细地打量着他，似乎有千言万语，却一句话也没说。

而容远，从来不是主动开启话题的那一个。

他甚至没有靠近床前，在门边站了一会儿后，见对方叫他来却不说话，也懒得再去猜测其中的意图，直接道："如果你们没什么话要说，我还有事，就先走了。"

"小远，"在他转身拉住门把手的一瞬间，身后传来一个轻柔的声音，陆杳问他，"你恨我吗？"

容远没有半分犹豫地说："不恨。"

容立诚手指微微一颤。

陆杳平静的内心似乎被这简单的两个字填满了，心头似乎有巨大的悲伤瞬间汹涌而来，眼泪止不住地滑落。

恨也是一种感情。连怨恨和厌恶都没有，只能说明他们虽然血脉相连，彼此之间的联系却连陌生人都不如。

容远回到车上，容景紧跟在后面钻进来，自觉两人的关系已经亲近不少，他伸手把凑上来的胖猫拨到一边去，问："哥，你现在要去哪儿？"

容景窃喜：终于把"哥哥"叫出来了，好激动怎么办？

看看莫名其妙脸上泛红、嘴角含笑的容景，容远心说：这也能高兴？看来他真是特别不喜欢陆杳。容远顺口应道："我还有一个地方想去。"他顿了一下，看着旁边两个脸上写着"去哪儿都陪你一起去"的人，有点搞不明白这两个小家伙怎么就缠上他了，然后说："……E县，萧氏藏书楼。"

是时候，去解决最后一个疑问了。

这一路顺利得不可思议，没有发生任何变故。容远已经发现《功德簿》给他带来的这种事故体质：如果引起小灾小祸，那就会源源不断地发生，甚至会升级；如果一次性发生大的灾祸，就能获得一段时间的空窗期，具体时长，那就跟灾祸的大小程度直接关联。

容远将要离开地球的消息，除了金阳，没有跟其他任何人说过，但身边的这些人好像隐隐有所察觉，如容景和胖猫，他们未必知道他的打算，却流露出一种本人都没有察觉的不安，即使在车厢里插科打诨地说笑，空气中还是流动着令人无法忽视的紧张感。

E县的萧氏藏书楼，容远也是久闻其名，却从来没有亲眼过来看过。他脑海中的画面，应该是几栋古色古香、雕梁画栋的木楼，或许是形成一片楼群，远远望去巍峨伫立，气魄雄浑。或许是类似于国家图书馆那样充满现代化气息的高楼，贵重书籍都用高科技珍藏起来，红外线、压力感应器之类的更是必不可少。

　　真正看到的时候，藏书楼的模样还是出乎了他的预料。

　　两扇高达两米五的青铜大门，上方四枚门簪上分别绘以梅、兰、竹、菊，中间兽面衔环，但那兽面并不是常见的螭龙、螭凤之类，而是头生两角，下有长须，乍一看像只山羊，后面却以简单粗拙的笔画勾勒出一个狮身来。

　　那是白泽，传说中上知天文地理，下知鸡毛蒜皮，通过去，晓未来的神兽。

　　青铜门的后面，却不是楼，而是一座山！

　　萧家的藏书楼，竟是掏空了半座山修建的！

　　这座藏书楼并不对外开放，在网上甚至连张照片都找不到，金阳等人虽然有所耳闻，却也是第一次亲眼看见，全露出了震惊的神情。

　　容远定了定神，走到门前，金南安排的守在这里的人显然早就接到了命令，左右一起把门推开，一行人走进去，仰头四下张望。

　　藏书楼共有九层，高度近四十米，远处黑黢黢的，也看不清到底有多宽敞，只能看见面前都是密密麻麻的书架，连读书的桌凳都仅有两套，还有一张简陋的木板床，可以供人临时休息，但看起来一点也不舒适，显然建造这栋藏书楼的人，只希望后代子孙能在这里专心读书，其他的一切享受都免了。

　　藏书楼的墙壁上还残留着一次次改造扩建留下的痕迹，似乎是被人作为一种纪念刻意保留下来的。最初是简陋的土石和木质结构，后来挖了大块的青石切割打磨，一块一块拼接成墙壁和地板，再后来，大概是萧家经营有方，富可敌国，墙壁上竟贴了一层货真价实的金子。放眼望去，也算不出他们到底在这里藏了多少财富，只是如今大部分的金子被撬走了，从那痕迹上来看，这或许就是百年以前萧清澄的作为。

　　如今的藏书楼墙壁已经换成了混凝土和钢架结构，还刷了一层乳白色的保护漆。书架也换成了图书馆常用的冷轧钢板材质，两侧用玻璃滑门封闭起来，只是没有上锁，下面还装了可以滑动的滚轮。头顶是光线令人非常舒服的白炽灯，明亮而不刺眼，开关用了红外感应系统。

　　从闫策留下的信息中，容远知道自己要找的东西就在最顶层的楼上，他跟金阳说了一声，便独自走上楼梯。

　　灯光一排一排地打开又熄灭，上到三楼的时候，容远忽然听到前面有着隐隐约约的呼吸声。他脚步顿了一下，然后面不改色地走上去。

　　踏上楼梯，转过拐角，在明亮的灯光中，他看到了一个怀抱书本盈盈伫立的身影。

她长发微卷，细瘦高挑，天生一副童颜模糊了她的年龄，但那秋水一般纯净的眼神含着一种岁月静好的感觉，仿佛具有凝滞时光的魅力。

这是邵宝儿。她虽然是萧氏收养的孤儿，但成年以后也有自己的生活，只有在萧萧有需要的时候才会应召回去——实际上，除了少数几个世代服务于萧家的老人，和平年代大多数萧氏收养的孩子都是走这样的路。

邵宝儿原本是国家安全部门的特殊型人才，但在萧萧去世、闫策失踪以后，她选择了辞去一切职务，回到这里打理这栋藏书楼，还有数人也做出了这样的选择，容远听说以后，也同意了。

尽管之前，两人都对这次会面有所预料，面对面相视的时候却都微微一怔，陷入了沉默。

按照惯例，这时候应该问一句"你好吗"，然而他们对彼此的情况实际都非常了解，这种客套话显然没有必要；要说表达一下久别重逢的喜悦，他们的关系又并没有达到那份儿上；道一句"再见"就离开，又显得太过冷漠。

僵持片刻，邵宝儿忽然"扑哧"一笑，露出和过去一样带着几分可爱和天真的笑容，现在的她看上去简直就像个十几岁的少女。她笑着轻叹一声，不知道想到了什么，眼神中带着几分怀念和柔软，却什么话也没说，微微欠了欠身，转身走了。

容远目送着她离开，静立半晌，才继续走上楼。

他们曾经生死相依，共同逃亡；她曾经赌上命来救他，那具柔软的躯体在他的怀里渐渐停止了呼吸；她曾是他成为《功德簿》契约者的契机和动力。

然而，他踏上了这条路，两人之间几乎再也没有了交集。如今再见，不过是相视一笑、各奔东西。

说不清是惆怅还是伤感，淡淡的情绪在心头如一缕雾气飘过，很快就不见了踪影。

三楼到九楼，不过是短短的一段距离，很快就走到了尽头。容远顺利地找到了萧萧留下来的东西——这一楼层唯一的一张书桌上，摆着一个完全密封的金属盒，四面甚至连抹花纹都没有，也找不到钥匙孔。盒子顶部，用娟秀的字体刻着"功德记录手札"和一个简短的说明，大致就是说盒子里面的东西须有缘人才能得到，警告后人不能暴力打开这个盒子，不然里面的机关会将所有的物品都摧毁。

容远一眼就看得出来，这个金属盒并不是功德商城的兑换物，而是人工浇铸而成，盒子表面还残留着制作者并不精湛的工艺所导致的各种痕迹。盒子本身也没有任何机关能让它打开，至于内部……容远用弦力探索了一下，发现里面除了一本纸质的手册，还有大量的粉末和絮状物，只要有一点火花或者强烈撞击一下，手册就会立刻被烧成灰。

这个设计并不十分精妙，现代社会就有无数种办法可以取出里面的东西。但厚厚的金属外壳隔绝了几乎所有的探测手段，在没有真正弄清楚内部设计的前提下，想必也没有人敢贸然打开。

这对容远来说并不算什么难题，他手下微微一震，金属盒中间忽然出现了一道比头发丝更细的缝隙，如果不用放大镜，肉眼甚至看不到。容远轻轻一推，盒子分成两半，白色丝絮一样的东西涌出来，露出一本书册的边角。

容远将这最后一本《功德记录手札》拿出来，抖落上面的杂物，在桌边坐下来，静了静心，然后才翻开。

这本手札记录了萧萧成为《功德簿》契约者最初一段时间的事情。那时她还叫萧清澄，不过十来岁，却能在战争中倾尽家财支援糖国的军队，更是毫不吝啬地救助了许多人。糖军曾经在一座重要枢纽城市的保卫战中失利，城市沦陷，敌国军队要对该城市中已经放下武器的军民及周围的村镇，展开大规模的屠杀。在敌军疯狂屠杀的第二天清晨，萧清澄突然奇迹般出现在城下，与她一同出现的，还有几十箱金银财宝。箱子盖子全打开了，纯金首饰甚至从箱子边缘溢出来，在初升的阳光下闪烁着足以让任何人失去理智的璀璨金光。

她用金钱买下了所有人的命。

敌军原本想把财宝抢走，对萧清澄也欲行不轨。但一来，萧清澄许诺只要对方遵守诺言，之后还给他们两倍的珠宝；二来，女孩虽然不曾声色俱厉、咄咄逼人，但她目光清澈坚定、语气坚决，鞭辟入里，满身的气度风华生生震慑了杀人杀到几乎失去理智的敌军，硬是没有一个人敢加以伤害。敌军的司令官对她始终恭敬有礼，又有两倍的财宝在前面吊着，屠杀刚开了个头就被硬生生地停止，萧清澄为糖军的反攻争取了半个月的时间。

半个月后，护送"财宝"的人员刚刚入城，就打破箱子，从金银珠宝下面抽出武器，与外面埋伏的部队里应外合，夺下城门。一天一夜的厮杀后，敌军不得不放弃城市，向东逃窜，临走时还放了一把火，然而随后天降暴雨，不过几分钟就浇灭了火焰。

这段传奇故事至今仍然在糖国流传，只是隐没了故事中萧清澄的名字。传说的后半段，是敌军在逃跑中仍然不忘带上那几十箱财宝，为此还牺牲了许多人。在他们逃出几百里，好不容易找到大部队安顿下来的时候，上司问起经过，打开箱子，却发现里面全是石头，根本没有想象中的泼天财富。

箱子完好无损，连封条都是原模原样的，看守宝箱的士兵信誓旦旦地说绝没有任何人动过。那价值无法估量的财宝，就这样凭空消失了。

故事很离奇，但当时的目击证人非常多，真实性毋庸置疑。据说敌军的司令官几十年后作为战犯被审判，临去世前还念念不忘那时的少女，被记者采访时，他唯一的请求就是希望知道她是谁。这段故事流传到现在几乎已经面目全非，被改编成各种战争片中的高潮环节，少女也被安上了各种各样的身份，如勇敢又美丽的糖国军人、糖军高层的私生女、留学归来的贵族少女、神秘莫测的隐士家族、男扮女装的戏子、掌握仙术的修真者、骗术一流的下九流中的爱国者等等。

容远知道，借助《功德簿》之力做到这些并不难。重点是，在这件事之后，萧清澄的功德达到百万，由此出现了一条新规则。

而这条规则，是容远永远无法看到的。

因为它出现的条件有两个：第一，契约者初始功德必须是正值；第二，百万功德，必须全部通过善行得到，如果在这期间主动杀害了任何人——哪怕是负功德达到天文数字的恶人，这条规则也一样不会出现。

碍于《功德簿》保密的规则，萧清澄并没有把具体的内容原原本本地写下来，只是用较为隐晦的方式暗示了其中的内容和她的推测。容远看了两遍，才渐渐回过味来。

这一条新规则，与其说是规则，不如说是提示，而且只显示了一小半。

在萧清澄的记录中，这条规则提示了《功德簿》的来历，如果契约者能按照提示一直追寻下去，最终或许可以探索到《功德簿》的本质，真正成为《功德簿》的掌控者，而不再仅仅是被《功德簿》限制和约束的契约者。

过去，当《功德簿》中某条规则的内容涉及的情况比较复杂时，并不会一次性全部显示出来，而是根据契约者的触发条件逐一出现。这条规则也是如此，第一个提示其实非常模糊，萧清澄推测，在功德达到千万、一亿、十亿或者更多的时候，剩下的更加具体明确的提示也会逐一显现出来，最终会将契约者引领到《功德簿》的起源之地，使得《功德簿》成为契约者的一部分，成为他或她手中的一个道具，惩恶扬善所获得的功德，也不再是单纯的数字，而会变成契约者本身的力量。

换言之，就是以《功德簿》为神器，成神！

她还猜想，如果契约者选择的是彻底的惩恶之路，而完全杜绝行善，《功德簿》中也会有类似的提示性规则，只不过这种规则会将契约者引领上完全不同的道路——放弃追寻《功德簿》的本质，找到能够毁灭《功德簿》的方法，从此以后彻底脱离《功德簿》的束缚，不会再因为负功德或者解除契约而伤害到自身，掌握了强大的力量，却不会因此受到任何约束，行善或者作恶都在其一念之间。

这是魔之道。

不过后者仅仅只是萧清澄的猜想，她用了很多不确定的词语，显示出本人在写下这段文字的时候，其实内心也有很多疑惑和迷茫。

容远不知道萧清澄是不是当时也曾经想过要沿着这条路走下去，直到寻找到所有秘密的源头。手札后面的记录十分零散混乱，他半蒙半猜，将当年发生的事拼凑出了一个轮廓——

为了阻止屠城，萧清澄动用了很多功德商城中的黑科技。涉及的人员太多，根本无法封锁消息，事情传出去以后，谣言越传越离谱，那时候的人们虽然信息闭塞，生活单调，但脑洞一点也不逊色于百年后的人。百姓愚昧，谣言越荒诞，他们传得越高兴，其实内心深处的信任度越来越低，有识之士更不会相信这样的传说，而是用各种巧妙的机关和策略来解释这件事。

距离萧萧越近的人，越聪明的人，越发清楚她决定孤身去谈判的时候，实际上根本没有任何后援和帮手，也就越了解她在这件事中表现出了怎样神奇的力量。

所以，那件事后不久，萧清澄就面临了最爱的人和最信任的人的背叛，身边的亲信几乎被屠杀殆尽，仅剩的几个萧氏旁支全死了，一直视为伙伴的糖军中也有一些人开始打她的主意。她一度在毫无防备的情况下身受重伤，濒临死亡。这期间女孩经历了怎样的心理路程，容远不得而知。只是在那之前，萧清澄虽然也经历过战火和死亡，但因为《功德簿》的关系，实际上并没有受到多少磨难，心底一直保留着人性最光辉的一面和深深的信任；在那之后，她化身复仇的修罗，秘密杀死了所有伤害她至亲的人，对战争的支援也有所保留，所有的精力都放在研制全仿真智能机器人和为自己准备退路上。

因为复仇，萧清澄失去了获得《功德簿》后续提示的资格，她本人似乎也没有探索下去的欲望。因此，复仇结束后，她把这本《功德记录手札》封印在这个金属盒中，也许还抱着能够给后人一点提示的期望，但那时，她的心底或许已经存着毁灭《功德簿》的想法了——从她保留这本手札，却又将其封印得如此严密这种充满矛盾性的行为，不难看出她内心的纠结和矛盾。

在那之后，萧清澄似乎再也没有记录过关于《功德簿》的只言片语。容远比较了解的，就是化名为萧萧开始跟自己接触的她。只是那时，两人的信息量不对等，他本身的阅历和能力也比较浅薄，因此他看萧萧始终如雾里看花，看不分明，内心的敌意和警惕让他们从来没有过真正比较信任和亲密的接触，他连萧萧的本名都不知道，自然也不可能了解更加隐秘的消息。

容远翻开手札的一页，满满一张纸上，都是萧清澄手绘的一幅图画——其形体似乎是神兽白泽，但她把神兽的躯体画得十分怪异，头上的羊角变成了形状奇怪的鹿角，还添加了一些怪异的花纹，后背多了一对神话传说中根本不存在的巨大翅膀，最后将神兽画成了一只四不像。但从那极度认真的笔触看来，这幅画并不是她随手乱描出来的，而是为了力求达到某种精准的描述而不得不如此。

这幅画，就是萧萧留下来的"提示规则"。

容远相信原本的规则内容应该比这简单直白许多，但基于保密原则以及这种特殊规则的限制，她甚至不能用比较模糊的字眼将其书写下来，只能画出这样一个四不像的图案来。比起萧清澄当初所获得的提示，容远得到的这个提示更加隐晦，他也不可能得到那条规则后续的内容。但不可否认，看过这些文字以后，他的内心已然蠢蠢欲动，迫不及待地想要踏上寻找答案的路程。

胖猫乱翻了一阵书以后，被密密麻麻的文字弄得差点睡过去。他眼珠子转了转，放下书轻手轻脚地蹭到金阳边上，搓着手问："金阳哥，小远哥上去大半天了都没有消息，你说……咱们是不是有必要上去看看？"

不远处的容景早就等得心焦，闻言立刻把耳朵竖起来，眼巴巴地看过来。

金阳刚找了一本画册给金沄看，还讲述着画册中描述的历史故事，闻言无奈地笑了一下，刚要开口，忽然见抱在怀里的金沄抬头看向楼梯，目光专注的程度似乎已经忘了他这个父亲的存在。

轻轻的脚步声传来，金阳抱起儿子站起来转过身，只见容远从楼上走下来，看上去似乎与之前没有什么变化，但他一开口，就扔下一个大雷。

"我要走了，咱们就此告别吧。"

众人大惊，容景脱口而出："走？哥，你要去哪儿？"

"这么仓促？"金阳皱眉道，"家里婷婷做了饭，我爸妈、周圆，还有以前的同学和朋友……你不想再见一面吗？"说话的同时，他自己也觉得这个理由苍白无力——容远从来不是会在乎什么告别仪式的人。

容远轻轻摇头说："没有必要。所有必须要做的事都已经做完了，晚两天早两天，也没有什么区别，不如现在就走。"

离别必有痛楚，长痛不如短痛。更何况，留在地球上的每分每秒，他都相当于是一颗随时会被引爆的炸弹。与其提心吊胆地留下来，不如趁早离开。

"你们这话头儿，我怎么听着感觉这么不对味呢？"胖猫眨巴着小眼睛说，"听这意思，怎么就跟小远哥离开以后再也不回来一样？"

"哥……"容景哀求地看向容远，却不知道该怎么挽留他。

容远迟疑了一下，伸手揉了一把容景的头，转身对金阳说："这孩子不错，以后我没有机会，你替我照顾一二吧。"他们之间说话，已经不会用什么请求的语气。

"不用你说，我也一直把容景当成我的弟弟。"金阳叹气道。

旁边容景的眼泪忽然就下来了。

容远又对跟着进来的特勤人员说："这座藏书楼，以后就留给邵宝儿，相关的文件在研究所，我已经签过字了，回头周圆会给你们送过去。"

他只带走了那本手札，其余在世人眼中或许价值连城的珍贵书籍，对他来说却没什么吞占的意义。

两名特勤人员面面相觑，他们在容远身边只负责保护，却没有权力干涉他的选择，只能点头说："是！"然后其中一人走到旁边，满头大汗地向上级汇报情况。

金南收到消息，只点了点头，说："知道了。"没有任何指示就把一头雾水的汇报人员打发走了，他走到窗边，俯瞰着笼罩在雾气中的 B 市，目光沉沉。

离开的事，容远早就已经跟他沟通过。隐隐猜测出容远目的地的金南，早就清楚自己无法阻拦他的脚步。

研究所里，比任何人都提早知道这个消息的周圆趴在桌子上号啕大哭，只觉得全身的力气都被掏空了。她哭得那么伤心，那么绝望，透露着一种仿佛灵魂被撕裂的痛苦，以至于同事们没有一个人敢上前来问一句为什么。

容远最后对金阳道："诺亚会跟我一起走，今后天网的管理，我也不会再插手，好在现在框架都已经搭起来，基本的规章制度也完善了，大体上应该可以自主运行，但少了监督，肯定会出现一些不法现象。"

这是容远第一次对外公开承认他和天网的关系，尽管容景两人早就猜到了，此时还是有一种听到了天大秘密的感觉，恨不得长出八只耳朵来。

容远看了他们两个一眼，两人立刻吓得转过头。容远又说："金南答应会帮我照看着点，但他太忙，别人我也不放心，你如果有时间也替我多费点心。以后……"

容远低头看了看一直安静倾听着的小金沄——神色间还透出几分与年龄不符的思索，显然他不仅听懂了，还有自己的想法。

飞机上，金沄的神色也全落在容远的眼里。他迟疑了一下，最终还是决定相信自己的感觉，对金阳说："等小沄长大了，不妨把天网交给他。"

"小沄？"金阳愕然，"他还太小……"

"现在小，不代表以后会一直小下去。"容远摇头道，"以后的事，谁能说得准呢？如果他将来不愿意，就当我没说过吧！"

他说得好像天网是一种负担，但周围的几人都知道他这种托付意味着什么。天网不仅代表着一份责任和无私的帮助，它虽然是一个不盈利的机构，但其所编织的庞大人际关系网络、全世界无数人的民意倾向、难以估量的信息渠道，是无数人情愿倾家荡产也想要获得的，容远就这么轻轻巧巧地将其放到了一个五岁孩子的手中？

重磅炸弹一个接一个地砸到头上，打得众人几乎失去了反应的能力。容远想了想，要说的话早就都说完了，若有什么遗漏……他以后也并不是完全不再回来，结束了目前计划中的旅程，十年二十年以后肯定还要回来看看，到时候再说也一样。

于是，他挥了挥手，说："那就这样，我走了，别再跟着。"

"小远！"

他刚走出两步，身后就传来金阳有些失控的喊声。容远转身，见金阳放下金沄，大步走过来狠狠拥抱了他一下，用微微颤抖的声音在他耳边说："好好活着，别死了！不要忘了在地球上你还有我这个哥哥。"

容远失了一下神，金阳只比他大一个月零一天，小时候经常自称是他的哥哥，两人还为此争执过几次，成年以后却很久没有再听到过了。

如今听来，这是一句"我会护着你"的承诺。

容远回抱了一下，然后放开。见金阳伸手试图取下挂在脖子上的玉叶，容远摇头制止他，说："不用，你留着，将来给小沄也行。"反正功德玉叶的护持有连带效用，不管在谁的身上，都一样会保护他们一家人。

金阳一愣，看了看被他放下的金沄，没有再坚持。

"……保重。"容远沉默半晌，然后说道，转身离开。

"哥！"眼看着容远拉开藏书楼的大门，阳光从门外照进来，显得站在门口的那个人影几乎要融化在光芒中，容景突然有种再也看不见他的预感，仓皇地喊道，"你要去哪儿？不能带我一起去吗？"

"镜子！"胖猫大惊失色地喝道。

容景也不知道自己为什么会突然冒出这么一句来，他也愣住了，但回过神来以后，心中并不后悔，反而隐隐觉得十分轻松。

走到门口的容远身影只是略一停顿，然后挥了挥手，没有任何回应就离开了。

大门合上的一瞬间，金阳突然看到艾米瑞达不知什么时候站在了门外，身边还放着一个银白色的、像鸡蛋一样的东西，顶部似乎还微微转了半圈。

"咔嗒。"

青铜门闭合的声音惊醒了容景和特勤人员，他们冲到门边拉开大门，却发现外面守着门的两人已经昏迷了，视野开阔而空荡，没有阻隔物，也没有他们想要看见的人影。

无数大大小小、奇形怪状的石块形成一条带状，飘浮在宇宙真空中，以近乎均匀的速度环绕着远处的某颗恒星在旋转。漫长的时光中，这些石块不断地发生碰撞，在它们的表面形成了许多坑谷和裂缝，体积小的石块有时候在旋转中就会自己解体，分裂成大量的碎片。

在这个小行星带最大的一颗行星上，停驻着一艘几乎跟它一样大的宇宙飞船。静寂的真空中没有声音，只能看到那艘飞船上似乎笼罩着一层无形的防护网，把靠近的大小陨石全消解成细小的碎石灰尘。而飞船下方与行星表面中间有一道空隙，透过空隙，可以看到飞船下有一个深深的坑洞，里面有许多机甲上下穿梭，还有一些外形好似蜘蛛一样的车辆忙忙碌碌地运输着什么。

飞船里，看着一个个箱子连续不断地被运送进来，长得像章鱼一样的帕里高兴地挥舞着腕足，闷声闷气地说："太好了！没想到这种荒芜的地方居然有大量珍贵的青铁矿石，真是想不到。有了这些矿石，我就能把咱们的机甲都改装一遍，防御力至少能提高一倍，敏捷性也能提高百分之十五左右。船长真是太厉害了，这种地方都能找到！不行，我要跟他说，这些矿石必须给我留八成，不能都给实验室的那帮家伙糟蹋了……艾米，船长在哪儿？"

在身高已经长到两米五、浑身上下都透着成熟气息的艾米瑞达旁边，才刚成年的帕里最多只到她的腰部，没办法，章鱼人只能用一条腕足卷着她的小腿，仰头问道。

艾米瑞达本来正在看监控屏幕上的数据变化，闻言低下头，笑了笑说："他去探望故乡了。"

每当看到小帕里，她都会想起当初那个虽然相处短暂，却用生命在她记忆里烙下印痕的比丘星人帕寇，即使已经过去几十年了，当初的感动和心痛还犹如昨日。几年前，他们的飞船再次经过比丘星，她和容远两人发现比丘星执政厅已经为帕寇正名，首都的英雄殿中还有他们三人的雕像。

他们还发现了这只技术青出于蓝而胜于蓝，不甘于一直生活在叔叔帕寇的英雄光环下，急切渴望着建立属于自己的冒险传奇的小章鱼。彼时在银河系中已经声名赫赫的容远便把小章鱼带上了，费了好一番心思调教，如今，帕里已经是飞船制造部首屈一指的技术员。因为帕寇的关系，艾米瑞达对帕里一直多有照顾，两人关系很好。

"船长的故乡？"帕里眨了眨大眼睛，好奇地问道，"那是哪儿？我怎么从来没有听说过？"

"据说是一颗原始星，不过船长从来没有提过，所以你最好也别多问。"一个黑影突然从房顶上倒挂下来，两对羽毛稀疏的翅膀在身后张开。他说话的语调有些阴森森的，神情也十分冰冷，不过相处日久的众人都知道这家伙面冷心热，连新人也不怕他。

"培养出船长的原始星啊？真想知道是什么样子的。"文达十分向往地说。

文达就是刚上船的新人，他有一对大大的耳朵，又尖又长的鼻子，身后还拖着一条毛茸茸的长尾巴，乍一看简直就像是狐狸变人还没变好的样子。他还没有亲眼见过船长容远，不过一说起这位船长来，就有说不完的话。

"我是船长的超级粉丝，你知道吗，我是听着他的，当然还有你们的故事长大的。覆灭了灭绝人性的星系巨擘喀尤尔公司，护送赛琳达公主的三万光年血战，阻止休姆星云系和达知星系的战争，挽救了差点被陨石撞击毁灭的幻沙星……"

文达喋喋不休地历数这支不属于银河系中任何一方势力，却闯出赫赫声名的船队每一个足以彪炳千秋的事迹，有很多故事在流传的过程中已经被夸张到不可思议的地步，但他深信不疑并为此激动万分。飞船上的老船员们互相看看，既觉得好笑，又感到骄傲，有时候忍不住插嘴更正一下文达的说法……嗯，大多数是努力放大自己在种种大事件里所起到的作用。

像块巨大的岩石一样安静地蹲守在角落里的墩克性格最为沉稳，他没有受到众人讨论的影响，根据以前的经验，知道容远在矿石开采完之前一定会回来，他们必须在那之前做好下一次远航的准备，便低声问艾米瑞达："船长有没有说过等他回来以后我们要去什么地方？"

"我听他提过一句，好像是打算去创生之柱。"

艾米瑞达的话音未落，刚才还充满笑声和说话声的船舱内顿时一静。过了几秒后，文达捧着脸尖叫道："创生之柱？银河系中十大险地之首的创生之柱？"

"呵！"倒挂着的黑影忽然发出冰冷嘶哑的笑声，问道，"怎么，怕了？"

文达根本没有听到其刻意压低的声音，脸色通红，全身颤抖，尾巴在身后使劲摇着，激动得语无伦次："我我我……我就知道！这就是传说中的飞炎队！这才是飞炎队！啊啊啊……我就知道我的人生一定会与众不同！天哪天哪……创生之柱！妈妈，我要去创生之柱了！众神啊……"

众人都被文达的模样逗笑了，飞船内原本还有些紧张的情绪顿时一扫而空，大家开始对这段注定会成为新传奇的旅程期待起来。看着众人恢复热情的样子，艾米瑞达不忍心告诉他们——因为创生之柱所在的星域太过危险，容远只会带着船队在外围探索一下，真正深入的部分，他只会带着豌豆他们几个一起前往。

她知道容远掌握着十分神奇的力量，所以他才能做到许多人根本做不到的事。就好比现在，他们的船队驻扎在距离地球至少十光年的地方，周围也并没有可以利用的虫洞，但容远只需要一两个月，就可以轻松往返一趟。

艾米瑞达轻叹一声，惆怅地想：什么时候，容远才能像信任豌豆一样信任我呢？

细雨飘飘洒洒，青黑色的墓碑安静地伫立着，平凡普通，丝毫没有因为那个人的身份加上任何特别的装饰。上面除了寥寥几行字，只有巴掌大小的一张黑白照片，照片中的那个人依然笑意融融，十分温和，却已然与世长辞。

一束白花摆放在墓碑前的石台上，纤薄的花瓣上挂着雨水，宛如一串串泪珠，空气中那种异样的潮湿，让人呼吸之间都感觉到酸涩和痛楚。

一个人半蹲在墓碑前，凝视着照片上的那张熟悉又陌生的脸，忽然就感到痛得无法呼吸。

心神失守之下，控制着身体细胞显露出的苍老模样瞬间就模糊了，白发变黑，皱纹抚平，皮肤上褐色的斑点消失，手背凸起的血管平复，略有些混浊的眼神也恢复了清明。

眨眼之间，墓碑前这个原本看上去行将就木的老人忽然就变成了一副二十出头的青年模样，他自己却完全没有注意到这一点。

他凝视着照片，金沄的那些话在空旷的心房中来回地响——

"家父三年前就去世了。

"他走得没有痛苦。

"前一刻还躺在摇椅上晒太阳，说今年院子里的勿忘我开得特别好，要拍下来等您回来以后看看，下一刻就停止了呼吸。

　　"墓里只有一套旧衣服，骨灰……按照他生前留下的遗嘱，火化后，骨灰都洒进大海了。

　　"家父曾经说过，如果他去世了，就把这个盒子交给您。他说……儿孙自有儿孙福，他知道在他活着的时候，您绝不会把这件东西收回去，但在他死后，希望它能够成为守护您的力量。您走的这条路，前途多凶险，万望您珍重。

　　"他走得……很仓促，除此以外，并没有留下什么话。"

　　他的身体晃了晃，很快又稳住。容远闭了闭眼睛，用身体挡住雨水，小心地打开盒子。

　　最上面是他曾经送给金阳的《功德簿》伴生神器叶脉书签，下面是一些零零碎碎的东西，包括曾经写过的书信、过生日时送的手表之类的。容远一件件翻看着，过往的记忆在脑海中一点点苏醒过来，有些随手送出的手工课礼品，他自己都快要忘记了，没想到金阳却全留着，即便如此，这样小小的一个盒子，也还没有装满。

　　盒子最底层放着一个拇指大小、褪色很严重的廉价的蓝色塑料小海豚，容远蓦然一怔，往事如潮水而来——

　　"小孩，你叫什么？"

　　"金阳，你可以叫我阳阳。"

　　"不要留下我一个人……小远！小远！不要走……"

　　"你是我最好的朋友！独一无二！谁也比不上！"

　　"一世人，两兄弟，不管你是好人还是坏蛋，哥哥这辈子总会罩着你的——谁让你比我小一个月零一天呢！"

　　"又不吃饭！算我求你了，好好爱惜自己的身体不行吗？实验能比你自己的命都重要吗？"

　　"你最近……是不是遇到了什么麻烦？如果有我能帮得上忙的地方……我不需要你跟我解释全部，只要告诉我该怎么做就行了。"

　　"我信你。如果连你都不能相信，这个世界上，就没有可以信任的人了！"

　　"真希望有一天，我也能看见同样的风景。"

　　"这是我儿子，可爱吧？来来来，抱一下……别怕别怕……把脖子托住……感觉是不是很奇妙？"

　　"小远，你有没有考虑过结婚生子？好吧，我知道你没有这个想法，但是……你知道吗？在看到这孩子的一刹那，我感到整个世界都不同了，我希望你也能知道这种感觉。家庭，家人，孩子，并没有你所想的那么可有可无，当你真正拥有的时候，你就知道人生有多么巨大的不同。"

"我很担心你，小远。"

"好好活着，别死了！"

"欢迎回来。哈哈，十年不见，我已经老了，是不是有点认不出来？"

"好久不见……小远，我怎么觉得你老得有点快？"

"嚯！突然冒出来吓我一跳！我刚切了西瓜，要不要来一块？"

"如果有一天我死了，别忘了给我送束花……这么绝情？茶也别喝了，还我！"

"这次离开多久才能回来？注意安全，别总把自己的命不当一回事。"

"再见……哎，我发现你一次都没有跟我说过再见啊，这不公平……嗯？还有'再也不见'的意思？哈哈哈哈……聪明如你，什么时候开始相信网上这种乱七八糟的说法了？好吧……原谅你了……哈哈哈……"

记忆的最后，定格在昔日某个午后的操场上，少年满头是汗，笑容却灿烂如朝阳。

雨不知不觉间停止。

容远单手捂住眼睛，已然泪流满面。

番 外
他们的后来

　　大大小小几百张照片贴在一堵十二平方米的墙上，各种颜色的记号笔画着长短不一的线，将这些照片连接起来，有一些上面还做着简短的标记。此时若有一个外人看到这面照片墙，一定会非常惊讶，因为照片中的这些人大多数名声显赫，而且看似毫不相关，但被人做了标记，便显示出他们千丝万缕的联系。

　　比如，最上面一排正中间的那张照片上，是一个年约七旬的老人，他瘦削而苍白，白发也没有刻意染黑，看上去身体不是很好，但背脊挺得笔直，目光温和中透着犀利，没有半分老人的衰弱，也没有人敢把他当作一个年迈的老人来看待，隔着照片，都能让人感觉到那具躯体中强大的力量。

　　他是金南，也是糖国这艘巨轮的掌舵者。在金南执政的这些年中，糖国无论军事、教育、科研、经济、廉洁度、社会治安都一跃成为世界第一，而金南也被称为世界上最有影响力的人。然而无论外界给他加以多少赞美、称颂，或者如何丑化他、畏惧他，他都一如既往，不骄不躁，平稳而坚定地引领着糖国前进的方向。

　　金南照片下方的照片中有一个中年男人，他五官深邃，嘴唇轻抿，微蹙着眉头，似乎对拍照这件事感到不快，略显冷漠的眼神中透露着一种"你们这群凡人"的漠视感，显得气宇不凡，也高不可攀。男人身后，是一个眉目如画、笑容灿烂如朝阳的少年，他毫不畏惧男人的冷脸，抱着他的脖子伸手给两人拍了一张照片，雪白的牙齿哪怕在照片中似乎都熠熠闪光。

　　如果说金南在世界上还有一个威胁者，那就是这张照片上的中年男人金沄。他虽然是金南的侄子，却完全没有涉足政坛，也没有继承父母庞大的跨国企业，而是选择了将毕生的精力投入天网的援助性事业当中。他帮助一些落后愚昧地区被奴役的女性获得应有的权利和尊重，让世界上再没有哪一个孩子因为缺钱而无法读书，让真正的平价甚至免费的医疗遍布了所有落后的国家，带领团队改善了世界百分之八十的荒漠化区域……金沄类似这样的功绩不胜枚举，让很多人都想不明白——为什么他能够做好这么多的事情？最重要的是，他并没有为此而荒废自己的身体，闲余时间，还很会享受生活。

　　在金沄身后的那个少年，就是他的儿子金笑，因为显赫的身世，他从一出生就被全世界关注和宠爱。但在良好的家教下，这个少年一点也没有长歪，他单纯善良，性格温柔和善，眼中不带半点阴霾。人们都说被那双清澈如水的眼睛看着，都不会忍心拒绝他的任何要求。

再往下移两三行，照片上是一个肤色很黑、浓眉大眼的男人，他对着镜头竖起大拇指，露出得意的笑容——这却是他生前留下的最后一张照片。

照片中的男人名叫夏宇龙，据说曾经是那个人的同学，但他一生中从没有用这一点来标榜和吹嘘自己；也有人说这个人以前不过是个小混混，却少有人相信。人们只知道，这个豪爽直率、热情正直的男人是著名的慈善家、天网排名前五的援助者。二十年前，糖国大部分地区连降暴雨，很多地方都发生了洪灾，夏宇龙把身上的救援包都给了几个孩子，然后在参与救援的时候被怒涨的海浪卷走，留下了悲痛欲绝的父母和一对年方七岁的双胞胎女儿。在他的葬礼上，有数千人自发地前往吊唁。时至今日，每年清明节和夏宇龙的祭日，依然有很多人前去献花扫墓。

夏宇龙的照片周围，用红色的线条连接着二三十张照片，里面的人有的年少，有的苍老，肤色不同，形貌各异，有的一身精英范儿，有的看上去像个老农……而这里面的每一个人，都是天网著名的援助者，他们以共同的力量曾改变了许多人注定悲惨的命运，也潜移默化地改造着这个世界。

在援助者的照片当中，有一张非常特殊，因为它是逆光拍摄，除了绯红色的夕阳，只能看到一个黑色的男性剪影。这个人侧坐着，一只手搭在膝盖上，指间夹着一支烟。他的容貌和姓名在天网当中是高度机密，关于他的事迹，只有一些似是而非的传说。据说他原本是一名警察，接到天网的招聘以后改头换面，以形形色色的身份潜伏在不同的犯罪团伙中，逐一导致了许多器官买卖团伙、毒品交易团伙的覆灭。因为他的存在，很长一段时间里，那些团伙不敢招收新人，不敢相互信任，甚至有些在内耗中就自己走向了灭亡。没有人知道他是谁，人们只知道世人送给他的代号——猫头鹰。

目光继续向下，有一张似乎是偷拍的照片，黑色的加长车停在路边，一行人正从上面走下来。被十来个穿着黑色西装、戴着墨镜的男人保护在中间的，是一个身形看上去像个少年的男人。他的皮肤有种透明的苍白，似乎很久没有见过太阳，眼窝深陷，双眼微眯，脸颊凹陷，若不是目光十分淡漠，他看上去简直像个无可救药的瘾君子。

这个人叫白若木，有人说他是传说中曾经纵横无忌、惩奸除恶的"乌鸦"中的一员，但这种说法没有得到证实。明面上的资料中，白若木在少年时期是个依仗自己高超的计算机技术，肆意入侵各大门户网站恶作剧、入侵银行系统转移财产、盗取企业机密文件的著名黑客。后来被通缉以后，他销声匿迹了很长时间，那期间正是"乌鸦"声名鹊起的时候。"乌鸦"隐匿不久后，白若木成为负责国家网络安全的一名顾问。

在"乌鸦"中，像白若木这样身份半公开半隐匿的并不多，绝大部分成员，人们至今仍然不知道他们究竟是何方神圣。拍下照片的人也是经过多方搜寻和验证，才最终确定了其中一二人的身份。

比如在白若木的照片侧上方，是一张三个气质都很突出的人在一家小旅馆前的合影，其中一男一女明显是夫妻，怀里还抱着一个虎头虎脑的小男孩，另外一个侧着身子站在旁边的男人戴着一副金边眼镜，嘴角噙着笑容，儒雅中却带着一种让人感到危险的气质。那对夫妻名叫周冬和龚岚，都曾是"乌鸦"的一员，但现在已经退隐，以普通人的身份经营着他们身后那家极具民族风情的旅馆。至于第三个男人，拍照者曾经追索了很久，也不知道他具体的身份。

视线移到左侧，照片中有一个金发碧眼、像是电影明星的男人站在领奖台上，笑容十分灿烂，但他手中拿着的是象征着最高科学奖项的奖杯。

他是科尔温·泰勒，容远之后，世界上最著名的科学家，但他最广为人知的事迹，是他第一个发现了"方舟"中的秘密。

这些年，各国政府为了抢先一步挖掘出那所谓的被容博士留在"方舟"中的研究成果，可谓是花样百出，手段用尽，但被他们寄予厚望的游戏高手、军队精英们没有一个有所成就，唯一的收获就是验证了这个游戏的防护是多么难以突破，以及它描绘的世界有多么宏伟。在人们几乎要怀疑那个说法是不是只是一个推广游戏的噱头时，原本只是利用"方舟"中的拟真环境进行一些危险实验的科尔温·泰勒公布了他的发现——他从游戏中得到了一张新型车辆的设计图，耗能减少为现在通用车辆的百分之三十，但各方面的效能都有至少两倍的提高，并且这种理应只存在于游戏中的车辆，他在现实中完全复制出来了！

科尔温·泰勒随后宣布一切荣誉应该归功于容远博士，他只是一个发现者，他还宣称会将这种新型车辆的所有收益都捐献给天网。对其他人来说，这些都不重要，重要的是，游戏中真的隐藏着远超现代科技水平的发明资料！于是，在大家又是一番花样百出、用尽手段之后，又过了半年多，有一个幸运儿得到了新的技术，凭此很快跃升到千万富翁的行列。再过数年，人们才逐渐发现了一个事实——若想在"方舟"中有最大的收获，必须从虚拟游戏中的幼儿园开始，以对待升学考试的认真刻苦、一节课不落地上下来。

谁能想到玩个游戏最重要的目的居然还是上学？

照片墙的左侧大部分是在"方舟"这个虚拟游戏中取得重大成就的人，并且有相当一部分的成就反馈到现实中；至于右侧，则多数是曾经与"容远"这个人本身有关联的人——他的同学、老师、员工，共事过的实验员和军人，借着"曾经与容远熟识"而成为新的网红的熟人。

其中最醒目的一张，上面的人是一个眼角和额头已经出现细纹的女人，但高贵优雅、聪慧坚韧的气质使得她十分美丽动人，让人无法自控地忽视了她的年龄和她所代表的财富荣誉，只为她本人而倾倒。

任谁也想不到，这个获得了全世界赞誉的美丽女性，曾经是个胖得令人不忍直视、高中考试成绩甚至一度跌到个位数的平庸无奇的失败者。但这就是事实，她本人也十分坦荡，从不回避这一点。她说她是一块顽石，只是遇到了最好的伯乐，才会被雕琢成现在玉石的模样，那段时光虽然有着破茧而出的许多痛苦，却也是她一生中最珍贵的记忆。

所以，时至今日，人们依然对一个世界性的难题百思不得其解——当年目下无尘的容远博士，为什么在芸芸众生中慧眼看中了彼时毫不出奇的胖女孩周圆，并给予了那么大的精力和耐心呢？

有人猜测他们之间有着不可说的暧昧感情，但看过两人在高中时期的照片以后，全部沉默了。

其实，那只是因为一个人的善良，和另一个人的包容。

目光再往下移，有一张照片上是一个进入垂暮之年的老人，他白发苍苍，紧皱的眉头中带着舒展不开的愁苦，独自一人坐在花园边的长凳上。花园中百花争奇斗艳、灿若云霞，周围有蝴蝶翩然飞舞，又有白鸽落在老人身边啄食地上的玉米粒。照片中的画面色泽艳丽，好似十分热闹，却越发显得坐在中间的那个老人如此孤独寥落。

他是容远的生父容立诚，前半生意气风发，晚年却凄凉孤苦，妻子离异以后去追求自己的生活，儿子一年中大半时间在全国各地奔波，纵然他拥有大笔的钱财，却买不来家庭的温暖和家人的陪伴。他一生都绝口不提自己的长子，无赞扬骄傲，也无诋毁辱骂，甚至比别人更厌恶提到他们之间的关系，仿佛两者是全无关系的陌生人。一直到临终之前，他在越来越模糊的视线中看到守在身边的小儿子，却仿佛看到了另一个人，嘴唇突然翕动了两下，用极为含糊的声音说了一句："小远，对不起……"

一滴浊泪从眼角滑下。

只可惜，真正让他想要忏悔的人，却永远不可能听到这一句话了。

伴随着"嘀"的一声，心电图变成一条直线。容景握着他的手，忽然就泪流满面。

黑暗中的人影，摩挲着这张照片沉默片刻，才拿出一张新的照片贴在一个醒目的位置。

照片上是一对老年夫妇，头发都已经花白，但那种仿佛散发着粉红气泡的恩爱感依然不输于任何一对热恋中的年轻恋人。这是金阳夫妻两个，他们在独子成家立业之后，就开始了环游世界之旅，足迹不光踏遍了现实世界中的山山水水，连虚拟游戏"方舟"中的景色都游览了大半。

这是一张路人从远处拍摄的照片，也许是意图留下这种携手白头的美好，但贴照片的这人的关注点完全不同。

他看到金阳和柳婷都站在一艘船的船头，金阳一只手拥着妻子，另一只手里端着一只高脚酒杯，并向身后伸出，似乎在邀请什么人；在路人聚焦的镜头边缘、照片的角落里，隐约只收进来了某个人的一只手。

这张模糊的照片经过反复处理以后，才终于能看清那只手上戴着一枚仿佛粗制滥造的石头戒指——平平无奇的外观，极为特殊的材质，特殊到曾经只有一个人把这样的戒指日夜不离身地戴着，甚至形成了一股时尚潮流，但再怎样逼真的仿制品，也模仿不出那样粗拙的感觉。

盯着那枚戒指……或者说盯着那只戴着戒指的手看了许久，黑暗中的人影才像是放松又像是疲惫地长叹一口气，坐了下来，打开一盏台灯。灯光亮起时，容景打开桌上的一个笔记本，提起一支笔，沉思片刻，然后开始书写。

在他面前的书架上，放着整整两排这样的笔记本，封面上写着这样一行字：一个人的传奇——容远传。